（典藏版）

百部国学传世经典

中华国学经典盛宴／获取先贤核心智慧

聊斋志异

【清】蒲松龄／著
史靖妍／主编

漓江出版社

图书在版编目（CIP）数据

聊斋志异/(清)蒲松龄著；史靖妍主编. --桂林：
漓江出版社，2017.9
(百部国学传世经典)
ISBN 978-7-5407-8265-8
Ⅰ. ①聊… Ⅱ. ①蒲… ②史… Ⅲ. ①笔记小说-中国-清代
Ⅳ. ①I242.1
中国版本图书馆 CIP 数据核字(2017)第 227057 号

聊斋志异

作　　者　【清】蒲松龄　著
主　　编　史靖妍

策划统筹　陈植武　林晓鸿
责任编辑　李淑娟

出 版 人　刘迪才
出版发行　漓江出版社
社　　址　广西桂林市南环路 22 号
邮　　编　541002
网　　址　www.lijiangbooks.com
印　　制　北京飞达印刷有限责任公司
开　　本　710 mm×1000 mm　1/16
印　　张　30
字　　数　552 千字
版　　次　2017 年 8 月第 1 版
印　　次　2022 年 9 月第 4 次印刷
书　　号　ISBN 978-7-5407-8265-8
定　　价　45.00 元

前言

中华民族有着数千年的文明历史，创造了光辉灿烂的古代文化，其中中国传统国学是我国辉煌灿烂的文化典籍的核心部分，它博大精深、源远流长，显示出中华文化的深厚根基，给人类留下了丰富的精神财富。它是我们炎黄子孙的文化精髓，它塑造了我们中华民族的民族精神，是培育民族精神的重要资源。它开启心智，滋润生命，陶冶人格，塑造灵魂。

开卷有益，忙碌的人们闲暇之时，应该用传统国学来陶冶自己的情操，开阔自己的心胸，提高自己的人文修养，用先人的哲思来涤荡自己忙碌的心灵。我们应该坚持阅读的爱好，在潮流文化的强大攻势下，让传统文化永驻我们的心田。“复兴国学，从根本上讲，是复兴中华民族的自尊心、自信心。”我们要甄选传世经典著作中最经典的部分来读，要以开放的胸襟和燃烧的激情去承接古人的经典大论与哲思华章，以自豪而不狂妄、执着而不僵化的精神风貌来直面当今社会的竞争与挑战。

为了弘扬中国传统文化，帮助读者深刻了解我们的历史与文化，用经典历史文学知识陶冶情操、提高文化修养，同时使国学得到承传，得以弘扬光大，我们精心编排了本书。为了便于读者理解和领会古代先贤的思想与精神，我们在文章中选取了与正文相契合的插画，将插画与正文有机地结合在一起，可大大增加读者的阅读趣味。

本书选取了国学经典著作中很多优秀的作品及资料，博采各类经典作品的长处，并有所创新，以使得本书风格迥异、卓然超群，相信会给读者带来全新感受。

由于时间仓促，书中难免有不尽之处，恳请读者朋友们提出宝贵意见，在此深表谢意。

目录

聊斋自志

披萝带荔，三闾氏感而为骚[1]；牛鬼蛇神，长爪郎吟而成癖[2]。自鸣天籁，不择好音，有由然矣[3]。松落落秋萤之火，魑魅争光[4]；逐逐野马之尘，罔两见笑[5]。才非干宝，雅爱搜神[6]；情类黄州，喜人谈鬼[7]。闻则命笔，遂以成编[8]。久之，四方同人[9]，又以邮筒相寄[10]，因而物以好聚[11]，所积益夥。甚者：人非化外，事或奇于断发之乡[12]；睫在眼前，怪有过于飞头之国[13]。遄飞逸兴，狂固难辞；永托旷怀，痴且不讳[14]。展如之人，得毋向我胡卢耶[15]？然五父衢头，或涉滥听[16]；而三生石上，颇悟前因[17]。放纵之言，有未可概以人废者[18]。松悬弧时[19]，先大人梦一病瘠瞿昙[20]，偏袒入室[21]，药膏如钱，圆粘乳际。寤而松生，果符墨志[22]。且也，少羸多病，长命不犹[23]。门庭之凄寂，则冷淡如僧；笔墨之耕耘，则萧条似钵[24]。每搔头自念：勿亦面壁人果是吾前身耶[25]？盖有漏根因，未结人天之果[26]；而随风荡堕，竟成藩溷之花[27]。茫茫六道[28]，何可谓无其理哉！独是子夜荧荧，灯昏欲蕊；萧斋瑟瑟，案冷疑冰[29]。集腋为裘，妄续幽冥之录；浮白载笔，仅成孤愤之书[30]；寄托如此，亦足悲矣！嗟乎！惊霜寒雀，抱树无温；吊月秋虫，偎阑自热。知我者，其在青林黑塞间乎[31]！

康熙己未春日。

注释

①“披萝”二句：意谓被服香草的山鬼，引起屈原的感慨而用骚体把它写入诗篇。披萝带荔，写山鬼以薜荔为衣，以女萝为带。薜荔，也叫木莲；女萝，一名松罗，两者均指香草。三闾氏，指屈原。骚，以屈原《离骚》为代表的一种文体，也称“楚辞体”；这里指屈原的《九歌》。

②“牛鬼”二句：意谓牛鬼蛇神俱属虚幻荒诞，李贺对此却嗜吟成癖。长爪郎，指李贺。

③“自鸣”三句：意为发自胸臆之作，皆不迎合世俗喜好；屈原、李贺抒愤之作都有各自的因由。天籁，自然界的音响，这里以之借指发自胸臆的诗作。好音，好听的声音，这里以之指世俗所崇尚的“正声”“善言”。有由然，有一定的缘由。

④“松落落”二句：意谓我蒲松龄孤寂失意，犹如一点微弱的萤火，而冥冥之中，精怪鬼物却争此微光。松，松龄，作者自称。落落，疏阔孤独的样子。秋萤，即萤火虫，秋夜飞舞，发出微弱的亮光。此指作者凄凉、卑微的处境，好似秋萤。魑魅，与下文“罔两”，都指精怪鬼物。

⑤“逐逐”二句：紧承上句，言自己随俗浮沉追逐名利，却落得被鬼物奚落讪笑。逐逐，竞求，指逐利。野马之上，即浮游的尘埃。罔两见笑，为鬼物所讥笑。

⑥“才非”二句：我的才能虽然不及干宝，但却像他一样非常喜爱搜集神怪故事。干宝，字令升，东晋文学家，撰《搜神记》。雅：甚，颇。

⑦“情类”二句：言自己的心情如同当年贬谪黄州的苏轼，也喜欢听人妄谈鬼怪。类，类似，近似。黄州，指苏轼。

⑧“闻则”二句：言听到鬼怪故事，就提笔记录下来，于是汇编成书。成编，即成书。编，串联竹简的皮筋或绳子。古无纸，将文字刻在竹简上。编串起来就是书。

⑨同人：这里指有同好的友人。

⑩邮筒：古人邮寄书信、诗文所用的圆形管筒。

⑪物以好（hào浩）聚：言谈鬼说怪的故事，由于自己的爱好而收集起来。以，因。好，爱好。

⑫“人非”二句：言人物虽在中原地区，但发生在他们之间的故事，却往往比边远蛮荒地区所发生的更为奇异。化外，教化之外，指封建教化所不及的边远地区。断发之乡，指古吴越地区，即今江苏南部、浙江、福建一带。断发，“断发文身”的省语，指剪断长发，身刺花纹，此为古吴越水乡的习俗。

⑬“睫在”二句：言眼前所发生的怪事，竟比人头会飞的国度更为离奇。睫在眼前，极言其近。睫，眼睫毛。飞头之国，传说中人头会飞动的国度。

⑭“遄（chuán 船）飞”四句：言意兴超逸飞动，狂放不羁，在所难免；心志寄托久远，如痴如迷，也无须讳言。遄，速。飞，飞动。逸兴，超逸豪放的意兴。狂，狂放。旷怀，开阔的胸怀。痴，痴迷。讳，讳言。

⑮“展如”二句：言那些崇实尚礼而鄙夷狂痴的人，能不因而见笑？胡卢，一作“卢胡”，笑，笑声。

⑯“然五父”二句：当然，在五父衢头所听到的，或者是些无稽的传闻。衢，两路交叉、可通四方的路口。五父衢（qú 渠），衢名。

⑰“而三生”二句：言类似三生石上的故事，却颇可使人悟识因果之理。三生，即“三世”。佛教以过去、现在、未来，即前生、今生、来生为“三生”或“三世”。前因，前生。因，梵语意译，这里指因缘。

⑱“放纵”二句：意谓所言虽然恣意放任，但也有可取之处，不能一概因人废言。放纵，放任，不循常轨。概，一概，全部。

⑲悬弧时：出生时。弧，木弓。在门左挂一张弓，表示男孩长大成人习武学射。

⑳先大人：指亡父。先，称已死的人为“先”，一般用于尊长。病瘠瞿昙（tán 谈）：病瘦的和尚。瘠，瘦弱。瞿昙，梵语也译为“乔答摩”，佛教始祖释迦牟尼的姓氏，原以代指释迦牟尼，后为佛的通称。这里指佛门僧人。

㉑偏袒：和尚身穿袈裟，袒露右肩，称“偏袒”。

㉒果符墨志：意为自己出生后乳旁有一黑痣，果然与其父之梦相符。言外是说，自己就是那个病瘦的和尚转世。

㉓长（zhǎng 掌）命不犹：长大之后，命不如人。不犹，不如别人。犹，若。

㉔“门庭”四句：意为门庭冷落，好像和尚清贫幽居；笔耕谋生，如同和尚持钵募化。凄，底本作“栖”，据青柯亭刻本改。笔墨之耕耘，指为人作

幕宾、塾师，以谋生计。萧条，形容秋日万物凋零的景象，这里借喻自己的清苦和孤寂。钵，“钵多罗”的省语，梵语音译，也称“钵盂”，和尚食器。和尚外出，只携一瓶一钵，沿途向人募化；瓶用来饮水，钵用来盛饭。

㉕面壁人：这里泛指和尚。面壁，佛教指面对墙壁静修。相传佛教禅宗始祖达摩初来中国，住少林寺，面壁而坐九年，终日默默无语。后因以“面壁人”指和尚。

㉖“盖有漏”二句：意为由于前身业因，而流转生死，不能归于空寂而成佛升天。漏、根、因，都是梵语意译。佛教称烦恼为“漏”。有漏，指不能断除三界（欲界、色界、无色界）烦恼，不能归于空寂。根和因，都是佛教名词，指能生成或引起果报的根本原因。人天，人间天上，这里指由僧人修炼成佛。果，果报，梵语意译，今译“异熟”，泛指依思想行为而得的结果。有什么因，便得什么果；善因得善果，恶因得恶果。

㉗“而随风”二句：言我却像随风的落花触着藩篱落到粪坑旁边，转生人世，身为贫贱。藩，篱笆。溷（hùn混），粪坑。

㉘六道：佛教指天道、人道、阿修罗道、饿鬼道、畜生道、地狱道。佛教认为众生根据生前善恶，在这“六道”里轮回转生。

㉙“子夜”四句：言半夜灯光，昏暗欲灭；书斋清冷，桌案似冰。荧荧，微弱的灯光。蕊，灯花，灯油将尽灯芯则结灯花。萧斋，清冷的书斋。这里“萧”字，有萧条冷落的意思。瑟瑟，犹瑟缩，寒冷。

㉚“集腋”四句：意为积少成多，搜集狐鬼故事，狂妄地想把它当作《幽冥录》的续编；把酒秉笔，写下这部志怪之书，意在寄托心志，抒发胸中愤懑。腋，指狐腋皮毛，极为珍贵。裘，皮袍。妄，狂妄，意为不自揣才力。幽冥之录，即《幽冥录》，南朝宋刘义庆著，是一部记载神鬼怪异故事的志怪小说。浮，罚人饮酒；白，罚酒用的大酒杯。浮白，此泛指饮酒。载笔，持笔写作。孤愤之书，《韩非子》有《孤愤》篇。

㉛“惊霜”六句：为作者愤慨语。意为自己像栖树无温的霜后寒雀，得不到世间温暖；又像依栏悲鸣的月下秋虫，凄凉孤寂，只有到梦魂中去寻求知己了。惊霜，因霜落而惊秋天的到来。抱树，犹言栖树。秋虫，如蟋蟀之类的秋日夜鸣之虫。吊，悲伤。阑，阑干。青林黑塞间，指梦魂所经历的冥冥之中。

意译

"披萝带荔"的山鬼，三闾大夫屈原有感，流出《离骚》的唱叹；冥窈间的牛鬼蛇神，长指爪的唐公子李贺吟咏它们竟成瘾入癖。谈玄说鬼，胸臆间鸣响天籁，并非是选择人们惯听的喜庆之音，历来如此，自有本原。我蒲松龄这落落秋萤散发的微弱之火，魑魅们与我争夺生命间的小小光明（此引嵇康故事）；我奔波萍泛的寄食生涯和田野间飘浮动荡的逐逐野马之尘（《庄子·逍遥游》）有何区别，魍魉们见我为衣食奔走的狼狈，也不禁发出讥谑的讪笑。我才气不如干宝，但我也雅爱搜神（蒲松龄千年前的晋代干宝著有《搜神记》）；我的性情类似贬谪黄州的苏东坡，同样地"喜人谈鬼"。有所听闻，则命笔记之，竟然撰写成一卷卷鬼故事。如此做了相当长时间，四面八方有同好的人，又将他们的听闻，用邮筒（古人以竹筒寄信）寄送给我，因而，鬼闻异事，因自己爱好，积累得越来越多。啊呀，太搞怪了吧：我们并非化外之民，我收到的鬼故事奇异得超过断发文身巫鬼文化流行南蛮之地的传闻了。就在眼睛面前睫毛之远，发生的怪事，竟然怪异得超过脑袋可以飞来飞去的岭南溪洞之乡。鬼事在笔下逸兴遄飞（见王勃《滕王阁序》），好啊，这笔底的狂意，收获的狂狷之名，我才不会推脱呢；这笔底借鬼事倾吐和寄托的我的旷远怀抱，使我绝不隐讳我对鬼神之事的痴迷。实诚的人，怕莫正对我的怪异，掩嘴胡卢大笑。当然，我这些鬼故事，可能也存在传说中孔夫子的老娘停棺"五父衢头"一样的不可靠处（见《史记·孔子世家》），涉嫌"滥听"嫌疑；当然，从三生石上的故事，我也悟出后果前因。书中放纵的话，神奇鬼怪之谈，不可一概以我蒲松龄没有多少社会地位而被轻忽。当年，我将出生时（房门前左上方未能免俗地挂着一张弓），我家老爷子恍惚梦见一个病而清瘦的和尚，偏袒衣服进到房间，他记得这个瘦和尚的乳头旁粘着一块铜钱大的药膏。我蒲松龄经难产生下来后，胸前果然有一块圆形的黑色胎记。一切皆如父梦。在我的成长岁月里，我的命程也就是“和尚运”，少年时体质不好，多病；长大后又常走背时运。我门庭的冷落，凄清得就像和尚庙；我笔墨的耕耘生涯，萧条得就像和尚托着一个钵要仰人鼻息靠人施舍。每每搔头独想：难道那个面壁的和尚，真是我的前身？只是我没有剪断凡尘俗念，因而没有修成人天正果；而最后随风飘荡坠落于地，竟然像一瓣花飘落于藩篱外粪池旁。茫茫众生生死之趣，怎可说没有它的原因道理！在这寂寞而黑暗的子夜，灯火荧荧，灯芯闪亮结成灯花，仿佛要熄灭；寒斋瑟瑟，桌案冷得就像一块寒冰。集腋成裘，我像刘义庆妄续幽冥之录；浮起大杯酒来写作，独自酿成像韩非子的《孤愤》之篇；我的怀抱，在如此寒夜就这样寄托于文字中，这是一件让我足够伤怀、伤感的事情。哎！惊霜寒雀，栖在树枝之上，感觉不到寒冬枝丛的温暖；吊月伤怀的秋虫偎依栏杆，在自己的歌声中得到自我慰藉的热度。我这书就这样写就，只是知我者，难道就是那青青枫林、沉沉关塞游荡着的幽魂吗？（杜甫诗《梦李白》：魂来枫林青，魂返关塞黑）。康熙己未（即康熙十八年，公元1679年）春日，柳泉（即蒲公自号）自题。

考城隍

予姊丈之祖，宋公讳焘[①]，邑廪生[②]。一日，病卧，见吏人持牒，牵白颠马来[③]，云：“请赴试。”公言：“文宗未临[④]，何遽得考？”吏不言，但敦促之。公力疾乘马从去[⑤]。路甚生疏。至一城郭，如王者都。移时入府廨[⑥]，宫室壮丽。

上坐十余官，都不知何人，惟关壮缪可识[7]。檐下设几、墩各二[8]，先有一秀才坐其末，公便与连肩[9]。几上各有笔札[10]。俄题纸飞下。视之，八字云："一人二人，有心无心。"二公文成，呈殿上。

公文中有云："有心为善，虽善不赏；无心为恶，虽恶不罚。"诸神传赞不已。召公上，谕曰："河南缺一城隍[11]，君称其职。"公方悟，顿首泣曰："辱膺宠命[12]，何敢多辞？但老母七旬，奉养无人，请得终其天年，惟听录用。"上一帝王像者，即命稽母寿籍[13]。有长须吏，捧册翻阅一过，白："有阳算九年[14]。"共筹躇间[15]，关帝曰："不妨令张生摄篆九年[16]，瓜代可也[17]。"乃谓公："应即赴任；今推仁孝之心[18]，给假九年，及期当复相召。"又勉励秀才数语。二公稽首并下[19]。秀才握手，送诸郊野，自言长山张某[20]。以诗赠别，都忘其词，中有"有花有酒春常在，无烛无灯夜自明"之句。公既骑，乃别而去。及抵里，豁若梦寤。时卒已三日。母闻棺中呻吟，扶出，半日始能语。问之长山，果有张生，于是日死矣。后九年，母果卒。营葬既毕，浣濯入室而殁。其岳家居城中西门内，忽见公镂膺朱帻[21]，舆马甚众，登其堂，一拜而行。相共惊疑，不知其为神。奔讯乡中，则已殁矣。公有自记小传，惜乱后无存，此其略耳。

注释

①讳：旧时对帝王尊长不直称其名，叫避讳；因称其名为"讳"。

②邑廪生：本县廪膳生员。明洪武二年（1369）始，凡考取入学的生员（习称"秀才"），每人月廪食米六斗，以补助其生活。后生员名额增多，成化年间（1465—1487）改为定额内者食廪，称廪膳生员，省称廪生；增额者为增广生员和附学生员，省称增生和附生。清沿明制，廪生月供廪饩银四两，增生岁、科两试一等前列者，可依次升廪生，称补廪。

③白颠马：白额马。颠，额端。

④文宗：文章宗匠。原指众人所宗仰的文章大家。清代用以誉称省级学

官提督学政（简称“提学”“学政”）。临：指案临。清制，各省学政在三年任期内依次到本省各地考试生员，称案临。考试的名目有“岁考”“科考”两种。

⑤力疾：强支病体。此据青柯亭刻本，原作“力病”。

⑥府廨（xiè 械）：官署。旧时对官府衙门的通称。

⑦关壮缪（mù 穆）：指关羽（？—219），字云长，河东解县（今山西临猗县西南）人。三国时蜀汉大将。死后追谥壮缪侯。

⑧几：长方形的小桌子。墩：一种低矮的坐具。

⑨连肩：肩靠肩，此指并排而坐。

⑩笔札：犹笔、纸。札，古时供书写用的薄木筒。

⑪城隍：古代神话中守护城池的神，后为道教所信奉。

⑫辱膺宠命：为旧时接受任命或命令时表示感激之词。辱，犹言承蒙。膺，受。宠命，恩赐的任命。

⑬稽母寿籍：查看记载其母寿限的簿籍。稽，查。寿籍，迷信传说中阴世记载人们寿限的簿册，即所谓“生死簿”。

⑭阳算：寿算，活在阳世的年数。

⑮筹躇：犹豫不决。筹，通“踌”。

⑯摄篆：代掌印信，指代理官职。摄，代理。篆，旧时印信刻以篆文，因代指官印。

⑰瓜代：及瓜而代的省词。原意为至来年食瓜季节使人替代。

⑱推仁孝之心：推许其仁孝的心志。推，推许，推重、赞许。

⑲稽（qǐ 乞）首：伏地叩头；旧时所行的跪拜礼。

⑳长山：旧县名。辖境为今山东省邹平县东部。

㉑镂膺朱幩（fén 坟）：形容马饰华美。镂膺，马胸部镂金饰带。朱幩，红色辔饰。

意译

我姐夫的祖父宋老先生，名焘，是本县秀才。有一天，他因病躺在床上，恍惚中看见有个官吏牵着一匹前额长白毛的马，手里拿着官府的文告过来对他说："请你前去参加考试。"宋老先生说："主考官还未光临，为何突然提及考试的事？"那官吏并不言语，只是催促他快快动身。宋老先生只好勉强拖着病体乘马随那官吏而去。

他感到脚下的道路非常生疏。转眼间就到了一座城堡前，看上去好像是帝王的都城。一会儿工夫他们便进入官府，只见房舍十分壮丽豪华，上面坐着十多个官员，却不知是什么身份的人，其中只有关帝爷还认识。

屋檐下摆着小桌和墩子各两个。在他之前，有一个秀才已坐在一端，宋老先生便挨着他坐在旁边。小桌上放着笔和纸，很快试题纸传下来，展开一看，见上面写着八个字："一人二人，有心无心。"两人很快把文章写成，呈到殿上。宋老先生文中有这样两句："有心为善，虽善不赏；无心为恶，虽恶不罚。"殿上众神传阅之后，称赞不已。众神召宋老先生上殿说："河南缺一个城隍神，你可去任此职。"宋老先生这才醒悟过来，感激涕零地叩头相谢道："承蒙恩赐任命，怎敢推辞。只是家里有七十二岁老母，无人奉养。我请求侍奉老母送终后，再听从任命。"上面有位像帝王模样的人立即令人查看他母亲的寿数，一位留着长胡须的官吏翻开表册查阅一遍说："还有九年阳寿。"正当大家踌躇间，关帝说："不妨让张先生暂且代职九年，到时让他接任。"然后又对宋老先生说："本应立即赴任，今念及你的一片仁义孝敬之心，可批准九年假期，到时候再召你赴任此职。"随即又勉励了那位秀才几句，二人垂首叩拜一齐退下。

那位秀才握着宋老先生的手，一直送到郊外。他自我介绍说是长山县张某。临别时又作诗相赠，具体内容全忘了，其中仅"有花有酒春常在，无烛无灯夜自明"两句记下了。宋老先生骑上马告别张某而去。

等回到家里时，豁然如梦初醒。这时，他已死去三天了。老母亲听见棺材里有呻吟声，赶忙将他扶出来。

过了大半天，他才能说话。家里派人到长山县一带去打听，果然有张某此人，就在这一天死去了。

后来过了九年，宋母果真去世。等到为老母办完丧事以后，宋老先生沐浴更衣，进房安然而死。他岳父家住在县城西门内，这天忽然见宋老先生乘坐雕饰华丽的马车，并有众多随从陪同而来，登堂拜别。

大家都很惊疑，却不知道他已经成了神仙。当岳父家的人奔走乡里去询问时，宋老先生已经去世了。

宋老先生有自记小传，可惜经过丧乱以后失传了，这里所记不过是个大略罢了。

尸 变

阳信某翁者[①]，邑之蔡店人。村去城五六里，父子设临路店，宿行商。有车夫数人，往来负贩，辄寓其家。一日昏暮，四人偕来，望门投止[②]，则翁家客宿邸满[③]。四人计无复之，坚请容纳。翁沉吟思得一所，似恐不当客意。客言："但求一席厦宇[④]，更不敢有所择。"时翁有子妇新死，停尸室中，子出购材木未归[⑤]。翁以灵所室寂，遂穿衢导客往。入其庐，灯昏案上；案后有搭帐衣[⑥]，纸衾覆逝者[⑦]。又观寝所，则复室中有连榻[⑧]。四客奔波颇困，甫就枕，鼻息渐粗。惟一客尚蒙眬。忽闻灵床上察察有声，急开目，则

灵前灯火，照视甚了：女尸已揭衾起；俄而下，渐入卧室。面淡金色，生绢抹额[9]。俯近榻前，遍吹卧客者三。客大惧，恐将及己，潜引被覆首，闭息忍咽以听之。未几，女果来，吹之如诸客。觉出房去，即闻纸衾声。出首微窥，见僵卧犹初矣。客惧甚，不敢作声，阴以足踏诸客；而诸客绝无少动。顾念无计[10]，不如着衣以窜。裁起振衣[11]，而察察之声又作。客惧，复伏，缩首衾中。觉女复来，连续吹数数始去[12]。少间，闻灵床作响，知其复卧。乃从被底渐渐出手得裤，遽就着之，白足奔出[13]。尸亦起，似将逐客。比其离帏，而客已拔关出矣[14]。尸驰从之。客且奔且号，村中人无有警者。欲扣主人之门，又恐迟为所及。遂望邑城路，极力窜去。至东郊，瞥见兰若[15]，闻木鱼声[16]，乃急挝山门[17]。道人讶其非常[18]，又不即纳。旋踵，尸已至，去身盈尺。客窘益甚。门外有白杨，围四五尺许，因以树自幛[19]；彼右则左之，彼左则右之[20]。尸益怒。然各寖倦矣[21]。尸顿立。客汗促气逆[22]，庇树间。尸暴起，伸两臂隔树探扑之。客惊仆。尸捉之不得，抱树而僵。

道人窃听良久，无声，始渐出，见客卧地上。烛之死，然心下丝丝有动气。负入，终夜始苏。饮以汤水而问之，客具以状对。

时晨钟已尽[23]，晓色迷蒙，道人觇树上，果见僵女。大骇，报邑宰[24]。宰亲诣质验[25]。使人拔女手，牢不可开。审谛之，则左右四指，并卷如钩，入木没甲。又数人力拔，乃得下。视指穴如凿孔然。遣役探翁家，则以尸亡客毙，纷纷正哗。役告之故。翁乃从往，舁尸归。客泣告宰曰："身四人出[26]，今一人归，此情何以信乡里？"宰与之牒，赍送以归[27]。

注释

①阳信：县名。在今山东省北部。

②望门投止：见有人家，便去投宿。止，宿。

③客宿邸（dǐ 底）满：住宿客人很多，旅舍已满。邸，旅舍。

④一席厦宇：廊檐下一席之地。厦，两厢，走廊。宇，屋檐。

⑤材木：棺木。材，棺。

⑥搭帐衣：指灵堂中障隔灵床的帷幛。旧时丧礼，初丧停尸灵床，灵前置几，设位燃灯，祭以酒浆，几后设帷。

⑦纸衾（qīn 钦）：指初丧时用以覆盖尸体的黄表纸或白纸。衾，被。

⑧复室：指套房中的里间。

⑨抹额：也叫“抹头”，一种束额的头巾。此指以巾束额。

⑩计：此字底本模糊难辨，据铸雪斋抄本补正。

⑪振衣：抖动衣服；指欲穿衣。

⑫数数（shuò shuò 朔朔）：多次。

⑬白足：光着脚。

⑭拔关：拔开门闩。关，门插关，即门闩。

⑮兰若：梵语“阿兰若”的音译。原为佛家比丘习静修的处所，后一般指佛寺。

⑯木鱼：佛教法器名。刻木作鱼形，中凿空洞，扣之作声。一为圆形，刻有鱼鳞，僧人诵经时敲击以调音节；一为长形，吊在堂前，开饭时击之以招僧众。

⑰挝（zhuā 抓）：敲。山门：寺院的外门。

⑱道人：这里指和尚。晋宋间和尚、道士通称道人。

⑲幛：本指屏风、帷幕，也作“障”，遮蔽。

⑳彼左则右之：此据铸雪斋抄本，原无此五字。

㉑寖（qìn）倦：渐渐疲倦。寖，同“浸”，渐。

㉒汗促气逆：汗直冒，气直喘。促，急。逆，不顺。

㉓晨钟：这里指寺庙里清晨的钟声。钟，佛教法器。

㉔邑宰：指知县。

㉕质验：质证查验；即问取证词，查验尸身。

㉖身：《尔雅·释诂下》："身，我也。"

㉗"宰与"二句：知县发给他证明文书，并赠送盘费，使其回家。赍(jī 鸡)，以物送人。

意译

阳信县有位老翁是本县蔡店人。村子距县城约有五六里远。他和他儿子在路边开小店做生意，也供过路的商人住宿。有四个车夫，经常贩卖东西从这里过往，每次都要在他家里住。

一天黄昏时分，这四个人一起来到店门口，要求投宿。但老翁家里房间已经全部让客人住满了。四个人商量了一下，觉得再也没有别的去处，就坚持要求老翁想办法安排他们住下。老翁沉思了一下，想起有一个空地方可以住人，只是怕客人们不满意。客人们说："我们只求有一间侧房能够安身歇息就行，哪里还敢挑来拣去的呢？"

原来，老翁有一个儿媳妇刚刚死去不久，尸体就停放在将要让客人留宿的这间屋子里。儿子出门去购买棺材，还没有回来，老翁想着这灵室还安静，就领着客人们穿过通道到了那里。客人们进到室内，只见里面桌案上灯光昏暗，桌案后面搭着布帐，布帐后面停着一具女尸，纸糊的被子盖在死者的身上。他们再看看要住的地方，是与此仅隔一个门的房间，放着连在一起的床铺，算是一个通铺。这四个客人白天奔波赶路，实在疲乏极了，头刚一挨枕头，就都睡着了，鼾声又粗又重。

其中有一个客人还处在似睡似醒的朦胧状态，突然听到停尸的灵床上有"嚓嚓"的响声。他赶紧睁开眼睛看去，只见灵前的灯光将他所能看到的一切照得非常分明：那女尸竟然揭开纸被坐起来，一会儿工夫便下了床，慢慢地走到四个客人的卧室里来。客人见那女尸脸上呈现出淡淡的金黄色，额头上戴着一圈生丝绢。女尸走到客人床前，把那熟睡的三个客人都扑扑地吹了一遍。醒着的那位客人见此情景，恐惧极了，害怕女尸也来吹他，就悄悄地拉着被子把自己的头完全盖住，在被窝里屏住呼吸，连唾沫也不敢咽，静静地听外面的动静。不一会儿，女尸果然来到他跟前，也像对别的客人那样，把他吹了一遍。后来，他感觉到那女尸出了卧室，然后，又听见灵床和纸被的响声。客人胆战心惊地掀开被角，往灵床那边窥视，看见女尸仍然像先前一样僵卧在那里。客人更加恐惧，不敢出一点声。他在被子里悄悄地用脚蹬别的几个客人，但是他们连动都不动一下，他想来想去没有别的办法，就准备穿上衣服逃跑。

客人刚刚提起衣服要穿，突然又听见外面灵床响起“嚓嚓”声。客人害怕极了，急忙又躺下，把头缩进被子里，他感觉到那女尸又来了，一连吹了好几遍才离去。过了一会儿，灵床又有了响声，客人知道女尸又躺下来，于是从被子里慢慢伸出手摸到裤子，急忙穿上，也来不及穿鞋，光着脚往外跑。那女尸也随即离了床，似乎要来追赶他。等女尸离了帐子，客人已经拉开门闩，撒腿跑出屋外。女尸也紧紧地追随着奔跑出来。客人一边奔跑一边大声呼叫救命，但村里的人却没有一个被惊醒的，客人想去敲主人家的门，但又害怕来不及而被女尸追上，就只好在去县城的路上拼命逃窜。

客人跑到东郊，看见前面有一座寺庙，也能听见里边传出来的木鱼声。客人用力猛敲寺庙的大门。庙里的和尚感到太突然，没敢及时来开门放他进去。转眼间，那女尸已追到客人跟前，距离只有一尺多，客人更加窘迫不堪。幸亏庙门外有一棵大白杨树，树围大概有四五尺粗，客人趁机用白杨树来掩护自己。女尸追到右边，他就藏到左边，女尸追到左边，他就又藏到右边。

女尸被激怒了，更加暴怒。双方都疲倦不堪。女尸首先停了下来，站在原地不动了。客人更是汗流如注，上气不接下气，躲避在树中间歇气。没过多久，女尸突然暴起，伸出两条长胳膊，隔着树身来抓他。客人恐惧极了，被惊吓得瘫软无力，扑倒在地上。女尸没有抓着客人，抱着白杨树僵硬地站立在那里。

和尚在庙门里窃听了好长时间，外面没了声息，也没了动静，这才慢慢地开了门出来看究竟。只见客人躺在地上一动不动，和尚拿着蜡烛上来照看，发现客人死了。和尚又俯下身去摸摸，觉出客人心口微微跳动，口里还有一丝丝气息。和尚当即把客人背进庙里。过了很长时间，天快亮的时候，客人方才苏醒过来。和尚又给客人喝了些汤水，然后问他怎么会弄成这个样子？客人有气无力地把他所遭遇到的一切，全都告诉了和尚。

这时，晨钟已经敲响，东方呈现出鱼肚白，曙色迷蒙，和尚壮着胆子往外看，果然发现有一具僵硬的尸体，依靠白杨树站着。和尚大吃一惊，派人将女尸追逐客人的事报告给县官。县官立即亲自到现场问取证词查验尸身。县官让人去拔女尸的手，但是女尸的双手牢牢地抓着树身，怎么也取不下来。县官近前仔细一看，只见女尸左右手的四个指头互相并在一起，卷曲成铁钩形状，深深地抠进树身，连指甲也陷了进去。县官又叫几个人一起合力往外拔，这才把女尸的手指从树身里弄出来。然后再看手指抓过的孔穴，就像用凿子凿成的深洞一样。县官派差役到老翁家里去探视，而老翁家里因尸体不见，客人毙命，正议论纷纷。差役将女尸和客人在东郊庙门外相斗的情状告诉了主人。老翁马上跟随差役到了东郊庙门外，将女尸抬了回去。

客人哭着对县官说："我们一起出来了四个人，现在只剩下我一个人回去，这让我怎么给乡亲们交代呢？他们一定不会相信我的话的。"县官一想也是，就当下写了一纸文书作为证明，将客人送回原乡。

喷 水

莱阳宋玉叔先生为部曹时[1]，所僦第[2]，甚荒落。一夜，二婢奉太夫人宿厅上[3]，闻院内扑扑有声，如缝工之喷衣者。太夫人促婢起，穴窗窥视[4]，见一老妪，短身驼背，白发如帚，冠一髻，长二尺许，周院环走，疏急作鹤步[5]，行且喷，水出不穷。婢愕返白。太夫人亦惊起，两婢扶窗下聚观之。妪忽逼窗，直喷棂内；窗纸破裂，三人俱仆，而家人不之知也。东曦既上[6]，家人毕集，叩门不应，方骇。撬扉入，见一主二婢，骈死一室[7]。一婢鬲下犹温[8]。扶灌之，移时而醒，乃述所见。先生至，哀愤欲死。细穷没处，掘深三尺余，渐露白发；又掘之，得一尸，如所见状，面肥肿如生。令击之，骨肉皆烂，皮内尽清水。

注释

①宋玉叔：即宋琬。宋琬（1614—1673），字玉叔，号荔裳，莱阳（今山东莱阳）人。清初著名诗人，与施闰章齐名，时称“南施北宋”。有《安雅堂集》。宋琬为顺治四年（1647）进士，授户部河南司主事，调吏部稽勋司郎中，后迁浙江、四川按察使。详见《清史稿·文苑传》。主事、郎中均为内阁各部的属官，即“部曹”。“为部曹时”，指宋琬在京期间。

②所僦（jiù 就）第：租赁的宅第。

③太夫人：汉代称列侯之母为太夫人。后泛称官僚豪绅之母。此指宋母。

④穴窗：在窗纸上戳个洞。

⑤疏急作鹤步：大步急行如鹤。

⑥东曦（xī 希）：犹朝日。曦，日光。

⑦骈（pián）死：同死。骈，并，相挨。

⑧鬲下：胸腹之间，指胸口。鬲，同“膈”。

意译

莱阳县的宋玉叔先生在京城做官时，租赁了一所宅地，十分荒凉破落。

一天夜里，两个婢女陪伴着宋老夫人睡在房子的厅堂上。听见院子里有扑扑的声响，很像裁缝用水喷衣服时发出的那种响声。

老夫人急忙催促婢女赶快起来，在窗纸上戳个小洞往外观看，发现院子里有一个老妇人，个儿很低，又是个驼背，满头白发像扫帚一样，头顶上盘着一个发髻，大约有二尺高。老妇人在满院子转圈圈，脚步急得就像鹤鸟行走时一样。这老妇人一边急走一边不停地扑扑喷水，水源源不断地落下来。婢女吓得目瞪口呆，转身跑回老夫人跟前，将看到的情形向老夫人说了。

老夫人听后也非常害怕，赶紧起来，让两个婢女搀扶着一起到窗前向外观看。这时，老妇人突然逼近窗户，猛然对着窗棂里边喷水，刹那间，窗纸破裂。三个人惊吓得瘫倒在地上，但是家里没有人知道。

第二天早晨，太阳已经升起，宋家的人全都起来，敲大厅的门，但厅堂里却没有人应声。这时大家都很吃惊，就撬开门进去，发现老夫人和两个婢女倒在一起，死在大厅里。家人发现其中一个婢女胸腔间还有些余温，就把那婢女扶起来给灌了些汤水，过了一些时间才渐渐苏醒过来，便把夜里发生的一切向家人说了。

宋玉叔回到家里，得知老母惨死，悲愤交集。他让家人在院子里仔细查寻，终于找到一个角落，向下挖掘了三尺多深，地下渐渐露出白发来，宋先生不甘心，让家人再往下挖，终于挖出一具尸体，和婢女所讲述的情形完全一样。尸体脸面又胖又肿，就像活人一样。宋先生命令家人击打尸体，顷刻间，骨散肉烂，皮内全是清水。

瞳人语

长安士方栋[①]，颇有才名，而佻脱不持仪节[②]。每陌上见游女[③]，辄轻薄尾缀之[④]。清明前一日，偶步郊郭，见一小车，朱茀绣幰[⑤]；青衣数辈[⑥]，款段以从[⑦]。内一婢，乘小驷[⑧]，容光绝美。稍稍近觇之，见车幔洞开，内坐二八女郎，红妆艳丽，尤生平所未睹。目炫神夺，瞻恋弗舍，或先或后，从驰数里。忽闻女郎呼婢近车侧，曰："为我垂帘下。何处风狂儿郎，频来窥瞻！"婢乃下帘，怒顾生曰："此芙蓉城七郎子新妇归宁[⑨]，非同田舍娘子[⑩]，放教秀才胡觑[⑪]！"言已，掬辙土飏生。生眯目不可开。才一拭视，而车马已渺。惊疑而返。觉目终不快。倩人启睑拨视，则睛上生小翳[⑫]；经宿益剧，泪簌簌不得止；翳渐大，数日厚如钱；右睛起旋螺，百药无效。懊闷欲绝，颇思自忏悔。闻《光明经》能解厄[⑬]。持一卷，浼人教诵[⑭]。初犹烦躁，久渐自安。旦晚无事，惟趺坐捻珠[⑮]。持之一年，万缘俱净[⑯]。忽闻左目中小语如蝇，曰："黑漆似，叵耐杀人[⑰]！"右目中应云："可同小遨游，出此闷气。"渐觉两鼻

中蠕蠕作痒，似有物出，离孔而去。久之乃返，复自鼻入眶中。又言曰："许时不窥园亭，珍珠兰遽枯瘠死[18]！"生素喜香兰，园中多种植，日常自灌溉；自失明，久置不问。忽闻此言，遽问妻："兰花何使憔悴死？"妻诘其所自知，因告之故。妻趋验之，花果槁矣。大异之。静匿房中以俟之，见有小人自生鼻内出，大不及豆，营营然竟出门去[19]。渐远，遂迷所在。俄，连臂归，飞上面，如蜂蚁之投穴者。如此二三日。又闻左言曰："隧道迂[20]，还往甚非所便，不如自启门。"右应云："我壁子厚，大不易。"左曰："我试辟，得与而俱[21]。"遂觉左眶内隐似抓裂。有顷，开视，豁见几物。喜告妻。妻审之，则脂膜破小窍，黑睛荧荧，才如劈椒[22]。越一宿，幛尽消。细视，竟重瞳也，但右目旋螺如故，乃知两瞳人合居一眶矣。生虽一目眇，而较之双目者，殊更了了[23]。由是益自检束[24]，乡中称盛德焉[25]。异史氏曰[26]："乡有士人，偕二友于途，遥见少妇控驴出其前，戏而吟曰：'有美人兮[27]！'顾二友曰：'驱之！'相与笑骋。俄追及，乃其子妇。心赧气丧，默不复语。友伪为不知也者，评骘殊亵[28]。士人忸怩[29]，吃吃而言曰[30]：'此长男妇也。'各隐笑而罢。轻薄者往往自侮，良可笑也。至于眯目失明，又鬼神之惨报矣。芙蓉城主，不知何神，岂菩萨现身耶[31]？然小郎君生辟门户，鬼神虽恶，亦何尝不许人自新哉。"

注释

①长安：即今陕西省西安市。长安为汉、唐都城，因在旧时文学作品中常以长安代指国都。

②佻（tiǎo 挑）脱不持仪节：行为轻佻，不守礼节。佻脱，轻佻，轻率。持，守。仪节，礼仪。

③陌（mò 末）上：本指田间小路；南北叫"阡"，东西称"陌"。这里指郊野路上。

④尾缀：犹尾随，在后紧跟。

⑤朱茀（fú 俘）绣幰（xiǎn 显）：大红车帘，绣花车帷。旧时女子乘车，车篷前后挂帘遮蔽，叫“茀”。幰，车上的障幔。

⑥青衣：古时地位低贱者的服装。婢女多穿青衣，因以代称婢女。

⑦款段：款段马，行动迟缓之马。此指骑马慢行。《后汉书·马援传》：“士生一世，但取衣食裁足，乘下泽车，御款段马……”注：“款，犹缓也，言形段迟缓也。”

⑧小驷：小马。驷，四马一车，也泛指马，《礼记·三年问》：“若驷之过隙。”《经典释文》：“驷，马也。”

⑨芙蓉城：迷信传说中的仙境。欧阳修《六一诗话》：“（石）曼卿卒后，其故人有见之者，云恍忽如梦中，言我今为鬼仙也，所主芙蓉城。”归宁：妇女回母家探视，古称归宁。《诗·周南·葛覃》：“害澣害否，归宁父母。”宁，安，问安。

⑩田舍娘子：乡下妇女，农妇。

⑪放：任意。

⑫小翳（yì 益）：小片障（云）膜。翳，目疾，遮蔽瞳孔的薄膜。下文“右睛起旋螺”，是说薄膜厚结成螺旋形。

⑬《光明经》：佛教经典《金光明经》的简称。

⑭浼（měi 每）人：央求人，请人。

⑮捻珠：用手捻数着佛珠。珠，佛珠，也称“数珠”，梵语“钵塞莫”的意译，佛教徒念佛号或经咒时用以计数。通常用香木车成圆粒，贯穿成串，也有用玛瑙、玉石制作的，粒数多少不等，少者十四颗，多者达一千零八十颗。

⑯万缘俱净：意思是各种世俗杂念全都消除。缘，佛家语，此指意念产生的因缘。

⑰叵（pǒ 颇）耐杀人：令人难以忍耐。叵，不可。杀，同“煞”。

⑱珍珠兰：也称珠兰，常绿小灌木，初夏开小花，穗状花序，呈黄绿色，有香味。

⑲营营：往来飞声。《诗·小雅·青蝇》：“营营青蝇，止于樊。”朱熹注：“营营，往来飞声。”

⑳隧道：地下暗道。这里指眼睛通向鼻孔的潜道。《素问·调经论》：“五脏之道，皆出于经隧。”注：“隧，潜道也。”

㉑得与而俱：意思是，如果我启门成功，就与你共同使用。而，你。俱，一同。

㉒劈椒：绽裂的花椒内仁。花椒内的黑子，俗名“椒目”。这里形容露出一小点黑色的瞳孔。

㉓了了：清楚。

㉔检束：指对言行检点约束。

㉕盛德：美德。《史记·老子申韩列传》：“吾闻之，良贾深藏若虚，君子盛德，容貌若愚。”盛，大、美。

㉖异史氏曰：《聊斋志异》所用的一种论赞体例。异史氏，作者蒲松龄自称。本书撰写狐鬼神异故事多仿史书列传体例，因称“异史”；而在正文后，则仿照《左传》的“君子曰”和《史记》的“太史公曰”的论赞体例，标以“异史氏曰”，以便作者直接发表议论。

㉗有美人兮：《诗·郑风·野有蔓草》中的诗句。原诗为：“有美一人，清扬婉兮。邂逅相遇，适我愿兮。”

㉘评骘（zhì 质）殊亵：评论得十分猥亵、下流。骘，定。

㉙忸怩：羞愧葸缩的样子。

㉚吃吃（jī jī 机机）：形容说话结结巴巴、吞吐含混。

㉛菩萨：梵语“善提萨埵”的略称。《翻译名义集》一引法藏释：“菩提，此谓之觉；萨埵，此曰众生。以上智求菩提，用悲下术众生。”佛教用以指自觉本性而又善度众生的修行者，地位仅次于佛，世传观世音菩萨多现女身。

意译

京城里有一士人叫方栋，非常有才气，但是为人轻薄放荡，特别不守礼节。他每一次在郊野路上遇见游玩的女子，总是要轻佻地尾随在人家后面追逐一阵子才罢休。

清明节的前一天，他偶尔到郊外去游玩，看见一辆小车，挂着彩色帐幔，十分华丽，有几个婢女骑着马相随慢行。其中有一个婢女，骑着小骏马，容貌长得非常美丽，光彩照人。方栋被这漂亮女子所吸引，也骑着马紧随其后。稍稍逼近一些，发现小车的帐幔掀开，露出一处小孔，从这孔里望进去，他

看见里面坐着一个女郎，芳龄大约十六岁，红妆艳丽，娇美绝伦，举世无双，确实是平生从未目睹过。方栋就像被勾了魂似的，身不由己，目光一直不能离开车内的漂亮女子，他骑马和小车紧紧相随，有时他的马走到前边，他就让马稍停一下；有时他的马落在后边，他就又把马拍打一下，让它赶上去。就这样，他跟随那漂亮女子一直奔走了好几里路。

方栋在马上忽然听见车内女子叫骑马随从的婢女走近到车跟前，那女子说道："把车帘子给我放下来，外面哪儿来的疯狂轻薄儿郎，不停地往车子里边偷看。"于是婢女将车帘子放了下来，回头对方栋怒气冲冲地说："你知道她是谁吗？她就是仙境中芙蓉城七郎子新媳妇，现在她要回娘家去看望自己的父母。她和那些没有身份的农家娘子不一样，怎么能随便叫秀才偷看呢！"婢女说完话，很快从地上掬起一把被车轮辗得很细的尘土，向方栋猛地扬了过去，方生的双眼顿时被迷得睁不开了。等他擦揉了一阵子再去看那车子，车马和人早已走得很远很远了，只留下一丝渺茫的幻影。方栋又惊又疑没有办法，只好悻悻地掉转马头回家去。

方栋回到家里，眼睛一直很难受。他就请人翻开上下眼皮，看里边还有什么东西，结果发现眼球上生出一个白翳，正好盖在瞳仁上。睡了一个晚上，眼睛更加难受，眼泪扑簌簌地往下流，止也止不住。后来，白翳长得越来越大，几天以后，竟然长得跟铜钱一样厚。不久，右眼上也长起一个螺旋状的东西。见此情形，家里就帮他四处求医找药，但什么药也治不好他的病。方栋内心十分痛苦，对自己不检点的行为，感到非常后悔。

方栋听说《金光明经》能够解除他的厄运和痛苦，于是就找来一本《金光明经》，请人教他诵读。刚开始的时候，方栋还觉得烦躁，时间长了，他便安定下来。早晚没事的时候，他就盘腿坐下，只管捻着珠子诵读《金光明经》，这样一直坚持了一年多时间，一切世俗杂念都因此而被净化了。

有一天，他忽然听见左眼里有像苍蝇嗡嗡那么大的声音在说话："这里面太黑了，像漆一样，真是无法忍耐憋闷死人了！"右眼里也有相同的声音呼应说："是的，咱们可以一块出来游玩一会儿，透一透这闷气儿也会舒服些。"紧接着，方栋便隐隐约约感觉到两个鼻孔在轻轻蠕动着，十分痒痒，再接着就好像有什么东西，离开鼻孔出去了。过了很长时间，那东西又回来了，仍旧沿着两个鼻孔爬上去，又进到眼眶里去了。然后，两个眼眶里又有像苍蝇嗡嗡那么大的声音在说："很长时间不到花园里去观望了，那些珍珠兰没人浇灌，已经枯死了。"方栋平时非常喜欢香兰，在花园种植了很多，平日里都要去亲自灌溉，现在，自从双目失明之后，一直没有顾得上去浇灌。刚才，当他听到眼睛里的对话之后，心里就很有点着急，立即问妻子道："花园里的兰花怎么会枯死？"方栋的妻子很奇怪，于是就反问他怎么会自己知道花园里的兰花枯死了呢？方栋将自己眼睛中两个东西对话的事向妻子说了。方栋的妻子当即到花园去看那些兰花是不是真死了，结果确实像方栋说的那样，兰花全枯死了。方生的妻子异常惊讶，就悄悄地藏在房子里，等待方栋眼睛里的东西出现，果然看见有两个小人顺着方栋的鼻孔爬出来，这两个小人还不到黄豆那么大，从门里飞出去，越飞越远，最后竟然消失了，不知道去了什么地方。过了不久，方栋的妻子又发现那两个小人手臂相挽着从外面回来，飞到方栋的脸上，就像进洞穴里一样钻进方栋的两个鼻孔。方栋妻这样观察了两三天。

后来，方栋又听见左眼眶里的小人在说："每次迂回着从鼻孔出出进进，就像钻隧道一样麻烦，这样太不方便了，还不如自己重开一道，出入会很方便的。"右眼眶里的小人回答说："我这儿壁膜太厚了，要弄开一道门，很不容易。"左眼眶又说："让我先在这边试着开辟门道，如果能开出，就和你一块儿从这儿出进。"话音刚落，方栋即觉得左眼眶里的眼膜像被抓起来，使劲地撕裂着，方栋疼痛得难以忍受。这样持续了一会儿工夫，方栋再睁开眼睛，立即觉得已能豁然看见东西了。方栋高兴极了，赶快告诉了妻子，妻子过来仔细看他的眼睛，发现他的眼膜上果真被撕开一个小缝隙，眼膜里的黑眼球炯炯有光，就像绽裂的花椒。

再睡了一个晚上，方栋眼睛里的障膜已经完全消失，再仔细看时，竟发现左眼里多了一个瞳仁，然而右眼里的旋螺还像以前那样，没有任何变化。方栋这才知道他左右眼里的瞳仁已经合住在一个眼眶里了。方栋虽然瞎了一只眼睛，但是比起先前用双眼去看东西，却更加清晰明了。因此，方栋对自己的行为更加检点，对自己的要求也更加严格。乡里人便称赞他的美德。

异史氏说："乡里有一士人，有一天和两个朋友在路上骑马而行。他远远看见有一个少妇骑着驴出现在前方，他开玩笑吟唱诗句说：'有美人啊。'又回头对两位朋友说：'驱马前去，一睹那漂亮女子的芳容！'于是，几个人会意地大笑着驱马赶上前去。很快地，他们就追上了前边骑驴的漂亮女子，仔细端详时才发现，那女子原来是他的儿媳妇。他心里极其愧疚，垂头丧气，一下子沉默了，什么话也说不出来。他的两个朋友假装不知道真情，对他的儿媳妇进行十分下流的评论，他非常难堪羞愧，结结巴巴地说：'那是我的大儿媳妇。'两个朋友听后，不由得都转过脸去偷着笑了一阵才算罢休。轻薄的人在谋图侮辱别人的时候，往往最后反而侮辱了自己，这实在可笑。至于那被迷目失明的方栋，则是遭到了鬼神的惨报。主持芙蓉城的神仙，不知是什么神，难道是菩萨现身不成？然而小郎君能够洗心革面，鬼神即使凶恶，也何曾不允许人们悔过自新啊。"

画壁

江西孟龙潭[1]，与朱孝廉客都中[2]。偶涉一兰若，殿宇禅舍[3]，俱不甚弘敞[4]，惟一老僧挂搭其中[5]。见客入，肃衣出迓[6]，导与随喜[7]。殿中塑志公像[8]。两壁画绘精妙，人物如生。东壁画散花天女[9]，内一垂髫者[10]，拈花微笑，樱唇欲动，眼波将流。朱注目久，不觉神摇意夺，恍然凝想。身忽飘飘，如驾云雾，已到壁上。见殿阁重重，非复人世。一老僧说法座上[11]，偏袒绕视者甚众[12]。朱亦杂立其中。少间，似有人暗牵其裾。回顾，则垂髫儿，辗然竟去[13]。履即从之。过曲栏，入一小舍，朱次且不敢前[14]。女回首，举手中花，遥遥作招状，乃趋之。舍内寂无人；遽拥之，亦不甚拒，遂与狎好。既而闭户去，嘱勿咳，夜乃复至，如此二日。

女伴共觉之，共搜得生，戏谓女曰："腹内小郎已许大，尚发

蓬蓬学处子耶?”共捧簪珥[15]，促令上鬟[16]。女含羞不语。一女曰：“妹妹姊姊，吾等勿久住，恐人不欢。”群笑而去。生视女，髻云高簇，鬟凤低垂，比垂髫时尤艳绝也。四顾无人，渐入猥亵，兰麝熏心[17]，乐方未艾。忽闻吉莫靴铿铿甚厉[18]，缧锁锵然[19]；旋有纷嚣腾辨之声。女惊起，与生窃窥，则见一金甲使者[20]，黑面如漆，绾锁挈槌[21]，众女环绕之。使者曰：“全未?”答言：“已全。”使者曰：“如有藏匿下界人，即共出首，勿贻伊戚[22]。”又同声言：“无。”使者反身鹗顾[23]，似将搜匿。女大惧，面如死灰，张皇谓朱曰：“可急匿榻下。”乃启壁上小扉，猝遁去。

朱伏，不敢少息。俄闻靴声至房内，复出。未几，烦喧渐远，心稍安；然户外辄有往来语论者[24]。朱局蹐既久[25]，觉耳际蝉鸣，目中火出，景状殆不可忍，惟静听以待女归，竟不复忆身之何自来也。时孟龙潭在殿中，转瞬不见朱，疑以问僧。僧笑曰：“往听说法去矣。”问：“何处?”曰：“不远。”少时，以指弹壁而呼曰：“朱檀越何久游不归[26]?”旋见壁间画有朱像，倾耳伫立，若有听察。僧又呼曰：“游侣久待矣。”遂飘忽自壁而下，灰心木立[27]，目瞪足耎。孟大骇，从容问之，盖方伏榻下，闻叩声如雷，故出房窥听也。共视拈花人，螺髻翘然[28]，不复垂髫矣。朱惊拜老僧，而问其故。僧笑曰：“幻由人生，贫道何能解。”朱气结而不扬，孟心骇叹而无主。即起，历阶而出。

异史氏曰：“幻由人生，此言类有道者[29]。人有淫心，是生亵境；人有亵心，是生怖境。菩萨点化愚蒙，千幻并作。皆人心所自动耳。老婆心切[30]，惜不闻其言下大悟，披发入山也。”

注释

①江西：清代行省名，辖境约为当今江西省。

②孝廉：这里指举人。孝廉为汉代选举官吏的科目，孝指孝子，廉指廉洁之士，由郡国推举，报请朝廷任用。明清科举制度，举人由乡试产生，与

汉代孝廉由郡国推举相似，故称举人为孝廉。

③禅（chán 馋）舍：僧舍。禅，佛家语，梵语音译“禅那”的略称，专心静思的意思。旧时诗文常将与佛教有关的事物都冠以“禅”字，如禅房、禅堂等。

④弘敞：宽阔明亮。敞，原作“厂（廠）”，据青柯亭刻本改。

⑤挂搭：行脚僧（也叫游方僧）投宿暂住的意思。也称“挂褡”“挂单”“挂锡”。褡，指僧衣；单，指僧堂东西两序的名单；锡，指锡杖。行脚僧投宿寺院，衣钵和锡杖不能放在地上，而要挂在僧堂东西两序名单下面的钩上，故称。

⑥肃衣：整衣，表示恭敬。

⑦随喜：佛家语，意思是随己所喜，做些善事；指随意向僧人布施财物。见《法华经·随喜功德品》。后因称游观寺院为随喜。

⑧志公：指南朝僧人保志。保志（418—514），也作“宝志”，相传自宋太始（465—471）初，他表现出种种神异的言行，齐、梁时王侯士庶视之为“神僧”。见《高僧传·神异·梁京师释保志》。

⑨散花天女：佛经故事中的神女。《维摩诘经·观众生品》载，维摩诘室有一天女，每见诸菩萨聆听讲说佛法，就呈现原身，并将天花撒在他们身上，以验证其向道之心：道心坚定者花不着身，反之则着身不去。

⑩垂髫（tíao 条）：披发下垂。古时十五岁以下儿童不束发，因称童稚为垂髫。这里指未曾束发的少女。

⑪说法：讲说佛法。

⑫偏袒绕视者：此指和尚。偏袒，袒露右肩，详《聊斋自志》注。

⑬冁（chǎn 产）然：笑的样子。《庄子·达生》：“桓公冁然而笑。”

⑭次且（zī jū 资苴）：同“趑趄”。进退犹豫。

⑮簪珥（ěr 耳）：发簪和耳环。

⑯上鬟：俗称“上头”。山东旧时习俗，女子临嫁梳妆冠笄、插戴首饰，称“上头”。《城武县志》（道光十年）：“于吉时为女冠笄作乐，名上头。”

⑰兰麝：兰草和麝香。古时妇女熏香用品。

⑱吉莫靴：皮靴。吉莫，皮革。《北齐书·韩宝业等传》："臣向见郭林宗从冢中出，着大帽、吉莫靴，插马鞭。"

⑲缧（léi 累）锁：拘系犯人的锁链。缧，黑绳。

⑳金甲使者：身着金制铠甲的使者。

㉑絜（xié 协）：持。通"挈"。

㉒勿贻伊戚：意为不要自招罪罚。《诗·小雅·小明》："心之忧矣，自诒伊戚。"贻，遗留。伊，通"繄"（yī），是。戚，忧愁。

㉓反身鹗顾：反转身来，瞋目四顾。鹗，猛禽，双目深陷，神色凶狠。

㉔语论：谈论。语，交相告语。

㉕局蹐（jú jí 局脊）：畏缩恐惧而蜷曲。局，同跼，屈曲。蹐，两足相叠。

㉖檀越：也作"檀那"，梵语"陀那钵底"的音译，义译为"施主"，指向寺院施舍财物的俗家人。

㉗灰心木立：心如死灰，形似槁木。灰心，是说心沉寂如死灰；木立，是说站立着像枯干的木头，没有知觉。《庄子·齐物论》："形固可使如槁木，而心固可使如死灰乎！"

㉘螺髻翘然：螺形发髻高高翘起，为已婚妇女的发式。

㉙此言类有道者：说出这样话的，像是一位深通哲理的人。有道，谓深明哲理。

㉚老婆心切：教人心切。佛家称教导学人亲切叮咛者曰老婆，寓慈悲之意。《景德传灯录》卷十二载，唐代义玄禅师初投江西黄檗山参希运大师。义玄问黄檗"如何是祖师西来意？""黄檗便打，如是三问，三遭打。"黄檗意欲以此令其自悟，而义玄不解其意，辞去，往参大愚禅师。大愚说："黄檗恁么老婆，为汝得彻困，犹觅过在。"义玄顿时领悟到希运的用意，随即返回黄檗山受教。黄檗问云："汝回太速生。"义玄云："只为老婆心切。"

意译

江西有个叫孟龙潭的人，他和一个姓朱的举人在京城里客居。有一天，他们两个人无事闲游，不觉来到一座庙门前，看那殿宇禅舍，都不是很恢弘

宽敞，只有一个云游四方的老僧人暂住在里面。老僧人见有客人来了，整理一下衣服便上前来相迎。孟朱二人向他还了礼，说明自己是来随意游玩游玩。老僧人便领他们到庙中转悠。

庙里塑着南朝高僧志公禅师的像，两面墙壁上是一些非常精妙的绘画，人物画得栩栩如生。东面的墙壁画着天女散花图，在这幅图画中有一个少女披垂着长长的秀发，手里拈着一束鲜花，樱唇含露，楚楚欲动，眼波洋溢着柔情，闪闪有神。朱举人站在画前，凝目注视了很久很久，不觉有些神情摇荡，意念飘飘，在恍然沉思中眼前幻化出许多奇境来。朱举人感觉到自己飘飘然而起，像腾云驾雾一样，飞升到壁画里。朱举人看殿阁林立，层层叠叠，和人间所能见到的大不相同。在殿阁里，一个老僧人正于座上讲说佛法，旁边围绕着很多和尚。朱举人也站在中间聆听老僧人布道传经。

刚站了一会儿工夫，他就觉着似乎有人暗中拽他的衣襟，回头一看，却是那位披着长长秀发的散花少女，她笑容可掬地离去，朱举人转身便跟着她走，绕过曲栏，来到一个小屋，却犹豫不敢近前。少女回过头来，举起手里的花束，远远地摇动着做出向他招手的样子，他这才大胆地走了过去。他发现屋里寂静无人，于是上前去拥抱那少女，少女并没有怎么拒绝，竟然和他相好上了。过了一会儿，那少女关上房门出去了，临走时叮咛不要咳出声，夜里她会再来。

就这样，他们在一起相好了两天，不料却被几个女伴发觉，大家一起搜出朱举人，便共同取笑那少女说："说不定你肚子里的小郎君已经很大了，怎么还头发蓬蓬学做处女的样子呢？"说话间，大家便捧着玉簪、耳环之类的首饰，催着她梳头扎髻，那少女脉脉含羞，并不说话。女伴中有一个人说："姐姐妹妹们，咱们不要闹得太久了，怕人家不高兴。"于是大家便嬉笑着离去。

女伴们走后，朱举人仔细端详这女子，见她梳起高高的发鬟，云鬟低垂，俨然一个少妇的新面貌，比起先前少女装束更加美艳。朱举人环顾四周无人，渐渐拥抱亲昵，双双沉入爱河，香兰熏心，其乐无穷。这时，突然听见一阵靴子声传来，还有锁链的声音，随即又夹杂着威呵声和辩解声。这女子惊起，和朱举人一起向外偷看，只见一个身穿金甲的使者，脸面黑得像漆一样，手里握着槌棒和铁锁，众女子围绕着他。使者问大家："都到齐了没有?"大家回答："到齐了。"使者又说："如果什么地方隐藏着下界凡人，大家都应该立即出面告发，不要自寻烦恼。"大家齐声说："没有的事。"金甲使者回转身用老鹰似的眼光，四面搜寻，仿佛真发现有凡人藏在这里似的。女子惊恐不已，面如死灰一般。她连忙对朱举人说："你赶快躲在床底下!"女子说完，急忙打开墙上的小门，仓皇逃走。朱举人趴在床底下，连喘都不敢喘一下。不一会儿听见靴子声来到屋里，然后又出去了，再过一会儿，喧嚣声慢慢远去了，他这才渐渐安下心来。但是门外还有过往和说话的声音。朱举人畏缩恐惧得太久，觉出耳畔有蝉叫声，眼中也要冒出火星，那情景简直无法忍受。只有静静地等候那女子回来，竟然不明白自己是怎么钻进床底下的。

就在这个时候，孟龙潭一人尚在殿中转悠，转眼间发现朱举人不见了，便疑惑不解地询问引路的老僧。那老僧笑笑说："到那边听讲说佛法去了。"孟龙潭又问："在什么地方?"老僧说："不远。"过了一会儿，老僧用手指弹弹墙壁叫道："朱施主，怎么游了这么长时间还不回来?"转眼间只见壁画上出现了朱举人的影子，站在那里好像在倾耳聆听。老僧又叫道："你的伙伴等你好长时间了。"朱举人旋即从墙壁上飘然而下，落地后竟像木头一样呆立在那里，两眼瞪着，腿脚酥软，心也灰冷灰冷。看到这情景，孟龙潭大吃一惊，一问，才知道他正趴在床底下听到呼叫像雷鸣一样，所以走出来探听。

这时，大家再看壁画，发现原来拈花的女子，已不再是先前的那个披垂着秀发的少女，现在却是螺髻高高悬在头顶的风韵少妇了。朱举人惊慌地跪拜在老僧面前请求解释，老僧笑着说："迷幻由人而生，贫道无法解释。"朱举人心情郁闷，志气低沉，孟龙潭却惊叹不已，茫然无主。于是便立即起身，走下台阶而出。

异史氏说："幻由人生，说出这话的人像是一位深明哲理的人，人如果有了荒淫的意念，因此会出生猥亵的幻境；如果有了猥亵的念头，因此也会出生恐怖的幻觉。菩萨点化愚顽蒙昧的灵魂，千变万化，都是人心自动所为。老僧教人心切，只可惜未听说他们听其言而大彻大悟，披散头发进山去修行。"

山魈[1]

孙太白尝言：其曾祖肄业于南山柳沟寺[2]。麦秋旋里[3]，经旬始返。启斋门，则案上尘生，窗间丝满。命仆粪除[4]，至晚始觉清爽可坐。乃拂榻，陈卧具，扃扉就枕[5]，月色已满窗矣。辗转移时，万籁俱寂[6]。忽闻风声隆隆，山门豁然作响。窃谓寺僧失扃。注念间[7]，风声渐近居庐，俄而房门辟矣。大疑之。思未定，声已入屋；又有靴声铿铿然，渐傍寝门。心始怖。

俄而寝门辟矣。急视之，一大鬼鞠躬塞入，突立榻前，殆与梁齐。面似老瓜皮色；目光睒闪[8]，绕室四顾；张巨口如盆，齿疏疏长三寸许[9]；舌动喉鸣，呵喇之声，响连四壁。公惧极，又念咫尺之地，势无所逃，不如因而刺之。乃阴抽枕下佩刀，遽拔而斫之，中腹，作石缶声[10]。鬼大怒，伸巨爪攫公。公少缩。鬼攫得衾，捽之，忿忿而去。公随衾堕，伏地号呼。家人持火奔集，则门闭如故，排窗入，见状，大骇。扶曳登床[11]，始言其故。共验之，则衾夹于寝门之隙。启扉检照，见有爪痕如箕，五指着处皆穿。既明，不敢复留，负笈而归[12]。后问僧人，无复他异。

注释

①山魈（xiāo 消）：也作“山臊”。传说中的山怪。《正字通》引《抱朴子·登涉篇》：“山精形如小儿，独足向后，夜喜犯人，名曰魈。”《荆楚岁时记》、东方朔《神异经》“魈”并作“臊”。山东民间视为恶鬼，方志中多载春节燃爆竹以驱山魈事。如《商河县志》：“正月元旦……五更燃爆竹，以驱山魈。”

②肄（yì 艺）业：修习学业。《左传·文公四年》：“臣以为肄业及之也。”杜预注：“肄，习也。”

③麦秋：麦收季节。《礼·月令》：“孟夏麦秋至。”秋，指农作物成熟之期。

④粪除：扫除。

⑤扃（jiǒng 炯）扉：插门。扃，门插关。下文“失扃”，意思是忘了插门。

⑥万籁俱寂：什么声响都没有。

⑦注念间：专注凝思之时。

⑧睒（shǎn 闪）闪：像闪电一样。《胶澳志·方言》（民国本）：“电光曰睒。”

⑨齿疏疏：牙齿稀稀拉拉。疏，稀。

⑩缶（fǒu 否）：一种口小腹大的盛器。

⑪扶曳（yè 叶）：挽扶拖拉。

⑫负笈（jī 及）：背着书箱。笈，书箱。

意译

孙太白曾经说：他的曾祖父在南山柳沟寺读书，麦子成熟时回到家里，十多天后又返回寺庙。打开书房的门，书桌上盖了一层尘土，窗户上也结满了蜘蛛网。叫仆人来打扫，直到晚上才觉得书房里干净清爽，可以坐下来继续读书。

曾祖父于是整理床铺，准备关门睡觉，这时，月光照满窗户了。在床上睡了一会儿，四下里一点声响也没有，格外静谧。就在这时，突然听得一阵风声隆隆，门被弄得大响。心里以为寺中僧人忘了插门。正想着，风声渐渐接近居室，一会儿房门大开，很是惊疑。正惊疑间，又听见靴子声踢踢踏踏进了房门，心里恐惧极了。转眼间房门大开，睁大眼睛一看，只见一个大鬼弯着腰挤了进来，站在床前，头顶着大梁，脸像南瓜皮的颜色，目光像闪电，

向屋子四周巡视着，口张得像巨盆一样大，牙齿稀稀疏疏有三寸多长，舌头转动着，喉咙里发出“啊喇”怪声，四面墙壁也被震动了。

曾祖父极其恐惧，想着自己与鬼只相距咫尺，无法脱逃，不如趁机刺杀了它。于是便从枕头下悄悄抽出佩刀，突然使劲砍去，砍中那鬼的肚子，发出石缶声来。那鬼被激怒，伸出巨爪来抓曾祖父，曾祖父稍稍往后缩了一下，那鬼抓着被子，扯下去，愤愤然离去。曾祖父被拽下床去，趴在地上失声大叫。家人举着火把闻声赶来，只见房门像先前一样关闭着，只好从窗户翻进去，他们看见曾祖父的样子，非常吃惊，连忙把他从地上搀扶起来，放到床上。过了一会，曾祖父缓过劲儿，才说了刚才所经历的一切。大家在屋里察看，发现被子夹在门缝里，大家又开了门仔细检查，又发现门上留有那大鬼的爪痕，足足有畚箕一般大，五个指头所触及的地方，全都穿了孔。

天亮以后，曾祖父再也不敢待下去，赶快背着书箱回到家里。后来问那庙里的和尚，他们说再也没有什么意外的情况发生。

咬鬼

沈麟生云：其友某翁者，夏月昼寝，蒙眬间，见一女子搴帘入[①]，以白布裹首，缞服麻裙[②]，向内室去。疑邻妇访内人者；又转念，何遽以凶服入人家[③]？正自皇惑，女子已出。细审之，年可三十余，颜色黄肿，眉目蹙蹙然[④]，神情可畏。又逡巡不去，渐逼卧

榻。遂伪睡，以观其变。无何，女子摄衣登床[⑤]，压腹上，觉如百钧重。心虽了了，而举其手，手如缚；举其足，足如痿也[⑥]。急欲号救，而苦不能声。女子以喙嗅翁面，颧鼻眉额殆遍。觉喙冷如冰，气寒透骨。翁窘急中，思得计：待嗅至颐颊[⑦]，当即因而啮之[⑧]。未几，果及颐。翁乘势力龁其颧[⑨]，齿没于肉。女负痛身离，且挣且啼。翁龁益力。但觉血液交颐，湿流枕畔。相持正苦，庭外忽闻夫人声，急呼有鬼，一缓颊而女子已飘忽遁去[⑩]。夫人奔入，无所见，笑其魇梦之诬[⑪]。翁述其异，且言有血证焉。相与检视，如屋漏之水，流枕浃席[⑫]。伏而嗅之，腥臭异常。翁乃大吐。过数日，口中尚有馀臭云。

注释

①搴（qiān 愆）帘：掀帘。搴，揭起，掀。

②缞（cuī 崔）服麻裙：古代的丧服。缞，披于胸前的麻布条，服三年之丧者用之。麻裙，麻布作的下衣。

③“何遽”句：凶服，即丧服。上文言“白布裹首”，可见是新丧。旧时新丧，着丧服不能串门，以为不吉利，因有疑问。

④眉目蹙蹙（cù 促）然：皱眉愁苦的样子。

⑤摄衣：提起衣裙。摄，提起。

⑥痿（wěi 委）：痿痹，肢体麻痹。

⑦颐（yí 夷）颊：下巴至两腮之间，指脸的下部。

⑧啮：同“咬”。

⑨龁（hé 核）：咬。

⑩缓颊：放松面部肌肉，这里意即松口。

⑪魇（yǎn 掩）梦之诬：噩梦的幻觉。魇，噩梦，梦中惊骇。诬，以无当有。

⑫浃（jiā 夹）席：流满床席。浃，遍，满。

意译

沈麟生说：他的一个朋友某老翁，夏天睡午觉，恍惚间看见一个女子掀开帘子进来。这女子用白布裹着头，身上穿着孝服，径直朝里屋走去。老翁怀疑她是来找自己的妻子说话的，但又一想不对头，她为什么突然穿着这一身孝服到别人家？正疑惑不解时，却看见那女子又出来了。仔细一看，她大约有三十多岁，脸色又黄又肿，眉眼紧紧皱在一起，神情十分可怕。她在屋里徘徊着，并不离去，又慢慢地逼近床边。老翁假装睡着，看她会怎么样。不料想，那女子竟然撩衣上了床，压在老翁的肚子上，他感觉有千百斤那么沉重。这时，他虽然心里很清楚，但是手好像被捆住了，抬不起来，脚也软绵绵的，动也动不得。焦急中他想呼救，但却苦于喊不出声来。那女子用嘴去嗅他的脸，从颧骨到鼻子、眉毛、额头，齐齐闻了个遍。那女子的嘴冷得像冰雪，寒气直透骨髓。老翁在窘迫之中想出一个办法，等她闻到脸颊和下颏的时候，就趁机咬住她。不一会儿，那女子果然闻到下颏，老翁便立即趁势用力咬住那女子的颧骨，直到咬进肉里去。那女子疼痛难忍，只得松开他，一边挣扎一边哭叫着。老翁却咬得越发起劲，只觉得血水流得满脸都是，把枕头也浸湿了。彼此正相持不下，忽然听见妻子在屋子外面说话的声音，于是他连忙大声喊道："有鬼！"口一松，那女子立即飘忽逃跑。妻子慌忙奔进屋子，却什么也没看见，便嗔笑睡魇了，正做着噩梦。老翁便把刚才的经过详细说给妻子听，而且指血为证。妻子和他共同查看，果然发现一摊水像是从屋上漏下的，流在枕头和席子上，湿了一大片。夫妻两个伏下身子去闻，只觉异常腥臭，老翁便呕吐不止。过了好几天，老翁还觉得嘴里有一股腥臭味儿。

荍中怪

长山安翁者[①]，性喜操农功[②]。秋间荍熟[③]，刈堆陇畔。时近村有盗稼者，因命佃人[④]，乘月辇运登场[⑤]；俟其装载归，而自留逻守。遂枕戈露卧。目稍瞑，忽闻有人践荍根，咋咋作响。心疑暴客[⑥]。急举首，则一大鬼，高丈余，赤发鬡须[⑦]，去身已近。大怖，不遑他计，踊身暴起，狠刺之。鬼鸣如雷而逝。恐其复来，荷戈而归。迎佃人于途，告以所见，且戒勿往。众未深信。越日，曝麦于场，忽闻空际有声。翁骇曰："鬼物来矣！"

乃奔，众亦奔。移时复聚，翁命多设弓弩以俟之。翼日[⑧]，果复来。数矢齐发，物惧而遁。二三日竟不复来。麦既登仓，禾䕼杂遝[⑨]，翁命收积为垛，而亲登践实之，高至数尺。忽遥望骇曰："鬼物至矣！"众急觅弓矢，物已奔翁[⑩]。翁仆，龁其额而去。共登视，则去额骨如掌，昏不知人。负至家中，遂卒。后不复见。不知其何怪也。

注释

①长山：旧县名，故地在今山东邹平一带。

②农功：农事，即农活。

③荍（qiáo 桥）：同“荞”，荞麦。

④佃（tián 田）人：指农村佣工。

⑤乘月辇运：就着月光推车搬运。辇，手推车。

⑥暴客：盗贼。

⑦鬡（níng 宁）须：髭须乱张，样子凶恶。

⑧翼日：明日。翼，通“翌”。

⑨禾藍（jiē 皆）杂遝（tà 沓）：指荞麦秸散乱在地。藍，庄稼秸秆。杂遝，也作“杂沓”，杂乱。

⑩奔翁：“翁仆”之“翁”，底本并作“公”，据铸雪斋抄本改。

意译

长山县有个姓安的老头，向来喜欢操持农活。秋天，荞麦成熟了，他就把它们割了堆放在田埂边上。那时，附近村落有偷盗庄稼的事情发生，所以，安老头就叫佣工在月夜里赶车，把荞麦往场上运，等装上一车往回运时，安老头就自己留下来，在地里转悠巡视。

安老头把随身带着的戈矛放在地上，自己枕在上面，在月亮地里躺下来。他刚合上眼睛想要养养神，突然听见有人踩着荞麦根，发出咋咋的响声，他怀疑是个强盗，就急忙抬起头来，却看见原来是个高大的鬼怪，有一丈多高，红头发，毛草胡须，离自己的身体很近。安老头恐惧极了，危急中也想不出别的办法，就纵身跳起来。手持戈矛向鬼怪奋力冲刺过去，那鬼怪像雷鸣般吼叫着逃跑了。安老头害怕那鬼怪过会儿又来，就独自掮着戈矛回家去了。在半路上，他迎面遇上运载荞麦的佣工，把自己遇到的事向他们说了，并且劝告他们不要到地里去了。众人有些不太相信。

第二天，他们在场上晒荞麦，忽而听见天空中有一种声音，安老头惊叫道："鬼怪来了！"他转身就跑。大家也跟着奔跑。过后，他们聚集在一起，安老头嘱咐大家多准备些弓箭，以防备鬼怪再来扰乱。

又过了一天，那鬼怪果然来了。大家早就准备好了，那鬼怪一出现，立即众箭齐发，鬼怪受了惊吓，仓皇逃跑。以后两三天，竟没敢再来。

荞麦入仓以后，场里到处是乱糟糟的荞麦杆，安老头叫大家把它们堆积成垛。安老头自己爬到垛上，把它们往实里踩，一直堆到好几尺高。这时，安老头遥望远处，突然失声惊叫道："鬼怪又来了！"大家急忙寻找弓箭，说时迟，那时快，那鬼怪早已向安老头扑去，安老头跌倒在垛上，鬼怪咬了一下他的额头，很快离去。众人爬到垛上细看，只见安老头额头上被咬去巴掌那么大一块，昏迷不醒地躺在那里。人们把他背回家里，他很快就死去了。

以后，大家再也没有见过那鬼怪出现，谁也不知道那是什么怪物。

宅妖

长山李公，大司寇之侄也[①]。宅多妖异。尝见厦有春凳[②]，肉红色，甚修润。李以故无此物[③]，近抚按之，随手而曲，殆如肉耎，骇而却走。旋回视，则四足移动，渐入壁中。又见壁间倚白梃[④]，洁泽修长。近扶之，腻然而倒，委蛇入壁[⑤]，移时始没。

康熙十七年[⑥]，王生俊升设帐其家[⑦]。日暮，灯火初张，生着履

卧榻上。忽见小人，长三寸许，自外入，略一盘旋，即复去。少顷，荷二小凳来，设堂中，宛如小儿辈用粱䕸心所制者[8]。又顷之，二小人舁一棺入，仅长四寸许，停置凳上。安厝未已[9]，一女子率厮婢数人来[10]，率细小如前状。女子衰衣[11]，麻绠束腰际，布裹首；以袖掩口，嘤嘤而哭，声类巨蝇。生睥睨良久[12]，毛森立，如霜被于体。因大呼，遽走，颠床下，摇战莫能起。馆中人闻声毕集，堂中人物杳然矣。

注释

①大司寇：指李化熙，字五弦，长山（今山东邹平县）人。明崇祯进士，官四川巡抚，总督三边，统理西征军务。入清，官至刑部尚书。《长山县志》《山东省通志》《清史稿》均有传。司寇，西周所置官，春秋、战国相沿，掌管刑狱、纠察等事。后世以大司寇为刑部尚书的别称。

②春凳：一种长条形的木凳。

③故：原来。

④白梃：白木棍棒。

⑤委蛇（wēi yí 威移）：通“逶迤”，曲折而进。

⑥康熙十七年：即公元 1678 年。

⑦设帐：指设馆授徒，做教书先生。《后汉书·马融传》载，马融“常坐高堂，施绛纱帐，前授生徒，后列女乐，弟子以次相传，鲜有入其室者。”

⑧粱䕸（jiē 皆）心：高粱秆心。

⑨安厝（cuò 错）：安措，安置。厝，停柩待葬。

⑩厮婢：奴婢。

⑪衰（cuī 催）衣：丧服。详见前《咬鬼》注。下句“麻绠”，是旧时居丧者束于腰际的麻絛。

⑫睥睨（bì nì 币腻）：窥察。

意译

长山县李公是刑部尚书李化熙的侄子。他的住宅里常发生怪事。他曾经亲眼看见过房里有一个长木凳呈现出肉红色，非常润滑。李公知道家里并没有这样的东西，于是就走到跟前去用手抚摸，那东西随着手势变弯曲了，像肉那样柔软，他吓了一大跳，转身就走。走了几步，回过头一看，只见那凳子的四个腿开始向前移动，过会儿，慢慢地进入到墙壁里。他又看见有一根白木杖靠在墙壁上，那木杖又长又光亮。李公走到跟前用手一拄，那木杖滑腻腻地触手而倒了，弯弯曲曲地钻到了墙壁里，过了一会儿就消失了。

康熙十七年的时候，秀才王俊升在家里教书。有一天黄昏，到了掌灯时分，他没有脱鞋，和衣躺在床上歇息。这时，他突然看见有一个小人儿大约有三寸多长，从屋外进来，但小人儿只到屋里略略打了盘旋，就即刻离去了。过了片刻时间，那小人儿又在肩上扛了两条小凳子进到屋里，摆在堂中。那小凳子像是小孩子们用高粱秆芯做成的。又过了片刻，有两小人儿抬着一副棺材进来，只见那棺材仅仅有四寸多长，两个小人儿把棺材放在堂中的小凳子上。棺材在凳子上还没有放好，又见一个女子带着几个丫鬟进来，这些人也都不过三寸来长。那女子身穿孝服，头上裹着白布，腰里束着麻绳，用衣袖捂着口，嘤嘤地哭泣着，声音像苍蝇一样细小微弱。王生微睁双眼，偷偷窥视了很长时间，吓得他毛骨悚然，头发直往上竖，全身直打冷战，像被浇了雪水似的。因而他失声大叫，从床上滚跌下来，想赶快逃走，但浑身颤抖，站都站不起来。学堂的人闻声纷纷赶来，然而堂中空寂如旧，什么东西也没有。

王六郎

许姓，家淄之北郭[①]，业渔。每夜，携酒河上，饮且渔。饮则酹地[②]，祝云[③]："河中溺鬼得饮。"以为常。他人渔，迄无所获，而许独满筐。一夕，方独酌，有少年来，徘徊其侧。让之饮，慨与同酌。既而终夜不获一鱼，意颇失。少年起曰："请于下流为君驱之[④]。"遂飘然去。少间，复返，曰："鱼大至矣。"果闻唼呷有声[⑤]。举网而得数头，皆盈尺。喜极，申谢[⑥]。欲归，赠以鱼，不受，曰："屡叨佳酝[⑦]，区区何足云报。如不弃，要当以为长耳[⑧]。"许曰："方共一夕，何言屡也？如肯永顾，诚所甚愿；但愧无以为情。"询其姓字，曰："姓王，无字[⑨]，相见可呼王六郎。"遂别。明日，许货鱼，益沽酒[⑩]。晚至河干[⑪]，少年已先在，遂与欢饮。饮数杯，辄为许驱鱼。

如是半载。忽告许曰："拜识清扬[⑫]，情逾骨肉。然相别有日矣。"语甚凄楚。惊问之。欲言而止者再，乃曰："情好如吾两人，言之或勿讶耶？今将别，无妨明告：我实鬼也。素嗜酒，沉醉溺死，数年于此矣。前君之获鱼，独胜于他人者，皆仆之暗驱，以报酹奠耳。明日业满[⑬]，当有代者，将往投生。相聚只今夕，故不能无感。"许初闻甚骇；然亲狎既久，不复恐怖。因亦欷歔，酌而言曰："六郎饮此，勿戚也。相见遽违，良足悲恻，然业满劫脱[⑭]，正宜相贺，悲乃不伦[⑮]。"遂与畅饮。因问："代者何人？"曰："兄于河畔视之，亭午[⑯]，有女子渡河而溺者，是也。"听村鸡既唱，洒涕而别。明日，敬伺河边，以觇其异。果有妇人抱婴儿来，及河而堕。儿抛岸上[⑰]，扬手掷足而啼。妇沉浮者屡矣，忽淋淋攀岸以出，藉地少息，抱儿径去。当妇溺时，意良不忍，思欲奔救，转念是所以代六郎者，故止不救。及妇自出，疑其言不验。抵暮，渔旧处。少年复至，曰："今又聚首，且不言别矣。"问其故。曰："女子已相代矣，仆怜其抱中儿，代弟一人，遂残二命，故舍之。更代不知何期。或吾两人之缘未尽耶？"许感叹曰："此仁人之心，可以通上帝矣。"由此相聚如初。数日，又来告别。许疑其复有代者。曰："非也。前一念恻隐[18]，果达帝天。今授为招远县邬镇土地[19]，来日赴任。倘不忘故交，当一往探，勿惮修阻[20]。"许贺曰："君正直为神，甚慰人心。但人神路隔，即不惮修阻，将复如何？"少年曰："但往，勿虑。"再三叮咛而去。

许归，即欲治装东下。妻笑曰："此去数百里，即有其地，恐土偶不可以共语[21]。"许不听，竟抵招远。问之居人，果有邬镇。寻至其处，息肩逆旅[22]，问祠所在。主人惊曰："得无客姓为许？"许曰："然。何见知？"又曰："得勿客邑为淄？"曰："然。何见知？"主人不答，遽出。俄而丈夫抱子，媳女窥门，杂沓而来，环如墙堵。许益惊。众乃告曰："数夜前，梦神言：淄川许友当即来，可助以资斧[23]。祗候已久[24]。"许亦异之，乃往祭于祠而祝曰："别君后，寤寐不去心[25]，远践曩约。又蒙梦示居人，感篆中怀[26]。愧无腆物[27]，仅有卮酒[28]；如不弃，当如河上之饮。"

祝毕，焚钱纸。俄见风起座后，旋转移时，始散。夜梦少年来，衣冠楚楚，大异平时。谢曰："远劳顾问[29]，喜泪交并。但任微职，不便会面，咫尺河山[30]，甚怆于怀。居人薄有所赠，聊酬夙好[31]。归如有期，尚当走送。"

居数日，许欲归。众留殷勤，朝请暮邀，日更数主。许坚辞欲行。众乃折柬抱襆[32]，争来致赆[33]，不终朝[34]，馈遗盈橐。苍头稚子毕集[35]，祖送出村[36]。欻有羊角风起[37]，随行十余里。许再拜曰："六郎珍重！勿劳远涉。君心仁爱，自能造福一方，无庸故人嘱也。"风盘旋久之，乃去。

村人亦嗟讶而返。许归，家稍裕，遂不复渔。后见招远人问之，其灵应如响云[38]。或言：即章丘石坑庄。未知孰是。

异史氏曰："置身青云[39]，无忘贫贱，此其所以神也。今日车中贵介[40]，宁复识戴笠人哉[41]？余乡有林下者[42]，家綦贫[43]。有童稚交[44]，任肥秩[45]。计投之必相周顾。竭力办装，奔涉千里，殊失所望；泻囊货骑[46]，始得归。其族弟甚谐，作月令嘲之云：'是月也，哥哥至，貂帽解，伞盖不张，马化为驴，靴始收声[47]。'念此可为一笑。"

注释

①淄之北郭：指淄川县城北郊。淄，淄川县，今属山东省淄博市。郭，外城，这里指城郊。下文"河"，指流经淄川的孝妇河。

②酹（lèi 泪）地：浇酒于地以祭鬼神。下文所说"酹奠"，义同。

③祝：祷告。

④下流：河的下游。

⑤唼呷（shà xiā 厦虾）：鱼吞吸食物的声音。

⑥申谢：道谢。申，陈述，表示。

⑦叨（tāo 涛）：表示承受的谦辞。

⑧要当以为长：意思是将经常为他驱鱼。要当，将要。长，通"常"。

⑨字：表字。古时男子幼时起名，二十岁左右行冠礼，据本名相应之义另起别名，称"字"。《礼记·檀弓上》："幼名，冠字，……周道也。"

⑩益沽酒：多买些酒。益，增加。沽，买。

⑪河干：河岸。《诗·魏风·伐檀》："置之河之干兮。"干，涯岸。

⑫清扬：对人容颜的颂称，犹言丰采。《诗·鄘风·君子偕老》："子之清扬，扬且之颜也。"朱熹注："清，视清明也；扬，眉上广也；颜，额角丰满也。"

⑬业满：佛家语，谓业报已满。业，业报，谓所行善恶，必将得到相应的报应。此指恶业，受苦、为善与之相抵，即是业满。

⑭劫脱：劫难得以脱免。劫，梵语音译"劫波"的略语。佛教对"劫"解释不一；世人多借指命定的难以逃脱的灾难。

⑮不伦：谓当喜而悲，不合情理。

⑯亭午：正午，中午。

⑰儿抛岸上：此据二十四卷抄本，原无“上”字。

⑱一念恻隐：一点同情之心。恻隐，同情，怜悯。《孟子·公孙丑上》：“今人乍见孺子将入于井，皆有怵惕恻隐之心。”

⑲招远县邬镇土地：招远县，今属山东省。邬镇，村镇名。土地，土地神，古称“社神”。《通俗编·神鬼》：“今凡社神，俱呼土地。”旧俗村民祭祀土地神，祈求年丰岁熟。

⑳勿惮（dàn担）修阻：不要怕路远难往。惮，怕。修阻，路远难行。

㉑土偶：泥塑神像。

㉒息肩逆旅：住在旅馆里。息肩，放下肩上担子，指止息。逆旅，迎止宾客之处，即旅店。逆，迎。

㉓资斧：路费。《易·旅》：“旅于处，得其资斧。”

㉔祗候：恭候。

㉕寤寐不去心：犹言日夜思念。寤，醒来时；寐，睡着时。《诗·周南·关雎》：“窈窕淑女，寤寐求之。”

㉖感篆中怀：感激之情，铭记于心。篆，刻。中，心。

㉗腆（tiǎn 舔）物：丰厚的礼物。腆，丰厚。

㉘卮酒：酒一卮。卮，酒器，容量四升。

㉙顾问：亲临看望。

㉚咫尺河山：近在咫尺，如隔河山。

㉛夙（sù 素）好：旧交；指昔日交好之情。

㉜折柬抱襆：拿着礼帖，抱着礼品。柬，通“简”。折简，即折半之简，意为便笺，以之书写礼帖。后指裁纸写信。此指裁纸。襆，包袱，此指礼品包裹。

㉝致赆（jìn 尽）：送行赠礼。《孟子·公孙丑下》：“行者必以赆。”赆，以财物赠行者。

㉞不终朝（zhāo 招）：不出一个早晨。朝，早晨。

㉟苍头：这里指老者。

㊱祖送：饯行送别。祖，祭名，出行以前祭祀路神。《诗·大雅·韩奕》：“韩侯出祖，出宿于屠。显父饯之，清酒百壶。”引申为敬酒饯行。

㊲羊角风：旋风。《庄子·逍遥游》：“抟扶摇羊角而上者九万里。”迷信以为鬼神驾旋风而行，此指六郎在隐形送行。

㊳灵应如响：意思是十分灵验，有求必应。响，应声、回响。

㊴置身青云：此处指王六郎高升为土地之神。《史记·范雎蔡泽列传》："须贾顿首言死罪，曰：'贾不意君能自致于青云之上。'"青云，指高空，喻指高官显位。

㊵贵介：地位高贵的大人物。《左传·襄公二十六年》："王子围寡君之贵介弟也。"介，大。

㊶戴笠人：指贫贱时结交的故人。戴笠，指处于贫贱的地位。周处《风土记》："越俗性率朴，初与人交，有礼，封土坛，祭以犬鸡，祝曰：卿虽乘车我戴笠，后日相逢下车揖；我步行，君乘车，他日相逢君当下。"

㊷林下者：指乡居不仕之人。

㊸綦（qī 其）贫：十分贫穷。綦，甚。

㊹童稚交：幼年时结交的朋友。

㊺肥秩：肥缺。秩，旧指官吏的俸禄，也指官位品级。

㊻泻囊货骑（jì 寄）：花空钱袋，卖掉坐骑。囊，指钱袋。

㊼"作月令"七句：月令，《礼记》篇名，记述每年农历十二个月的时令、行政及相关事物。这里模拟"月令"的文式，写这位林下者的可笑遭遇，是诙谐讽世的游戏笔墨。"貂帽解，伞盖不张"，指羞惭丧气，不再摆排场。"马化为驴"，指盘川不足，只好卖掉马，换头驴骑回来。"靴始收声"，从此收心，不再着靴外出干求了。

意译

在淄川城的北郊，有一家姓许的渔夫。他每天夜里到河边去捕鱼，都要带上酒，一边捕鱼一边饮用。他每次饮酒的时候，总是要先往地上洒一杯，虔诚地祈祷说："淹死在河水里的鬼魂们也来喝一杯吧。"时间一长，这便成了他的一种习惯。别的人捕鱼往往一无所获，而他却总是能将满筐的鱼带回家来。

有一天夜里，正当他独自饮酒时，有一个少年来到他身边，徘徊着不肯离去。于是，他就招呼少年和他一起来饮酒。但是，这天夜里他连一条鱼也没有捕到，心里很失落。这时，少年站起身说："请让我到下游去为你驱赶鱼吧。"少年说完话，便飘然离去。不长时间，少年又回来了，并且对他说："有一群鱼来了。"少年说完话不久，果然听见很多鱼的唧唧呷呷的叫声。许渔夫趁机撒网，很快就捕

上好几条鱼，都有一尺多长。许渔夫极其喜悦，就向少年表示真诚的感谢。少年说他要回去了，许渔夫就拿起自己捕的鱼想送给他，但是少年说什么也不要。少年对许渔夫说："屡次都来喝你的好酒。赶鱼是区区小事，不值得这样道谢。如果你不嫌弃，以后就经常为你效劳。"许渔夫回答说："今夜仅仅只和你初次对饮，怎么能说是多次相扰呢，假使你能经常光顾我这儿，那确实也是我的心愿，但我没有更好的东西招待甚是难为情。"许渔夫又询问少年的姓名字号，少年说："我姓王，没有字号。以后见了就直呼王六郎好了。"说完，便离去了。

第二天，许渔夫用卖鱼得来的钱又买了酒，等夜幕降临以后，便带着酒到了河畔。那少年早已先于他在河边等待着。于是，俩人像故友一样坐下来开怀畅饮。饮过数杯之后，少年还像昨夜一样，到河的下游去为许渔夫赶鱼。这样一直过了大约有半年多。

有一天夜里，王六郎忽然对许渔夫说："咱们从认识到现在，真是比亲兄弟还要密切，可是要不了多久咱们得分手了。"他说这话时，神情、语调显得很忧伤、悲凄。许渔夫很吃惊地问他原因，他几次想说却都打住了。最后终于说道："像我们俩人这样深挚的情分，说出来你也许不会惊怕的。现在我们就要分手了，我不妨还是明白告知你：我实际上是个鬼。平素特别贪恋美酒，因而于沉醉中不慎落在水里被淹死。在这里做鬼已有好几年时光了。以前你比别人捕鱼多，都是因为我在暗中赶鱼帮助你，这都是我有意借此来答谢你以酒洒地来祭奠我。到明天，我做鬼的期限已满，那时将会另有替身来代我，我便要到别处去投生。咱们共聚的机会只有今夜最后一次了，所以不免难过。"许渔夫刚听这话，非常吃惊，但毕竟在一起这么长时间了，关系非常亲近，所以也就不再恐惧，也为王六郎感到悲伤。于是又斟满一杯酒递给他说："六郎，喝了这杯酒，不要太悲哀。相见时间太短，又要匆匆分手，确实令人伤怀。但是高兴的是你的劫难已过，应该祝贺才是，喜多于悲。"说完，俩人又举杯畅饮了一番。许渔夫又问六郎："你的替身是什么人？"王六郎说："兄长明天可在河边观望，正午时分会有一个女子从这里过河，落水而死的便是她。”俩人一直喝到鸡叫时才洒泪告别。

第二天，许渔夫到河边耐心地等候，想观看变化。果然看见有一个妇人抱着婴儿来到河边，一到河上就跌落到水里，婴儿被扔在岸上，举手蹬脚地啼哭。那妇人在水里一会儿沉下去，一会儿又浮上来，最后又忽然水淋淋地爬上河岸来，在原地稍稍休息了一下，就抱起婴儿径直走了。在妇人落水挣扎时，许渔夫在岸上很是不忍心，心里想着要下水去救她。但他转念一想，这妇人正是王六郎的替身，就只好打消了念头不救。后来，等妇人自己爬上岸来，他却又有点怀疑王六郎的话不灵验。

黑夜来临，许渔夫仍然到老地方去捕鱼。过不久，少年又来了。少年先开口说道：“现在我们又相聚在一起，而且不必说分别的话了。”许渔夫问他原因，少年说：“本来妇人已经做了替身，但是我可怜她怀里抱着婴儿。为了代替我一个人却要送掉两条性命，我也于心不忍，所以就放弃了这次机会。但以后要再找到一个新替身，不知还要等到什么时候。也许是我们兄弟二人的缘分还没尽吧？”许渔夫深为感叹地说：“你的这片仁慈之心，一定能通达上天啊！”于是，他们又像先前那样相聚共饮。

几天以后，王六郎又来向许渔夫道别，许渔夫怀疑他有了新的替身。六郎赶快解释道：“哪里呀，上次我救妇人的一片恻隐之心，果然上达天庭，现在授命我去做招远县邬镇的土地神，明天一大早就去赴任。你老兄倘若不忘咱们往日的交情，以后可以前去看望小弟，千万不要怕路途遥远而忘掉了我！”许渔夫欣然地向他道贺说：“你真正成为神仙，足以宽慰人心。如果可能，我一定会去看望你的。但只是人神道路阻隔，即使我不怕路途遥远，又怎么能够彼此相通呢？”少年说：“你不用忧虑，到时候只管前往就是。”六郎临分手时，又再三地叮咛他一定要前往。

许渔夫回到家里，真的马上准备行装，打算当即去招远县探望王六郎。他妻子笑着劝他说：“从咱这里到招远，两地相距几百里路程。你即使是真的找到了那地方，只恐怕你和那泥塑像无法共同对话的。”许渔夫并不听妻子的劝说，辛苦跋涉，终于到了招远县。在那里，他询问当地居民，果真有个邬镇。后来又找到邬镇，他住进一家旅馆，问土地祠在什么地方。主人非常惊讶地说：“难道客人是姓许吗？”许渔夫答：“就是，你怎么知道的？”主人又问：“你是从淄川来的吗？”答：“正是。你怎么都知道？”旅馆主人没有回答他，转身出去了，过了一会儿，男人们抱着孩子，女人们从门里探头窥视，纷纷来了许多人，一层一层围得像墙一样堵塞在门外，这下渔夫更加惊讶了。众人于是告诉他：“几天前的夜里梦见土地神说：‘我在淄川有一个姓许的朋友，近日要前来，大伙要帮他一些盘缠费用。’所以我们在这里已经恭候很久了。”许渔夫也感到奇怪，就特地前往土地祠祭祀说：“自从和你分别，做梦都想着你。这次特地远道而来，为实现昔日定下的盟约。承蒙你托梦告示父老乡亲，使我非常感动。我很惭愧自己没有带什么厚重的礼物来，只有这一杯薄酒献给你。你如不嫌弃，就请像在河边那样干了它吧！”渔夫说完，又烧纸钱，忽然，只见一股风从神座后面吹起，旋转了很长一阵时间方才散去。

到了夜间，许渔夫梦见王六郎来了。只见他穿戴非常整洁讲究，和以前所见的样子大不相同。王六郎向他拜谢说：“承蒙你远道赶来，使我感激泪下。但今天担任小小的神职，不便与你相见。你我虽然近在咫尺，却如同远隔山水，心里非常难过，本地百姓会送给你些薄礼，聊表一点心意，以答谢咱们以往的友好交情。等你启程回归的时候，我一定抽身前来相送。”

许渔夫在邬镇居住了几天，起了归心。大家都非常殷勤诚恳地挽留他再住些时间。乡亲父老从早晨到晚上都纷纷宴请他，一天之内，就有好几户人家做东道主。但许渔夫终究归心似箭，坚决辞别，要立刻上路。起身那天，大家都争先向他馈赠礼物，时间不长，东西就装满他的行囊。当地的老人小孩都赶来给他送行。他刚刚走出村子，忽然，眼前刮起一股旋风，一直相伴跟随了十几里路。许渔夫已经觉知那是王六郎来送他，他频频地回过头来相拜说：“六郎，请多珍重！不要再远送了，您怀有一颗仁爱之心，定能为一方民众造福，用不着老朋友我再多说什么了。”那股旋风盘旋了很长一阵时间后，这才离去，村里相送的人，无不惊讶。

许渔夫回到家里，日子过得比以前稍稍宽裕了些，于是他不再夜里出去捕鱼了。后来，他偶尔碰见招远一带的人，就很关切地问起土地神的情况，他们都说很灵验。

有人说，邬镇就是章邱县的石坑庄。但不知道谁的说法对。

异史氏说：“身处青云得志的环境，而不忘那些贫贱的朋友，这就是六郎做神很灵验的原因。今天乘坐着豪华车马的王公贵族，哪里肯与戴斗笠的故友再去相认呢？我家乡有一位隐士，家境很贫寒。他有一个从小结交过的好朋友，正担任着一个肥缺之职。他心想如果投奔此人，一定能得到周济。他竭尽全力酬办了路费，远涉千里去投奔朋友，结果使他大失所望。他没有办法，只好把行李和来时所骑的马都变卖了，这样才得以还乡归家。他的一个同族兄弟为人非常诙谐、滑稽，特地作了一首《月令》词嘲笑说：‘这一个月，哥哥回得家来，貂皮帽子没有了，车马伞盖也没有张开，马也变为驴了，靴子这才没了声音。’读后，叫人不禁发笑。”

偷桃

童时赴郡试[①]，值春节[②]。旧例，先一日，各行商贾，彩楼鼓吹赴藩司，名曰“演春”[③]。余从友人戏瞩[④]。是日游人如堵。堂上四官，皆赤衣[⑤]，东西相向坐。时方稚，亦不解其何官。但闻人语哜嘈[⑥]，鼓吹聒耳。忽有一人，率披发童，荷担而上[⑦]，似有所白；万声汹动，亦不闻为何语。但视堂上作笑声。即有青衣人大声命作剧。其人应命方兴[⑧]，问：“作何剧?”堂上相顾数语。吏下宣问所长。答言：“能颠倒生物[⑨]。”吏以白官。少顷复下，命取桃子。

术人声诺，解衣覆笥上，故作怨状，曰：“官长殊不了了！坚冰未解，安所得桃? 不取，又恐为南面者所怒[⑩]。奈何!”其子曰：“父已诺之，又焉辞?”术人惆怅良久，乃云：“我筹之烂熟。春初雪积，人间何处可觅? 惟王母园中[⑪]，四时常不凋卸[⑫]，或有之。必窃之天上，乃可。”子曰：“嘻！天可阶而升乎[⑬]?”曰：“有术在。”乃启笥，出绳一团，约数十丈，理其端，望空中掷去；绳即悬立空际，若有物以挂之。未几，愈掷愈高，渺入云中；手中绳亦尽。乃呼子曰：“儿来！余老惫，体重拙，不能行，得汝一往。”遂以绳授子，曰：“持此可登。”子受绳，有难色，怨曰：“阿翁亦大愦愦[⑭]！如此一线之绳，欲我附之，以登万仞之高天。倘中道断绝，骸骨何存矣!”父又强呜拍之[⑮]，曰：“我已失口，悔无及。烦儿一行。儿勿苦，倘窃得来，必有百金赏，当为儿娶一

美妇。”子乃持索，盘旋而上，手移足随，如蛛趁丝，渐入云霄，不可复见。久之，坠一桃，如碗大。术人喜，持献公堂。堂上传视良久，亦不知其真伪。忽而绳落地上，术人惊曰：“殆矣！上有人断吾绳，儿将焉托！”移时，一物堕。视之，其子首也。捧而泣曰：“是必偷桃，为监者所觉。吾儿休矣！”又移时，一足落；无何，肢体纷堕，无复存者。术人大悲，一一拾置笥中而合之，曰：“老夫止此儿，日从我南北游。今承严命[16]，不意罹此奇惨！当负去瘗之。”乃升堂而跪，曰：“为桃故，杀吾子矣！如怜小人而助之葬，当结草以图报耳[17]。”坐官骇诧，各有赐金。术人受而缠诸腰，乃扣笥而呼曰：“八八儿，不出谢赏，将何待？”忽一蓬头僮首抵笥盖而出，望北稽首，则其子也。以其术奇，故至今犹记之。后闻白莲教能为此术[18]，意此其苗裔耶[19]？

注释

①童时赴郡试：童年时赴府城应试。试，此指“童试”。明清时代应试生员（秀才）的考试，称“童生试”，简称“童试”。童试共分三个阶段：初为县试，录取后参加府试，最后参加院试，录取即为生员。郡，指济南，当时淄川属济南府。

②春节：古时以立春为春节。

③“旧例”五句：指山东旧时习俗，于立春前一日的迎春活动。如《商何县志》（道光本）载：“立春前一日，官府率士民具芒种春牛，迎春于东郊，里人行户扮渔樵耕读诸戏，结彩为楼，以五辛为春盘，饮酒簪花，啖春饼……”藩司，即布政使，明代为一省的行政长官，清代则为总督、巡抚的属官，专管一省的财政和人事。这里指藩司衙门。

④戏瞩：游玩观看。

⑤四官，皆赤衣：《明会要》二四引《会典》《通考》：“凡公服：……一至四品，绯袍。”清初服色，沿袭明制。据此，四官应为总督、巡抚、布政使、按察使

等省级官员。

⑥人语哜（jì 剂）嘈（cáo 曹）：人声喧闹。

⑦荷担：指用担子挑着道具。

⑧方兴：方始站起。上文"似有所白"，当指跪白。

⑨颠倒生物：意思是能颠倒按季节时令所生长的植物。

⑩南面者：这里指堂上长官。古以面南为尊，帝王或长官都坐北朝南。

⑪王母园：即西王母的蟠桃园。王母，指西王母，俗称"王母娘娘"，古代神话中的女神。《艺文类聚》八六引《汉武故事》："东郡献短人，呼东方朔。朔至，短人因指朔谓上曰：'西王母种桃，三千岁一为子，此儿不良也，已三过偷之矣。'后西王母下，出桃七枚，母因啖二，以五枚与帝，帝留核着前。母曰：'用此何？'上曰：'此桃美，欲种之。'母笑曰：'此桃三千年一着子，非下土所植也。'"据此，后世小说遂衍化出西王母的蟠桃园。

⑫凋卸：即凋谢。卸，通"谢"，落。

⑬天可阶而升乎：天可以沿着阶梯爬上去吗。《论语·子张》："夫子之不可及也，犹天之不可阶而升也。"阶，梯。

⑭大愦愦（kuìkuì 愧愧）：太糊涂。大，通"太"。

⑮呜拍之：抚拍哄劝他。呜，哄儿声。《世说新语·惑溺》："儿见充（贾充）喜踊，充就乳母手中呜之。"

⑯严命：这里指官长的指示、训令。严，本为对父亲的尊称，父命因称"严命"。旧时称地方官为父母官，所以借称。

⑰结草以图报：意思是死了也要报答恩惠。《左传·宣公十五年》载，魏武子病时嘱其子魏颗，一定要让其爱妾改嫁；病危时又嘱以此妾殉葬。武子死后，魏颗遵照前嘱让她改嫁了。后来魏颗与秦力士杜回交战，见一老人结草绊倒杜回，使其得胜。夜间梦见那位老人来说，他是所嫁妾的父亲，以此来报答魏颗未让其女殉葬的恩惠。后遂以"结草"代指报恩。

⑱白莲教：也称"白莲社"，是一个杂有佛道思想的民间秘密宗教组织。起源于佛教的白莲宗。元、明、清三代常为农民起义所利用。元末红巾军刘福通、韩山童，明末山东巨野人徐鸿儒，均以白莲教聚结群众，发动起义。

⑲苗裔：远末子孙。《离骚》："帝高阳之苗裔兮，朕皇考曰伯庸。"这里指白莲教的后世徒众。

意译

幼年时到省城去参加考试，正值春节。按照惯例，春节的前一天，各行各业经商的生意人，都要张灯结彩，吹吹打打地赶赴到藩司衙门前，这称作“演春”。当时，我也跟随友人去看热闹。

这一天，游人聚集得像一堵堵墙壁似的，府堂上有四位身着红袍的官员，分东西两排面对面相向端坐着。那时，我年龄还很小，不知道他们都是些什么官。只听得到处人声嘈杂，锣鼓喧天，震耳欲聋。忽然看见有一个人带领着一个披散头发的小孩，挑着担子走上堂来，他好像在报告几句话，由于周围人声像潮水一般汹涌，根本听不清他说了些什么，只能看见堂上那些官员在发笑。这时，有一个身着青衣的人大声宣布：“变戏法开始。”那人一面答应着，一面问道：“变什么戏法？”堂上的官员们交头接耳说了几句话，其中有一个小官吏下来问那人：“你有什么专长？”变戏法的人回答：“可以使时令颠倒而变出东西。”小官吏向在座的官员回了话，然后又下来命令道：“就做取桃子戏法。”

变戏法的人说声：“好的。”于是脱下衣服盖在箱子上，故意做出抱怨的样子说：“长官大人不分时序节令了，现在正是冰天雪地的严冬，怎么会有桃子可取？如果不取吧，却又怕长官们发怒，这可叫人怎么办呢？”他的儿子说：“父亲，已经许诺了的事情，怎么能够推辞呢？”变戏法的人踌躇了很长时间，终于说：“我翻来覆去地想过了，初春时节到处一片积雪，人世间哪里能找到桃子？只有天池上王母娘娘的花园里，一年四季花果从不凋谢，那里或许会有。必须得上天去偷。”儿子为难地说：“哎呀！可以沿着阶梯爬上去吧？”父亲胸有成竹地说：“可以，我有法术。”

变戏法的人打开箱子，拿出一捆魔绳，大约有几十丈长，他找见绳头，向空中用力抛去，那魔绳即刻朝天际直立起来，好像上面有什么东西牢牢挂住一样，不一会儿，变戏法的人把绳子越抛越高，一直进入云层里，最后，他手里的绳子也抛完了。变戏法的人转身对儿子说：“你过来！我老了，身体笨拙了，手脚也不灵便了，不能上去了，还是得你上去一趟。”老头说完，就把绳子交给了孩子，又说：“你抓住它，就可以上到天上。”儿子接过绳子，脸上现出很为难的神色，抱怨说：“阿爸太不明白事理了，这样危险的一条绳子，要我攀着它爬到万丈高的天上去，如果绳子在空中断了，岂不粉身碎骨！”父亲抚拍哄劝儿子说：“我已经失口了，后悔不及，还是烦劳你走一趟吧。你不要怕危险，如果能偷取来桃子，就一定能够得到百金重赏，可以用这笔钱给你娶个漂亮媳妇。”儿子没有办法，只好抓住绳索盘绕着往上爬去，脚随着手移动着，就像蜘蛛结网一样，慢慢爬进云霄里去了，从地上再也看不见他的踪影。

过了很长时间，真的从天上掉下一个桃子来，有碗那么大。变戏法的人高兴极了，他捧上桃子恭恭敬敬地献上公堂。那些官吏惊喜地互相传看多时，而谁也不知道那桃子究竟是真是假。人们突然发现绳子掉落在地上，变戏法的人大惊失色，说道：“坏了！上边有人弄断了我的魔绳，叫我的儿子攀附什么呢？”过了一阵子，有一个东西掉下来，人们仔细一看，见是那孩子的头颅。变戏法的人手捧儿子的头大哭着说：“肯定是偷桃时，被果园的守护神发觉。我的儿子完了！”又过了一阵子，天上掉下来一只脚，紧接着，那孩子的身体被肢解成几截，纷纷落下来。整个身体没一处是完整的。变戏法的人大为悲哀，流着泪把儿子的骸骨收拾在一起，装进箱子里。末了，他对大家说：“我老头就只有这一个儿子，整天跟随我游荡南北，如今受了长官之命，上天去偷桃，不幸却遭受这样大的横祸，我得去好好安葬他。”说完，走上堂来，跪着对众官说：“为了偷取桃子，送了我儿子的命，请可怜可怜我老头子，帮我安葬了儿子，我死了也一定要报答大人们的恩德。”

那些在座的官吏见发生了这样的事故，都惊吓得目瞪口呆，大家都给老头银两，老头收了钱，装进腰包，然后若无其事地走下府堂，敲着箱子说道：“八八儿，还不赶快出来向大人们谢赏，等什么呢？”大家眼睁睁地盯着那箱子，突然见一个蓬头小孩用头顶着箱盖出来了，面朝堂上向在座的官员磕头作揖。大家仔细一看，这小孩正是变戏法人的儿子。

由于这个戏法变得太出奇了，所以至今还记忆犹新。后来我听说白莲教的人能玩这种法术，猜想这人是他们的后代吧？

种梨

有乡人货梨于市[①]，颇甘芳，价腾贵。有道士破巾絮衣[②]，丐于车前。乡人咄之，亦不去；乡人怒，加以叱骂。道士曰：“一车数百颗，老衲止丐其一[③]，于居士亦无大损[④]，何怒为?”观者劝置劣者一枚令去，乡人执不肯。肆中佣保者[⑤]，见喋聒不堪[⑥]，遂出钱市一枚，付道士。道士拜谢，谓众曰：“出家人不解吝惜。我有佳梨，请出供客。”或曰：“既有之，何不自食?”曰：“我特需此核作种。”于是掬梨大啖[⑦]。且尽，把核于手，解肩上镵[⑧]，坎地深数寸，纳之而覆以土。向市人索汤沃灌。好事者于临路店索得沸沈[⑨]，道士接浸坎处。万目攒视[⑩]，见有勾萌出[⑪]，渐大；俄成树，枝叶扶苏[⑫]；倏而花，倏而实，硕大芳馥，累累满树。道士乃即树头摘赐观者，顷刻向尽。已，乃以镵伐树，丁丁良久[⑬]，乃断；带叶荷肩头，从容徐步而去。

初，道士作法时，乡人亦杂立众中，引领注目[⑭]，竟忘其业。道士既去，始顾车中，则梨已空矣。方悟适所俵散[⑮]，皆己物也。又细视车上一靶亡[⑯]，是新凿断者。心大愤恨。急迹之[⑰]，转过墙隅，则断靶弃垣下，始知所伐梨本，即是物也。道士不知所在。一市粲然[⑱]。

异史氏曰：“乡人愦愦，憨状可掬，其见笑于市人，有以哉[⑲]。每见乡中称素封者[⑳]，良朋乞米，则怫然[㉑]，且计曰：‘是数日之资也。’或劝济一危难，饭一茕独[㉒]，则又忿然计曰：‘此十人、五人之食也。’甚而父子兄弟，较尽锱铢[㉓]。及至淫博迷心，则倾囊不吝；刀锯临颈，则赎命不遑。诸如此类，正不胜道；蠢尔乡人，又何足怪。”

注释

①货梨于市：在集市上卖梨。货，卖。

②道士：道教的宗教职业者。巾，指道巾，道士帽，玄色，布缎制作。

③老衲（nà 纳）：佛教戒律规定，僧尼衣服应用人们遗弃的破布碎片缝缀而成，称“百衲衣”，僧人因自称“老衲”。此处借作道士自称。

④居士：梵语“迦罗越”的意译。见《维摩诘所说经·方便品》。隋慧运《维摩义记》云“居士有二：一、广积资产，居财之士，名为居士；二、在家修道，居家道士，名为居士。”这里是道士对卖梨者的敬称。

⑤肆中佣保者：店铺雇用的杂役人员。

⑥喋聒（dié guō 迭过）：啰唆。

⑦掬梨大啖（dàn 淡）：两手捧着梨大嚼。啖，吃。

⑧镵（chán 馋）：掘土工具。

⑨沸沈：滚开的汁水。沈，汁水。

⑩万目攒（cuán）视：众人一齐注目而视。攒，聚集。

⑪勾萌：弯曲的幼芽。

⑫扶苏：这里义同“扶疏”，枝叶茂盛的样子。

⑬丁丁（zhēng zhēng 争争）：伐木声。

⑭引领注目：伸着脖颈专注地观看。引领，伸长脖子。

⑮俵（biào 鳔）散：分发。俵，分散。

⑯一靶亡：一根车把没有了。靶，通“把”，车把。亡，失去。

⑰急迹之：赶忙随后追寻他。迹，寻，寻其踪迹。

⑱一市粲然：整个集市上的人都大笑不止。粲然，大笑露齿的样子。《春秋穀梁传·昭公四年》：“军人粲然皆笑。”注：“粲然，盛笑貌。”

⑲有以哉：是有道理的。

⑳素封：指无官爵俸禄而十分富有的人家。《史记·货殖列传》："今有无秩禄之奉、爵邑之入，而乐与之比者，命曰素封。"

㉑怫（fú 弗）然：恼恨、气忿的样子。

㉒饭一茕（qióng 穷）独：款待一个孤苦的人饭食。饭，管饭。茕独，孤独无靠的人。《诗·小雅·正月》："哿矣富人，哀此茕独。"

㉓较尽锱铢（zī zhū 兹朱）：极微细的钱财也要彻底计较。锱、铢，古代极小的重量单位，借指微少的财利。

意译

有一个乡下人到集市上去卖梨，那梨的味道甘甜鲜美，价钱自然也很昂贵。这时，有一个穿戴极其破烂的道士，走到这人车子跟前来乞讨梨子吃。乡下人很鄙夷地呵斥他走开，但那道士就是不离去。

乡下人有些恼怒，于是斥责谩骂起来。道士却并不生气，心平气和地说道："你这么大一车子梨，足足有几百颗，贫道也不贪心，只是想乞讨一颗尝尝，这对你来说，并不会有多大损失，你发的什么怒呀？"

在一旁观看的人也好心劝他，捡一个不好的梨子打发他去，然而乡下人就是执拗不给。

正当他们喧吵不休的时候，集市上一个酒店的伙计实在看不下去，就自己掏钱买了一个梨给了道士，道士很感激地向他拜谢了，然后又回头对旁边围观的人说："出家人不知道什么叫作吝啬，我现在有很多好梨，愿意拿出来给大家尝尝鲜。"旁边有人问他："你自己既然有梨，为什么不吃自个的，还讨要人家的梨？"道士回答说："我就需要这种梨核作种子。"

道士说完，便拿着梨大口吃完，把梨核吐在手心攥着，然后从肩上解下一把铲子，就在脚下的地上挖了一个几寸深的坑，把梨核埋进土中，他又向集市上的人要烧开的水来浇灌它。

旁边喜欢热闹的人连忙到路边的店里去要来滚开的热水给道士，道士接过来浇在坑里。大家盯着那坑仔细观看，一会儿，果然见坑里冒出树芽，渐渐地越长越高，转眼间就长成了一棵大树，枝叶茂盛，一忽儿开了花，一忽儿又结了果，只见那树上的梨非常繁盛，又大又香。道士走到树下随手摘下那些梨，分给旁边观看的人吃，一会儿就分食完毕。末了，道士又取出铲子来砍梨树，叮叮咚咚地砍了很长时间，梨树终于被伐倒。道士连枝杆带叶子一起扛在肩上，从从容容离去了。

开始，当道士做出这戏法时，那卖梨的乡下人也夹杂在众人当中，好奇地踮起脚跟，昂着头，一眼不眨地看热闹，竟至于忘了卖梨。等道士走了以后，他才回头看见车子上的梨早已空了。他这才醒悟过来，原来刚才道士给大家分吃的那些梨，全都是自己的。他再仔细看看，又发现车上的把手也丢失了，上面留下了新的断茬，显然是被刚刚截去。乡下人彻底明白了事情原委，心里愤恨至极，急忙去追踪道士。当他转过墙角，发现车把就被丢在墙根下面，这才知道道士所砍的梨树正是这个车把。而道士早已无影无踪，集市上的人被逗得哄然大笑。

异史氏说："这乡下人太糊涂，那种吝啬的憨态伸手可掬，被市人们所见笑，这种情况时有发生，常常能见到乡里有钱的人家，遇到好朋友来借米，就内心不安，并且盘算着：'这是好几天的花费啊。'这时，有人劝他救人的一时困难，让孤寡之人吃上一顿饱饭，一听这话，他就有些生气，于是又盘算起来：'这是可供十个人、五个人吃的口粮啊。'更有甚者在父母兄弟之间，也会斤斤两两地计较。然而，这些人一旦嫖赌起来，便鬼迷心窍，花尽钱财也在所不惜；遇上刀斧架在脖子的危难，花钱赎命唯恐不及。诸如此类，不胜枚举，那个愚蠢的乡夫，何足为怪。"

长清僧

长清僧[①]，道行高洁[②]。年八十余犹健。一日，颠仆不起，寺僧奔救，已圆寂矣[③]。僧不自知死，魂飘去，至河南界[④]。河南有故绅子[⑤]，

率十余骑，按鹰猎兔[6]。马逸[7]，堕毙。魂适相值，翕然而合[8]，遂渐苏。厮仆还问之[9]。张目曰："胡至此！"众扶归。入门，则粉白黛绿者[10]，纷集顾问。大骇曰："我僧也，胡至此！"家人以为妄，共提耳悟之[11]。僧亦不自申解，但闭目不复有言。饷以脱粟则食[12]，酒肉则拒。夜独宿，不受妻妾奉。

数日后，忽思少步[13]。众皆喜。既出，少定，即有诸仆纷来，钱簿谷籍，杂请会计[14]。公子托以病倦，悉卸绝之[15]。惟问："山东长清县，知之否？"共答："知之。"曰："我郁无聊赖[16]，欲往游瞩，宜即治任[17]。"众谓新瘳[18]，未应远涉。不听，翼日遂发。抵长清，视风物如昨。无烦问途，竟至兰若[19]。弟子数人见贵客至，伏谒甚恭[20]。乃问："老僧焉往？"答云："吾师曩已物化[21]。"问墓所。群导以往，则三尺孤坟，荒草犹未合也。众僧不知何意。既而戒马欲归[22]，嘱曰："汝师戒行之僧[23]，所遗手泽[24]，宜恪守，勿俾损坏。"众唯唯。乃行。既归，灰心木坐，了不勾当家务[25]。

居数月，出门自遁，直抵旧寺，谓弟子："我即汝师。"众疑其谬，相视而笑。乃述返魂之由，又言生平所为，悉符。众乃信，居以故榻，事之如平日。后公子家屡以舆马来，哀请之，略不顾瞻。又年余，夫人遣纪纲至[26]，多所馈遗[27]。金帛皆却之，惟受布袍一袭而已[28]。友人或至其乡，敬造之。见其人默然诚笃；年仅而立[29]，而辄道其八十余年事。

异史氏曰："人死则魂散，其千里而不散者[30]，性定故耳[31]。余于僧，不异之乎其再生，而异之乎其入纷华靡丽之乡[32]，而能绝人以逃世也。若眼睛一闪，而兰麝熏心，有求死而不得者矣，况僧乎哉！"

注释

①长清：县名。今属山东省济南市。

②道行：指对佛教教义和戒法的修习实践。高洁，道高行洁。

③圆寂：梵语的意译，音译为"般涅槃"，略称"涅槃"，意思是"圆满寂灭"。为佛教对僧尼死亡的美称。《释氏要览》卷下："释氏死，谓涅槃、圆寂、

归真、归寂、灭度、迁化、顺世，皆一义也，随便称之，盖异俗也。”

④河南：清行省名。辖境约略与今河南省相当。

⑤故绅子：已故豪绅之子。绅，束于腰间的大带。《礼记·玉藻》：“绅长制：士三尺，有司二尺有五寸。”古代有权势地位的人束绅，后世则称有官职或中科第而退居在乡的人为绅士或乡绅。

⑥按鹰：驾鹰，即纵鹰行猎。

⑦马逸：马受惊狂奔。逸，奔跑。

⑧翕（xī 夕）然而合：指僧魂猛地与堕尸合在一起。翕然，犹翕忽，迅疾的样子。

⑨厮仆：奴仆。厮，旧时对服杂役人的贱称。

⑩粉白黛绿：妇女的妆饰，代指姬妾之类的青年女子。粉白，面敷粉。黛绿，眉画黛。

⑪提耳悟之：恳切开导，促其醒悟。提耳，扯着耳朵，意思是谆谆晓喻。《诗·大雅·抑》：“匪面命之，言提其耳。”

⑫饷以脱粟：用糙米做饭给他吃。饷，用食物款待。脱粟，糙米。

⑬少步：稍微走动一下。

⑭杂请会（kuài 快）计：纷纷请其审理钱粮出纳等事。杂，纷杂。会计，总计其数，指主管财物出纳等事。

⑮卸绝：推脱、拒绝。

⑯郁无聊赖：烦闷无聊。无聊赖，感情无所依托。

⑰治任：备办行装。治，办理。任，负载之物，即行装。

⑱新瘳（chōu 抽）：刚刚病愈。

⑲兰若：佛寺。详《尸变》注。

⑳伏谒：拜见。谒，通名进见尊长。

㉑曩已物化：前些时候已经死去。曩，以往，从前。物化，化为异物，死的讳词。《庄子·刻意》：“圣人之生也天行，其死也物化。”

㉒戒马：备马。戒，备。

㉓戒行：佛家语，指在身、语、意三方面恪守戒律的操行。

㉔手泽：手汗沾润之迹。《礼记·玉藻》："父没而不能读父之书，手泽存焉尔。"《疏》："父没之后不忍读父之书，谓其书有父平生所持手之润泽存在焉。"后通称先人遗物、遗墨为手泽。

㉕"灰心"二句：心如死灰，坐以槁木，一点也不过问家务。灰心木坐，参见《画壁》注。勾当，办理。

㉖纪纲：《左传·僖公二十四年》，"秦伯送卫于晋三千人，实纪纲之仆。"纪纲，本指统领仆隶的人，后来泛称仆人。

㉗馈遗（wèi 位）：赠送。

㉘一袭：一套。

㉙而立：而立之年，指三十岁。《论语·为政》："三十而立。"

㉚千里而不散者：原无"不"字，此据铸雪斋抄本。

㉛性定：本性不移。

㉜纷华靡丽之乡：华丽、奢侈的地方。《后汉书·安帝纪》："嫁娶送终，纷华靡丽。"

意译

长清县有一个老和尚，道行相当高深，已经年过八十身体却还很健康。有一天，他突然跌倒在地上爬不起来，寺里的和尚赶来抢救，但老和尚已经死了。

老和尚并不知道自己已经死去，魂灵飘荡，一直到达河南境内。这里有一个已经过世的豪绅的儿子，当时，他正率领十多个随从，骑着马，带着鹰犬，在荒郊野外捕猎野兔。不料马受惊而狂奔不止，他自己也坠马身亡。这时，恰巧碰上老和尚的魂灵游来此地，于是便附着在公子的遗体上。仆从们惊慌失措，公子却若无其事地苏醒了。仆从们惊喜地围着他问个不休，他却一睁开眼睛就很诧异地问道："怎么会来到这里？"大家并不明白他所问的意思，只管小心谨慎地把他搀扶回家里。

他刚一进门，就有不少施朱涂粉，打扮得十分娇艳的女人，纷纷聚拢过来，问这问那。他极为惊讶地反问道："我是和尚，怎么会到了这里？"家里人疑惑不解，都以为他神志不清，就多方提醒和开导他。他也不再申辩解释，只管闭上眼睛，不再说什么。后来家人端来饭菜，他张口就吃，而酒肉却一点不进。夜里休息时独自成眠，不要妻妾侍奉。家里人都说他性情剧变，好像换了个人似的。

几天以后，他忽然想出去散散步，大家都为此感到高兴。他一出房门，稍稍平静一些，这时，便有几个仆人纷纷送来账簿，向他汇报钱粮收支情况，公子托故疲劳，推脱不理。他问下人："山东有个长清县，你们知道不？"大家回答："知道。"公子又说："我烦闷极了，想去长清游玩游玩，赶快准备一下行装。"大家都劝说他病刚好，不宜出门。但他并不听从劝告，第二天就上路了。

到了长清县，只见风景依旧，无须问路，径直来到寺庙。和尚们见有贵客临门，十分恭敬地相迎。公子问道："老僧到哪里去了？"弟子说："师父已经去世。"公子问安葬在哪里，众人就领他去看，只见一座三尺高孤坟，荒草还不曾掩盖住新土。和尚们不知道他的心意。不久他便要勒马回家。临走时，公子告诫大家说："你们的师父是个有戒行的高僧，他所遗留下来的经卷物什，你们要珍惜恪守，千万不要损坏。"大家应诺，于是公子回河南去了。

在家里，公子每天平心静坐，一概不理家务。这样过了几个月，一天，他自己悄悄出了门，直奔长清寺。他对徒弟们说："我就是你们的师父。"和尚们怀疑他是在说谎，所以大家彼此看看忍不住笑了。为了让大家相信，他便讲述了自己如何借尸还魂的经过，又将他自己一生所干过的事情都一一说出来，全部符合事实，大家这才不得不相信。大伙让公子住在老和尚原来住的地方，也像以往侍奉老和尚一样地侍奉着公子。后来，公子家的人多次派车马来苦苦地请求他回去，但他却毫不理会。

又过了一年多的时日，公子的夫人又派管家送来很多财物用品。他把金银绸缎全都退回，只收下一件布袍。往日的朋友前来拜访，见他沉默寡言，为人真诚，年龄不过三十，却常常说一些八十多年来的往事。

异史氏说："人一死魂灵就消散了，而那飘游千里不散的魂灵，是由于本性不移的缘故。我对老和尚并不奇怪他的死而复生，而只是惊奇他进入豪华富丽的家室，却能摆脱人事，逃出凡尘世俗。假若眼睛一迷乱，而被香兰薰心，见异思迁，恐怕成了求死不能的人了，何况去做和尚呢？"

蛇 人

东郡某甲[①]，以弄蛇为业。尝蓄驯蛇二，皆青色：其大者呼之大青，小曰二青。二青额有赤点，尤灵驯，盘旋无不如意。蛇人爱之，异于他蛇。期年[②]，大青死，思补其缺，未暇遑也。一夜，寄宿山寺。既明，启笥，二青亦渺。蛇人怅恨欲死。冥搜亟呼，迄无影兆[③]。然每值丰林茂草，辄纵之去，俾得自适，寻复返；以此故，冀其自至。坐伺之，日既高，亦已绝望，怏怏遂行。出门数武，闻丛薪错楚中[④]，窸窣作响[⑤]。停趾愕顾，则二青来也。大喜，如获拱璧[⑥]。息肩路隅，蛇亦顿止。视其后，小蛇从焉。抚之曰："我以汝为逝矣[⑦]。小侣而所荐耶[⑧]？"出饵饲之，兼饲小蛇。小蛇虽不去，然瑟缩不敢食[⑨]。二青含哺之，宛似主人之让客者。蛇人又饲之，乃食。食已，随二青俱入笥中。荷去教之，旋折辄中规矩，与二青无少异，因名之小青。炫技四方，获利无算。

大抵蛇人之弄蛇也，止以二尺为率[⑩]；大则过重，辄便更易。缘二青驯，故未遽弃。又二三年，长三尺余，卧则笥为之满，遂决去之。一日，至淄邑东山间，饲以美饵，祝而纵之。既去，顷之复来，蜿蜒笥外。蛇人挥曰："去之！世无百年不散之筵。从此隐身大谷，必且为神龙，笥中何可以久居也？"蛇乃去。蛇人目送之。已而复返，挥之不去，以首触笥。小青在中，亦震震而动。蛇人悟曰："得毋欲别小青也？"乃发笥。小青径出，因与交首吐舌，似相告语。已而委蛇并去[11]。方意小青不返，俄而踽踽独来[12]，竟入笥卧。由此随在物色[13]，迄无佳者。而小青亦渐大，不可弄，后得一头，亦颇驯，然终不如小青良。而小青粗于儿臂矣。先是，二青在山中，樵人多见之。又数年，长数尺，围如碗；渐出逐人，因而行旅相戒，罔敢出其途。一日，蛇人经其处，蛇暴出如风。蛇人大怖而奔。蛇逐益急，回顾已将及矣。而视其首，朱点俨然，始悟为二青。下担呼曰："二青，二青！"蛇顿止。昂首久之，纵身绕蛇人，如昔弄状。觉其意殊不恶，但躯巨重，不胜其绕；仆地呼祷，乃释之。又以首触笥。蛇人悟其意，开笥出小青。二蛇相见，交缠如饴糖状，久之始开。蛇人乃祝小青："我久欲与汝别，今有伴矣。"谓二青曰："原君引之来，可还引之去。更嘱一言：深山不乏食饮，勿扰行人，以犯天谴[14]。"二蛇垂头，似相领受。遽起，大者前，小者后，过处林木为之中分。蛇人伫立望之，不见乃去。自此行人如常，不知其何往也。

异史氏曰："蛇，蠢然一物耳，乃恋恋有故人之意[15]。且其从谏也如转圜[16]。独怪俨然而人也者，以十年把臂之交[17]，数世蒙恩之主，辄思下井复投石焉[18]；又不然，则药石相投[19]，悍然不顾，且怒而仇焉者，亦羞此蛇也已。"

注释

①东郡：秦置郡名，治所在濮阳（今河南濮阳县西南）。汉时领有今山东及河南两省部分地区。隋开皇九年（589）废。隋大业初（605），又改兖州（今山东兖州市）为东郡。清时东昌府、曹州府，即今山东聊城市及菏泽地区，为秦汉东郡故地。

②期（jī 几）年：一周年。

③影兆：形影迹象。

④丛薪错楚中：草木错杂之处。《诗·周南·汉广》："翘翘错薪，言刈其楚。"薪，草。错，交错，杂乱。楚，牡荆，泛指灌木丛。

⑤窸窣（xī sū 悉苏）：形容声音细碎。这里指蛇行草丛中的声音。

⑥拱璧：大璧。《左传·襄公二十八年》："与我其拱璧。"《疏》："拱，谓合两手也。此璧两手拱抱之，故为大璧。"

⑦逝：往。这里意思是逃走。

⑧小侣而所荐耶：这个小伙伴是你引来的吗？而，你。荐，荐引。

⑨瑟缩：蜷缩。《吕氏春秋·古乐》："民气郁阏而滞著，筋骨瑟缩不达。"

⑩止以二尺为率（lǜ 律）：只以二尺长为标准。止，只。率，标准。

⑪委蛇：也作"逶迤"。曲折行进的样子。

⑫踽踽（jǔ jǔ 举举）：独行的样子。《诗·唐风·杕杜》："独行踽踽。"朱熹注："踽踽，无所亲之貌。"

⑬随在物色：随时随地访求。

⑭天谴：犹言天罚。

⑮故人之意：老朋友的感情。《史记·范雎蔡泽列传》："然公之所以得无死者，以绨袍恋恋，有故人之意，故释公。"故人，旧交，昔日的朋友。

⑯从谏也如转圜（yuán 圆）：意思是听从规劝像转动圆物那样容易。《汉书·梅福传》："昔高祖纳善若不及，从谏若转圜。"颜师古注："转圜，言其顺易也。"圜，通"圆"，圆的物体。

⑰把臂之交：亲密的友谊。把臂，挽着手臂，只有极亲密的朋友间才如此。

⑱下井复投石：即落井下石，喻乘人之危加以陷害的卑劣行为。韩愈《柳子厚墓志铭》："一旦临小利害，仅如毛发比，反眼若不相识；落陷阱，不一引手救，反挤之，又下石焉者，皆是也。"

⑲药石相投：投以药物、砭石，以治疗疾病。喻苦口相劝，纠正人过失。

意译

东郡有个人，以耍蛇为职业。他曾经蓄养着两条驯服的蛇，都是青颜色，大的称作大青，小的叫二青。小的额头上有个红点，很是灵活、驯顺，盘旋缠绕，

无不随人意愿。耍蛇人非常喜爱，对它另眼看待。

一年以后，大青死去，耍蛇人想补上一条，但是苦于没有闲暇机会。有一天夜里，耍蛇人在山上佛寺寄宿。第二天天亮，他打开竹篓看时，发现二青也不见了。耍蛇人痛不欲生，怅惘极了。他到处寻找，到处呼喊，最终还是杳无踪影。以前，只要遇到深山密林，草木茂盛的地方，他就会放两条蛇出去，让它们自由自在，放开性子玩一阵子，过后不久，它们都很自觉地重新回来。由于这个缘故，他希望二青这次也能自己回来。他一直坐等了很久很久，太阳已经升得很高很高了，还不见二青的影子，他终于绝望了，只好怀着难过的心情离开寺庙，登途赶路。

他刚走出庙门几步远，忽然听见草丛中有一种窸窸窣窣的声音。他本能地停下脚步回头去看，惊喜地发现二青回来了，他高兴极了，如获至宝一般。他放下担子，停在路边休息，蛇也停止移动，和他一起休息。这时他一看二青身后，才注意到那里有一条小蛇尾随着。耍蛇人激动地蹲下来，俯身抚摸着二青说："我以为你离开我走了呢，小伙伴是你相邀来的吗?"耍蛇人当即拿出食物来给它吃，同时也给小蛇食物吃。

小蛇有些惧怕，缩着身子不敢来吃。二青衔着食物去喂它，俨然一个主人款待客人的样子。耍蛇人再去喂它，它这才大胆地吃了。吃完东西，小蛇跟着二青一起进到竹篓里，耍蛇人背着它们继续行路。

耍蛇人很精心地训练小蛇，它很快就学会了各种技巧动作，盘绕旋转都很符合要求，其驯顺与熟练程度，和二青没有多少差异。于是耍蛇人给它起名叫"小青"。从此，耍蛇人带着它们在四方卖艺献技，确实获利不少。

大凡耍蛇人玩蛇都是以二尺为标准，太大了就会过重，往往需要更换。但是由于二青太驯顺，所以耍蛇人并没有放走它。以后，又过了二三年时间，二青已经长到三尺多长了，盘卧在竹笼里占得满满的，这时，他才决定放它走。一天，他走到淄川东山停下来，先给二青喂了一顿美食，然后把它放出竹篓，并向它祝福来日平安。二青走了一段路，很快又回来了，在竹篓外来回盘桓。耍蛇人忍痛割爱地向它挥手致意道："你快快地去吧！世上没有百年不散的筵席，你从此隐居于深山大谷，很可能会化为神龙，小小竹篓哪里是你的久居之地呢？"

于是二青便离去了。耍蛇人一直深情地目送着它远去，一会儿它又回来了，耍蛇人仍然挥手赶它，它还是不肯离去，却频频地用头触着竹篓，小青在竹篓里也是随之振奋跃动。耍蛇人马上醒悟过来，他问二青："是不是想和小青告别一番？"于是便打开竹篓，放小青出来。小青和二青彼此头舌交并，显得难舍难分，亲热极了，仿佛有千言万语要相互叮咛。一会儿时间，两条蛇一起蜿蜒离去。耍蛇人正猜疑小青不会回来了，很快小青竟然独自一个回来了，爬进竹篓卧下。

此后，耍蛇人到处物色，却一直没有寻到一条理想的好蛇。小青这时也渐渐长大了，不便于再玩耍。后来虽然找到一条，也比较驯顺听话，但总是不如小青那么随人意愿。而小青已长得像小孩手臂那么粗大了。

在此之前，二青在山中生息，樵夫常常撞见它。再过几年以后，二青已有好几尺长了，足足有碗口那样粗大，而且时不时出来追逐行人，来往行人互相告诫，都不敢从那里走。

有一天，耍蛇人经过，有一条蛇猛然出现，像一阵疾风似的追赶过来。耍蛇人大为惊恐，狂奔逃命，那蛇也越发追赶得迅猛了，耍蛇人回头看时，见那蛇已经追到身边。他再细看蛇头，只见有一个很清晰的红斑点，这才断定是二青，就急忙放下肩上的担子，大声叫道："二青！二青！"那蛇马上停下来，昂起头持续了很久。

二青很亲热地纵身缠在耍蛇人身上，和过去一样熟练。耍蛇人知道它不存恶意，但无奈它太粗大，耍蛇人已经承受不了它的重量，于是就躺在地上叫它松缠，二青很通人性地脱身下来。它又用头去触摸竹篓，耍蛇人明白它的意思，就把小青从篓里放出来，两蛇相见如故，非常亲密地交缠在一起，很久很久才分开。耍蛇人对小青说："我很久之前就想和你分手了，今天正好有了伴儿。"然后又对二青说："小青本是你引来的，现在还是你再引它去吧，我还有一句话要叮咛你们：深山里有的是吃的喝的，不要惊扰过往行人，否则会遭天谴的。"二蛇似乎有所受教，双双低下头来。然后，二蛇突然腾空跃起，二青在前，小青随后，凡是二蛇经过的地方，草木都分向两边，成为通道。耍蛇人定定地站在原地看着它们远去，直到望不见影子才离开。从此以后，行人往来如常，没人知道那蛇到什么地方去了。

异史氏说："蛇是愚蠢的动物，而对故人却有如此眷恋之情，并能听从善意的劝谏。但奇怪世上俨然有一些人模人样的家伙，对待十多年的老朋友，或者几世蒙受恩惠的主人，却总想落井下石，恩将仇报。还有一些道貌岸然者对朋友的忠言劝谏，不但不予理睬，反而恼怒而视同仇敌。像这样的人，与这两条蛇相比，应感到羞愧。”

犬奸

青州贾某[1]，客于外，恒经岁不归。家畜一白犬，妻引与交，犬习为常。一日，夫至，与妻共卧。犬突入，登榻，啮贾人竟死。后里舍稍闻之，共为不平，鸣于官[2]。官械妇[3]，妇不肯伏，收之[4]。命缚犬来，始取妇出。犬忽见妇，直前碎衣作交状。妇始无词。使两役解部院[5]，一解人而一解犬。有欲观其合者，共敛钱赂役，役乃牵聚令交。所止处，观者常数百人，役以此网利焉。后人犬俱寸磔以死。呜呼！天地之大，真无所不有矣。然人面而兽交者，独一妇也乎哉？

异史氏为之判曰："会于濮上，古所交讥；约于桑中，人且不齿[6]。乃某者，不堪雌守之苦[7]，浪思苟合之欢。夜叉伏床，竟是家中牝兽；捷卿入窦[8]，遂为被底情郎。云雨台前[9]，乱摇续貂之尾[10]；温柔乡里[11]，频款曳象之腰[12]。锐锥处于皮囊，一纵股而脱颖[13]；留情结于镞项[14]，甫饮羽而生根[15]。忽思异类之交，真属匪夷之想[16]。龙吠奸而为奸[17]，妒残凶杀，律难治以萧曹[18]；人非兽而实兽，奸秽淫腥，肉不食于豺虎。呜呼！人奸杀，则拟女以剐[19]；至于狗奸杀，阳世遂无其刑。人不良，则罚人作犬；至于犬不良，阴曹应穷于法。宜支解以追魂魄[20]，请押赴以问阎罗[21]。"

注释

①青州：青州府，治所在今山东省益都县。贾（gǔ 古），商人。

②鸣于官：到官府告发。

③械：桎梏，脚镣手铐之类的刑具。此指加上这类刑具。

④收：入狱。

⑤部院：清代各省总督、巡抚多兼兵部侍郎和都察院右副都御史衔，因此称督抚为部院。这里指巡抚衙门。

⑥“会于”四句：大意是男女苟合，向为人们所鄙弃。濮上，桑间濮上的省语。桑间在濮水之上，为古时男女幽会之地。《汉书·地理志》：“卫地……有桑间濮上之阻，男女亦亟聚会，声色生焉。”约于桑中，与“会于濮上”，义同，都指男女幽会。《诗·鄘风·桑中》：“期我乎桑中，要我乎上宫。”讥，讥笑、讽刺。不齿，不屑与之同列，表示轻蔑。齿，列。

⑦雌守：以妇节自守。

⑧捷卿：指狗。捷，迅疾。卿，戏谑的昵称。唐谷神子《博异志·张遵言》载，南阳张遵言下第，“途次商山馆，中夜晦黑……见东墙下一物，凝白耀人，使仆视之，乃一白犬，大如猫，须睫爪子皆如玉，毛彩清润，悦怿可爱。遵言爱怜之，目为捷飞，言骏奔之甚于飞也。”

⑨云雨台：指男女幽会之处。《文选》宋玉《高唐赋序》：“昔日楚襄王与宋玉游于云梦之台。……玉曰：‘昔日先王尝游高唐，怠而昼寝，梦见一夫人曰：巫山之女也，为高唐之客。闻君游高唐，愿荐枕席。王因幸之。去而辞曰：妾在巫山之阳，高丘之阻，旦为朝云，暮为行雨；朝朝暮暮，阳台之下。’”

⑩续貂之尾：指狗尾。《晋书·赵王伦传》：“奴卒厮役卒加爵位，每朝会，貂蝉满座，时人为之谚曰：‘貂不足，狗尾续。’”

⑪温柔乡：喻美色迷人之处。《飞燕外传》：“是夜进合德，帝大悦，以辅属体，无所不靡，谓为温柔乡。”

⑫款：动。

⑬脱颖：即颖脱。锥尖全部露出。颖，锥芒。《史记·平原君列传》："平原君曰：'夫贤士之处世也。譬若锥之处囊中，其未立见。……'毛遂曰：'臣乃今日请处囊中耳。使遂蚤（早）得处囊中，乃颖脱而出，非特其末而已矣。'"本喻充分显露其才能，这里借为亵语。

⑭镞项：箭头之后。项，头后。

⑮甫饮（yìn 印）羽：刚没进箭尾。甫，刚刚。饮，隐没。羽，箭尾的羽毛。这里为亵语。

⑯真属匪夷之想：谓这的确属于违背常理的念头。匪，非。夷，通"彝"，常理。

⑰龙（máng 忙）吠奸而为奸：意思是狗本应看家护院，见奸夫而吠警，而今却自作奸夫。《诗·国风·召南·野有死麕》写青年男女幽会，有云："无使龙也吠。"

⑱律难治以萧曹：意为难用朝廷法律治犬之罪。萧、曹，萧何、曹参，西汉初年的两个丞相。萧何曾参照秦律制定汉的律令制度，曹参继任后相沿不变。详见《汉书》本传。这里以"萧曹"之律指代国法。

⑲拟女以剐（guǎ 寡）：判处女方以凌迟之刑。拟，判罪。剐，割肉离骨，古时分割人肉体的酷刑，即凌迟。

⑳宜支解以追魂魄：应割解四肢，究治其魂魄。支，肢。支解，为古代分解四肢的酷刑。追，追究。

㉑阎罗：梵语意译，也译作"阎魔王""焰摩罗王""阎王"等。原为古印度神话中管理阴世的王，后为佛教所沿用，称为管理地狱的魔王。中国民间迷信传说中的阎罗王、阎王爷即源于此。

意译

青州有个商人，客居异地，常常整年不回家。家中养着一条白犬，妻子忍受不了这种寂寞，就和这条犬相交。时间长了，犬也习以为常。

有一天，丈夫突然回家来了，夫妻同床共眠。这时，白犬也突然进到屋里，像平常一样上了床，竟将男主人咬死。后来，邻居渐渐得知事实真相，大家都愤愤不平，就将此事告到官府衙门。官府将妇人捉拿归案，但是妇人不肯伏罪，便

将她囚禁起来。审讯官命令将白犬绑了牵来，又将妇人从狱中提出来。白犬忽然看见妇人，直扑上去咬烂妇人的衣服，要和她相交。妇人这才无话可说。审讯官命令手下两个差役押解到上级衙门去，一人押人，一人押犬。有人想要观看人犬相交的情景，就凑了一笔钱去贿赂差役，差役便将人犬牵聚在一起，使其交媾。

所停之处，总有数百人观看。差役因此大获其利。最终人犬都受到寸断肢解的酷刑而死。唉！天地如此广大，真是无奇不有啊。然而，貌似人面目而做出兽性相交举动的，难道只是这样一个妇人吗？

异史氏为此案判决说："私会于濮水之畔，古人讥讽嘲笑；约见于桑林之中，人们不值一提。这人忍受不了守活寡的苦私享苟合交欢的快乐。晚上趴在其床的，竟然是家中的狗；敏捷进洞的白狗，便成了被子底下的情郎。云雨台前，摇动的竟是狗尾；温柔乡里，频频款动的却是大象般的腰身。锐锥置于皮囊，一纵股而脱颖，把情欲凝结在箭头之后，箭深入没羽便如同生根一样牢不可拔。忽然想那异类性交，真叫人难以想象。猛犬防奸却自去行奸，又妒忌而凶残杀人，用国法很难以治罪。人不是兽而实际与兽一样，作奸者污秽，淫荡者腥臊，豺狼虎豹都不吃其肉。唉！人因奸而杀人，就用千刀万剐之刑判处女方；至于狗因奸而杀人，人世间还没有这种法刑。人不善，就罚他来世作狗；至于狗不善，阴曹地府应该也没有办法。对其应加以肢解，并追摄魂魄，押赴到地狱让阎王问罪。"

雹神

王公筠苍[1]，莅任楚中[2]。拟登龙虎山谒天师[3]。及湖[4]，甫登舟，即有一人驾小艇来，使舟中人为通[5]。公见之，貌修伟。怀中出天师刺[6]，曰："闻驺从将临[7]，先遣负弩[8]。"公讶其预知，益神之，诚意而往。天师治具相款[9]。其服役者，衣冠须鬣，多不类常人。前使者亦侍其侧。少间，向天师细语。天师谓公曰："此先生同乡，不之识耶？"公问之。曰："此即世所传雹神李左车也[10]。"公愕然改容。天师曰："适言奉旨雨雹，故告辞耳。"公问，"何处？"曰："章丘。"公以接壤关切，离席乞免。天师曰："此上帝玉敕[11]，雹有额数，何能相徇？"公哀不已。天师垂思良久，乃顾而嘱曰："其多降山谷，勿伤禾稼可也。"又嘱："贵客在坐，文去勿武[12]。"神出，至庭中，忽足下生烟，氤氲匝地[13]。俄延逾刻，极力腾起，才高于庭树；又起，高于楼阁。霹雳一声，向北飞去，屋宇震动，筵器摆簸。公骇曰："去乃作雷霆耶！"天师曰："适戒之，所以迟迟；不然，平地一声，便逝去矣。"公别归，志其月日，遣人问章丘。是日果大雨雹，沟渠皆满，而田中仅数枚焉。

注释

①王公筠苍：指王孟震。孟震字筠苍，淄川（今属山东淄博市）人。万历进士。官至左通政。因触犯权奸魏忠贤被革职。见《淄川县志》卷五。

②楚中：泛指春秋时楚国故地，习用为湖北、湖南两省的通称。

③龙虎山：道教名山之一。在今江西贵溪市西南。由龙、虎二山组成，故名。道教创始人张道陵的后人世居此山。张道陵（34—156），即张陵，东汉沛国丰（今江苏省丰县）人，顺帝汉安元年（142）在鹄鸣山（今四川省大邑县境）创立

道教，徒众尊其为“天师”。其后世承袭道法，移居龙虎山，世称“张天师”。山上建有上清宫，为历代天师的道场和祀神之处。其居处上清镇（在贵溪东）有“嗣汉天师府”，今尚残存。

④湖：指江西鄱阳湖。

⑤为通：为之通禀，即替他传达谒见的请求。

⑥刺：名帖。古时在竹简上刺上名字作拜见的名帖，所以叫刺。

⑦驺（zōu 邹）从（zòng 纵）：古时达官贵人出行时护卫前后的骑卒。

⑧先遣负弩：意思是充当先导。《史记·司马相如列传》：“拜相如为中郎将，建节住使，……至蜀，蜀太守以下郊迎，县令负弩矢前驱。”弩，用机栝发箭的弓。

⑨治具相款：备办酒席招待。具，馔具，指供设的肴馔。

⑩李左车：汉初行唐（今河北省行唐县）人，初依赵王，封广武君，后归汉将韩信，信用其奇计攻取燕、齐等地。详见《史记·淮阴侯列传》。李左车死后为雹神的传说，不详始于何时。本书第十二卷《雹神》称其“司雹于东”，且在日照县（今属山东省）有“雹神李左车祠”。而据传说，博兴县城北十五里有李左车墓，“俗传李左车为雹神，每年三月初六日，距李墓较近各村众相率顶礼谒墓祈禳；距墓远者，亦于是日相约备牲醴祭于村西北三百步外，祭毕埋之，去来均不回顾，是年辄丰稔，雹不为灾。”（民国二十五年《博兴县志》卷十七）

⑪上帝玉敕（chì 斥）：道教称天帝为玉皇大帝，简称玉皇、玉帝。“玉敕”，犹“御敕”，帝王的诏命。玉，敬辞。敕，敕令。

⑫文去勿武：温文离开，不要勇武。

⑬氤氲（yīn yūn 因晕）匝（zā 扎）地：烟雾绕地。氤氲，烟云弥漫的样子，一般形容云气蒸腾。匝，环绕。

意译

王筠苍先生到楚地任职，打算登临龙虎山去拜谒张天师。他走到鄱阳湖边，刚到船上，就看见有一个人划着一艘小艇过来，此人通过船主请求与王公相见。王公见来人相貌堂堂，身材魁伟，从怀里掏出张天师的拜帖，说道："天师听闻大人光临，特地差遣小人前来带路。"王公很惊奇张天师会预先得知他的来访，更为敬慕，便虔诚地随同前往。

到了龙虎山，张天师隆重设宴款待嘉宾。王公见在宴会上服侍的人，无论是衣饰还是相貌，都与常人大不相同。先前驾小艇的人也侍立在一旁。片刻间，他俯在张天师耳边细语，张天师就对王公说："这是先生的同乡，先生不认识吗？"王公问他是谁？天师回答说："这就是世间所传说的雹神李左车。"王公听了非常吃惊，脸色也变了。天师又说："他刚才说，奉旨要前去降雹，所以特地来告辞。"王公惊问："在什么地方降雹？"天师说："在章邱。"王公因章邱与自己的家乡接壤，起身离席向天师请求免降。天师说："这是玉皇大帝的旨令，什么时候在哪里降雹，都有一定数额，怎么能徇私情？"王公苦苦哀求，天师低头沉思了许久，便回头对雹神说："那就多在山谷降些，别伤害庄稼好了。"随后嘱咐道："有贵客在座，去时文明些，不要太粗莽。"

雹神李左车出去，到了庭院中，忽然脚下生烟，云雾满地环绕，过了一会儿，猛然用力腾空，开始时只有庭中树那么高，再往上腾起，就超过楼阁了，随后又听得轰隆一声巨响，便向北方飞去。大家只感到房屋震动，桌案上的杯盘器皿摇摆颠簸不已。王公十分震惊，说道："他离开时都要响惊雷吗？"天师笑着说："没听我刚才告诫他，所以才迟迟而起，要不然就平地一声炸雷，轰然离去了。"

王公告别回去，记下了当时的日期，派人到章邱一带去查问，这一天果然天降冰雹，沟渠河汉都积满了，但是田地里只不过有几颗零星冰雹而已。

狐嫁女

历城殷天官[1]，少贫，有胆略。邑有故家之第，广数十亩，楼宇连亘。常见怪异，以故废无居人；久之，蓬蒿渐满，白昼亦无敢入者。会公与诸生饮，或戏云："有能寄此一宿者，共醵为筵[2]。"公跃起曰："是亦何难！"携一席往。众送诸门，戏曰："吾等暂候之，如有所见，当急号。"公笑云："有鬼狐，当捉证耳。"遂入，见长莎蔽径[3]，蒿艾如麻。时值上弦[4]，幸月色昏黄，门户可辨。摩娑数进[5]，始抵后楼。登月台[6]，光洁可爱，遂止焉。西望月明，惟衔山一线耳[7]。坐良久，更无少异，窃笑传言之讹。席地枕石，卧看牛女[8]。

一更向尽，恍惚欲寐，楼下有履声，籍籍而上[9]。假寐睨之，见一青衣人，挑莲灯[10]，猝见公，惊而却退。语后人曰："有生人在。"下问："谁也？"答云："不识。"俄一老翁上，就公谛视，曰："此殷尚书，其睡已酣。但办吾事，相公倜傥[11]，或不叱怪。"乃相率入楼，楼门尽辟。移时，往来者益众。楼上灯辉如昼。公稍稍转侧，作嚏咳。翁闻公醒，乃出，跪而言曰："小人有箕帚女[12]，今夜于归[13]。不意有触贵人，望勿深罪。"公起，曳之曰："不知今夕嘉礼[14]，惭无以贺。"翁曰："贵人光临，压除凶煞[15]，幸矣。即烦陪坐，倍益光宠。"公喜，应之。入视楼中，陈设芳丽。遂有妇人出拜，年可四十余。翁曰："此拙荆[16]。”公揖之。俄闻笙乐聒耳，有奔而上者，曰：“至矣！”翁趋迎，公亦立俟。少选，笼纱一簇，导新郎入。年可十七八，丰采韶秀。翁命先与贵客为礼。少年目公。公若为傧[17]，执半主礼。次翁婿交拜，已，乃即席。少间，粉黛云从[18]，酒胾雾霈[19]，玉碗金瓯，光映几案。酒数行，翁唤女奴请小姐来。女奴诺而入，良久不出。翁自起，搴帏促之。俄婢媪数辈拥新人出，环佩璆然[20]，麝兰散馥。翁命向上拜。起，即坐母侧。微目之，翠凤明珰[21]，容华绝世。既而酌以金爵[22]，大容数斗[23]。公思此物可以持验同人，阴内袖中[24]。伪醉隐几[25]，颓然而寝。皆曰：“相公醉矣。”居无何，新郎告行，笙乐暴作，纷纷下楼而去。已而主人敛酒具，少一爵，冥搜不得。或窃议卧客，翁急戒勿语，惟恐公闻。移时，内外俱寂，公始起。暗无灯火，惟脂香酒气，充溢四堵[26]。视东方既白，乃从容出。探袖中，金爵犹在。及门，则诸生先俟，疑其夜出而早入者。公出爵示之。众骇问，公以状告。共思此物非寒士所有[27]，乃信之。

后公举进士[28]，任于肥丘[29]。有世家朱姓宴公，命取巨觥[30]，久之不至。有细奴掩口与主人语[31]，主人有怒色。俄奉金爵劝客饮。谛视之，款式雕文[32]，与狐物更无殊别。大疑，问所从制。答云：“爵凡八只，大人为京卿时[33]，觅良工监制。此世传物，什袭已久[34]。缘明府辱临[35]，适取诸箱簏，仅存其七，疑家人所窃取；而十年尘封如故，殊不可解。”公笑曰：“金杯羽化矣[36]。然世守之珍不可失。仆有一具，颇近似之，当以奉赠。”终筵归署，拣爵驰送之。主人审视，骇绝。亲诣谢公，诘所自来。公乃历陈颠末。始知千里之物，狐能摄致，而不敢终留也。

注释

①殷天官：指殷士儋。殷士儋，字正甫，学者称棠川先生，历城（今山东济南市）人。明嘉靖进士。曾任吏部尚书，官至武英殿大学士。著有《金舆山房稿》。见《明史》本传及乾隆《历城县志·人物志》。天官是“天官冢宰”的简称。《周礼》六官，称冢宰（丞相）为天官，为百官之长。唐武后光宅元年

(684) 曾一度改吏部为天官，后世便以天官作为吏部的通称。这里是对吏部尚书的敬称。

②共醵（jù 据）为筵：大家凑钱请酒席。醵，合钱饮酒。

③莎（suō 蓑）：与下句“蒿艾”，均指野草。莎，莎草，又名香附、香附子，根可入药。

④上弦：指农历每月初七、八的时候，月亮如弓形，上缺其半，叫作“上弦”。《释名·释天》：“弦，半月之名也，其形一旁曲，一旁直，若张弓施弦也。”

⑤摩娑（suō 蓑）数进：摸索着进入数重庭院。摩娑，同“摸索”。进，房屋分成前后几个庭院的，每个庭院叫“一进”。

⑥月台：指楼上赏月的台榭。

⑦衔山一线：指月落西山，余晖如线。衔，含。

⑧牛女：指牛郎星和织女星。

⑨籍籍而上：脚步杂乱地上楼来。籍籍，纷乱的样子。

⑩莲灯：又称“莲炬”。一种罩似莲花的风灯，常供嫁娶时使用。下文“笼纱”，指以薄纱作罩的灯笼，喜庆时罩以红纱。吴自牧《梦粱录》卷二十“嫁娶”：“新人下车……以数妓女执莲炬花烛，导前迎引。”

⑪相公：年少士人的尊称。倜傥（tì tǎng 替倘）：豪放不羁。

⑫箕（jī 基）帚（zhǒu 肘）女：旧时谦指自己的女儿缺乏才貌，只能胜任家务粗活。箕帚，指家庭洒扫之事。

⑬于归：出嫁。《诗·国风·周南·桃夭》：“之子于归，宜其家室。”

⑭嘉礼：此指婚礼。《周礼·春官·大宗伯》：“以嘉礼亲万民。”嘉礼为古代五礼之一，指饮食、婚冠、宾射、飨燕、脤膰、贺庆等礼仪。后世专指婚礼。

⑮压除凶煞：压制排除凶神恶煞。压，慑服。煞，凶神。

⑯拙荆：对人自称其妻的谦辞。《列女传》：“梁鸿妻孟光，常荆钗布裙。”原指以荆条作钗，装束俭朴，后人谦称其妻为荆妻、荆室、山荆、拙荆，均本此。

⑰傧（bīn 宾）：也作“摈”，指代表主人接引宾客的人。见《周礼·秋官·司仪》郑玄注。古时主有傧，客有副；殷士儋是代表主方迎接新郎的，所以“执半主礼”。

⑱粉黛云从：丫嬛使女，簇拥如云。粉黛，粉白黛绿，代指女子。白居易《长恨歌》：“回头一笑百媚生，六宫粉黛无颜色。”

⑲酒胾（zì 字）雾霈：美酒佳肴，热气蒸腾。胾，大块肉。

⑳环佩璆（qiú 求）然：佩玉叮当。《史记·孔子世家》：“夫人自帷中再拜，环玉声璆然。”环佩，古时妇女所佩带的玉饰。璆然，玉器撞击的声音。

㉑翠凤明珰：髻插翡翠凤钗，耳饰明珠耳坠。极言首饰的华丽名贵。珰，耳饰，珍珠做成的耳坠。

㉒爵：古代礼器，也是酒器，底有三足。《礼记·礼器》：“宗庙之祭，贵者献以爵。”注：“凡觞，一升曰爵。”

㉓斗：古代酒器。《诗·大雅·生民之什·行苇》：“酌以大斗，以祈黄耇。”

㉔内：通“纳”。

㉕隐（yìn 印）几：倚在几案上。隐，凭倚。

㉖四堵：四壁，指全室。

㉗寒士：贫寒的士人。士，封建时代特指读书人。

㉘举进士：考中进士。隋唐科举设进士科，历代相沿，以进士作为入仕资格的首选。明清时代，科举经过三级考试：一曰院试，考中称生员；二曰乡试，考中称举人；三曰会试（由礼部主持），考中称贡士。贡士再经复试（由皇帝派员主持）和殿试（在宫廷内由皇帝主持）。被录取者分为三甲：一甲赐进士及第，二甲赐进士出身，三甲赐同进士出身；统称为进士。《历城县志》记载，殷士儋为嘉靖二十六年（1547）进士。句原无“公”字，据铸雪斋抄本补。

㉙肥丘：地名。未详。

㉚巨觥（gōng 工）：大酒杯。《诗·小雅·甫田之什·桑扈》：“兕觥其觩，旨酒思柔。”此指金爵。

㉛细奴：小僮。

㉜款式雕文：样式及其上雕绘的图案。文，同“纹”，图案。

㉝京卿：即京堂。明清时称各衙门长官为堂官。清代对都察院、通政司、詹事府和大理、太常、太仆、光禄、鸿胪等寺及国子监的堂官，概称京堂，官方文书中称“京卿”。

㉞什袭：也作“十袭”。把物品重重叠叠包裹起来，引申为郑重珍藏的意思。什，言其多；袭，重叠。

㉟明府：汉代对郡守的尊称。唐以后用以称县令。这里以称殷士儋。

㊱羽化：道教称成仙飞升为羽化。这里是戏指酒杯丢失。《旧唐书·柳公权传》：“公权……别贮酒器一笥，缄縢如故，其器皆亡，讯海鸥，乃曰：‘不测其亡。’公权哂曰：‘银杯羽化耳。’不复更言。”

意译

吏部殷尚书是历城人，年少时家境贫寒，但为人很有谋略胆识。县里有原来官宦人家遗留下来的家园，宽广有几十亩，楼阁相连绵延不断。由于里边常常出现一些鬼怪异事，所以长期以来，一直荒废着，没人敢去居住。后来，园里长满了蒿草，即使青天白日，也没人敢进到里边去。

有一天，殷公和朋友们在一起饮酒时，有人开玩笑说："如果有谁敢一个人进去住上一夜，我们大家凑钱设宴款待他。"殷公站起身说："这有什么大不了的!"当即带上席子前往园里居住。朋友们送他到门口，还开玩笑说："我们大家在这里等候着，倘若遇见鬼怪，就大声呼救。"殷公很不以为然地笑着说："若有鬼狐之类，我一定捉来做为凭证。"于是进了园林，只见蒿草丛生如麻，大路小径全被遮盖住了，难以分辨。当时正值七月初八，一轮残缺的上弦月孤零零地挂在天空，月色虽然昏暗，门户却幸而分辨得清。殷公摸索向前，走了好一阵子，才到达一座后楼。他登上月台，觉得这里清爽洁净，令人喜爱，就在这儿停下来。殷公举首西望，只见月亮仅仅剩下一线余光。他一个人静静地坐了很久，见没有任何动静，心想平日谣传不能相信，不觉暗自发笑。他觉着既然没有什么鬼怪变异，就无须提防，干脆还是躺一会儿。于是他就地一躺，以石为枕，仰面遥看牛郎织女星。

大约将近二更时分，殷公有些倦意，正要昏昏欲睡时，突然听见楼下传来脚步声，向着楼台拾级而上。于是在假装熟睡中偷看。有一个身着青衣的丫鬟端着一盏莲花灯，蓦然发现睡在地上的殷公，惊吓得直往后退缩，对身后的人说："有一个生人在这里。"下面的人问道："是谁?"丫鬟回答："不认识。"过了一会儿，一个老翁上楼来到殷公身边仔细一看，说："这是殷尚书，他已睡熟，不用怕，我们只管办自己的事儿。殷公为人爽直不拘泥，也许不会责怪的。"于是，大家都进楼去了，楼门全打开了。没过多一会儿，来往的人越来越多，楼阁里灯火辉煌，如同白昼。殷公稍稍翻了一下身子，咳嗽了几声，老翁见他醒了，就出了楼门跪在跟前说：“小人有个女儿，今晚出嫁，不想冲撞了您，请不要怪罪。”殷公起身扶起老翁说：“不知今夜是个大喜的日子，我只是惭愧没有什么可以作为贺礼！”老翁说：“承蒙贵人光临，为我们驱除凶神恶煞，这已经很是万幸了，老朽想请您赏光婚礼，更增加一些喜庆气氛。”殷公很爽快地答应了。

殷公随老翁走进楼里，见布置得十分豪华绚丽。这时，有个妇人近前来向他行礼，约摸四十来岁。老翁介绍说：“这是我的妻子。”殷公也还了礼。紧接着，室内乐声骤起。这时，有人跑上楼来大声说：“来了！来了！”老翁立即出门去迎接，殷公也站起来等候。转眼工夫，宫灯相照，人群簇拥着新郎进来了。新郎大约有十七八岁，长得很秀气，很有风度。老翁引他到殷公跟前行礼。新郎看了看殷公，殷公也就充作主持婚仪的傧相似的，按半个主人的身份答礼，接下来是翁婿互拜，过后便入席。过了片刻，又来了一群浓妆淡抹的丫鬟使女。酒肴美馔，香气扑鼻，玉碗金盏，交相辉映。酒过数巡，老翁叫使女去请小姐出来，使女应了一声便去了。因过了很长时间不见出来，老翁就亲自掀帘去催促，很快，新娘就被丫鬟老妪们扶拥着出来了。只见新娘容光照人，玉佩环坠，玲玲作响，香兰芳草，馥馨醉人，老翁命她向客人拜了拜，拜完就坐在母亲身边。殷公稍稍注视了一下新娘，见她头戴翠凤，耳垂珠玉，容颜美丽绝伦，世上少见。随即主人又用大金杯酌酒劝饮，大得可盛几斗酒。

殷公心想，这大酒杯可以拿回去给人作为见证，就随手藏在袖子里，然后他便假装醉酒，伏在桌子上睡着了。大家见状便说：“殷公醉了，殷公醉了！”再过了一会儿，就听见新郎辞别，紧接着，又乐声大起，其他人也都纷纷下楼去了。后来，主人收拾酒具时，发现少了一只大金杯，四处寻找也没找见。有人怀疑也许杯子在殷公身上，老翁急忙制止住，只怕殷公听见。最后，楼里楼外彻底寂静无声，殷公才起身，四处漆黑无灯火，只剩下脂粉香气和酒肉香味，还在到处飘散。天色大亮后，殷公从从容容地出了楼，他用手摸摸衣袖，金杯还在，就大步走出园林。这时，朋友们正在门口等着，怀疑他是夜里出来，趁早又进去的。他便掏出金杯让大家看，无不惊异，便问他都见到了些什么，他把自己亲眼看见的一切向大家讲述了一遍。大家一想，这金杯不是贫寒书生所能拥有的，这才相信了。

后来，殷公考中了进士，在肥丘做官。当地有一个姓朱的世家公子宴请他。席上，主人命令仆人去取大杯来向客人敬酒，但仆人去了很长时间不见回来。这时有一个年轻仆人过来附在朱公子耳边说了几句悄悄话，公子脸上立即现出怒色。过了一会儿，主人端金杯向客人劝酒，殷公仔细端详，发现这杯子无论是样子、花纹等，都与当年狐狸精所用的金杯毫无差异。殷公大为疑惑，就问这酒杯是什么地方制作的？主人说：“此杯总共有八只，是先父做京官时特请良工监制的，这是上世所传宝物，珍藏多年了。因大人光临敝舍，刚才从箱里取出以款待大人，只剩下七只，那一只怀疑是被家人偷去，但是十多年一直尘封如故，实在无法理解。”殷公笑着说：“想必这金杯是仙物羽化了，但世传珍品是不能失去的。我那里正好有一只与公子家的非常相像，愿意以此物奉送。”吃完筵席，回到公署，殷公当即派人骑马把那只金杯送去。朱公子看罢，又与家物对比，确实丝毫不差，心里惊讶极了。他亲自登门去致谢，询问此物从何而来。殷公就把以前经历的事情详细讲给他听。这才知道千里之外的物品，狐狸精可以随意取用，但却不敢长久留下。

娇娜

孔生雪笠，圣裔也[①]。为人蕴藉[②]，工诗。有执友令天台[③]，寄函招之。生往，令适卒。落拓不得归[④]，寓菩陀寺，佣为寺僧抄录。寺西百余步，有单先生第。先生故公子，以大讼萧条[⑤]，眷口寡，移而乡居，宅遂旷焉。

一日，大雪崩腾，寂无行旅。偶过其门，一少年出，丰采甚都。见生，趋与为礼，略致慰问，即屈降临。生爱悦之，慨然从入。屋宇都不甚广，处处悉悬锦幕，壁上多古人书画。案头书一册，签云[⑥]：“琅嬛琐记[⑦]。”翻阅一过，皆目所未睹。生以居单第，意为第主，即亦不审官阀[⑧]。少年细诘行踪，意怜之，劝设帐授徒。生叹曰：“羁旅之人[⑨]，谁作曹丘者[⑩]？”少年曰：“倘不以驽骀见斥[⑪]，愿拜门墙[⑫]。”生喜，不敢当师，请为友。便问：“宅何久锢？”答曰：“此为单府，曩以公子乡居，是以久旷。仆皇甫氏，祖居陕。以家宅焚于野火，暂借安顿。”生始知非单。当晚，谈笑甚欢，即留共榻。昧爽[13]，即有僮子炽炭火于室。少年先起入内，生尚拥被坐。僮入，白：“太公来[14]。”生惊起。一叟入，鬓发皤然[15]，向生殷谢曰：“先生不弃顽儿，遂肯赐教。小子初学涂鸦[16]，勿以友故，行辈视之也[17]。”已乃进锦衣一袭[18]，貂帽、袜、履各一事[19]。视生盥栉已[20]，乃呼酒荐馔[21]。几、榻、裙、衣，不知何名，光彩射目。酒数行，叟兴辞[22]，曳杖而去。餐讫，公子呈课业[23]，类皆古文词，并无时艺[24]。问之，笑云：“仆不求进取也。”抵暮，更酌曰：“今夕尽欢，明日便不许矣。”呼僮曰：“视太公寝未；已寝，可暗唤香奴来。”僮去，先以绣囊将琵琶至。少顷，一婢入，红妆艳绝。公子命弹湘妃[25]。婢以牙拨勾动[26]，激扬哀烈，节拍不类夙闻。又命以巨觞行酒，三更始罢。次日，早起共读。公子最惠[27]，过目成咏，二三月后，命笔警绝。相约五日一饮，每饮必招香奴。一夕，酒酣气热，目注之。

公子已会其意，曰：“此婢乃为老父所豢养。兄旷邈无家[28]，我夙夜代筹久矣。行当为君谋一佳耦。”生曰：“如果惠好[29]，必如香奴者。”公子笑曰：“君诚‘少所见而多所怪’者矣[30]。以此为佳，君愿亦易足也。”居半载，生欲翱翔郊郭[31]，至门，则双扉外扃，问之，公子曰：“家君恐交游纷意念，故谢客耳。”生亦安之。时盛暑溽热，移斋园亭[32]。生胸间肿起如桃，一夜如碗，痛楚呻吟。公子朝夕省视，眠食都废。又数日，创剧，益绝食饮。太公亦至，相对太息。公子曰：“儿前夜思先生清恙[33]，娇娜妹子能疗之。遣人于外祖处呼令归，何久不至？”俄僮入曰：“娜姑至，姨与松姑同来。”父子疾趋入内。少间，引妹来视生。年约十三四，娇波流慧[34]，细柳生姿[35]。生望见颜色，嚬呻顿忘，精神为之一爽。公子便言：“此兄良友，不啻胞也，妹子好医之。”女乃敛羞容，揄长袖[36]，就榻诊视。把握之间，觉芳气胜兰。女笑曰：“宜有是疾，心脉动矣[37]。然症虽危，可治；但肤块已凝[38]，非伐皮削肉不可。”乃脱臂上金钏安患处，徐徐按下之。创突起寸许，高出钏外，而根际余肿，尽束在内，不似前如碗阔矣。乃一手启罗衿[39]，解佩刀，刃薄于纸，把钏握刃，轻轻附根而割。紫血流溢，沾染床席，而贪近娇姿，不惟不觉其苦，且恐速竣割事，偎傍不久。未几，割断腐肉，团团然如树上削下之瘿[40]。又呼水来，为洗割处。口吐红丸，如弹大，着肉上，按令旋转。才一周，觉热水蒸腾；再一周，习习作痒[41]；三周已，遍体清凉，沁入骨髓。女收丸入咽，曰："愈矣！"趋步出。生跃起走谢，沉痼若失[42]。而悬想容辉，苦不自已。自是废卷痴坐[43]，无复聊赖。公子已窥之，曰："弟为兄物色，得一佳偶。"问："何人？"曰："亦弟眷属。"生凝思良久，但云："勿须。"面壁吟曰："曾经沧海难为水，除却巫山不是云[44]。"公子会其指[45]，曰："家君仰慕鸿才，常欲附为婚姻。但止一少妹，齿太稚[46]。有姨女阿松，年十八矣，颇不粗陋。如不见信，松姊日涉园亭[47]，伺前厢，可望见之。"生如其教，果见娇娜偕丽人来，画黛弯蛾[48]，莲钩蹴凤[49]，与娇娜相伯仲也[50]。生大悦，请公子作伐[51]。公子翼日自内出，贺曰："谐矣。"乃除别院，为生成礼。是夕，鼓吹阗咽[52]，尘落漫飞，以望中仙人，忽同衾幄[53]，遂疑广寒宫殿，未必在云霄矣。合卺之后[54]，甚惬心怀。一夕，公子谓生曰："切磋之惠[55]，无日可以忘之。近单公子解讼归，索宅甚急，意将弃此而西。势难复聚，因而离绪萦怀。"生愿从之而去。公子劝还乡闾，生难之。公子曰："勿虑，可即送君行。"无何，太公引松娘至，以黄金百两赠生。公子以左右手与生夫妇相把握，嘱闭眸勿视。飘然履空，但觉耳际风鸣，久之曰："至矣。"启目，果见故里。始知公子非人。喜叩家门。母出非望，又睹美妇，方共忻慰。及回顾，则公子逝矣。松娘事姑孝；艳色贤名，声闻遐迩。

后生举进士[56]，授延安司李[57]，携家之任。母以道远不行。松娘举一男，名小宦。生以忤直指[58]，罢官，罣碍不得归[59]。偶猎郊野，逢一美少年，跨骊驹，频频瞻顾。细看，则皇甫公子也。揽辔停骖[60]，悲喜交至。邀生去，至一村，树木浓昏，荫翳天日。入其家，则金沤浮钉[61]，宛然世族。问妹子，则嫁；岳母，已亡，深相感悼。经宿别去，偕妻同返。娇娜亦至，抱生子掇提而弄曰[62]："姊姊乱吾种矣。"生拜谢曩德。

笑曰："姊夫贵矣。创口已合，未忘痛耶?"妹夫吴郎，亦来拜谒。信宿乃去[63]。一日，公子有忧色，谓生曰："天降凶殃，能相救否?"生不知何事，但锐自任[64]。公子趋出，招一家俱入，罗拜堂上。生大骇，亟问。公子曰："余非人类，狐也。今有雷霆之劫。君肯以身赴难，一门可望生全；不然，请抱子而行，无相累。"生矢共生死。乃使仗剑于门，嘱曰："雷霆轰击，勿动也!"生如所教。果见阴云昼暝，昏黑如䃜[65]。回视旧居，无复闬闳[66]，惟见高冢岿然，巨穴无底。方错愕间，霹雳一声，摆簸山岳；急雨狂风，老树为拔。生目眩耳聋，屹不少动。忽于繁烟黑絮之中，见一鬼物，利喙长爪，自穴攫一人出，随烟直上。瞥睹衣履，念似娇娜。乃急跃离地，以剑击之，随手堕落。忽而崩雷暴裂，生仆，遂毙。少间，晴霁，娇娜已能自苏。见生死于旁，大哭曰："孔郎为我而死，我何生矣!"松娘亦出，共舁生归。娇娜使松娘捧其首；兄以金簪拨其齿；自乃撮其颐，以舌度红丸入，又接吻而呵之。红丸随气入喉，格格作响。移时，醒然而苏。见眷口满前，恍如梦寤。于是一门团圞[67]，惊定而喜。生以幽圹不可久居[68]，议同旋里。满堂交赞，惟娇娜不乐。生请与吴郎俱，又虑翁媪不肯离幼子，终日议不果。忽吴家一小奴，汗流气促而至。惊致研诘[69]，则吴郎家亦同日遭劫，一门俱没。娇娜顿足悲伤，涕不可止。共慰劝之。而同归之计遂决。生入城，勾当数日，遂连夜趣装[70]。既归，以闲园寓公子，恒反关之；生及松娘至，始发扃。生与公子兄妹，棋酒谈宴，若一家然。小宦长成，貌韶秀，有狐意。出游都市，共知为狐儿也。

异史氏曰："余于孔生，不羡其得艳妻，而羡其得腻友也[71]。观其容可以忘饥，听其声可以解颐[72]。得此良友，时一谈宴，则'色授魂与'[73]，尤胜于'颠倒衣裳'[74]矣。"

注释

①圣裔：孔子的后代。封建时代孔丘被尊为圣人，凡其后代子孙，都被尊称为"圣裔"。

②蕴藉：宽厚有涵养。

③执友：志趣相投的朋友。《礼记·曲礼上》："执友称其人也。"注："执友，志同者。"令天台：任天台县县令。天台，今浙江省所属县，在天台山下。

④落拓：犹"落魄"。穷困潦倒，飘泊无依。

⑤以大讼萧条：因为一场干系重大的官司，家道破落下来。讼，诉讼。萧条，本为形容秋日万物凋零，这里借指家境衰落。

⑥签：书籍封面的题签。

⑦琅嬛琐记：虚拟的书名。古有笔记小说《琅嬛记》三卷，旧题元伊世珍作。书首载西晋张华游神仙洞府"琅嬛福地"的传说，因用"琅嬛"为书名。书中所记多为神怪故事，所引书名也前所未见。这里以"琅嬛琐记"代指奇书秘籍。

⑧官阀：官位和门第。《后汉书·郑玄传》："汝南应劭自赞曰：'故太山太守应中远，北面称弟子，何如?'玄笑曰：'仲尼之门，考以四科，回（颜回）、赐（子贡）之徒不称官阀。'"

⑨羁旅：客居在外。

⑩曹丘：指汉初的曹丘生。《史记·季布列传》载，曹丘生赞赏季布，大力为之宣扬，使季布因而享有盛名。后因以"曹丘"或"曹丘生"，代指推荐人。

⑪驽骀（tái 台）：能力低下的马，喻平庸无才。《楚辞·九辩》："却骐骥而不乘兮，策驽骀而取路。"

⑫拜门墙：拜为老师。门墙，《论语·子张》：子贡称颂孔子学识博大精深，曾说"譬之宫墙，赐（子贡名）之墙也及肩，窥见室家之好。夫子之墙数仞，不得其门而入，不见宗庙之美，百官之富。"后因以门墙指师门。

⑬昧爽：拂晓。

⑭太公：古时对祖父辈老人的尊称。这里是仆人对老一辈主人的尊称。

⑮鬓发皤（pó 婆）然：鬓发皆白。皤，白。

⑯初学涂鸦：刚刚开始学习作文。涂鸦，喻书法幼稚或胡乱写作。唐卢仝《示添丁》："忽来案上翻墨汁，涂抹诗书如老鸦。"这里是太公的谦词。

⑰行辈视之：当作同辈人来看待。

⑱一袭：一身，一套。

⑲一事：一件。

⑳盥栉（guàn zhì 贯至）：洗脸、梳头。

㉑荐馔：上菜。荐，进献，陈列。馔，食物，这里指菜肴。

㉒兴辞：起身告辞。

㉓课业：提请老师考核、批阅的习作。

㉔时艺：明、清时，称科举应试的八股文为“时艺”或“时文”。时，当时，对“古”而言。艺，文。

㉕湘妃：湘水女神。传说舜有二妃娥皇、女英。舜南巡死于苍梧，二妃闻讯，投湘水而死，成为湘水之神，称湘妃。这里指根据这个故事谱写的乐曲。《琴操》有《湘妃怨》，又有《湘夫人》曲。见《乐府诗集·琴曲歌辞一·湘妃解题》。

㉖牙拨：象牙拨子。用来拨弹乐器丝弦。

㉗惠：通“慧”。聪明。

㉘旷邈无家：独居无妻。旷，男子壮而无妻。邈，闷。家，结婚成家，这里指妻室。《楚辞·离骚》：“浞又贪夫厥家。”注：“妇谓之家。”

㉙惠好：见爱加恩。惠，恩惠。

㉚少所见而多所怪：见闻太少，看到平常的事物便感到惊奇。《弘明集》载汉牟融《理惑论》：“谚云：‘少所见，多所怪。睹骆驼，言马肿背。’”

㉛翱翔：遨游。《诗·齐风·载驱》：“鲁道有荡，齐子翱翔。”“鲁道有荡，齐子游遨。”朱熹注：“游遨，犹翱翔。”

㉜斋：书房。

㉝清恙：称人疾病的敬词。恙，病。

㉞娇波：娇美的眼波。

㉟细柳：纤细的腰围。

㊱揄（yú 于）长袖：手挥长袖。揄，挥。

㊲心脉：指心脏的经脉。旧称心为思维的器官；心脉动，指思想波动。中医有心在地为火之说，故娇娜说宜有热毒肿疾。

㊳肤块已凝：指热毒凝于皮下，成为肿块。

㊴罗衿（yīn 今）：丝罗衣襟。此指罗衣的下摆。

㊵瘿（yǐng 影）：树瘤。树因虫害或创伤，部分组织畸形发育而成的隆起物。

㊶习习作痒：微微发痒。习习，和风轻吹。《诗·周南·邶风·谷风》：“习

习谷风。”朱熹注：“习习，和舒也。”

㊷沉痼：积久难愈的病；重病。

㊸废卷（juàn 倦）：丢下书卷，指无心读书。卷，指书，唐以前的书文多裱成长卷，以轴舒卷，因称。

㊹“曾经”二句：这是唐诗人元稹《离思五首》中悼念亡妻的诗句。诗人把亡妻比作沧海之水、巫山之云，他处的云、水都不能与之相比，借以表明再也找不到像亡妻那样值得钟爱的女子。孔生吟咏这两句诗，意在暗示：除却娇娜，他人都不中意。

㊺会其指：领会了他的意思。指，通“旨”。

㊻齿太稚：年纪太小。齿，年龄。

㊼日涉园亭：每天到园亭里游玩。涉，到，游历。陶渊明《归去来辞》：“园日涉以成趣。”

㊽画黛弯蛾：描画的双眉，像蚕蛾的一对触须那样弯曲细长。黛，古时妇女描眉用的青黑色颜料。蛾，蚕蛾，其触须细长弯曲，所以旧时常喻女子细眉为“蛾眉”。

㊾莲钩蹴凤：纤瘦的小脚穿着凤头鞋。莲，金莲，喻女子的小脚。《南齐书·东昏侯纪》：“凿金为莲花以帖地，令潘妃行其上，曰：‘此步步生莲花也。’”莲钩，这里指女子所着的弓鞋。蹴，踏。凤，鞋头上的绣凤。

㊿相伯仲：不相上下。伯仲，兄弟之间，长者为伯，幼者为仲。

51作伐：做媒。《诗·国风·豳风·伐柯》：“伐柯如何？匪斧不克。取妻如何？匪媒不得。”

52鼓吹阗咽（tián yīn 因）：鼓吹之声并作。吹，指唢呐、喇叭之类管乐器。阗，众声并作。咽，有节奏的鼓声。

53衾幄：锦被与罗帐。

54合卺（jǐn 锦）：举行婚礼。一瓠刻为两瓢，叫“卺”，新婚夫妇各执其一对饮，叫“合卺”，为古时结婚礼仪之一。《礼记·昏义》：“共牢而食，合卺而酳（yìn 胤）。”酳，用酒漱口。

55切磋：工匠切剖骨角，磋磨平滑，制成器物。这里喻研讨学问。《诗·国风·卫风·淇奥》：“如切如磋，如琢如磨。”

56举进士：考中进士。详《狐嫁女》注。

57延安司李：延安府的推官。延安，府名。辖境在今陕西省北部，治所为延安。司李，也称“司理”，宋代各州掌狱讼的官员。明、清时在各府置推官，其职掌与宋代司李略同，故别称“司理”或“司李”。

㊿直指：直指使。汉代派侍御史为直指使，巡视地方，审理重大案件。见《汉书·百官公卿表上》。这里指明、清时巡按御史一类的官员。

59罣（guà挂）碍：官吏因公事获咎而罢官，留在任所听候处理，不能自由行动，所以叫“罣碍”。

60揽辔停骖：收缰勒马。骖，泛指马。

61金沤（ōu欧）浮钉：装饰在大门上的形似浮沤（水泡）的涂金圆钉，为古代贵族世家的门饰。宋程大昌《演繁露》卷六：“今门上排立而突起者，公输般所饰之蠡也。《义训》：‘门饰，金谓之铺，铺谓之讴，音欧，今俗谓之浮沤钉也。’”

62掇提而弄：弯腰抱起逗弄。

63信宿：再宿；住了两天。《诗·颂·周颂·臣工之什·有客》：“有客宿宿，有客信信。”朱熹注：“一宿曰宿，再宿曰信。”

64但锐自任：却立即表示自己愿意承担。锐，迅疾。

65磬：黑石。

66闬闳（hàn hóng旱宏）：里巷门。这里指皇甫公子宅舍。

67团圞（luán 銮）：团聚。圞也作“栾”，圆。

68幽圹（kuàng况）：墓穴。幽，地下。

69惊致研诘：大吃一惊地仔细询问。研，穷究。诘，问。

70趣（cù促）装：急忙整理行装。趣，促。

71腻友：美丽而亲昵的女友。《说文》：“腻，上肥也。”段玉裁注引《诗·国风·卫风·硕人》“肤如凝脂”，说“凝脂”意即“上肥”。

72解颐：开口笑的样子。

72色授魂与：司马相如《上林赋》，“色授魂与，心愉于侧。”《史记索隐》引张揖说：“彼色来授我，我魂往与接也。”这里指男女精神上的爱恋。色，容貌。魂，精神，内心。

74颠倒衣裳：《诗·齐风·东方未明》：“东方未明，颠倒衣裳。”朱熹认为是“刺其君兴居无节，号令不时”。这里隐指男女两性关系。

意译

书生孔雪笠，是孔子的后代。他为人温文尔雅，擅长写诗。有一位挚友在天台做县令，写信叫他去，结果他去了以后，友人却恰巧去世了。孔生流落他乡无法回归，只得借住在菩陀寺里，为和尚抄写经文，才得以糊口。

在距离菩陀寺西边百步远的地方，有一所大宅院，是属于一位单先生的。单先生本是世家公子，因吃官司而弄得家道萧条，由于家里人口少，移居乡下去了，所以这所宅院就空着。

有一天，大雪纷飞，天气严寒，晚上无人行走。孔生偶然从宅院门口经过，遇见一个少年从里边出来，这少年风度翩翩，容貌可亲。他看见孔生，忙向前行礼，于是俩人便寒暄了几句，少年请孔生到宅子去坐，孔生欣然步入。里面的房屋都不太宽敞，到处悬挂着锦绣制作的帘子，墙壁上多是古人的书画。桌子上放着一本书，书签上写着《琅嬛琐记》。孔生有些好奇，就随手翻看了几页，书中内容都是他以前从未看见过的。孔生以为既然他能住在这宅子里，自然应该是主人了，所以也就不问他的姓名和门第。少年却仔细询问起他的行踪了，听了孔生的自述，少年深表同情，劝他设馆教书维持生活。孔生叹息道："我这漂泊异地的客人，谁会引荐抬举呢？"少年说："先生如若不嫌弃，我愿拜您为师。"孔生一听，很高兴地说："做老师不敢当，咱们还是做个朋友吧。"孔生又顺口问道："这宅子为何长久关闭？"少年说："这本来是单府，昔日因公子移居乡下，所以长期空着没人居住。我本姓皇甫，祖籍陕西。由于家宅被野火焚烧，现在暂时借住在这里。"孔生这才知道，少年并非单家人，但俩人当晚谈笑得很投机，于是就留宿在单宅里。

第二天清晨，有一个童仆来屋里烧炭火。少年先起身到屋里，孔生还拥着被子坐在床上，童仆进来说："老太爷到。"孔生很惊慌地起身。见一个白发苍苍的老翁，到屋里来向他殷勤致谢说："承蒙先生不嫌弃我儿子的愚顽，愿意向他赐教。小儿只是初学诗文，不要因为是朋友，就拿他当同辈相待。”老翁说完，马上就有人送来锦衣、貂帽、鞋袜等。老翁看着孔生梳洗完毕后，便吩咐端来酒和饭菜。孔生看见屋里的桌椅、茶几、床榻、衣裙等光彩夺目，却又叫不上名字。喝了几杯酒，老翁就告辞了，拄着拐杖离去。吃完饭，皇甫公子呈上他的课业，都是些古文词，并没有眼下时兴的八股文。孔生问他原因，公子笑着说：“我并不想考取功名。”

到了晚上，公子又为孔生摆上酒和饭菜。公子说：“今晚可以尽情畅饮，明天以后家父就不许这样了。”他又叫来童仆说：“去看看老太爷睡了没有，如果睡了，就悄悄把香奴叫来。”童仆应声走了，先抱来一把用绣花锦囊装的琵琶，一会儿工夫，一个身穿鲜红衣裙的妖艳丫鬟出来，公子让她弹一曲《湘妃怨》。那丫鬟用象牙拨子勾弦弹奏，声调激扬悲烈，节拍不像平时听到的那样，很奇异。公子又命令仆人用大杯向孔生劝酒，这样，一直闹到半夜三更才收场。第二天早晨起来后，公子就跟着孔生开始一起读书。

皇甫公子聪颖灵慧，所读的书都能过目不忘，完全背诵下来。这样读了两三个月以后，他所写的文章，都很精彩动人，令人惊讶佩服。后来他们约定好，每五天喝一次酒，每回喝酒，都要召来香奴弹奏尽欢。有一天夜里，孔生喝多了酒，只觉浑身燥热，郁闷难熬，他目光呆滞，死死地盯住香奴看，皇甫公子已悟出孔生的意思，就对他说：“这丫头是我老父身边的人，老兄离家千里，不免心中寂寞，我日夜都在替你思忖着这件事，考虑不久就可以为您找到一个佳偶的。”孔生说：“如果真这样操心，一定找一个像香奴这样好的。”公子笑着说：“您真是少见多怪了，把香奴看作美人，那您的愿望也就太容易满足了。”

这样住了半年时间，有一天，孔生想到郊外去游玩游玩。他步行到了门口，只见门从外反锁着，孔生就问公子为什么这样做。公子解释说：“父亲怕郊游分心，所以拒绝见客。”孔生想想也对，便安下心来。

当时是炎暑盛夏天气，为了凉爽，他们就把书房移到花园里的亭子上。这时，孔生胸脯上起了一个像桃子那么大的肿疙瘩，过了一夜，就很快长得有碗口那样大了，孔生疼得不停地呻吟。公子白天晚上守护在身边，弄得吃不好饭、睡不好觉。又过了几天，孔生病得更厉害了，饮食难进，老太爷也来看望，却束手无策，只能在一旁长吁短叹。公子说：“我前天夜里还思忖着，先生的病也许娇娜妹子能够医治，我已派人到外祖母那儿叫她来，为什么现在还没有到？”一会儿，童仆到屋里来报信：“娇娜姑娘来了，还有姨母和松姑娘也一块来了。”于是，父子俩急忙把她们迎了进来。稍等了一会儿，公子带着娇娜姑娘来看孔生。孔生见这女子年龄不过十三四岁的样子，一双美丽的大眼睛水灵灵的，流露出聪慧的光芒，身材苗条，俨如阳春的婀娜细柳，让人生出无尽的爱意。孔生看姑娘长得如此楚楚动人，顷刻间忘记了自己病痛难忍的身体，精神为之一振，清爽了许多。

公子对娇娜说："先生是哥哥的好朋友，感情胜过手足同胞，妹妹一定要好好为他医治病痛。"娇娜于是收敛满脸的羞涩，撩起长袖，走近孔生的床边来为他诊视。当娇娜姑娘给孔生摸脉之际，孔生感觉到有一股比香兰更浓郁的芳馨，从娇娜姑娘身上散发出来，真是沁人心脾。娇娜笑着说："得这样的病，因心脉动了。病症虽然严重，还可以医治，只是身上郁积下的这个肿块一定要削除，这样就非要伤些皮肉不可。"娇娜一边说着，一边卸下胳膊上的金钏，放置在肿块的地方，然后慢慢往下按着，只见那肿块明显地往上突出了有一寸多，高出金钏之上，但是，肿块根部完全缩小在金钏里边了，不像先前的碗口那么大了。娇娜用一只手掀起罗衣，解下佩刀，刀刃薄得像纸一样。娇娜一手按住金钏，一手握着佩刀，小心翼翼地往肿块根部割去，于是，紫红色的瘀血从身上流到枕席上，孔生由于一心贪恋于享受接近美女娇柔身姿的快乐，完全忘记了医治时的痛苦，而且内心里唯恐娇娜姑娘把那肿块割快了，使他们失去接触的机会。手术做了不长时间，娇娜姑娘就从孔生身上割下一块腐肉，足足有树上的瘿结那么大。娇娜叫人赶快端来水为孔生清洗伤口，她又从嘴里吐出一颗红丸，像弹子那么大，放在伤口边的肌肉上按着转动，刚刚按了一圈，孔生已感觉到身上热气直往外冒；再按动一圈，又觉微微有些发痒；当按完三圈时，孔生顿时觉得周身清凉舒适，一直浸入骨髓。娇娜姑娘收起那颗红药丸，吞进嘴里，然后说道："伤痛已好。"说完就快步走了出去。孔生一跃而起，去向姑娘道谢，一身的重病顿时消失。他一直苦苦思恋着娇娜姑娘的芳容丽质，魂牵梦绕，不能自我控制。从此以后，他常常身不由己地放下手里的书本，呆呆地静坐，内心十分空虚，很有一种失落感。

皇甫公子已暗中观察到此种情形，便对孔生说："我已给老兄物色好一个佳偶了，您一定会很欢心的。"孔生脱口忙问："这人是谁？"公子说："也是我家的一个亲戚。"孔生凝神猜想了好一阵子，却说："不必这样。"随后他又面对着墙壁吟起唐代大诗人元稹的诗句："曾经沧海难为水，除却巫山不是云。"公子很明白他的用意所指，就说："家父仰慕您的才华，一直想着和您联姻，但只是由于我只有一个小妹妹，年龄还小，不能如愿。现在我有一个姨表姐，名叫阿松，今年十八岁，容貌很不难看，如不相信，松姐每天都要到花园的亭子上去散步，您可悄悄地在厢房里等候，就能看见她。”孔生按着公子所教的办法到厢房去窥视，果然远远看见娇娜姑娘和一位美丽的女子一起走过来，丰姿与娇娜姑娘不差上下。孔生十分高兴，当即请公子为他牵线做媒。第二天，公子从屋里出来，喜形于色地对孔生说：“事情成了。”于是，家里立即收拾整修了另一处院落，为孔生成婚。当晚，整个宅院里鼓乐大响，震起尘土。此时此刻，孔生只觉得，和朝思暮想的美女忽然同衾共幄，便怀疑嫦娥居住的广寒宫，并不是在天上。婚典以后，孔生心情十分舒畅。

一天晚上，公子对孔生说：“您在学业上给了我很大的教益和帮助，我永远难以忘怀。近日单公子那桩官司已经了结，他催促我们搬迁，我们打算离开这里回陕西去，分手以后也许很难再得相聚。所以心里很不是滋味。”孔生表示愿意跟随他们一起到陕西去，公子劝他还是回自己的家乡去，孔生因还乡的道路遥远而为难。公子安慰他说：“不必忧虑，我们可以立即送您启程。”没多久，老太爷带着松娘来了，拿出上百两黄金赠送给孔生。公子左手握孔生，右手牵着松娘，嘱咐他们俩闭上眼睛，不要睁开，孔生顿时觉得似乎飘飘然上到天空里向前飞行，耳边风声不断地掠过。过了很长时间，只听公子说：“到了。”孔生再睁眼一看，果然是自己的家园，这时他才知道皇甫公子并不是凡人。孔生欣喜地上前敲门，母亲闻声出来，更是喜出望外。她见儿媳妇长得这么漂亮迷人，心里宽慰极了。等他们再回头看公子时，早已消失了。松娘在家里对婆婆很孝敬，而且她以自身的美貌和贤淑，在远近都落下了好名声。

后来，孔生中了进士，朝廷任命他到延安府做司法官，他带全家前往赴任。母亲嫌路途遥远就留在家里没去。这时，松娘生下一个男孩，取名叫小宦。不久，孔生因为刚正不阿而得罪上司，被罢免官职，听候处理，所以还不能回归故里。

有一天，孔生在郊野射猎，偶然遇见一位漂亮少年骑着小黑马从身边走过，那少年频频地回过头来看他，他定睛一看，终于认出那少年原来是皇甫公子，他立即勒住马缰绳跳下来，俩人相见时悲喜交加。公子邀孔生同行，他们来到一个村落，那里树木茂密，阴暗遮天，阳光照不进去。进到屋里，只见满室金碧辉煌，如同贵族世家一般。孔生询问起公子的妹子，公子说已经出嫁，松娘的母亲也已去世了。彼此很是感慨了一番。孔生在这儿住了一晚上，回去又把妻儿带来了。娇娜也来了，她抱起宦儿逗他玩耍说：“姐姐，你把我们的种族搅乱了。”孔生当即向娇娜拜谢当年的治病之恩，姑娘笑着说：“姐夫如今做官身贵，伤病已好，现在还记得当时的疼痛吗?”这时，公子的妹夫吴朗也来拜见孔生。一起住了两夜才离去。

突然有一天，公子愁容满面地来对孔生说："我们眼前有大祸要降临了，你能不能相救？"孔生不明白是什么事情，但愿意挺身救助，绝不推诿。公子马上出去，领全家人进来，团团围跪在厅堂，孔生大吃一惊，急忙问出了什么事？公子说："实不相瞒，我们都不是人类，是狐类。现在要遭遇雷轰电劈的劫难，您如果能挺身赴难，我一家老小就都有希望活下来。要不然，就赶快抱着宦儿离开，不要都牵连进去。"孔生发誓要与大家同生共死，公子让他手持长剑守住大门，并叮咛他："电打雷轰时，千万不要动！"孔生答应照办。这时，果然见阴云密布使得天昏地暗，像一块黑石盖在上空。他回头一看屋宇，都不存在了，只见周围高坟耸立，洞穴无底。他正惊惧间，忽听霹雳一声，摇撼山岳，狂风急雨顿时大作，大树被连根拔起，孔生被震撼得目眩耳聋，但他却毫不动摇地站在那里。他猛然看见一个利齿长爪的怪物，在一片滚滚的浓烟黑雾中。从洞穴里抓着一个人出来，随着那股烟雾一直往上升。孔生发现被抓的人的衣服鞋子都像是娇娜的，于是，孔生一跃而起，用手里的利剑向鬼怪奋力刺去，被抓的人随即跌落在地上。忽然间，雷鸣山崩，孔生被震倒在地，便死了。过了片刻，烟雾消散，雨过天晴，娇娜渐渐自己苏醒，她见孔生死在身边，大哭说："孔郎为我而死，我也不想活了！"松娘从屋里出来，一起把孔生抬回去。娇娜叫松娘捧起孔生的头，又叫公子用金簪拨开孔生的牙齿，然后自己用手托住他的下巴颏，用舌头顶着红丸慢慢送到孔生的咽喉，又用嘴对着孔生的嘴吹气。红丸随着气流进到喉咙里，里边很快发出格格的响声，过了一会儿，孔生终于苏醒过来。他睁开眼睛看见全家人都在一起，觉得刚才发生的一切恍然如在梦幻中一般。劫难过后，大家全家团圆，由惊转喜。孔生觉得墓穴幽暗空旷，不是久居之地，建议他们一起迁回山东。大家都很赞同孔生的意见，只娇娜一人心中闷闷不乐，孔生请她和丈夫一起迁走。但她担心婆家不肯让小儿离开。大家还正议论不定时，忽然见吴家一个小奴气喘吁吁、汗流满面地跑来报信，说吴家也在同一天遭遇大难，全家身亡。娇娜一听跺着脚悲痛欲绝，泪流不止。大家纷纷安慰一番，于是决定迁往山东。孔生进城清理了遗留的手续，然后连夜赶路回乡。

到了家里，孔生把一个空闲的园子让给公子一家居住，平日里一直把门反锁着，当孔生和松娘来了才开门。从此以后，孔生与皇甫公子兄妹们或下棋饮酒，或谈天说地，两家和睦相处如同一家。后来，小宦慢慢长大，模样清秀，带点狐仙的柔媚。他到城里去游览，人们都知道他是狐仙所生。

异史氏说："我不羡慕孔生他有一位美艳无比的妻子，只羡慕他有一位美丽而亲昵的女友。见到她的容貌，可以忘记饥渴，听到她的声音，足以叫人喜笑颜开。能有这样的朋友，时常饮酒谈心，会叫人精神愉悦，比那同床共枕的夫妻还要舒心和谐。"

妖术

于公者，少任侠[①]，喜拳勇[②]，力能持高壶[③]，作旋风舞[④]。崇祯间[⑤]，殿试在都[⑥]，仆疫不起，患之。会市上有善卜者，能决人生死，将代问之。既至，未言。卜者曰："君莫欲问仆病乎？"公骇应之。曰："病者无害，君可危。"公乃自卜。卜者起卦，愕然曰："君三日当死！"公惊诧良久。卜者从容曰："鄙人有小术，报我十金，当代禳之。"公自念，生死已定，术岂能解；不应而起，欲出。卜者曰："惜此小费，勿悔勿悔！"爱公者皆为公惧，劝罄橐以哀之。公不听。

倏忽至三日，公端坐旅舍，静以觇之，终日无恙。至夜，阖户挑灯，倚剑危坐。一漏向尽，更无死法。意欲就枕，忽闻窗隙窣窣有声。急视之，一小人荷戈入；及地，则高如人。公捉剑起，急击之，飘忽未中。遂遽小，复寻窗隙，意欲遁去。公疾斫之，应手而倒。烛之，则纸人，已腰断矣。公不敢卧，又坐待之。逾时，一物穿窗入，怪狞如鬼。

才及地，急击之，断而为两，皆蠕动。恐其复起，又连击之，剑剑皆中，其声不耎[7]。审视，则土偶，片片已碎。于是移坐窗下，目注隙中[8]。久之，闻窗外如牛喘，有物推窗棂，房壁震摇，其势欲倾。公惧覆压，计不如出而斗之，遂剨然脱扃[9]，奔而出。见一巨鬼，高与檐齐；昏月中，见其面黑如煤，眼闪烁有黄光；上无衣，下无履，手弓而腰矢[10]。公方骇，鬼则弯矣[11]。公以剑拨矢，矢堕；欲击之，则又关矣。公急跃避，矢贯于壁，战战有声。鬼怒甚，拔佩刀，挥如风，望公力劈。公猱进[12]，刀中庭石，石立断。公出其股间，削鬼中踝，铿然有声。鬼益怒，吼如雷，转身复剁。公又伏身入；刀落，断公裙。公已及胁下，猛斫之，亦铿然有声，鬼仆而僵。公乱击之，声硬如柝[13]。烛之，则一木偶，高大如人。弓矢尚缠腰际，刻画狰狞；剑击处，皆有血出。公因秉烛待旦，方悟鬼物皆卜人遣之，欲致人于死，以神其术也。

次日，遍告交知，与共诣卜所。卜人遥见公，瞥不可见。或曰："此翳形术也[14]，犬血可破。"公如言，戒备而往。卜人又匿如前。急以犬血沃立处，但见卜人头面，皆为犬血模糊，目灼灼如鬼立。乃执付有司而杀之。

异史氏曰："尝谓买卜为一痴。世之讲此道而不爽于生死者几人[15]？卜之而爽，犹不卜也。且即明明告我以死期之至，将复如何？况有借人命以神其术者，其可畏不尤甚耶！"

注释

①任侠：负气任力，仗义助人。语见《史记·货殖列传》《汉书·季布传》等。

②拳勇：《诗·小雅·巧言》："无拳无勇，职为乱阶。"拳勇指气力和胆量。后来多指拳术技击之类武功。

③高壶：疑指壶铃。壶铃，一种供习武人提举，锻炼臂力的器械。

④旋风舞：指提举高壶做急旋动作。

⑤崇祯：明思宗朱由检的年号，公元1628年至1644年。

⑥殿试：又称廷试。明清科举，举人赴京参加会试，录取者还要参加复试和殿试。殿试在宫廷举行，由皇帝主持并亲定三甲名次，入三甲者统称进士。

⑦耎：同“软”。

⑧目注隙中：此从铸雪斋抄本，原作“目注隙中久之”。

⑨剨（huò 霍）：青本作“砉”，义同。《庄子·养生主》：“砉然响然，奏刀騞然。”这里用以形容猛力拔关开门的声音。

⑩手弓而腰矢：手持弓，腰插箭。

⑪弯：拉弓；指开弓射箭。弯也作“关”。《孟子·告子下》：“越人关弓而射之。”

⑫猱（náo 挠）进：腾跃而进，轻捷如猿。猱，猿属。

⑬柝（tuō 托）：木梆。

⑭翳形术：即所谓隐身法。翳，荫蔽。

⑮“世之讲此道”句：意思是，世间讲占卜之道而能准确无误地预言别人生死的人，能有几个？爽，差错，过失。

意译

于公这个人，少年时就有侠义之气。他善于拳技，双手能高举起盛水的巨壶，像旋风般舞动。

明朝崇祯年间，他到京城去殿试，当时仆从患上疫病，他很担忧。正好市上有人善于算卦，能断出一个人的生死命运，他便打算代仆从前去问问吉凶。到了算卦人那里，还没有说什么，算卦的人倒先问起他来：“您是不是想来问仆人的病呢?”于公非常吃惊地点头答应着。算卦的人又说：“病人倒不要紧，您却眼前有难。”于公便让算卦人给自己卜算，算卦人一算很吃惊地说：“您三天之内会死的。”于公惊疑不定了很长时间，过了一会儿，算卦人对他说：“我有小小法术能为您解除厄运，但需要十两银子作为报酬。”于公心想，既然生死命运已成定局，施以法术有什么用处？于是他便不予理睬，起身要走。算卦人说：“爱惜这点小钱，可不要后悔。”那些喜欢于公的人无不为他担惊受怕，并劝他不要吝惜钱财，尽其所有，求求算卦人。但是于公坚决不听。

转眼间到了第三天，于公端坐在旅店里静静等待着，想看看死亡究竟怎样来临。但是整整一天过去了，却什么也没有发生。夜幕降临了，于公关上门，点上灯，手握剑端坐，继续等待。一更将近时，死神还未到来。这时，他正要上床入睡，忽然听见窗缝有一阵窣窣的响声，转眼一看，有一个小人扛着长矛进来，落到地上就和常人一样高大了。于公持剑跳起，朝那人急刺过去，飘忽忽的没有刺中，很快又变小了，瞅着窗缝想逃走，于公急忙用剑一砍，那小人应声倒下。他持灯一照，见是一片纸人，腰已断了，于公不敢入睡，又坐着等待。不久，他又发现有个东西从窗缝钻进来，其狰狞面目像鬼怪一样凶煞可怕。那物一落地，于公立即用剑去刺，那物被砍成两截，上下还在不停地蠕动着。于公怕它再起来，又连砍几剑，每剑都砍中了，发出又硬又响的一种声音。砍完后再仔细一看，原来是泥塑人，已成一团碎片。

后来，于公干脆移坐在窗前，眼睛定定地瞅着窗缝。因过了很长时间，听见窗外像有一阵牛喘的声息，同时推着窗棂，力量威猛，墙壁被震摇，像要立即崩塌似的。于公生怕房倒被压在底下，想着还不如出去与其格斗，于是猛然开门奔出，看见屋外是一个大鬼，身高触到屋檐，在朦胧月色中，只见那鬼的面目像煤一样黑，两眼闪烁，发出黄光，上身和脚都赤裸着，手握弓，腰插箭。于公正惊骇间，那鬼射来一箭，于公急忙用剑挡开。于公刚要出击，那鬼又射来一箭，于公急忙躲闪，箭射进墙壁，发出振振响声。那鬼很恼怒，拔出佩刀，飞快地向于公砍来，于公像猴一般敏捷向前，刀砍在庭院的石头上，石头马上裂成两半。于公钻到鬼的胯下，用剑刺中鬼脚，发出铿锵的响声。鬼更加暴怒，吼声如雷，转身又用刀砍于公，于公就势伏倒，刀子划断了他的衣服。于公钻到鬼的腋下，用剑猛砍，又发出铿锵的响声，鬼终于被砍倒而挺直躺着。于公还用剑乱砍一通，那响声就像剁在硬木梆上发出的。于公端着灯看时，见是木偶，有一人高，腰里还挂着弓箭，面目狰狞可憎，剑所砍中的地方都有血渗出。于公坐在灯下一直到天亮，此后再也未有鬼怪来侵扰。这时他才明白，这些鬼怪全是算卦人派来的，想置自己于死地，来证实他卜卦的灵验。

第二天，于公将此事通告朋友，和他们一起找到算卦人住的地方，算卦人远远看见于公他们，一晃就消失了。朋友中有人说：“这是隐身术，用狗血可以破除。”于公照朋友说的办法，准备了狗血再去找。算卦人一看见他，又施行隐身术躲避，于公急忙用狗血向他站立的地方泼洒，算卦人立即现出真形，只见他血污满头满脸，目光灼灼闪动，像鬼一样地站在那里。于公将算卦人押送到官府治罪，将他杀了头。

异史氏说：“我曾说算卦问卜是愚蠢人的举动。世上以卦术算人生死的，到底有几个真正灵验？算了不准，等于不算。而且即使明明白白算我死期就要到了，又有什么？何况有人借别人的命运来显示他的道术灵验，那不是更加可怕吗？”

三生

刘孝廉[1]，能记前身事[2]。与先文贲兄为同年[3]，尝历历言之[4]。一世为搢绅[5]，行多玷。六十二岁而殁。初见冥王，待以乡先生礼[6]，赐坐，饮以茶。觑冥王盏中，茶色清澈；己盏中，浊如醪[7]。暗疑迷魂汤得勿此耶[8]？乘冥王他顾，以盏就案角泻之，伪为尽者。俄顷，稽前生恶录[9]；怒，命群鬼捽下，罚作马。即有厉鬼絷去[10]。行至一家，门限甚高，不可逾。方逡趄间，鬼力楚之[11]，痛甚而蹶。自顾，则身已在枥下矣。但闻人曰：“骊马生驹矣，牡也。”心甚明了，但不能言。觉大馁，不得已，就牝马求乳。逾四五年，体修伟。甚畏挞楚，见鞭则惧而逸。主人骑，必覆障泥[12]，缓辔徐徐[13]，犹不甚苦；惟奴仆圉人[14]，不加鞯装以行[15]，两踝夹击，痛彻心腑。于是愤甚，三日不食，遂死。

至冥司，冥王查其罚限未满，责其规避[16]，剥其皮革，罚为犬。意懊丧，不欲行。群鬼乱挞之，痛极而窜于野。自念不如死，愤投绝壁，颠莫能起。自顾，则身伏窦中，牝犬舐而腓字之[17]，乃知身已复生于人世矣。稍长，见便液亦知秽；然嗅之而香，但立念不食耳。为犬经年，常忿欲死，又恐罪其规避。而主人又豢养，不肯戮。乃故啮主人，脱股

肉。主人怒，杖杀之。

冥王鞫状[18]，怒其狂獬[19]，笞数百，俾作蛇。囚于幽室，暗不见天。闷甚，缘壁而上，穴屋而出。自视，则伏身茂草，居然蛇矣。遂矢志不残生类，饥吞木实。积年余，每思自尽不可，害人而死又不可；欲求一善死之策而未得也。一日，卧草中，闻车过，遽出当路；车驰压之，断为两。冥王讶其速至，因蒲伏自剖[20]。冥王以无罪见杀，原之，准其满限复为人[21]，是为刘公。公生而能言，文章书史，过辄成诵。辛酉举孝廉[22]。每劝人：乘马必厚其障泥；股夹之刑，胜于鞭楚也。

异史氏曰："毛角之俦[23]，乃有王公大人在其中；所以然者，王公大人之内，原未必无毛角者在其中也。故贱者为善，如求花而种其树；贵者为善，如已花而培其本：种者可大，培者可久[24]。不然，且将负盐车[25]，受羁馽[26]，与之为马[27]；不然，且将啖便液，受烹割，与之为犬；又不然，且将披鳞介，葬鹤鹳[28]，与之为蛇。"

注释

①刘孝廉：名字未详。孝廉，指举人。详《画壁》注。

②前身事：前生的经历。

③先文贲兄：指作者族兄蒲兆昌。蒲兆昌，字文贵，"文贲"当因"贵""贲"形近致讹。《淄川县志》谓兆昌字"文璧"，未知何据。蒲松龄在《蒲氏世谱》（现存蒲松龄纪念馆）中，曾作如下记载，"蒲兆昌：公字文贵，明天启辛酉举人。形貌丰伟，多髭髯；腰合抱不可交。所坐座阔容二人；每诣戚友，辄令健仆荷而从之。为人质直任性，不曲随，不苟合。明鼎革，伪令孔伟其貌，将荐诸当路，公弗许；强之再三，不可，乃罢。自此日游林壑，无志进取。因诸父、昆弟朝夕劝驾，勉就公车，至闱中，不任其苦，一场遂止；后经书业中式矣，衡文者求二、三场不可得，深以为恨。居家闭门自守，不预世事，遂精岐黄之术，问医者接踵于门，虽贫贱不拘也。松

龄谨识。"

④历历：分明的样子。

⑤缙绅：语出《庄子·天下》，也作荐绅、搢绅，插笏于带间。古时仕宦垂绅（大带）搢笏，故以指称士大夫。

⑥乡先生：《仪礼·士冠礼》郑玄注："乡先生，乡中老人为卿大夫致仕者。"又《礼仪·乡谢礼》贾公彦疏："（乡）先生，谓老人教学者。"后世多指辞官乡居有德望的士大夫。

⑦醪（láo劳）：未过滤的酒，浊酒。

⑧迷魂汤：迷信传说，人死后服过迷魂汤，即尽忘生前之事。

⑨恶录：迷信传说中阴司记载世人生平恶行的簿籍。

⑩厉鬼：恶鬼。见《左传·昭公七年》。

⑪力楚：用力抽打。楚，牡荆制作的刑杖；这里作动词用。

⑫障泥：马鞯两旁下垂至马腹的障幅，用以遮蔽泥土。

⑬缓辔：放松马缰；指骑马缓行。

⑭圉（yǔ语）人：本指代养马官，这里指马伕。

⑮鞯装：鞍、鞯之类骑具。鞯，鞍下软垫。

⑯规避：蓄意逃避。规，计谋。

⑰腓（féi肥）字：爱抚喂养。《诗·大雅·生民》："牛羊腓字之。"腓，遮庇。字，哺乳。

⑱鞫（jū居）状：审问其罪状。

⑲猘（zhì制）：狂犬。

⑳蒲伏：通匍匐。剖：表白、辩解。

㉑满限：服罪期满。限，指轮回的限期。

㉒辛酉：指明熹宗天启元年，公元1631年。

㉓毛角之俦：披毛戴角之类，指兽类。俦，群、类。

㉔"贱者"六句：这里以"花"比喻"福报"。意思是，世人要获得或保持其富贵福泽，需要行善积德，从根本处努力。可大可久，语出《周易·系辞上》："有亲则可久，有功则可大；可久则贤人之德，可大则贤人之业。"这里借指行善的功业。

㉕负盐车：驾盐车，指马驾重载。负，应作"服"；主驾（驾辕）为服。语出《战国策·楚策四》，谓老骥"服盐车而上大（太）行。"

㉖受羁馽（zhí 执）：受束缚控制。《庄子·马蹄》："连之以羁馽。"羁，马笼头。馽，同絷；为了步调齐整，联结马前足的绳索。

㉗与之为马：让他变作马。与，以。下文两"与"字同。

㉘葬鹤鹳：葬身鹤、鹳之腹。鹤、鹳常捕蛇为食。

意译

刘举人能记得前世的事情。他和我已故的同族兄长蒲文壁同一年考中举人，曾清清楚楚地谈论前世的事情。

他自称自己第一世是个绅士，品行多有不检点，活到六十二岁就死了。他初次见到阎王，阎王以乡里长者的厚礼对待他，给他赐坐，请他品茶。他瞥见阎王杯中的茶水非常清澈，而自己杯中却浑浊如胶。他心里怀疑莫非迷魂汤就是这样子？他趁阎王不注意，就将杯中茶水悄悄倒在桌子下面，假装喝完。过了一会儿，阎王查出他前生的罪恶，一怒之下，命令群鬼将他揪下去，罚他做马。立即就有恶鬼将他捆绑起来拉着走。他被拉到一家大院跟前，只见门槛很高，无法跨越。他正踟蹰时，恶鬼用鞭子猛抽了他一下，他疼得栽倒。当他抬头看时，发现自己已在马圈里，只听有人叫道："黑马生了个小驹，是匹公马。"他心里很清楚，嘴里却说不出话。他觉得肚子很饿，迫不得已，就靠近母马来吃奶。过了四五年时间，他就长得身高马大，最怕抽打，一见马鞭，就惊恐逃窜。每次遇到主人骑他，就放上鞍子，又加上障泥，轻轻拽住辔爵，这样还不太痛苦。如果遇到仆人、马夫骑他时，不用鞍鞯，用两脚紧紧夹击马腹，直疼到心腑里去。他忍不过这种折磨，气得三天不吃东西，就死了。

他第二次到了阴间，阎王一查他罪罚期限未满，斥责他有意逃避惩罚，于是就将他一身马皮剥掉，又罚他做狗。他心里非常懊丧，不愿意去，群鬼又对他一顿乱揍，忍不住皮肉疼痛，他就逃窜到荒郊野外。他心想着不如死掉的好，于是气呼呼地走上悬崖往下一跳，跌在地上爬不起来。他再抬头一看，自己已经趴在狗窝里，母狗正亲昵地用嘴舔着他的头和身子，他明白自己又生在人世上了。稍稍长大一点，看见粪便之类，他知道那很污秽，闻上却还有些香味，但他决心不去吃那些东西。大约过了一年，他常常气得要死，又害怕阎王斥责自己罪孽未满有意逃避，只好强忍着。无奈主人养着他又不肯杀，于是他故意咬掉主人腿上的一块肉，主人怒不可遏，一顿乱棒将他打死。

他第三次来到阴间，阎王再次审讯他，憎恨他是疯狗，于是又鞭打数百下，再将他罚为蛇。他被关在一间阴暗的房子里，见不上太阳，苦闷极了，就沿着墙壁往上爬，从屋子的一个孔穴钻出去。这时他发现自己伏在深草丛中，居然成为一条蛇。他发誓不残害生灵，饥饿的时候，只吞食树上的果子。过了一年多，他常常思索着，自杀不行，害人而死也不行，想找一个好死的上策却没有。一天，他正躺在荒草丛里，听见一阵车轮声传来。他急忙爬出去挡在路当中，车轮飞驰而过，他被压断成两截。阎王纳闷他这么快又来了，他赶快伏在地上申辩。阎王见他这次是无罪而死，就原谅了他。准许他罪期已满再回阳世做人，这就是刘举人。

刘举人一生下来就会说话，读书能过目不忘，辛酉年考中举人。他常常奉劝人：骑马一定要放上鞍子，千万不要用腿夹击马腹，这比用鞭子抽打更厉害。

异史氏说："禽兽之中，竟有王公大人在其中，其所以如此，是由于在王公大人之中，未必没有禽兽。所以贫贱之人做善事，好比想要得花而栽树；高贵人家做善事，好比已经有了花儿，还要更精心培养其根基。栽下树木可以使其长大开花，培养根基可以使花保持长久开放。否则，拉车或被笼套所束缚，那就是做马；再不然，去吃粪便，经受烹割之苦，那便是做狗；还不然的话，就要披上鳞甲，将葬身鹳鹤之腹，这就是做蛇了。"

鬼哭

谢迁之变[1]，宦第皆为贼窟。王学使七襄之宅[2]，盗聚尤众。城破兵入，扫荡群丑，尸填墀，血至充门而流。公入城，扛尸涤血而居。往

往白昼见鬼；夜则床下燐飞[3]，墙角鬼哭。

一日，王生皞迪[4]寄宿公家，闻床底小声连呼："皞迪！皞迪！"已而声渐大，曰："我死得苦！"因哭，满庭皆哭。公闻，仗剑而入，大言曰："汝不识我王学院耶[5]？"但闻百声嗤嗤，笑之以鼻。公于是设水陆道场[6]，命释道忏度之。夜抛鬼饭，则见燐火营营[7]，随地皆出。先是，阍人王姓者疾笃[8]，昏不知人者数日矣。是夕，忽欠伸若醒。妇以食进。王曰："适主人不知何事，施饭于庭，我亦随众啗噉[9]。食已方归，故不讥耳。"由此鬼怪遂绝。岂钹铙钟鼓[10]，焰口瑜伽[11]，果有益耶？

异史氏曰："邪怪之物，惟德可以已之[12]。当陷城之时，王公势正烜赫，闻声者皆股栗[13]；而鬼且揶揄之。想鬼物逆知其不令终耶？普告天下大人先生：出人面犹不可以吓鬼，愿无出鬼面以吓人也！"

注释

①谢迁之变：指顺治初年谢迁领导的一次农民起义。谢迁，山东高苑（今属高青县）人，顺治三年（1646）冬率众起事，曾攻陷高苑、长山、新城、淄川诸县。其据淄川县城，在顺治四年六月。旋遭官兵围剿，血战两月，最后失败。事见乾隆《高苑县志·灾祥》、乾隆《淄川县志·兵事》、光绪《山东通志·兵防志·国朝兵事》。

②王学使七襄：王昌胤（清代避雍正讳，改书昌、昌印、昌允），字七襄，一字雪园，山东淄川人。明崇祯九年丙子（1636）科举人，十年丁丑科进士，清初

官至提督北直学政。传见乾隆《淄川县志》。又，后文谓其“不令终”，所指事状待考。

③燐飞：燐火飘动。《淮南子·汜论训》：“久血为燐。”《说文解字》：“兵死及牛马之血为燐。”燐火，俗称鬼火。

④王生皡迪：事迹未详。

⑤“汝不识”句：据记载，王昌胤曾两任学政。第一次，以福建道御史差顺天学政在顺治四年二月，次年罢，见《清代职官年表·学政年表》。第二次，以监察御史提督北直学政在顺治七年，亦于次年离任，见《清秘述闻·学政类》。上文既说“公入城，扛尸涤血而居”，应是初罢顺天学政家居时事。

⑥水陆道场：原为佛教举行的一种时间较长、规模较大的法会；诵经设斋，礼佛拜忏，以饮食供品追荐亡灵。为超度一切水陆亡魂而设，故称水陆道场。相传始自梁武帝萧衍。后世民间举行此类法会常设僧道两部，故下文云“命僧道忏度之”。

⑦营营：往来飞动的样子。

⑧疾笃：病重。

⑨啗噉（dàn dàn 但但）：二字音义并同，吃。

⑩钹（bō 拨）铙（náo 挠）钟鼓：法会上僧众所用的四种法器。钹、铙是铜制打击乐，各两片，圆形，中间隆起有孔，穿以革带，对击作响；大的叫铙，小的叫钹。

⑪焰口瑜伽（qié 茄）：指招僧众作佛事，以超度亡魂。焰口，佛经中饿鬼名。密宗对饿鬼施食超度的仪式，称为“放焰口”。瑜伽，指瑜伽僧，即密宗僧侣。密宗僧侣常受请为人念经作法事，故又被称为应赴僧。瑜伽，梵语，与物相应之义。相应之义有五（境、行、理、果、机），密宗取相应之义，认为手结密印、口诵真言、心观佛尊，这能身口意“三业”清净，与佛的身口意“三密”相应，即身成佛。

⑫“惟德”句：只有凭借崇高的德行，才能消除邪怪之物。已，去，消除。

⑬股栗：双腿抖战，极端畏惧。栗，通慄。

意译

谢迁反叛时，官宦人家的宅第全都成了“贼窝”。学政王七襄的住宅，“贼寇”聚集得更多。清兵攻破城池，起事的人被杀死无数，台阶下堆满尸体，门里门外血流成河。王公回到城里，搬走死尸，洗清血迹，依旧住在宅子里。他常常白天看见鬼，黑夜床下总是鬼火乱飞，墙角里鬼哭不断。

一天，有个叫王皞迪的先生在王公家寄居。他听见床底下有小声连连喊道：“皞迪！皞迪！”一会儿，喊声就慢慢地大起来：“我死得好苦啊！”说完便哭，随后满院子也跟着哭起来。王公听见后，提着利剑进来大声说：“你们不认识我王学政吗？”只听四周发出一阵嗤嗤声，讥笑他。王公于是便请来和尚、道士设水陆道场，让他们念经布道来超度这些冤魂。夜里，向院里撒些鬼饭，便看见鬼火荧荧，满地都是。

在此之前，有个姓王的看门人得了重病，昏迷不省人事已好几天了。这一夜，他忽然打着呵欠伸着四肢醒转过来。他老婆给他饭吃，他却说：“刚才主人不知为何在院子供饭，我也跟着大伙饱食一顿，吃完才回家，所以一点不饿。”从此以后，宅子里再也没闹过鬼怪。难道敲击法器做道场，念经超度施舍饿鬼真有用吗？

异史氏说：“一切鬼怪之类，只有施以德行才可以消除。当城池被攻陷之时，王公正威风凛凛，显赫一时，人们听见他的声音无不颤抖，可是鬼怪却敢揶揄取笑他，想必鬼怪也知道他不会有好下场么？在此想奉告普天之下的大人先生们：以‘人’的面目出现还不能吓住‘鬼’，请不要装扮成一副‘鬼’模样来吓人！”

叶生

淮阳叶生者[①]，失其名字。文章词赋，冠绝当时[②]；而所如不偶[③]，困于名场[④]。会关东丁乘鹤来令是邑，见其文，奇之；召与语，大悦。使即官署[⑤]，受灯火；时赐钱谷恤其家。值科试[⑥]，公游扬于学使[⑦]，遂

领冠军[8]。公期望綦切。闱后[9]，索文读之，击节称叹[10]。不意时数限人[11]，文章憎命[12]，榜既放，依然铩羽[13]。生嗒丧而归[14]，愧负知己，形销骨立，痴若木偶。公闻，召之来而慰之。生零涕不已。公怜之，相期考满入都[15]，携与俱北。生甚感佩。辞而归，杜门不出[16]。

无何，寝疾[17]。公遗问不绝[18]；而服药百裹[19]，殊罔所效。公适以忤上官免，将解任去[20]。函致生，其略云："仆东归有日；所以迟迟者，待足下耳。足下朝至，则仆夕发矣。"传之卧榻。生持书啜泣。寄语来使："疾革难遽瘥[21]，请先发。"使人返白，公不忍去，徐待之。逾数日，门者忽通叶生至。公喜，逆而问之。生曰："以犬马病[22]，劳夫子久待[23]，万虑不宁。今幸可从杖履[24]。"公乃束装戒旦[25]。抵里，命子师事生，夙夜与俱。公子名再昌，时年十六，尚不能文。然绝慧，凡文艺三两过[26]，辄无遗忘。居之期岁[27]，便能落笔成文。益之公力，遂入邑庠[28]。生以生平所拟举子业[29]，悉录授读。闱中七题[30]，并无脱漏，中亚魁[31]。公一日谓生曰："君出余绪[32]，遂使孺子成名。然黄钟长弃[33]奈何！"生曰："是殆有命。借福泽为文章吐气，使天下人知半生沦落，非战之罪也[34]，愿亦足矣。且士得一人知己，可无憾，何必抛却白纻，乃谓之利市哉[35]。"公以其久客，恐误岁试[36]，劝令归省。生惨然不乐[37]。公不忍强，嘱公子至都，为之纳粟[38]。公子又捷南宫[39]，授部中主政[40]。携生赴监；与共晨夕。逾岁，生入北闱[41]，竟领乡荐[42]。会公子差南河典务[43]，因谓生曰："此去离贵乡不远。先生奋迹云霄[44]，锦还为快[45]。"生亦喜，择吉就道。抵淮阳界，命仆马送生归。

归见门户萧条，意甚悲恻。逡巡至庭中，妻携簸具以出，见生，掷具骇走。生凄然曰："我今贵矣。三四年不觌，何遂顿不相识？"妻遥谓曰："君死已久，何复言贵？所以久淹君柩者，以家贫子幼耳。今阿大亦已成立，将卜窀穸[46]。勿作怪异吓生人。"生闻之，怃然惆怅[47]。逡巡入室，见灵柩俨然，扑地而灭。妻惊视之，衣冠履舄如脱委焉[48]。大恸，抱衣悲哭。子自塾中归，见结驷于门[49]，审所自来，骇奔告母。母挥涕告诉。又细询从者，始得颠末。从者返，公子闻之，涕堕垂膺。即命驾哭诸其室；出橐营丧，葬以孝廉礼。又厚遗其子，为延师教读。言于学使，逾年游泮[50]。

异史氏曰："魂从知己，竟忘死耶？闻者疑之，余深信焉。同心倩女，至离枕上之魂[51]；千里良朋，犹识梦中之路[52]。而况茧丝蝇迹，呕学士之心肝；流水高山，通我曹之性命者哉[53]！嗟乎！遇合难期，遭逢不偶。行踪落落，对影长愁[54]；傲骨嶙嶙，搔头自爱[55]。叹面目之酸涩，来鬼物之揶揄[56]。频居康了之中，则须发之条条可丑；一落孙山之外，则文章之处处皆疵[57]。古今痛哭之人，卞和惟尔；颠倒逸群之物，伯乐伊谁[58]？抱刺于怀，三年灭字；侧身以望，四海无家[59]。人生世上，只须合眼放步，以听造物之低昂而已[60]。天下之昂藏沦落如叶生其人者[61]，亦复不少，顾安得令威复来[62]，而生死从之也哉？噫！"

注释

①淮阳：县名，在河南省东部。

②冠绝当时：超越同时之人。冠，第一名，首屈一指。绝，超越。

③所如不偶：所向不遇。不偶，犹言数奇，指命运不好，遇合不佳。

④名场：指求取功名的科举考场。

⑤即官署，受灯火：谓留住县衙，得到照明等学习费用的资助。灯火，此指照明费用。

⑥科试：也称科考。乡试之前，各省学政到所辖府、州，考试生员，称为科试。科试成绩一、二等的生员，册送参加乡试，称录科；被录送的生员称科举生员。

⑦游扬：随处称扬。学使：即提督学政，又称提学使、提学、学院、学台、

学政等，是明清时代掌理一省学校、科举的长官。

⑧领冠军：指科试获第一名。领，取得。

⑨闱后：指秋闱（即乡试）之后。各省乡试在仲秋八月举行，因称秋闱。闱，科举考场，又称贡院。

⑩击节称叹：击节原意是用手指击拊为节拍，以寻按乐曲的韵律节奏；后常借以形容对诗文的赞叹、激赏。

⑪时数：时运。数，命定的遭遇。

⑫文章憎命：杜甫《天末怀李白》："文章憎命达，魑魅喜人过。"意思是好文章会妨害好命运。

⑬铩（shà 厦）羽：鸟羽摧落；比喻乡试受挫落榜。《淮南子·览冥训》："飞鸟铩翼，走兽废脚。"《说文》："铩，残也。"

⑭嗒（tā 塔）丧：沮丧；失魂落魄。《庄子·齐物论》："仰天而嘘，嗒焉似丧其偶。"

⑮考满：是明清两代对政府官员的考绩办法之一。这里指对外官的考绩，即由吏部考功司主持的"大计"。清顺治初期，外官三年大计；顺治后期，定外官三年考满议叙例。康熙元年，内外官考绩皆用三年考满制。其制，外官大计以寅、巳、申、亥岁，四品以下官员以五等议叙（一等称职者记录，二等称职者赏赉，平常者留任，不及者降调，不称职者革职）。详见《清史稿·选举志六·考绩》。

⑯杜门：闭门。此指不与外界交往。杜，堵塞。

⑰寝疾：卧病；病倒在床。

⑱遗（wèi 卫）问：馈赠所需，慰问疾病。遗，赠予。

⑲百裹：百剂。裹，指药包。

⑳解任：解职，卸任。

㉑疾革（jí 亟）难遽瘥（chài 差）：病重难望速愈。革，同"亟"。瘥，病愈。

㉒犬马病：对自己疾病的谦称。

㉓夫子：先生，老师。旧时县学生员称本县县令为老师、老父师，自称学生、

门生。

㉔从杖履：犹言随侍左右。古礼老人五十得拄杖。又唯尊者得脱履于户内，晚辈有代为捉杖纳履的责任，所以“从杖履”是敬老事尊之词。《礼记·曲礼》：“侍坐于君子，君子欠伸，撰杖履；视日早暮，侍坐者请出矣。”

㉕束装：整顿行装。戒旦：意思是警戒黎明贪睡，早起及时出发。《文选》赵景真《与嵇茂齐书》：“鸡鸣戒旦，则飘尔晨征。”

㉖文艺：指“闱墨”之类供科举士子揣摩研习的八股范文。

㉗期（jī 基）岁：满一年。

㉘入邑庠：成为县学生员，俗称秀才。邑庠，县学。

㉙所拟举子业：指叶生平日为应付科举考试而习作的八股文。拟，谓拟题习作。举子业，又称四书文，即八股文。

㉚闱中七题：明、清乡试、会试的头场试题大都是七题，其中“四书义”三题，“五经义”四题。这里“七题”指乡试的头场试题。头场成绩即能决定能否录取，二、三场成绩只作参考，所以再昌因头场七题作得好而取中亚魁。

㉛亚魁：乡试第二名。第一名称乡魁、乡元或解元。

㉜出余绪：拿出本人才学的微末部分。余绪，微末，残余。余绪，义同绪余。《庄子·让王》：“道之真以治身；其绪余以为国家；其士苴以为天下。”

㉝黄钟长弃：比喻贤才被长期埋没。《楚辞·卜居》：“黄钟长弃，瓦釜雷鸣。”黄钟，古乐中的正乐，比喻德才俱优的人。

㉞非战之罪：《史记·项羽本纪》载，项羽垓下战败后曾说，“此天之亡我，非战之罪也。”叶生借喻自己半生沦落，功名未就，是命运使然，而非文章庸劣。

㉟“何必”二句：意思是说，不必取得科举功名，才算作发迹走运。宋代王禹偁《寄砀山主簿朱九龄》诗：“忽思蓬岛会群仙，二百同学最少年；利市襕衫抛白纻，风流名字写红笺。”白纻，一种质地细密的白夏布，借指士子取得科举功名前所着的白衣。取得科举功名后，就脱去白衣，改穿襕衫（官服）了。利市，语出《周易·说卦》：“为近利，市三倍。”本指由贸易获得利润；后来比喻发迹、走运，俗称“发利市”。

㊱岁试：各省提学使于三年任期内到所辖府、州考试一次生员课业，以六等定优劣，谓之岁试。在外地的生员须回原籍参加岁试，所以丁公劝叶生归省。归省，本义是回乡探望父母，这里实指回乡应试。

㊲生惨然不乐：底本无“生”字，据铸雪斋抄本补。

㊳纳粟：明清设国子监于京城，国子监生员称监生，可直接参加乡试，不必参加岁试。自明景泰（1450—1456）以后，准许生员向朝廷纳粟，享受监生待遇；后代循例纳粟（实际用银子）入监的生员，又称例监。

㊴捷南宫：指会试中式，即考中进士。明、清举人考进士，会试是决定性的一轮考试。南宫，汉代把尚书省比作南方列宿，称之为南宫。宋、明以来则称礼部为南宫。会试由礼部主持，因称会试中试为捷南宫。捷，谓获胜、取中。

㊵部中主政：明清于中央六部各设主事若干员。主政是主事的别称，职位低于员外郎。据下文所言“差南河典务”，“部”当指工部。

㊶入北闱：指参加在北京举行的乡试。明代在顺天府（北京）和应天府（南京）各设国子监，两处乡试应考生员多为国子监生，因而分别称为北闱和南闱。清代无南闱，而顺天乡试初仍习称北闱。

㊷领乡荐：指考中举人。唐制，参加进士考试者，例由地方长官（刺史、府尹）考试荐举，称为乡举或乡荐。后代因称乡试中式者为领乡荐，或简称领荐。

㊸差南河典务：奉派到南河河道办理公务。清初自顺治元年至康熙四十四年前，河道总督所辖的江南省河道，包括今江苏、安徽两省长江以北的黄河、运河水系，时称南河。《清会典》卷四十七“工部·都水清吏司：掌天下河渠关梁川途之政令，凡坛庙殿廷之供具皆掌焉。”

㊹奋迹云霄：致身云路；谓一举成名，前程远大。此即指中举人。

㊺锦还为快：衣锦还乡，堪称快事。《汉书·项籍传》：“富贵不归故乡，如衣锦夜行。”

㊻卜窀穸（zhūn xī 谆夕）：选择墓地，指安葬。窀穸，墓穴。

㊼怃然惆怅：此据铸雪斋抄本。底本“惆”误作“筹”。怃然，失意的样子。

㊽脱委：蜕落在地。脱，通“蜕”。委，丢弃，掉落。

㊾结驷：拴马。

㊿游泮：进学；成为秀才。泮，指泮宫，周代诸侯所设的学校。代指府、州、县设各类官学。

(51)“同心倩女”二句：意思是，知心的情侣，可以离魂相随。唐陈玄祐《离魂记》：张倩女与表兄王宙相恋，遭父亲梗阻，倩女离魂追随王宙出走。五年后夫妇同回娘家，倩女的离魂才与床上病体合而为一。

(52)“千里良朋”二句：是说，真挚的友谊，可使远隔的良朋梦中相会。《文选》沈约《别范安成诗》：“梦中不识路，何以慰相思。”李善注引《韩非子》：

“六国时，张敏与高惠二人为友。每相思不能得见，敏便于梦中往寻。但行至中道，便迷不知路，遂回。如此者三。”（按，此引文，不见于今本《韩非子》）这里作者反其意而用之。

㊸“而况”四句：承接“同心倩女”四句，领起下文科场失意的感慨。意思是，又何况应举文章是我辈读书人精心结撰缮写；它是否能遇真赏，正决定着我们命运的穷通呢！茧丝，比喻文章章句妥帖。本《文心雕龙·章句》：“章句在篇，如茧之抽绪。”（绪，即丝）。蝇迹，即蝇头细字。陆游《读书诗》之二：“灯前目力虽非昔，犹课蝇头二万言。”比喻文章缮写工整。学士，学子、读书人；与隔句“我曹”互立足义，意为“我辈读书人”。呕心肝，用唐代诗人李贺事。李商隐《李长吉小传》写李贺作诗构思极苦，其母叹息说：“是儿要当呕出心肝乃已尔！”流水高山，用伯牙“志在太山”、“志在流水”的琴曲（见《吕氏春秋·本味》）比喻高雅绝俗、不易被人赏识的作品，通，沟通。性命，品性和命运。作者认为，文章是作者性格、品质的表现，它的遭遇如何，则决定作者的命运穷通，所以说文章沟通性、命。

㊹“行踪”二句：经历之处，总难遇合，只能空自对影愁叹。行踪，踪迹所到之处。落落，孤单落寞的样子。左思《咏史诗》：“落落穷巷士，抱影守空庐。”对影，身与影相对，形容孤单。李白《月下独酌》：“举杯邀明月，对影成三人。”

㊺“傲骨”二句：生就嶙峋傲骨，不能媚俗取容，唯有自惜自怜。嶙峋，用山石突兀形容傲骨坚挺。搔头，失意无计的样子。杜甫《梦李白二首》：“出门搔白首，若负平生志。”自爱，自惜、自珍。又，《诗·国风·邶风·静女》：“爱而不见，搔首踟蹰。”《方言》注引作“薆”，义为隐蔽，则搔首自爱，谓抑志自持，不失其节。

㊻“叹面目”二句：意思是，自叹穷厄困顿，招致势利小人的嘲侮。面目，指服饰容止等外观表现。酸涩，寒酸拘执，不舒展洒脱。来，招致。鬼物揶揄，比喻势利小人的奚落。《世说新语·任诞》刘孝标注引《晋阳秋》：晋代罗友为桓温掾吏，不得意。一日，桓温设宴送人赴郡守任，罗到席最晚。桓温问他，他回答说：“民首旦出门，于中途逢一鬼，大见揶揄，云：‘吾但见汝送人作郡，何以不见人送汝作郡耶?’”

㊼“频居”四句：意思是说，多次落榜的人，从人身到文章，都被世俗讥贬得毫无是处，频居康了之中，多次处于落榜境地。宋范正敏《遁斋闲览》：唐代柳冕应举，多忌讳，尤忌“落”字，至称安乐为安康。榜出，令仆探名，还报曰：

“秀才康（落榜）了也!”又据宋范公偁《过庭录》：宋代孙山滑稽多才，偕乡人子同赴举，榜发，乡人子落榜，孙山名居榜末。乡人问其子得失，孙山说“解名（榜文名单）尽处是孙山，贤郎更在孙山外。”后因又称落榜为“名落孙山”。

㊿“古今”四句：大意是说，古往今来，因种种原因而悲愤痛哭的人很多，只有怀宝受诬的卞和像你；举世贤愚倒置，能识俊才的伯乐在当今又是谁人！卞和惟尔，意思是只有你的处境类似卞和。卞和，春秋时楚国人，得璞于楚山中，献之厉王、武王，皆以为诳，刖其左右足！文王立，卞和抱璞哭楚山下，王使人理其璞，得美玉。见《韩非子·和氏》。逸群之物，超群的骏马。伯乐伊谁！谁是伯乐。伯乐，春秋秦国人，与秦穆公同时，姓孙名阳。其事略见于《庄子·马蹄》《楚辞·怀沙》《战国策·楚策》等记载。伯乐善相马，后代因以喻善于识才的人。《汉书·贾谊传》载，贾谊曾说：“臣窃惟事势，可为痛哭。”屈原《九章·怀沙》有“变白以为黑兮，倒上以为下”，“伯乐既没，骥焉程兮。”这四句概括了这些痛愤之言。

59“抱刺”四句：意思是，当道无爱才之人，不值得干谒！反侧展望，四海茫茫，竟无以容身。《三国志·魏志·荀彧传》注引《平原祢衡传》：“衡字正平。建安初，自荆州北游许都……时年二十四。是时许都虽新建，尚饶士人。衡尝书一刺怀之，字漫灭而无所适。”又《古诗十九首》：“置书怀袖中，三岁字不灭。”此综取其词成句。赵翼《陔馀丛考》：“古人通名，本用削木书字，汉时谓之谒，汉末谓之刺；汉以后则虽用纸，而仍相沿曰刺。”刺，即后代的名帖、名片。明清时用红纸书写名帖，用于拜谒，又称拜帖。灭字，字迹磨灭。

60“人生”三句：乃是作者痛愤之言，大意是，在人生的道路上，大可不必认真、清醒，只须闭眼走自己的路，行心之所安；一切听天由命。合眼：有不理会是非曲直、不计较得失、不与别人比量等意思。放步，走自己的路，行心之所安。造物，造物主、上帝。低昂，抑扬，升沉，意谓摆布。

61昂藏：气概不凡的样子。

62令威：借指淮阳县令“关东丁乘鹤”。《搜神后记》：丁令威，汉辽东人，学道于灵虚山。后化鹤归辽，徘徊空中而言曰：“有鸟有鸟丁令威，去家千年今始归。城郭如故人民非，何不学仙冢累累。”遂冲天飞去。

意译

淮阳县有位姓叶的书生，我已忘了他的名字，此人文章诗词写得很好，红极一时。但他时运不佳，每次考试都落榜。适逢关东丁乘鹤来淮阳做知县，见到叶生的文章很欣赏。后来和他见面谈话，更器重他。丁知县让他住进县衙门里读书习文，时不时赐予钱粮等物来周济他家。到了科考的时间，丁知县有意在学政大人跟前吹捧他，于是他便得了全县的第一名，丁知县对他的期望更迫切。在省上乡试以后，丁知县又找来他的试卷阅读，边读边拍着桌子称道。但是不料想命数限人，文章却与时运不相容，等发榜时，才知道他又挫败。叶生非常懊丧地回到家里，他为辜负了丁公这样的知己深感愧疚，精神上受到沉重打击，人越来越消瘦，整天痴呆着，活像个木偶。

丁知县得知他的境况，召见他多方安慰，叶生为此感激涕零。丁知县同情他，并向他约定等自己任期满了后一同去京都。叶生内心十分感恩，辞别回家后一直闭门不出。不久，病倒在床。丁知县闻讯后经常派人来探望，无奈服了很多药都没有效果。这时候，丁知县因得罪上司而被免职，就要解任离去。走之前，丁公写信给叶生，大意说："我回归有日，现在迟迟不动的原因是为了等你，你早晨一到我下午就动身。"送信人来到病床前，叶生把信接到手里泪流不止地说："我重病在身，一时难以痊愈，请丁公还是先走吧。"丁公听了这消息，不忍心马上离去，慢慢等他能好起来。

过了几天，门卫忽报说叶生来了，丁公十分欣喜，亲自出门去迎接，并询问他的病情。叶生说："我得了这样的病烦劳您久等，心里实在不安宁，今天才勉强可以随您同行。"丁公于是装束登途，回家后，让儿子拜叶生为师，白天晚上相聚在一起。

丁公子名叫再昌，十六岁，当时还不会写文章。但却极聪明，凡考科举的八股文只要过目两三遍，便牢记不忘。这样教了一年时间，就能下笔成文，再加上父亲的关系，很快就考上了秀才。叶生将自己一生中所拟定的应考习题全部教给公子通读，省上乡试时，七道试题没有一个疏漏；丁公子中了第二名。丁公有一天对叶生说："你把自己准备的文章随便拿出几篇教给小儿，就很快使他成名，但以你这样的高才却长期被遗弃，真是无可奈何啊！"叶生也不无感慨地说："这就是命运啊，无法抗争。但今天我能借公子的福分为我的文章吐一口气，让天下的人都知道我沦落半辈子，并非本事不如人，这样我也就很满足、很欣慰了。况且我一生得到您这样的知己，已没有什么遗憾的了，又何必要取得科举功名才算发迹走运呢?”

丁公觉得叶生离家时间很长了，害怕耽误岁考，就劝他回去省亲。但是叶生有些凄然不愿离开，丁公也就不再勉强了。丁公子要去京城会考，丁公嘱咐儿子替叶生出钱捐个监生。丁公子在京城又考取了进士，授官为工部主事。公子也一块带着叶生到官署，他们朝夕相处，关系很融洽。

过了一年，叶生参加顺天府乡试，中了举人。这时适逢丁公子奉命到南河道去办理公务，公子对叶生说：“这次去南方正好离贵乡不远，先生今天已获取功名，正可衣锦还乡。”叶生心里也很高兴。于是他们就选好日子一起出发。到达淮阳县境，公子备好马匹，命仆从护送叶生回家。

到了家里，只见门庭萧条破败，心里十分悲凄，他很犹豫地走到庭院里，看见妻子正拿着簸箕从屋里出来，她看见叶生，扔了手里的家具就跑，吓得失魂落魄。叶生很悲凉地说：“我今天已经显贵了，三四年时间不见，怎么就认不出来了呢?”妻子站得远远地说：“你不是已经死了好几年了吗?怎么能说成了贵人呢?这么长时间一直没安葬你的原因是由于家境太穷，儿子尚小，现在老大才刚刚长大成人，近日就将要卜个好日子安葬，再不要作怪来吓活人。”叶生听了妻子的话，惆怅失意。他徘徊着走进屋里，看见自己的灵柩还停放在那里，往地上一扑，就消失了，但是衣帽鞋袜却像蝉蜕一般原本原样地留在地上。妻子见此情景，先是有些惊愣，随后就抱起丈夫的遗物痛哭起来。儿子从私塾放学回来，看见家门口停放着马匹行李，先问清来历，然后很惊异地跑回家告诉了母亲，母亲也含泪把自己刚才见到的一切说给儿子听，又仔细询问了来人，才知道了事情的原委。

仆从回去后，丁公子得知了事情真相，泪流如雨，立即命令备上车马到叶家去凭吊，亲自出钱为恩师置办丧事，以举人的礼节安葬了叶生。临走时，丁公子又给叶家留下一笔钱，让叶生的儿子读书，并托付学政大人给予关照。一年以后，叶生的儿子考上了秀才。

异史氏说：“魂魄依顺知己，竟忘了自己已经死了吗?听说的人怀疑它，而我非常相信。情投意合的倩女，魂魄离身去追随情郎，远隔千里的好朋友，还认识梦中的寻觅之路。何况书海苦读，雅曲知音，惯道我辈的天性和命理呀!唉!遇合难以期待，际遇非常糟糕。行迹零落孤独，对着影子经常发愁；傲骨峥峥不屈，搔头自洁自爱。叹自己面目的寒酸，招致鬼物的讥笑。一直考不上的穷秀才，连条条头发胡须都丑陋；一旦落榜，文章处处都有毛病。古今痛哭的人，首推不被理解的卞和；良马劣马颠倒，谁是识马的伯乐？怀抱名帖而投靠无门，三年使名帖上的字都磨灭了。侧身展望，四海没有自己的家园。人活在世上，只须闭着眼睛走，听任上天的摆布升降罢了。天下气宇不凡而沦落得像叶生其人一样的，也不算少，只是怎能使爱才的丁公又回来，使他们生死都相随呀！唉！”

成仙

文登周生[①]，与成生少共笔砚，遂订为杵臼交[②]。而成贫，故终岁常依周。以齿则周为长，呼周妻以嫂。节序登堂，如一家焉[③]。周妻生子[④]，产后暴卒。继聘王氏，成以少故，未尝请见之也。一日，王氏弟来省姊，宴于内寝。成适至。家人通白，周坐命邀之。成不入，辞去，周移席外舍，追之而还。甫坐，即有人白别业之仆[⑤]，为邑宰重笞者。先是，黄吏部家牧佣，牛蹊周田[⑥]，以是相诟。牧佣奔告主，捉仆送官，遂被笞责。周诘得其故，大怒曰：“黄家牧猪奴，何敢尔！其先世为大父服役[⑦]；促得志，乃无人耶！”气填吭臆[⑧]，忿而起，欲往寻黄。成捺而止之，曰：“强梁世界[⑨]，原无皂白。况今日官宰半强寇不操矛弧者耶[⑩]？”周不听。成谏止再三，至泣下，周乃止。怒终不释，转侧达旦。谓家人曰：“黄家欺我，我仇也，姑置之。邑令为朝廷官，非势家官，纵有互争，亦须两造[⑪]，何至如狗之随嗾者[⑫]？我亦呈治其佣[⑬]，视彼将何处分。”家人悉怂臾之[⑭]，计遂决。具状赴宰，宰裂而掷之。周怒，语侵宰。宰惭恚，因逮系之。辰后[⑮]，成往访周，始知入城讼理。急奔劝止，则已在囹圄矣[⑯]。顿足无所为计。时获海寇三名，宰与黄赂嘱之，使捏周同党[⑰]。据词申黜顶衣[⑱]，搒掠酷惨[⑲]。成入狱，相顾凄酸。谋叩阙[⑳]。周曰：“身系重犴[㉑]，如鸟在笼，虽有弱弟[㉒]，止足供囚饭耳。”

成锐身自任，曰：“是予责也。难而不急[23]，乌用友也！”乃行。周弟赆之[24]，则去已久矣。至都，无门入控。相传驾将出猎，成预隐木市中；俄驾过，伏舞哀号，遂得准。驿送而下，着部院审奏[25]。时阅十月余[26]，周已诬服论辟[27]。院接御批，大骇，复提躬谳[28]。黄亦骇，谋杀周。因赂监者，绝其食饮；弟来馈问，苦禁拒之。成又为赴院声屈，始蒙提问，业已饥饿不起。院台怒，杖毙监者。黄大怖，纳数千金，嘱为营脱[29]，以是得朦胧题免[30]。宰以枉法拟流[31]。周放归，益肝胆成。

成自经讼系，世情尽灰，招周偕隐。周溺少妇，辄迂笑之。成虽不言，而意甚决。别后，数日不至。周使探诸其家，家人方疑其在周所；两无所见，始疑。周心知其异，遣人踪迹之，寺观壑谷，物色殆遍。时以金帛恤其子。又八九年，成忽自至，黄巾氅服[32]，岸然道貌。周喜，把臂曰：“君何往，使我寻欲遍？”笑曰：“孤云野鹤，栖无定所。别后幸复顽健。”周命置酒，略道间阔[33]，欲为变易道装。成笑不语。周曰：“愚哉！何弃妻孥犹敝屣也？”成笑曰：“不然，人将弃予，其何人之能弃[34]。”问所栖止，答在劳山之上清宫。既而抵足寝，梦成裸伏胸上，气不得息。讶问何为，殊不答。忽惊而寤，呼成不应；坐而索之，杳然不知所往。定移时，始觉在成榻，骇曰：“昨不醉，何颠倒至此耶！”乃呼家人。家人火之，俨然成也。周故多髭，以手自捋，则疏无几茎。取镜自照，讶曰：“成生在此，我何往？”已而大悟，知成以幻术招隐。意欲归内，弟以其貌异，禁不听前。周亦无以自明。即命仆马往寻成。数日，入劳山。马行疾，仆不能及。休止树下，见羽客往来甚众[35]。内一道人目周，周因以成问。道士笑曰：“耳其名矣，似在上清。”言已，径去。周目送之，见一矢之外，又与一人语，亦不数言而去。与言者渐至，乃同社生[36]。见周，愕曰：“数年不晤，人以君学道名山，今尚游戏人间耶[37]？”周述其异。生惊曰：“我适遇之，而以为君也。去无几时，或当不远。”周大异，曰：“怪哉！何自己面目觌面而不之识？”仆寻至，急驰之，竟无踪兆。一望寥阔，进退难以自主。自念无家可归，遂决意穷追。而怪险不复可骑，遂以马付仆归，迤逦自往。遥见一僮独坐，趋近问程，且告以故。僮自言为成弟子，代荷衣粮，导与俱行。星饭露宿，逴行殊远[38]，三日始至，又非世之所谓上清。时十月中，山花满路，不类初冬。僮入报客，成即遽出，始认己形。执手入，置酒宴语，见异彩之禽，驯人不惊[39]，声如笙簧，时来鸣于座上。心甚异之。然尘俗念切，无意留连。地下有蒲团二，曳与并坐。至二更后，万虑俱寂[40]，忽似瞥然一盹，身觉与成易位。疑之，自捋颔下，则于思者如故矣[41]。既曙，浩然思返。成固留之。越三日，乃曰："迄少寐息，早送君行。"甫交睫，闻成呼曰："行装已具矣。"遂起从之。

所行殊非旧途。觉无几时，里居已在望中。成坐候路侧，俾自归。周强之不得，因踽踽至家门。叩不能应，思欲越墙，觉身飘似叶，一跃已过。凡逾数重垣，始抵卧室，灯烛荧然，内人未寝，哝哝与人语。舐窗以窥，则妻与一厮仆同杯饮，状甚狎亵。于是怒火如焚；计将掩执[42]，又恐孤力难胜。遂潜身脱扃而出，奔告成，且乞为助。成慨然从之，直抵内寝。周举石挝门，内张皇甚；擂愈急，内闭益坚。成拨以剑，划然顿辟。周奔入，仆冲户而走。成在门外，以剑击之，断其肩臂。周执妻拷讯，乃知被收时即与仆私。周借剑决其首，罥肠庭树间。乃从成出，寻途而返。蓦然忽醒，则身在卧榻，惊而言曰："怪梦参差，使人骇惧！"成笑曰："梦者兄以为真，真者乃以为梦。"周愕而问之。成出剑示之，溅血犹存。周惊怛欲绝，窃疑成诪张为幻[43]。成知其意，乃促装送之归。荏苒至里门，乃曰："畴昔之夜，倚剑而相待者，非此处耶！吾厌见恶浊，请还待君于此；如过晡不来[44]，予自去。"周至家，门户萧索，似无居人。还入弟家。弟见兄，双泪遽堕，曰："兄去后，盗夜杀嫂，刳肠去，酷惨可悼，于今官捕未获。"周如梦醒，因以情告，戒勿究。弟错愕良久。周问其子，乃命老媪抱至。周曰："此襁褓物[45]，宗绪所关[46]，弟好视之。兄欲辞人世矣。"遂起，径出。弟涕泗追挽[47]，笑行不顾。至野外，见成，与俱行。遥回顾曰："忍事最乐。"弟欲有言，成阔袖一举，即不可见。怅立移时，痛哭而返。

周弟朴拙，不善治家人生产，居数年，家益贫。周子渐长，不能延

师，因自教读。一日，早至斋，见案头有函书，缄封甚固，签题“仲氏启”[48]。审之，为兄迹；开视，则虚无所有，只见爪甲一枚，长二指许，心怪之。以甲置研上，出问家人所自来，并无知者。回视，则研石灿灿[49]，化为黄金。大惊。以试铜铁，皆然。由此大富。以千金赐成氏子，因相传两家有点金术云[50]。

注释

①文登：县名，即今山东省文登市。

②杵白交：不计贫富贵贱的朋友。《后汉书·吴祐传》：公沙穆游太学，家贫无资粮，变服为吴祐舂米。吴与语，大惊，“遂共定交于杵臼之间。”杵臼，捣米的木杵和石臼。

③“节序登堂”二句：意思是，四时八节，成生必定携眷到周生家拜问兄嫂，亲密如一家兄弟。是称赞成生恪守古训，对周生夫妻亲而有礼。节序，犹言四时八节。我国旧称春夏秋冬四季为四时或四序，称四立、两分、两至为八节。杜甫《狂歌行赠四兄》诗：“四时八节还拘礼，女拜弟妻男拜弟。”

④周妻生子：此据铸雪斋抄本，底本误“妻”为“子”。

⑤别业：正宅外之园林宅舍。此“别业仆”，即指派守田庄之仆。

⑥蹊：践越，穿行。《左传·宣公十一年》：“牵牛以蹊人之田。”杜注：“蹊，径也。”

⑦大父：祖父。

⑧气填吭臆：怒气充咽填胸。吭，咽喉。臆，胸膛。

⑨强梁世界：强暴横行的社会。强梁，强暴凶横。《老子》：“强梁者不得其死。”

⑩矛弧：矛和弓，指杀人凶器。

⑪两造：争讼的双方，原告和被告。《周礼·秋官·大司寇》：“以两造禁民

讼。”郑注：“造，至也；使讼者两至。”

⑫嗾（sòu 叟）：指挥狗的声音。《左传·宣公二年》：“公嗾夫獒焉。”《玉篇》：“《方言》云：秦、晋、冀、陇谓使犬曰嗾使犬。”

⑬呈治：呈请惩治。

⑭怂臾（yǒng 甬）：同“怂恿”。

⑮辰后：辰时过后。辰时，相当于早上七点至九点。

⑯囹圄（líng yǔ 伶语）：本秦代监狱名，后为牢狱别称。

⑰捏周同党：诬陷周生与海盗同伙。捏，捏造，即诬陷。

⑱据词申黜顶衣：依据海盗供词，申报革去周生功名。旧时官府行文，下级向上级说明情况称“申详”或“申”。黜，革免。顶衣，指生员冠服，代指其资格功名。科举时代，生员犯法，革除功名之后，官府才能施刑审讯。

⑲搒掠：拷打。

⑳叩阙：应从青柯亭刻本作“叩阍”（铸本“阙”旁亦注一“阍”字），指向朝廷告状。阍，指帝阍，即宫门。吏民向皇帝告状叫叩阍。

㉑重犴（chóng àn 虫岸）：牢狱深处，拘禁重罪犯人的地方。犴，牢狱。

㉒弱弟：幼弟。弱，幼小。

㉓难而不急：人在难中而不相救。急，救助。《诗·小雅·鹿鸣之什·常棣》：“脊令在原，兄弟急难。”

㉔赆（jìn 尽）：赠送路费。

㉕着部院审奏：责成（山东）巡抚审理奏闻。部院，本指朝廷六部和都察院的长官，清代各省巡抚多带侍郎和副都御史的京衔，因以部院代称巡抚。

㉖阅：经历。

㉗诬服论辟：含冤屈招，被判死刑。辟，大辟，即死刑。

㉘复提躬谳：提调案犯，亲自重审。谳，审讯犯人。

㉙营脱：设法解脱罪刑。

㉚朦胧题免：含糊其辞地报请朝廷免罪。朦胧，喻措辞含混。题，题本，上奏公事。

㉛拟流：判处流刑。

㉜黄巾氅（chǎng 敞）服：道冠道袍。黄巾，即黄冠；道士戴的束发之冠，多用黄绢之类制成。氅，鸟羽织的外套。这里是对道士袍服的美称。

㉝间阔：久别之情。间，隔。阔，久别。

㉞“不然”三句：你说的不对。是他人要抛弃我，我又能抛弃谁呢？末句句首省“予”字。

㉟羽客：道士的美称。道教认为修炼成功能飞升成仙，因美称道士为羽人、羽士、羽客。

㊱同社生：社学同学。清制，大乡、镇置社学，近乡子弟可入学肄业。

㊲游戏人间：指对现实生活抱洒然超脱的态度。《世说新语补·排调》：“苏长公（苏轼）在惠州，天下传其已死。后七年北归，见南昌太守叶祖洽。叶问曰：‘世传端明（苏曾为端明殿学士）已归道山，今尚尔游戏人间邪？’”

㊳逴（chuò 绰）行殊远：高一步低一步地走了很远。《史记·卫将军骠骑列传》：“取食于敌，逴行殊远。”《说文》：“逴，蹇也。”段注：“蹇，（跛）也。《庄子》‘踸踔而行’，谓脚长短也。”

㊴驯人不惊：温驯依人，客至不惊。

㊵万虑俱寂：各种尘世杂念都泯灭而归于空寂；是佛道修行的一种境界。万虑，指一切思维活动。寂，空寂。

㊶于思（sāi 腮）：浓密的胡须。《左传·宣公二年》载宋人嘲笑华元多须而战败归来曰：“于思于思，弃甲复来！”思，同“腮”。

㊷掩执：突入捉拿。乘其不备而动，叫掩。

㊸诪（zhōu 周）张为幻：施弄幻术骗人。诪张，欺诳。为幻，制造假象、幻觉。《尚书·无逸》：“民无或胥诪张为幻。”

㊹晡（bǔ 补）：申时，即下午三点到五点之间。

㊺襁褓物：乳婴。襁褓，包裹婴儿的衣被。

㊻宗绪：宗族后裔，传宗接代的人。绪，丝线末端，比喻后裔。

㊼涕泗：涕指眼泪，泗指鼻涕。《诗·国风·陈风·泽陂》：“涕泗滂沱。”朱注：“自目曰涕，自鼻曰泗。”

㊽签题“仲氏启”：信封上写着“二弟启”。签，指封套上书写收信人姓名住址的部位。仲氏，弟。《诗·小雅·节南山之什·何人斯》：“伯氏吹埙，仲氏吹篪。”朱注：“伯仲，兄弟也。”

㊾研：同“砚”。

㊿点金术：道教所谓点化他物使成金银的法术。

意译

文登县周生和成生是少年时代的同学，彼此约定为不计较贫富贵贱的朋友。

成生家里很贫穷，终年都依靠周家接济。周生比成生年龄大，成生将周妻称为嫂子，逢年过节，成生定来周家一同过，所以两家就像一家一样。周生妻子生下男孩后得病身亡，周生又续娶了王氏。王氏太年轻，成生没有请求见她。

有一天，王氏的弟弟来看望姐姐，家里就在卧室设宴款待。这时正遇上成生到来，周生就叫家人请成生到卧室就餐，成生不愿进去，便告辞走了。周生出门将他追回，又把酒席搬到客厅，成生这才入席。刚坐定，就听有人来报告，说周家庄园里的仆人被县官打了重板。原来黄吏部家牧童放牛时踩了周家田里的庄稼，于是两家仆人争吵起来，黄家牧童回去告诉主人，将周家仆人抓送官府，就这样，周家仆人挨了打。周生问明缘由，气得怒火中烧，骂道："黄家放猪的奴才，岂敢如此蛮横！他的先人还是我爷爷的奴仆呢，一下子得志，就目中无人了！"一时间，周生义愤填膺，从饭桌上站起来，要找姓黄的算账。成生按住他说："而今是强盗世界，本来就没有是非曲直，更何况现在的官吏，都是些不拿刀枪的土匪。"周生怎么也听不进去，成生一再劝谏，甚至流下眼泪，这才停止。但是周生闷在心里的一口恶气怎么也咽不下去，所以整整一夜都不能入睡。

第二天，周生对家里人说："黄家欺负我们周家，与我结仇，这姑且不论；可是县令是朝廷委派的，并非是有钱有势人家的官，纵使现在发生纠纷，也必须传两家同时到庭了解实情，为什么要像狗一样受人唆使而胡乱咬人？我现在也告他黄家的仆人，看他县官如何处分？"家人全都怂恿这样做，于是周生决定到县衙门告状。周生把状纸呈上，不料县官却当着他的面撕烂状纸，随手扔了一地。周生激愤难忍就出言冲撞了县官，县官恼羞成怒，便将他关进监狱。

早晨刚过，成生到周家才得知周生已到县城去打官司，他就急匆匆赶去劝阻，这时周生已被关起来了。成生心里很焦急，脚在地上踩着，一时想不出什么好办法。当时县里抓捕到三名海盗，县官与黄家狼狈为奸，密谋串通共同收买海盗，要他们供认周生是同党，于是就根据捏造的罪状先革掉周生的功名，又酷刑拷打。成生到监狱去探视，俩人相对悲叹不已。成生建议进京去告御状，周生苦笑着说：“我如今身陷囹圄，犹如笼中之鸟，虽然有个弟弟，但只能为我送送饭罢了。”成生自我承担说：“这事包在我身上，危难中不能救急，还要朋友干什么？”成生从狱中出来，立即就出发了。等周生的弟弟送去路费时，成生已动身多时了。

成生几经转折到达京城，但他也并无门路投诉。他听到皇帝要出猎，便预先隐藏在路边的集市中，等到皇帝车驾过来，就伏在路中央大声哭喊冤屈。皇帝批示将状纸由驿站送交山东巡抚审理，并回报审理结果。这时已过十个月多了，周生已诬服定为死罪。巡抚接皇帝御批，大为震惊，便立即提案复审。此时此刻黄吏部闻风丧胆，惊恐万状，为逃避罪责，设法先把周生弄死，企图灭口。于是他买通看守，断绝周生的饮食。周生弟弟来送饭，被狱守严厉禁阻。成生又到巡抚衙门去喊冤，当上边提审犯人时，周生已饿得站不起身来。巡抚大为震怒，立即杖毙看守。黄吏部闻讯后更加惊恐，便行贿数千两银子，请求设法解脱罪刑，才算蒙混过关而奏报朝廷免罪，县官因犯法被革职流放。

周生被无罪释放，经过这次大难，更把成生视为肝胆之交。成生也因此看透尘世，邀周生一起去隐居山林。周生太贪恋娇妻，却反而取笑成生太迂腐。成生口里并不说什么，却意志坚决。他们分手后，成生几天未到周家，周生又派人到成家去问讯，成家人以为成生一直留在周家未回。两处都不见成生踪影，大家开始怀疑他的去向。周生心里很明白他的去处，派人到寺院、大山去寻找遍了。还经常拿出钱财来接济成生的儿子。

过了八九年，成生却突然自己出现了，全然一身道士打扮，头裹黄巾身着氅服，神态庄重，周生非常高兴，紧握着成生的手说：“您去了哪里，叫我到处找寻，找得好苦啊！”成生淡然笑笑说：“我就像孤云野鹤，栖居之地没有固定的场所。只是分手后幸好身体还都健康。”周生命令家人设宴招待成生，畅叙别后详情。他想让成生脱下身上的道服，成生却笑而不答。周生又问成生：“为何弃置妻儿如同敝屣？真是太愚蠢了。”成生笑着说：“并不是这样。是人家要抛弃我，我还能抛弃谁呢？”周生又问他究竟在何处居留，成生告诉他在劳山的上清宫。夜里就寝时，两人抵足而眠，周生梦见成生脱了衣服伏在他的胸上，感到压抑喘不上气来。惊讶地问成生为何这样，成生并不回答。他突然惊醒过来，叫着成生却不见应声，他赶快坐起来用目光搜寻成生，成生已杳然不知去向。他镇定了一会儿功夫，才感觉到自己睡在成生的床上。于是很惊慌地自言自语说：“昨天并没有喝醉酒，怎么会颠倒到如此地步？”他喊来家人，家人端灯来照他，发现他变成成生的模样。周生本来多胡须，这时他用手一捋，却不过稀疏几根，他又照着镜子惊讶地说：“成生在这儿，而我自己到哪里去了呢？”他马上醒悟过来，明白这是成生施了幻术招他去隐居。他想进入里屋，弟弟见他不是兄长模样，阻止着不让进去，周生自知无法辩白，当即命令仆人备马去找成生。

几天后，周生来到劳山。由于马走得太快，仆人没有跟上，他停在树下休息，见道士往来频繁，其中有个道士用眼睛看他，他就趁机询问成生。道士笑着说：“听说过名字，好像他在上清宫。”说完径直走开。周生目送着他，看见他在一箭之外的地方，又和另一个人说话，没说几句又走了。和道士说话的那人慢慢走近，周生认出他是当年的社学同学。这人见到周生惊愕地说：“几年不见了，大家以为你在名山学道，为何还留在尘世间？”周生将自己易形的事说了，对方惊讶地说：“我还刚见过他，以为他就是你呢。走了没多长时间，也许不会走远。”周生很诧异，说：“怪了！为什么自己看自己的面目反而不认识了呢？”一会儿，仆人已到跟前，又急急追赶了一阵，还是没有踪影，只见眼前一片辽阔境界，他决定不了是进还是退，但明白自己已是无家可归，于是就决定穷追下去。眼前山路险峻，无法再骑马前行，他把马交给仆人让他回去，沿着连绵曲折的山路独自前行。走了没多久，就远远看见有一道童独自坐着，他走上前去向道童问路，并说明到山上来的原因，道童告诉他是成道人的弟子，代周生背着衣物和粮食，引路同行。他们日夜兼程，行了很远的路，三天后才到达一个地方。周生看这里并非世上所传说的上清宫。时值十月中旬，山花竞放，满山遍野，不像初冬景象。道童进去通报客人来到，成生即刻出来相迎。周生这才从对方身上认出自己的形貌。成生握着他的手进去，设酒宴盛情款待。周生见那些毛色鲜艳的奇禽异鸟离座不远，全不怕生人，叫声像笙箫一般悦耳动听，时不时飞到座上来鸣唱，他感到很奇异。但周生终于贪恋世俗，念家心切，不愿在此久留。地上放着两个蒲团，成生拉着他与自己各坐一个，值二更天以后，他觉得自己的一切顾虑杂念全打消了，恍惚间，他感觉自己好像只是打个盹的功夫就和成生调换了位置。他还有些疑惑，用手捋捋下颏，浓密的胡须和过去一样了。第二天天一亮，他就决意要返回。成生执意挽留他。过了三天，成生便说：“请你稍稍休息一下，尽早送你上路。”他刚闭上眼睛，就听见成生说：“行装已经打点好了。”于是他便起身跟着成生走，这时他觉得不是原来走过的老路。不久，已见家园。

成生坐在路边等候，让他自己回去。周生请他一起去，成生不去，他只好自己孤零零来到家门口。敲门，里边没有应声，他正想着要翻墙过去，立时觉得身轻如叶，便一跃而过。这样一直翻越了几道墙。才到了卧室外，看里面烛光闪烁，妻子没睡，又听见里面有嘀嘀咕咕的说话声，他悄悄舔开窗纸往里一看，却见妻子正和一个仆人同杯饮酒，显得依偎亲热的样子，周生一下子怒火中烧，本想一把将两人同时捉住，又怕自己一人力量达不到，就潜身出去，请求成生相助。成生慷慨答应，俩人直抵卧室门口，周生用石头猛敲房门，里面慌乱起来。周生敲得越急，里面门关得越紧。成生用剑一拨，门哗然打开，周生直奔进去，仆人急忙跳窗逃跑，成生在门外。一剑就削断了奸夫的臂膀。周生抓住妻子拷问，才知道在他坐监狱时，妻子就已和仆人私通了。周生从成生手里要过剑，砍下妻子的头，还把肠子挂在院里的树上。然后俩人一起离开，寻路返回。

周生猛醒来，发现自己躺在床上，吃惊叫道："怪梦怪梦！吓死人了！"成生笑着说："梦中事你以为是真的，真的你反而把它当成梦。"周生十分诧异地问原因，成生拿剑给他看，见上面还有血迹。周生心惊胆战，以为又是成生施了幻术骗他。成生知道他不相信，就当下整理行装送他回家。到了家门口，成生说："那天夜里我持剑等候的就是这地方！我讨厌看见那些恶浊的事情，现在我还是在此等你，如过了黄昏你还不来，我就自己走了。"周生进了家门，见萧条空寂，好像没人住似的。他又到弟弟家，两人相见，泪下如雨；弟弟说："自从哥哥走后，夜里嫂嫂被强盗杀害，开肠破肚惨不忍睹。至今官府还未捉拿到凶手。"周生此刻才真正如梦初醒。他向弟弟说明真情，劝他不要追究，弟弟惊诧了好一阵子。周生又问起自己的儿子，弟弟叫人抱来。他对弟弟说："这小家伙是周家传宗接代的人，请你好好照看，我将脱离红尘，进山修道。"说完，径直出了门，弟弟大哭着追出来想挽留他，周生却笑着并不理会。到了郊野，见到成生，俩人一起同行。周生远远地回头对弟弟说："凡事忍耐最为快乐。"弟弟还想说什么，成生将长袖一挥。俩人旋即消失。弟弟在原地痴痴地站了很久，才痛哭着返回。

周生的弟弟为人老成朴实，不会料理家业，过了几年，家境更贫困。周生的儿子也一天天长大，没有钱请老师，他就自己教侄子读书。一天清早，他来到书房，发现桌上放着一封信，口封得很紧，信封上写着"二弟启"。仔细一看是哥哥的笔迹，拆开读时，却没有内文，只见有一片指甲，有二指长。心里感到奇怪，就把那指甲放在砚上，出来问家里人信的来处，家里没人知道这件事。他再回到书房看时，只见砚台金光闪闪，化为黄金。大吃一惊，再拿指甲去试铜铁之类，全都化成金子。因此富裕起来，并拿千金送给成生的儿子。因此就有了周、成两家有点金术的传说。

新郎

江南梅孝廉耦长[①]，言其乡孙公，为德州宰[②]，鞫一奇案。初，村人有为子娶妇者[③]，新人入门，戚里毕贺。饮至更余，新郎出，见新妇炫装，趋转舍后。疑而尾之。宅后有长溪，小桥通之。见新妇渡桥径去，益疑。呼之不应。遥以手招婿；婿急趁之，相去盈尺，而卒不可及。行数里，入村落。妇止，谓婿曰："君家寂寞，我不惯住。请与郎暂居妾家数日，便同归省。"言已，抽簪叩扉，轧然有女童出应门。妇先入。不得已，从之。既入，则岳父母俱在堂上。谓婿曰："我女少娇惯，未尝一刻离膝下，一旦去故里，心辄戚戚。今同郎来，甚慰系念。居数日，当送两人归。"乃为除室，床褥备具，遂居之。

家中客见新郎久不至，共索之。室中惟新妇在，不知婿之所往。由此遐迩访问，并无耗息。翁媪零涕，谓其必死。将半载，妇家悼女无偶，遂请于村人父，欲别醮女。村人父益悲，曰："骸骨衣裳无可验证，何知吾儿遂为异物[④]！纵其奄丧[⑤]，周岁而嫁当亦未晚，胡为如是急也!"妇父益衔之，讼于庭。孙公怪疑，无所措力，断令待以三年，存案遣去。

村人子居女家，家人亦大相忻待。每与妇议归，妇亦诺之，而因循不即行。积半年余，中心徘徊，万虑不安。欲独归，而妇固留之。一日，合家惶遽，似有急难。仓促谓婿曰：“本拟三二日遣夫妇偕归。不意仪装未备，忽遘闵凶[6]；不得已，即先送郎还。”于是送出门，旋踵急返，周旋言动，颇甚草草。方欲觅途行，回视院宇无存，但见高冢。大惊，寻路急归。至家，历言端末，因与投官陈诉。孙公拘妇父谕之，送女于归[7]，始合卺焉[8]。

注释

①江南：清顺治二年（1645），改明南直隶置江南省，辖令江苏、安徽省地。康熙六年分置江苏、安徽两省。以后习惯上仍称这两省为江南。梅的家乡宣城原隶江南省宁国府，故称其为江南人。梅孝廉耦长：梅庚，字耦长，宣城（今安徽宣城市）人，康熙二十年辛酉（1681）科举人。屡试进士不第。曾任浙江泰顺县知县，不久辞归。梅工诗，善八分书，画亦旷逸有致，为王士所推重。有《天逸阁集》。见《清史稿·文苑传》。

②德州：今山东省德州市，明清时为德州。宰，州县长官通称宰。孙公，待考。

③“村人”句：此据铸雪斋抄本，底本无者字。

④为异物：指死去。贾谊《鵩鸟赋》：“化为异物兮，又何足患？”

⑤奄丧：猝死。奄，急，突然。

⑥忽遘闵凶：忽遇忧患。《左传·宣公十二年》：“楚少宰如晋师曰：‘寡君少遘闵凶。’”

⑦于归：本指女子出嫁。《诗·国风·周南·桃夭》：“之子于归，宜其室家。”郑笺：“于，往也。”朱注：“妇人谓嫁曰归。”这里指新妇重返夫家。

⑧合卺：婚礼中最后一项仪式，因以指成婚。详见《娇娜》注。

意译

江南宣城的梅藕长举人讲了一个故事，说他家乡有个孙公在德州任长官时，曾审过一宗奇案。当初乡下村里有一家人给儿子娶媳妇，新娘进门，亲戚朋友都来贺喜。大家喝酒过了一更时分。新郎出来，看见新娘穿着光彩夺目的艳装往屋后走去。新郎有些疑惑。就跟在后面。屋后有一条小溪，溪上有一座小桥，新娘过了小桥一直往前走。新郎更疑虑，叫她不答应，还远远回头向新郎招手，新郎就急忙赶上去。两人相距只有一尺来远，但始终不能赶上。这样一直走了几里路，来到一个村子，新娘停下来对新郎说："夫君家里太寂寞了，我住不惯。请你和我在娘家暂住几天，便一块回去探望父母。"说完，新娘从头上抽下簪子敲门，有个女僮来开门，新娘先进去，新郎不得已，也跟了进去。到了屋里，只见岳父岳母全在堂上，他们对新郎说："女儿从小娇生惯养，一刻也未离开过膝下，一旦离家而去心里很难过，现在和你一块回来，使我们很欣慰。过几天，就送你们回去。"当下就收拾了一间屋子，床上被褥早已准备好，于是他们就住了下来。

家里客人见新郎很久不出来，就一块去找寻，洞房里却只有新娘一人在，不知新郎去了哪里。从此，家里人到处寻找，远近地方都问遍了，却杳无音信。父母悲哀落泪，想着儿子肯定死了。

过了半年时间，媳妇娘家怜悯女儿独守空房，于是向新郎的父亲请求，想让女儿改嫁。新郎的父亲更加难过地说："尸体、衣物都未发现，怎能证明他已死？即使我儿子不在人世，须得满一年再嫁也不迟，为何这样急不可待？"女方的父亲更加怀恨在心，就告到衙门。孙公接案后很觉奇怪可疑，无法调查审理，就判令等待三年后才能改嫁，存案入档，将原告遣走。

新郎在女方家备受优待。他每次和女方提起回家的事，女方也答应，但就是拖着不马上行动。这样一直挨过半年时间，心里不免有些惴惴不安，于是就打算一个人回去，而女方又强留不放。有一天，女方家里很慌乱，好像有什么灾祸将要降临。岳父焦虑地对女婿说："本来打算三两天内送你们夫妇同归，但是礼物尚未备齐，忽然遭遇忧患，迫不得已，只好送贤婿先走一步。"于是新郎被送出门，急忙转身回去，辞别时的礼节答对都很草率。新郎正要辨认归途，回头一看，房屋无存，只见一座荒坟坐落身后。他惊恐万分，找路急归。

新郎回到家里，详细讲了他所遇到的事情始末，又当即去向官府投诉。孙公拘来女方的父亲加以开导，要他将女儿送回男方家里举行婚礼。

王兰

利津王兰暴病死[1]。阎王复勘[2]，乃鬼卒之误勾也。责送还生，则尸已败。鬼惧罪，谓王曰："人而鬼也则苦，鬼而仙也则乐。苟乐矣，何必生?"王以为然。鬼曰："此处一狐，金丹成矣[3]。窃其丹吞之，则魂不散，可以长存。但凭所之，罔不如意。子愿之否?"王从之。鬼导去，入一高第，见楼阁渠然[4]，而悄无一人[5]。有狐在月下，仰首望空际。气一呼，有丸自口中出，直上入于月中；一吸，辄复落，以口承之，则又呼之：如是不已。鬼潜伺其侧，俟其吐，急掇于手，付王吞之。狐惊，盛气相向。见二人在，恐不敌，愤恨而去。王与鬼别，至其家，妻子见之，咸惧却走。王告以故，乃渐集。由此在家寝处如平时。

其友张姓者，闻而省之，相见话温凉[6]。因谓张曰："我与若家夙贫[7]，今有术，可以致富。子能从我游乎?"张唯唯。曰："我能不药而医，不卜而断。我欲现身，恐识我者相惊以怪，附子而行，可乎?"张又唯唯。于是即日趣装[8]，至山西界。富室有女，得暴疾，眩然瞀瞑[9]。前后药禳既穷，张造其庐，以术自炫。富翁止此女，常珍惜之，能医者，愿以千金为报，张请视之。从翁入室，见女瞑卧；启其衾，抚其体，女昏不觉。王私告张曰："此魂亡也[10]，当为觅之。"张乃告翁："病虽危，可救。"问："需何药?"俱言不须，"女公子魂离他所，业遣神觅之矣。"约一时许，王忽来，具言已得。张乃请翁再入，又抚之。少顷，女欠伸，目遽张。翁大喜，抚问。女言："向戏园中，见一少年郎，挟弹弹雀[11]；数人牵骏马，从诸其后。急欲奔避，横被阻止。少年以弓授儿，教儿弹。方羞诃之，便携儿马上，累骑而行[12]。笑曰：'我乐与子戏，勿羞也。'数里入山中，我马上号且骂；少年怒，推堕路旁，欲归无路。适有一人至，捉儿臂，疾若驰，瞬息至家，忽若梦醒。"翁神之，果贻千金。王夜与张谋，留二百金作路用，馀尽摄去，款门而付其子；又命以三百馈张氏，乃复还。次日，与翁别，不见金藏何所，益异之，厚礼而送之。

逾数日，张于郊外遇同乡人贺才。才饮博不事生产，奇贫如丐。闻张得异术，获金无算，因奔寻之。王劝薄赠令归。才不改故行，旬日荡尽，将复觅张。王已知之，曰："才狂悖[13]，不可与处，只宜赂之使去，纵祸犹浅。"逾日，才果至，强从与俱。张曰："我固知汝复来。日事酗赌，千金何能满无底窦?诚改若所为，我百金相赠。"才诺之。张泻囊授之。才去，以百金在橐，赌益豪；益之狭邪游[14]，挥洒如土。邑中捕役疑而执之，质于官，拷掠酷惨。才实告金所自来。乃遣隶押才捉张。数日，创剧[15]，毙于途。魂不忘张，复往依之，因与王会。一日，聚饮于烟墩[16]，才大醉狂呼，王止之不听。适巡方御史过[17]，闻呼搜之，获张。张惧，以实告。御史怒，笞而牒于神[18]。夜梦金甲人告曰："查王兰无辜而死，今为鬼仙。医亦仁术，不可律以妖魅[19]。今奉帝命[20]，授

为清道使[21]。贺才邪荡，已罚窜铁围山[22]。张某无罪，当宥之。”御史醒而异之，乃释张。张治装旋里。囊中存数百金[23]，敬以半送王家，王氏子孙，以此致富焉。

注释

①利津：县名，即今山东省利津县。

②复勘：复审。勘，审问犯人。

③金丹：道教方术中经过修炼生成的内丹。

④渠然：高大深广的样子。《诗·秦风·权舆》：“于我乎，夏屋渠渠。”渠渠，孔颖达疏谓高大貌，朱熹集注谓深广貌。渠然，义同渠渠。

⑤悄无一人：底本原作“俏无一人”，据二十四卷抄本改。

⑥话温凉：叙别离，致问候；犹言“道寒暄”。《文选》陆机《门有车马客行》：“抚膺携客位，掩泪叙温凉。”李善注引郑玄曰：“春秋，言温凉也。”吕向注：“叙别离之岁月。”

⑦夙（sù 速）贫：素贫，一向穷苦。

⑧趣（cù 促）装：匆忙整理行装。《汉书·曹参传》：“参为齐相。及萧何卒，参乃趣治行装曰：‘吾且人相。’三日，果召参代何为相。”

⑨眩然瞀（mào 冒）瞑：神志昏迷，闭目不醒。

⑩魂亡：俗言掉魂。亡，失落。

⑪挟弹（dàn 旦）弹（tán 谈）雀：拿弹弓打鸟。弹（dàn），弹弓。弹（tán），弹射。

⑫累骑：共骑一马。《晋书·阮咸传》：“遽借客马追婢，既及，累骑而还。”

⑬狂悖（bèi 背）：狂妄悖理。谓其行为放荡，做事乖张。悖，违背常理。

⑭狭邪游：狎妓行为。狭邪，通作狭斜，指小街曲巷，妓女所居。古乐府有《相逢狭路间行》（又名《长安有狭斜行》），写长安贵家宴乐狎妓生活，后因称狎妓为狭邪游。

⑮创剧（jí 亟）：指刑伤恶化。

⑯烟墩：明清防卫报警设施。洪武二十六年，命于“腹里边境险要处所安设烟墩，昼则举烟，夜则举火，接递通报。”见《山东通志·兵防志八·兵制一》。明清时代，烟墩常与烽火台并称为台墩。此指烟墩废址。

⑰巡方御史：即巡按御史。自明初始，派御史至各地巡察，称巡按御史，简称巡按，三年一换，职权同汉刺史。清初因之。

⑱牒于神：具文通报神界，或具诉状于神界。牒，泛指官府间往来文书，或指诉状。其时王兰、贺才已死，所以御史乃以此举告神，请求审治其罪。

⑲律以妖魅：当作妖魅，绳之以法。律，谓依刑律治罪。

⑳帝：天帝。

㉑清道使：封建时代，皇帝、大臣出入，扈卫人员预为清净道路，辟除行人，称为清道。此处清道使，是传说中为尊神前驱清路的下级神官。

㉒窜：处以流刑；流放。铁围山：又称铁轮围山，代指极荒远的地界，犹言化外之地。佛经记载，赡部等四大洲外有铁轮围山，周匝如轮，围绕别一世界。其地距以须弥山为中心的佛国极其辽远。见《具舍论》十一。

㉓数百金：底本百下衍“里”字，据铸雪斋抄本及二十四卷抄本删正。

意译

利津县有个王兰，突然暴病而死。到了阴间，阎王复审时，发现是鬼卒误抓，责令将王兰送还阳世。但是尸体已经腐烂，鬼卒怕被治罪，就对王兰说：“人死而为鬼是痛苦的事，由鬼再变仙便会快乐无穷。若要快乐，何必复活？”王兰觉得也对。鬼卒说：“这里有一个狐狸精，已炼成金丹，将金丹偷来服下就可以魂魄不散，长久存在，任你到哪里，没有不如意的。你愿不愿意？”王兰同意了。

鬼卒在前边带路，进到一所深宅大院，只见楼阁亭台相连，里边却悄无一人。有一只狐狸正在月下，翘首仰望夜空，只见它呼一口气，就有一粒金丹从口里吐出，一直上升，进入月宫；一吸气，那金丹就又落下来，用口衔住，然后再吐出去，就这样反复不停。鬼卒偷偷地立在一旁，等它再吐出金丹，就一把抓在手里，给王兰吃下。狐狸精大吃一惊，愤怒相对。但它见有两个对手，怕打不过，就愤愤离去。王兰和鬼卒分手后回到家里，妻儿见到他，吓得都要逃跑。王兰说明真相，大家这才慢慢聚拢过来。从此王兰在家起居寝食还像平时一样。

友人张某闻讯前来看望他，两人相见，嘘寒问暖。王兰对朋友说："我们两家向来贫困，现在我有法术，可以致富了，你愿跟我出游吗？"朋友答应了。王兰说："我可以不用药治好病，不占卜就可判断吉凶。我如果现形，认识我的人就会害怕，我附在你身上走，行不？"张某又答应了。

于是，他们当天匆忙整理行装启程，到达山西境内。正好碰上一个富翁的女儿得了重病，一直昏迷不醒，服了不少药都不管用，张某来到这人家，自称有神明的医术。富翁就只一个女儿，平时很珍爱她，谁能治好女儿的病，愿拿出千金作为报酬。张某请求先看病人，老翁便领他进到里屋。张某见女子昏昏迷迷地躺着，揭开被子，抚摸她的身子，那女子完全没有知觉。王兰偷偷地对张某说："这是丢了魂，我可帮她找回来。"张某便告诉富翁说："病虽很重，还可以救。"富翁问："需要吃什么药？"张某说："不用吃药。女公子魂魄失落别处，我已遣神去找寻了。"约摸过了一个时辰，王兰回来说魂已找见。张某叫富翁进里屋，再抚摸，转眼间女子欠伸着身子，眼睛很快睁开。富翁高兴极了，抚摸着女儿询问情况，女儿说："我在花园里玩，见一个少年郎用弹弓射鸟，又有几个人牵着骏马跟在他身后，我急于想逃避，被横加阻拦，少年给我弹弓教我射弹，我害羞着呵斥他，他就把我抱到马上，然后他也上来和我一块骑马前行，笑着说：'我很乐意和你一起玩耍，不要害羞。'走了几里路就到了山里，我在马上又哭又骂，少年一怒就把我推下马落在路边，我想回家却找不见路。正好碰见一个人来牵住我的手臂，快步走，转眼间就到家了，就像梦醒一样。"富翁觉得张某是神医，果然给了千两银子作为酬谢。王兰和张某当晚商量，留二百两银子做路费，其余的送回家里交给儿子，又叫儿子从中分出三百两给张某的妻子，又返回。第二天，张某辞别富翁，富翁并没见他把银子藏在哪里，更为惊奇，又备了厚礼相送。

过了几天，张某和同乡人贺才在郊外相遇。贺才好赌博喝酒，无所事事，一贫如洗像乞丐。他听说张某身怀奇术，得了好多钱财，因此跑来找他，王兰叫张某少给些钱叫他回去。贺才积习不改，几天就把银子花光，就又来找张某。王兰预料到他再来，就说："贺才狂妄悖理，不可相处，只应给些钱叫他回去，即使闯祸，也还小些。"过了一天，贺才果然又找来了，他坚决要和张某在一起。张某说："我早知道你会再来，你整天赌博酗酒，纵使有千两金银哪能填满无底洞？你若能改掉恶习，我可以送你百两银子。"贺才答应一定改。张某将所有银两给了他。贺才以为有了这笔钱很富裕，更是狂赌滥嫖，大肆挥霍。县里捕役怀疑他作案。就抓起来交给官府严刑拷打。贺才将银子的来路招出来，官府于是派遣吏卒押着贺才去抓张某，但由于身上伤太重，死在半路。魂灵却还没忘记张某，依旧沿路找去，与王兰相遇。

一天，他们在烟墩相聚共饮，贺才大醉，狂喊不止，王兰劝阻不听。正碰上巡按御史从此经过，闻声搜寻，抓住张某。张某害怕供出实情。御史大怒，将张某打了一顿，通牒于神灵。夜梦金甲人说："据查知王兰无辜而死，现为鬼仙，行医也是仁术，不能看作妖怪来治罪。现在尊奉天帝之命，授他为清道使。贺才邪恶放荡，已经罚判到铁围山。张某无罪，应该宽大处理。"御史梦醒，感到惊奇，便将张某释放。张某整装回家，口袋里尚且存有几百两银子，就恭敬地分了一半给王家，王氏子孙因此富了起来。

王成

王成，平原故家子[①]，性最懒。生涯日落，惟剩破屋数间，与妻卧牛衣中[②]，交谪不堪[③]。时盛夏燠热[④]，村外故有周氏园，墙宇尽倾，惟存一亭；村人多寄宿其中，王亦在焉。既晓，睡者尽去；红日三竿，王始起，逡巡欲归。见草际金钗一股，拾视之，镌有细字云："仪宾府造[⑤]。"王祖为衡府仪宾[⑥]，家中故物，多此款式，因把钗踌躕[⑦]。欻一妪来寻钗。王虽故贫，然性介[⑧]，遽出授之。妪喜，极赞盛德，曰："钗值几何，先夫之遗泽也[⑨]。"问："夫君伊谁？"答云："故仪宾王柬之也。"王惊曰："吾祖也。何以相遇？"妪亦惊曰："汝即王柬之之孙耶？我乃狐仙。百年前，与君祖缱绻[⑩]。君祖殁，老身遂隐。过此遗钗，适入子手，非天数耶！"王亦曾闻祖有狐妻，信其言，便邀临顾。妪从之。王呼妻出见，负败絮[⑪]，菜色黯焉[⑫]。妪叹曰："嘻！王柬之孙子，乃一贫至此哉！"又顾败灶无烟，曰："家计若此，何以聊生[⑬]？"妻因细述贫状，呜咽饮泣。妪以钗授妇，使姑质钱市米，三日外请复相见。王挽留之。妪曰："汝一妻不能自存活；我在，仰屋而居[⑭]，复何裨益?”遂径去。王为妻言其故，妻大怖。王诵其义，使姑事之[15]，妻诺。逾三日，果至。出数金，籴粟麦各石。夜与妇共短榻。妇初惧之；然察其意殊拳拳[16]，遂不之疑。

翌日，谓王曰：“孙勿惰，宜操小生业，坐食乌可长也!”王告以无资。曰：“汝祖在时，金帛凭所取；我以世外人，无需是物，故未尝多取。积花粉之金四十两[17]，至今犹存。久贮亦无所用，可将去悉以市葛，刻日赴都[18]，可得微息。”王从之，购五十余端以归[19]。妪命趣装，计六七日可达燕都[20]。嘱曰：“宜勤勿懒，宜急勿缓。迟之一日，悔之已晚!”王敬诺，囊货就路。中途遇雨，衣履浸濡。王生平未历风霜，委顿不堪，因暂休旅舍。不意淙淙彻暮，檐雨如绳。过宿，泞益甚。见往来行人，践淖没胫[21]，心畏苦之。待至停午[22]，始渐燥，而阴云复合，雨又大作。信宿乃行。将近京，传闻葛价翔贵[23]，心窃喜。入都，解装客店，主人深惜其晚，先是，南道初通，葛至绝少。贝勒府购致甚急[24]，价顿昂，较常可三倍[25]。前一日方购足，后来者并皆失望。主人以故告王。王郁郁不得志。越日，葛至愈多，价益下。王以无利不肯售。迟十余日，计食耗烦多，倍益忧闷。主人劝令贱鬻，改而他图。从之。亏资十余两，悉脱去。早起，将作归计，启视囊中，则金亡矣。惊告主人。主人无所为计。或劝鸣官，责主人偿。王叹曰：“此我数也，于主人何尤?”主人闻而德之，赠金五两，慰之使归。自念无以见祖母，蹀躞内外[26]，进退维谷[27]。

适见斗鹑者[28]，一赌辄数千；每市一鹑，恒百钱不止。意忽动，计囊中资，仅足贩鹑，以商主人。主人亟怂恿之，且约假寓饮食，不取其直。王喜，遂行。购鹑盈儋[29]，复入都。主人喜，贺其速售。至夜，大雨彻曙。天明，衢水如河，淋零犹未休也。居以待晴。连绵数日，更无休止。起视笼中，鹑渐死。王大惧，不知计之所出。越日，死愈多；仅余数头，并一笼饲之；经宿往窥，则一鹑仅存。因告主人，不觉涕堕。主人亦为扼腕[30]。王自度金尽罔归，但欲觅死，主人劝慰之。共往视鹑，审谛之曰：“此似英物[31]。诸鹑之死，未必非此之斗杀之也。君暇亦无所事，请把之[32]；如其良也，赌亦可以谋生。”王如其教。既驯，主人令持向街头，赌酒食。鹑健甚，辄赢。主人喜，以金授王，使复与子弟决赌[33]；三战三胜。半年许，积二十金。心益慰，视鹑如命。先是，大亲王好鹑[34]，每值上元，辄放民间把鹑者入邸相角。主人谓王曰：“今大富宜可立致；所不可知者，在子之命矣。”

因告以故，导与俱往。嘱曰：“脱败，则丧气出耳。倘有万分一，鹑斗胜，王必欲市之，君勿应；如固强之，惟予首是瞻[35]，待首肯而后应之[36]。”王曰：“诺。”至邸，则鹑人肩摩于墀下[37]。顷之，王出御殿。左右宣言：“有愿斗者上。”即有一人把鹑，趋而进。王命放鹑，客亦放；略一腾踔[38]，客鹑已败。王大笑。俄顷，登而败者数人。主人曰：“可矣。”相将俱登。王相之，曰：“睛有怒脉[39]，此健羽也[40]，不可轻敌。”命取铁喙者当之。一再腾跃，而王鹑铩羽。更选其良，再易再败。王急命取宫中玉鹑。片时把出，素羽如鹭，神骏不凡。王成意馁，跪而求罢，曰：“大王之鹑，神物也，恐伤吾禽，丧吾业矣。”王笑曰：“纵之。脱斗而死，当厚尔偿。”成乃纵之。玉鹑直奔之。而玉鹑方来，则伏如怒鸡以待之；玉鹑健啄，则起如翔鹤以击之；进退颉颃[41]，相持约一伏时[42]。玉鹑渐懈，而其怒益烈，其斗益急。未几，雪毛摧落，垂翅而逃。观者千人，罔不叹羡。王乃索取而亲把之，自喙至爪，审周一过，问成曰：“鹑可货否？”答云：“小人无恒产，与相依为命，不愿售也。”王曰：“赐而重值，中人之产可致。颇愿之乎？”成俯思良久。曰：“本不乐置；顾大王既爱好之，苟使小人得衣食业，又何求？”王请直，答以千金。王笑曰：“痴男子！此何珍宝，而千金值也？”成曰：“大王不以为宝，臣以为连城之璧不过也[43]。”王曰：“如何？”曰：“小人把向市廛，日得数金，易升斗粟，一家十余食指[44]，无冻馁忧，是何宝如之？”王言：“予不相亏，便与二百金。”成摇首。又增百数。成目视主人，主人色不动。乃曰：“承大王命，请减百价。”王曰：“休矣！谁肯以九百易一鹑者！”成囊鹑欲行。王呼曰：“鹑人来，鹑人来！实给六百，肯则售，否则已耳。”成又目主人，主人仍自若。成心愿盈溢，惟

恐失时，曰：“以此数售，心实怏怏；但交而不成，则获戾滋大[45]。无已，即如王命。”王喜，即秤付之。成囊金，拜赐而出。主人怼曰：“我言如何，子乃急自鬻也？再少靳之[46]，八百金在掌中矣。”成归，掷金案上，请主人自取之，主人不受。又固让之，乃盘计饭直而受之。

王治装归，至家，历述所为，出金相庆。妪命治良田三百亩，起屋作器，居然世家。妪早起，使成督耕，妇督织；稍惰，辄诃之。夫妇相安，不敢有怨词。过三年，家益富。妪辞欲去。夫妻共挽之，至泣下。妪亦遂止。旭旦候之[47]，已杳矣。

异史氏曰：“富皆得于勤；此独得于惰，亦创闻也。不知一贫彻骨，而至性不移[48]，此天所以始弃之而终怜之也。懒中岂果有富贵乎哉！”

注释

①平原：县名，清代隶属德州，即今山东省平原县。

②牛衣：一种用草、麻编织的给牛御寒用的覆盖物。《汉书·王章传》：“初，章为诸生，学长安，独与妻居。章疾病，无被，卧牛衣中。”

③交谪不堪：妻子责怨，难以度日。谪，责备、埋怨。交谪，习指妻子对丈夫絮烦的埋怨、责数，语出《诗·国风·邶风·北门》：“我入自外，室人交遍谪我。”

④燠（yù 郁）热：炎热，酷热。燠，暖，热。

⑤仪宾：明代亲王或郡王之婿称仪宾，取《周易·观卦》王弼注“明习国仪，利用宾于王”之义。见《明史·职官志五》。

⑥衡府：指青州衡王府。明宪宗第七子朱祐楎，成化二十三年封衡王，孝宗弘治十二年之藩青州（今山东省益都县），下传四代，明亡。见《明史·宪宗诸子列传》。

⑦踌蹰：同“踌躇”，此从铸雪斋抄本，原作“筹蹰”。

⑧介：耿直。

⑨先夫之遗泽：已故丈夫的遗物。遗泽，对于去世的尊长遗物的敬称，意思是遗物上还保留着他们接触留下的体泽（汗渍、口津之类）。《礼记·玉藻》：“父没而不能读父之书，手泽存焉。”手泽是其一例。

⑩缱绻（qiǎn quǎn 浅犬）：缠绵纠结；形容男女间情意深厚，难舍难分。

⑪负败絮：穿着破棉袄。

⑫菜色黯焉：容光暗淡，面有饥色。菜色，贫穷缺粮，长期以菜类充饥，营养不良的面色。

⑬何以聊生：依靠什么维持生计？聊，依赖。

⑭仰屋而居：指困居家中，愁闷无计。仰屋，抬头望着屋顶，愁苦无计的样子。

⑮使姑事之：让妻子像对待婆母那样侍奉狐妪。

⑯拳拳：同“惓惓”。恳挚。

⑰花粉之金：旧时妇女以购置化妆品为名积蓄的零用钱。即私房钱或体己钱。

⑱刻日：限定日期。

⑲端：量词，旧时以布帛长两丈（或云一丈八尺、六丈等）为一端。一端，犹言一匹。

⑳燕（yān 焉）都：北京。北京地区为周时燕国地，故名。

㉑淖（nào 闹）：泥沼；指泥泞积水的道路。

㉒停午：亦作“亭午”，正午。

㉓翔贵：腾贵，指价格飞涨。

㉔贝勒：清代十三封爵之一，满语“多罗贝勒”的省称。是授予皇族和蒙古外藩的封爵，品位仅次于郡王。见《清会典》卷一。

㉕可：大约。

㉖蹀踱（dié duó 迭夺）：踱来踱去。义同徘徊，蹀躞。

㉗进退维谷：进退两难，前后无路。《诗·大雅·荡之什·桑柔》：“人亦有言，进退维谷。”毛传：“谷，穷也。”

㉘鹑：鸟名，头小，尾短，羽有暗黄条纹，善搏斗，俗称鹌鹑。实则鹌与鹑非一物。《本草纲目》：“鹌与鹑两物也，形状相似，但斑者为鹌也，今人总以鹌鹑名之。”

㉙儋：通“担”。

㉚扼腕：以手握腕，表示惋惜、同情。

㉛英物：超群杰出的人或物。

㉜把之：比斗之鹑，不能久蓄笼中，须经常手持调驯，称为“把鹑”。把，握持。

㉝子弟：后生，青年人。

㉞大亲王：皇族中封王者称亲王。清代以亲王为封爵之号，位在郡王之上。大亲王，指亲王中行辈之尊长者。

㉟惟予首是瞻：意谓看我脸上表情动作行事。句式仿《左传·襄公十四年》：“惟予马首是瞻。”

㊱首肯：点头同意。

㊲肩摩：肩膀相摩，形容拥挤。《战国策·齐策》：“临淄之途，车毂击，人肩摩。”

㊳腾踔（chuō 戳）：义同下文“腾跃”，谓鼓翼跃起，奋力搏击。

㊴怒脉：突起的脉络。

㊵健羽：雄猛善斗的鸟。羽，鸟类代称。

㊶颉颃（xié háng 谐杭）：上下飞翔；这里指腾跃搏斗。

㊷一伏时：屏息一次的时间。伏，谓伏气，即屏息。

㊸连城之璧：价值连城的璧玉。《史记·廉颇蔺相如列传》载：战国时，赵国得到楚国和氏璧，秦王诈称愿以十五城换取它。后代遂以连城璧比喻极端珍贵的东西。

㊹食指：喻指需要供养的人口。

㊺获戾（lì 力）：得罪。戾，罪过。滋大：越发大，更大。

㊻少靳之：稍微靳措一下要价。靳，惜售；坚持要价，不让步。《后汉书·崔传》：“悔不小靳，可至千万。”

㊼旭旦候之：清早向狐姬问安。候，问候，请安。

㊽至性：纯厚无伪的天性。不移：不因境遇贫困而改变。

意译

王成是平原县一世家子弟，生性懒惰，日子一天天败落下去，最后只剩下几间破房子，与妻子睡卧在破烂被子中，妻子责怨，难以度日。

时值炎炎盛夏，酷热难忍。村外有一座荒废的周家庄园，房屋墙壁全都倒塌了，只剩下个破亭子孤零零地立在那里。村里人都聚到这里来过夜消暑，王成也夹杂在中间。天一亮，睡觉的人就都走了。日头已升上天空三竿子高了，王成才睡眼惺忪地起来。他正懒洋洋地要回家时，无意中发现荒草丛中有一枚金钗，走过去捡起一看，上面镌刻着“仪宾府造”的字样，王成的祖父曾做过衡王府的仪宾，家里很多旧器皿中，都有这样的款字，因此将钗子拿在手里，踌躇不决。正在这时，忽然有个老太婆前来找金钗，王成虽然很贫苦，但生性耿直，把手里的金钗立即交还给老太婆。老太婆很高兴，一再称赞王成的美德。她说：“小小金钗能值几个钱？由于这是已故丈夫的遗物，所以才倍加珍惜。”王成问道：“你的丈夫是谁？”老太婆回答：“是已故仪宾王柬之。”王成很吃惊地说：“他是我祖父，怎么和你相遇？”老太婆也很惊讶地说：“你就是王柬之的孙子吗？我是狐仙，一百年前和你祖父相恋，自从你祖父去世后，我就一直隐居不出。我偶然经过这里，丢了钗子，恰巧让你捡到，这岂不是天意！”王成曾经听说祖父有过一个狐妻，就相信她的话，又请她到家里去。老太婆就跟着他走。

王成叫妻子出来拜见老太婆，妻子穿着破破烂烂，面带菜色。老太婆叹息道：“唉！王柬之的孙子，竟穷到这样的地步啊！”又看看厨房，很久没有生过烟火了。又说：“家境这么贫困，你们靠什么过活？”妻子向她细述了贫困状况，一边说一边声泪俱下。老太婆把金钗交给王成妻子，让她暂且典当换钱买米吃。又说三天后她再来。王成挽留她住下，她说：“你连一个老婆都养不起，我住下来，愁闷无法，有什么好处？”说完，老太婆径直走了。王成对妻子讲了事情真相，妻子非常惧怕。王成称说狐仙有义气，要妻子像对婆母一样地好好善待，妻子答应了。

三天后，狐仙果然来了。她拿出几两银子，买来小米、麦子各一担。晚上就和王妻同睡小床上，王妻开始很害怕，但见她很热忱，于是不再疑虑。第二天，老太婆对王成说："孙儿你不要再懒惰了，可以做点小生意，坐吃山空，咋能长久呢?"王成说没有本钱，老太婆说："你祖父活着时，金帛珠宝任凭我拿，但我是个世外人，要它没用，所以从未多拿。积攒下买脂粉的四十两银子，至今留着，久藏着没用，你可以拿去全买成葛布，及时赶到京城，可以赚钱。"王成照办了，拿着钱买回五十匹葛布，老太婆催促出发，估计六七天内可以到达北京。走时，老太婆嘱咐说："千万不要偷懒，要勤快，及时送到，迟一天都会后悔莫及!"王成很虔敬地答应了。

王成带着布匹上路，中途遇上雨天，全身都被淋湿。王成平生从未吃过风霜之苦，疲困不堪，只得在旅店暂时休息。但是雨越下越大，屋檐上的雨像绳子一样不断线地往下流淌，从早到晚，没个尽头。住了一夜，道路更加泥泞。待到中午时分，道路略有些干燥，阴云又起，再次下起大雨。王成又住了一夜才上路进京。他看见来往行人在泥中行路的辛苦，心里更加畏缩。在快到京城的时候，听说葛布的价钱很贵，他心里就非常高兴。进了京城，当他在旅店卸货时，店主人为他的迟到深加惋惜。前些天，南方的道路刚通，葛布来得很少，王府急需现货，所以价钱昂贵，比平时高出约三倍。前一天刚买足了，后到的人就都很失望。王成听了主人说的情况，心里郁闷。过了一天，葛布来得更多，价格便降得更低。王成觉得赚不上钱就不肯出售。又过十几天，他盘算了一下，食宿消耗更多，心里更加烦闷。店主人劝他低价卖了，改想别的赚钱办法。王成接受了建议，将货物全部脱手，亏了十几两银子。早晨起来，正准备起身回家，打开钱袋一看，银两全让人偷了。他吃惊地告诉主人，店主人也没有办法。有人鼓动他告官，让店主人赔偿，王成说："这是我运气不好，和店主人无关。"店主人听后非常感动，就送了五两银子给他做路费，劝慰他回家。

王成觉得就这样回去实在对不起祖母，犹豫徘徊，进退两难。正在这时，恰巧碰见市上有斗鹌鹑的，一赌往往就是几千两银子。买一只鹌鹑要用百余文钱，他忽然动了心，算算口袋里的钱仅能够贩鹌鹑用。他把想法和店主人一说，店主人很支持，并且约定他住店食宿都不收钱。于是，王成当即买了一担鹌鹑回店，店主人很高兴，劝他赶快卖掉。晚上下起大雨，第二天街上流水成河，下雨不止。王成住下等天晴，雨一直下了好几天。王成看着笼里的鹌鹑渐渐死去，心里十分恐惧，不知该咋办。又过了一天，死的更多了，只剩下几只，便合在一个笼里饲养。天亮后再去看，只有一只活着，王成去告诉店主人，不禁泪落。店主人也为他扼腕叹息。王成心想钱花完了，自己回不去了，只求一死了事。店主人多方劝慰，一同去看剩下的那只鹌鹑。店主人仔细观察后说："这是一只佼佼者，别的鹌鹑的死，也许都是被它斗死的。你反正闲着没事干，如果真是一只好鹌鹑，你带着它去赌赌，或许可以谋生。"王成照他说的做了。

王成将鹌鹑驯教了几天，店主人叫他带到街上先赌酒食。鹌鹑勇健，一斗就赢。店主人心里一高兴，就给王成一些银两作赌本，叫他再带去和富家子弟决赌，三战三胜。半年左右，就积攒下二十两银子。王成心里得以安慰，视鹌鹑如命。先前，大亲王极好斗鹌鹑，每逢上元节，他就招斗鹌鹑的人进王府来角逐。店主人对王成说："现在发财的时机到了，所不能推知的就看你的命运如何了。"于是店主人把王爷斗鹌鹑的事说了，并领他一块到了王府。店主人又叮嘱王成说："败了，你就自认倒霉，如果万一斗赢，王爷肯定会买你的鹌鹑，你先不要答应。他若坚决要买，你只看我的眼色行事，待到我点头同意，你再答应。"王成说："好。"

到了王府，只见斗鹌鹑的互相拥挤着站在台阶下。片刻，王爷出殿来，然后听见有人宣布："愿斗的人上来。"当即就有一个人带着鹌鹑上去，王爷命令放鹌鹑，只略略斗了一阵，来人的鹌鹑就败了，王爷大笑。接着又有几个人上去都被斗败。店主人说："现在可以上去了。"于是两人一起上去。王爷看了看他的鹌鹑说："眼睛有怒脉，是个雄健的家伙。不可轻敌。"王爷命令拿来铁嘴鹌鹑与它斗。两鹌鹑相扑，斗了几个回合，铁嘴鹌鹑终于败了。王爷又换上好的继续来斗，结果都屡屡失败。王爷急忙下令取来宫中玉鹌鹑。一会儿，玉鹌鹑来了，全身雪白如鹭鸶，气势骏逸，非凡无比。王成有些泄气，跪下来向王爷请求停斗，王成说："大王的鹌鹑是神物，恐怕会伤害我的鹌鹑，没有它我就会失业。"王爷笑着说："放开放开，如果斗死了你的鹌鹑，我会重金赔你的。"王成便放了鹌鹑。那玉鹌鹑直扑过来，王成的鹌鹑却伏在地上，像发怒的雄鸡一样等它近前。玉鹌鹑用嘴猛啄，王成的鹌鹑腾飞起来，有如翔鹤一般凌空冲击对方。两鹌鹑上下左右频频冲斗，相持了大约一个时辰。玉鹌鹑渐渐松懈下来，而王成的鹌鹑却更加盛怒，冲击得更猛烈，越斗越凶。不长时间，玉鹌鹑身上的白羽毛纷纷掉落，最后终于夹着翅膀逃走了。旁边观看的上千人，无不赞叹。王爷亲手拿起王成的鹌鹑，从嘴到爪子仔细赏视一遍。王爷问道："这鹌鹑可以卖吗？"王成说："小人没有产业，和鹌鹑相依为命，不能出卖。”王爷说：“我出重价赏你，叫你购置中等人的产业，这样很愿意了吧？”王成低头想了很久，说：“我本来不愿意卖，看大王既然这么喜欢它，若能叫小人有吃有穿，我还有什么企图？”王爷叫他报个价，王成说千两银子。王爷笑着说：“你这个贪心的小伙子，这是什么珍宝，能值千金？”王成说：“大王不认为它是宝物，我却认为它高出价值连城的璧玉。”王爷说：“又怎么样？”王成说：“小人把它带到市上，每天可以得到几两银子，换米换油，一个十多口之家，冷暖温饱全靠它，什么宝贝能比得上它？”王爷说：“我不亏待你，给你二百两银子。”王成摇摇头。王爷又加一百，王成看了看店主人，店主人脸色不动。王成便说：“蒙大王之命，减少一百两。”王爷说：“算了吧！谁会拿九百两银子去买一只鹌鹑呢！”王成装着要带鹌鹑走的样子，王爷叫住他说：“鹌鹑主人，来来来！实价给你六百，要卖就成交，不卖就走人。”王成又看店主人眼色，店主人很自若，没有什么示意。但王成自觉已经很满足了，只怕失掉机会，就说：“卖这个数，实在不如愿，但又怕不成交，惹王爷不高兴。没办法还是奉王爷的命吧。”王爷大喜，立即叫人称银子给王成，王成收了钱拜谢出来。店主人很埋怨地说：“我给你说的什么，怎么这么急于卖出去？再稍微磨磨，八百两银子就到手了。”王成随主人回到店里，把银子往桌上一放，让店主人随意自己取，店主人不接受。王成一再要求他拿，最后店主人只算了饭钱收下。

王成打点了行李，回到家乡，将他的经历向家人说了，又拿出银两，与家人共庆好运。老太婆叫他置买三百亩良田，盖起新房，添置家具，居然恢复了原来的世家景象。每天早晨，老太婆都早早地起来。督促王成管理田间作务，督促王妻纺织持家，两人稍有怠懈，老太婆就重重斥责，夫妻俩也很听从，不敢有什么怨言。就这样过了三年，家庭更加富裕。有一天，老太婆突然说她要走了，夫妻坚决挽留，直到流下眼泪。老太婆也就作罢了。但到第二天早晨他们去问候老太婆时，她已不知去向。

异史氏说：“富裕家境都是靠勤劳获得的，而只有王成却由懒惰发家，以前闻所未闻。人们不知王成当年即使一贫如洗，却能做到毫芥不取，真诚秉性不改变，这就是上天始弃而终怜的缘由啊。懒惰岂能真正获得富贵啊！”

青凤

太原耿氏①，故大家，第宅弘阔。后凌夷②，楼舍连亘，半旷废之。因生怪异，堂门辄自开掩，家人恒中夜骇哗。耿患之，移居别墅，留老翁门焉。由此荒落益甚。或闻笑语歌吹声。耿有从子去病，狂放不羁，嘱翁有所闻见，奔告之。至夜，见楼上灯光明灭，走报生。生欲入觇其异。止之，不听。门户素所习识，竟拨蒿蓬，曲折而入。登楼，殊无少异。穿楼而过，闻人语切切。潜窥之，见巨烛双烧，其明如昼。一叟儒冠南面坐，一媪相对，俱年四十余。东向一少年，可二十许；右一女郎，裁及笄耳③。酒胾满案，团坐笑语。生突入，笑呼曰："有不速之客一人来④！"群惊奔匿。独叟出，叱问："谁何人人闺闼⑤？"生曰："此我家闺闼，君占之。旨酒自饮，不一邀主人，毋乃太吝？"叟审睇，曰："非主人也。"生曰："我狂生耿去病，主人之从子耳。"叟致敬曰："久仰山斗⑥！"乃揖生入，便呼家人易馔。生止之。叟乃酌客。生曰："吾辈通家⑦，座客无庸见避，还祈招饮。"叟呼："孝儿！"俄少年自外入。叟曰："此豚儿也⑧。"揖而坐，略审门阀。叟自言："义君姓胡。"生素豪，谈议风生，孝儿亦倜傥；倾吐间⑨，雅相爱悦。生二十一，长孝儿二岁，因弟之。叟曰："闻君祖纂涂山外传⑩，知之乎？"答："知之。"叟曰："我涂山氏之苗裔也⑪。唐以后，谱系犹能忆之；五代而上无传焉[12]。幸公子一垂教也。”生略述涂山女佐禹之功[13]，粉饰多词[14]，妙绪泉涌[15]。叟大喜，谓子曰：“今幸得闻所未闻。公子亦非他人，可请阿母及青凤来，共听之，亦令知我祖德也[16]。”孝儿入帏中[17]。少时，媪偕女郎出。审顾之，弱态生娇，秋波流慧，人间无其丽也。叟指妇云：“此为老荆[18]。”又指女郎：“此青凤，鄙人之犹女也[19]。颇惠，所闻见辄记不忘，故唤令听之。”生谈竟而饮，瞻顾女郎，停睇不转。女觉之，辄俯其首。生隐蹑莲钩，女急敛足，亦无愠怒，生神志飞扬，不能自主，拍案曰：“得妇如此，南面王不易也！”媪见生渐醉，益狂，与女俱起，遽搴帏去。生失望，乃辞叟出。而心萦萦，不能忘情于青凤也。

至夜，复往，则兰麝犹芳，而凝待终宵，寂无声咳。归与妻谋，欲携家而居之，冀得一遇。妻不从，生乃自往，读于楼下。夜方凭几，一鬼披发入，面黑如漆，张目视生。生笑，染指研墨自涂，灼灼然相与对视。鬼惭而去。次夜，更既深，灭烛欲寝，闻楼后发扃，辟之閛然[20]。急起窥觇，则扉半启。俄闻履声细碎，有烛光自房中出。视之，则青凤也。骤见生，骇而却退，遽阖双扉。生长跽而致词曰[21]：“小生不避险恶，实以卿故。幸无他人，得一握手为笑，死不憾耳。”女遥语曰：“惓惓深情，妾岂不知？但叔闺训严[22]，不敢奉命。”生固哀之，云：“亦不敢望肌肤之亲，但一见颜色足矣。”女似肯可，启关出，捉之臂而曳之。生狂喜，相将入楼下[23]，拥而加诸膝。女曰：“幸有夙分[24]；过此一夕，即相思无用矣。”问：“何故？”曰：“阿叔畏君狂，故化厉鬼以相吓，而君不动也。今已卜居他所[25]，一家皆移什物赴新居，而妾留守，明日即发矣。”言已，欲去，云：“恐叔归。”生强止之，欲与为欢。方持论间，叟掩入。女羞惧无以自容，俯首倚床，拈带不语。叟怒曰：“贱辈辱吾门户！不速去，鞭挞且从其后！”女低头急去，叟亦出。尾而听之，诃诟万端。闻青凤嘤嘤啜泣[26]，生心意如割，大声曰：“罪在小生，于青凤何与？倘宥凤也，刀锯鈇钺[27]，小生愿身受之！”良久寂然，生乃归寝。自此第内绝不复声息矣。生叔闻而奇之，愿售以居，不较直。生喜，携家口而迁焉。居逾年，甚适，而未尝须臾忘凤也。

会清明上墓归，见小狐二，为犬逼逐，其一投荒窜去，一则皇急道上。望见生，依依哀啼，阘耳辑首[28]，似乞其援。生怜之，启裳衿，提抱以归。闭门，置床上，则青凤也。大喜，慰问。女曰："适与婢子戏，遘此大厄。脱非郎君，必葬犬腹。望无以非类见憎。"生曰："日切怀思，系于魂梦。见卿如获异宝，何憎之云！"女曰："此天数也，不因颠覆[29]，何得相从？然幸矣，婢子必以妾为已死，可与君坚永约耳[30]。"生喜，另舍舍之。积二年余，生方夜读，孝儿忽入。生辍读，讶诘所来。孝儿伏地，怆然曰："家君有横难，非君莫拯。将自诣恳，恐不见纳，故以某来。"问："何事？"曰："公子识莫三郎否？"曰："此吾年家子也[31]。"孝儿曰："明日将过，倘携有猎狐，望君之留之也。"生曰："楼下之羞，耿耿在念，他事不敢预闻[32]。必欲仆效绵薄[33]，非青凤来不可！"孝儿零涕曰："凤妹已野死三年矣[34]！"生拂衣曰[35]："既尔，则恨滋深耳！"执卷高吟，殊不顾瞻。孝儿起，哭失声，掩面而去。生如青凤所，告以故。女失色曰："果救之否？"曰："救则救之；适不之诺者，亦聊以报前横耳[36]。"女乃喜曰："妾少孤，依叔成立。昔虽获罪，乃家范应尔[37]。"生曰："诚然，但使人不能无介介耳[38]。卿果死，定不相援。"女笑曰："忍哉！"次日，莫三郎果至，镂膺虎韔[39]，仆从甚赫[40]。生门逆之[41]。见获禽甚多，中一黑狐，血殷毛革[42]；抚之，皮肉犹温。便托裘敝，乞得缀补。莫慨然解赠[43]。生即付青凤，乃与客饮。客既去，女抱狐于怀，三日而苏，展转复化为叟。举目见凤，疑非人间。女历言其情。叟乃下拜，惭谢前愆[44]。喜顾女曰："我固谓汝不死，今果然矣。"女谓生曰："君如念妾，还乞以楼宅相假，使妾得以申返哺之私[45]。"生诺之。叟赧然谢别而去。入夜，果举家来。由此如家人父子，无复猜忌矣。生斋居，孝儿时共谈宴。生嫡出子渐长[46]，遂使傅之[47]；盖循循善教[48]，有师范焉[49]。

注释

①太原：清代府名，治所在今山西省太原市。

②凌夷：通作“陵夷”。衰败，颓替；此指家势衰落。《史记·高祖功臣年表序》：“始未尝不欲固其根本，而枝叶稍陵夷衰微也。”

③及笄（jī基）：《礼记·内则》，“女子……十有五年而笄。”笄，簪。古代女子一般十五岁结发插簪，表示成年，可以议婚；因称女子十五岁为及笄之年。

④不速之客：不邀自至的客人。速，召，邀，《易·需》：“有不速之客三人来。”

⑤谁何：是谁？是什么人？《汉书·贾谊传》：“陈利兵而谁何。”颜师古注：“谁何，问之为谁也。”闺闼：私室，内寝。

⑥久仰山斗：犹言久仰大名。《新唐书·韩愈传赞》：“学者仰之如泰山北斗云。”后因以“久仰山斗”作为初次会面时的客套话。

⑦通家：家族之间，累世通好。即世交。语出《后汉书·孔融传》。《称谓录》引《冬夜笔记》：“明人往来名刺，世交则称通家。”

⑧豚儿：《三国志·吴志·孙权传》注引《吴历》，曹操曾说，“生子当如孙仲谋；刘景升儿子若豚犬耳。”旧时因而对人谦称己子为“豚儿”或“犬子”。

⑨倾吐间：倾怀畅谈之际。倾，倾怀，竭诚。吐，谈吐，交谈。

⑩涂山外传：狐叟杜撰的书名。涂山，指涂山氏，禹之妻。古史关于禹娶涂山的记载，有的认为她是古涂山国诸侯之女，有的认为她是涂山九尾白狐之女。广引异闻、增补史传的书，以及推衍故训、不主经义的书，统称外传。此所谓《涂山外传》，隐指记载狐族古老传说的书籍。《吴越春秋·越王无余外传》载：夏禹三十未娶。行至涂山，始有娶妻意。乃有九尾白狐来见。涂山民谣说：娶了九尾白狐之女可以成为帝王，而且家国昌盛。禹以为吉，于是娶之，名为女娇，即涂山氏。后生子，名启。

⑪苗裔：后代子孙。语见《离骚》。

⑫“唐以后”二句：意思是说，自古帝唐尧以后，族谱世系犹存，自己都还能记忆，但祖先事迹不甚详悉；而陶唐氏以前，世系失传，就一无所知了。句中“唐”，指陶唐氏；古帝尧所建国。“五代”，指唐虞夏商周五个朝代。所谓“五代而上”，即指唐尧以前。《史记·五帝本纪赞》：“学者多称五帝，尚矣。然《尚

书》独载尧以来；而百家言黄帝，其文不雅驯，荐绅先生难言之。”狐叟盖自居于人狐之间者，故颇以门阀、渊源自豪；二句立意，盖有取于此。一说，唐谓李唐，“五代”指梁陈齐周隋。因唐代之后多谈狐仙故事，故云。

⑬涂山女佐禹之功：据刘向《列女传》记载，夏禹娶涂山氏后第四天便去治水，无暇顾家。夏启生后，“涂山独明教训，启化其德，卒致令名，……能继禹之道。”又《汉书·武帝纪》“见夏后启母石”句下颜注：“禹治鸿水，通辑辕山，化为熊。谓涂山氏曰：欲饷，闻鼓声乃来。禹跳石，误中鼓。涂山氏往，见禹方作熊，惭而去；至崇高山下，化为石。”这些传说中的教子、送饭等事迹，当即所谓“佐禹之功”。

⑭粉饰多词：铺陈夸张，词采繁富。

⑮妙绪泉涌：妙语迭出，喷涌如泉。形容语言动听，滔滔不绝。绪，思绪，话头。

⑯祖德：祖先的德行，多指其事迹、功业。

⑰帏中：指闺房。帏，设于内室的幛幔。

⑱老荆：老妻。一般称拙荆，胡叟年辈长于耿生，故称妻曰老荆。荆，谓荆钗布裙。

⑲犹女：侄女。

⑳辟之闸（pēng 烹）然：砰的一声，门被推开了。闸，这里形容门扇的撞击声。

㉑长跽（jì 忌）：长跪，直挺挺地跪着；表示有所哀求。

㉒闺训：封建时代妇女所应遵循的规矩。这里指家长对晚辈妇女的管束。

㉓相将（jiāng 江）：携手。

㉔夙分（fèn 份）：宿缘，前世注定的缘分。

㉕卜居：选择居所。这里指迁居。

㉖嘤嘤啜泣：小声抽泣。《诗·王风·中谷有蓷》：“啜其泣矣，何嗟及矣。”啜泣，即饮泣。嘤嘤，形容哭声细弱。

㉗鈇（fǔ 府）钺（yuè 月）：鈇同“斧”。钺，大斧。

㉘阘（tà 踏）耳辑首：畏惧驯服的样子。卷六《胡大姑》篇有“帖耳戢尾”，《马介甫》篇有“俯首帖耳”；此“耳”当义同“帖耳”，谓双耳贴附脑部，状犬兽之驯顺依人。又或借为耷，义为耷拉，下垂貌。辑，敛，缩。

㉙颠覆：比喻严重的挫折，灾祸。《诗·邶风·谷风》：“昔育恐育鞫，及尔

颠覆。既生既育，比予于毒。”

㉚坚永约：坚订终身之约；相誓白头偕老。

㉛年家子：科举同年的晚辈子侄。同年，见《三生》注。

㉜预闻：过问。

㉝效绵薄：报效微力；出力助人的谦词。绵薄，即“绵力薄材”，意思是力量薄弱。语见《汉书·严助传》。

㉞野死：死于荒野，未经敛葬。古乐府《战城南》：“野死不葬鸟可食。”

㉟拂衣：以袖拂衣，是气愤的表示；此处有峻拒逐客之意。

㊱报前横：报复胡叟从前的粗暴干涉。

㊲乃家范应尔：按照家规，是应该这样的。家范，家规。尔，如此。

㉝介介：犹言耿耿；意思是耿耿于怀，不能忘却。

㊴镂膺虎韔（chàng 怅）：马的胸带饰以镂金，骑士的弓袋饰以虎纹。形容主人和坐骑英武华贵。语出《诗·秦风·小戎》。膺，指马胸带。弓袋。

㊵赫：显耀、有声势的样子。

㊶门逆之：到大门外迎接客人；表示殷勤尽礼。逆，迎。

㊷血殷（yān 烟）毛革：伤口流出的血把皮、毛染红了。殷，赤黑色，是经时积血的颜色。

㊸慨然解赠：慷慨地解囊相赠。

㊹惭谢前愆（qiān 千）：面色羞惭地对往日过失表示歉意。谢，告罪，道歉。愆，过失。

㊺申返哺之私：表达对长辈的孝心。传说幼鸟长大后衔食喂养老鸟，称为“反哺”，因以比喻子女对父母尽孝。私，私衷，指孝心。

㊻嫡出子：正妻所生的儿子。宗法社会中，正妻叫嫡，所生子称嫡出子，省称嫡子。

㊼傅之：作孩子的老师。

㊽循循善教：循序渐进，善于教导。循循，有次序的样子。《论语·子罕》：“夫子循循然善诱人。”

㊾有师范：很有老师的风度气派。范，型范。

意译

太原府有一户姓耿的人家，原本为世族大家，宅院宏阔宽敞，但是后来败落了，楼阁相连，大半都空废着无人居住。因为常常出现怪异现象，门往往是自己打开又关上，家人总是在半夜被吓得惊叫不安。耿氏很忧虑，就搬到别墅去住，只留下个老头看门。从此，宅院更加荒芜。有时能够听到里面的欢歌笑语、鼓乐吹奏。

耿氏有个侄子名叫去病，生性狂放，无拘无束。他告诉老头如果有什么见闻，要尽快相告。到了夜间，老头看见楼上灯光忽明忽灭，就赶快去告诉耿生。小伙子不听劝阻，执意要进去看个明白。他向来熟悉这里的门户，拨开蓬蒿，迂回来到楼上。开始，他并未看见什么奇异现象。当他穿过楼道，就听见有人窃窃私语。悄悄藏起来偷看，见房里点着两根大蜡烛，明亮得像白昼。一个儒生打扮的老翁坐北向南，一个四十多岁的妇人与他对坐。东边是一个少年，大约二十岁，西边是个少女，不过十五六岁。桌上摆着酒肉佳肴，四个人正团团围坐在一起又说又笑的。耿生突然进去，笑着说："有一个不速之客来了。"大家受了惊吓，纷纷奔逃躲藏。只有老翁出来责问道："是什么人敢闯入内室？"耿生说："这是我家闺房，你占用着，自饮美酒，也不邀请主人，岂不太吝啬？"老翁端详着他说："你不是主人。"耿生说："我是狂生耿去病，主人的侄子。"老翁尊敬地说："久仰大名！"于是作揖相拜，请耿生入席，又叫家人来换酒菜，耿生劝止了。老翁便向耿生敬酒。耿生说："我们可算是世交，大家用不着回避，还是请大家一块共饮。"老翁叫道："孝儿！"很快就有个少年进来，老翁指着他介绍说："这是小儿。"少年相拜入座。耿生问起他们的家世，老翁说："名叫义君，姓胡。"耿生向来豪放，谈论风生，孝儿也很潇洒，几句话说得两人就情投意合。耿生二十一岁，比孝儿大两岁，因此就称他为弟弟。老翁说："听说尊祖父曾写过《涂山外传》，你知道不？"耿生回答说："知道。"老翁又说："我是涂山氏的后代。唐代以后，家谱世系还能记得，五代以前的就失传了，望公子赐教。”耿生将涂山女帮助大禹治水的故事大略讲了讲，有意渲染了一番，讲得有声有色，娓娓动听。老翁听得喜笑颜开，对儿子说：“今天有幸听听以前从未听过的故事，公子也不是外人，可以叫你娘和青凤一起来听听，好叫她们也知道我们祖先的功德。”孝儿进入帷帐，一会儿妇人带少女一块出来。耿生仔细打量，那少女生得一副好身材，款款柳腰，横生娇态，闪闪秋波。智慧流溢，真是美艳绝伦，举世无双。老翁指着妇人说：“这是拙妻。”又指着女子说：“这是青凤，我侄女。她很聪慧，所见闻的事情会牢牢记住，所以叫她也听听。”耿生讲完故事便喝酒，他不住地顾盼少女，直看得眼睛发呆。少女觉察到了，害羞地低下头去。耿生又暗中轻轻地踢她的莲花脚，少女就急忙把脚缩回去，却并不愠怒。耿生的神志有些飘飘然，不能自控，竟然拍着桌子说：“能得这样的美女为妇，就是做皇帝我也不干!”妇人见他渐渐酒醉，更加发狂，就和青凤起身，急忙揭开帘子进去。耿生很失望，就辞别老翁出来，但心里却恋恋不舍，一直思念着青凤。

第二天夜里他又去楼上，那里满屋芬芳，彻夜不消，但是整个屋子却没有一点声响。他回家和妻子商议，打算携家搬到楼上去住。希望和青凤能再见面。但是妻子却不答应，他只好自己一个人去，住楼下读书。夜里，他有些困倦，就靠着桌子打盹。这时，有一披发鬼怪进来，脸黑得像漆，大睁两眼直瞪着耿生看，耿生笑着用手指头蘸着墨汁也往自己脸上涂抹，也大睁两眼，目光灼灼，与长发鬼对看。那鬼很惭愧地离去。

又一夜，已是更深，正要熄灯就寝时，忽听楼上有开门声，耿生就急忙起身去看，已见门扉半开，接着就听见有细碎的脚步声，然后就见有灯光从房中照来，仔细一看是青凤。她一看见耿生吓得往后退，连忙关上房门。耿生直直跪在地上对青凤倾诉说：“小生不怕凶险都是为了你，幸好这里没有别人，我只求和你握一下手，死而无憾。”青凤在里面说：“你的眷眷深情我怎能不知，但叔父家规严厉，我不敢答应你的要求。”耿生一再苦苦地哀求：“我并不敢奢望亲近你的玉体，我只求一睹你的容颜，心里就满足了。”青凤似乎有所心动，开门出来，伸手抓住耿生的胳膊扶他起来。耿生欣喜若狂，拉着她的手到了楼下，拥抱着她放在自己的膝盖上。青凤说：“你和我幸有缘分，但是过了这一夜，相思也无用。”耿生问道：“为什么?”青凤说：“叔父只怕你的狂放不羁，所以装扮成凶鬼来吓你，但你却不怕，现在已搬到别的地方去了。全家人都把东西搬走了，只叫我留在这儿看房子，明天我也就一块搬走了。”说完，她就要走，说：“怕叔父回来撞见。”耿生强留她不让走，想和她亲热，两人正相持不下，老翁突然推门进来，青凤又羞又怕，无地自容，低头靠在床边，用手提弄着衣带不说话。老翁怒骂道："你这贱女子，玷辱我家门风！再不快快走开，将用鞭子抽打！"青凤低着头跑出去，老翁也随后出去。耿生悄悄跟在后边偷听，老翁还在责骂不休，言辞激烈，难以忍受。他又听见青凤伤心地嘤嘤啜泣。耿生在外面听得心如刀割，大声喊道："这是我的错，与青凤有什么关系？请你原谅青凤，要杀要剐，我都愿意承受！"过了许久，终于寂静无声，耿生这才下楼去睡觉。

从此以后，宅院内再也没有声息动静。耿生叔父听说后很为此称奇，他愿意将宅院卖给侄子去住，不在乎价值多少。耿生大为欣喜，就带着全家搬进了。住了一年，颇感舒适。但他一时一刻也没有忘记过青凤。

正值清明节扫墓回家途中，他看见有一只狗正追逐着两条小狐狸，其中一条落荒而逃，另一条在大路上恐慌得要命，看见耿生，依恋不去，发出哀声，低头贴耳，似乎在向他求救。耿生很怜悯它，揭开衣襟，裹着它抱回家里。

关上门后，耿生把它放在床上，却变成了青凤。耿生高兴极了，就一边安慰一边问她。青凤说："刚才和小丫鬟出来玩，遭了这样的大祸。要不是有你相救，肯定葬身犬腹了。请你不要把我视为异类而厌恶。"耿生说："我朝思暮想，连魂梦都在牵着你。现在见到了你如获至宝，敢说什么嫌弃！"青凤说："这是天分，不遭这次大难，怎能跟随你？这是不幸中的万幸，那丫鬟回去一定会说我死了，你我便可长期相依在一起了。"耿生听后分外高兴，就为她安排了另外一处房子住下。

过了两年多，一天夜里，耿生正在书房里读书，孝儿忽然闯入。耿生放下手里的书本，问他从什么地方来。孝儿跪在地上凄怆地说："家父遭遇横祸，非您无救。他本想亲自来求见，又怕您会拒绝见他，所以就叫我来了。"耿生问他什么事，他说："你认识莫三郎吗？"耿生答："他是我一位科举同年朋友的儿子。"孝儿说："明天他将到你家来，如果见他带有猎获的狐狸，望你留下它。"耿生说："当年他在楼下羞辱我，我一直耿耿于怀，这事不想去过问，如果一定要我效力，非得让青凤来不可！"孝儿一听，潸然泪下："凤妹妹已在三年前就葬身郊野了。"耿生将袖子一甩说："既然如此，我们之间仇恨就更深一层！"说完，他便举书高声诵读，再也不看孝儿一眼。孝儿一看没了指望，就捂着脸大哭着离去。

耿生来到青凤住房，把刚才发生的事情告诉给青凤。青凤一听脸色剧变，她问耿生："你真的不救他？"耿生笑着说："救是救的，刚才没有答应的原因，仅仅是为了报复一下以前他的蛮横无理。"青凤转忧为喜说："我从小父母双亡，全靠叔父养育成人，往年被责骂，那是家规本该这样。”耿生说：“这是对的，但这事总是使人心里不舒服。你如果真死了，我绝不相救。”青凤笑着说：“你好残忍呀!”

第二天，莫三郎果然来到，马的前胸系着镂金的勒带，腰挎虎皮弓袋跟着大队随从，威风凛凛。耿生出门相迎，见他猎获的禽兽很多，其中有一条黑狐，伤口的鲜血浸透皮毛，耿生用手一摸，感觉还有些体温。他托词有件裘皮大衣破了，正好需要补一下，请求留下黑狐。莫三郎二话没说，慷慨取下送给耿生。耿生接过，当即交给青凤。又设宴与客人畅饮一番。

客人走后，青凤将黑狐抱在怀里，三天才苏醒过来。黑狐辗转着化为老翁。他抬头看见青凤，怀疑不在人间。青凤将所发生的事情全部向他说了，老翁感激地向耿生下拜，羞愧地对前嫌深表歉意。老翁欣喜地对青凤说：“我一直说你不会死的，现在果然活得好好的。”青凤对耿生说：“你如果念及我们的情分，请你还把楼房借给我们，使我能够报答叔父的一片养育之恩。”耿生答应了。老翁很惭愧地辞别而去，夜里，果然带着全家搬来住下。

从此以后，人狐如同一家，彼此之间并无猜忌和隔阂。耿生住在书房里，孝儿时常过来和耿生谈天、饮酒。耿生妻子所生的儿子一天天地长大了，就请孝儿教他读书习文。孝儿还能够循循善诱，是很不错的老师。

画 皮

太原王生，早行，遇一女郎，抱襆独奔[①]，甚艰于步。急走趁之，乃二八姝丽[②]。心相爱乐，问，“何夙夜踽踽独行?[③]”女曰，“行道之人，不能解愁忧，何劳相问。”生曰：“卿何愁忧? 或可效力，不辞也。”女黯然曰：“父母贪赂[④]，鬻妾朱门。嫡妒甚，朝詈而夕楚辱之，所弗堪也，将远遁耳。”问：“何之?”曰：“在亡之人[⑤]，乌有定所。”生言：

“敝庐不远，即烦枉顾。”女喜，从之。生代携襆物，导与同归。女顾室无人，问：“君何无家口？”答云：“斋耳[⑥]。”女曰：“此所良佳。如怜妾而活之，须秘密勿泄。”生诺之。乃与寝合。使匿密室，过数日而人不知也。生微告妻。妻陈，疑为大家媵妾[⑦]，劝遣之。生不听。

偶适市，遇一道士，顾生而愕，问：“何所遇？”答言：“无之。”道士曰：“君身邪气萦绕，何言无？”生又力白。道士乃去，曰：“惑哉！世固有死将临而不悟者。”生以其言异，颇疑女；转思明明丽人，何至为妖，意道士借魇禳以猎食者[⑧]。无何，至斋门，门内杜，不得入。心疑所作，乃逾垝垣[⑨]。则室门亦闭。蹑迹而窗窥之[⑩]，见一狞鬼，面翠色，齿巉巉如锯[⑪]。铺人皮于榻上，执彩笔而绘之；已而掷笔，举皮，如振衣状，披于身，遂化为女子。睹此状，大惧，兽伏而出[⑫]。急追道士，不知所往。遍迹之，遇于野，长跪乞救。道士曰：“请遣除之。此物亦良苦，甫能觅代者，予亦不忍伤其生。”乃以蝇拂[⑬]授生，令挂寝门。临别，约会于青帝庙[⑭]。生归，不敢入斋，乃寝内室，悬拂焉。一更许，闻门外戢戢有声，自不敢窥也，使妻窥之。但见女子来，望拂子不敢进；立而切齿，良久乃去。少时复来，骂曰：“道士吓我。终不然宁入口而吐之耶[⑮]！”取拂碎之，坏寝门而入。径登生床，裂生腹，掬生心而去。妻号。婢入烛之，生已死，腔血狼藉[⑯]。陈骇涕不敢声。明日，使弟二郎奔告道士。道士怒曰：“我固怜之，鬼子乃敢尔。”即从生弟来。女子已失所在。既而仰首四望，曰：“幸遁未远！”问：“南院谁家？”二郎曰：“小生所舍也。”道士曰：“现在君所。”二郎愕然，以为未有。道士问曰：“曾否有不识者一人来？”答曰：“仆早赴青帝庙，良不知。当归问之。”去少顷而返，曰：“果有之。晨间一妪来，欲佣为仆家操作，室人止之[⑰]，尚在也。”道士曰：“即是物矣。”遂与俱往。仗木剑，立庭心，呼曰：“孽魅！偿我拂子来！”妪在室，惶遽无色，出门欲遁。道士逐击之。妪仆，人皮划然而脱[⑱]，化为厉鬼，卧嗥如猪。道士以木剑枭其首[⑲]；身变作浓烟，匝地作堆[⑳]。道士出一葫芦，拔其塞置烟中，飗飗然如口吸气，瞬息烟尽。道士塞口入囊。共视人皮，眉目手足，无不备具。道士卷之，如卷画轴声，亦囊之，乃别欲去。陈氏拜迎于门，哭求回生之法。道士谢不能[21]。陈益悲，伏地不起。道士沉思曰："我术浅，诚不能起死。我指一人，或能之，往求必合有效。"问："何人?"曰："市上有疯者，时卧粪土中。试叩而哀之。倘狂辱夫人，夫人勿怒也。"二郎亦习知之。乃别道士，与嫂俱往。

见乞人颠歌道上，鼻涕三尺，秽不可近。陈膝行而前。乞人笑曰："佳人爱我乎?"陈告之故。又大笑曰："人尽夫也[22]，活之何为?"陈固哀之。乃曰："异哉！人死而乞活于我。我阎摩耶?"怒以杖击陈。陈忍痛受之。市人渐集如堵。乞人咯痰唾盈把，举向陈吻曰："食之！"陈红涨于面，有难色，既思道士之嘱，遂强啖焉。觉入喉中，硬如团絮，格格而下，停结胸间。乞人大笑曰："佳人爱我哉！"遂起，行已不顾。尾之，入于庙中。追而求之，不知所在；前后冥搜，殊无端兆，惭恨而归。既悼夫亡之惨，又悔食唾之羞，俯仰哀啼，但愿即死。方欲展血敛尸[23]，家人伫望，无敢近者。陈抱尸收肠，且理且哭。哭极声嘶，顿欲呕。觉鬲中结物[24]，突奔而出，不及回首，已落腔中。惊而视之，乃人心也。在腔中突突犹跃，热气腾蒸如烟然。大异之。急以两手合腔，极力抱挤。少懈，则气氤氲自缝中出。乃裂缯帛急束之。以手抚尸，渐温。覆以衾裯[25]。中夜启视，有鼻息矣。天明，竟活。为言："恍惚若梦，但觉腹隐痛耳。"视破处，痂结如钱，寻愈。

异史氏曰："愚哉世人！明明妖也，而以为美。迷哉愚人！明明忠也，而以为妄。然爱人之色而渔之[26]，妻亦将食人之唾而甘之矣，天道好还[27]，但愚而迷者不悟耳。可哀也夫!"

注释

①抱襆（fù 赴）独奔：怀抱包袱，独自赶路。襆同"袱"，包袱。奔，急行，赶路。

②二八姝丽：十六岁上下的美女。姝，美女。

③夙夜：早夜；天色未明。踽踽（jǔ jǔ 举举）：孤独貌。《诗·唐风·杕杜》：

"独行踽踽，岂无他人，不如我同父。"

④贪赂：贪财。赂，用作收买的财物；这里指纳聘的财礼。

⑤在亡：处于逃亡境地。

⑥斋：书斋，书店。

⑦媵（yìng 应）妾：古代诸侯嫁女所陪嫁的姬妾；见《公羊传·庄公十九年》。即后世所谓通房丫头。

⑧魇（yǎn 演）禳（rǎng 攘）：镇压邪祟叫魇，驱除灾变叫禳，均属道教法术。猎食：伺机攫取所需，俗称骗饭吃。

⑨垝（guǐ 诡）垣：残缺的院墙。垝，坍塌。垣，外墙。

⑩蹑迹而窗窥之：放轻脚步，靠近窗前窥视它。

⑪巉巉（chán chán 孱孱）：山势高峻貌，用以形容女鬼牙齿长而尖利。

⑫兽伏而出：如兽伏地，爬行而出。

⑬蝇拂：又名拂尘；用马尾之类制成的拂子，用以驱蝇，拂尘，俗称马尾（yǐ 蚁）甩子。旧时道士常手持之。

⑭青帝：据《周礼·天官·大宰》"礼五帝"贾公彦疏，中国古代神话中有五位天帝，青帝是主宰东方的天帝。后来道教供奉五帝为神，称东方之帝为"苍帝"；见《云笈七签》卷十八《老子中经》。

⑮"终不然"句：终不会宁愿把吃到嘴里的东西再吐出来吧！终不然，终不会这样，提示下面所说的情况不会发生。

⑯狼藉：《通俗编》引《苏氏演义》，"狼藉草而卧，去则灭乱。故凡物之纵横散乱者，谓之狼藉。"此指血迹模糊。

⑰室人止之：我的妻子把她留下了。室人，妻。止，留。

⑱划然：犹言"哗的一声"，皮肉撕裂的声音。

⑲枭其首：砍下他的头。古代斩人首悬于高竿，借以宣罪警众，叫枭首。

⑳匝地作堆：旋绕在地，成为一堆。匝，环绕。

㉑谢不能：推辞无能为力。谢，推辞。

㉒人尽夫也：人人可以成为你的丈夫。《左传·桓公十五年》："人尽夫也，父一而已。"

㉓展血敛尸：擦去血污，收尸入棺。展，展抹，拂拭。

㉔鬲中：胸腹之间。鬲，通膈，胸腔腹腔之间的膈膜。

㉕衾（qīn 亲）裯（chóu 绸）：被。

㉖渔：贪取；这里指渔色，即贪婪地追求和占有女色。

㉗天道好（hào 号）还：《尚书·汤诰》说："天道福善祸淫。"《老子》说："其事好还。""天道好还"，指天道往复还报，善有善报，恶有恶报，寓有警戒世人不要作恶之意。天道，天理。还，还报。

意译

太原府有个姓王的书生，大清早出门，在路上遇见一个女子，怀里抱着包袱，独自奔走，步履十分艰难。王生加快步伐赶上她，见她有十五六岁的样子，长得非常漂亮，于是起了爱慕之心。他问女子："为什么一大清早就独自一人行路？"女子说："赶路的人，不能做伴解愁闷，何必烦劳多问？"王生说："你有什么愁闷就说出来，也许我能效力，不会推辞的。"女子神色惨淡地说："父母贪图钱财，把我卖给富豪人家，大老婆非常嫉妒我，一整天地不是骂就是打的，我实在忍受不了这羞辱，所以打算走得远远的。"王生又问："你准备到哪里去？"女子说："逃亡流落在外，还没个去处。"王生说："我家离这儿不远，只要愿意，可委屈暂住。"女子很高兴地答应了。王生帮她提着包袱，领她一块到了家里。女子看看屋里没有别的人，就问："您怎么没有家眷？"王生答道："这是我的书房。"女子说："这是个好地方，如果您同情我，让我生活下去，必须保守秘密，不要对别人说起。"王生满口答应，就和她同住了。王生让她藏在密室，过了好多天也没人知道。后来，王生将这事悄悄告诉给妻子陈氏，妻子疑心这女子是大户人家的小妾，劝丈夫将她送走，王生根本不听。

一个偶然的机会，王生在市上，碰见一个道士，道士看到他后现出惊愕的神色。问他："你遇见过什么？"王生说："没有遇上什么。"道士说："你身上邪气环绕，怎能说没有遇见什么？"王生极力辩解。道士只好离去，临走时还遗憾地说："糊涂啊！世上竟有死期就要临头还不觉悟的人！"王生因他话里有话，不得不怀疑起那女子。又转念一想，明明是个美丽的姑娘，怎么会是妖怪，猜想是道士借镇妖除怪来赚取几个饭钱吧？一会儿工夫，他就回到书房，一推门，发现里边插着，进不去。于是起了疑心，就翻墙进去，而房门也紧关着。他蹑手蹑脚走到窗前朝里面偷看，只见一个恶鬼，脸色青翠，牙嶙峋犹如锯齿一般。那鬼把一张人皮铺在床上，正拿着一支彩笔在上面描画着，很快就画好了，把笔扔在一旁，然后双手将人皮提起来披在身上，顷刻间化成一位女郎。看见这情景，王生胆战心惊。一声也不敢吭，像狗一样伏下身爬了出去，慌慌张张去追赶道士。然而，那道士早已不知去向。他到处去找，终于在野外碰见。王生扑通一声跪在地上向道士哀求救命。道士说："让我替你赶走它。其实这鬼也怪可怜的，好不容易才找到一个替身，我也不忍心伤害它的性命。"于是他把拂尘交给王生，叫他拿回去挂在卧室的门上，分手时向王生约定有事到青帝庙去找他。

王生回到家里，不敢去书房，晚上就睡在内房，并将道士给他的拂尘挂在门上。约摸到了一更时分，他听见门外有刷刷的声响，王生自己不敢去看，却叫妻子去偷偷看，只见那女子来了，望着门上的浮尘不敢进屋。女子在门外咬牙切齿，站了很久才离去。过了片刻却又来了，而且嘴里骂着"道士吓唬我，我总不能把吃进嘴里的食物又吐出来！"于是便将拂尘取下来弄碎，竟然破门而入，径直闯到王生床前，剖开王生的肠肚，双手抓起王生的心脏离去。王生的妻子吓得大声呼叫，丫鬟端着蜡烛进来一照，见王生已死，胸腔到处血迹模糊，陈氏吓得连哭都不敢出声。

第二天，陈氏叫王生的弟弟二郎赶去告诉道士。道士发怒说："我本来是怜悯它，它竟敢这样！"当即就跟着二郎一起赶来。但那女子已不知去向。

道士抬头环顾四周，说："幸好没走远。"又问道："南院住的是谁家？"二郎说："我住在那里。"道士说："它现在就在你家里。"二郎一听很诧异，认为没有。道士又问："是不是有个陌生人曾经来过？"王生回答说："我一大清早就要到青帝庙去请您，确实不知道，我可以回去问问。"二郎去了一会儿，就回来说："果然有人来过，早晨来了个老妇人，想在我家做仆人，我妻子把她留下了，还在家里。"道士说："正是这鬼怪。"当即和二郎一起前往。道士手执木剑，站在庭院中央，大叫一声："大胆孽鬼，快快还我拂尘来！"老妇人在屋里吓得大惊失色，正要出门逃路，道士急追过去，一剑将她击倒在地，人皮哗啦一声脱落下来，立地还原成一个恶鬼，躺在地上像猪一样地嗥叫着。

道士用木剑削了它的头，那鬼顷刻间化为浓烟，在地上盘旋成一团。道士拿出一个葫芦，拔开塞子，将葫芦放在烟雾中，眨眼间就将那烟雾全都吸进葫芦里。道士塞住葫芦口，将葫芦收好装进袋子。大家去看人皮，眉眼手脚都很齐全。道士像卷画轴似的将人皮卷起来收好，正要告别离去，陈氏跪在门口，哭求道士让他把丈夫救活。道士推辞无能为力。陈氏哭得更加悲伤，伏在地上不起来。道士沉思了一会儿说："我法术太浅，实在不能起死回生。我指给你一个人，他也许能救你丈夫，你去求他一定会有结果的。"陈氏问："什么人？"道士说："街上有个疯人，常常睡在粪土里。你去试着向他求告，他若要发狂侮辱你，你千万不要气恼。"二郎也知道有这么个人。于是辞别了道士，和嫂嫂一起上街去找。

他们见有个乞丐正在路上唱歌，鼻涕流有三尺长，满身污秽叫人无法接近。陈氏跪行向前，那乞丐笑着问道："美人儿爱我吗？"陈氏向他说明来由。乞丐又大笑着说："人人都可以做丈夫，救活他有什么用？"陈氏坚持苦苦地哀求。乞丐说："真是怪了！人死了乞求我来救活，难道我是阎王吗？"说完，怒气冲冲地用拐杖打陈氏。陈氏含泪忍受着疼痛和侮辱。街上看热闹的人渐渐云集过来，在四周围成了人墙。乞丐咳痰唾涕弄了满手，举到陈氏嘴边说："吃了它！"陈氏涨红着脸，但她想起道士的嘱咐，就强忍着吞食下去。她只觉得那东西进到喉咙里哽得像一疙瘩棉絮，格格而下，随后郁结在胸口不动了。乞丐大笑着说："美人爱上我啦！"说完，就起身走了，连头也不回。他们追随其后，进到庙里，想再去求他，但却不知他在哪里。他们在庙前后找遍了，也不见他的踪影。

陈氏羞愧万分地回到家里，怜念丈夫的惨死，又回想起在大街上当着众人的面吞食乞丐的咳痰唾涕，真是倍感奇耻大辱，难受得俯仰痛哭，恨不得即刻死掉。她正要擦去血污收尸入棺，家人站在一旁望着，没人敢到跟前去。陈氏抱尸收肠，一边收拾一边痛哭。直哭得声音嘶哑时，突然想要呕吐，只觉得胸口间停结的那团东西直往上冲，哇地吐出，还没来得及看，那东西就已经掉进丈夫的胸腔里。她很吃惊地一看，原来是一颗人心，已在丈夫的胸腔里"咚咚"地跳了起来，而且热气蒸腾，像烟雾一样缭绕着。陈氏感到十分惊异，就急忙用双手合住丈夫的胸腔，用力往一块挤。她稍一松手，热气就从缝里冒出来。于是她又撕下绸布当带子，把丈夫的胸腔紧紧捆住。她再用手去抚摸尸体，已觉得慢慢温暖了。然后她又给盖上被子，到半夜时掀开被子一看，竟然有了呼吸。第二天天亮时，丈夫终于活过来了。一苏醒他就说："我恍恍惚惚，就像在梦中，只觉得肚子在隐隐作痛。"他们再看肚皮被撕破的地方，已经结了像铜钱大的痂，不久完全好了。

异史氏说："世人啊太愚蠢！明明是妖怪，却把它当成美女。愚人啊糊涂！明明是忠告之语，却看作是妄言。然而，贪恋别人的美色，并企图占有她，自己的妻子就要甘心情愿地吞食别人的痰唾。天道善于报应，而那些既愚蠢又糊涂的人不醒悟罢了，太可悲啊！"

贾儿

楚某翁，贾于外[①]。妇独居，梦与人交；醒而扪之，小丈夫也[②]。察其情，与人异，知为狐。未几，下床去，门未开而已逝矣。入暮，邀庖媪伴焉[③]。有子十岁，素别榻卧，亦招与俱。夜既深，媪儿皆寐，狐复来。妇喃喃如梦语。媪觉，呼之，狐遂去。自是，身忽忽若有亡[④]。至夜，不敢息烛，戒子睡勿熟。夜阑，儿及媪倚壁少寐。既醒，失妇，意其出遗[⑤]；久待不至，始疑。媪惧，不敢往觅。儿执火遍烛之，至他室，则母裸卧其中；近扶之，亦不羞缩。自是遂狂，歌哭叫詈，日万状。夜厌与人居，另榻寝儿，媪亦遣去。儿每闻母笑语，辄起火之。母反怒诃儿，儿亦不为意，因共壮儿胆[⑥]。然嬉戏无节，日效杇者[⑦]，以砖石叠窗上，止之不听。或去其一石，则滚地作娇啼，人无敢气触之[8]。过数日，两窗尽塞，无少明。已乃合泥涂壁孔，终日营营，不惮其劳。涂已，无所作，遂把厨刀霍霍磨之[9]。见者皆憎其顽，不以人齿。

儿宵分隐刀于怀[10]，以瓢覆灯。伺母呓语，急启灯，杜门声喊。久之无异，乃离门，扬言诈作欲搜状。欻有一物，如狸，突奔门隙。急击之，仅断其尾，约二寸许，湿血犹滴。初，挑灯起，母便诟骂，儿若弗闻。击之不中，懊恨而寝。自念虽不即戮，可以幸其不来。及明，视血迹逾垣而去。迹之，入何氏园中。至夜果绝，儿窃喜。但母痴卧如死。未几，贾人归，就榻问讯。妇嫚骂，视若仇。儿以状对。翁惊，延医药之。妇泻药诟骂。潜以药入汤水杂饮之，数日渐安。父子俱喜。一夜睡醒，失妇所在；父子又觅得于别室。由是复颠，不欲与夫同室处。向夕，竟奔他室。挽之，骂益甚。翁无策，尽扃他扉。妇奔去，则门自辟。翁患之，驱禳备至，殊无少验。

儿薄暮潜入何氏园，伏莽中，将以探狐所在。月初升，乍闻人语。暗拨蓬科[11]，见二人来饮，一长鬣奴捧壶[12]，衣老棕色。语俱细隐，不甚可辨。移时，闻一人曰："明日可取白酒一瓻来[13]。"顷之，俱去，惟长鬣独留，脱衣卧庭石上。审顾之，四肢皆如人，但尾垂后部。儿欲归，恐狐觉，遂终夜伏。未明，又闻二人以次复来，哝哝入竹丛中。儿乃归。翁问所往，答："宿阿伯家。"适从父入市，见帽肆挂狐尾，乞翁市之。翁不顾。儿牵父衣，娇聒之。翁不忍过拂[14]，市焉。父贸易廛中，儿戏弄其侧，乘父他顾，盗钱去，沽白酒，寄肆廊[15]。有舅氏城居，素业猎。儿奔其家。舅他出。妗诘母疾[16]，答云："连朝稍可[17]。又以耗子啮衣，怒涕不解，故遣我乞猎药耳[18]。"妗捡椟，出钱许，裹付儿。儿少之。妗欲作汤饼啖儿[19]。儿觑室无人，自发药裹，窃盈掬而怀之。乃趋告妗，俾勿举火[20]，"父待市中，不遑食也"。遂径出，隐以药置酒中。遨游市上，抵暮方归。父问所在，托在舅家。儿自是日游廛肆间。

一日，见长鬣人亦杂俦中。儿审之确，阴缀系之[21]。渐与语，诘其居里。答言："北村。"亦询儿，儿伪云："山洞。"长鬣怪其洞居。儿笑曰："我世居洞府，君固否耶？"其人益惊，便诘姓氏。儿曰："我胡

氏子。曾在何处，见君从两郎，顾忘之耶?”其人熟审之，若信若疑。儿微启下裳，少少露其假尾，曰：“我辈混迹人中，但此物犹存，为可恨耳。”其人问：“在市欲何作?”儿曰：“父遣我沽。”其人亦以沽告。儿问：“沽未?”曰：“吾侪多贫，故常窃时多。”儿曰：“此役亦良苦，耽惊忧。”其人曰：“受主人遣，不得不尔。”因问：“主人伊谁?”曰：“即曩所见两郎兄弟也。一私北郭王氏妇，一宿东村某翁家。翁家儿大恶，被断尾，十日始瘥，今复往矣。”言已，欲别，曰：“勿误我事。”儿曰：“窃之难，不若沽之易。我先沽寄廊下，敬以相赠。我囊中尚有余钱，不愁沽也。”其人愧无以报。儿曰：“我本同类，何靳些须[22]？暇时，尚当与君痛饮耳。”遂与俱去，取酒授之，乃归。

至夜，母竟安寝，不复奔。心知有异，告父同往验之，则两狐毙于亭上，一狐死于草中，喙津津尚有血出。酒瓶犹在，持而摇之，未尽也。父惊问：“何不早告?”曰：“此物最灵，一泄，则彼知之。”翁喜曰：“我儿，讨狐之陈平也[23]。”于是父子荷狐归。见一狐秃尾，刀痕俨然。自是遂安。而妇瘠殊甚，心渐明了，但益之嗽[24]，呕痰辄数升，寻愈[25]。北郭王氏妇，向祟于狐；至是问之，则狐绝而病亦愈。翁由此奇儿，教之骑射。后贵至总戎[26]。

注释

①贾（gǔ 古）：经商。篇题“贾儿”的贾，指商人。

②小丈夫：短小男子。

③庖媪（ǎo 袄）：做饭的老妇。

④忽忽：此从铸雪斋抄本，底本少一“忽”字。司马迁《报任安书》：“居则忽忽若有所亡。”《汉书·司马迁传》颜注：“忽忽，失意貌。”按指精神恍惚。

⑤出遗：外出便溺。遗，大小便的通称。

⑥共壮儿胆：都称赞贾儿胆壮。

⑦杇（wū 污）者：泥瓦匠。涂抹灰泥的泥镘，俗称泥板。

⑧气触：言语、面色稍有触犯。气，声气。

⑨霍霍：磨刀声。《木兰诗》："磨刀霍霍向猪羊。"

⑩宵分：夜半。

⑪蓬科：丛生的蓬草。

⑫长鬣奴：长须老仆。韩愈《寄卢仝》诗："一奴长鬣不裹头。"鬣，胡须。

⑬瓻（chī 吃）：《广韵·六脂》："瓻，酒器，大者一石，小者五斗。"

⑭拂：逆；指违拗其心愿。

⑮寄肆廊：寄存在店铺的廊檐下面。

⑯妗（jìn 近）：《集韵》："俗谓舅母曰妗。"

⑰连朝稍可：近日（病情）稍见好转。连朝，意谓近日以来。可，病减曰可。

⑱猎药：狩猎时拌和诱饵用的毒药。

⑲汤饼：汤面。参俞正燮《癸巳存稿》十"面条子"条。

⑳举火：指生火做饭。

㉑缀系：尾随。

㉒何靳些须：哪里吝惜这点微物。靳，吝，惜。些须，也作"些许"，些微、少许的意思。

㉓讨狐之陈平：意思是善用巧计诛狐的能手。陈平，汉初人，以奇计佐刘邦平天下，封曲逆侯。后又协同周勃等，诛诸吕，迎立文帝，任丞相。见《史记·陈丞相世家》。

㉔益之嗽：增加了咳嗽之疾。

㉕寻愈：底本作寻卒，此从二十四卷抄本。因下文言北郭王氏妇"狐绝而病亦愈"，可知作"愈"，于义为合。

㉖总戎：总兵的别称。明清在边塞要地或重要州府设镇驻军，其长官称总兵，也称总戎，总领或镇台，位在提督之下。

意译

楚地有个人，常年经商在外，妻子在家独守空房。一天夜里，她梦见与别人交媾，猛地惊醒，用手一摸，发现是个小小的男人。仔细一看，和常人不同，知道是个狐怪。不久，那小男人下床离去，却并未见门打开就出去了。

到了晚上，她害怕那狐怪再来，就叫做饭的女佣给她做伴。妇人有个儿子刚

满十岁，平时睡在别的房间，她也叫来睡在一起。

夜深了，女佣和儿子睡着，那狐怪又来了，妇人发出喃喃的声音，像是在说梦话。女佣醒来喊她，那狐怪便逃走。从此以后，她精神恍惚，常常忘这忘那，后来一到夜里就不敢熄灯。

她一再叮咛儿子晚上不要睡得太死。深夜以后，儿子和女佣实在困倦得支持不住，就稍稍地打了个盹，一睁眼睛，发现妇人不见了，他们以为她到屋外去解手。等了很久还不见她回来，才怀疑出了事。女佣很胆小，不敢出去寻找，儿子拿蜡烛照着四处寻找，最后才在另一间房子发现母亲裸身躺在那里。

儿子走到跟前去扶她，也不见她有害羞畏缩的神情。从此，妇人精神失常。或者哭叫或者笑骂或者唱歌，每天都会出现这样那样的情状；晚上讨厌和别人一起睡，于是让儿子又睡在另一间房子，把女佣也打发走了。

后来，儿子一听见母亲说笑时，就起来用灯光去照。母亲反而怒斥儿子，儿子并不在意。因此大家都称说那孩子胆子大。但是这小孩太贪玩，每天学做泥水匠，用砖块和石头垒在窗户上，别人劝阻也不听，有谁要拿去一块石头或砖片，他就滚在地上哭闹，于是平日里没人敢去惹他。

过了几天，两边的窗户全堵上了，屋里没有多少亮光。窗户堵完了，又去和泥涂抹墙缝，成天忙乎着，不辞劳苦。墙壁涂完，没有什么可干，就把一把菜刀霍霍地磨起来。看见他的人都讨厌他的顽劣，把他不当人看。

半夜里，这孩子把他磨好的那把刀藏在怀里，用瓢盖住灯。等听见母亲说梦话，就急忙揭开灯上的罩子，堵在门口叫喊。

过了好长时间，没有发现意外情况，于是他离开门口，扬言并假装要搜寻的样子，突然发现有一个像狸猫的东西，倏地窜到门缝处要逃跑，那孩子急忙用刀砍过去，但只砍断了它的尾巴，长约二寸多，还滴着鲜血。开始，他挑灯起来时，母亲大骂他，他并不理会。他只是遗憾没有杀死狐怪，很懊悔地睡下。躺下后又想，尽管没有杀死狐怪，想必不敢再来了。天亮以后，顺着血迹查看，发现狐怪是翻墙逃走的，再一直往前，就搜寻到何家园子里。这天夜里，那条狐怪果然没来，孩子暗自高兴。而母亲却依旧痴呆，躺着和死人一样。

过了不久，商人回来了，他到床前去问候妻子，却遭到一顿臭骂，把他视为仇人。儿子将近日发生的事情详细向父亲说了。商人很吃惊，给妻子请医服药，妻子把药全部泼掉，还骂不绝口。后来又把药掺进汤水里让她喝，几天后渐渐好转，父子都很高兴。

一夜睡醒，妇人又不见了。父子又从别的房间找到。此后又开始疯疯癫癫，不愿和丈夫住在一起。一到晚上就跑到别的房间，丈夫挽留她，她骂得更厉害。没办法，就把别的房间全锁起来。但是只要妇人一去，房门就自动打开。商人很忧虑，请人作法驱邪，什么法子都试过了，不见任何效果。

傍晚时分，儿子偷偷进入何家园子，埋伏在荒草丛中，探听狐怪的踪迹。月亮刚刚升起时，就听到说话声。他悄悄拨开草丛，看见有两个人过来喝酒，有一个长胡须仆人捧着酒壶，穿着深棕色衣服。

那两人的说话声音很细小，听不清楚。过了一会儿，只听其中一人说："明天可拿一壶白酒来。"不久，俩人一块离去。只剩下那个长胡须仆人，脱了衣服睡在庭石上。小儿仔细一看，四肢和常人都一样，只是后面多了条尾巴。小儿本想回去，又怕惊动了狐怪，索性整夜潜伏下来。

天快亮的时候，那俩人又来了，嘀嘀咕咕进了竹林。小儿回家后，父亲问他，他说睡在伯伯家。

白天，孩子跟父亲一起上街。在一家帽店看见狐尾，他央求父亲买下，父亲不理他，他揪着父亲的衣服不停地嘟囔，父亲烦不过，就买了下来。父亲在市上做生意，他就在一旁玩耍，趁父亲不注意时偷了些钱，去买了一壶白酒，暂时寄存在店铺的廊下。

他有个舅舅住在城里，向来以狩猎为生。小儿跑到舅家，舅舅外出，妗子问起母亲的病情，他说："这几天稍好一些。又因家里老鼠咬衣服，母亲气得又哭又骂，特地叫我来要些打猎用的毒药。"妗子从柜子取一钱多药，包好给他，他嫌少。趁妗子下厨房给他做面条时，偷取了一大把揣在怀里。他过去对妗子说，不要烧火了，父亲在市上等着，他径直出门，把毒药偷偷放进酒里。然后到市上去周游，直到天黑才回家。父亲问他干什么去了，他托言说在舅舅家。

从这天起，他每天都要在市上闲逛。一天，他突然发现那长胡须仆人夹杂在人群中，认准后就尾随其后，慢慢地和他搭上话，问他住处。那人说住在北村。

那人又问小儿住处，小孩故意说住在山洞。长胡须人奇怪他住在洞里。小孩笑着说："我家世世代代居住在山洞，你不也一样么？"那人听了更加吃惊，便问小孩姓什么。小孩说："我是胡家孩子，我曾在什么地方见过你跟着两个少年郎，难道忘了吗？"那人把他仔细看了看，半信半疑。小孩稍稍将衣襟撩起，微微露出那一段假尾巴，低声说："我们混杂在人群里，只是这东西没法去掉，最可恨了。"那人问："到市上来干啥？"小孩说："父亲叫我买酒。"那人说他也来买酒。小孩问他："买了没？"那人说："我们很穷，所以偷的时候多。"小孩又说："这差事很苦，老叫人担惊受怕的。"那人说："受主人之命，不得不这样。"小儿趁机问："主人是谁？"那人答："就是你以前见过的那兄弟俩。一个和北村王家媳妇私通，另一个住在东村一个老翁家，老翁家的儿子凶极了，砍断了他的尾巴，养了十天才好，现在又要去了。"说完就要走，说："不要耽误我的事。"小孩说："偷比较危险，不如买着保险。我先买好一壶酒寄放在廊下，就赠送给你。我口袋里还有些钱，不愁另买。"那人惭愧没有什么回报。小孩说："我们本是同族，还计较这点东西？有闲暇时间，还想和你痛饮一番呢？"那人跟着小孩一起到了酒店，小孩把那壶酒交给他，就回家去了。

到了夜里，孩儿见母亲睡得很安静，不再往外奔，就知道起了变化。他叫上父亲一起去查看，果然见两条狐狸死在亭子上，另一条死在杂草丛里，嘴上还有血渗出。酒瓶还在，拿起来摇摇，里面的酒尚未喝完。父亲很吃惊地问道："为什么不早告诉我？"小孩说："这东西灵极了，稍一泄漏，就会让它知道。"商人高兴地说："儿子啊，你真不愧是讨狐的陈平！"于是父子二人背着狐狸回家，见其中一条断了尾巴，刀痕还很显然。从此便平安无事。只是那妇人极为瘦弱，神志渐渐清醒了，却咳得很厉害，不久就好了。北村王家媳妇也一向受狐怪祸害，这时去询问，得知狐怪已绝迹而病也好了。

商人因此认为儿子很了不起，于是便请了老师来教他骑射。后来，官做到总兵。

董生

董生，字遐思，青州之西鄙人[1]。冬月薄暮，展被于榻而炽炭焉[2]。方将篝灯[3]，适友人招饮，遂扃户去[4]。至友人所，座有医人，善太素脉[5]，遍诊诸客。末顾王生九思及董曰[6]：“余阅人多矣，脉之奇无如两君者：贵脉而有贱兆[7]，寿脉而有促征。此非鄙人所敢知也[8]。然而董君实甚。”共惊问之。曰：“某至此亦穷于术，未敢臆决[9]。愿两君自慎之。”二人初闻甚骇，既以为模棱语[10]，置不为意。

半夜，董归，见斋门虚掩[11]，大疑。醺中自忆，必去时忙促，故忘扃键[12]。入室，未遑爇火[13]，先以手入衾中，探其温否。才一探入，则腻有卧人。大愕，敛手[14]。急火之[15]，竟为姝丽，韶颜稚齿[16]，神仙不殊。狂喜。戏探下体，则毛尾修然[17]。大惧，欲遁。女已醒，出手捉生臂，问：“君何往？”董益惧，战栗哀求：“愿仙人怜恕！”女笑曰：“何所见而畏我[18]？”董曰：“我不畏首而畏尾[19]。”女又笑曰：“君误矣。尾于何有[20]？”引董手，强使复探，则髀肉如脂[21]，尻骨童童[22]。笑曰：“何如？醉态蒙瞳[23]，不知所见伊何[24]，遂诬人若此。”董固喜其丽，至此益惑，反自咎适然之错[25]。然疑其所来无因。女曰：“君不忆东邻之黄发女乎？屈指移居者，已十年矣。尔时我未笄[26]，君垂髫也。”董恍然曰：“卿周氏之阿琐耶？”女曰：“是矣。”董曰：“卿言之，我仿佛忆之[27]。十年不见，遂苗条如此！然何遽能来？”女曰：“妾适痴郎四五年[28]，翁姑相继逝[29]，又不幸为文君[30]，剩妾一身，茕无所依[31]。忆孩时相识者惟君，故来相见就。入门已暮，邀饮者适至，遂潜隐以待君归。待之既久，足冰肌粟[32]，故借被以自温耳，幸勿见疑。”董喜，解衣共寝，意殊自得。月余，渐羸瘦，家人怪问，辄言不自知。久之，面目益支离[33]，乃惧，复造善脉者诊之[34]。医曰："此妖脉也。前日之死征验矣，疾不可为也。"董大哭，不去。医不得已，为之针手灸脐，而赠以药，嘱曰："如有所遇，力绝之。"董亦自危。既归，女笑要之[35]。怫然曰[36]："勿复相纠缠，我行且死！"走不顾。女大惭，亦怒曰："汝尚欲生耶！"至夜，董服药独寝，甫交睫[37]，梦与女交，醒已遗矣。益恐，移寝于内，妻子火守之[38]。梦如故。窥女子已失所在。积数日，董吐血斗余而死。

王九思在斋中，见一女子来，悦其美而私之。诘所自[39]，曰："妾遐思之邻也。渠旧与妾善[40]，不意为狐惑而死。此辈妖气可畏，读书人宜慎相防。"王益佩之，遂相欢待。居数日，迷罔病瘠[41]，忽梦董曰："与君好者狐也。杀我矣，又欲杀我友。我已诉之冥府[42]，泄此幽愤。七日之夜，当炷香室外，勿忘却！"醒而异之。谓女曰："我病甚，恐将委沟壑[43]，或劝勿室也[44]。"女曰："命当寿，室亦生；不寿，勿室亦死也。"坐与调笑。王心不能自持，又乱之。已而悔之，而不能绝。及暮，插香户上。女来，拔弃之。夜又梦董来，让其违嘱[45]。次夜，暗嘱家人，俟寝后潜炷之。女在榻上，忽惊曰："又置香耶？"王言不知。女急起得香，又折灭之。入曰："谁教君为此者？"王曰："或室人忧病，信巫家作厌禳耳[46]。"女彷徨不乐。家人潜窥香灭，又炷之。女忽叹曰："君福泽良厚。我误害遐思而奔子[47]，诚我之过。我将与彼就质于冥曹[48]。君如不忘夙好，勿坏我皮囊也[49]。"逡巡下榻，仆地而死。烛之，狐也。犹恐其活，遽呼家人，剥其革而悬焉。王病甚，见狐来曰："我诉诸法曹。法曹谓董君见色而动[50]，死当其罪；但咎我不当惑人，追金丹去[51]，复令还生。皮囊何在？"曰："家人不知，已脱之矣。"狐惨然曰："余杀人多矣，今死已晚；然忍哉君乎！"恨恨而去。王病几危，半年乃瘥[52]。

注释

①青州之西鄙：青州境内的最西部。青州，府名。治所在今山东青州市。鄙，边远之处。

②炽炭：烧旺炭火。

③篝灯：以笼蔽灯，意即点灯。此谓挑灯夜读。

④扃（jiōng 炯）户：关锁门户。扃，关锁。

⑤太素脉：北宋之后流传的一种荒诞迷信的切脉术。《四库全书》收录《太素脉法》一卷。《提要》云，“不著撰人名氏。此书以诊脉辨人贵贱吉凶。原序称唐末有樵者于崆峒山石函得此书，凡上下二卷。云仙人所遗，其说荒诞，盖术者所依托。”

⑥曰：原无“曰”字，此据铸雪斋抄本。

⑦兆：先兆，事情发生前的征候或迹象。下文“征”，义同。促征，短命的征兆。

⑧鄙人：鄙陋之人，自我谦称。

⑨臆决：凭主观妄加判断。

⑩模棱语：不明确表示可否的话。模棱，含糊其辞，不置可否。语出《新唐书·苏味道传》。

⑪斋门：书房之门。斋，书房。

⑫扃键：锁门。

⑬未遑爇（ruò 弱，又读 rè 热）火：没有来得及点灯。遑，闲暇。爇，点燃。

⑭敛手：缩手。

⑮火之：点灯照看。

⑯韶颜稚齿：容颜美好，年纪很轻。韶，美好。齿，年齿，年龄。

⑰修然：长长的。

⑱畏我：此据铸雪斋抄本，原作“仙我”。

⑲不畏首而畏尾：语本《左传·文公十七年》“畏首畏尾，身其余几”，原为俗语，此处化用以作谐语。

⑳尾于何有：哪里有尾巴。

㉑髀（bì 必）：股，大腿。

㉒尻（kāo 考）骨童童：尾骨秃秃，谓没有尾巴。尻，脊椎骨末端。童童，光秃。

㉓蒙瞳：犹朦胧。指酒醉后神志不清。

㉔伊何：是什么。伊，是。

㉕适然：偶然。

㉖未笄（jī 几）：古时女子十五而束发加笄，视为成年；未笄，指十五岁之前。

㉗仿佛：模模糊糊，不甚清楚。

㉘适：旧指女子出嫁。

㉙翁姑：公婆。

㉚为文君：谓新寡。文君，指卓文君。《史记·司马相如列传》载，临邛富翁卓王孙之女卓文君新寡，司马相如“以琴心挑之”，遂“夜亡奔相如”。

㉛茕（qióng 穷）：孤独。

㉜足冰肌粟：脚发凉，肌肤起疙瘩；言天气寒冷。粟，肌肤受寒所起的粟状疙瘩。

㉝支离：瘦损。

㉞造：至。

㉟要：通“邀”。

㊱怫然：犹忿然，恼怒的样子。

㊲甫：刚。

㊳火守之：点灯守候着他。

㊴诘所自：问从哪里来。

㊵渠：他。

㊶迷罔病瘠（jí 及）：精神恍惚，身体瘦损。

㊷冥府：即迷信传说中的阴曹地府。

㊸委沟壑：尸首弃于山沟荒野之中，指死亡。

㊹勿室：不要娶妻，此指勿近女色。《礼记·曲礼上》：“三十曰壮，有室。”

郑玄注："有室，有妻也。"

㊺让：责备。

㊻厌（yā 亚）禳（ráng 攘）：祛恶除邪之祭。

㊼奔：私奔。旧指女子私自往就男子。

㊽质：对质。

㊾皮囊：即皮袋。佛家喻指人畜肉体。

㊿法曹：掌管刑法的官署。此指阴曹地府。

51金丹：即仙丹，此指内丹。

52瘥（chài 钗去声）：病愈。

意译

董生，字遐思，是青州西部边远地方人。冬天傍晚，打开被褥铺好床，烧着炭火。他正要点灯时，却有朋友来请他喝酒，于是他锁上门就走了。到了朋友住的地方，在酒席上遇见一位医生，此人精通太素脉法，便为大家都诊了脉。末了，看着王九思和董生说："我诊过脉的人太多了，但从未遇见过像你们两位这么奇特的脉，贵脉显现出贱兆，寿脉却又有妖征。这便是我所不能判断得了的。尤其以董君最为显著。"大家都惊讶地问他，他说："到了这样的地步我已无能为力，不敢臆断，还是希望两位自己慎重。"两人开始都很害怕，但后来又听他说的话模棱两可，就不太在意了。

半夜时分，董生回到自己住的地方，发现书房的门虚掩着，就很纳闷。他喝得有点醉，想着自己是不是当时走得太急忘了锁门。进到屋里，还没来得及点灯，他就先把手伸进被窝，看是不是烘热。他手刚伸进去就感觉柔腻腻的发现有人躺在里边。他大吃一惊，连忙将手缩回，急忙点亮灯一看，原来竟是个美丽的姑娘。只见她长得红颜皓齿，粉嫩迷人，与仙女没有异样之处。董生欣喜若狂，他又用手去摸姑娘的下身，却发觉有一条毛茸茸的长尾巴，不禁惊恐异常。他正想要逃跑，姑娘已经醒来，伸手抓住董生的胳膊问：“你要去哪里？”董生更加惊恐，浑身颤抖着哀求道：“希望仙人可怜宽恕。”姑娘却笑着说：“你看见了什么，这么怕我？”董生说：“我并不怕头而害怕尾巴。”姑娘又笑着说：“你弄错了，哪有什么尾巴？”姑娘边说边牵着董生的手硬拉着又去摸，他只觉得姑娘的大腿柔软光滑，尾骨光秃秃的，哪里有什么尾巴。姑娘笑着问道：“怎么样？你是喝醉了酒，迷迷瞪瞪的，不知看见了什么，就这样诬陷人。”董生本为她的美貌所倾倒，这样一来益发受了迷惑，反而归咎于自己刚才一时未辨清之错。但他又对女子的突如其来起了疑心。姑娘说：“你不记得当年邻居有个黄头发的女孩吗？一眨眼就十年过去了，那时我还不到十五岁，你也未成年。”董生恍然大悟说：“噢，那你就是周家的阿琐了？”姑娘也应道：“是啊！”董生说：“你一说，我好像记起来了。十年不见，你竟出落得这般苗条娇柔！那你今天怎么突然就来了？”姑娘说：“我嫁给一个白痴已有四五年了，公婆先后去世，我又不幸守了寡。我一人孤孤单单无依无靠，想起小时候认识的人只有你了，于是就来找你了。我进门时天色已晚，刚巧有人来请你喝酒，我就一直在屋里等候你回来，时间久了，就两足冰冷，浑身战栗，所以就自己钻进被窝来暖暖身子，请你不要怀疑。”董生听得心花怒放，于是宽带解衣，和那姑娘同枕共眠，心里十分得意。

这样过了一个多月时间，他渐渐人见消瘦。家里人很奇怪，就问原因，他却总是搪塞说自己也不知道为什么。久而久之，他的面目瘦得失了常形，于是开始恐惧起来。有一天，他专程去找擅长太素脉法的医生为他诊脉，医生说：“这是妖脉。那一天所诊出的妖征现在得到了证实，你已病入膏肓，不可救药。”董生听后痛哭着不愿离去。医生没办法，只好给他针灸手脐两处，又给他开了些药，并叮嘱他如果遇到什么东西，要坚决拒绝。董生也自知危险。回到家里，那女子对他笑脸相邀，他愤愤地说：“不要再来纠缠我！我眼看就要死了。”董生一直走开，并不理睬。女子很羞愧，也怒冲冲地说：“你还想再活吗？”夜里，董生服药后独自一个人入睡，刚合上眼，就梦见和女子交欢，醒来发现已遗精了。就更加恐惧，便移到里屋去睡，妻子点着灯守护他。但他梦中所见还和刚才一样。窥探那女子时，没有影子。没过几天，董生就大吐血死去。

王九思正在书房读书，看见走进来一个漂亮女子，他很喜欢她的美貌就和她私通了。他问女子从什么地方来，女子回答说：“我是董生的邻居，他过去和我相好，不料想却被狐怪迷惑而死。这些狐怪妖气非常可怕，读书人一定要小心提防。”王生听她说得这般恳切，就更加钦佩她，于是便和她愉快地相处在一起。这样厮混了好几天，王生突然发现自己迷迷糊糊，像得病一般面容消瘦起来。

一天夜里，他忽然梦见董生对他说：“和你相好的是个狐怪，她害死了我，现在又来害你。我已投诉到阎罗殿，以泄此幽愤。七日夜里，你一定要在卧室外点上香，千万别忘了！”醒来后，他感到很诧异。就对那女子说：“我病得很重，恐怕死期不远了，有人劝我不要和女人睡觉。”女子说：“命该长寿，和女人睡觉也没关系；该短命的，就是不和女人睡觉也会死的。”于是她又挑逗王生，王生不能自持，就又和她厮混在一起，事后他又很后悔，却不能自拔。

到了七日夜里，王生就在门外插上香，女子一来就拔掉扔了。梦中董生来责备他没有守约，第二天夜里，他暗中叮咛家人在他入睡后悄悄点香。女子在床上突然惊起说：“谁又在燃香？”王生说不知。女子急忙起身去把香折灭，进屋后问王生：“是谁教你这样做的？”王生搪塞说：“也许是妻子担心我的病，听信巫人的话这样做来驱邪的。”女子心里很不高兴。家里人偷看香火灭了，又点了一根插上，女子忽然叹息说：“你太有福分了。我误害了董生又来找你，这确实是我的过错，我将和董生对质于阎罗殿上。你如果不忘我们相好一场的情分，就请不要毁坏我的皮囊。”说完，迟迟疑疑下了床，倒地而死。王生赶快掌烛去看，见是只狐狸，害怕它再复活，就立即叫家人来剥了它的皮挂起来。

王生病情有所加剧，他梦见狐怪来说：“我也上诉到阴曹地府。阴间法官认为董生见美色而动心，死有应得，但也责怪我不该迷惑别人，收回金丹，令我生还。我的皮囊在何处？”王生说：“家人不知道，已经剥下来了。”狐怪很凄楚地说：“我害的人太多了，早该死了。可是你也太狠心了！”狐怪说完，含恨而去。王生几乎病死，半年以后好了。

陆判

陵阳朱尔旦[①]，字小明。性豪放，然素钝[②]，学虽笃[③]，尚未知名。一日，文社众饮[④]。或戏之云：“君有豪名，能深夜赴十王殿[⑤]，负得左廊判官来[⑥]，众当醵作筵[⑦]。”盖陵阳有十王殿，神鬼皆以木雕，妆饰如

生。东庑有立判[8]，绿面赤须，貌尤狞恶。或夜闻两廊拷讯声。入者，毛皆森竖[9]。故众以此难朱。朱笑起，径去。居无何，门外大呼曰："我请髯宗师至矣[10]！"众皆起。俄负判入，置几上，奉觞，酹之三[11]。众睹之，瑟缩不安于座[12]，仍请负去。朱又把酒灌地，祝曰："门生狂率不文[13]，大宗师谅不为怪。荒舍匪遥，合乘兴来觅饮[14]，幸勿为畛畦[15]。"乃负之去。

次日，众果招饮。抵暮，半醉而归，兴未阑，挑灯独酌。忽有人搴帘入，视之，则判官也。朱起曰："意吾殆将死矣[16]！前夕冒渎，今来加斧锧耶[17]？"判启浓髯，微笑曰："非也。昨蒙高义相订[18]，夜偶暇，敬践达人之约[19]。"朱大悦，牵衣促坐，自起涤器爇火。判曰："天道温和，可以冷饮。"朱如命，置瓶案上，奔告家人治肴果。妻闻，大骇，戒勿出。朱不听，立俟治具以出[20]。易盏交酬，始询姓氏。曰："我陆姓，无名字。"与谈古典[21]，应答如响。问："知制艺否[22]？"曰："妍媸亦颇辨之。阴司诵读，与阳世略同。"陆豪饮，一举十觥。朱因竟日饮，遂不觉玉山倾颓[23]，伏几醺睡。比醒，则残烛昏黄，鬼客已去。

自是三两日辄一来，情益洽，时抵足卧。朱献窗稿[24]，陆辄红勒之[25]，都言不佳。一夜，朱醉，先寝，陆犹自酌。忽醉梦中，觉脏腑微痛；醒而视之，则陆危坐床前，破腔出肠胃，条条整理。愕曰，"夙无仇怨，何以见杀？"陆笑云："勿惧，我为君易慧心耳。"从容纳肠已，复合之，末以裹足布束朱腰。作用毕[26]，视榻上亦无血迹。腹间觉少麻木。见陆置肉块几上。问之，曰："此君心也。作文不快，知君之毛窍塞耳。适在冥间，于千万心中，拣得佳者一枚，为君易之，留此以补阙数。"乃起，掩扉去。天明解视，则创缝已合，有线而赤者存焉。自是文思大进，过眼不忘。数日，又出文示陆。陆曰："可矣。但君福薄，不能大显贵，乡、科而已[27]。"问："何时？"曰："今岁必魁[28]。"未几，科试冠军，秋闱果中经元[29]。同社生素揶揄之；及见闱墨[30]，相视而惊，细询始知其异。共求朱先容[31]，愿纳交陆。陆诺之。众大设以待之。更初，陆至，赤髯生动，目炯炯如电。众茫乎无色，齿欲相击；渐引去。

朱乃携陆归饮，既醺，朱曰："湔肠伐胃[32]，受赐已多。尚有一事欲相烦，不知可否？"陆便请命。朱曰："心肠可易，面目想亦可更。山荆[33]，予结发人[34]，下体颇亦不恶，但头面不甚佳丽。尚欲烦君刀斧，如何？"陆笑曰："诺，容徐图之。"过数日，半夜来叩关。朱急起延入。烛之，见襟裹一物。诘之，曰："君曩所嘱，向艰物色。适得一美人首，敬报君命。"朱拨视，颈血犹湿。陆立促急入，勿惊禽犬。朱虑门户夜扃。陆至，一手推扉，扉自辟。引至卧室，见夫人侧身眠。陆以头授朱抱之；自于靴中出白刃如匕首，按夫人项，着力如切腐状，迎刃而解，首落枕畔；急于生怀，取美人首合项上，详审端正，而后按捺。已而移枕塞肩际，命朱瘗首静所，乃去。朱妻醒，觉颈间微麻，面颊甲错[35]；搓之，得血片，甚骇。呼婢汲盥；婢见面血狼藉，惊绝。濯之，盆水尽赤。举首则面目全非，又骇极。夫人引镜自照，错愕不能自解。朱入告之；因反覆细视，则长眉掩鬓，笑靥承颧[36]，画中人也。解领验之，有红线一周，上下肉色，判然而异。

先是，吴侍御有女甚美[37]，未嫁而丧二夫，故十九犹未醮也[38]。上元游十王殿，时游人甚杂，内有无赖贼窥而艳之，遂阴访居里[39]，乘夜梯入，穴寝门，杀一婢于床下，逼女与淫；女力拒声喊，贼怒，亦杀之。吴夫人微闻闹声，呼婢往视，见尸骇绝。举家尽起，停尸堂上，置首项侧，一门啼号，纷腾终夜。诘旦启衾[40]，则身在而失其首。遍挞侍女，谓所守不恪[41]，致葬犬腹。侍御告郡[42]。郡严限捕贼，三月而罪人弗得。渐有以朱家换头之异闻吴公者。吴疑之，遣媪探诸其家；入见夫人，骇走以告吴公。公视女尸故存，惊疑无以自决。猜朱以左道杀女[43]，往诘朱。朱曰："室人梦易其首，实不解其何故；谓仆杀之，则冤也。"

吴不信，讼之。收家人鞫之[44]，一如朱言。郡守不能决[45]。朱归，求计于陆。陆曰："不难，当使伊女自言之[46]。"吴夜梦女曰："儿为苏溪杨大年所贼[47]，无与朱孝廉[48]。彼不艳于其妻，陆判官取儿头与之易之，是儿身死而头生也。愿勿相仇。"醒告夫人，所梦同。乃言于官。问之，果有杨大年；执而械之，遂伏其罪。吴乃诣朱，请见夫人，由此为翁婿。乃以朱妻首合女尸而葬焉。朱三入礼闱[49]，皆以场规被放[50]。于是灰心仕进，积三十年。一夕，陆告曰："君寿不永矣。"问其期，对以五日。"能相救否？"曰："惟天所命，人何能私？且自达人观之，生死一耳，何必生之为乐，死之为悲？"朱以为然。即治衣衾棺椁；既竟，盛服而没。

翌日，夫人方扶柩哭，朱忽冉冉自外至。夫人惧。朱曰："我诚鬼，不异生时。虑尔寡母孤儿，殊恋恋耳。"夫人大恸，涕垂膺[51]；朱依依慰解之。夫人曰："古有还魂之说，君既有灵，何不再生？"朱曰："天数不可违也[52]。"问，"在阴司作何务？"曰："陆判荐我督案务[53]，授有官爵，亦无所苦。"夫人欲再语，朱曰："陆公与我同来，可设酒馔。"趋而出。夫人依言营备。但闻室中笑饮，亮气高声，宛若生前。半夜窥之，窅然已逝[54]。自是三数日辄一来，时而留宿缱绻，家中事就便经纪[55]。子玮方五岁，来辄捉抱；至七八岁，则灯下教读。子亦慧，九岁能文，十五入邑庠[56]，竟不知无父也。从此来渐疏，日月至焉而已[57]。又一夕来，谓夫人曰："今与卿永诀矣。"问："何往？"曰："承帝命为太华卿[58]，行将远赴，事烦途隔，故不能来。"母子持之哭，曰："勿尔！儿已成立，家计尚可存活，岂有百岁不拆之蛮凤耶！"顾子曰："好为人，勿堕父业。十年后一相见耳。"径出门去，于是遂绝。

后玮二十五举进士，官行人[59]。奉命祭西岳，道经华阴[60]，忽有舆从羽葆[61]，驰冲卤簿[62]。讶之。审视车中人，其父也。下车哭伏道左。父停舆曰："官声好[63]，我目瞑矣。"玮伏不起；朱促舆行，火驰不顾。去数步，回望，解佩刀遣人持赠。遥语曰："佩之当贵。"玮欲追从，见舆马人从，飘忽若风，瞬息不见。痛恨良久；抽刀视之，制极精工，镌

字一行[64]，曰："胆欲大而心欲小，智欲圆而行欲方[65]。"玮后官至司马[66]。生五子，曰沉，曰潜，曰沕，曰浑，曰深。一夕，梦父曰："佩刀宜赠浑也。"从之。浑仕为总宪[67]，有政声。

异史氏曰："断鹤续凫，矫作者妄[68]；移花接木[69]，创始者奇；而况加凿削于肝肠，施刀锥于颈项者哉！陆公者，可谓媸皮裹妍骨矣[70]。明季至今[71]，为岁不远[72]，陵阳陆公犹存乎？尚有灵焉否也？为之执鞭[73]，所忻慕焉。"

注释

①陵阳：旧县名。今为陵阳镇，属安徽省青阳县。

②钝：迟钝，愚笨。

③笃：专心、勤奋。

④文社：科举时代，秀才们讲学作文的结社。

⑤十王殿：庙宇名。十王，中国佛教所传十个主管地狱的阎王之总称，也称"十殿阎君"，略称"十王"。后道教也沿用此称。

⑥判官：官名。唐始设。为节度、观察、防御诸使的僚属。此指迷信传说中为阎王掌簿册的佐吏。

⑦醵（jù 据）：凑钱饮酒。

⑧东庑（wú 武）：即东廊。庑，殿堂下周围的走廊或廊屋。此指廊屋。

⑨毛皆森竖：因恐惧而毛发都耸立起来。森，高耸。

⑩宗师：旧称受人尊崇堪为师表的人。明、清称学使为"宗师"。朱尔旦负陆判至"文社"故用以戏称。

⑪酹（lèi 类）：以酒浇地，祭祀鬼神。

⑫瑟缩：因恐惧而抖战、蜷缩。

⑬门生：自唐至明，科举制度中，贡举之士以主考官员为座主，而自称门生。

此处既已称陆判为“宗师”，而“宗师”（即学使）又为各省乡试的主考官，朱因以自称。狂率不文：狂妄轻率，不懂礼仪。文，礼法。

⑭合：应，合当。

⑮勿为畛（zhěn 诊）畦（qí 齐）：意谓不要为人鬼异域所限。畛畦，田间小路，引申为界限、隔阂。

⑯意：自料。

⑰斧锧：古代杀人的刑具。斧谓刀刃，锧，谓砧板；“加斧锧”，指加以死罪。

⑱高义：犹高谊、盛情。相订：犹相约。订，定，约定。

⑲达人：旷达之人。

⑳治具：置办酒肴。具，餐具，代指酒肴。

㉑古典：古代的典籍。此指具有典范性的古代名著。

㉒制艺：制举应试文章，指八股文。详前《娇娜》注。

㉓玉山倾颓：形容酒醉。《世说新语·容止》：“嵇叔夜之为人也，岩岩若孤松之独立；其醉也，傀俄若玉山之将崩。”玉山，形容体态、仪表美好。

㉔窗稿：指平时习作的文稿。读书人惯常在窗下写文章，故称。

㉕红勒：用朱笔删削、批改，《梦溪笔谈·人事》载：北宋嘉年间，士人刘几“累为国学第一，骤为怪之语，学者翕然效之，遂成风俗。欧阳公（指欧阳修）深恶之。会公主文，决意痛惩。……有一举人论曰：‘天地轧，万物茁，圣人发。’公曰：‘此必刘几也。’戏续之曰：‘秀才剌，试官刷。’乃以大朱笔横抹之，自首至尾，谓红勒帛，判‘大纰缪’字榜之。既而果几也。”

㉖作用：施治，整治。用，治。

㉗乡、科：乡试、科试的省词。详见《叶生》注。

㉘魁：夺魁，考取第一名。即下文所谓“科试冠军”“秋闱果中经元”。

㉙秋闱：指乡试。旧称试院为“闱”，而乡试在秋间举行，因称。经元：也称经魁。明清科举考试，分五经取士。乡试及会试前五名，各为一经中的第一名。

㉚闱墨：清代于每届乡试、会试之后，由主考官选取中式试卷，编辑成书，叫做“闱墨”。

㉛先容：事先为人作介绍。

㉜湔（jiān 煎）肠伐胃：洗肠剖胃。《五代史·周书·王仁裕传》：王仁裕少不知学，二十五岁方思学习，“一夕，梦剖肠胃，引西江水以浣之……及寤，心意豁然。自是资性绝高。”

㉝山荆：对人称谓自己妻室的谦词。说本《太平御览》七一八引《列女传》：“梁鸿妻孟光，荆钗布裙。”

㉞结发人：原配妻子。古时男子二十岁束发加冠，女子十五岁盘发贯笄（簪），即为成年。因此习称原配妻子为“结发人”。《玉台新咏·留别妻》：“结发为夫妻，恩爱两不疑。”

㉟甲错：鳞甲错杂。此指面颊血污结痂，像鱼鳞似的。

㊱笑靥（yè 夜）承颧（quán 权）：谓女子笑时口旁现出两个酒窝。靥，口旁窝，俗称酒窝。颧，颧骨。酒窝在颧骨的下面，故云“承”。

㊲侍御：官名。御史的别称。明、清属都察院，职称有左右都御史、左右副都御史、左右佥都御史、监察御史之别。

㊳醮（jiào 较）：斟酒饮对方；古时婚礼中的一种仪节。《礼记·昏义》：“父亲醮子而命之迎。”本指男女婚礼，元明以后则专指女子再嫁。

㊴阴访：暗中查访。

㊵诘旦：诘朝，第二天早晨。

㊶不恪（kè 客）：不慎。恪，谨慎，恭敬。

㊷郡：此指郡衙。明、清两代指知州、知府一类地方官的衙署。

㊸左道：邪道，邪术。

㊹鞫（jú 局）：审讯。

㊺不能决：此据铸雪斋抄本，底本“能”字残缺。

㊻伊：底本残缺。此据铸雪斋抄本。

㊼贼：杀害。

㊽无与朱孝廉：与朱孝廉无关。孝廉，明、清指举人。详见《画壁》注。

㊾礼闱：即会试。会试于乡试后第二年春季在礼部举行，故又称“礼闱”。

㊿以场规被放：由于违犯考场规则而被逐出场外或不予录取。科举考场对参加考试的人规定一些条文，诸如挟带文书入场，或亲族任考官而不加回避等，均为违犯“场规”。而考卷违式，如题目写错，污损卷纸，抬头错误，不避圣讳等，也往往被取消考试资格。此处指后者。放，驱逐。

(51)膺：胸。

(52)天数：犹天命。

(53)督案务：监理案犊方面的事务。督，察视。案，案牍，官府文书。

(54)窅（yǎo 咬）然：深远难见的样子。

㊺经纪：料理。

㊻邑庠：县学。详见《叶生》注。

㊼日月至焉：偶然来一次。语出《论语·雍也》。

㊽太华卿：华山山神。太华，即西岳华山，在今陕西华阴市南。因其西有少华山，故又称“太华”。

㊾行人：官名。明代设有行人司，置司正及左右司副，下有行人若干，以进士充任。行人职掌捧节奉使；凡颁诏、册封、抚谕、征聘及祭祀山川神祇，都差行人。

㊿华阴：县名。今属陕西省。

61舆从羽葆：车马仪仗。舆从，车马前后的侍从；羽葆，仪仗名，以鸟羽为装饰。《礼记·杂记》：“匠人执羽葆御柩。”孔颖达疏：“羽葆者，以鸟羽注于柄头，如盖，谓之羽葆。葆，谓盖也。”

62卤簿：秦、汉时皇帝舆驾行幸时的仪仗队。汉以后王公大臣均置卤簿。因亦泛指官员仪仗。卤，大型甲盾。甲盾的排列，有明确规定，且著之簿籍，因称“卤簿”。

63声：声誉。下文“政声”之“声”，义同。

64镌（juān捐）：刻。

65“胆欲大”二句：意谓任事要果决，而思虑要周密；智谋要圆通，而行为要方正。语见《旧唐书·孙思邈传》。

66司马：官名。古为管领军队官员的称谓。汉武帝置大司马，为全国军政首脑，明、清时期用为兵部尚书的别称，侍郎称少司马。此或指兵部尚书、侍郎一类官员。

67总宪：明、清为都察院左都御史的别称。

68“断鹤”二句：意谓因鹤腿长而截之使短，因凫（野鸭）腿短而续之使长，如此矫情而作者是妄为。《庄子·骈拇》：“凫胫虽短，续之则忧；鹤胫虽长，断之则悲。”妄，谬，荒谬。

69移花接木：谓将一种花木嫁接于另一种花木之上。喻暗中巧施手段改造人的形体。

70媸（chī吃）皮裹妍骨：谓相貌丑陋而内心美好。媸，丑陋。媸皮，丑陋的相貌。妍，美。妍骨，美好的骨肉，此谓美好的品行。

71明季：明代末年。

⑫为岁：犹为时。岁，指时间。

⑬为之执鞭：为其赶车，做仆役。表示对人极度钦佩。《史记·管晏列传》："假令晏子而在，余虽为之执鞭，所忻慕焉。"

意译

陵阳县有个朱尔旦，字小明。此人性情豪放，但平时比较迟钝，虽然学习很勤奋，而学业上却未出名。

一天，他和文社众学友一起饮酒，席上有人跟他开玩笑说："您素负豪名，若能深夜到十王殿左边走廊下把判官像背来，那么，我们大家凑钱设宴款待您。"原来陵阳有座十王殿，里面的神神鬼鬼全是木雕的，装饰得栩栩如生。东廊屋中有判官像，面呈绿色，满脸赤须，形貌非常狰狞可怕。有时能听见里面有拷讯声。白天进去的人，都会吓得毛骨悚然。因此，大家就用这来难为他。朱尔旦很不在意地笑笑，起了身径直往十王殿走去。没多久，门外就传来呼喊声："我把髯宗师给大家请来了！"众人站起来，一会儿朱尔旦真把判官背进来放在桌上，并为判官连敬三杯酒。大家眼看着，都吓得瑟缩发抖，不敢坐稳，叫快快地将判官像背回去。朱尔旦又以酒浇地，祈祷说："弟子太轻狂无礼，大宗师想必不会怪怨的。寒舍离此处不远，在您高兴的时候，就请光临共饮，希望不要有人鬼的界限。"说完，就将判官背回去了。

第二天，大家果然宴请他，一直喝到天黑才醉意朦胧地回家，但是他还觉得酒兴未尽，就又挑灯独饮。这时，忽然有人掀开帘子进来，他抬头一看，正是十王殿里的判官。朱尔旦站起身说："想来我是要死了！昨天晚上我有所冒犯，今天是来惩罚的么？"判官捋着浓须笑着说："不是，昨日承蒙你盛情相约，今夜正好有空，特意前来赴旷达之人的约会。"朱尔旦很高兴，赶快请客人坐下，亲自起来洗杯温酒。判官说："天气温暖，可以冷饮。"朱尔旦遵命，把酒壶放在桌上，跑去告诉家人准备些菜肴水果下酒。妻子一听是判官来了，害怕极了，就劝朱尔旦不要出去。朱尔旦不听，立等着做好菜肴来。换杯敬酒，才问判官姓氏。判官笑道："我姓陆，没有名字。"谈起古书，判官应答如流。朱尔旦问陆判官："你会八股文吗？"陆判官说："还能辨别出优劣，阴间与阳间所读的，基本差不多。"陆判官很能喝酒，连饮十大杯。朱尔旦因为白天已喝了不少酒，晚上再接着饮，终于不胜酒力，醉醺醺地倒在桌上睡着了。一觉醒来，只见灯光昏暗，鬼客早已离去。

从此，陆判官常常隔三两天来一回，两人关系更加融洽。有时他们就睡在一起。朱尔旦拿出自己的文稿来向陆判官请教，陆判官也不见外，就直接拿红笔在上面勾勒点批，看了多篇，陆判官都说不好。

一天晚上，朱尔旦喝醉了，就先睡下，陆判官还自斟自饮。在睡梦中，朱尔旦突然感到五脏六腑微微有些疼痛，他一睁眼，发现陆判官正坐在床前划破他的肚子，取出肠胃一一清理。便吃惊地问："你我向来无仇无怨，为什么要杀我?"陆判官笑着说："别怕，我正在替你换一颗灵敏聪慧的心。"陆判官很从容地把肠胃放进去，然后合好，最后再用裹脚布把腰部缠紧，做好这一切，并未见床上有什么血迹，只是觉得肚子略略有点麻木。

他看见陆判官把一个肉块放在桌上，就问怎么回事，陆判官说："这是你原来的那颗心，作文没有灵气，是因为心窍堵塞。我刚才从阴间千万颗心脏中拣了一颗绝好的给你换上，拿着这个还得去补缺数。"说完，便掩门离去。天亮以后，朱尔旦将肚子上的裹脚布解开一看，伤口已合好，只有二条红线仅存。从此，他文思大有进步，读书过目不忘。过了些日子，他再拿着文稿让陆判官看，陆判官说："不错了。只是你福薄，做不了大官，只能中个举人罢了。"朱尔旦问："什么时候可以中举?"陆判官说："今年一定中头名。"不久，朱尔旦科试得了冠军，接着乡试又夺了魁。同社学友向来都爱揶揄他，等看见他考举人的试卷，都很惊讶。大家细细盘问他，才知道他换了心。大家都求他在陆判官跟前通融通融，愿意和他结交。陆判官答应了。大家共同设宴款待陆判官，刚到更时陆判官来了，只见他满脸赤须飘动，双目炯炯有神，如同电光一样闪亮。众人吓得脸色大变，牙齿不停地打战，渐渐就都溜之大吉。

朱尔旦就领着陆判官到自己家里去喝酒。朱尔旦带着醉意对判官说："清肠洗胃，我已受惠不少，现在我还有一件小事相烦，不知行不行?"

陆判官让他直说。朱尔旦说："既然心肠都可以换，我想面目也可以改变了。我妻子身体都还可以，就是相貌不好看，想烦你动动刀斧换一下，怎么样?"陆判官笑着说："可以，让我慢慢想办法。"过了几天，陆判官半夜来敲门，朱尔旦急忙让进来。用灯一照，见他衣襟裹着个东西。一问，判官说："你以前嘱咐的事，一时不好物色，刚才正好有机会弄到这颗美人头，就来满足你的要求。"朱尔旦一看，脖子上还流着血。判官催他快快进去，不要惊动鸡犬。朱尔旦顾虑夜里门上了锁进不去。判官来到，一手推门，门就自己开了。他把判官领到卧室，见夫人侧身睡着，判官把头交给朱尔旦抱着，他自己从靴子取出短剑，按住夫人的脖子用力一切，就像切豆腐一样，头落到枕边，又急忙从朱尔旦怀里拿过美人头接在夫人脖子上，看看是否端正，然后再按捺好，最后把枕头垫在肩膀下边，叫朱尔旦把夫人的头埋在僻静处，他便离去了。

朱妻醒来，觉得脖子有些麻，脸上像有什么东西粘着，她用手一搓，看见血块，非常害怕，便大声叫丫鬟端水来洗，丫鬟见她满脸是血，吓得要命。一洗脸，盆里水都染红了，抬头一看，夫人面目全变了。夫人拿着镜子自己一照，很惊诧又不明白是怎么回事。朱尔旦进来说明了缘故，仔细端详，只见她又长又细的秀眉，弯弯如柳叶，掩映着双鬓，脸上一笑，出现两个小酒窝，完全是一个画中美人儿。解开衣领查验，只见脖子有一圈红线，红线上下肉色迥然不同。

在此之前，有个吴御史的女儿长得非常漂亮，还没有出嫁就先死去两个未婚夫，所以都十九岁了还未嫁人。她在上元节游十王殿，当时游人太杂乱，其中一个无赖见她长得这么美丽，就起了歹心。无赖暗中问清吴家住址，夜里翻墙进去，先把一个丫鬟杀死在床下，企图强奸吴女，吴女一边抵抗一边喊救命。无赖一怒之下把吴女也杀了。

吴夫人隐约听到吵闹声，叫身边丫鬟去看，丫鬟看见尸体，吓得要死。全家人闻讯惊起，将尸体停在堂上，把砍下的头放在脖子边，一家人号啕大哭，整整闹腾了一夜。第二天早晨，揭开被子一看，身体在而头不见了。将侍女挨个鞭打一遍，说她们看守不紧叫狗吃了。吴御史将杀人案告到官府，官府限令捉拿罪犯，但三个月过去了，也没有抓到凶手。后来，慢慢地有人将朱家发生换头的奇闻说给吴御史听，吴御史有些怀疑，就派了家里一个老年女佣到朱家去探视。女佣进门一见朱夫人，吓得一口气跑回吴家告诉给主人。吴御史再看看女儿尸体明明在，自己也惊疑不决。他猜疑是朱尔旦用妖术杀害了他女儿。他去质问朱尔旦。朱尔旦说："妻子夜里做梦换了头，也不明白是什么原因。说我杀了你女儿，实在冤枉。"吴御史不相信他的话，就告到官府。官府先抓来朱家仆人审问，口供和朱尔旦说的完全一致，长官一时也定不了案。

朱尔旦只好向陆判官讨主意，判官说："这不难，可以让这女孩自己说明。"吴御史当晚就梦见女儿说："我是被苏溪杨大年杀害，与朱举人无关，朱举人嫌自己妻子长得不漂亮，陆判官就取了我的头和他妻子换了，这样我虽然身死头却还活着，请不要和他们为仇。"吴御史醒来把所做的梦告诉了夫人，夫人说她也做了相同的梦。于是把情况告诉给官府，一查问，苏溪果然有个杨大年，当即逮捕刑讯，就承认了罪行。

吴御史来到朱家，求见朱夫人，从此他和朱尔旦以翁婿相称。并把朱妻的头和女儿尸体合在一起安葬了。

朱尔旦三次入京会考，因违犯考场规则而被逐出。朱尔旦从此灰心仕途，一直默默无闻地过了三十多年。一天晚上，陆判官来告诉他："你寿命不长了。"朱尔旦问还有多长时间，判官说只有五天了。朱尔旦又问有没有救？判官说："这是天意，不可违抗，个人怎么能随意改变？而且，达观的人把生死看得同样乐观。何必以生为乐而以死为悲？"朱尔旦觉得他说得对，就立即置办衣被棺材等。一切准备完毕，便穿戴整齐寿终正寝。朱尔旦死后第二天，妻子正扶着棺材哭泣，朱尔旦却从容地从外面进来。妻子很害怕。朱尔旦说："我确实已做了鬼，却和活着时一样，想着你们孤儿寡母的，放心不下，特地回来看望你们。"妻子更哭得伤心不已，悲痛欲绝。朱尔旦平心静气地安慰她。妻子说："自古以来就有还魂的说法，你既然有灵，为什么不再复活呢？"朱尔旦说："天意不可违背。"妻子问他："你在阴间做什么？"朱尔旦回答："陆判官推荐我管理文书事务，授有官职，不算苦。"妻子还想说什么，朱尔旦说："陆判官和我一起来的，可为我们准备些酒菜。"快步走了出去。妻子去准备了。只听两人还和生前那样谈笑着，声音很响亮。到半夜时分再去看，两人已杳然离去。

从此，朱尔旦每隔三两天就回一趟家，有时他竟然在家留宿，和妻子感情还像以前那样亲近，有时还顺便料理一下家务。儿子叫朱玮，已有五岁，朱尔旦回家时还常常抱着他玩。到七八岁时他就教他读书。儿子很聪明，九岁就能作文，十五岁考取秀才，竟不知道父亲已死，从这时起，朱尔旦回家次数渐渐减少，只是偶尔回来一回。又一天夜里他回来对妻子说："我们要永别了。"妻子问他将去哪里，他说："奉上帝之命做了华山山神，将要远道赴任，事务又多，所以不能再来了。"母子听了抱着他就哭，他说："别这样，儿子已长大成人，家里日子也过得去了，哪里有百年不散的夫妻？"他又看着儿子说："好好做人，不要坏了父亲的事业。十年后还可相见一次。"说完径直走出门去，消失了。

后来，朱玮二十五岁时中了进士，官至行人之职。他奉命前去祭祀西岳华山，途经华阴县境内，忽见一队车马，上张羽盖，随从众多，直冲他的仪仗队驶来。他很诧异，仔细一看，原来车上坐着他的父亲。他便下车伏在路旁哭拜，父亲停车说："你为官声誉好，我可以闭上眼了。"

朱玮伏拜不起，朱尔旦催车前行，火速奔驰而不顾。但刚离开几步远，回望儿子解下佩刀叫人送来，远远地说："佩着它，会显贵的。"朱玮起来，想去追赶，只见车马随从像疾风一样飘逝，转眼间杳无踪影。朱玮悲恨许久，抽刀细看，做工极为精细，上面刻着一行小字："胆欲大而心欲小，智欲圆而行欲方。"朱玮后来官位做到司马。生有五个儿子，分别叫朱沉、朱潜、朱沕、朱浑、朱深。一天夜里他梦见父亲说："佩刀应赠给朱浑。"他照办了。朱浑后来做到左都御史，政绩较卓著。

异史氏说："断鹤续凫，矫作者妄；移花接木，创始者奇。凿去心脏肝肠，施用刀术换取头颅，更是神技妙术。陆判官这人，可以说外貌丑陋，却内心美善。从明代至今时隔不远，陵阳陆判官还在吗？还有灵验不？假如在的话，我就是替他赶车，也感欣慰啊！"

婴宁

王子服，莒之罗店人[①]。早孤。绝惠[②]，十四入泮[③]。母最爱之，寻常不令游郊野。聘萧氏[④]，未嫁而夭，故求凰未就也[⑤]。会上元[⑥]，有舅氏子吴生，邀同眺瞩[⑦]。方至村外，舅家有仆来，招吴去。生见游女如云，乘兴独遨。有女郎携婢，拈梅花一枝，容华绝代，笑容可掬。生注目不移，竟忘顾忌。女过去数武，顾婢曰："个儿郎目灼灼似贼[⑧]！"遗花地上，笑语自去。

生拾花怅然，神魂丧失，怏怏遂返。至家，藏花枕底，垂头而睡，不语亦不食。母忧之。醮禳益剧[⑨]，肌革锐减[⑩]。医师诊视，投剂发表[⑪]，忽忽若迷。母抚问所由[⑫]，默然不答。适吴生来，嘱密诘之。吴至榻前，生见之泪下。吴就榻慰解，渐致研诘[⑬]。生具吐其实[⑭]，且求谋画。吴笑曰："君意亦复痴！此愿有何难遂？当代访之。徒步于野，必非世家[⑮]。如其未字[⑯]，事固谐矣，不然，拚以重赂[⑰]，计必允遂。但得痊瘳，成事在我。"生闻之，不觉解颐[⑱]。吴出告母，物色女子居里，而探访既穷，并无踪绪。母大忧，无所为计。然自吴去后，颜顿开，食亦略进。数日，吴复来。生问所谋。吴绐之曰："已得之矣。我以为谁何人[19]，乃我姑氏女，即君姨妹行，今尚待聘。虽内戚有婚姻之嫌[20]，实告之，无不谐者。"生喜溢眉宇，问："居何里？"吴诡曰[21]："西南山中，去此可三十余里。"生又付嘱再四，吴锐身自任而去。

生由是饮食渐加，日就平复。探视枕底，花虽枯，未便雕落。凝思把玩，如见其人。怪吴不至，折柬招之[22]。吴支托不肯赴招[23]。生恚怒，悒悒不欢。母虑其复病，急为议姻；略与商确[24]，辄摇首不愿，惟日盼吴。吴迄无耗，益怨恨之。转思三十里非遥，何必仰息他人[25]？怀梅袖中，负气自往，而家人不知也。伶仃独步，无可问程，但望南山行去。约三十余里，乱山合沓[26]，空翠爽肌，寂无人行，止有鸟道[27]。遥望谷底，丛花乱树中，隐隐有小里落。下山入村，见舍宇无多，皆茅屋，而意甚修雅[28]。北向一家，门前皆丝柳，墙内桃杏尤繁，间以修竹[29]；野鸟格磔其中[30]。意其园亭，不敢遽入。回顾对户，有巨石滑洁，因据坐少憩，俄闻墙内有女子，长呼"小荣"，其声娇细。方伫听间，一女郎由东而西，执杏花一朵，俯首自簪。举头见生，遂不复簪，含笑拈花而入。审视之，即上元途中所遇也。心骤喜。但念无以阶进[31]；欲呼姨氏，顾从无还往，惧有讹误。门内无人可问。坐卧徘徊，自朝至于日昃[32]，盈盈望断[33]，并忘饥渴。时见女子露半面来窥，似讶其不去者。忽一老媪扶杖出，顾生曰："何处郎君，闻自辰刻便来，以至于今。意将何为？得勿饥耶？"生急起揖之，答云："将以盼亲[34]。"媪聋聩不闻。又大言之。乃问："贵戚何姓？"生不能答。媪笑曰："奇哉！姓名尚自不知，何亲可探？我视郎君，亦书痴耳，不如从我来，啖以粗粝[35]，家有短榻可卧。待明朝归，询知姓氏，再来探访，不晚也。"生方腹馁思啖，又从此渐近丽人，大喜。从媪入，见门内白石砌路，夹道红花，片片堕阶上；曲折而西，又启一关，豆棚花架满庭中，肃客入舍[36]，粉壁光明如镜；窗外海棠枝朵探入室中，裀藉几榻[37]，罔不洁泽。甫坐，即有人自窗外隐约相窥。媪唤："小荣！可速作黍[38]。"外有婢子噭声而应[39]。坐次[40]，具展宗阀[41]。媪曰："郎君外祖，莫姓吴否？"曰："然。"媪惊曰：

"是吾甥也！尊堂，我妹子。年来以家窭贫[42]，又无三尺男[43]，遂至音问梗塞。甥长成如许，尚不相识。"生曰："此来即为姨也，匆遽遂忘姓氏。"媪曰："老身秦姓，并无诞育；弱息仅存[44]，亦为庶产[45]。渠母改醮[46]，遗我鞠养。颇亦不钝，但少教训，嬉不知愁。少顷，使来拜识。"

未几，婢子具饭，雏尾盈握[47]。媪劝餐已，婢来敛具。媪曰："唤宁姑来。"婢应去。良久，闻户外隐有笑声。媪又唤曰："婴宁，汝姨兄在此。"户外嗤嗤笑不已。婢推之以入，犹掩其口，笑不可遏。媪嗔目曰[48]："有客在，咤咤叱叱，是何景象？"女忍笑而立，生揖之。媪曰："此王郎，汝姨子。一家尚不相识，可笑人也。"生问："妹子年几何矣？"媪未能解。生又言之。女复笑，不可仰视。媪谓生曰："我言少教诲，此可见矣。年已十六，呆痴裁如婴儿[49]。"生曰："小于甥一岁。"曰："阿甥已十七矣，得非庚午属马者耶[50]？"生首应之。又问："甥妇阿谁？"答云："无之。"曰："如甥才貌，何十七岁犹未聘？婴宁亦无姑家[51]，极相匹敌[52]；惜有内亲之嫌。"生无语，目注婴宁，不遑他瞬。婢向女小语云，"目灼灼，贼腔未改！"女又大笑，顾婢曰："视碧桃开未？"遽起，以袖掩口，细碎连步而出。至门外，笑声始纵。媪亦起，唤婢襆被[53]，为生安置。曰："阿甥来不易，宜留三五日，迟迟送汝归[54]。如嫌幽闷，舍后有小园，可供消遣；有书可读。"次日，至舍后，果有园半亩，细草铺毡，杨花糁径[55]；有草舍三楹[56]，花木四合其所。穿花小步，闻树头苏苏有声，仰视，则婴宁在上。见生来，狂笑欲堕。生曰："勿尔，堕矣！"女且下且笑，不能自止。方将及地，失手而堕，笑乃止。生扶之，阴捘其腕[57]。女笑又作，倚树不能行，良久乃罢。生俟其笑歇，乃出袖中花示之。女接之，曰："枯矣。何留之？"曰："此上元妹子所遗，故存之。"问："存之何意？"曰："以示相爱不忘也。自上元相遇，凝思成病，自分化为异物[58]；不图得见颜色，幸垂怜悯。"女曰："此大细事[59]。至戚何所靳惜[60]？待郎行时，园中花，当唤老奴来，折一巨捆负送之。"生曰："妹子痴耶？"女曰："何便是痴？"生曰[61]："我非爱花，爱拈花之人耳。"女曰："葭莩之情[62]，爱何待言。"

生曰："我所谓爱，非瓜葛之爱[63]，乃夫妻之爱。"女曰："有以异乎？"曰："夜共枕席耳。"女俯思良久，曰："我不惯与生人睡。"语未已，婢潜至，生惶恐遁去。少时，会母所。母问："何往？"女答以园中共话。媪曰："饭熟已久，有何长言，周遮乃尔[64]。"女曰："大哥欲我共寝。"言未已，生大窘，急目瞪之。女微笑而止。幸媪不闻，犹絮絮究诘。生急以他词掩之，因小语责女。女曰："适此语不应说耶？"生曰："此背人语。"女曰："背他人，岂得背老母。且寝处亦常事，何讳之？"生恨其痴，无术可以悟之。食方竟，家中人捉双卫来寻生[65]。

先是，母待生久不归，始疑；村中搜觅几遍，竟无踪兆。因往询吴。吴忆曩言，因教于西南山村行觅。凡历数村，始至于此。生出门，适相值，便入告媪，且请偕女同归。媪喜曰："我有志，匪伊朝夕[66]。但残躯不能远涉，得甥携妹子去，识认阿姨，大好！"呼婴宁。宁笑至。媪曰："有何喜，笑辄不辍？若不笑，当为全人。"因怒之以目。乃曰："大哥欲同汝去，可便装束。"又饷家人酒食，始送之出曰："姨家田产丰裕，能养冗人。到彼且勿归，小学诗礼，亦好事翁姑。即烦阿姨，为汝择一良匹。"二人遂发。至山坳，回顾，犹依稀见媪倚门北望也。

抵家，母睹姝丽，惊问为谁。生以姨女对。母曰："前吴郎与儿言者，诈也。我未有姊，何以得甥？"问女，女曰："我非母出。父为秦氏，没时，儿在褓中，不能记忆。"母曰："我一姊适秦氏，良确；然殂谢已久[67]，那得复存？"因审诘面庞、志赘[68]，一一符合。又疑曰："是矣。然亡已多年，何得复存？"疑虑间，吴生至，女避入室。吴询得故，惘然久之。忽曰："此女名婴宁耶？"生然之。吴亟称怪事。问所自知，吴曰："秦家姑去世后，姑丈鳏居[69]，祟于狐，病瘠死。狐生女名婴宁，绷卧床上，家人皆见之。姑丈没，狐犹时来；后求天师符粘壁上[70]，狐遂携女去。将勿此耶？"彼此疑参[71]。但闻室中吃吃皆婴宁笑声[72]。母曰："此女亦太憨生[73]。"吴请面之。母入室，女犹浓笑不顾，母促令出，始极力忍笑，又面壁移时，方出。才一展拜，翻然遽入，放声大笑。满室妇女，为之粲然。吴请往觇其异，就便执柯[74]。寻至村所，庐舍全无，山花零落而已。吴忆姑葬处，仿佛不远；然坟垅湮没[75]，莫可辨识，诧叹而返。母疑其为鬼。入告吴言，女略无骇意；又吊其无家[76]，亦殊无悲意，孜孜憨笑而已[77]。众莫之测。母令与少女同寝止。昧爽即来省问[78]，操女红精巧绝伦[79]。但善笑，禁之亦不可止；然笑处嫣然，狂而不损其媚，人皆乐之。邻女少妇，争承迎之。母择吉将为合卺[80]，而终恐为鬼物。窃于日中窥之，形影殊无少异[81]。至日，使华装行新妇礼；女笑极不能俯仰，遂罢。生以其憨痴，恐泄漏房中隐事；而女殊密秘，不肯道一语。每值母忧怒，女至，一笑即解。奴婢小过，恐遭鞭楚，辄求诣母共话；罪婢投见，恒得免。而爱花成癖，物色遍戚党；窃典金钗，购佳种，数月，阶砌藩溷，无非花者。

庭后有木香一架，故邻西家。女每攀登其上，摘供簪玩[82]。母时遇见，辄诃之。女卒不改。一日，西人子见之，凝注倾倒。女不避而笑。西人子谓女意已属，心益荡。女指墙底笑而下，西人子谓示约处，大悦。及昏而往，女果在焉。就而淫之，则阴如锥刺，痛彻于心，大号而踣。细视非女，则一枯木卧墙边，所接乃水淋窍也。邻父闻声，急奔研问，呻而不言。妻来，始以实告。爇火烛窍[83]，见中有巨蝎，如小蟹然。翁碎木捉杀之。负子至家，半夜寻卒。邻人讼生，讦发婴宁妖异[84]。邑宰素仰生才，稔知其笃行士[85]，谓邻翁讼诬，将杖责之。生为乞免，遂释而出。母谓女曰："憨狂尔尔，早知过喜而伏忧也。邑令神明，幸不牵累；设鹘突官宰[86]，必逮妇女质公堂，我儿何颜见戚里？"女正色，矢不复笑。母曰："人罔不笑，但须有时。"而女由是竟不复笑，虽故逗，亦终不笑；然竟日未尝有戚容。

一夕，对生零涕。异之。女哽咽曰："曩以相从日浅，言之恐致骇怪。今日察姑及郎，皆过爱无有异心，直告或无妨乎？妾本狐产。母临去，以妾托鬼母，相依十余年，始有今日。妾又无兄弟，所恃者惟君。老母岑寂山阿[87]，无人怜而合厝之[88]，九泉辄为悼恨。君倘不惜烦费，使地下人消此怨恫，庶养女者不忍溺弃。"生诺之，然虑坟冢迷于荒草。女但言无虑。刻日，夫妻舆榇而往[89]。女于荒烟错楚中[90]，指示墓处，果得媪尸，肤革犹存。女抚哭哀痛。舁归，寻秦氏墓合葬焉。是夜，生梦媪来称谢，寤而述之。女曰：“妾夜见之，嘱勿惊郎君耳。”生恨不邀留。女曰：“彼鬼也。生人多，阳气胜，何能久居?”生问小荣，曰：“是亦狐，最黠。狐母留以视妾，每摄饵相哺[91]，故德之常不去心。昨问母，云已嫁之。”由是岁值寒食，夫妻登秦墓，拜扫无缺。女逾年，生一子。在怀抱中，不畏生人，见人辄笑，亦大有母风云。

异史氏曰：“观其孜孜憨笑，似全无心肝者；而墙下恶作剧，其黠孰甚焉。至凄恋鬼母，反笑为哭，我婴宁殆隐于笑者矣[92]。窃闻山中有草，名‘笑矣乎’。嗅之，则笑不可止。房中植此一种，则合欢、忘忧[93]，并无颜色矣。若解语花[94]，正嫌其作态耳[95]。”

注释

①莒：古国名，后置为州县，在今山东省莒县一带。

②绝惠：极端聪明。惠，通“慧”。

③入泮：入县学为生员。

④聘（pìn 娉）：订婚。旧时订婚，男方须向女方行纳聘礼，称“行聘”或“文定”。

⑤求凰：汉司马相如《琴歌》，“凤兮凤兮归故乡，遨游四海求其凰。”相传此歌为向卓文君求爱而作，后因称男子求偶为求凰。

⑥上元：上元节，旧历正月十五。

⑦眺瞩：居高望远。此指观赏景物。

⑧个儿郎：这个小伙子。个，这个。儿郎，指青年男子。

⑨醮禳（jiào ráng 叫攘）：祈祷消灾。醮，祭神。禳，消除灾祸。

⑩肌革锐减：消瘦得极快。肌革，犹肌肤。

⑪投剂发表：中医治病方法，用药把病从体内表散出来。剂，药剂。

⑫抚问所由：爱抚地问其得病的原因。

⑬研诘：细细追问。

⑭具：全，全部。

⑮世家：世代显贵之家族。

⑯字：女子许婚。

⑰拚（pàn 判）：不顾惜，豁出去。

⑱解颐：露出笑容。颐，面颊。

⑲谁何：什么。

⑳内戚有婚姻之嫌：意谓姨表亲戚因血缘相近，通婚有所禁忌。内戚，内亲，妻的亲属。王子服与婴宁为姨兄妹，故云内戚。

㉑诡曰：谎称，假说。

㉒折柬：裁纸写信。柬，通“简”。

㉓支托：支吾推托。支，支吾，以含混之词搪塞。

㉔确：疑为笔误，当作“榷”。

㉕仰息他人：喻依赖他人。语出《后汉书·袁绍传》。仰，仰仗；息，鼻息，指鼻腔呼吸的气息，呼气则温，吸气则寒。

㉖合沓（tà 榻）：重叠。

㉗鸟道：喻山路险峻狭窄，意谓只有飞鸟可过。

㉘意甚修雅：给人以美好幽雅的感觉。

㉙修竹：细长的竹子。修，长，高。

㉚格磔（zhé 哲）：鸟鸣声。

㉛阶进：进身的因由。阶，因由，凭借。

㉜日昃（zè 仄）：太阳偏西。

㉝盈盈望断：犹言望穿秋水，形容盼望殷切。盈盈，形容眼波流动，明澈如秋水。《西厢记》三本二折：“你若不去啊，望穿他盈盈秋水，蹙损他淡淡春山。”

㉞盼亲：探亲。

㉟粗粝（lì 历）：糙米。喻粗茶淡饭。

㊱肃客：请客人进入。《礼记·曲礼》：“主人肃客而入。”

㊲裀（yīn 因）藉：垫席。裀，同“茵”，重席。

㊳作黍：做饭。

㊴噭（jiào 叫）声而应：高声答应。

㊵坐次：相对而坐的时候。次，指事件正在进行时。

㊶展：陈述。宗阀：宗族门第。

㊷窭（jù 巨）贫：贫穷。《诗·邶风·北门》："终窭且贫。"朱熹注："窭者，贫而无以为礼也。"

㊸无三尺男：谓家无一男性。三尺男，指身高三尺的男童。

㊹弱息：本指幼弱的子女；后多指女儿。

㊺庶产：妾生。封建家族中，侧室称庶，所生子女称"庶出"。

㊻改醮：改嫁。《仪礼·士昏礼》："庶妇则使人醮之。"醮，古婚礼的一种简单仪式；后多指女子嫁人。

㊼雏尾盈握：指肥嫩的雏鸡。《礼记·内则》："雏尾不盈握，弗食。"雏，此指小鸡。盈握，满一把。鸡的尾部满一把，言其肥。

㊽嗔目：生气地看对方一眼。嗔，生气。

㊾裁：通"才"，才。

㊿庚午属马：庚午年生人，属马。古时以鼠、牛、虎、兔、龙、蛇、马、羊、猴、鸡、犬、猪十二种动物，来配十二地支子、丑、寅、卯、辰、巳、午、未、申、酉、戌、亥，称为"十二属"或"十二生肖"。午年生人应属马。

51姑家：婆家。

52匹敌：般配。敌，相当。

53襆被：包着被子。

54迟迟：慢慢地，指过些时候。

55杨花糁（sǎn 伞）径：杨花粉粒，星星点点散落在小路上。糁，碎米屑，泛指散乱的粒状细物；此谓撒落。

56楹：量词，屋一间为一楹。

57捘（zùn 鳟）：捏。

58化为异物：指人死亡。语见贾谊《鵩鸟赋》。异物，指死亡的人，"鬼"的讳词。

59大细事：极小的事。

60靳惜：吝惜。

61生日：原无"生"字，此从铸雪斋抄本。

62葭莩（jiā fú 加孚）之情：亲戚情谊。《汉书·中山王传》："非有葭莩之亲。"葭莩，芦苇内壁的薄膜，喻指疏远的亲戚，亦泛指亲戚。

⑥③瓜葛：指亲戚。瓜和葛都是蔓生植物，因以比喻互相牵连的亲戚。蔡邕《独断》："四姓小侯，诸侯家妇，凡与先帝后有瓜葛者……皆会。"

⑥④周遮：言语烦琐。白居易《老戒》诗："矍铄夸身健，周遮说话长。"

⑥⑤捉双卫：牵着两头驴子。捉，牵。卫，驴的别称。《尔雅翼》："驴一名卫。或曰：晋卫好乘之，故以为名。"

⑥⑥匪伊朝夕：不止一日。匪，通"非"。伊，句中语词。

⑥⑦殂谢：死亡。

⑥⑧面庞：面部轮廓。志赘：指身体上的特征或标记。志，通"痣"。赘，赘疣，俗称瘊子。

⑥⑨鳏居：无妻独居。

⑦⑩天师符：张天师的神符。天师，道教指东汉张道陵及其后裔。详《雹神》注。

⑦①疑参：疑惑参详。

⑦②吃吃：笑声。

⑦③憨（hān酣）生：娇痴。憨，傻。生，语助词。

⑦④执柯：作媒。语出《诗·风·伐柯》。见《娇娜》注。

⑦⑤垅：坟。湮（yān烟）没：埋没。

⑦⑥吊：怜悯。

⑦⑦孜孜（zī zī 兹兹）：不停地。

⑦⑧昧爽：黎明。省（xǐng醒）问：问候，问安。

⑦⑨女红（gōng 工）：旧时指妇女所做的纺织、刺绣、缝纫等事。红，同"功"。

⑧⑩择吉：选择吉日良辰。

⑧①"窃于日中窥之"两句：传说鬼在日光下无影，因而以此检验婴宁是否为鬼物。

⑧②簪玩：妇女折花，或插戴在发髻之上，或插养于瓶中赏玩，因合称。

⑧③爇（ruò若）火：点燃灯火。烛，照。

⑧④讦（jié 洁）：揭发。

⑧⑤笃行士：品行忠厚的读书人。

⑧⑥鹘（hú 胡）突：糊涂。

⑧⑦岑寂山阿：孤寂地居处山阿。陶渊明《挽歌》诗："死去何所道，托体同

山阿。”山阿，山中曲坳处。

㊽合厝（cuò 措）：合葬。厝，安葬。

㊾舆榇：以车载棺。榇，棺材。

㊿错楚：错杂的树丛。

91摄饵：摄取食物。

92隐于笑：用笑来掩护自己。隐，潜藏。

93合欢：花名，俗称夜合花、马缨花。忘忧：忘忧草，萱草的别名。

94解语花：《开元天宝遗事·解语花》：唐明皇与杨贵妃在太液池赏花，左右极赞池花之美，而“帝指贵妃示于左右曰：‘争如我解语花？’”后因以“解语花”比喻善于迎合人意的美女。

95作态：装模作样，指矫饰而有失自然。

意译

王子服是莒县罗店人，早年丧父。王子服非常聪慧，十四岁就考取了秀才。母亲很钟爱他，平时不让他到郊野去游玩。他曾与肖氏女子订婚，但未娶进门就夭折了，至今还一直没有找到如意的配偶。

上元节时，舅表兄吴生邀他一起去游玩，他们刚到村外，舅家一个仆人来把吴生叫走，王子服见来游的女子特别多，也就乘兴独自闲逛。他见一个漂亮女子带着丫鬟，手里拈着一枝梅花，美丽无比，笑容可掬。王子服被她迷住了，目不转睛地盯着她看，竟忘乎所以。女子走过去几步，对丫鬟说：“这个少年目光灼灼地盯着人看，像个贼似的。”女子将手里的花往地上一丢，笑吟吟地走了。王子服捡起被遗弃在地上的花，心里充满了惆怅，很失落地返回。到家里，把那枝梅花悄悄地藏在枕头底下，自个垂头倒在床上，不说话也不吃饭。母亲不知什么原因，只是心疼地看着儿子发愁。母亲请来道士驱邪禳灾，不但没有减轻儿子的郁闷，反而有所加剧，眼看着儿子一天天消瘦下去。母亲又请医生来诊视，谁知吃药后益发昏迷不醒。母亲用手轻抚着他问病因，他却默然不答。

正好吴生来了，母亲嘱托他偷偷地问儿子。吴生来到床前，王子服一见他，忽地泪流满面，吴生坐在床边安慰，又询问原因。王子服如实向他说了，并向他请求办法。吴生笑着说：“你也太痴情了，这小小的愿望有什么达不到的？我可以替你去打问打问，徒步到郊外去游玩，料定不会是富贵人家女子。倘若她还没有许人，这就很好办了，再不然，充其量就是多出些钱，我想一定能成。只是你得好好养病，只要痊愈，这事我保证替你办好。”王子服听完，舒心地笑了。吴生出来，告诉了姑姑，当即打探女子的住处，但查来问去也没个下落。母亲也忧心忡忡，再没有别的办法。

自从吴生去后，王子服心绪好转，脸上有了笑意，饭量也稍微有些增加。过了几天，吴生又来了，王子服询问结果，吴生哄他说：“已经打听到了，我以为是什么人呢，竟是我姑姑的女儿，也是你的姨表妹，现在还没有定亲，虽然是近亲结为婚姻有点不合适，但只要如实相告，就没有什么不如意的。”王子服高兴得眉开眼笑。他又问女子住哪里，吴生随意提了个地方说：“在西南面的一个小山村，离这儿大约三十多里。”王子服又再三再四地托付。吴生慷慨地答应着离开。

后来王子服饮食不断增进，几天后身体就康复了。有一天，他掀开枕头去看那花，只见已经干枯，但却并未凋谢。他把花儿拈在手里，浮想联翩，那女子就像站在眼前。过了很久也不见吴生来，王子服就捎信叫他，吴生托故不愿来。王子服很恼怒，又郁郁寡欢起来。母亲担忧他会旧病复发，就急忙为他四处求婚，一和他商量，总是摇着头不愿意，只是盼着吴生来。而吴生却毫无踪影，他就更加怨恨吴生了。他转念一想三十里路并不算远，为什么不自己去看看，何必要仰仗别人？于是就把那支干枯的梅花藏在袖子里，自己赌着气前往，而家里人却不知道他的行踪。

王子服孤零零独自行路，一路上不见别的人影，无从问路，只顾往南山方向走。走了大约有三十多里，来到一片乱山丛中，这里满眼葱翠，令人赏心悦目，四周异常寂静，了无人踪，只有鸟儿能飞过险峻小路。举目四望，只见遥远的山谷下面，在花丛树林中，隐隐约约有几家小院落。王子服下了山来到村里，见这里房屋并不多，全是些茅草房，但感觉很清静幽雅。有一户人家门朝北开，门前种着很多垂柳，院墙内桃杏繁茂，花香宜人，高高的翠竹杂间其中，果树与竹林中有鸟儿在不住地啼唱，悦耳动听极了。王子服怀疑这是人家的别墅亭园，所以就不敢贸然闯入。他再回头看对面人家门前有块巨石，光洁闪亮，于是他就走过去坐在上面休息。

一会儿听见墙内有个女孩拉长声音在喊“小荣——”声音娇细甜润。他正倾耳聆听时，只见有个女子从东边出来向西走来，手里拈着一支杏花，微低着头，正准备往头发上插戴。她一抬头看见王子服，于是不再往头上插，含着笑拈花进去了。王子服仔细审视，发现这正是上元节时在郊野遇上的那位女子。他不觉欣喜若狂，但一想没有什么借口进去，喊声姨妈吧，却从未来往过，不免冒昧，生怕弄错，但是附近却又无人可问。他坐也不是，去也不是，进退两难，这样一直从早晨挨到太阳西斜，真是望穿秋水，连饥渴也忘记了。时不时瞥见那女子露出半边脸偷偷窥视他，似乎在惊讶他为何不离去。忽然有个老妇人拄着拐杖出来，对他说：“你是何处少年，听说你清晨就来到这儿，现在还不走，你想要干什么？难道肚子不饿？”王子服急忙起身向老婆婆作揖说：“我是来访亲的。”老婆婆有点耳聋，没听清他的话，他就又大声说了一遍。老婆婆问道：“亲戚姓什么？”王子服答不上来。老婆婆笑着说：“奇怪啊！连姓名都不知道，访的什么亲？我看你这少年，是个书呆子。还不如跟我到屋里来，吃顿粗茶淡饭，家里有张小床你晚上可以过夜。等明天回去问清姓名，再来探访也不迟。”王子服这时正感觉饥肠辘辘想吃东西，而且进屋就可以和那美人慢慢接近，高兴极了。

他跟着老婆婆进到门里，只见脚下全是白石砌路，两旁红花掩映，台阶上落着片片花瓣，曲曲折折往西走着，又进了一道门，庭院里是满架的豆棚花。老婆婆把客人请进屋，墙壁粉刷得异常洁白，看上去明亮如镜。院里的海棠连枝带花，伸进窗户。屋里的桌凳、床铺之类，样样都整洁光亮。他刚刚坐下，就觉得有人在窗外偷看。老婆婆叫道：“小荣，快去做饭。”外面有丫头高声应答。相对而坐，王子服详细陈述了自己的宗族门第。老婆婆说：“你外祖父是姓吴吗？”王子服说是。老婆婆惊讶地说：“那你就是我的外甥，你母亲是我妹妹，多年来因家境贫穷，又没个能顶门立户的男儿，所以就隔断了音信。不想外甥已成大小伙子了，还不相识。”王子服说：“我这次就是来找姨妈的，匆忙中竟忘了姓什么。”老婆婆说：“我夫家姓秦，并未生育儿女。唯一的女儿，也是姨太太所生，她母亲改嫁，留给我抚养。女儿很灵巧，就是缺少教育，贪玩，爱笑，不知什么叫愁。过会儿叫她来见你。”很快，丫头就把饭端来了，菜肴里还有肥嫩的小雏鸡。老婆婆在一旁不停地劝他多吃。吃完饭，丫鬟收拾餐具。老婆婆说：“去唤婴姑娘来。”过了好大一会儿，就听见门外有隐隐的笑声。老婆婆朝外面一唤说：“婴宁，你姨表哥在这儿。”门外依然嗤嗤地笑个不停。丫头把她推了进来，她还是掩着口，笑声不断。老婆婆嗔怒地瞪着她说：“有客人在，嘻嘻哈哈，成什么样子？”女子忍住笑站在一旁，王子服向她作揖。老婆婆说：“这是王郎，你姨妈的儿子，一家人却不相识，真让人见笑了。”王子服问：“妹子多大年龄了？”老婆婆没听懂，王子服又说一遍。女子笑弯了腰。老婆婆说：“我说她少教诲，这不是看见了吗？今年十六了，痴呆得像个婴儿似的。”王子服说：“比我小一岁。”老婆婆说：“外甥十七了，莫不是庚午年生，属马的？”王子服点点头。老婆婆又问：“外甥媳妇是谁？”王子服说：“没有。”老婆婆说：“像外甥这样一表人才，怎么十七岁了还未订婚？婴宁也正好没有婆家，本来该是天生的一对，只可惜有近亲之嫌。”王子服并不说话，目不转睛地看着婴宁。丫头在一旁小声说：“目光灼灼的，贼性不改。”婴宁听了又大笑起来，回头对丫头说：“去看看碧桃开花了没？”说罢，即刻起身出去，走时依旧用袖子掩着口，脚步细碎。到门外，便放声大笑。这时，老婆婆也起身，叫丫头给王子服铺床，说道：“外甥来一趟不容易，应住上三五天再送你回去。如果还嫌寂寞，后院有个小园子可供玩耍，也有书可读。”

第二天，他到屋后，果然看见有半亩大的园子，绿茵茵的细草铺在地上，像毡毯一样碧茸茸的，杨花点点，坠落在路畔，与绿草相映成辉。其中有草屋三两间，花林环抱四周，十分幽雅。王子服在花丛中穿行散步，听见树上一阵“苏苏”声，仰面看时，只见婴宁坐在树上。她看见王子服过来，大笑着几乎要从树上跌落下来。王子服忙说：“别这样，小心掉下来！”婴宁边笑边下，不能自我控制。快要下到地上了，失手栽了一跤。这时止住笑。王子服赶快过去扶她，趁机在她手腕上捏了几把，婴宁又笑起来了，直笑得浑身发软，靠在树上不能行走，很长时间才停止。王子服一直等着她笑完，才从袖子里取出梅花给她看。婴宁接过花说：“都枯了，怎么还留着？”王子服说：“这是上元节时妹子扔下的，所以一直小心地保存着。”婴宁问他：“留它有什么意义？”王子服回答：“表示爱你不能忘记。自从上元节见到你就相思成病，想着不久会死掉的，不料今天又见到了你，且望你怜悯怜悯我。”婴宁说：“这实在是小事，是至亲有什么吝惜？等你回家时，园里的花，可叫老奴折一大捆送你。”王子服说：“妹子怎么这么实心？”婴宁疑惑不解地问：“怎么是实心？”王子服说：“我并不是真爱花，而是太爱拈花的人。”婴宁说：“既然是亲戚，爱是不用说的。”王子服说：“我所说的爱，并非亲戚之间一般的爱，而是夫妻之间的爱。”婴宁又问：“亲戚之爱和夫妻之爱有什么不同？”王子服说：“夫妻相爱，就是晚上同床共枕。”婴宁低头沉思了很长时间才说：“我不习惯晚上和生人睡在一起。”话还没说完，丫头悄悄来到跟前，王子服溜走了。过了不久，他们都到了老婆婆那里，老婆婆问：“到哪里去了？”婴宁说在屋后园子说话来。老婆婆责怪道：“饭熟好长时间了，有什么话说这么久？”婴宁说：“大哥说要和我睡觉。”一句话说得王子服面红耳赤，难堪至极，急忙用眼睛瞪她。她微笑不再言语。幸亏老婆婆没听见，却还在啰啰唆唆追问他们说些啥。王子服赶紧用别的话来搪塞掩饰。趁机小声责备婴宁。婴宁说：“刚才那些话不该说吗？”王子服说：“这是背着人讲的话。”婴宁说：“背别人可以，岂能背老母亲？况且睡觉是平常的事，有什么忌讳的？”王子服怨她心太实，没有办法叫她明白。

刚吃完饭，就见家里人牵着两头驴来找王子服。开始，王子服离家后，母亲等他很久不见回来，就产生怀疑，先是在村里几乎找遍了，没见人影。后来又到吴生家去询问，吴生想起他当初哄骗王子服所说的话，因此就叫家人到西南面的山村来寻找。家人问了好几个村，最后才找到这儿。王子服刚出门时，正好碰上，当下进屋向老婆婆辞行，并且请求带着婴宁一块回去。老婆婆高兴地说：“我早有这个想法，不是一天了，只是我年迈不能远行，正好有外甥带着宁儿去认认姨妈，再好不过！”老婆婆说完又大声喊婴宁，婴宁笑着过来，老婆婆说：“有什么喜事，笑得没完没了？若不傻笑，就是十全十美的人。”老婆婆一边数落一边生气地瞪着她，又说：“快去收拾一下，表哥要和你同去呢。”又为王家来的人准备了些酒菜吃了，才送他们出门。临走时又叮咛婴宁说：“姨家很富足，能养得起闲人，到了那儿不要急着回来，可以学些诗书礼仪，将来也好侍奉公婆。让姨妈给你找个好女婿。”于是两人起身同行，走到山坳，再回头看时，还依稀望见老婆婆倚在门前往北目送着他们。

回到家里，母亲见儿子领回来个这么漂亮美貌的女孩，吃惊地问她是谁。王子服说是姨表妹，母亲说：“以前你表哥吴生对你说的话全是编造的，我没有姐姐，哪来的外甥女？”又问女子，她说：“我不是母亲亲生的。我父亲姓秦，他死的时候我还是个婴儿，所以什么也记不得了。”母亲说：“我确实有个姐姐嫁给秦家，但已死去好多年了，难道会复活？”于是又追问女孩关于她母亲的相貌特征以及身上的痣瘤等等，女子答对得完全符合。母亲还是怀疑地说：“是她没错。但她去世好多年了，怎么可能还活着？”她还疑惑未解，这时吴生来了。女子赶快进到里屋。吴生问明事情原委，茫然很久。忽然说道：“女子是叫婴宁吗？”王子服说是，吴生连连说是怪事，母亲问吴生怎么会知道，吴生说：“秦家姑妈去世后，姑父一直单身，后来被狐怪迷惑而病死。姑父与狐妻生下一女叫婴宁，在婴儿时，家里人都见过。姑父死后，狐怪还常来看那女孩。后来家里人求来张天师的神符贴在墙上，狐怪就把女儿带走了。莫非就是她?”大家疑惑猜测。却听见里屋全是婴宁哧哧的笑声。母亲说：“这女孩太憨了。”吴生要求亲眼看看她。母亲进去，她却只管大笑着并不理会。母亲催她赶快出去见客，她这才极力忍住笑，又面对墙壁站了好一阵子才出来。刚刚拜了拜，就立即转身进屋，又放声大笑。满屋的妇女都受了感染，于是禁不住全笑起来。

吴生提出要到山村去看看情况，顺便为王子服做媒。他找到那里，并没有什么房舍家园，只见山花零落满地。吴生回忆姑妈埋葬的地方似乎不远，但是坟墓埋没荒草中，无法辨认，惊叹地返回。母亲怀疑婴宁是鬼怪，进里屋把吴生的话讲给她听，她却没有任何反应，说到她无家可归，她也没有丝毫悲伤的意思，只是一味地憨笑着。大家也无法断定。晚上，母亲让她和家里小女儿一块睡。天亮时，她很自觉地来向母亲问安。她做针线活灵巧得无人能比。只是老爱笑，禁也禁不住。但是笑得很可爱，即使狂笑也无损于她的娇媚，大家都很喜欢她，邻居无论是未嫁少女还是过门媳妇，都争着和她做朋友。母亲决定择个吉日为他俩完婚，却始终怀疑她是鬼。于是就暗地偷看她在阳光下有没有影子，结果都与常人没有丝毫差异。吉日到了，母亲让她身穿艳服，装扮得楚楚动人，举行婚礼。结果她笑得太厉害，使婚礼无法进行。王子服因为她太憨痴，生怕她把闺房中的隐私泄漏出去，而她却守口如瓶，绝不肯吐露一个字。每逢母亲愁闷或发怒时，只要她到跟前一笑，一切便消解了。家里丫头女佣偶犯过失，害怕受罚遭打，常常求她到母亲那里说闲话，犯过的丫头女佣趁机进去认错，事情就过去了。她爱花成癖，向所有的亲戚打探好花，甚至偷偷典当首饰，用来购买好花种子，几个月过去，家中所有地方都种满花木。

院子后边有一架木香，和西邻相接，她常常攀上去摘了花往头上插。母亲偶尔遇见就要呵斥，她却终不能改变这个习性。一天，她刚上到树上，西边邻居的儿子看见她，看得直发愣，被她的美貌所倾倒。她对他笑着。他以为女子对他有了情意，更加淫心荡漾。女子笑着指指墙根下边，他想那一定是她给他暗示幽会地点，于是心都醉了。

天黑以后，他按约前往，看见女子果然等在那里。他上前就去和她相交，顿时感到阴部像锥刺一样，疼痛直往心里钻，他大声号哭着倒在地上，仔细看时哪里是什么女子，而是一截朽木扔在墙根下，他所接触的便是朽木上的一个湿窟窿。

其父闻声赶来问他怎么回事，他只哼哼不说话。妻子来问，他才说出实情。

他们点灯一照，见窟窿里有只大蝎子，像小螃蟹那么大。其父破了木头将蝎子弄死，然后把儿子背回家，到半夜就死了。

邻居老头把王子服告到官府，揭发婴宁是妖怪。县令一向钦佩王子服的才华，熟知他是品行忠厚的人士，说邻居老头蓄意诬告，将用杖责打。王子服代向县令求情，才免受杖罚，释放回家。母亲对婴宁说："你这样憨狂，我早知道会乐极生忧的。县令贤明，幸好未受连累。要是碰上个糊涂县官，一定会逮你到公堂去拷问的，叫我儿子有什么脸面再去见人？"婴宁脸色严肃，发誓不再笑。母亲又说："人哪有不笑的，但必须笑得适时。"但婴宁确实从此不再笑了，即使有意逗她，她还是不笑。不过一整天里也未见她有不高兴的脸色。

一天夜里，婴宁对王子服流下眼泪。王子服感到奇怪。她呜咽着说："以前因为和你相处时间短，说出来怕你被吓着。现在知道婆婆和你都很爱我，也没有猜疑，我对你直说了也许无妨吧？我本是狐母所生。母亲临去时将我托给鬼妈妈，我们相依为命十多年，这才有了今天。我没有兄弟姊妹，现在唯一可依靠的只有你了。如今老妈妈孤零零地守在山谷，无人怜悯为她合葬，常常抱恨九泉之下。你如果肯花点钱，使地下老母消除悲痛，那么天下养女儿的人家就都不忍把女婴溺死或者抛弃。"王子服答应了她的要求，但是顾虑在荒草堆里无法辨认坟墓。婴宁只说不必担忧。选定日子夫妻俩就用车拉着棺材前往山谷。婴宁在荒草乱石中指示墓穴，果然挖出老婆婆的尸骨，皮肤还好好的。婴宁抚尸哭得很伤心。然后把尸首入棺运回，找见秦氏的坟墓合葬了。当天夜里，王子服梦见老婆婆来向他致谢，醒来后对婴宁说了，婴宁说："我夜里见到她了，她嘱咐我不要惊动你。"王子服很惋惜没有邀请留下老婆婆。婴宁说："她是鬼，生人多的地方阳气太盛，她怎么能久住呢？"王子服又问起小荣，婴宁说："她也是狐，聪明极了，狐母留她照看我，她常常去找食物喂我，我总是在心底里感激她的恩德。昨天问母亲，说她已经出嫁了。"从此，每到清明节，夫妻俩就一起去秦氏墓前去祭拜，从未误过。过了一年，婴宁生下一个男孩。他在母亲怀抱中就不怕生人，见人就笑，和母亲的性格一模一样。

异史氏说："观婴宁一味地憨笑，似乎她是没有心肝的人。但是墙根下的一出恶作剧，显示出她聪颖过人。至于悲凄恋念鬼母，反笑为哭，我想婴宁大概是用笑来掩护自己了。我曾经听说过山中有一种草，名叫'笑矣乎'，闻闻它，就会大笑不止。房里若种了这种草，那么合欢、忘忧之类花卉都将大为逊色。至于解语花，我嫌弃它太做作呢。"

聂小倩

宁采臣，浙人。性慷爽，廉隅自重[①]。每对人言："生平无二色[②]。"适赴金华[③]，至北郭，解装兰若。寺中殿塔壮丽；然蓬蒿没人[④]，似绝行踪。东西僧舍，双扉虚掩；惟南一小舍，扃键如新。又顾殿东隅，修竹拱把[⑤]；阶下有巨池，野藕已花。意甚乐其幽杳[⑥]。会学使案临[⑦]，城舍价昂，思便留止，遂散步以待僧归。日暮，有士人来，启南扉。宁趋为礼，且告以意。士人曰："此间无房主，仆亦侨居。能甘荒落，旦晚惠教，幸甚。"宁喜，藉藁代床，支板作几，为久客计。是夜，月明高洁，清光似水，二人促膝殿廊[⑧]，各展姓字[⑨]。士人自言："燕姓，字赤霞。"宁疑为赴试诸生，而听其音声，殊不类浙。诘之，自言："秦人[⑩]。"语甚朴诚。既而相对词竭，遂拱别归寝。

宁以新居，久不成寐。闻舍北喁喁[⑪]，如有家口。起伏北壁石窗下，微窥之。见短墙外一小院落，有妇可四十余；又一媪衣黦绯[⑫]，插蓬沓[⑬]，鲐背龙钟[⑭]，偶语月下[⑮]。妇曰："小倩何久不来？"媪曰："殆好至矣。"妇曰："将无向姥姥有怨言否？"曰："不闻，但意似蹙蹙[⑯]。"妇曰："婢子不宜好相识。"言未已，有一十七八女子来，仿佛艳绝。媪笑曰："背地不言人[⑰]，我两个正谈道，小妖婢悄来无迹响。幸不訾着短处。"又曰："小娘子端好是画中人，遮莫老身是男子[⑱]，也被摄魂去。”女曰：“姥姥不相誉，更阿谁道好？”妇人女子又不知何言。宁意其邻人眷口，寝不复听。又许时，始寂无声。方将睡去，觉有人至寝所。急起审顾，则北院女子也。惊问之。女笑曰：“月夜不寐，愿修燕好[19]。”宁正容曰：“卿防物议，我畏人言；略一失足，廉耻道丧。”女云：“夜无知者。”宁又咄之。女逡巡若复有词。宁叱：“速去！不然，当呼南舍生知。”女惧，乃退。至户外复返，以黄金一锭置褥上。宁掇掷庭墀，曰：“非义之物，污吾囊橐！”女惭，出，拾金自言曰：“此汉当是铁石。”

诘旦，有兰溪生携一仆来候试，寓于东厢，至夜暴亡。足心有小孔，如锥刺者，细细有血出。俱莫知故。经宿，仆一死[20]，症亦如之。向晚，燕生归，宁质之[21]，燕以为魅。宁素抗直[22]，颇不在意。宵分，女子复至，谓宁曰：“妾阅人多矣，未有刚肠如君者。君诚圣贤，妾不敢欺。小倩[23]，姓聂氏，十八夭殂，葬寺侧，辄被妖物威胁，历役贱务；腆颜向人，实非所乐。今寺中无可杀者，恐当以夜叉来[24]。”宁骇求计。女曰：“与燕生同室可免。”问：“何不惑燕生？”曰：“彼奇人也，不敢近。”问：“迷人若何？”曰：“狎昵我者，隐以锥刺其足，彼即茫若迷，因摄血以供妖饮；又或以金，非金也，乃罗刹鬼骨[25]，留之能截取人心肝：二者，凡以投时好耳。”宁感谢。问戒备之期，答以明宵。临别泣曰：“妾堕玄海[26]，求岸不得。郎君义气干云[27]，必能拔生救苦。倘肯囊妾朽骨，归葬安宅[28]，不啻再造。”宁毅然诺之。因问葬处，曰：“但记取白杨之上，有乌巢者是也。”言已出门，纷然而灭。

明日，恐燕他出，早诣邀致。辰后具酒馔，留意察燕。既约同宿，辞以性癖耽寂[29]。宁不听，强携卧具来。燕不得已，移榻从之，嘱曰：“仆知足下丈夫，倾风良切[30]。要有微衷，难以遽白。幸勿翻窥箧襆，违之两俱不利。”宁谨受教。既而各寝，燕以箱箧置窗上，就枕移时，齁如雷吼。宁不能寐。近一更许，窗外隐隐有人影。俄而近窗来窥，目光睒闪[31]。宁惧，方欲呼燕，忽有物裂箧而出，耀若匹练，触折窗上石棂，欻然一射，即遽敛入，宛如电灭。燕觉而起，宁伪睡以觇之。燕捧箧检征[32]，取一物，对月嗅视，白光晶莹，长可二寸，径韭叶许[33]。已而数重包固，仍置破箧中。自语曰：“何物老魅，直尔大胆，致坏箧子。”遂复卧。宁大奇之，因起问之，且以所见告。燕曰：“既相知爱，何敢深隐。我，剑客也。若非石棂，妖当立毙；虽然，亦伤。”问：“所缄何物?”曰：“剑也。适嗅之，有妖气。”宁欲观之。慨出相示，荧荧然一小剑也。于是益厚重燕。明日，视窗外，有血迹。遂出寺北，见荒坟累累，果有白杨，乌巢其颠。迨营谋既就，趣装欲归。燕生设祖帐[34]，情义殷渥[35]。以破革囊赠宁，曰：“此剑袋也。宝藏可远魑魅。”宁欲从授其术。曰：“如君信义刚直，可以为此。然君犹富贵中人，非此道中人也。”宁乃托有妹葬此，发掘女骨，敛以衣衾，赁舟而归。

宁斋临野，因营坟葬诸斋外。祭而祝曰：“怜卿孤魂，葬近蜗居，歌哭相闻，庶不见陵于雄鬼[36]。一瓯浆水饮，殊不清旨，幸不为嫌!”祝毕而返。后有人呼曰：“缓待同行!”回顾，则小倩也，欢喜谢曰：“君信义，十死不足以报。请从归，拜识姑嫜[37]，媵御无悔[38]。”审谛之，肌映流霞，足翘细笋，白昼端相，娇艳尤绝。遂与俱至斋中。嘱坐少待，先入白母。母愕然。时宁妻久病，母戒勿言，恐所骇惊。言次，女已翩然入，拜伏地下。宁曰：“此小倩也。”母惊顾不遑。女谓母曰：“儿飘然一身，远父母兄弟。蒙公子露覆[39]，泽被发肤[40]，愿执箕帚，以报高义。”母见其绰约可爱[41]，始敢与言，曰：“小娘子惠顾吾儿，老身喜不可已。但生平止此儿，用承祧绪[42]，不敢令有鬼偶。”女曰：“儿实无二心。泉下人，既不见信于老母，请以兄事，依高堂，奉晨昏[43]，如何?”母怜其诚，允之。即欲拜嫂。母辞以疾，乃止。女即入厨下，代母尸饔[44]。入房穿榻，似熟居者。日暮，母畏惧之，辞使归寝，不为设床褥。女窥知母意，即竟去。过斋欲入，却退，徘徊户外，似有所惧。生呼之。女曰：“室有剑气畏人。向道途中不奉见者，良以此故。”宁悟为革囊，取悬他室。女乃入，就烛下坐。移时，殊不一语。久之，问：“夜读否?妾少诵《楞严经》[45]，今强半遗忘。浼求一卷，夜暇，就兄正之。”宁诺。又坐，默然，二更向尽，不言去。宁促之。愀然曰：“异域孤魂，殊怯荒墓。”宁曰：“斋中别无床寝，且兄妹亦宜远嫌。”女起，眉颦蹙而欲啼[46]，足恇儴而懒步[47]，从容出门，涉阶而没。宁窃怜之，欲留宿别榻，又惧母嗔。女朝旦朝母，捧匜沃盥[48]，下堂操作，无不曲承母志。黄昏告退，辄过斋头，就烛诵经。觉宁将寝，始惨然去。

先是，宁妻病废，母劬不可堪；自得女，逸甚，心德之。日渐稔，亲爱如己出，竟忘其为鬼；不忍晚令去，留与同卧起。女初来未尝食饮，半年渐啜稀饱[49]。母子皆溺爱之，讳言其鬼，人亦不之辨也。无何，宁妻亡。母隐有纳女意，然恐于子不利。女微窥之，乘间告母曰：“居年余，当知儿肝膈。为不欲祸行人，故从郎君来。区区无他意[50]，止以公子光明磊落，为天人所钦瞩[51]，实欲依赞三数年，借博封诰[52]，以光泉壤。”母亦知无恶，但惧不能延宗嗣。女曰：“子女惟天所授。郎君注福籍[53]，有亢宗子三[54]，不以鬼妻而遂夺也。”母信之，与子议。宁喜，因列筵告戚党。或请觌新妇，女慨然华妆出，一堂尽眙[55]，反不疑其鬼，疑为仙。由是五党诸内眷[56]，咸执贽以贺，争拜识之。女善画兰梅，辄以尺幅酬答，得者藏什袭[57]，以为荣。

一日，俯颈窗前，怊怅若失[58]。忽问：“革囊何在？”曰：“以卿畏之，故缄置他所。”曰：“妾受生气已久，当不复畏，宜取挂床头。”宁诘其意，曰：“三日来，心怔忡无停息[59]，意金华妖物，恨妾远遁，恐旦晚寻及也。”宁果携革囊来。女反复审视，曰：“此剑仙将盛人头者也。敝败至此，不知杀人几何许！妾今日视之，肌犹粟粟[60]。”乃悬之。次日，又命移悬户上。夜对烛坐，约宁勿寝。欻有一物，如飞鸟堕。女惊匿夹幕间[61]。宁视之，物如夜叉状，电目血舌，睒闪攫拿而前。至门却步；逡巡久之，渐近革囊，以爪摘取，似将抓裂。囊忽格然一响，大可合篑[62]；恍惚有鬼物，突出半身，揪夜叉入，声遂寂然，囊亦顿缩如故。宁骇诧。女亦出，大喜曰：“无恙矣！”共视囊中，清水数斗而已。后数年，宁果登进士。女举一男。纳妾后，又各生一男，皆仕进有声[63]。

注释

①廉隅：棱角，喻品行端方。《礼记·儒行》：“近文章，砥厉廉隅。”

②无二色：旧指男子不娶妾，无外遇。色，女色。

③金华：府名，府治在今浙江省金华金东区。

④没（mò末）：遮蔽；淹没。

⑤拱把：一手满握。

⑥幽杳（yǎo咬）：清幽静寂。

⑦学使案临：学使，督学使者，即提督学政，简称学政，为封建时代中央政府派驻各省督察学政的长官。科举时代，各省学使在三年任期内，依次巡行所辖各府考试生员，称“案临”。

⑧促膝：古人席地而坐，或据榻相近对坐，膝部相挨，因称促膝。

⑨姓字：犹言姓名。字，表字，正名以外的别名。

⑩秦：古秦国之地，春秋时奄有今陕西省之地，故习称陕西为秦。

⑪喁喁（yú yú余余）：低语声。

⑫衣黦绯（yè fēi夜非）：穿件退了色的红衣。衣，穿。黦，变色、褪色。绯，红绸。

⑬插蓬沓：簪插着大银栉。蓬沓，古时越地妇女的头饰。苏轼《于潜令刁同年野翁亭》诗自注：“于潜妇女皆插大银栉，长尺许，谓之蓬沓。”于潜，旧县名，其地在今浙江杭州西。

⑭鲐（tái台）背：也作“台背”，驼背。龙钟：行动不灵；形容老态。

⑮偶语：相对私语；对谈。

⑯蹙蹙：忧愁，不舒畅。

⑰背地：据青柯亭刻本，稿本及诸抄本均作“齐地”。

⑱遮莫：假如。

⑲修燕好：结为夫妇。燕好，亲好，指夫妇闺房之乐。

⑳仆一死：三会本《校》，“疑作仆亦死。”

㉑质：询问。

㉒抗直：刚直。抗，同“亢”。

㉓小倩：此据铸雪斋抄本，原无“小”字。

㉔夜叉：梵语，意为凶暴丑恶。佛经中的一种恶鬼。

㉕罗刹：梵语音译。佛教故事中食人血肉的恶鬼。慧琳《一切经音义》：“罗刹此云恶鬼，食人血肉，或飞空或地行，捷疾可畏也。”

㉖玄海：佛家语，指苦海。

㉗干云：冲天。

㉘安宅：安定的居处。《诗·小雅·鸿雁》，“虽则劬劳，其究安宅。”这里指安静的葬地，即墓穴。

㉙耽寂：极爱静寂。

㉚倾风：仰慕、倾倒。

㉛睒（shǎn 闪）闪：闪烁。

㉜征：迹象。

㉝径韭叶许：宽约一韭菜叶。径，宽。

㉞祖帐：为出行者饯别所设的帐幕，引申为饯行送别。祖，祭名，出行以前，祭祀路神。

㉟殷渥：情谊恳切深厚。

㊱雄鬼：强暴之鬼。

㊲姑嫜（zhāng 章）：丈夫的母亲和父亲，俗称公婆。

㊳媵（yìng 映）御：以婢妾对待。媵，泛指婢妾。

㊴露覆：亦作“覆露”，喻润恩泽。《国语·晋语》：“是先主覆露子也。”

㊵泽被发肤：恩泽施于我身。被，覆盖。《孝经》：“身体发肤，受之父母。”发肤，指全身。

㊶绰约：也作“淖约”。温柔秀美。

㊷承祧（tiāo 佻）绪：传宗接代。祧绪，祖宗余绪。祧，祖庙。

㊸奉晨昏：指对父母的侍奉。《礼记·曲礼上》：“冬温而夏凊，昏定而晨省。”

㊹尸饔（yōng 拥）：料理饮食。《诗·小雅·祈父》：“胡转予于恤，有母之尸饔。”尸，主持。饔，熟食。

㊺《楞（léng 棱）严经》：佛经名，全称为《大佛顶如来密因修证了义诸菩萨万行首楞严经》。

㊻眉颦蹙：底本无“眉”字，据二十四卷抄本补。

㊼恇儴（kuāng yāng 狂央）：惶急胆怯。

㊽捧匜（yí 夷）沃盥：侍奉盥洗。匜，古盥器，用以盛水。沃盥，浇洗。

㊾饴（yì 意）：稀粥汤。

㊿区区：自称的谦词。

(51)钦瞩：钦敬重视。

(52)封诰：明、清制度，一至五品官员，皇帝投予诰命，称为“封诰”。这里指因丈夫得官，妻子受封。

(53)注福籍：意谓命中注定有福。注，载入。福籍，迷信传说的记载人间福禄的簿籍。

(54)亢宗子：旧时称人子能扩展宗族地位者为亢宗之子。亢宗，庇护宗族，光宗耀祖。

(55)眙（chì 赤）：瞪目直视，形容惊诧。

(56)五党：不详。疑为“五宗”，指五服内的亲族。

(57)什袭：珍藏。语本《艺文类聚》六《阚子》。

(58)怊（chāo 抄）怅若失：感伤失意之状。宋玉《高唐赋》：“悠悠忽忽，怊怅自失。”

(59)怔忡（zhēng chōng 争冲）：心悸；恐惧不安。

(60)粟粟：因恐惧，起了鸡皮疙瘩。粟，皮肤上起粟粒样的疙瘩。

(61)夹幕：帷幕。

(62)大可合篑（kuì 愧）：约有两个竹筐合起来那么大。篑，盛土的竹器。

(63)有声：有政声，指为官声誉很好。

意译

宁采臣是浙江人，为人慷慨豪爽，端正自重。他常对人说：“平生除过妻子，不近其他女色。”

一次，他有事去金华府城，行至北郊，卸装在庙里休息。寺里的大殿、宝塔等建筑都十分壮观、华丽，只是蓬蒿长得比人都高，好像从未有人进来过。东西两边僧人的房舍门都虚掩着，只有南边的一间小屋新上了门锁，再看看殿东一角，高高的竹子有一手满握那么粗，阶下有个大水池，池里的野藕正开着花。他很喜欢这里是个幽静的所在。正值学政大人巡视到来，城里的房价极贵，心想不如就住在这里，于是在寺院随意走走，等和尚回来。傍晚时分，他见有个书生来开南屋的门，宁采臣就过去向他打招呼，并把想在寺院留宿的意图说了，书生说："这里没有房主，我也是在这里暂住，你只要不嫌这里荒凉就住下吧，我还有幸早晚向你求教。"宁采臣很高兴，就铺草为床，支起木板当桌子，要在这里久住。这天夜里，明月高悬，清光柔媚似水，两人在殿廊上促膝相谈，互通姓名。书生自我介绍说："姓燕，字赤霞。"宁采臣以为他是来应试的秀才，但口音却不像浙江人，一问才知是陕西人。他说话朴实真诚。随后没什么可谈的了，于是拱手道别，各自就寝。

宁采臣因到了生地方，很久不能入睡。他听到房子北边传来说话声，像是住着人家。他起身伏在北边墙壁石窗户下偷偷窥视，见短墙外有个小院落，有四十岁左右的妇人和身穿暗红色衣服、头戴银首饰的驼背老太婆，在月光下对话。妇人说："小倩为何这么长时间还不见来？"老太婆说："大概就要来了。"妇人又说："该不会是对老母有怨言吧？"老太婆说："这倒没听说，但她好像有些不高兴。"妇人说："对这丫头不宜太好！"话音未落，就见一个十七八岁的少女进来，容貌美艳绝伦。老太婆说："背地不要说人，我两个正说着，小妖精进来没有个响声，幸亏没说什么坏话。"又说："小娘子确实是个画中人，假使我老太婆是个男人，也会被勾了魂去。"少女说："姥姥若不夸赞我，还会再有谁说我好呢？"她们下边说些什么就听不清楚了。宁采臣以为她们是邻居人家女眷，就睡下不再去听。过了很久，那边才悄无声息。

他正要睡着时，忽然觉得有人进来了，他急忙起身一看，正是北院那个少女。他惊讶地问她来干什么，女子笑着说："迷人的月夜睡不着，想和你玩玩。"宁采臣严肃地说："你要防别人说闲话，我也怕流言。稍一失足，就会廉耻丧尽，道德败坏。"女子说："深夜没人会知道。"宁采臣大声呵斥她，她在地上打着转还想说什么，宁采臣又喝道："快走！再不走，我就要叫南边屋子的人来看。"女子害怕了，才退了出去，但她刚到外面就又回来了，拿出一锭黄金放在褥子上。宁采臣抓起来一把扔到屋子台阶下边，说道："不义之财，不要玷污了我的口袋！"女子很羞惭地出去，从地上拾起金子自言自语说："这汉子真是铁石之人。"

第二天一早，有个兰溪县书生带着仆人来等候考试，住在东厢房，夜里暴病而死，脚心有个小孔，像是锥子扎的，还有细细的一丝血流出来，大家不知什么缘故。过了一夜，仆人也死了，症状和主人一样。晚上，燕生回来了，宁采臣询问怎么回事，燕生认为是鬼怪弄的。宁采臣向来耿直刚正，对此很不在意。

半夜时分，那女子又来了，她对宁采臣说："我见的人多了，没有人像你这么刚正的，你确实是个正直人，我不敢欺骗。告诉你吧，我姓聂，叫小倩，十八岁时夭亡，就葬在寺院隔壁。我常被妖魔威胁，干各种下贱的事务，强装笑脸勾引男人，这实在不是我的意愿。今夜寺院里无人可害，恐怕夜叉会来危害你的。"宁采臣很害怕，问她该怎么办？她说："和燕生住在一起，会免除大难。"他问为何不去迷惑燕生？女子说："他是个奇人，不敢接近。"宁采臣又问："怎么去迷惑人？"女子说："谁要是亲近我，我就悄悄地用锥子刺他的脚心，他就会昏迷不醒，于是抽他的血供妖魔喝。假使谁爱钱我就给他金子，其实那不是金子，是罗刹鬼的骨头，谁拿了它就会剜取谁的心肝。这两种办法都是用来对付那些好色或者贪财的家伙的。"宁采臣感谢她来通信，并问夜叉什么时候来？女子说是明晚。分别时，女子流泪说："我掉进苦海里，上不了岸，您是君子，义气冲天一定能把我救出苦海，如果愿意将我尸骨重新葬个好地方，您就是我的再生恩人。"宁采臣毅然答应一定照办。又问她葬在什么地方，女子说："你一定记住，白杨树上有鸟巢的便是。"说完，一出门就不见了。

第二天，宁采臣害怕燕生有事出门，一大早就到他的房间去邀请。到半清早准备好酒菜同饮，并留意观察燕生的举止，最后提出晚上要和他同住一屋。燕生以性情孤僻喜欢寂静来推辞，宁采臣把自己的铺盖硬搬进燕生的房里，燕生没办法，只好同意。他叮嘱说："我知道你是个大丈夫，令人敬佩，但我有些话不便明说，希望你不要翻看我的箱子和包袱，否则，这会对我们两个都不好。"到了晚上，他们都各自睡了。燕生把一个箱子放在窗户上，刚挨上枕头不久就鼾声如雷。宁采臣却睡不着，大约一更时分，窗外隐隐约约有个人影，慢慢地走近窗户往里偷看，目光闪烁。宁采臣吓得刚要叫醒燕生，突然有一个东西破箱飞出，光亮耀眼，像是一匹白练，碰折了窗上的石棂，极快地向外面一射，随即又收回箱中，仿佛电光消失一样。燕生觉察起身，宁采臣装睡偷看他。燕生端起箱子检查着，从里边取出个东西，对着月光闻闻看看，只见那东西白光晶莹，有二寸来长，大约像韭菜叶宽。燕生把它裹了几层包好，仍旧放进破箱里，自言自语说："什么老鬼怪，竟这般大胆，把我的箱子都弄坏了。"说完又睡下了。宁采臣非常奇怪，就起来问他，并把自己刚才看见的情形告诉了他，燕生说："蒙你顾爱，怎敢隐瞒。

我是剑客。要不是这石窗棂，鬼怪早死定了，即使这样，还是受了重伤。”宁采臣又问他藏的是什么东西？燕生说：“是剑，刚才闻闻，有股妖气。”宁采臣要看。燕生向他慨然出示，是一柄寒光闪闪的小剑。于是宁采臣对他更加敬重。

早晨起来，看到窗户外留有血迹，宁采臣走出寺院，只见北边全是乱坟，那边果然有棵白杨树，树顶有个鸟巢。他办完事情，打点行装准备回家。燕生为他饯别，两人结下深厚情谊。燕生送给宁采臣一个破皮袋，说：“这是个剑袋，好好珍藏着，它能驱邪除妖。”宁采臣还想跟他学剑术，燕生说：“像你这样刚正而又重信义的人本来可以学学，但是你是富贵场上人，不是我们这一行的。”宁采臣托辞他有个妹妹葬在这里，挖出女尸，用衣物包好，雇船回家。他的书房靠近野外，就建造坟墓把女尸葬在书房附近，并祝祷说：“我同情你孤孤单单，把你葬在这小屋附近能听见你的声音，也免得让你受恶鬼的欺凌。送你一杯水酒喝，不成敬意，希望不要嫌弃。”他祝祷完就往回走，却听见后面有人喊：“等等，一块走！”他回头一看，见是聂小倩。她高兴地感谢说：“您的信义，我死十次也不足以报答。请带我回家拜见公婆，我愿做个婢妾也无悔。”宁采臣仔细看她，只见她肌肤光洁如流霞，小脚翘若细笋，白天端详，更加娇艳。两人一起回到书房。宁采臣叫小倩稍坐一会儿，他先进屋告诉母亲。母亲听了很吃惊。当时宁采臣的妻子重病在床很久了，母亲劝他不要说，害怕使其受惊。正说时，小倩已轻盈地进来，向母亲跪拜。宁采臣说：“这就是小倩。”母亲很惊惶，只听她说：“我孤身一人，远离亲人，蒙受公子恩德，施于我身，我愿意做奴妾服侍他，报答深情厚谊。”母亲见她长得风姿绰约，端丽可爱，才敢开口和她说话：“姑娘肯照顾我儿子，我高兴都来不及。但我一辈子就他这么一个儿子，还要靠他传宗接代，不能娶鬼妻。”小倩说：“我绝无二心。我这九泉之下人，老母既不信任，我愿把他当哥哥对待，就跟母亲在一起，早晚侍候，行吗？”母亲见她这么真诚，就同意了。她还想拜见嫂子，母亲以她有病推辞，这才止了。小倩当即下厨做饭，穿堂入室，像是家里人一样熟悉。天黑了，母亲害怕她，让她自己回去睡，没给她安排床铺，她心里明白母亲的意思，就辞别了。经过书房时她想进去，又退出来，只在窗下徘徊，好像怕什么。宁采臣叫她进去，她说：“房里的剑气我很怕，当初我一路上不敢见你就是这个缘故。”他马上明白是剑袋的关系，就忙取下拿去挂在别的房间。小倩进来坐在烛光下，好一会儿也没说一句话，很久才问：“你夜里读书不？我小时候念过《楞严经》，现在大半都记不得了，请找一卷，夜里没事时请大哥指导我读。”他答应了。小倩又默默地坐着，无话可说，二更快过去了，还不想走。宁采臣催她走，她悲凄地说："我怕回荒墓里去，到那里孤零零一个人。"宁采臣说："书房里又没第二张床，而且兄妹之间到了台阶上就应避嫌。"小倩站起来，一副痛苦神色想要哭的样子，抬脚想走又不愿走，慢慢出门，到了台阶上就消失了。宁采臣心里很可怜她，本想留她睡在别的床上，又怕母亲不高兴。

小倩早晚都向母亲问安，侍候梳洗，下堂操持家务，一切都博得母亲欢心。一到黄昏就自觉告退，每次经过书房都要在烛光下读一阵经书，只要一看宁采臣想要睡觉，她就很难过地离去。

以前，宁妻卧病在床，母亲劳累得厉害，自从小倩来后，母亲轻松多了，心里很感激她。日子久了，更加亲近，母亲竟把她当成自己的女儿，居然忘记她是个鬼。晚上再也不忍心叫她走，就留她一起住。小倩刚来时不曾饮食，半年后渐渐吃几口稀粥。母子俩都越发喜爱她，说话时都忌讳说鬼字。人们也辨别不清。

不久，宁妻去世，母亲有收小倩为儿媳的意思，但又怕对儿子不利。小倩猜出母亲的心思，找机会对母亲说："我来一年多了，母亲该了解孩儿的心，我不想害任何人，所以才跟随宁郎来家里。

我没有其他心思，只因公子为人光明磊落，天和人都钦佩。我心里实际想侍奉他三五年，等他成就功名做官后，我也可借以封诰，在阴间也感到荣光。"母亲也知道她没有恶意，只是怕她不能生儿育女。小倩说："生儿育女是上天所授，大哥有天福，将有三个光宗耀祖的儿子，不会因为娶了鬼妻就绝后的。"母亲相信她说的，和儿子商议婚事。

宁采臣很高兴，于是发出请帖，大办婚筵。亲戚朋友有人要求看看新媳妇。小倩穿戴得花枝招展，落落大方地出来见客人，大家看了无不艳羡，都不相信她会是鬼，而以为她是仙。因此亲戚的妇女都送厚礼表示祝贺，争相拜会结识她。小倩很擅长画兰梅，就用画幅来答谢她们，大家得到画卷都珍藏起来，以此为荣。

有一天，她低头站在窗前，显出怅然若失的样子。忽然问道："剑袋在哪里？"宁采臣说："因为你害怕，我就把它放在别的房间了。"小倩说："我接受阳气已经不少了，不再害怕，应当取来挂在床前。"宁采臣问她为什么要这样做，小倩说："三天来，我一直心跳不停，想着是金华那老妖精恨我远逃，恐怕早晚会找来的。"宁采臣拿来剑袋，小倩翻来翻去看了很长时间说："这是剑仙盛人头用的，已经破旧成这样子，不知杀了多少人！我今天看着它还浑身发抖。"说完就挂起来。第二天，又叫挂在窗户上。夜里她坐在烛前，叫宁采臣不要睡。忽然有一个东西，像飞鸟一样落下来，小倩吓得把身子缩在帐幕中。宁采臣一看像夜叉的样子，目光如电流，舌头血红血红，张牙舞爪地扑上前来。它到了门口又停住，在外边徘徊了很久，慢慢靠近剑袋，企图用爪子摘取，好像要将它撕裂，剑袋突然“咔嚓”一声响，一下子胀得像两个竹筐那么大，仿佛其中有个鬼物猛地伸出半个身子，把夜叉揪了进去，旋即没了声息，剑袋也收缩成原来的样子。宁采臣非常惊惧，小倩也出来，欣喜万分地说：“这下没有危险了！”他们再去看袋子里面，只有几斗清水罢了。

几年后，宁采臣果然中了进士，小倩也生下个男孩。后来宁采臣又纳妾了，小倩和她各生下一个男孩。三个儿子都做了官，而且有好声望。

水莽草

水莽，毒草也。蔓生似葛；花紫，类扁豆。误食之，立死，即为水莽鬼。俗传此鬼不得轮回[①]，必再有毒死者，始代之。以故楚中桃花江一带[②]，此鬼尤多云[③]。

楚人以同岁生者为同年，投刺相谒[④]，呼庚兄庚弟[⑤]，子侄呼庚伯，习俗然也。有祝生造其同年某[⑥]，中途燥渴思饮。俄见道旁一媪，张棚施饮，趋之。媪承迎入棚，给奉甚殷。嗅之有异味，不类茶茗，置不饮，起而出。媪急止客[⑦]，便唤：“三娘，可将好茶一杯来[⑧]。”俄有少女，捧茶自棚后出。年约十四五，姿容艳绝，指环臂钏[⑨]，晶莹鉴影。生受盏神驰；嗅其茶，芳烈无伦。吸尽再索[⑩]。觇媪出，戏捉纤腕，脱指环一枚。女赪颊微笑[⑪]，生益惑。略诘门户[⑫]，女曰：“郎暮来，妾

犹在此也。”生求茶叶一撮，并藏指环而去。至同年家，觉心头作恶，疑茶为患，以情告某。某骇曰：“殆矣[13]！此水莽鬼也。先君死于是[14]。是不可救，且为奈何？”生大惧，出茶叶验之，真水莽草也。又出指环，兼述女子情状。某悬想曰[15]：“此必寇三娘也。”生以其名确符，问：“何故知？”曰：“南村富室寇氏女，夙有艳名[16]。数年前，误食水莽而死[17]，必此为魅。”或言受魅者，若知鬼姓氏，求其故裆[18]，煮服可痊。某急诣寇所，实告以情，长跪哀恳；寇以其将代女死，故靳不与[19]。某忿而返，以告生。生亦切齿恨之，曰：“我死，必不令彼女脱生[20]！”某舁送之，将至家门而卒。母号涕葬之。

遗一子，甫周岁[21]。妻不能守柏舟节[22]，半年改醮去。母留孤自哺，劬瘁不堪[23]，朝夕悲啼。一日，方抱儿哭室中，生悄然忽入。母大骇，挥涕问之。答云：“儿地下闻母哭，甚怆于怀，故来奉晨昏耳[24]。儿虽死，已有家室，即同来分母劳，母其勿悲。”母问：“儿妇何人？”曰：“寇氏坐听儿死[25]，儿甚恨之。死后欲寻三娘，而不知其处；近遇某庚伯，始相指示。儿往，则三娘已投生任侍郎家[26]；儿驰去，强捉之来。今为儿妇，亦相得，颇无苦。”移时，门外一女子入，华妆艳丽，伏地拜母。生曰：“此寇三娘也。”虽非生人，母视之，情怀差慰[27]。生便遣三娘操作。三娘雅不习惯[28]，然承顺殊怜人。由此居故室，遂留不去。女请母告诸家。生意勿告；而母承女意，卒告之[29]。寇家翁媪，闻而大骇，命车疾至。视之，果三娘。相向哭失声，女劝止之。媪视生家良贫[30]，意甚忧悼。女曰：“人已鬼，又何厌贫？祝郎母子，情义拳拳[31]，儿固已安之矣。”因问：“茶媪谁也？”曰：“彼倪姓，自惭不能惑行人，故求儿助之耳。今已生于郡城卖浆者之家[32]。”因顾生曰：“既婿矣，而不拜岳，妾复何心[33]？”生乃投拜[34]。女便入厨下，代母执炊，供翁媪。媪视之凄心。既归，即遣两婢来，为之服役；金百斤、布帛数十匹；酒胾不时馈送[35]，小阜祝母矣[36]。寇亦时招归宁[37]。居数日，辄曰：“家中无人，宜早送儿还。”或故稽之，则飘然自归。翁乃代生起夏屋[38]，营备臻至[39]。然生终未尝至翁家。一日，村中有中水莽毒者，死而复苏，相传为异。生曰："是我活之也。彼为李九所害，我为之驱其鬼而去之。"母曰："汝何不取人以自代？"曰："儿深恨此等辈，方将尽驱除之，何屑此为！且儿事母最乐，不愿生也。"由是中毒者，往往具丰筵，祷诸其庭，辄有效。

积十余年，母死。生夫妇亦哀毁[40]，但不对客，惟命儿缞麻辟踊[41]，教以礼仪而已。葬母后，又二年余，为儿娶妇。妇，任侍郎之孙女也。先是，任公妾生女，数月而殇[42]。后闻祝生之异，遂命驾其家，订翁婿焉。至是，遂以孙女妻其子，往来不绝矣。一日，谓子曰："上帝以我有功人世，策为四渎牧龙君[43]，今行矣。"俄见庭下有四马，驾黄幨车[44]，马四股皆鳞甲[45]。夫妻盛装出，同登一舆。子及妇皆泣拜，瞬息而渺。是日，寇家见女来，拜别翁媪，亦如生言。媪泣挽留，女曰："祝郎先去矣。"出门遂不复见。

其子名鹗，字离尘，请诸寇翁，以三娘骸骨与生合葬焉。

注释

①轮回：佛教名词。梵语意译，原意为"流传"，佛教认为，众生因其言语、行动、思想意识（佛教称"业"）的善恶，在所谓"六道（天、人、阿修罗、地狱、饿鬼、畜生）"中生死相续，如车轮流传不停。此处谓误食水莽草而死，不得转生。

②桃花江：在今湖南境。《读史方舆纪要》八〇："（资）水经县（益阳）南六六里，谓之桃花江，以夹岸多桃也。"今沿江有桃江县。

③尤：此据二十四卷抄本，原作"犹"。

④刺：名片。

⑤庚兄庚弟：犹年兄年弟。庚，年庚。

⑥造：登门拜访。

⑦止：留。

⑧将：取。

⑨钏（chuàn 串）：手镯。

⑩索：讨。

⑪赪（chēng 称）颊：红着脸。

⑫略诘门户：此谓祝生询问三娘晚间居于何处，思欲与之幽会。

⑬殆：危险。

⑭先君：旧时对别人称谓自已死去的父亲。

⑮悬想：猜想。

⑯夙：夙昔，旧日。

⑰水：此据铸雪斋抄本，原作“草”。

⑱故袑：穿用过的裤袑。

⑲靳：吝惜。

⑳脱生：迷信谓由鬼魂转生人世。

㉑甫：方，才。

㉒柏舟节：谓妇女在丈夫死后矢志不嫁的节操。柏舟，《诗经·国风·鄘风·柏舟》中的一篇，中有“泛彼柏舟，在彼中河。髧彼两髦，实维我仪。之死矢靡他！”之句。《诗小序》谓此诗为卫世子之妻共姜所作。卫世子共伯早死，共姜矢志不嫁，作诗明志。后因称妇女寡居守志为“柏舟之节”。

㉓劬瘁：辛劳、劳苦。

㉔奉晨昏：旧时子女侍奉父母，要昏定晨省，即黄昏时为父母安定床铺，晨起省问安否。《礼记·曲礼》：“凡为人子之礼，冬温而夏凊，昏定而晨省。”

㉕坐听：安然听任。

㉖侍郎：官名。隋唐以后，侍郎为中书、门下及尚书省所属各部长官的副职。

㉗差慰：略微得到安慰。

㉘雅：甚，很。

㉙卒：终，终于。

㉚良：确实。

㉛拳拳：恳切，诚挚。

㉜浆：茶水。

㉝妾复何心：我又将是何种心情，言其内心痛苦不堪。

㉞投拜：倒身下拜，指叩头。

㉟胾（zì 自）：肉。

㊱小阜：稍稍使之富裕。

㊲归宁：旧谓已嫁女子回母家探视。《诗·周南·葛覃》：“害浣害否，归宁

父母。"

㊳夏屋：大屋。语出《诗·秦风·权舆》。

㊴臻（zhēn 针）至：极为完美。

㊵哀毁：因过度悲哀以致形毁骨立，旧时常用以形容居父母丧时的哀戚情形。《世说新语·德行》："王戎虽不备礼，而哀毁骨立。"

㊶缞（cuī 催）麻：丧服。缞亦作"衰"，用粗麻布制作，披于胸前；麻，麻带，或扎在头上，或系于腰际。辟（bì 壁）踊：本作"擗踊"，捶胸顿足，表示极度悲哀。《孝经·丧亲》："擗踊哭泣，哀以送之。"

㊷殇：夭折，早亡。

㊸策：策命。古命官授爵，帝王颁以策书为符信。《周礼·春官·内史》："凡命诸侯及孤卿大夫，则策命之。"郑玄注："策谓以简策书王命。"四渎牧龙君：四渎之神。四渎，古指长江、黄河、淮水、济水。《尔雅·释水》："江、河、淮、济为四渎。"

㊹幨（chān 搀）：也作"襜"。车帷。

㊺马四股皆鳞甲：指传说中的龙马。

意译

水莽是一种毒草，枝蔓长得像葛条，花呈紫色，很像扁豆。如果误食了它，就立即会被毒死，死后就成为水莽鬼。民间相传水莽鬼不能轮回，必须再有人被毒死，才可代替。所以楚地桃花江一带，水莽鬼尤其多。

楚地人把同岁出生的称作同年，投帖子互相拜访，称作庚兄庚弟，子侄辈称呼他们为庚伯。这是一种习俗。有个姓祝的书生去拜访一个同龄朋友，途中干渴难耐想喝水。他又走了不远，看见路边有个老太婆搭着凉棚供给茶水，就快步走过去。老太婆把他迎进棚，很殷勤地招待他。他闻到茶水有一股怪味，不像茶叶味。他没喝就放下茶杯起身出来，老太婆急忙留住他，连声叫着："三娘，快拿一杯好茶来。"很快就有个少女端着一杯茶从凉棚后边出来。这女子大约十四五岁，姿色艳丽，容光照人。她手上戴着戒指，臂腕戴着手镯，晶莹光洁得能照见人影。祝生从她手里接过茶杯，不觉神思飞扬。他闻闻茶水，浓香袭人，无与伦比。他喝完一杯，又要第二杯。他瞅着老太婆出了凉棚，就趁机抓住女子的手腕捏弄着，顺手卸下她的一枚戒指。女子红着脸微笑，祝生更被她所迷惑。他试探着询问她的住处，女子说："你晚上来，我就在这儿。"祝生向她要了一把茶叶，并将戒指藏起来就告辞走了。

祝生到了朋友家，觉得恶心要吐，怀疑是茶水的问题，于是把路上遇到的事情对朋友讲了。朋友吃惊地说："糟糕！你遇上的是水莽鬼。我的父亲就是这样死去的，这是不可救药的，将怎么办？"祝生吓傻了，拿出茶叶验看，确实是水莽草。他又拿出戒指，并把女子的容貌讲了一遍。朋友猜想了一下说："这肯定是寇三娘。"祝生听这名字符合，就问他咋知道。朋友说："南村有个姓寇的富翁，他女儿长得非常漂亮。几年前，误吃了水莽草被毒死，肯定是她在作祟。"有人告诉他，被水莽鬼害死的人，假如知道鬼的姓名，可以要来死者穿过的裤衩煮水喝了就会好的。朋友就赶快到南村寇三娘家里去，说明实情，跪在主人面前苦苦哀求，寇家认为祝生将作为女儿的替身去死的，所以吝惜不给女儿的内裤。朋友气愤地返回，把情况告诉给祝生。祝生也对寇家恨得咬牙切齿，说："我死了，发誓不让他家女儿脱生！"朋友抬着祝生回家，快要到家门口时死了。母亲痛哭着将儿子埋葬了。

祝生留下一个儿子，刚满周岁，妻子不愿守寡，过了半年就改嫁了。祝生母亲便自己抚养小孙子。由于忍受不了那份劳苦，母亲从早到晚啼哭不已。有一天，母亲正抱着儿子在屋里啼哭，祝生悄悄地进来。母亲非常惊恐，擦着眼泪问他。他说："儿在九泉之下听见母亲的哭声，心里十分悲痛，所以就回家来早晚侍奉母亲。儿虽然死了，又有了妻室，现在带她回来与母亲分担家务，母亲不要再悲伤。"母亲问："儿媳妇是什么人？"祝生说："寇家对我见死不救，眼睁睁看着让我死了，我恨死他们了。我死后就寻找三娘报复，却不知道她在什么地方，最近碰见庚伯，告诉我怎样去找。儿前去了，三娘已在任侍郎家投生。儿急奔而去，把她硬是抓了回来。现在她已做了儿的媳妇，我们相处得很好，没有什么痛苦。"一会儿工夫，门外一个女子进来，装扮艳丽，容貌秀美，一进门就向母亲跪拜。祝生说："这就是儿媳寇三娘。"

他们虽然不是活人，但母亲看着，心里略略得到安慰。祝生叫寇三娘去操持家务，寇三娘出身富贵之家，做家务很不习惯。不过她为人随和温顺，特别讨人喜爱。从此祝生和寇三娘就住在他原来的房间，不再离开。寇三娘请祝生母亲去告知娘家，而祝生的意思不让告诉。但母亲还是按照三娘的意思终于告诉了寇家。寇家老两口听后大吃一惊，立即命人备车快速前往。他们到祝家一看，果然是自己的女儿，面对面失声痛哭，女儿劝住了父母。老太太见祝生家里太贫穷，心里非常难过。女儿说："我已经做了鬼，还有什么贫穷之嫌？祝家母子对我情义深厚，我已很安心在这儿了。"老太太问女儿那个卖茶水的老太婆是谁？女儿说："她姓倪，自愧无法迷惑行人，所以向我来求助，现在已投生在郡城卖茶水的人家。"三娘又回头对祝生说："既然已经做了我家女婿，却不拜见岳父岳母，让我心里怎能好受？"祝生便向两位老人跪拜磕头。三娘下厨房，代母亲生火烧饭来招待自己的父母。老太太看着女儿亲自下厨房，心里很悲伤。回家后，就派了两名丫头来供他们使唤，又送来一百两银子、几十匹布帛，还不定时地送来酒肉等，使祝生母亲过上了小康日子。寇家时常叫三娘回去看看，但是稍住几天，女儿就说："家里没人，应送儿早早回去。"如果寇家硬挽留着不让走，三娘就自己出门飘然而归。寇老翁又替祝生建起大宅院，购置一切用具，但是祝生却从未去过寇家。

一天，村里有人中了水莽草之毒而死去，却又死而复生，人们传为怪事，祝生说："是我把他救活的。他被李九所害，我替他赶走了李九的鬼魂。"母亲说："你为什么不找个人做你的替身？"祝生说："我最恨这种人，要把他们全部赶走，不屑于干这样的事。而且我侍奉母亲深感快乐，不愿意投生。"此后，凡是中了水莽草之毒的人家，往往备办好丰盛的酒席到祝家来祈祷，都很灵验。

过了十多年，祝母去世，祝生夫妇极尽哀悼之礼，但他们不接待客人，只是让儿子披麻戴孝，守灵哀哭，教他行各种礼仪而已。安葬完母亲，过了两年，他们又给儿子娶了媳妇，新娘是任侍郎的孙女。原来，任侍郎的小妾生下一个女孩，几个月后就夭折了。后来他听说祝家发生奇异之事，于是坐车到了祝家，与祝生认作翁婿。到这时，又把孙女许配祝生的儿子，从此两家往来不断。

有一天，祝生对儿子说："老天爷因我对人世有功，就册封我为四渎牧龙君，今天就要启程了。"转瞬间就见院子里出现一辆四匹骏马驾辕的黄幨车，马腿上都长着鳞甲。祝生夫妇身着华丽衣装一起登车而行，儿子、儿媳妇哭着拜送，转眼间就消逝了。这一天，寇家也见女儿回来，向二位老人拜别，所说的话和祝生相同。老太太哭着挽留，女儿说："祝郎已先走了。"说完话，出了门，就不见踪影了。

祝生的儿子叫祝鹗，字离尘，前来寇家请求，将寇三娘的尸骨与祝生合葬在一起。

造畜

魇昧之术[①]，不一其道，或投美饵，绐之食之[②]，则人迷罔[③]，相从而去，俗名曰"打絮巴"，江南谓之"扯絮"。小儿无知，辄受其害。又有变人为畜者，名曰"造畜"。此术江北犹少[④]，河以南辄有之[⑤]。扬州旅店中[⑥]，有一人牵驴五头，暂絷枥下[⑦]，云："我少选即返[⑧]。"兼嘱[⑨]："勿令饮啖。"遂去。驴暴日中[⑩]，蹄啮殊喧[⑪]。主人牵着凉处[⑫]。驴见水，奔之，遂纵饮之，一滚尘，化为妇人。怪之，诘其所由，舌强而不能答[⑬]。乃匿诸室中。既而驴主至，驱五羊于院中，惊问驴之所在。主人曳客坐，便进餐饮，且云："客姑饭，驴即至矣。"主人出，悉饮五羊[⑭]，辗转皆为童子。阴报郡，遣役捕获，遂械杀之[⑮]。

注释

①魇昧：同“厌魁”。用巫术、诅咒或祈祷鬼神等迷信方法害人。

②绐（dài 代）：欺骗。

③迷罔：昏乱，神志糊涂。

④犹：尚。

⑤河：指黄河。

⑥扬州：地名。今江苏扬州市。

⑦絷（zhí 执）枥（lì 历）下：拴在马厩里。枥，马厩。

⑧少选：一会儿。

⑨嘱：此据铸雪斋抄本，原作“祝”。

⑩暴：“曝”的本字，晒。

⑪蹄啮（niè 聂）殊喧：又踢又咬，叫闹异常。

⑫着：拴置。

⑬舌强：舌根发硬，谓讲不出话。

⑭饮（yìn 印）五羊：给五只羊喝水。

⑮械杀之：谓用刑杖打死。械，此指刑讯的器械。

意译

魇昧这种妖术，不只是一种，有的用美味来诱骗人吃，吃了以后人就会糊涂地跟着走，俗名称作“打絮巴”，在江南，人们叫作“扯絮”。小孩无知，往往深受其害。还有把人变成牲畜的，名叫“造畜”，这种妖术在江北还不多见，黄河以南常常有。

在扬州旅店，有人牵着五头驴暂时拴在牲口槽边，说：“我去去就回来。”又叮咛旁人不要给驴子吃东西，说完就走了。驴子曝晒在烈日下，又踢又咬闹得厉害，店主人不忍心，就把驴子牵到荫凉地里。驴子一见水就跑过去，店主人便放开让喝个够。这些驴子往地上一滚，立即变成妇人。店主人很惊诧，就问缘故，但是她们舌头硬得说不出话。于是店主人把她们藏在屋里。

过了不久，驴主人回来，又赶着五头羊到了院子。他一看驴不见了，就吃惊地问店主人驴到哪里去了？店主人拉着他坐下，立即端上饮食，并说："你先吃饭，驴子就回来了。"店主人出来，又给那五头羊喝水，一个接一个全变成了儿童。店主人暗中派人告到官府，官府立即派捕役将施妖术的人抓获，就用刑仗打死了他。

凤阳士人

凤阳一士人[①]，负笈远游[②]。谓其妻曰："半年当归。"十余月，竟无耗问[③]。妻翘盼綦切[④]。一夜，才就枕，纱月摇影，离思萦怀。方反侧间[⑤]，有一丽人，珠鬟绛帔[⑥]，搴帷而入，笑问："姊姊，得无欲见郎君乎?"妻急起应之。丽人邀与共往。妻惮修阻[⑦]，丽人但请勿虑。即挽女手出，并踏月色，约行一矢之远[⑧]。觉丽人行迅速，女步履艰涩[⑨]，呼丽人少待，将归着复履[⑩]。丽人牵坐路侧，自乃捉足，脱履相假。女喜着之，幸不凿枘[⑪]。复起从行，健步如飞。移时，见士人跨白骡来。见妻大惊，急下骑，问："何往?"女曰："将以探君。"又顾问丽者伊谁[⑫]。女未及答，丽人掩口笑曰："且勿问讯。娘子奔波匪易[⑬]；郎君星驰夜半，人畜想当俱殆[⑭]。妾家不远，且请息驾[⑮]，早旦而行，不晚也。"顾数武之外[⑯]，即有村落，遂同行。入一庭院，丽人促睡婢起供客，曰："今夜月色皎然，不必命烛，小台石榻可坐。"士人絷蹇檐梧[⑰]，乃即坐。丽人曰："履大不适于体[⑱]，途中颇累

赘否？归有代步[19]，乞赐还也。”女称谢付之。

俄顷，设酒果，丽人酌曰：“鸾凤久乖[20]，圆在今夕；浊醪一觞[21]，敬以为贺。”士人亦执盏酬报。主客笑言，履舄交错[22]。士人注视丽者，屡以游词相挑[23]。夫妻乍聚，并不寒暄一语[24]。丽人亦美目流情，妖言隐谜[25]。女惟默坐，伪为愚者。久之渐醺，二人语益狎。又以巨觞劝客，士人以醉辞，劝之益苦。士人笑曰：“卿为我度一曲[26]，即当饮。”丽人不拒，即以牙拨抚提琴而歌曰[27]：“黄昏卸得残妆罢，窗外西风冷透纱。听蕉声，一阵一阵细雨下。何处与人闲磕牙[28]？望穿秋水[29]，不见还家，潸潸泪似麻[30]。又是想他，又是恨他，手拿着红绣鞋儿占鬼卦[31]。”歌竟，笑曰：“此市井里巷之谣[32]，不足污君听。然因流俗所尚，姑效颦耳[33]。”音声靡靡[34]，风度狎亵。士人摇惑，若不自禁。少间，丽人伪醉离席；士人亦起，从之而去。久之不至。婢子乏疲，伏睡廊下。女独坐，块然无侣[35]，中心愤恚，颇难自堪。思欲遁归，而夜色微茫，不忆道路。辗转无以自主，因起而觇之。裁近其窗[36]，则断云零雨之声，隐约可闻。又听之，闻良人与己素常猥亵之状，尽情倾吐。女至此，手颤心摇，殆不可遏[37]，念不如出门窜沟壑以死。愤然方行，忽见弟三郎乘马而至，遽便下问，女具以告[38]。三郎大怒，立与姊回，直入其家，则室门扃闭，何枕上之语犹喁喁也[39]。三郎举巨石如斗[40]，抛击窗棂，三五碎断。内大呼曰：“郎君脑破矣！奈何！”女闻之，愕然，大哭，谓弟曰：“我不谋与汝杀郎君，今且若何？”三郎撑目曰[41]：“汝呜呜促我来；甫能消此胸中恶，又护男儿、怨弟兄，我不贯与婢子供指使[42]！”返身欲去，女牵衣曰：“汝不携我去，将何之？”三郎挥姊仆地，脱体而去。女顿惊寤，始知其梦。

越日，士人果归，乘白骡。女异之而未言。士人是夜亦梦，所见所遭，述之悉符，互相骇怪。既而三郎闻姊夫远归，亦来省问。语次，谓士人曰：“昨宵梦君归，今果然，亦大异。”士人笑曰：“幸不为巨石所跪。”三郎愕然问故，士以梦告。三郎大异之。盖是

夜，三郎亦梦遇姊泣诉，愤激投石也。三梦相符，但不知丽人何许耳。

注释

①凤阳：府县名。治所在今安徽凤阳县西。士人，读书人。

②负笈（jí 及）远游：谓外出求学。《晋书·王裒传》："负笈游学。"笈，书箱。

③耗问：犹音信。

④翘盼綦（qí 其）切：盼望十分殷切。翘盼，形容盼望之切。翘，翘企，仰着头、踏起脚。綦，甚，极。

⑤方反侧间：谓正在难以入睡之时。反侧，翻来覆去，形容睡卧不安。《诗·周南·关雎》："悠哉悠哉，辗转反侧。"

⑥珠鬟绛帔（pèi 配）：头戴珠翠，身着红色披肩。鬟，鬟髻。绛，红色。帔，披肩。《释名·释衣服》："帔，披也！披之肩背，不及下也。"

⑦修阻：路远难走。修，长，远。阻，难行。《诗·秦风·蒹葭》："溯洄从之，道阻且长。"

⑧一矢之远：一箭之地，谓道路不远，仅一箭之射程。

⑨步履艰涩：脚步迟缓。步履，脚步。艰涩，艰难涩滞，因疲累而行动迟缓。

⑩复履：夹底鞋。

⑪凿枘：方凿（榫卯）圆枘（榫头）的略语。喻龃龉不合。宋玉《九辩》："圆枘而方凿兮，吾固知其（龃龉）而难入。"不凿枘，意谓很合脚。

⑫顾问：以目示意而问。伊谁：是谁。

⑬匪：通"非"。

⑭殆：疲殆，累得要死。

⑮息驾：请别人停下休息的敬词。息，停止。驾，车乘。

⑯顾数武之外：见数步之外。顾，看。

⑰絷（zhí 执）蹇檐梧：把驴拴在檐前柱上。絷，拴系。蹇，驴。《楚辞·七谏·谬谏》："驾蹇驴而无策兮，又何路之能极？"檐，屋檐。梧，檐前柱。

⑱体：四肢。此指脚。

⑲代步：以乘车马代替步行。此指凤阳士人所乘之骡。

⑳鸾凤久乖：谓夫妻久离。鸾凤，鸾鸟和凤凰，旧时喻指夫妻。乖，离。

㉑浊醪（láo 劳）：浊酒。此为谦辞。

㉒履舄（xì 细）交错：舄，鞋。古时席地而坐，脱鞋然后入室。履舄交错，形容宾客众多。《史记·滑稽列传》："履舄交错，杯盘狼藉。"此谓士人与丽者两人足履交错，极为亲昵。

㉓游词：浮浪嬉戏的话。

㉔寒暄：此处意为问候。

㉕妖言隐谜：说着惑人的隐语。妖言，迷惑人心的话。隐谜，让人猜度含义的隐语。此指含有调情之意的隐语。

㉖度（duó 夺）一曲：按曲谱唱一曲。

㉗牙拨：底本字迹不清，铸雪斋抄本和省博物馆本作"牙杖"。二十四卷抄本作"牙板"。详上下文，疑为"牙拨"。提琴：胡琴的一种。弦乐器。种类颇多，所指不详。

㉘闲磕牙：俗谓说闲话、聊天。

㉙望穿秋水：犹望穿双眼。言望归之切。秋水，喻清澈的眼波。李贺《唐儿歌》："骨重神寒天庙器，一双瞳人剪秋水。"

㉚潸潸（shān 衫）：流泪的样子。《诗·小雅·谷风之什·大东》："睠言顾之，潸焉出涕。"

㉛占鬼卦：闺中少妇思夫盼归的占卜游戏。明清民歌《嗳呀呀的》："嗳呀呀的实难过，半夜三更睡不着。睡不着，披上衣服坐一坐。盼才郎，拿起绣鞋儿占一课，一只仰着，一只合着。要说是来，这只鞋儿就该这么着；要说不来，那只鞋儿就该这么着。"

㉜市井里巷之谣：谓民间歌谣。

㉝效颦（pín 频）：谓不善模仿，弄巧成拙。效，模仿。颦，皱眉。《庄子·天运》篇载，越国美女西施，常因心痛而皱眉，其状甚美。同村一丑女模

仿其状却愈加丑陋。此处谦指自己所歌为模仿“市井里巷之谣”。

㉞音声靡靡：乐曲和歌唱都柔细萎靡。《史记·殷本纪》：“北里之舞，靡靡之乐。”

㉟块然：孤独自处的样子。《荀子·君道》：“块然独坐，而天下从之如一体。”

㊱裁：才。

㊲遏：此据铸雪斋抄本，原作“过”。

㊳具以告：以之具告，把上述情况全部告诉（三郎）。“具”字据铸雪斋抄本，底本残缺。

㊴也：此据铸雪斋抄本，底本残缺。

㊵三：此据铸雪斋抄本，底本残缺。

㊶撑目：张目直视，瞪着眼。

㊷贯：“惯”的本字。

意译

凤阳府有个读书人，背着书箱去远方游学。他走时对妻子说：“半年就可以回来。”可是他一走十几个月，竟一直没有消息。妻子对丈夫的盼望十分迫切。

一天夜里，妻子刚刚头挨着枕头，月光照耀着纱窗，树影婆娑摇动，就又激起了她的满怀离情。正当她辗转反侧不能入睡时，忽然有一个身穿艳丽服装的漂亮女子，掀起帘子走了进来，邀她一块去，妻子怕路途遥远难走，漂亮女子只管叫她不要担心。说着就牵上她的手往外走，在月光地里走了一小段路程。妻子觉得行走得太快，而自己却步履艰难，就叫她稍微等等，说要回家去换一双夹底鞋。漂亮女子牵着她的手在路边坐下，把自己脚上的鞋脱下借给了她。她很高兴地穿上，觉得非常合适，就又起身跟着走。这回觉得脚步轻盈，像飞一样快。一会儿，她就看见自己的丈夫骑着一头白骡子来了。丈夫见到妻子非常吃惊，急忙从骡子上下来问道："你到哪里去?"妻子说："我来找你。"他又回头问那漂亮女子是谁?妻子还未来得及开口，漂亮女子却掩嘴微笑着说："暂且不必问这些，娘子一路奔波实在不容易，郎君也披星戴月地奔驰了大半夜，人畜想必都很疲乏了，我家离得不远，请前去歇歇，明天一早再赶路也不晚。"抬头一看，果然在几步之外就有一个村落，于是他们一同前往。

来到一所庭院，漂亮女子叫醒睡梦中的丫鬟起来招待客人。漂亮女子说："今晚月色明媚，不需点烛，小台石榻上可以坐。"士人把骡子拴在屋檐前的木柱上，就过来坐下。漂亮女子对妻子说："鞋子大不合脚，在途中很不舒服吧?你回家时有牲口骑，请把鞋还给我。"妻子道谢一番，把鞋子还给她。片刻间，摆上饭菜，漂亮女子斟酒说："你们夫妻离别已久，今夜才得团圆。薄酒一杯，为你们敬贺。"士人也举杯还谢。主客欢聚，又说又笑，腿脚交错相碰。士人一眼不眨地盯着漂亮女子看，多次说些轻佻的话来挑逗她。尽管他们夫妻久别初聚，却并不说一句互相问候的话。漂亮女子美丽的眼睛脉脉传情，并说一些调情的暗语。妻子默默无语地干坐着，在一旁装傻。到后来，两人都有些醉意，言语举止越发猥亵。漂亮女子又用大杯向士人劝酒，士人借口醉了推辞，而漂亮女子却劝得更殷勤。士人笑着说："你为我唱一曲，我就喝这杯酒。"漂亮女子并不拒绝，就拿起牙拨一边拨琴一边唱道：

黄昏卸得残妆罢，窗外西风冷透纱。听蕉声，一阵一阵细雨下。何处与人闲磕牙?望穿秋水，不见还家，潸潸泪似麻。又是想他，又是恨她，手拿着红绣鞋儿占鬼卦。

唱完歌，笑着说："这是市井中下里巴人的歌谣，不堪让您一听，但因是世俗所崇尚的，所以就赶时髦学唱罢了。"漂亮女子声色靡靡，态度轻狎，士人大为迷惑，更加不能自制。一会儿，漂亮女子佯装醉酒离开酒席，士人也起身跟着漂亮女子去了，很久不见出来。丫鬟也困得伏在走廊上睡着了。妻子一人孤零零地坐在那里，无人陪伴，心里愤懑极了，非常难堪。她本想独自逃回家去，但是又苦于夜色迷茫，记不清回归的道路，一时拿不定主意。妻子起身去探看。刚刚走近窗下，就隐隐约约听见男女之间的那种缠绵的做爱声，再仔细听，又听到丈夫把他们夫妻俩平时做爱的种种猥亵情状完全讲了出来。妻子听到这里，气得浑身战栗，心怦怦地跳个不停，真是无法忍受。她想着还不如出门跳进深沟里死掉算了。她愤怒地正走着，忽然看见弟弟三郎骑马到来，立即跳下马问她怎么了。她把刚才发生的事情说给弟弟听。

三郎火冒三丈，立即同姐姐一起返回直入那人的家，只见房门紧闭，男女间的枕上私语还喁喁不断。三郎举起一块斗大的石头，直往窗棂上抛掷过去，窗棂咔嚓一声被砸断了好几根。里边大喊："郎君头破了！怎么办？"妻子一听，吓得大哭起来，对弟弟说："我并不是要叫你杀死他，现在该咋办？"三郎瞪着眼睛说："你呜呜哇哇地哭着催我来，现在刚消除了胸中的恶气，却又来袒护丈夫，怨怪起我来了。我才不习惯像丫头一样听人指使！"说完，转身就走，妻子又抓住弟弟的衣角说："你不带我一起去，叫我往哪里去？"三郎一把将她推倒在地，脱身离去。妻子一下子惊醒过来，才知道是在做梦。

过了一天，士人果然回来，骑着白骡子。妻子感到很奇怪而没有说出来。士人这一夜也做了个梦，他把自己所梦见的情形对妻子说了，结果和妻子做的梦完全相同，所以两人都很吃惊。随后，三郎听说姐夫出远门回来，也前来问候。谈话中对士人说："我昨夜梦见您回来，今天果然如此，真是太奇怪了。"士人笑着说："幸亏我没有被大石头砸死。"三郎惊讶地问原因，士人把自己做的梦给他说了。三郎大为吃惊，原来夜里，他也做梦梦见姐姐向自己哭诉，他气愤地向窗户投掷石头。三人做梦都很相同，只是不知道漂亮女子是什么人？

耿十八

新城耿十八，病危笃[①]，自知不起，谓妻曰："永诀在旦晚耳。我死后，嫁守由汝[②]，请言所志。"妻默不语。耿固问之，且云："守固佳，嫁亦恒情[③]。明言之，庸何伤[④]！行与子诀[⑤]，子守，我心慰；子嫁，我意断也[⑥]。"妻乃惨然曰："家无儋石[⑦]，君在犹不

给，何以能守？”耿闻之，遽握妻臂，作恨声曰：“忍哉！”言已而没。手握不可开。妻号。家人至，两人攀指，力擘之[8]，始开。

耿不自知其死，出门，见小车十余两[9]，两各十人，即以方幅书名字，粘车上。御人见耿，促登车。耿视车中已有九人，并己而十。又视粘单上，己名最后。车行咋咋[10]，响震耳际，亦不自知何往。俄至一处，闻人言曰：“此思乡地也。”闻其名，疑之。又闻御人偶语云[11]：“今日𠜊三人[12]。”耿又骇。及细听其言，悉阴间事，乃自悟曰：“我岂不作鬼物耶？”顿念家中，无复可悬念，惟老母腊高[13]，妻嫁后，缺于奉养；念之，不觉涕涟。又移时，见有台，高可数仞，游人甚夥；囊头械足之辈，呜咽而下上，闻人言为“望乡台”[14]。诸人至此，俱踏辕下，纷然竞登。御人或挞之，或止之，独至耿，则促令登。登数十级，始至颠顶。翘首一望，则门闾庭院，宛在目中。但内室隐隐，如笼烟雾。凄恻不自胜。回顾，一短衣人立肩下，即以姓氏问耿。耿具以告。其人亦自言为东海匠人[15]。见耿零涕，问：“何事不了于心？”耿又告之。匠人谋与越台而遁。耿惧冥追[16]，匠人固言无妨。耿又虑台高倾跌[17]，匠人但令从己。遂先跃，耿果从之。及地，竟无恙。喜无觉者。视所乘车，犹在台下。二人急奔数武，忽自念名字粘车上，恐不免执名之追；遂反身近车，以手指染唾，涂去己名，始复奔，哆口坌息[18]，不敢少停。少间，入里门，匠人送诸其室。蓦睹己尸，醒然而苏。

觉乏疲躁渴，骤呼水。家人大骇，与之水，饮至石余。乃骤起，作揖拜伏；既而出门拱谢，方归，归则僵卧不转。家人以其行异，疑非真活；然渐觇之，殊无他异。稍稍近问，始历历言其本末[19]。问：“出门何故？”曰：“别匠人也。”“饮水何多？”曰：“初为我饮，后乃匠人饮也。”投之汤羹，数日而瘥。由此厌薄其妻，不复共枕席云。

注释

①病危笃：病重濒于死。笃，指病势沉重。

②嫁守：改嫁或守节。旧谓夫死不嫁为守节。

③恒情：常情，恒，常。

④庸何伤：有什么妨害。庸，与“何”义同。

⑤行：行将，将要。

⑥意断：意念断绝。

⑦无儋（dàn担）石：形容口粮不足，难以度日。儋，通“担”，或称罂缶，坛子一类瓦器，容积一石，故称儋石。见《方言》。《汉书·扬雄传》：“家产不过十金，乏无儋石之储。”

⑧擘（bāi掰）：分开。

⑨两：通“辆”。下句“两”字，义同，意为每辆。

⑩咋咋（zé zé责责）：象声词。形容车声。

⑪御人：驾车人。偶语：相对私语。

⑫剉（cuì脆）：铡断。

⑬腊高：年老。腊，佛家语。僧侣受戒后，于雨季在寺内坐禅修养，安居三月，结束后称为“腊”。故僧侣受戒后的年数以“腊”计算，一年为一腊。后遂与人的年寿联系在一起。

⑭望乡台：旧时迷信，谓阴间有望乡台，新死的鬼魂可由此望见阳世家中情形。

⑮东海：地名。汉设东海郡，治所在郯，即今山东郯城县。

⑯冥追：阴曹追捕。

⑰台高倾跌：此据铸雪斋抄本，原“倾”字后衍一“倾”字。

⑱哆（chǐ齿）口坌（bèn笨）息：张着口喘气。坌，坌涌。息，气息。

⑲历历：犹言清清楚楚。

意译

新城县人耿十八病得很重，自知不能好转，就对妻子说："咱们永别就在早晚之间了。我死了以后，或改嫁或守节都由你自己决定，请说说想法。"妻子沉默不语。耿十八坚持追问，并且说："为我守节固然很好，改嫁也是常情。请你明白地告诉我，有什么妨害！我就要和你永别了。你守节我心里会得以安慰，你改嫁我就断绝意念。"妻子就悲伤地说："家里粮食不足，你在的时候日子都过得很艰难，你死了叫我怎么守？"耿十八听了妻子的话，抓住妻子的胳膊，发出恨恨的声音说："你太残忍了！"话音刚落，就断了气。但是他握着妻子的双手却死也扳不开。妻子号啕大哭，家里人来了，两人抓住他的手指用力硬掰，这才弄开了。

耿十八不知道自己已经死了。他出了门，见有十几辆小车，每辆车坐满十个人，都用一幅方纸写上名字贴在车上。车夫看见耿十八，就催他赶快上车，耿十八看见车上已经有九个人，加上自己正好是十个。再看车上贴的名称，自己被排在最后。车子发出咋咋的响声，震得耳根发麻，也不知道车子将走向哪里。不久，车子就到了一个地方，他听见有人说："这是思乡地。"听到这个名称，他有些怀疑。又听见车夫相对私语说："今天要铡断三个人。"耿十八听后非常害怕，再仔细听听他们说的，全是阴间的事情，这时才醒悟过来，心里说："我这不是变成鬼了吗？"立即就想起家来，但也觉得没有什么可挂念的，只有老母亲年纪很大了，妻子改嫁后无人奉养。想着想着，不觉泪眼潸潸。又过了一会儿，看见一座高台，大约有好几丈，游人很多，那些被蒙头、戴着脚镣的人，呜呜咽咽地上上下下，他听别人说这是"望乡台。"大家到了这里都下了车，纷纷争着登台。车夫或者鞭挞，或者阻止，唯独对耿十八却催他赶快去登。他上了十几级，便登到台顶，翘首远望，自己家里的门窗、庭院都宛然尽收眼底，但里屋隐隐约约看不清楚，仿佛笼罩在烟雾中一样。他心里非常悲凄。耿十八偶然回头一看，只见一个穿短衣的人站在他的下边，那人询问耿十八的姓名。他如实对那人说了。那人也自我介绍是东海匠人。他看见耿十八伤心落泪，就问："什么事放心不下？"耿十八就告诉了他。匠人和他谋划越台逃跑。

耿十八害怕阴曹追捕，匠人说不要紧。耿十八又担心台高会跌伤，匠人叫他只管跟着自己走。匠人先跳，他也随着跳下，落到地上，竟没一点事。很高兴无人发现，再看所乘坐的车子，还停在台下。两人急步逃跑，才跑出几步，忽然想起自己的名字还贴在车上，害怕人家拿着名字来追赶，于是回到车子那里，用手指蘸唾沫涂掉自己的名字，又拼命奔逃，跑得上气不接下气也不敢停一下。

不长时间，就跑到村口，匠人送他到屋里。他突然看见自己的尸体，蓦地苏醒过来。觉得又疲倦又干渴，一个劲地喊着要水喝。家人惊恐极了，给他端来水，他一口气喝了一担多水。然后突地坐起身，又作揖又叩拜，随后又出门拱手道谢，完了才回来。回来后又僵卧在床上一动也不动。家人见他举止奇怪，怀疑他不是真活，但再慢慢观察他，并没有别的特殊举动。家里人渐渐走近问他，他就详细地说了他所经历的事情，家里人又问："为什么出门去？"回答说："和匠人告别。"又问："为什么要喝那么多水？"又答："先是我喝，后来匠人又喝。"家里人慢慢供给饭食，过了几天就完全好了。从此，他再也看不起妻子，也不再和她同睡一张床。

珠 儿

常州民李化[1]，富有田产。年五十余，无子。一女名小惠，容质秀美，夫妻最怜爱之。十四岁，暴病夭殂[2]，冷落庭帏，益少生趣。始纳婢，经年余，生一子，视如拱璧[3]，名之珠儿。儿渐长，魁梧可爱。然性绝痴，五六岁尚不辨菽麦；言语蹇涩[4]。李亦好而

不知其恶。会有眇僧[5]，募缘于市[6]，辄知人闺闼，于是相惊以神；且云，能生死祸福人。几十百千，执名以索，无敢违者。诣李募百缗[7]。李难之。给十金，不受；渐至三十金。僧厉色曰："必百缗，缺一文不可！"李亦怒，收金遽去。僧忿然而起曰："勿悔，勿悔！"无何，珠儿心暴痛，巴刮床席[8]，色如土灰。李惧，将八十金诣僧乞救。僧笑曰："多金大不易！然山僧何能为？"李归而儿已死。李恸甚，以状诉邑宰。宰拘僧讯鞫，亦辨给无情词[9]。笞之，似击鞔革[10]。令搜其身，得木人二、小棺一、小旗帜五。宰怒，以手叠诀举示之。僧乃惧，自投无数[11]。宰不听，杖杀之。李叩谢而归。

时已曛暮[12]，与妻坐床上。忽一小儿，偃儴入室[13]，曰："阿翁行何疾？极力不能得追。"视其体貌，当得七八岁。李惊，方将诘问，则见其若隐若现，恍惚如烟雾，宛转间，已登榻坐。李推下之，堕地无声。曰："阿翁何乃尔[14]！"瞥然复登。李惧，与妻俱奔。儿呼阿父、阿母，呕哑不休。李入妾室，急阖其扉；还顾，儿已在膝下。李骇，问何为。答曰："我苏州人[15]，姓詹氏。六岁失怙恃[16]，不为兄嫂所容，逐居外祖家。偶戏门外，为妖僧迷杀桑树下，驱使如伥鬼[17]，冤闭穷泉[18]，不得脱化[19]。幸赖阿翁昭雪，愿得为子。"李曰："人鬼殊途，何能相依？"儿曰："但除斗室[20]，为儿设床褥，日浇一杯冷浆粥，馀都无事。"李从之。儿喜，遂独卧室中。晨来出入闺阁，如家生。闻妾哭子声，问："珠儿死几日矣？"答以七日。曰："天严寒，尸当不腐。试发冢启视，如未损坏，儿当得活。"李喜，与儿去，开穴验之，躯壳如故。方此忉怛[21]，回视，失儿所在。异之，舁尸归。方置榻上，目已瞥动；少顷呼汤，汤已而汗[22]，汗已遂起。群喜珠儿复生，又加之慧黠便利[23]，迥异曩昔。但夜间僵卧，毫无气息，共转侧之，冥然若死。众大愕，谓其复死；天将明，始若梦醒。群就问之。答云："昔从妖僧时，有儿等二人，其一名哥子。昨追阿父不及，盖在后与哥子作别耳。今在冥间，与姜员外作义嗣[24]，亦甚优游。夜分，固来邀儿戏。适以白鼻騧送儿归[25]。"母因问："在阴司见珠儿否？"曰："珠儿已转生矣。渠与阿翁无父子缘，不过金陵严子方[26]，来讨百十千债负耳。"初，李贩于金陵，欠严货价未偿，而严翁死，此事无知者。李闻之，大骇。母问："儿见惠姊否？"儿曰："不知。再去当访之。"

又二三日，谓母曰："惠姊在冥中大好，嫁得楚江王小郎子，珠翠满头髻；一出门，便十百作呵殿声[27]。"母曰："何不一归宁[28]？"曰："人既死，都与骨肉无关切。倘有人细述前生，方豁然动念耳。昨托姜员外，夤缘见姊[29]，姊姊呼我坐珊瑚床上，与言父母悬念，渠都如眠睡。儿云：'姊在时，喜绣并蒂花，剪刀刺手爪，血涴绫子上[30]，姊就刺作赤水云。今母犹挂床头壁，顾念不去心。姊忘之乎？'姊始凄感，云：'会须白郎君[31]，归省阿母。'"母问其期，答言不知。

一日谓母："姊行且至，仆从大繁，当多备浆酒。"少间，奔入室曰："姊来矣！"移榻中堂，曰："姊妹且憩坐，少悲啼。"诸人悉无所见。儿率人焚纸酹饮于门外，反曰："驺从暂令去矣[32]。姊言：'昔日所覆绿锦被，曾为烛花烧一点如豆大，尚在否？'"母曰："在。"即启笥出之。儿曰："姊命我陈旧闺中。乏疲，且小卧，翌日再与阿母言。"

东邻赵氏女，故与惠为绣阁交。是夜，忽梦惠幞头紫帔来相望[33]，言笑如平生。且言："我今异物，父母觌面，不啻河山[34]。将借妹子与家人共话，勿须惊恐。"质明[35]，方与母言。忽仆地闷绝，逾刻始醒，向母曰："小惠与阿婶别几年矣，顿鬖鬖白发生[36]！"母骇曰："儿病狂耶？"女拜别即出。母知其异，从之。直达李所，抱

母哀啼。母惊不知所谓。女曰：“儿昨归，颇委顿[37]，未遑一言。儿不孝，中途弃高堂，劳父母哀念，罪何可赎！”母顿悟，乃哭。已而问曰：“闻儿今贵，甚慰母心。但汝栖身王家，何遂能来？”女曰：“郎君与儿极燕好[38]，姑舅亦相抚爱[39]，颇不谓妒丑。”惠生时，好以手支颐；女言次，辄作故态，神情宛似。未几，珠儿奔入曰：“接姊者至矣。”女乃起，拜别泣下，曰：“儿去矣。”言讫，复踣，移时乃苏。

后数月，李病剧，医药罔效。儿曰：“旦夕恐不救也！二鬼坐床头，一执铁杖子，一挽苎麻绳，长四五尺许，儿昼夜哀之不去。”母哭，乃备衣衾。既暮，儿趋入曰：“杂人妇，且避去，姊夫来视阿翁。”俄顷，鼓掌而笑。母问之，曰：“我笑二鬼，闻姊夫来，俱匿床下如龟鳖。”又少时，望空道寒暄，问姊起居。既而拍手曰：“二鬼奴哀之不去，至此大快！”乃出至门外，却回，曰：“姊夫去矣。二鬼被锁马鞅上[40]。阿父当即无恙。姊夫言：归白大王，为父母乞百年寿也。”一家俱喜。至夜，病良已，数日寻瘥。延师教儿读。儿甚慧，十八入邑庠[41]，犹能言冥间事。见里中病者，辄指鬼祟所在，以火爇之，往往得瘳。后暴病，体肤青紫，自言鬼神责我绽露[42]，由是不复言。

注释

①常州：府名。治所在今江苏省常州市。

②夭殂（cú 徂）：犹夭亡。短命而死。

③拱璧：两手拱抱之璧，即大璧，泛指珍宝。语出《左传·襄公二十八年》。

④言语蹇涩：说话不连贯，不清楚。蹇涩，蹇滞，艰涩。

⑤眇僧：瞎和尚。眇，一目失明。

⑥募缘：僧尼募化求人施舍财物，义同“化缘”。

⑦百缗（mín 民）：一百串钱。缗，串钱用的绳子。借指成串的钱，一千

文为一缗。

⑧巴刮：方言。扒挝、抓挠。

⑨辨给（jǐ 已）无情词：巧为辩解而不说实话。辨给，口辨。辨，通“辩”。情，实。

⑩鞔（mán 蛮）革：蒙鼓的皮革。鞔，用皮蒙鼓。

⑪自投无数：即叩头无数。投，五体投地。

⑫曛（xūn 勋）暮：昏暮，即黄昏之后。

⑬恇儴（wāng ráng 汪攘）：惶急的样子。

⑭乃尔：如此。

⑮苏州：府名。治所在今江苏苏州市。

⑯怙恃：谓父母。《诗·小雅·蓼莪》：“无父何怙，无母何恃。”

⑰伥鬼：迷信传说中的一种鬼。据说它被虎咬死，反转来又引虎吃人。见都穆《听雨纪谈·伥虩》。

⑱穷泉：九泉之下，指墓中。

⑲脱化：佛道迷信，谓人死之后，阴司据其一生善恶，令其为人或为畜生转生世间，称为脱化。

⑳斗宝：小宝。

㉑忉怛（dāo dá 刀达）：悲痛。

㉒汤：开水。

㉓便利：敏捷。

㉔义嗣：义子。

㉕白鼻騧（guā 瓜）：白鼻黑嘴的黄马。《诗·秦风·小戎》毛苌传：“黄马黑喙曰騧。”

㉖金陵：地名。即今江苏南京市。

㉗呵殿声：官僚出行时侍卫人员的吆喝声。呵，呵喝在前，指喝道；殿，后卫，指在后的侍从人员。

㉘归宁：旧谓已嫁女子回母家探视。语本《诗·周南·葛覃》。

㉙夤缘：凭借关系。夤，攀附。

㉚涴（wò 卧）：污染。

㉛会须：定要。

㉜驺从（zòng 纵）：古时达官贵人出行时，在车前后侍从的骑卒。语出

《晋书·舆服志》。

㉝幞（pú 仆）头紫帔（pī 丕）：言头裹幞头，身着紫色披肩。幞头，包头软巾。见《封氏见闻记》。

㉞不啻（chì 翅）：不止。

㉟质明：天刚亮。

㊱鬖鬖（sān sān 三三）：毛发下垂貌。

㊲委顿：疲困。

㊳燕好：谓夫妇之间感情极好。燕，亲昵和睦。

㊴姑舅：公婆。

㊵马鞅：套在马脖颈上的皮带。

㊶入邑庠：此谓做了生员，俗称中了秀才。邑庠，详见《叶生》注。

㊷绽露：犹泄露。

意译

常州府百姓李化，田产殷富，都五十多岁了，还没有儿子，只有一个女儿叫小惠，容貌清秀娇美，夫妇怜爱极了。但是女儿十四岁上，暴病夭折，家里冷冷清清，更少了人生乐趣。后来就收了个丫鬟做妾，过了一年便生下个儿子，简直视若宝贝，取名叫珠儿。

珠儿渐渐长大，身材魁梧，十分令人喜欢。但是性情痴呆，五六岁了，还分辨不清豆子麦子，说话也结结巴巴的口齿不清。李化太爱儿子，也不嫌弃这些。恰好遇见一个单眼和尚在市上化缘，这和尚往往知人家的隐秘事情，大家都把他视为神明，而且他自己说可以让人生死，也能给人祸福。因此从几十到上百甚至千两银子，他都是指名募化的，无人敢违抗。这个和尚到李化家来化缘，提出要一百贯钱，李化很为难，只给了十两银子，但是和尚拒绝接受，慢慢加到三十两。和尚声色俱厉地说：“必须一百贯，少一文都不行！”李化也被激怒，收回银子就走。和尚气愤地站起来说：“不要后悔，不要后悔！”过了没多久，珠儿突然心里剧痛，双手乱抓乱抠床上的席子，脸色像土灰一般。李化害怕起来，就拿了八十两银子到和尚那里求救。和尚冷笑着说：“拿了这么些钱来很不容易！但我又能有什么作为？”李化无可奈何，当他回到家里时，儿子已经死去。李化哀痛极了，于是就拿着状子告到县府，县官将和尚抓起来审问，但他狡辩不说实话。拷打他，就像打在皮革上。搜他的身，竟发现有两个小木人和一副小棺材、五面小旗幡，县官大怒，用手举着这些东西让和尚看，和尚害怕了，叩头无数，县官并不依，用棍棒将他打死。李化跪谢了县官后回家去。

这时已经天黑，李化和妻子坐在床上，忽然看见一个小孩不安地进到屋里说：“阿爹为何走得这样急？我拼命追赶也追不上。”仔细看他的模样，大约七八岁。李化很吃惊，正要问问他，却见他若隐若现，恍恍惚惚像是一团烟雾，眨眼间，小孩已经上床坐下。李化把他推下床去，落地时毫无声息。小孩说：“阿爹为什么这样。”一转眼他又上了床，李化恐惧极了，就和妻子一起奔逃出来。小孩在他们身后“阿爹阿妈”地嗲声嗲气叫个不停。李化进了小妾房间，急忙关上门，回头看时，小孩已在膝下了。李化惊恐地问他想干什么，小孩答道：“我是苏州府人，姓詹，六岁时死了父母，兄嫂不能容我，就把我赶到外祖家，有一次我偶然到门外去玩，被妖僧迷住杀死在桑树底下，从此我被迫为他做害人之事，含冤九泉，不能超生。幸赖阿爹为我报仇，我愿意给你做个儿子。”李化说：“人和鬼不一样，怎么能在一起生活？”小孩说：“只要打扫一间小房子，给我弄个床铺，每天浇上一杯冷粥，其他没什么事。”李化照办了。小孩很高兴，于是独自住在房间。

早晨，小孩在内室出出进进，完全像亲生的孩子。他听见小妾在哭珠儿，就问：“珠儿死几天了？”小妾说七天。小孩说：“现在天气寒冷，尸体应不会腐烂，试挖出来看看，如果没有损坏，我可以救活他。”李化听了很高兴，和小孩一同前往，挖出一看，躯体完好无损。他正在悲哀时，回头看那小孩，已不见了踪影。他很纳闷，就抬着儿子的尸体回家。刚刚把珠儿尸体放在床上，发现眼睛已在转动，接着就喊着要汤喝，喝完汤就出汗，刚出过汗就坐起身来。大家都为珠儿的起死回生而高兴，再加上他变得聪明伶俐，已与昔日判若两人。只是到了夜里，他就僵卧如尸，毫无生气，推他翻他，都毫无知觉，像死了一样，大家非常震惊，以为他又死了。然而一到天亮，他又如做梦醒来。大家疑惑不解，就问是怎么回事。他便说："以前跟随妖僧时，一块有两个小孩，其中一个叫哥子。昨天追不上阿爹，是因为正和哥子话别。现在他在阴间已给姜员外做了义子，也很悠闲。夜半，邀我一块去玩耍，刚才他用白鼻黑嘴的黄马送我回来。"母亲问他在阴间是否见到珠儿？他说："珠儿已经转生了。他和阿爹没有父子的缘分，不过是金陵严子方投胎来讨还百十千债钱罢了。"当初，李化曾在金陵做生意，欠下严子方一笔货款没有偿还，后来严子方去世了，这事没有人知道。李化听后大为吃惊。母亲又问见到惠姐没有？小孩说："不知道。下次去后再寻访。"过了两三天，小孩对母亲说："惠姐在阴间生活得非常好。她嫁给了楚江王的小儿子，头上戴满珠宝首饰，一出门总有几十成百的随从前呼后拥。"母亲问："为什么都不回家看上一趟？"小孩说："人死了就都和亲骨肉没关系了。如果有人把生前的事仔细一说，才能豁然记起而思念亲人。昨天我托了姜员外，才凭借关系见了惠姐。惠姐叫我坐在珊瑚床上，我和她说起父母常常挂念着她，她听着就像做梦似的。我说：'姐姐活着时，特别爱绣并蒂莲，有一回剪刀刺破了手指，鲜血染在绫布上，姐姐随手就绣成个赤水云，至今母亲还悬挂在床头的墙上，一看就念叨你。难道姐姐都记不得了么？'姐姐听完，这才伤感起来，说道：'让我先告诉了郎君，再回家去看望母亲。'"母亲问什么时间会回来，小孩说不知道。

一天，小孩对母亲说："姐姐就要来了，随从仆人很多，要多准备些酒菜。"一会儿，小孩又跑回屋说："姐姐来了。"于是家人就把桌子移到中堂，小孩说："姐姐先坐下休息休息，请别再哭了。"其他人都没见到什么。小孩领着人到门外烧纸浇酒，酬谢那些随从。回来说："随从骑卒暂时先叫走了。姐姐说：'当年所盖过的绿锦被曾被烛火烧了豆大个洞，现在还在不？'"母亲说："在呢。"当即打开箱子取出让她看。小孩说："姐姐叫我把它放在她原来的房子。她困了，要休息一会儿，明天再和阿母说话。"

东邻赵家女儿过去和小惠是闺阁中好友。这天夜里，忽然梦见小惠戴着头巾披着紫色披肩看望她，一起说笑就像生前一样。并且小惠说："我已成了异物，和父母相见如隔山隔水似的，想借妹子之口和家人说话，请不要害怕。"天亮以后，赵家女儿正和母亲说话，忽然倒在地上闭了气，过了一刻时间才醒过来，对赵母说："小惠和婶婶分别好几年，头上已有了白发。"赵母惊恐地说："你发疯了？"女儿向母亲拜别出来，母亲知道其中必有缘故，就跟着她来到李家。赵家女儿抱住李母痛哭。李母惊呆了，不知是咋回事。赵女说："女儿昨天回来，十分困倦，所以就没来得及说一句话。女儿不孝，中途抛弃父母，烦劳父母悲伤牵挂，这罪过怎么能赎。"母亲马上明白了，于是也失声痛哭起来。随后母亲问："听说女儿现在做了贵夫人，母亲很欣慰。只是你身在楚江王家，怎么能随便来？"女儿说："郎君和我感情很好，公婆也非常喜欢我，绝不嫌弃我。"小惠活着时，喜欢用手支着下颏，现在说话，时不时做出过去的举动，神情完全和活着时一样。没过多久，小孩跑来说："接姐姐的人到了。"于是赵女站起来，边哭边和母亲拜别，说："女儿走了。"说完，就倒在地上，过了一会儿便苏醒过来。

几个月后，李化病得越来越重，求医服药都没有效果，小孩说："恐怕不可挽救了。有两个鬼坐在床边，一个手持铁杖，一个挽着麻绳。大约有四五尺长。我昼夜哀求，他们都不走。"母亲哭着为老伴准备后事。天黑以后，小孩进屋说："一切杂人都暂时退避一下，姐夫来探望阿爹。"片刻间，小孩鼓掌大笑，母亲问笑什么，小孩说："我是在笑那两个鬼，听见姐夫来了，都慌忙钻到床底下像缩头乌龟。"又过了一会儿，只见小孩仰头向天空道着寒暄，问姐姐的生活情况。随后又拍手说："这两个小鬼，我苦苦哀求，他们就是不去，这回算他们倒霉，真是大快人心！"他走出门外，又回来了。说："姐夫走了，那两个鬼被锁在马鞍上，阿爹的病就会好的。姐夫还说，他回去将禀告楚江王，要为阿爹阿妈求个百年长寿。"全家人听后高兴极了。到了晚上，李化的病就减轻了许多，几天后就完全好了。

李化为小孩请了老师教他读书。小孩很聪明，十八岁就中了秀才，还能说阴间的事情。他见邻居有病，就指出鬼在什么地方，便用火去烧，往往就好了。后来小孩突然得了病，全身紫青，自己说是鬼神责罚他不该泄漏隐秘，从此以后，不再说那些事了。

胡四姐

尚生，太山人[1]。独居清斋。会值秋夜，银河高耿[2]，明月在天，徘徊花阴，颇存遐想[3]。忽一女子逾垣来，笑曰："秀才何思之深？"生就视，容华若仙。惊喜拥入，穷极狎昵。自言："胡氏，名三姐。"问其居第，但笑不言。生亦不复置问，惟相期永好而已。自此，临无虚夕。

一夜，与生促膝灯幕[4]，生爱之，瞩盼不转[5]。女笑曰："眈眈视妾何为？"曰："我视卿如红药碧桃[6]，即竟夜视，不为厌也。"三姐曰[7]："妾陋质，遂蒙青盼如此[8]；若见吾家四妹，不知如何颠倒。"生益倾动，恨不一见颜色，长跽哀请[9]。逾夕，果偕四姐来。年方及笄[10]，荷粉露垂，杏花烟润，嫣然含笑，媚丽欲绝。生狂喜，引坐[11]。三姐与生同笑语；四姐惟手引绣带，俯首而已。未几，三姐起别，妹欲从行。生曳之不释，顾三姐曰："卿卿烦一致声[12]。"三姐乃笑曰："狂郎情急矣！妹子一为少留。"四姐无语，姊遂去。二人备尽欢好，既而引臂替枕，倾吐生平，无复隐讳。四姐自言为狐。生依恋其美，亦不之怪。四姐因言："阿姊狠毒，业杀三人矣。惑之，罔不毙者。妾幸承溺爱，不忍见灭亡，当早绝之。"生惧，求所以处[13]。四姐曰："妾虽狐，得仙人正法[14]，当书一符粘寝门[15]，可以却之。"遂书之。

既晓，三姐来，见符却退，曰："婢子负心，倾意新郎，不忆引线人矣[16]。汝两人合有夙分[17]，余亦不相仇，但何必尔？"乃径去。

数日，四姐他适，约以隔夜。是日，生偶出门眺望，山下故有槲林[18]，苍莽中，出一少妇，亦颇风韵[19]。近谓生曰："秀才何必日沾沾恋胡家姊妹[20]？渠又不能以一钱相赠。"即以一贯授生，曰："先持归，贳良酝[21]；我即携小肴馔来，与君为欢。"生怀钱归，果如所教。少间，妇果至，置几上燔鸡、咸彘肩各一[22]，即抽刀子缕切为脔；酾酒调谑[23]，欢洽异常。继而灭烛登床，狎情荡甚。既曙始起。方坐床头，捉足易舄，忽闻人声；倾听，已入帏幕，则胡姊妹也。妇乍睹，仓惶而遁，遗舄于床。二女遂叱曰："骚狐！何敢与人同寝处！"追去，移时始反。四姐怨生曰："君不长进，与骚狐相匹偶，不可复近！"遂悻悻欲去。生惶恐自投，情词哀恳。三姊从旁解免，四姐怒稍释，由此相好如初。

一日，有陕人骑驴造门曰[24]："吾寻妖物，匪伊朝夕[25]，乃今始得之。"生父以其言异，讯所由来。曰："小人日泛烟波[26]，游四方，终岁十余月，常八九离桑梓[27]，被妖物蛊杀吾弟。归甚悼恨，誓必寻而殄灭之。奔波数千里，殊无迹兆。今在君家。不剪，当有继吾弟而亡者。"时生与女密迩，父母微察之，闻客言，大惧，延入，令作法。出二瓶，列地上，符咒良久。有黑雾四团，分投瓶中。客喜曰："全家都到矣。"遂以猪脬裹瓶口[28]，缄封甚固。生父亦喜，坚留客饭。生心恻然，近瓶窃视，闻四姐在瓶中言曰："坐视不救，君何负心？"生益感动。急启所封，而结不可解。四姐又曰："勿须尔，但放倒坛上旗，以针刺脬作空，予即出矣。"生如其请。果见白气一丝，自孔中出，凌霄而去。客出，见旗横地，大惊曰："遁矣！此必公子所为。"摇瓶俯听，曰："幸止亡其一。此物合不死，犹可赦。"乃携瓶别去。

后生在野，督佣刈麦，遥见四姐坐树下。生近就之，执手慰问。且曰："别后十易春秋，今大丹已成[29]。但思君之念未忘，故复

一拜问。”生欲与偕归。女曰：“妾今非昔比，不可以尘情染，后当复见耳。”言已，不知所在。又二十年余，生适独居，见四姐自外至。生喜与语。女曰：“我今名列仙籍，本不应再履尘世。但感君情，敬报撤瑟之期㉚。可早处分后事㉛；亦勿悲忧，妾当度君为鬼仙，亦无苦也。”乃别而去。至日，生果卒。尚生乃友人李文玉之戚好，尝亲见之。

注释

①太山：郡名。汉置。太，本作“泰”。治所在今山东泰安市。

②银河高耿：谓银河高悬空中，十分明亮。耿，明。

③颇存遐想：略涉虚幻的意想。颇，略，稍微。遐想，超越现实的凝想。此谓花前月下想望美人。

④促膝灯幕：谓相对坐于灯下。促膝，两人膝与膝相挨靠，形容亲近。

⑤瞩盼不转：目不转睛，瞩目而视。瞩盼，犹瞩目。

⑥红药碧桃：为两种观赏植物。红药即芍药，初夏开花，大而美艳。碧桃，碧桃花，此均喻女子姿容美艳。

⑦三姐：此据铸雪斋抄本，原无“姐”字。

⑧青盼：犹青眼、垂青，即见爱、看重之意。《晋书·阮籍传》：“籍又能为青白眼。见礼俗之士，以白眼对之。及嵇喜来吊，籍作白眼；喜不择而退。喜弟康闻之，乃赍酒挟琴造焉，籍大悦，乃见青眼。”

⑨长跽（jì忌）：犹长跪，直挺挺地跪着。

⑩及笄：谓刚十五岁。详见《青凤》注。

⑪引坐：拉她坐下。引，拉，牵。

⑫卿卿：男女间的爱称。

⑬求所以处：求问对付的方法。处，处置、对付。

⑭正法：与左道（邪魔外道）相对而言，指合于正道的仙术。

⑮符：即道书所谓“丹书”“符字”“墨篆”等，形似篆字，非一般人所识，为道教秘文，云可用以召请神将、驱除鬼魅。

⑯引线人：犹媒人，明唐玉《翰府紫泥全书托两姨‘为媒’》：“谊属连襟，姻资引线。”

⑰夙分：生前注定的缘分。

⑱槲（hú 斛）：树名。落叶乔木。

⑲风韵：犹风流。指风情、韵致。

⑳沾沾：“沾沾自喜”的省词，自得的样子。

㉑贳（shì 士）良酝（yùn 韵）：买好酒。贳，买。酝，酒。

㉒燔鸡、咸彘肩：烧鸡、咸猪肘。

㉓釃（shī 尸，又读 shāi 筛）：斟酒。

㉔陕人：陕县人。

㉕匪伊朝夕：不是一朝一夕，言为时已久。匪，同“非”。伊，语助词，无义。

㉖泛烟波：泛舟江湖。

㉗桑梓：桑与梓为古时宅旁常栽的两种树，后因代指故乡。《诗·小雅·小弁》：“维桑与梓，必恭敬止。”

㉘猪脬（pāo 抛）：猪尿脬。脬，膀胱。

㉙大丹：神仙迷信，把朱砂放在炉火中烧炼成仙药，叫做“外丹”；在自己身体内部，用静功和气功修炼精气的，叫做“内丹”。此指内丹而言。大丹已成，谓已修炼成为神仙。参前《耳中人》注。

㉚撤瑟之期：即死期。撤瑟本谓撤去琴瑟，使病者安静。见《礼记·仪礼》。后代称病故。任昉《出郡传舍哭范仆射》：“宁知安歌日，非君撤瑟晨。”

㉛处分：安排。

意译

泰山有位姓尚的书生，平时独自住在清静的书房。正值秋夜，银河高悬，明月当空，清光流泻而下。尚生独自一人徘徊在花丛中，遐想联翩。这时，忽然有个女子翻墙过来，对他笑着说："秀才深思些什么?"等走近了，见她生就一副花容月貌，如同天仙一般。尚生惊喜地搂着她进了书房，很是亲昵地缠绵了一番。女子自我介绍说："我姓胡，名叫三姐。"尚生问胡三姐住在什么地方，她只笑不答。尚生也不再追问，只希望永远相好就行了。从此，胡三姐每天夜晚都来。

一天夜里，他们两人坐在灯下促膝相谈，尚生非常喜欢胡三姐，目不转睛地看着她。胡三姐笑笑说："为什么这样呆呆地看着我?"尚生说："我看你像那美艳绝伦的芍药碧桃花，真是整夜整夜地凝视，也不觉厌烦。"胡三姐说："我容貌这般丑陋，却被你这么看重。如果再见了我家四姐，不知如何神魂颠倒呢!"尚生听了欲念倾动，恨不得即刻一睹芳容，直挺挺地跪在地上向胡三姐哀求要见胡四姐。第二天夜里，胡三姐果然带着胡四姐一块来了。只见她十五六岁的样子，就如清晨带露的粉荷，三月里春雨滋润的杏花，嫣然含笑，娇艳妩媚，真是美丽绝伦，举世无双。尚生一见，欣喜欲狂，赶快拉她坐下。胡三姐和尚生说笑，而胡四姐在一旁只低着头用手拈绣带。过了一会儿，胡三姐起身告别，胡四姐要跟她一块走，尚生却拽住她不让走，望着胡三姐说："我的亲亲，请你说一声吧!"胡三姐便笑着说："看把个狂生焦急的!妹妹你就稍稍待一会儿吧。"胡四姐不吭声，胡三姐就走了。两人尽情交欢一番，完事后就用胳膊作枕头，躺在一起互诉身世，不隐瞒什么。胡四姐说自己是狐精。尚生迷恋于她的美貌，所以并不见怪。胡四姐告诉他："姐姐最为狠毒，她已经杀死三个人，凡是被她迷惑的人没有不死的。我有幸承蒙你的溺爱，不忍心看着你被害死，应当趁早和她断绝来往。"尚生听了十分恐惧，向胡四姐求问对付的办法。胡四姐说："我虽然是狐精，却得到了仙人的正法，可以画一道符贴在卧室门上，就能使她不敢近前。"说完就给他画了一道符。天亮以后，胡三姐来了，一见符果然退却，说："这丫头太负心了，倾心于新郎，竟然把媒人忘了。你们两人应有缘分的，我也不会记恨，但何必要这样做?"说完就走开了。几天后，胡四姐说她有事要到别的地方去，和尚生约定隔夜再来。

这天，尚生偶然出门观光。山下原来有一片槲树林，苍莽中走出一个少妇，长得很有些风韵，她走到尚生跟前说："秀才何必天天为迷恋胡家姐妹而沾沾自喜?她们又不会给你一文钱。"少妇说着就拿出一吊钱来给尚生，并且说："你先拿着回去买好酒，我随后带美味佳肴来，和你一起畅饮。"尚生拿了少妇给的钱回来后果真去买了酒。

不长时间，少妇也如期而至，把烧鸡和卤猪肘放在桌上，用刀子切成细丝。于是两人斟酒对饮，边喝边相互调笑，显得异常和谐融洽。随后吹灭蜡烛，携手上床，极尽淫欲放荡之兴。天亮后才起床。少妇正坐在床边要穿鞋时，忽然听见有人说话，细细倾听，外边的人已经揭帘进来，原来是胡家姊妹俩。少妇一眼瞥见，就仓皇而逃，连鞋子也丢在床下。姊妹俩于是骂道："你这骚狐精，竟敢来和人睡觉！"她们追出去，过了一阵子才回来。胡四姐埋怨尚生说："你这人太不长进了，竟然和一个骚狐精厮混在一起，叫人无法再和你接近。"说着，脸上现出既生气又失望的神情转身要走。尚生十分惶恐，赶快跪下认错，言词十分恳切。胡三姐又在一旁调解劝说，胡四姐怒气渐渐消解，慢慢地又和好如初。

有一天，一个陕西人骑着驴登门拜访说："我一路寻找妖怪，不是一朝一夕了，今天总算在你这里找到。"尚生的父亲觉得这人话里有话，就向他询问来由。客人说："我奔游四方，一年十二个月常有八九个月不在家，我弟弟被妖怪蛊惑杀害。我回家后非常悲愤，发誓要找到妖怪并杀死它为弟弟报仇。我已奔波几千里，未见妖怪踪迹。如今妖怪在你家，不消灭它，一定会有人继我弟弟而死的。"这时，尚生和胡四姐她们正来往得密切，父母略有觉察。他们听客人说了这些话，心里非常惧怕，就请客人进门作法。客人拿出两个瓶子摆在地上，画符念咒，过了很久，就发现有四团黑雾分别被收进两只瓶子里。客人高兴地说："一家妖怪全到了。"于是就用猪膀胱裹住瓶口，封得非常牢固。尚生的父亲很高兴，就坚决请求客人留下吃饭。尚生很为胡四姐她们难过，他走到瓶子跟前窥视，听见胡四姐在瓶中说道："坐视不救，你为何这么负心？"尚生更加感动，急忙拿起瓶子启封，但却怎么也打不开。胡四姐又说："不必这样，只要放倒法坛上的旗，用针戳破猪膀胱，我就能从空隙里出来。"尚生照她说的办法做了，果然看见有一丝白气从小孔中钻出来，一直升到天空里去了。客人出来，看见旗横倒在地上，大吃一惊说："妖怪逃走了，这肯定是你家公子干的。"客人摇摇瓶子，俯着耳朵听听，说："幸亏只逃走了一个。这个怪物不该死，可以赦免。"于是便带着瓶子走了。

后来，尚生在田里监督佣人们割麦子，远远看见胡四姐就坐在前面的一棵大树下面。尚生走过去握着她的手向她问好。胡四姐说："分别有十年之久了，现在我已修炼成仙。但心里一直想念着你，所以专程来看望看望。”尚生想请她一块到家里去。她拒绝说：“我已今非昔比，不能再去沾染俗尘世情，以后还会相见的。”说完，就不见踪影了。

又过了二十多年，正当尚生一人独处，看见胡四姐从外面进来。尚生很高兴地问候她。四姐说：“我现在已名列仙籍，本来不该再到尘世来。但总是念及你的厚情，所以就特地来向你告知你的死期。你可以及早安排后事，但不必悲伤，我会度你为鬼仙的，不会有什么痛苦。”胡四姐说完就走了。到了胡四姐所说的日子，尚生果然死了。

尚生是我的朋友李文玉的亲戚，我曾亲眼见过他。

祝翁

济阳祝村有祝翁者①，年五十余，病卒。家人入室理缞绖②，忽闻翁呼甚急。群奔集灵寝，则见翁已复活。群喜慰问。翁但谓媪曰：“我适去，拚不复返③。行数里，转思抛汝一副老皮骨在儿辈手，寒热仰人④，亦无复生趣，不如从我去。故复归，欲偕尔同行也。”咸以其新苏妄语⑤，殊未深信。翁又言之。媪云：“如此亦复佳。但方生，如何便得死？”翁挥之曰：“是不难。家中俗务，可速作料理。”媪笑不去。翁又促之。乃出户外，延数刻而入，绐之曰⑥：“处置安妥矣。”翁命速妆。媪不去，翁催益急。媪不忍拂其意⑦，遂裙妆以出。媳女皆匿笑⑧。翁移首于枕，手拍令卧。媪曰：“子女皆在，双双挺卧，是何景

象？”翁捶床曰：“并死有何可笑！”子女见翁躁急，共劝媪姑从其意。媪如言，并枕僵卧。家人又共笑之。俄视，媪笑容忽敛，又渐而两眸俱合，久之无声，俨如睡去。众始近视，则肤已冰而鼻无息矣。试翁亦然，始共惊怛[9]。康熙二十一年[10]，翁弟妇佣于毕刺史之家[11]，言之甚悉。

异史氏曰：“翁其夙有畸行与[12]？泉路茫茫[13]，去来由尔，奇矣！且白头者欲其去，则呼令去，抑何其暇也[14]！人当属纩之时[15]，所最不忍诀者，床头之昵人耳[16]。苟广其术，则卖履分香[17]，可以不事矣。”

注释

①济阳：县名。今属山东省济南市。

②缞绖（cuī dié 催迭）：丧服。详前《水莽草》注。

③拼（pàn 判）：豁上；下决心。

④寒热仰人：意谓生活依赖他人。寒热，谓饥寒、温饱。仰人，“仰人鼻息”的省词，指依赖他人生存。

⑤新苏妄语：刚复活，说胡话。苏，复生。

⑥绐（dài 怠）：欺骗。

⑦拂：违拗。

⑧匿笑：偷笑。

⑨惊怛（dá 达）：惊讶、悲痛。

⑩康熙二十一年：即公元 1682 年。

⑪毕刺史：名际有，字载绩，号存吾，淄川（今属山东淄博市）人。顺治二年（1645）拔贡，官至通州（今江苏南通市）知州。康熙三年（1664）罢官归里，十八年（1679）聘蒲松龄设帐其家。生平详见《淄川县志》。刺史，为清代知州的别称。

⑫其：意同“岂”，语词。夙：夙昔，往日。畸（jī 几）行：即不同于常人的美德善行。

⑬泉路：赴阴世之路，谓地下，阴间。杜甫《送郑十八虔贬台州司户》：“便与先生应永诀，九重泉路尽交期。”泉，黄泉，谓地下。

⑭暇：悠闲。

⑮属（zhǔ 主）纩（kuàng 矿）之时：病危之际。纩，新丝绵。旧时将其置于垂危病人的鼻端，验明病人是否断气，叫属纩。《礼记·丧大记》：“疾病，男女改服，属纩以俟绝气。”后因以属纩代指临终之时。

⑯昵人：亲昵之人。此指妻子。

⑰卖履分香：也作“分香卖履”。《文选》六〇《吊魏武帝文序》引曹操《遗令》：“余香可分与诸夫人，不命祭。诸舍中（按：指众妾）无所为，可学作履组卖也。”后因以“分香卖履”指人临死之际犹念念不忘妻妾。

意译

济阳县祝村有个祝翁，五十多岁时病死。家人进屋料理丧服，忽然听见祝翁呼喊很急。大家都跑到灵堂跟前，见他已经复活。大家都高兴地慰问他。祝翁只对老伴说：“我刚才离去，下决心不再回来。走了几里路，回头一想，留下你这一把老骨头在儿子们手里，冷暖都得仰求他们，活着也没多大意思，你还不如跟着我一起去。所以我又回来，想带你一块同行。”大家都以为这是老翁刚刚复活后说胡话，所以都不往心上放。结果祝翁又把那话重复了一遍。老伴说：“这样也没有什么不好。但是正活得好好的，怎么才能死呢?”老翁挥挥手说：“这并不难。家里的日常琐事可以赶快料理料理。”老伴笑着没有动身。老翁再次催促她。

老伴走出门外，过了几刻时间又进来，哄他说：“家务都安排好了。”老翁催她赶快收拾打扮一下，老伴不去，老翁催得更急了。

老伴不愿违背他的意思，于是换好衣裙梳妆出来，儿媳、女儿都在一旁偷着笑。老翁把枕头挪了挪，用手拍拍空出来的地方叫老伴躺下，老伴说：“儿女都在跟前，两人直挺挺躺着像什么样子?”老翁捶着床说：“老两口一起死有什么可笑的?”儿女们见老翁那么急躁，就都劝老母姑且顺从他。老太婆听从他们的话，就和老翁并枕而卧。家人都笑了。过会儿再看，老太婆的笑容忽然收起，两眼慢慢地合上，很久不见有声息，俨然睡去一般。大家这才到跟前仔细去看，老太婆身上都已冰凉也不呼吸了。大家试试老翁也一样，这才都悲痛起来。

康熙二十一年，祝翁的弟媳妇受雇于任知州的毕际有家，很详细地讲述了这件事情。

异史氏说："老翁是不是向来都有与众不同的操行？茫茫阴间路，他都来去自由，奇了！而且白头老伴要她一起去，就能叫着她走，又是多么从容！人在弥留之际，最不忍分别的就是一生同床共枕的亲人。倘若这种办法能够推广的话，那么就可省去临死之际还念念不忘妻妾的事情了。"

酒友

车生者，家不中资①，而耽饮，夜非浮三白不能寝也②，以故床头樽常不空③。一夜睡醒，转侧间，似有人共卧者，意是覆裳堕耳。摸之，则茸茸有物，似猫而巨；烛之，狐也，酣醉而犬卧④。视其瓶，则空矣。因笑曰："此我酒友也。"不忍惊，覆衣加臂，与之共寝。留烛以观其变，半夜，狐欠伸。生笑曰："美哉睡乎！"启覆视之，儒冠之俊人也⑤。起拜榻前，谢不杀之恩。生曰："我癖于曲糵⑥，而人以为痴；卿，我鲍叔也⑦。如不见疑，当为糟丘之良友⑧。"曳登榻，复寝。且言："卿可常临，无相猜。"狐诺之。生既醒，则狐已去。乃治旨酒一盛⑨，专伺狐。

抵夕，果至，促膝欢饮。狐量豪，善谐，于是恨相得晚。狐曰："屡叨良酝[10]，何以报德?"生曰："斗酒之欢，何置齿颊[11]!"狐曰："虽然，君贫士，杖头钱大不易[12]。当为君少谋酒资。"明夕，来告曰："去此东南七里，道侧有遗金，可早取之。"诘旦而往，果得二金，乃市佳肴，以佐夜饮，狐又告曰："院后有窖藏，宜发之。"如其言，果得钱百余千。喜曰："囊中已自有，莫漫愁沽矣[13]。"狐曰："不然。辙中水胡可以久掬?合更谋之。"异日，谓生曰："市上荞价廉[14]，此奇货可居[15]。"从之，收荞四十余石。人咸非笑之。未几，大旱，禾豆尽枯，惟荞可种；售种，息十倍[16]。由此益富，治沃田二百亩。但问狐，多种麦则麦收，多种黍则黍收，一切种植之早晚，皆取决于狐。日稔密[17]，呼生妻以嫂，视子犹子焉。后生卒，狐遂不复来。

注释

①家不中资：语出《史记·游侠列传》。此谓家产并不丰厚。

②浮三白：饮三杯酒。《说苑·善说》："魏文侯与大夫饮酒，使公乘不仁为觞政，曰：饮（而）不酹者，浮以大白。"浮白，原指罚酒，后满饮一大杯酒，也称浮一大白。浮，旧时行酒令罚酒之称，引申为满饮。白，酒杯的一种，供罚酒用。

③樽：本字作"尊"，酒杯。

④犬卧：像犬一样俯身盘曲睡卧。犬，此据二十四卷抄本，原作"大"。

⑤儒冠：儒生戴的帽子。此谓戴着儒生帽子。

⑥癖于曲蘖（niè 聂）：意即嗜酒成癖。癖，嗜好成疾。曲蘖，酒母。《尚书·说命》："若作酒醴，尔惟曲蘖。"后因指酒。

⑦我鲍叔也：意谓是我的知己。鲍叔，春秋时齐国人，与管仲是好朋友。不

论管仲处境如何，他对其都十分信赖。二人经商，管仲多取，他知其家贫，恬不为怪。齐国发生内乱，公子小白与公子纠争夺君位，他与管仲处于敌对地位；结果鲍叔支持的小白（即齐桓公）取得胜利。这时，鲍叔又把管仲推荐给齐桓公，自己甘居其下；他认为自己的才能不及管仲。因此，管仲说："生我者父母，知我者鲍子也。"见《史记·管晏列传》。

⑧糟丘：酒糟堆成的小丘。《新序·节士》："桀为酒池，足以运舟；糟丘足以望七里。"此指酒。

⑨旨酒一盛（chéng 成）：美酒一杯。盛，杯盂之类的盛器；一盛，犹一杯。语出《左传·哀公十三年》。

⑩叨（tāo 涛）：叨扰，辱承。表示承受的谦辞。

⑪何置齿颊：此据二十四卷抄本，原无"齿"字。

⑫杖头钱：买酒钱。《世说新说·任诞》："阮宣子（修）常步行，以百钱挂杖头。至酒店，便独酣畅。"

⑬莫漫愁沽：不要徒然为酒钱犯愁。贺知章《题袁氏别业》："莫漫愁沽酒，囊中自有钱。"

⑭荞（qiáo 桥）：荞麦，子粒可供食用。

⑮奇货可居：此处意为囤积稀有货物，待价高时卖出以牟取暴利。语出《史记·吕不韦列传》。

⑯息十倍：此从二十四卷抄本，"息"原作"忽"。

⑰稔（rěn 荏）密：熟悉亲密。稔，熟悉。

意译

车生家产不及中等水平，但是嗜酒成性，每天夜里不喝上三杯就睡不着觉，所以床头上的酒杯总是不空。一天夜里，他醒来翻身时，发现似乎有人睡在身旁，他以为是衣服掉在旁边。用手一摸，是个毛茸茸的东西，像猫却要大些。他点着蜡烛一照，原来是只狐狸，醉沉沉地像狗一样盘曲卧着。他再看酒瓶，发现已经空了。因而笑着说："这是我的酒友。"不忍心惊动它，又给它盖上衣服，搂着就一起睡了。他留着烛火，要观察它究竟如何变化。半夜时，狐狸欠伸着。车生笑着说："睡得美极了！"他掀开衣服一看，却见它变成个英俊潇洒的书生。书生急忙起身拜伏，感谢车生的不杀之恩。车生说："我嗜酒成癖，别人都认为我太痴，只有你才是我真正的知己。如果不见外，咱们就做个好酒友吧。”车生说着就拽他上床再睡。并且说：“你以后可以常来，不必顾虑。”狐狸答应了。车生醒来后，狐狸早已离去。于是又准备下一杯好酒，专等狐狸。

晚上，狐狸果然来了。于是双双促膝畅饮。狐狸酒量特别大，而且又很诙谐，于是只觉得相见恨晚。狐狸说：“屡次承蒙用好酒招待，不知用什么来还报?”车生说：“喝几杯薄酒，何足挂齿!”狐狸说：“话虽这么说，但你毕竟是个穷书生，几个喝酒钱来得不容易。我应为你想办法弄点酒钱。”第二天夜里，狐狸来告诉他：“在离这儿七里远的东南方，路边有丢下的银子，早早地去取回来。”一大清早，他到指定的地方去，果然拾得二两银子，就用它买了好菜，供晚上喝酒用。狐狸又说：“你家后院窖里藏着钱，可以挖出来用。”车生照办，果然挖出一百多吊钱来。车生高兴地说：“口袋有钱了，再也不用发愁没酒喝了。”狐狸却说：“不能这样。车辙沟里的几滴水经得住几次舀？还应该想别的办法。”另一天，狐狸对车生说：“集市上的荞麦价钱很低，这是奇货可以囤积。”车生听从了，便收买荞麦四十多石。大家都讥笑他。过了没多久，天大旱，庄稼全都枯死，只有荞麦可以播种。车生将荞麦种子卖出去，竟赚了十倍的钱。从此更富裕，购置了二百亩良田。播耕的事他只听从狐狸的安排，所以多种麦，麦就丰收，多种小米，小米就丰收。一切种植的时间，都让狐狸决定。日子长了，关系更加亲密，狐狸称车生的妻子为嫂子，把车生的儿子当作侄子。后来车生死了，狐狸就不再来。

莲香

桑生，名晓，字子明，沂州人[①]。少孤[②]，馆于红花埠[③]。桑为人静穆自喜[④]，日再出[⑤]，就食东邻，余时坚坐而已。东邻生偶至[⑥]，戏曰：“君独居不畏鬼狐耶?”笑答曰：“丈夫何畏鬼狐[⑦]？雄来吾有利剑，雌者尚当开门纳之。”邻生归，与友谋，梯妓于垣而过之，弹指叩扉。生窥问其谁，妓自言为鬼。生大惧，齿震震有声。妓逡巡自去。邻生早至

生斋[8]，生述所见，且告将归。邻生鼓掌曰：“何不开门纳之？”生顿悟其假，遂安居如初。

积半年，一女子夜来叩斋。生意友人之复戏也，启门延入，则倾国之姝[9]。惊问所来，曰：“妾莲香，西家妓女。”埠上青楼故多[10]，信之。息烛登床，绸缪甚至。自此三五宿辄一至。

一夕，独坐凝思，一女子翩然入。生意其莲，承逆与语[11]。觌面殊非：年仅十五六，軃袖垂髫[12]，风流秀曼[13]，行步之间，若还若往[14]。大愕，疑为狐。女曰：“妾，良家女，姓李氏。慕君高雅，幸能垂盼。”生喜。握其手，冷如冰，问：“何凉也？”曰：“幼质单寒，夜蒙霜露，那得不尔！”既而罗襦衿解，俨然处子。女曰：“妾为情缘，葳蕤之质[15]，一朝失守。不嫌鄙陋，愿常侍枕席。房中得无有人否？”生曰：“无他，止一邻娼，顾亦不常[16]。”女曰：“当谨避之[17]。妾不与院中人等[18]，君秘勿泄。彼来我往，彼往我来可耳。”鸡鸣欲去，赠绣履一钩[19]，曰：“此妾下体所著，弄之足寄思慕。然有人慎勿弄也！”受而视之，翘翘如解结锥。心甚爱悦。越夕无人，便出审玩。女飘然忽至，遂相款昵。自此每出履，则女必应念而至。异而诘之。笑曰：“适当其时耳。”

一夜莲来，惊曰：“郎何神气萧索[20]？”生言：“不自觉。”莲便告别，相约十日。去后，李来恒无虚夕。问：“君情人何久不至？”因以相约告。李笑曰：“君视妾何如莲香美？”曰：“可称两绝。但莲卿肌肤温和。”李变色曰：“君谓双美，对妾云尔[21]。渠必月殿仙人[22]，妾定不及。”因而不欢。乃屈指计，十日之期已满，嘱勿漏，将窃窥之。

次夜，莲香果至，笑语甚洽。及寝，大骇曰：“殆矣！十日不见，何益惫损[23]？保无有他遇否?”生询其故。曰：“妾以神气验之，脉析析如乱丝[24]，鬼症也。”次夜，李来，生问：“窥莲香何似?”曰：“美矣。妾固谓世间无此佳人，果狐也。去，吾尾之，南山而穴居。”生疑其妒，漫应之。

逾夕，戏莲香曰：“余固不信，或谓卿狐者。”莲亟问：“是谁所云?”笑曰：“我自戏卿。”莲曰：“狐何异于人?”曰：“惑之者病，甚则死，是以可惧。”莲香曰：“不然。如君之年，房后三日，精气可复，纵狐何害？设旦旦而伐之[25]，人有甚于狐者矣。天下痨尸瘵鬼[26]，宁皆狐蛊死耶？虽然，必有议我者。”生力白其无，莲诘益力。生不得已，泄之。莲曰：“我固怪君惫也。然何遽至此？得勿非人乎？君勿言，明宵，当如渠窥妾者。”是夜李至，裁三数语，闻窗外嗽声，急亡去。莲入曰：“君殆矣！是真鬼物！昵其美而不速绝，冥路近矣！”生意其妒，默不语。莲曰：“固知君不忘情，然不忍视君死。明日，当携药饵，为君以除阴毒。幸病蒂尤浅，十日恙当已。请同榻以视痊可。”次夜，果出刀圭药啖生[27]。顷刻，洞下三两行[28]，觉脏腑清虚，精神顿爽。心虽德之[29]，然终不信为鬼。

莲香夜夜同衾偎生；生欲与合，辄止之。数日后，肤革充盈[30]。欲别，殷殷嘱绝李。生谬应之。及闭户挑灯，辄捉履倾想。李忽至。数日隔绝，颇有怨色。生曰：“彼连宵为我作巫医[31]，请勿为怼[32]，情好在我。”李稍怿。生枕上私语曰：“我爱卿甚，乃有谓卿鬼者。”李结舌良久[33]，骂曰：“必淫狐之惑君听也。若不绝之，妾不来矣！”遂呜呜饮泣。生百词慰解，乃罢。隔宿，莲香至，知李复来，怒曰：“君必欲死耶！”生笑曰：“卿何相妒之深?”莲益怒曰：“君种死根，妾为若除之，不妒者将复何如?”生托词以戏曰：“彼云前日之病，为狐祟耳。”莲乃叹曰：“诚如君言，君迷不悟，万一不虞[34]，妾百口何以自解？请从此辞。百日后，当视君于卧榻中。”留之不可，怫然径去[35]。由是于李夙夜必偕。约两月余，觉大困顿。初犹自宽解；日渐羸瘠，惟饮饘粥一瓯[36]。欲归就奉养，尚恋恋不忍遽去。因循数日，沉绵不可复起。邻生见其病急，日遣馆僮馈给食饮。生至是疑李，因谓李曰：“吾悔不听莲香之言，以至于此！”言讫而瞑。移时复苏，张目四顾，则李已去，自是遂绝。

生羸卧空斋[37]，思莲香如望岁[38]。一日，方凝想间，忽有搴帘入者，则莲香也。临榻哂曰：“田舍郎[39]，我岂妄哉！”生哽咽良久，自言知罪，但求拯救。莲曰：“病入膏肓[40]，实无救法。姑来永诀，以明非妒。”生大悲曰：“枕底一物，烦代碎之。”莲搜得履，持就灯前，反复展玩。李女欻入[41]，卒见莲香[42]，返身欲遁。莲以身蔽门[43]，李窘急不知所出。生责数之[44]，李不能答。莲笑曰：“妾今始得与阿姨面相质[45]。昔谓郎君旧疾，未必非妾致，今竟何如？”李俯首谢过。莲曰：“佳丽如此，乃以爱结仇耶？”李即投地陨泣[46]，乞垂怜救。莲遂扶起，细诘生平。曰：“妾，李通判女[47]，早夭，瘗于墙外[48]。已死春蚕，遗丝未尽[49]。与郎偕好，妾之愿也；致郎于死，良非素心。”莲曰：“闻鬼利人死，以死后可常聚，然否？”曰：“不然。两鬼相逢，并无乐处；如乐也，泉下少年郎岂少哉！”莲曰：“痴哉！夜夜为之，人且不堪，而况于鬼！”李问：“狐能死人，何术独否？”莲曰：“是采补者流，妾非其类。故世有不害人之狐，断无不害人之鬼，以阴气盛也。”生闻其语，始知狐鬼皆真，幸习常见惯，颇不为骇。但念残息如丝，不觉失声大痛。莲顾问：“何以处郎君者？”李赧然逊谢。莲笑曰[50]：“恐郎强健，醋娘子要食杨梅也。”李敛衽曰[51]：“如有医国手[52]，使妾得无负郎君，便当埋首地下，敢复觍然于人世耶！”莲解囊出药，曰：“妾早知有今，别后采药三山[53]，凡三阅月[54]，物料始备，瘵蛊至死[55]，投之无不苏者。然症何由得，仍以何引[56]，不得不转求效力。”问：“何需？”曰：“樱口中一点香唾耳。我一丸进，烦接口而唾之。”李晕生颐颊，俯首转侧而视其履。莲戏曰：“妹所得意惟履耳！”李益惭，俯仰若无所容。莲曰：“此平时熟技，今何吝焉？”遂以丸纳生吻，转促逼之。李不得已，唾之。莲曰：“再！”又唾之。凡三四唾，丸已下咽。少间，腹殷然如雷鸣。复纳一丸，自乃接唇而布以气。生觉丹田火热[57]，精神焕发。莲曰：“愈矣！”

李听鸡鸣，彷徨别去。莲以新瘥，尚须调摄[58]，就食非计；因将户外反关，伪示生归，以绝交往，日夜守护之。李亦每夕必至，给奉殷勤，事莲犹姊。莲亦深怜爱之。居三月，生健如初。李遂数夕不至；偶至，一望即去。相对时，亦悒悒不乐。莲常留与共寝，必不肯。生追出，提抱以归，身轻若刍灵[59]。女不得遁，遂着衣偃卧，踡其体不盈二尺。莲益怜之，阴使生狎抱之，而撼摇亦不得醒。生睡去；觉而索之，已杳。后十余日，更不复至。生怀思殊切，恒出履共弄。莲曰："窈娜如此[60]，妾见犹怜，何况男子。"生曰："昔日弄履则至，心固疑之，然终不料其鬼。今对履思容，实所怆恻[61]。"因而泣下。

先是，富室张姓有女字燕儿，年十五，不汗而死。终夜复苏，起顾欲奔。张扃户，不得出。女自言："我通判女魂。感桑郎眷注[62]，遗舄犹存彼处。我真鬼耳，锢我何益？"以其言有因，诘其至此之由。女低徊反顾，茫不自解。或有言桑生病归者，女执辨其诬。家人大疑。东邻生闻之，逾垣往窥，见生方与美人对语；掩入逼之，张皇间已失所在。邻生骇诘。生笑曰："向固与君言，雌者则纳之耳。"邻生述燕儿之言。生乃启关，将往侦探，苦无由。张母闻生果未归，益奇之。故使佣媪索履，生遂出以授。燕儿得之喜。试着之，鞋小于足者盈寸，大骇。揽镜自照，忽恍然悟己之借躯以生也者，因陈所由。母始信之。女镜面大哭曰："当日形貌，颇堪自信，每见莲姊，犹增惭怍。今反若此，人也不如其鬼也！"把履号咷，劝之不解。蒙衾僵卧。食之，亦不食，体肤尽肿；凡七日不食，卒不死，而肿渐消；觉饥不可忍，乃复食。数日，遍体瘙痒，皮尽脱。晨起，睡舄遗堕，索着之，则硕大无朋矣[63]。因试前履，肥瘦吻合，乃喜。复自镜，则眉目颐颊，宛肖生平[64]，益喜。盥栉见母，见者尽眙[65]。莲香闻其异，劝生媒通之；而以贫富悬邈，不敢遽进。会媪初度[66]，因从其子婿行，往为寿。媪睹生名，故使燕儿窥帘志客[67]。生最后至，女骤出，捉袂，欲从与俱归。母诃谯之[68]，始惭而入。生审视宛然，不觉零涕，因拜伏不起。媪扶之，不以为侮。生出，浼女舅执柯[69]。媪议择吉赘生[70]。

生归告莲香，且商所处。莲怅然良久，便欲别去。生大骇泣下。莲曰："君行花烛于人家，妾从而往，亦何形颜？"生谋先与旋里[71]，而后迎燕，莲乃从之。生以情白张。张闻其有室，怒加诮让。燕儿力白之，乃如所请。至日，生往亲迎。家中备具，颇甚草草；及归，则自门达堂，悉以罽毯贴地[72]，百千笼烛，灿列如锦。莲香扶新妇入青庐[73]，搭面既揭，欢若生平。莲陪卺饮[74]，因细诘还魂之异。燕曰："尔日抑郁无聊[75]，徒以身为异物，自觉形秽。别后愤不归墓，随风漾泊[76]。每见生人则羡之。昼凭草木，夜则信足浮沉。偶至张家，见少女卧床上，近附之，未知遂能活也。"

莲闻之，默默若有所思。逾两月，莲举一子，产后暴病，日就沉绵。捉燕臂曰："敢以孽种相累，我儿即若儿。"燕泣下，姑慰藉之。为召巫医，辄却之。沉痼弥留[77]，气如悬丝。生及燕儿皆哭。忽张目曰："勿尔！子乐生，我乐死。如有缘，十年后可复得见。"言讫而卒。启衾将敛，尸化为狐。生不忍异视，厚葬之。子名狐儿，燕抚如己出。每清明，必抱儿哭诸其墓。

后生举于乡[78]，家渐裕。而燕苦不育。狐儿颇慧，然单弱多疾。燕每欲生置媵。一日，婢忽白："门外一妪，携女求售。"燕呼入。卒见，大惊曰："莲姊复出耶！"生视之，真似，亦骇。问："年几何？"答云："十四。""聘金几何？"曰："老身止此一块肉[79]，但俾得所，妾亦得啖饭处，后日老骨不至委沟壑，足矣。"生优价而留之。燕握女手，入密室，撮其颔而笑曰："汝识我否？"答言："不识。"诘其姓氏，曰："妾韦姓。父徐城卖浆者，死三年矣。"燕屈指停思，莲死恰十有四载。又审视女，仪容态度，无一不神肖者。乃拍其顶而呼曰："莲姊，莲姊！十年相见之约，当不欺吾！"女忽如梦醒，豁然曰："咦！"熟视燕儿。生笑曰："此'似曾相识燕归来'也[80]。"女泫然曰[81]："是矣。闻母言，妾生时便能言，以为不祥，犬血饮之，遂昧宿因[82]。今日始如梦寤。娘子其耻于为鬼之李妹耶？"共话前生，悲喜交至。

一日，寒食，燕曰："此每岁妾与郎君哭姊日也。"遂与亲登其墓，

荒草离离[83]，木已拱矣[84]。女亦太息。燕谓生曰："妾与莲姊，两世情好，不忍相离，宜令白骨同穴。"生从其言，启李冢得骸，舁归而合葬之。亲朋闻其异，吉服临穴[85]，不期而会者数百人。余庚戌南游至沂[86]，阻雨，休于旅舍。有刘生子敬，其中表亲，出同社王子章所撰《桑生传》，约万余言，得卒读。此其崖略耳[87]。

异史氏曰："嗟乎！死者而求其生，生者又求其死，天下所难得者，非人身哉？奈何具此身者，往往而置之，遂至觍然而生不如狐，泯然而死不如鬼。"

注释

①沂州：州名。治所在今山东临沂县。

②孤：失去父亲。《孟子·梁惠王下》："幼而无父曰孤。"

③馆：寓舍。此谓寓居。

④静穆自喜：以沉静平和自矜。

⑤日再出：每日出去两次。

⑥偶至：此据二十四卷抄本，原无此二字。

⑦丈夫：大丈夫，犹言男子汉。

⑧斋：书房。

⑨倾国之姝：谓绝色女子。倾国，或作"倾国倾城"，指美女。《汉书·外戚传》载李延年歌："北方有佳人，绝世而独立；一顾倾人城，再顾倾人国。宁不知倾人与倾国，佳人难再得。"

⑩青楼：指妓馆。《玉台新咏》刘邈《万山见采桑人》："倡妾不胜愁，结束下青楼。"

⑪承逆：迎接。逆，迎。

⑫軃（duǒ 朵）袖垂髫（tiáo 条）：双肩瘦削，头发下垂。軃，下垂。軃袖，垂袖，此谓肩削。髫，头发下垂，此谓少女。少女未笄不束发，鬓发下垂。

⑬秀曼：秀美。曼，美。

⑭若还若往：像是回退，又像前行。言其体态轻盈婀娜。

⑮葳蕤（wēi ruí）之质：谓娇嫩柔弱的处女之身。葳蕤，草名。任昉《述异

记》："葳蕤草，一名丽草，又呼为女草，江浙中呼娃草。美女曰娃，故以为名。"

⑯顾亦不常：据二十四卷抄本，原脱"亦"字。

⑰谨：小心。

⑱院中人：妓院中人，指妓女。

⑲绣履一钩：绣鞋一只。履，鞋。钩，旧时女子裹足，致使足尖小而弯，鞋形尖端翘起如钩，故称。

⑳萧索：本指秋日景物凄凉，此谓精神萎靡、气色灰暗。

㉑对妾云尔：原文脱一"妾"字，据二十四卷抄本补。

㉒月殿仙人：传说中的月中仙女，即嫦娥。旧时诗文常用以喻美丽的女子。

㉓惫损：疲惫、消瘦。

㉔析析：散乱的样子。此据二十四卷抄本，原作"拆拆"。

㉕旦旦而伐之：本谓天天砍伐树木，见《孟子·告子上》，此谓天天放纵淫欲。旦旦，日日，每天每天地。伐，砍伐。旧谓淫乐伐性伤身。《吕氏春秋·本生》："靡曼皓齿，郑卫之音，务以自乐，命之曰伐性之斧。"

㉖痨尸瘵（zhài 债）鬼：指因患肺病而死的人。旧时肺结核为不治之症，称痨瘵。痨，此据青柯亭刻本，原作"病"。

㉗刀圭药：一小匙药。刀圭，古时量取药末的用具。章炳麟《新方言·释器》谓刀即"匕"；刀圭，古读如"条耕"，即今之"调羹"。

㉘洞下三两行：泻了两三次。洞，中医术语，下泻。行，次。

㉙德：感激。

㉚肤革充盈：谓身体又结实起来。肤革，皮肤。

㉛巫医：巫师和医师。此指行医治病。

㉜为怼（duì 对）：产生怨恨。

㉝结舌：说不出话。

㉞不虞：没有意料到的事。

㉟怫（fú 乎）然：恼怒的样子。

㊱饘（zhān 占）粥：黏粥。《礼记·檀弓》："饘粥之食。"《疏》："厚曰饘，稀曰粥。"

㊲羸卧：此据二十四卷抄本，原作"赢卧"。

㊳望岁：饥饿而盼望谷熟。《左传·昭公三十年》："闵闵焉如农夫望岁，惧以待食。""望"，原作"往"，据二十四卷抄本改。

㊴田舍郎：农家子弟，含讥讽之意的戏称。

㊵病入膏肓（huāng荒）：谓病情恶化无法可医。《左传·成公十年》："公梦疾为竖子曰：'彼良医也，惧伤我，焉逃之？'其一曰：'居肓之上，膏之下，若我何？'医至，曰：'疾不可为也。在肓之上，膏之下，攻之不可，达之不及，药不至焉，不可为也。'"膏肓，古代医学指心脏与隔膜之间。

㊶欻（xū须）入：一闪而入。欻，忽然。

㊷卒：同"猝"，突然。

㊸蔽：此据二十四卷抄本，原作"闭"。

㊹责数（shǔ暑）：列举事实加以责问。

㊺面相质：当面对质。质，询问。

㊻投地陨泣：谓伏地哭泣。投地，下拜，拜伏于地，陨泣，落泪。

㊼通判：官名。明、清为知府之佐，各府置员不等，分掌粮运、督捕及农田水利等事务。

㊽瘗（yì意）：埋葬。

㊾"已死"二句：意谓人虽已死而情丝未断。丝，谐"思"。李商隐《无题》："春蚕到死丝方尽，蜡炬成灰泪始干。"遗丝，原作"遗思"，此据二十四卷抄本改。

㊿曰：原无此字，据二十四卷抄本补。

(51)敛衽（rèn任）：整理衣襟而拜。衽，衣襟。

(52)医国手：本指医术居全国之首的高手，此指能起死回生的神奇手段、本领。

(53)三山：神话传说中的三神山，即方丈、蓬莱、瀛洲。见王嘉《拾遗记·高辛》。

(54)凡三阅月：共历三月。阅，历。

(55)瘵（zhài债）蛊（gǔ古）：劳（痨）瘵、蛊疾。即民间所谓"色痨"。古人以为淫欲过度所患之痨病（肺结核），为不治之症。蛊疾，犹痼疾。经久不愈之病。

(56)引：药引。

(57)丹田：道家称人身脐下三寸处。见《云笈七签·黄庭外景经》。

(58)调摄（shè涉）：调理保养。

(59)刍灵：旧时为送葬扎的草人。见《论衡·乱龙》。

(60)窈娜：窈窕。娜，美好的样子。

㉑怆恻：伤心。

㉒眷注：垂爱关注。

㉓硕大无朋：大得无与伦比。硕，大。朋，伦比。语见《诗·唐风·椒聊》。

㉔宛肖生平：宛然与往日容貌一样。肖，像。

㉕眙（chì 敕）：惊视。此据青柯亭刻本，原作"怡"。

㉖初度：生日。初度，谓初生之时，后因指称生日。语出屈原《离骚》。

㉗志客：辨识客人。志，或作"识"，辨认。见《集韵》。

㉘诃谯：呵斥、诮让。诃，同"呵"。谯，同"诮"。

㉙浼（měi 每）女舅执柯：请求女方的舅父做媒人。浼，请托。执柯，谓为人作媒。《诗·豳风·伐柯》："伐柯如何，匪斧不克。取妻如何，匪媒不得。"

㉚赘：招赘。古时男子就女家成婚，谓之赘婿。

㉛旋里：回归故里。旋，回还。

㉜罽（jì 计）毯：毛毯。罽，一种毛织品。

㉝青庐：古时北方举行婚礼之处。段成式《酉阳杂俎·礼异》："北朝婚礼，青布幔为屋，在门内外，谓之青庐。"

㉞卺（jǐn 尽）饮：古时结婚仪式中，新婚夫妇食后各执其一瓢，饮酒漱口，谓之卺饮。《礼记·昏义》："合卺而酳。"孔颖达疏"以一瓠分为二瓢谓之卺，婿之与妇各执一片以酳。"酳（yìn 胤），用酒漱口。

㉟尔日：近日。尔，通"迩"，近。

㊱随风漾泊：随风飘荡、停留。

㊲沉痼弥留：病久将危。沉痼，积久难治之病。弥留，久病不愈。《尚书·顾命》："病日臻，既弥留。"此谓病重将死。

㊳举于乡：即乡试得中，为举人。

㊴老身止此一块肉：此据二十四卷抄本，原无"一"字。

㊵似曾相识燕归来：语出晏殊《浣溪沙》词。

㊶泫然：流涕的样子。

㊷宿因：佛教谓前生的因缘。

㊸离离：长貌。白居易《赋得古原草送别》："离离原上草，一岁一枯荣。"

㊹木已拱矣：墓上之树已成握了。拱，两手相握。语出《左传·僖公三十二年》。

㊺吉服临穴：穿着吉庆冠服到墓地参加葬礼。穴，墓穴。

㊻庚戌：康熙九年，即公元1670年。

㊼崖略：梗概，大略。语出《庄子·知北游》。

意译

有个书生姓桑名晓，字子明，是沂州人。桑晓从小父母双亡，寄居在红花埠。他为人静穆平和，喜欢独处，每天两次出来到东边邻居家吃饭，除此之外就在书房定定地坐着读书。东边邻居书生偶尔到他书房来开玩笑说：“你一个人独居就不怕鬼狐来吗?”桑晓不经意地笑道：“大丈夫怕什么鬼狐？公的来了我有宝剑，母的来了我就开门相迎。”邻居书生走了，和朋友商量，晚上就找了个妓女，让她爬梯子翻墙过去，敲他的门。桑晓探问外面是谁，妓女说她是鬼，桑晓吓坏了，浑身颤抖，牙齿上下打得直响。妓女迟疑徘徊着离去。第二天早晨，邻居书生来到桑晓书房，桑晓把昨晚的事说了，并且告诉邻居书生他打算回家。邻居书生拍着手说：“为什么不开门迎接她?”桑晓马上明白昨晚的鬼是假的，于是像平时那样地住着。

半年过去，一个女子夜里来敲门，桑晓以为又是朋友来开玩笑，就开门将女子请进来，一看，她长得漂亮极了，真是天香国色。他很惊喜地问女子从何处来，女子说：“我叫莲香，是西边一家的妓女。”在红花埠本来就有很多妓院，所以他相信了。于是桑晓拉着她熄灯上床，极尽缠绵之情。从此，那女子便隔三五夜来一回。

有一天晚上，桑晓一人独坐沉思，有个女子飘然进来。他以为是莲香，迎过去正要和她说话，一看模样不是，这女子年仅十五六岁，双肩瘦削，长发披垂，风流清秀，脚步行进时，显得非常飘逸。桑晓见此情状，惊骇极了，他以为是狐精。女子自我介绍说：“我是良家女子，姓李。平日仰慕你是高雅的读书人，希望能见爱怜。”桑晓听了十分高兴，就上前与她握手，却只觉她双手冷冰冰的。桑晓问道：“你的手为什么这么凉?”女子说：“我自幼体质虚弱，夜里冒着寒凉的霜露，怎能不冰冷？”随后就宽衣解带，俨然还是个处女。女子说：“我为了情缘，就将这娇嫩的处女身子给了你，失去贞操。你如不嫌弃，愿意常常与你同枕相伴。你房里是否还有别的人？”桑晓说：“没有别人，只有西邻的一个妓女，倒也不常来。”女子说：“我该谨慎地避开她。我和她们妓女不一样，你要严守秘密，切不可泄漏出去，只要她来我去，她去我来就行了。”鸡叫的时候，女子起身要走，赠给他一双绣花睡鞋说：“这是我脚上穿着的东西，你留着玩玩可寄托情思。但是有人时，你千万别拿出来玩弄。”桑晓接过信物在手里一看，两头微微翘起，像钓线时用的锥子，心里很喜爱。第二天夜里没人，他便拿在手里细看玩耍，女子忽然翩然而至，于是两人缠绵一番。从此，只要桑晓拿绣鞋来玩，女子必应念而来。桑晓感到疑惑不解，就问她为什么，而她说正好赶巧罢了。

有一天夜里，莲香进来，吃惊地说：“你为什么神色萎靡不振？”桑晓说：“我并没觉出。”莲香便和他告别，约好十天后再来。她走后，李小姐就夜夜必来，从不空缺。她问桑晓：“你的情人为什么这么长时间不来？”桑晓就把约好十天后相见的事说了。李小姐笑着说：“你看我和莲香谁长得漂亮？”桑晓说：“你们两个可以称得上是双璧两绝，只是莲香的肌肤更加温和。”李小姐一听脸色大变，说：“你当着我的面都说两人美貌超绝，那她一定长得像月宫里的仙女，我是比不上她的。”李小姐因此很不高兴。她掰着指头一算，十天时间已满，就叮咛桑晓不要泄漏，她将暗地里偷偷观察莲香究竟长得有多美。这天晚上，莲香果然来了。两人说说笑笑十分融洽。睡觉时，莲香大吃一惊说：“坏了！十天时间不见，你竟然疲惫到这种地步！保证没有外遇吗？”桑晓反问她怎么见得？莲香说：“从你的精神和气血查看，脉搏细弱得像乱丝，这是鬼症。”第二夜李小姐来了，桑晓问她看莲香长得怎么样？女子说：“漂亮极了。我本来就认定人世间不会有这么美艳的佳人，果然是个狐精。她离开的时候，我在后边紧紧尾随着，见她居住在南山洞穴里。”桑晓认为她是出于嫉妒，就漫不经心地随应一声。

过了一个晚上，桑晓开玩笑对莲香说：“我绝不相信，有人说你是狐仙。”莲香赶紧问：“是谁说的？”桑晓说：“是我自己和你开玩笑说的。”莲香说：“狐与人有什么不同？”桑晓说：“人被迷惑就会得病，严重的会死掉，所以很可怕。”莲香说：“不对。像你这样的年龄，和女人同房后三天，会恢复元气，就是狐狸有什么害处？假如每天同房，那么人就比狐狸更有害。天下那些患色痨病死去的人难道都是被狐狸害死的吗？虽然你说是开玩笑，但肯定有人议论我。”桑晓极力辩白没有人说她什么，莲香却追问得更紧。桑晓实在包不住了，就如实相告。莲香说：

"对于你身体的伤损，我本来就觉得奇怪。但是怎么这么快就成了这样？莫非她不是人？你不要说出去，让我明晚像她偷看我一样地偷看她。"第二天晚上，李小姐来了，才说了两三句话，她听见窗外有咳嗽声，就急忙逃走。莲香进来说："你危险了！她真是个鬼！你再迷恋她的美色不与她立即断绝来往，你死期就近了！"桑晓又以为莲香嫉妒了，所以沉默不语。莲香说："我明白你不会忘情，但我实在不忍心看着你死去，明天，我会带着药来为你消除阴毒。幸亏病根还浅，十天内就可以治愈。我要和你同床共寝，直到完全恢复为止。"第二天夜里，莲香果然拿出一小勺药让桑晓服下。刚服下药一会儿，桑晓就泻了两三次，感觉脏腑清虚，精神爽快。他虽从心底里感激莲香，但到底不相信李小姐是鬼。莲香每天夜里都与桑晓同衾相偎。桑晓想和莲香交欢，莲香总是拒绝。几天后，身体完全恢复好。分别时，莲香一再殷切地嘱咐他要和李小姐决绝，他假装答应了。

莲香走后，他关了门点上灯，又拿出绣花鞋玩着，心里想念着李小姐。李小姐如约而来，分别了几天，她一脸的怨气。桑晓说："她连着几夜为我治病，请不要怪怨。但我们之间的亲情都由我做主。"李小姐听了，脸上慢慢有了喜色。桑晓在枕头上对她悄悄说："我十分爱你，竟有人说你是鬼。"她顿了好长时间无话可说，然后骂道："这肯定是那个淫狐造谣，想迷惑你，如果不和她断绝关系，我就不再来了！"说着就呜呜地抽泣开了。桑晓百般劝慰，她这才作罢。隔了一夜，莲香来了，她知李小姐又来过，怒气冲冲地说："你一定要寻死吗？"桑晓笑着说："你为什么要嫉妒得这么厉害？"莲香越发愤怒了："你自己种下祸根，我为你铲除，不嫉妒的人又将怎么样？"桑晓借口戏谑道："她说我以前的病，因狐精作祟所致。"莲香无可奈何地叹息说："确实如你说的，你是执迷不悟，万一出现不测，我就是有一百张口怎么说得清？既然如此，今天就分手好了。百天以后，我再来病床前看你。"桑晓挽留不下，莲香恼怒地径直而去。从此李小姐每夜和他相聚。这样过了大约两个多月，他感到困乏极了。起初还老是自我宽慰，后来一天比一天消瘦虚弱了，每顿饭只喝些稀粥。他本想回家去养养身子，但是又对李小姐恋恋不舍，忍不下心马上离去，于是又拖延了几天，以至于虚弱得再也起不了床。邻居书生见他病成这个样子，就每天派馆童来给他送些吃的。桑晓至此开始怀疑起李小姐，于是对她说："我后悔当初没听莲香的话，到了这样的地步。"说完就昏迷过去。等他醒过来，睁着眼睛四下张望时，发现李小姐早已走了。从此再也见不到她的踪影。桑晓一人病卧书房，这时思念起莲香来，就像庄稼人盼望丰收一样地迫切。

一天，他正在凝神想念着莲香，忽然有人掀开帘子进来了，他一看竟是莲香。莲香走到床前嘲笑着说："乡巴佬，难道是我胡说吗？"桑晓呜咽了很长时间，自己承认错了，只求救命。莲香说："你已病入膏肓，实在无法可救，我今天是特地来和你永别的，并证实我并非嫉妒。"桑晓极其悲伤地说："我枕头底下有件东西，请你代我毁掉它。"莲香找出绣花鞋，拿到灯下翻来覆去地抚弄着，李小姐一闪而入，突然见到莲香，转身就要走。莲香用身子挡住门，李小姐急迫地不知该从哪儿出去。桑晓指责数落着她，她无话可答。莲香笑着说："我今天才有机会和阿姨当面对质。以前你说郎君的病，未必不是我所造成的，现在到底如何？"李小姐只好低头谢罪。莲香说："长得这样美貌，却怎么因爱而结仇呢？"李小姐即刻跪在地上哭泣，乞求怜悯相救。莲香赶快扶起她，详细询问她的身世。她说："我是李通判的女儿，早年而死，葬在墙外。春蚕虽死，但情丝却未断，于是就和郎君结为情侣，这是我的夙愿。至于要害死郎君，这绝不是我的本意。"莲香说："我听说鬼总是喜欢人死，因为这样才能常常相聚，是吗？"李小姐道："不对。两个鬼在一起，并没有什么乐趣。如果有乐趣的话，九泉之下的少年郎难道少吗？"莲香说："太痴了！夜夜寻欢，人都受不了，何况是鬼？"李小姐问道："狐狸能害死人，你却为什么不这样？"莲香说："那是采补者之流才干的事，我和他们不是同类，所以世上有不害人的狐狸，而绝对没有不害人的鬼，这是由于鬼的阴气太盛了。"桑晓听了她们的对话，这才知道她们真是狐狸和鬼。幸亏已经见多习惯了，并不惊怕。但他一想到自己只剩下一丝气息，不觉失声痛哭起来。莲香瞅着李小姐问："你准备怎样处置他？"李小姐羞愧满面，表示没有办法。莲香笑着说："只怕他身体强壮后，你这醋娘子又要吃杨梅。"李小姐整好衣襟下拜说："如果有神医妙手，使我能不负罪于他，我将永远葬身地下，岂敢再厚着脸皮到人世上露面？"莲香赶快解开袋子取出药来说："我早已预知会有今天，分别后就走遍三座仙山去采药，总共花了三个多月时间，才把药料配齐，不管被鬼被狐致死，只要用了这药都会见效。但是病是怎么样得的，就得采用什么样的药引，所以不得不烦劳你效力。"她问需要什么。莲香说："只需你樱桃小口里的一点香唾就行了。我把药丸放进他口里，麻烦你嘴对嘴用唾液把药丸给他送下去。"李小姐满脸通红。低头看着自己的鞋很难堪。莲香取笑她说："妹妹最得意的只是这双绣鞋！"李小姐听后更加羞惭，完全是一副无地自容的样子。莲香说："接吻是你平时惯做的拿手好戏，怎么现在这么吝惜？"说着把一丸药放进桑晓的口里，转过身催促她赶快唾唾沫。她迫不得已，只好照办。莲香说："再来一次。"她就又嘴对嘴地为桑晓送药。这样连唾了三四次，才咽下去。不大一会儿工夫，桑晓肚里像雷鸣一般轰响着，莲香随即又放进一丸药，这回她亲自对着桑晓的嘴运气。桑晓顿时感到丹田火热，精神焕发。莲香高兴地说："好了！"李小姐一听鸡叫，就匆忙离去。

莲香因桑晓的病刚好，还需要调养，出去吃饭很不方便，于是她就把门反锁了起来，佯装桑晓已经回家，断绝和外人的来往，她日夜守护在桑晓身边。李小姐也每晚必来，侍奉得很殷勤，她也把莲香当亲姐看待。莲香也非常喜爱她。过了三个月，桑晓已恢复得像原来那么健康。李小姐便好几夜不来，偶尔来了，看看就走。大家面对面在一起时，她也郁郁寡欢。莲香留她一起睡，她坚决不愿意。桑晓追出门，把她连拽带抱地拉回来，只觉她身体轻得像草人一样。她逃脱不了，就和衣而睡，蜷缩着，身体不到二尺长。莲香越发怜爱她，悄悄地叫桑晓拥抱亲她，但怎么摇她也不能使她醒来。桑晓只好自己睡了，再醒来找她，她早已不见踪影。后来十多天，她都不再来。桑晓想她想得很迫切，就常常拿出她的绣鞋来和莲香一块把玩。莲香说："她长得这样窈窕可爱，我见了还很喜爱，何况男人。"桑晓说："以前只要我一玩鞋她马上就来，我心里原本怀疑她，但到底料不到她真是鬼。现在睹鞋思人，实在叫人伤心。"说着眼泪就落下来了。

原先，有个姓张的富翁，他女儿名叫燕儿，十五岁那年得闭汗症而死。一夜过去，却又活过来，起身就要往外跑，张某急忙把门关上，使她不能出去。她自言自语地说："我是李通判女儿的魂灵。我很感激桑郎对我的一片思念之情，遗下一双绣花鞋还在他那里。我真是个鬼，把我关在这里有什么好处？"张家人听她话出有因，就问她怎么到这里来。女子低头徘徊沉思，自己也感到茫然说不出原因。有人说桑晓因病回家，女子极力争辩说不对，家人非常怀疑。东邻书生听到消息，就翻墙进去察看，果然看见桑晓正和一个美丽的女子说话，他闯进门去，匆忙间女子消失了。邻居书生吃惊地问这是怎么回事。桑晓笑着说："我以前不是对你说过，如果是母的就开门迎接吗？"邻居书生将张家女儿的话对他说了。桑晓开了门，准备到张家探察，但却苦于没有理由。张母听说桑晓果然没回家，更加诧异。她支使女佣去要那双绣花鞋，桑晓就把鞋交给女佣。张家女儿拿到鞋很高兴。她试着一穿，鞋比脚小了一寸，大吃一惊。她拿来镜子一照，这才恍然醒悟，自己是借尸还魂。于是她就向母亲讲了根源，母亲这才信了她的话。女子对着镜大哭着说："我很自信当日容貌不差，但每次见到莲香姐姐还感形秽。现在反而成了这般模样，活人还不如原来的鬼漂亮！"她手里拿着鞋号啕痛哭起来，别人劝也劝不住。于是她蒙着被子僵卧在床上。给她吃饭也不吃，全身肿了起来，一直七天不进饮食，也不见死，而浮肿渐渐消退。这时她感到饥饿难忍，就开始进食。几天后，她觉得全身发痒，皮肤完全脱落。早晨起来，睡鞋坠落在地上，她拾起穿上，睡鞋已显得很大了。于是她试穿那双绣花鞋，肥瘦正好合适，便很高兴。她又去照镜子，只见眉毛脸颊和往日完全一样，更高兴了。女子梳洗后去拜见母亲，看见她的人都吃惊地瞪大了眼。所有看见她的人都很喜悦。

莲香听说了张家发生的奇事，就劝桑晓托人做媒向张家提亲。但桑晓因自己与张家贫富悬殊，不敢贸然前去。正好赶上张母生日，他就跟着张家的女婿一起去祝寿。张母看到桑晓的名字，有意让女儿隔着帘子去辨认。桑晓走在最后，张家女儿急忙跑出去，拽住桑晓的衣袖，要跟他一起回去。张母大声呵斥着女儿，她这才含羞退进里屋。桑晓见她长得和李小姐酷似一人，不觉潸然泪下，于是见了张母便拜伏不起。张母将他扶起来，并不以为是无礼。桑晓出来，恳求女子的舅舅做媒。张母同意选定吉日把桑晓招赘到张家。桑晓回去后告诉了莲香，和她商量该怎么办。莲香忧思了很长时间，便要离去。桑晓大惊流下眼泪。莲香说："你到张家去完婚，让我一起跟你去，还有什么脸面？"桑晓提议先和莲香一块儿回家，然后再迎娶张家女子燕儿，莲香同意了。桑晓把这件事告诉了张家。张家知他已有家室，就怒加斥责。燕儿极力为桑晓辩白，张家才同意了。到结婚的日子，桑晓亲自前往迎娶，家里的准备都很草率。但是等迎娶回来后，发现从大门到庭堂全部铺上了地毯，家里到处都红灯高悬，辉煌灿烂。莲香将新娘扶进新房，揭开面罩一看，大家都为久别重逢而欢喜。莲香陪着他们喝了合欢酒，于是问起她还魂的情形。燕儿说："那天我郁闷无聊，只因自身是鬼魂，自觉形秽。咱们分别后，我很气愤而不回墓穴去，就随风飘荡。一见到活着的人就很羡慕。白天依附在草木上，夜里就信步浮游。偶然到了张家，只见张家女儿睡在床上，就近前附着在她身上，没料到就活过来了。"莲香听后，默默地沉思着什么。

过了两个月，莲香生下一个儿子，产后得了急病，一天天加重。莲香握住燕儿的手臂说："我把这孽子托付给你，我的儿子就是你的儿子。"燕儿泪流满面，就多方安慰她。他们为她请医生，她回绝了。在她弥留之际，只剩下一丝气息，桑晓和燕儿都痛哭。莲香忽然睁开眼睛说："不要这样！你们喜欢活着，我喜欢死。如有缘分，咱们十年后可以再相见。"说完就死去了。在和殓时，其尸体化为狐狸。桑晓不忍把她当异类看待，就厚葬了她。他们为儿子取名为狐儿，燕儿把他看待得像亲生儿子一样。每年清明节，他们夫妇两个就抱着儿子去为莲香扫墓。

后来桑晓中了举人，家道渐渐富裕起来。燕儿常常为自己不能生育而苦恼，狐儿虽然聪颖过人，但毕竟身体单薄，虚弱多病。燕儿常有一种要为桑晓娶妾的想法。忽然有一天，丫鬟进来说："门外有个老太太领着女儿要出卖。"燕儿叫她们进来，一见面就吃惊地叫道："莲香姐又出世了！"桑晓闻声赶来一看，确实像莲香，也很惊讶。桑晓问女孩多大年龄，老太太说十四岁了。桑晓又问要多少聘金，老太太说："我老婆子就只有这么个女儿，只要她有个好人家安身，我也能得一碗饭吃，日后我这把老朽骨头不至于被丢弃在沟壑，就满足了。"桑晓以优厚价钱将女孩留下。燕儿将她拉进密室，捧着她的脸笑着说："你还认识我吗？"女子说不认识。燕儿问她姓什么，她说："我姓韦。父亲在徐城卖茶水，已死了三年了。"燕儿屈指一算，莲香死了正好十四年了。她又看看这女子，容貌神态没有哪点不相像。于是用手拍着她的头喊道："莲姐！莲姐！十年之后相见的许诺，该不是欺骗我吧！"女子好像忽然从梦中醒过来似的，朗然应道："咦！"她把燕儿看了又看。桑晓笑着说："这就是'似曾相识燕归来'啊！"女子泪流满面说："是了。我曾听母亲说，我刚生下来就会说话，家人认为不吉祥，就给我喝狗血，于是就忘了前世的姻缘。今天才像从梦中醒来。娘子就是耻于做鬼的李妹妹吗？"三人共话前生，真是悲喜交加。

寒食节的那一天，燕儿说："每年这天都是我与郎君哭你的日子。"于是他们一起到了莲香的墓地，坟头荒草丛生，树已长到满把粗了，女子也叹息不已。燕儿对桑晓说："我和莲香姐两世相好，不忍分离，应该把我们的尸骨葬在一起。"桑晓听从她的话，于是挖开李小姐的坟墓，把她的遗骨抬回来和莲香的合埋在一起。亲戚朋友听说了这件奇异的事情，穿着吉庆衣帽到墓地参加葬礼，不约而来的有几百人。

我在康熙九年南游到了沂州，因受大雨阻隔，在一家旅馆暂住。有个书生叫刘子敬，和桑晓是中表亲，出示同一文社学友王子章写的《桑生传》，大约一万多字，我得以通读全文。这里所写的只是大概而已。

异史氏说："唉！死了的人求复活，活着的人又求死亡，天下所难得的，不就是人身吗？为什么具有这躯体的人，往往不甚珍惜它，以至于厚颜无耻而不如狐狸，冥顽不灵而死了不如鬼魂。"

阿宝

粤西孙子楚[1]，名士也。生有枝指[2]。性迂讷，人诳之，辄信为真。或值座有歌妓，则必遥望却走。或知其然[3]，诱之来，使妓狎逼之，则赪颜彻颈[4]，汗珠珠下滴。因共为笑。遂貌其呆状[5]，相邮传作丑语[6]，而名之“孙痴”。

邑大贾某翁，与王侯埒富[7]。姻戚皆贵胄。有女阿宝，绝色也。日择良匹，大家儿争委禽妆[8]，皆不当翁意。生时失俪[9]，有戏之者，劝其通媒。生殊不自揣，果从其教。翁素耳其名，而贫之。媒媪将出，适遇宝，问之，以告。女戏曰：“渠去其枝指，余当归之[10]。”媪告生。生曰：“不难。”媒去，生以斧自断其指，大痛彻心，血益倾注，滨死。过数日，始能起，往见媒而示之。媪惊。奔告女。女亦奇之，戏请再去其痴。生闻而哗辨，自谓不痴；然无由见而自剖。转念阿宝未必美如天人，何遂高自位置如此？由是曩念顿冷。

会值清明，俗于是日，妇女出游，轻薄少年，亦结队随行，恣其月旦[11]。有同社数人，强邀生去。或嘲之曰：“莫欲一观可人否[12]？”生亦知其戏己；然以受女揶揄故，亦思一见其人，忻然随众物色之。遥见有女子憩树下，恶少年环如墙堵。众曰：“此必阿宝也。”趋之，果宝也。审谛之，娟丽无双。少顷，人益稠。女起，遽去。众情颠倒，品头题足，纷纷若狂。生独默然。及众他适[13]，回视，生犹痴立故所，呼之不应。群曳之曰："魂随阿宝去耶？"亦不答。众以其素讷，故不为怪，或推之、或挽之以归。至家，直上床卧，终日不起，冥如醉，唤之不醒。家人疑其失魂，招于旷野[14]，莫能效[15]。强拍问之，则蒙眬应云："我在阿宝家。"及细诘之，又默不语。家人惶惑莫解。初，生见女去，意不忍舍，觉身已从之行，渐傍其衿带间，人无呵者。遂从女归，坐卧依之，夜辄与狎，甚相得；然觉腹中奇馁[16]，思欲一返家门，而迷不知路。女每梦与人交，问其名，曰："我孙子楚也。"心异之，而不可以告人。生卧三日，气休休若将澌灭[17]。家人大恐，托人婉告翁，欲一招魂其家。翁笑曰："平昔不相往还，何由遗魂吾家？"家人固哀之，翁始允。巫执故服、草荐以往[18]。女诘得其故，骇极，不听他往，直导入室，任招呼而去。巫归至门，生榻上已呻。既醒，女室之香奁什具，何色何名，历言不爽[19]。女闻之，益骇，阴感其情之深。

生既离床寝，坐立凝思，忽忽若忘。每伺察阿宝，希幸一再遘之。浴佛节[20]，闻将降香水月寺，遂早旦往候道左，目眩睛劳。日涉午，女始至，自车中窥见生，以掺手搴帘[21]，凝睇不转。生益动，尾从之。女忽命青衣来诘姓字。生殷勤自展，魂益摇。车去，始归。归复病，冥然绝食，梦中辄呼宝名。每自恨魂不复灵。家旧养一鹦鹉，忽毙，小儿持弄于床。生自念：倘得身为鹦鹉，振翼可达女室。心方注想，身已翩然鹦鹉，遽飞而去，直达宝所。女喜而扑之，锁其肘，饲以麻子。大呼曰："姐姐勿锁！我孙子楚也[22]！"女大骇，解其缚，亦不去。女祝曰："深情已篆中心[23]。今已人禽异类，姻好何可复圆？"鸟云："得近芳泽，于愿已足。"他人饲之，不食；女自饲之，则食。女坐，则集其膝；卧，则依其床。如是三日。女甚怜之，阴使人暗（目间）生[24]，生则僵卧，气绝已三日，但心头未冰耳。女又祝曰："君能复为人，当誓死相从。"鸟云："诳我！"女乃自矢。鸟侧目若有所思。少间，女束双弯[25]，解履床下，鹦鹉骤下，衔履飞去。女急呼之，飞已远矣。女使妪往探，则生已寤。家人见鹦鹉衔绣履来，堕地死，方共异之。生既苏，即索履。众莫知故。适妪至，入视生，问履所在。生曰："是阿宝信誓物。借口相覆：小生不忘金诺也[26]。"妪反命。女益奇之，故使婢泄其情于母。母审之确，乃曰："此子才名亦不恶，但有相如之贫[27]。择数年得婿若此，恐将为显者笑[28]。"女以履故，矢不他。翁媪从之。驰报生。生喜，疾顿瘳。翁议赘诸家。女曰："婿不可久处岳家。况郎又贫，久益为人贱。儿既诺之，处蓬茅而甘藜藿[29]，不怨也。"生乃亲迎成礼[30]，相逢如隔世欢。自是家得奁妆，小阜，颇增物产。而生痴于书，不知理家人生业；女善居积，亦不以他事累生。居三年，家益富。生忽病消渴[31]，卒。女哭之痛，泪眼不晴，至绝眠食。劝之不纳，乘夜自经。婢觉之，急救而醒，终亦不食。三日，集亲党，将以殓生。闻棺中呻以息，启之，已复活。自言："见冥王，以生平朴诚，命作部曹[32]。忽有人白：'孙部曹之妻将至。'王稽鬼录，言：'此未应便死。'又白：'不食三日矣。'王顾谓：'感汝妻节义，姑赐再生。'因使驭卒控马送余还。"由此体渐平。值岁大比[33]，入闱之前，诸少年玩弄之，共拟隐僻之题七，引生僻处与语，言："此某家关节[34]，敬秘相授。"生信之，昼夜揣摩，制成七艺[35]。众隐笑之。时典试者虑熟题有蹈袭弊[36]，力反常经[37]。题纸下，七艺皆符。生以是抡魁[38]。明年，举进士，授词林[39]。上闻异，召问之。生具启奏。上大嘉悦。后召见阿宝；赏赉有加焉。

异史氏曰："性痴则其志凝[40]，故书痴者文必工，艺痴者技必良；世之落拓而无成者，皆自谓不痴者也。且如粉花荡产[41]，卢雉倾家，顾痴人事哉，以是知慧黠而过，乃是真痴，彼孙子何痴乎！"

注释

①粤西：约当今广西壮族自治区。粤，古百粤之地，辖今广东、广西地区。

②枝（qí 奇）指：歧指，骈指。俗称"六指"。

③其：据二十四卷抄本补，底本无此字。

④赪（chēng 撑）颜：脸红。赪，红色。

⑤貌：形容。

⑥相邮传作丑语：互相传扬，当作丑话。邮传，古时传递文书的驿站，此指传播。

⑦埒（liè 列）富：同样富有。埒，相等。

⑧委禽妆：致送订婚聘礼。委，送。禽，指雁。古时纳采用雁，因称“委禽”或“委禽妆”。《左传·昭公元年》：“郑，徐吾犯之妹美，公孙楚聘之矣；公孙黑又使强委禽焉。”杜预注：“禽，雁也，纳采用雁。”委，据二十四卷抄本，底本作“为”。

⑨失俪：丧妻。

⑩归之：嫁给他。古时女子出嫁曰归。

⑪恣其月旦：肆意评论。《后汉书·许劭传》：东汉许劭与其堂兄许靖，“好共覈论乡党人物，每月辄更其品题，故汝南俗称‘月旦评’焉。”后因称品评人物为月旦评，或省作“月旦”。

⑫可人：意中人。

⑬适：据二十四卷抄本补。

⑭招：招魂。

⑮效：据二十四卷抄本补。

⑯馁：饿。

⑰休休（xū xū 嘘嘘）：同“咻咻”，喘气声。澌灭：停止；尽。

⑱故服、草荐：平日穿的衣服和卧席，均是招魂的迷信用具。

⑲历言不爽：说来，毫无差错。

⑳浴佛节：即佛诞节，纪念释迦诞生的节日。佛寺届时举行诵经法会，并根据佛降生时龙喷香雨的传说，以各种名香浸水浴洗佛像，并供养香花灯烛茶果珍馐。中国汉族地区，一般以农历四月初八日为释迦诞辰。

㉑掺（xiān 纤）手：犹纤手。《诗·魏风·葛屦》：“掺掺女手，可以缝裳。”掺，纤细。

㉒子：据二十四卷抄本补。

㉓已篆中心：深记于内心。篆，铭刻。

㉔瞷（jiàn 见）：看视。

㉕束双弯：指缠足。

㉖金诺：对别人诺言的敬称。金，表示珍贵。

㉗相如之贫：喻贫穷而有才华。汉代司马相如有才名，与富人之女卓文君结好，卓父却嫌憎相如贫穷。事见《史记·司马相如列传》。

㉘为：据二十四卷抄本，底本作“得”。

㉙处蓬茅而甘藜藿：住茅舍，吃野菜，都甘心情愿。蓬茅，茅屋。甘，乐意。藜藿，野菜，指粗茶淡饭。

㉚亲迎：古婚礼之一，新婿亲至女家迎娶，见《仪礼·士昏礼》。《清通礼》：“迎亲日，婿公服率仪从、妇舆等至女家。奠雁毕，乘马先竣于门。妇至，降舆，婿引导入室，行交拜合卺礼。”

㉛病消渴：患糖尿病。

㉜部曹：古时中央各部分科办事，其属官泛称部曹。此指冥府某部属官。

㉝大比：明清两代每三年举行一次乡试，称“大比”。

㉞关节：应试者行贿主考谋求考中，称“关节”。这里指贿买得到试题。

㉟七艺：此指七篇应试文章。乡试初场考试有七道试题，包括“四书”义三道，“五经”义四道。

㊱典试者：主考官员。典，掌管。

㊲力反常经：极力打破常规。经，常，常道。

㊳抡魁：选为第一。抡，选拔。魁，首，指榜首。

㊴授词林：授官翰林。词林，即翰林。明初建翰林院，额曰“词林”，故以之为翰林院的别称。

㊵凝：据二十四卷抄本，原作“痴”。

㊶粉花荡产，卢雉倾家：意谓因嫖赌而倾家荡产。粉花，脂粉烟花，指女色。卢雉，呼卢喝雉，指赌博。卢和雉都是古代博戏中的胜彩。

意译

广西的孙子楚是一位名士，一手长有六指，生性迂腐，不善言谈，如果有人诓骗他，他总会信以为真。有时在宴会上有歌妓，他远远看后必定避开。有人知道他的这种特点，就使计骗他来，指使歌妓逼着和他亲热，这时他会脸红到脖子根，紧张得汗珠直滴。大家以此取笑为乐。于是形容他痴呆神态，互相传播，当作丑话，给他取个绰号叫“孙痴”。

县里有个大富商，可以跟王侯比富。他家都与贵族联姻。他有个女儿名叫阿宝，是个绝代佳人，每天都在择婿。那些大户人家的子弟都争先恐后地致送聘礼与他家攀亲，但都不合富商的心意。这期间，孙子楚正好丧妻，于是就有人戏弄他，怂恿他前去求婚。孙子楚也不权衡权衡，居然照着别人的话去做。富翁往日听说过他的名声，但嫌他贫穷。媒婆准备出门时，正好碰见阿宝，阿宝问她有什么事，媒婆就把孙子楚向她求婚的事说了。阿宝开玩笑说：“他若能去掉六指，我就嫁给他。”媒婆不知是戏言，就一本正经地告诉了孙子楚。孙子楚说：“不难。”媒婆走后，他就拿起斧头将第六指剁断了，一下疼到了心里，鲜血涌流不止，几乎死去。过了好几天，孙子楚才能起床，到媒婆那里把手伸给她看。媒婆很吃惊，就跑去告诉阿宝。阿宝也很惊奇，又开玩笑说再请他去掉痴呆。孙子楚听后就大声申辩，说自己不痴。但他又没有办法见到阿宝当面表白。他回头想想，阿宝也未必就像天仙一样美丽，为什么把自己看得这么高贵？因此，他以前对阿宝所产生的念头顿时就冷漠了。

正值清明节，按照风俗习惯，这一天妇女们都要出来游玩，而那些轻薄少年，也成群结队地去追逐女人们，对她们进行大肆品评。同一文社有几个朋友强迫邀请孙子楚一块去。有人嘲讽他说：“难道你不想一睹意中人的芳容吗？”他也知这是戏言，但因为自己曾两次受阿宝揶揄的缘故，所以也想亲眼看看阿宝究竟是个什么样的人，于是便欣欣然跟着一起去寻觅她。他们远远望见有个女子在树下休息，那些恶少年像一堵墙壁似的包围着她。大家说这女子肯定是阿宝。于是快步赶过去，果然是阿宝。仔细一瞧，见她确实长得美丽绝伦。一会儿，围观的人更多。阿宝起身，急忙离去。大家都为她所倾倒，望着她的背影评头品足，群情若狂，而只有孙子楚一个人默不作声。等众人要到别的地方去，回头看时，他还痴呆地站在那里，叫他也不答应，仿佛根本没听见似的。大家过去拽他说：“你的魂让阿宝勾走了吗？”他也不应声。大家因为他平日不爱言语，也就不觉为怪，有的推，有的拉，把他弄回家。到家后，他往床上一躺，终日不起，昏昏然像醉酒一般，叫都叫不醒。家里人怀疑他是失了魂，于是就跑到野外去招魂，却不见好转。家里人使劲拍打着他问，只听见他呜呜哝哝地说：“我在阿宝家。”再仔细追问，他又默然无声了。家里人很惶惑，不知是什么原因。

那天，孙子楚见阿宝离去，心里恋恋不舍。只觉己身随她走了，渐渐地和她并肩相伴而行，也没有人阻拦他。就这样他一直跟着阿宝到了她家，不管是坐还是睡都和她相依相伴。夜里总是和她亲热，觉得非常和谐。时间长了，他感到肚子出奇的饿，就想着回一趟家，但又迷迷糊糊不知道回家的路。阿宝每天夜里梦见自己和一个男人相交，她问这人的名字，回答说："我是孙子楚。"她心里很诧异，却又不敢告诉别人。孙子楚在床上躺了三天，已经奄奄一息。家里人十分惊恐，就托人婉言告诉富翁想在他家招魂。富翁笑着说："平素从不往来，怎么会将魂失落在我家?"孙家人苦苦哀求，富翁才答应。巫师拿着孙子楚穿过的衣服和卧席到了富翁家。阿宝问清缘故，非常害怕，不让巫师到别处去，就直领着进了自己的闺房，任凭他魂离去。巫师刚回到孙家，孙子楚已经在床上呻吟开了。苏醒后，阿宝房里的妆奁、摆设、用具等，是什么颜色什么名称，他都说得一字不差。阿宝听说了这个消息，就更加惊诧，打心底深受感动，想着孙子楚对自己确实是情深意笃。

孙子楚起床后，无论是坐还是站，都凝思痴想，恍恍惚惚。常常打听阿宝的行止，希望能再见到她，四月八日浴佛节，他听说阿宝要到水月寺去烧香，于是早早地在路边等候，一直望得眼睛晕眩。直到中午时分阿宝才来到，她从车里看见孙子楚，用纤纤细手掀开帘子，目不转睛地看着他。孙子楚更为激动，就紧紧跟着她。阿宝命令丫鬟去问他的姓名。孙子楚很殷勤地向丫鬟做自我介绍，神魂更加摇荡。阿宝的车子走后，他才回家。一到家里就病倒了，昏迷中不进饮食，在梦里不停地叫着阿宝的名字。

孙家原来养着一只鹦鹉，忽然死了，小孩拿着它在床前玩。孙子楚想着自己假如能变成鹦鹉，振翅一飞就能到达阿宝房间该有多好。他正凝神想像时，而身子已翩然变成鹦鹉了，立即就飞走，一直飞到阿宝的房间。阿宝看见鹦鹉很高兴，就扑捉住，把它的翅膀绑起来，用芝麻喂养它。鹦鹉大叫道："姐姐不要绑！我是孙子楚。"阿宝大吃一惊，就赶快解开，它并不飞走。阿宝祝愿说："你对我的一片深情我已铭刻在心，但是现在我们已是人禽异类，怎么能结成夫妻呢?"鹦鹉说："只要能守在你身边，我就已经心满意足了。"别人给它喂食，它不吃，阿宝亲自喂，它才吃。阿宝一坐下，它就飞到她的膝盖上；阿宝睡觉时，它就停在她的床边。就这样持续了三天。阿宝非常怜悯它，就暗地里派人到孙家去探察，只见孙子楚僵卧在床上气绝已三天，只是心头还有些温度。阿宝又祷告说："只要你能变成人，我就誓死嫁给你。"鹦鹉说："你又骗我。"阿宝对天发誓。鹦鹉斜睨着她若有所思似的。

过了一会儿，阿宝缠足时，把鞋脱在床下，鹦鹉猛地落下来，衔着鞋飞走了。阿宝急忙呼叫时，鹦鹉早已飞远了。阿宝又派女佣到孙家去打探，而孙子楚已经醒过来。孙家人看见鹦鹉衔着绣花鞋飞进屋里，落地后死去，大家都很惊异。孙子楚苏醒后就要绣鞋，家里人都莫名其妙。这时阿宝派的女佣正好来了，入屋问孙子楚绣鞋在什么地方，孙子楚说："这是阿宝给我的信物，请你转告她，我忘不了她对我的金口玉言。"女佣如实告诉阿宝。阿宝更是惊奇不已，所以就让丫鬟把事情原委告诉给母亲。母亲查明一切属实，就说："孙子楚很有些才名，只是像司马相如一样很贫穷。择婿好几年，找了这样一个主儿，恐怕会被大户人家取笑。"阿宝因为绣鞋的缘故，发誓非他不嫁。父母无奈，只好顺从了她，当下派人通知孙子楚。孙子楚非常高兴，病也顿时好了。富翁主张让孙子楚来入赘，阿宝说："女婿是不能长期住在丈人家的。况且孙郎家贫，时间长了会被人看不起。我既然答应嫁给他，就甘愿和他一起住茅草屋吃粗茶淡饭，不会埋怨。"

孙子楚亲自上门来迎娶阿宝，两人相逢仿佛有一种隔世的亲情感。孙子楚自从得了阿宝家丰厚的陪嫁礼，日子好过多了，增置了不少财产。但是孙子楚是个书呆子，不懂得如何治家理财，幸好阿宝很善于持家，也从不使孙子楚被家事所烦扰。过了三年，孙家更富足了。这时，孙子楚却忽然得了糖尿病死去，阿宝伤心极了，整天哭得眼泪不干，直至不吃不睡。劝也不听，乘夜里悬梁自尽。幸亏丫鬟发现得及时才被救活，但她还是绝食。三天后家人叫来亲戚们，准备安葬孙子楚。听到棺材里有呻吟声，大家打开棺材，见孙子楚已活过来。孙子楚自称："我见到阎王，阎王因我平生为人朴实真诚，任命我做地府部曹。这时忽然有人报告：'孙部曹的妻子也要到了。'阎王一查生死簿，说：'此人还不该死。'又报告说：'她已绝食三天了。'阎王回头对我说：'你妻子操守节义使人感动，暂且赐你再生。'于是就派鬼卒驾马送我回来了。"他很快身体康复了。

这一年正值乡试，考试前，有几个少年有意捉弄孙子楚，一起商拟了七道生僻题，把他叫到没人的地方，神秘地对他说："这是某家打通关节才搞到的，现在特意秘密告诉你。"孙子楚信以为真，日夜揣摩，写成七篇应试文章。那些人都在暗地里讥笑他。主考官想着熟题容易造成抄袭模仿的弊病，极力打破常规。当试题纸一发下，那七道题完全相符，孙子楚一举夺魁。第二年，他又中了进士，授予翰林。皇帝听说他的婚姻经历很离奇，于是就召见他询问。孙子楚详细讲述奏说。皇帝很高兴而且很赞赏。后来又召见了阿宝，给她很多赏赐。

异史氏说："性痴的人一般都意志专注，所以痴心读书的人写文章一定很出色；痴心技艺的，他在这方面的技术一定很精良。世界上那些放荡不羁而一事无成的人，都自认为是不痴的聪明人，比如因嫖娼而破产，赌博而败家。难道是痴人做的事吗？由此可知聪明过人，才是真痴，那位孙子楚怎会是痴啊！"

九山王

曹州李姓者[1]，邑诸生。家素饶。而居宅故不甚广；舍后有园数亩，荒置之[2]。一日，有叟来税屋[3]，出直百金[4]。李以无屋为辞。叟曰："请受之，但无烦虑。"李不喻其意，姑受之，以觇其异。

越日，村人见舆马眷口入李家，纷纷甚夥，共疑李第无安顿所，问之。李殊不自知；归而察之，并无迹响。过数日，叟忽来谒。且云："庇宇下已数晨夕[5]。事事都草创[6]，起炉作灶，未暇一修客子礼[7]。今遣小女辈作黍，幸一垂顾[8]。"李从之。则入园中，欻见舍宇华好，崭然一新。入室，陈设芳丽。酒鼎沸于廊下，茶烟袅于厨中。俄而行酒荐馔[9]，备极甘旨[10]。时见庭下少年人，往来甚众。又闻儿女喁喁，幕中作笑语声。家人婢仆，似有数十百口。李心知其狐。席终而归，阴怀杀心。每入市，市硝硫[11]，积数百斤，暗布园中殆满。骤火之，焰亘霄汉[12]，如黑灵芝[13]，燔臭灰眯不可近[14]；但闻鸣啼嗥动之声，嘈杂聒耳。既熄入视，则死狐满地，焦头烂额者，不可胜计。方阅视间[15]，叟自外来，颜色惨恸，责李曰："夙无嫌怨；荒园岁报百金，非少；何忍遂相族灭[16]？此奇惨之仇，无不报者！"忿然而去。疑其掷砾为殃，而年余无少怪异。

时顺治初年[17]，山中群盗窃发，啸聚万余人[18]，官莫能捕。生以家口多，日忧离乱。适村中来一星者[19]，自号："南山翁"，言人休咎[20]，

了若目睹，名大噪[21]。李召至家，求推甲子[22]。翁愕然起敬，曰："此真主也[23]！"李闻大骇，以为妄。翁正容固言之[24]。李疑信半焉，乃曰："岂有白手受命而帝者乎？"翁谓："不然。自古帝王，类多起于匹夫[25]，谁是生而天子者？"生惑之，前席而请[26]。翁毅然以"卧龙"自任[27]。请先备甲胄数千具、弓弩数千事[28]。李虑人莫之归。翁曰："臣请为大王连诸山，深相结。使哗言者谓大王真天子[29]，山中士卒，宜必响应。"李喜，遣翁行。发藏镪[30]，造甲胄。翁数日始还，曰："借大王威福，加臣三寸舌[31]，诸山莫不愿执鞭靮[32]，从戏下[33]。"浃旬之间[34]，果归命者数千人[35]。于是拜翁为军师；建大纛[36]，设彩帜若林；据山立栅[37]，声势震动。邑令率兵来讨，翁指挥群寇，大破之。令惧，告急于兖[38]。兖兵远涉而至，翁又伏寇进击，兵大溃，将士杀伤者甚众。势益震，党以万计[39]，因自立为"九山王"。翁患马少，会都中解马赴江南[40]，遣一旅要路篡取之[41]。由是"九山王"之名大噪。加翁为"护国大将军"。高卧山巢，公然自负，以为黄袍之加[42]，指日可俟矣[43]。东抚以夺马故[44]，方将进剿；又得兖报，乃发精兵数千，与六道合围而进。军旅旌旗，弥满山谷。"九山王"大惧，召翁谋之，则不知所往。"九山王"窘急无术，登山而望曰："今而知朝廷之势大矣！"山破，被擒，妻孥戮之。始悟翁即老狐，盖以族灭报李也。

异史氏曰："夫人拥妻子，闭门科头[45]，何处得杀？即杀，亦何由族哉？狐之谋亦巧矣。而壤无其种者，虽溉不生；彼其杀狐之残，方寸已有盗根[46]，故狐得长其萌而施之报[47]。今试执途人而告之曰：'汝为天子！'未有不骇而走者。明明导以族灭之为，而犹乐听之，妻子为戮，又何足云？然人听匪言也[48]，始闻之而怒，继而疑，又继而信；迨至身名俱殒，而始悟其误也，大率类此矣[49]。"

注释

①曹州：州名，治所在今山东菏泽市。

②荒置之：荒废而闲置。

③税屋：租赁房屋。

④直：同“值”，租价。

⑤庇宇下：受庇护于屋宇之下，寄居的谦词。

⑥草创：初设。《汉书·外戚恩泽侯表》：“庶事草创，日不暇给。”

⑦客子：旅居异地的人。

⑧幸一垂顾：希望能屈驾下顾。垂，由上施下曰垂。

⑨荐：进。

⑩甘旨：泛指美味佳肴。甘，甜。旨，香。

⑪市：买。

⑫亘：直达。

⑬如黑灵芝：烈火腾空，黑烟弥漫，如蘑菇状，故云。灵芝为菌类植物，蘑菇状。

⑭燔臭灰眯：焦臭刺鼻，烟尘迷目。燔，焚烧。

⑮阅视：检阅，查看。

⑯族灭：诛杀整个家族。

⑰顺治：清世祖爱新觉罗福临年号（1644—1661）。

⑱啸聚：号召聚合。旧时一般指聚众造反。《后汉书·西羌传论》：“招引山豪，转相啸聚，揭木为兵，负柴为械。”啸，彼此招呼。

⑲星者：星为古代以星象占验吉凶的方术，星者即指行此方术之人。此指算命先生。

⑳休咎：犹言吉凶祸福。休，吉庆，福禄。咎，凶灾，祸殃。

㉑名大噪：名声大扬。噪，喧嚷。

㉒推甲子：推算生辰八字。甲居天干（甲、乙、丙、丁……）之首，子居地支（子、丑、寅、卯……）之首，干支依次相配，称为“甲子”。星命术士以人出生的年、月、日、时为四柱，配合干支，合为八字，加以附会，用来推算命运的好坏。

㉓真主：即俗称真龙天子。

㉔正容固言之：面色严肃地坚持这样说。

㉕类：大致，大都。

㉖前席：古人席地而坐，向前移动坐席，表示为其说所倾动。《汉书·贾谊传》：“上（指汉文帝）因感鬼神之事，而问鬼神之本……至夜半，文帝前席。”

㉗卧龙：即诸葛亮。《三国志·蜀志·诸葛亮传》载，徐庶对刘备说：“诸葛孔明者，卧龙也，将军岂愿见之乎?”诸葛亮曾任刘备的军师，因以“卧龙”喻指军师。

㉘甲胄：铠甲、头盔。事：件。

㉙哗言者：喜好传播浮言的人。

㉚藏镪（qiǎng 强）：蓄藏的金钱。镪，钱贯，引申为钱。

㉛三寸舌：谓善辩的口才。语出《史记·留侯世家》。

㉜执鞭靮（dí 敌）：为人驾驭车马，意为乐意相从。《礼记·檀弓下》：“执羁靮而从。”靮，马缰绳。

㉝戏（huī 挥）下：同“麾下”，部下。戏，同“麾”，旌旗之类，借以指挥。语出《汉书·项籍传》。此据青柯亭本，原作“戟下”。

㉞浃（jiā 佳）旬：十日，一旬。浃，周遍。

㉟归命者：归附而接受其命令者，即归顺的人。

㊱大纛（dào 道，又读 dú 毒）：大旗，为古时军中主帅所在地的标志。

㊲栅（zhà 炸，又读 shān 山）：寨栅，垒栅。以木栅栏为营墙，以防御敌人。

㊳兖：府名。治所在滋阳（今山东兖州市）。

㊴党：同伙的人。

㊵解：押解。

㊶一旅：犹言一支部队。旅，军队编制单位，古时五百人为一旅。也泛指军队。要路篡取：拦路夺取。要，遮留。要路，犹拦路。

㊷黄袍之加：谓做皇帝。黄袍，古帝王袍服色尚黄。王楙《野客丛书·禁用黄》：“唐高祖武德初，用隋制，天子常服黄袍，遂禁士庶不得服，而服有禁自此始。”

㊸指日可俟：犹指日可待。指日，预定日期。

㊹东抚：指山东巡抚。清初沿袭明制，于地方设总督、巡抚，负责一省或数省的军民两政，而由其所属承宣布政使司、提刑按察使司和各道道员督率府县。

㊺科头：不戴帽指随便闲散。

㊻方寸：亦作“方寸地”，指心。

㊼长其萌：使其萌芽滋长。

㊽匪言：狂惑之言。

㊾大率：大概，大致。

意译

曹州有个姓李的秀才，家里很富有，但住宅却很不宽敞。在他家屋后有个几亩大的园子，一直荒废着。有一天，一个老头愿意拿出一百两银子来租赁他家的房子，李生推辞说家里没有房子，老头说："请收下这些租金，不要忧虑房子。"李生不明白他的意思，姑且收下银子，暗中观察事态的变化。

过了一天，村里人见到有很多车马家眷纷纷进了李家，人们都疑惑李家无处安顿，就好奇地问他怎么回事，李生一点也不知道。他回到家里仔细观察，并没有什么踪迹声响。几天以后，那个老头突然来拜访他说："我一家托你屋檐庇护已有好几天了，因为很多事情都才就绪，起炉搭灶，没来得及尽客人致敬之礼，今天特意叫女儿做些便饭，希望光顾。"李生满口答应了。

他到后园，只见所有房屋都修整一新，室内陈设豪华绚丽，走廊上飘溢着酒的浓香，厨房里茶烟袅袅。一会儿酒菜就全摆到桌上，美味全备。这时，他看见庭院里年轻人你来我往的很多，又听见帘子里儿女们喁喁的说笑声。老头一家加上婢仆，似乎有几十上百口人，李生心里料定这都是些狐精。酒席散后，他回到家里，起了杀心。每次到集市上去，就要买些硝硫之类的火药，总共积攒下几百斤，偷偷地洒满园子。突然用火点着，一时间，烟火冲天，犹如蘑菇状，燃烧的臭味和飞尘迷目，使人不能靠近，只听得啼哭嚎叫声响成一片，嘈杂聒耳。火灭后到园里一看，只见遍地都是死狐狸，焦头烂额，数都数不过来。他正察看时，却见老头从外面进来，脸色凄惨，斥责李生道："我和你素无怨仇，我住你的荒园，每年给一百两租金，并不少，为何残忍地灭掉我们一族？这血海深仇迟早要报！"说完就愤然离去。李生想狐精报仇至多不过扔些瓦砾而已，但过去了一年多，并未发生什么变异。

当时正是顺治初年，山东境内很多地方有人闹事，群聚达万余人，官府无法抓捕。李生家里人口多，每天都担心会出乱子，这时村里正好来了个看相的人，自称为“南山翁”，卜算人的祸福就像亲眼所见，一时间名声大噪。李生把他请到家里，叫他推算自己的生辰八字。南山翁很惊讶地站起来恭敬说：“您是真龙天子!”李生听后大吃一惊，以为他信口胡说。南山翁一本正经地坚持说是真的。李生半信半疑地说：“哪里有白手起家当帝王的?”南山翁说：“这就不对了，自古以来，大多数帝王都是起于匹夫之中，谁一生下来就是天子?”李生被迷惑住了，急忙向前请教。南山翁毅然以军师自居，让他先备足几千副铠甲头盔、几千件弓箭。李生担心不会有人归附他。南山翁说：“我愿为大王联络各山头的首领，与他们结盟，然后再派人宣扬您是真龙天子，山中起事的人都会响应的。”李生听后大为欣喜，就让南山翁先行一步。他当即取出蓄藏的银两，制造武器。

几天后，南山翁才回来报告说：“全仰仗大王的威福，又加上我的能说会道的口才，各个山头的草莽豪杰没有人不愿听从您的指挥。”十天时间，果然就有几千人投奔到他的旗帜下。李生因此拜南山翁为军师，树起造反大旗，又于各山头插遍无数小旗，占山扎寨，声势大振，县令亲自率官兵讨伐，南山翁指挥兵卒把官兵打得大败。县令恐慌失措连忙向兖州府告急。兖州府派兵远道而来，南山翁又设下埋伏，官兵又被打得一败涂地，将士被杀死很多。于是，声势更加大振，兵力上万，李生便自封为“九山王”。南山翁担忧马匹少，正赶上京城押解马赴江南，就当即派遣一部人马在要道上阻截劫夺。由此“九山王”便威名大振。这时，他加封南山翁为“护国大将军”，自己则高卧山洞，非常自负，满以为黄袍加身做皇帝，指日可待了。

山东巡抚因马匹被劫，正打算进剿，同时又收到兖州府的报告，立即派遣几千精兵，分六路人马包抄而来。官军战旗，弥漫了整个山野。“九山王”惊慌失措，当他寻找南山翁商讨对策时，南山翁早已无影无踪了。“九山王”到了穷困末路，登山遥望说：“现在才知道朝廷的势力非常大了!”后来山寨失守，他被官兵活捉，妻子儿女全被杀戮。这时他才明白过来南山翁就是老狐精，是来报灭门大仇的。

异史氏说：“人在家里守着妻子儿女，闭门过着闲散的日子，从哪里下手杀他?即使被杀，又怎么会灭族?老狐的计谋真是神妙啊。土壤里没有种子，即使灌溉也不会有东西生长。李生杀狐时所表现出的残忍，已显示出内心蕴蓄着为寇的根苗，而老狐只不过使其萌发从而达到复仇目的罢了。现在你随便对一个路人说：‘你是天子!’没有人不被吓跑的。明明是教唆他走灭族的路子，却反而很高兴地听从，那么妻子儿女被杀，又有什么可说?然而，一般人听到叛逆的话，最初是发怒，接着是怀疑，最终是相信，直至身败名裂，这时才明白那是误人不浅的，情形大抵就像这件事。”

鲁公女

招远张于旦[①]，性疏狂不羁[②]。读书萧寺[③]。时邑令鲁公，三韩人[④]。有女好猎。生适遇诸野，见其风姿娟秀，着锦貂裘，跨小骊驹，翩然若画。归忆容华，极意钦想。后闻女暴卒，悼叹欲绝。鲁以家远，寄灵寺中[⑤]，即生读所。生敬礼如神明，朝必香，食必祭。每酹而祝曰[⑥]：“睹卿半面，长系梦魂；不图玉人[⑦]，奄然物化[⑧]。今近在咫尺，而邈若河山，恨如何也！然生有拘束，死无禁忌，九泉有灵，当珊珊而来[⑨]，慰我倾慕。”日夜祝之，几半月。

一夕，挑灯夜读，忽举首，则女子含笑立灯下。生惊起致问。女曰：“感君之情，不能自已，遂不避私奔之嫌。”生大喜，遂共欢好。自此无虚夜。谓生曰：“妾生好弓马，以射獐杀鹿为快，罪孽深重，死无归所。如诚心爱妾，烦代诵《金刚经》一藏数[⑩]，生生世世不忘也。”生敬受教，每夜起，即柩前捻珠讽诵[⑪]。偶值节序，欲与偕归。女忧足弱，不能跋履[⑫]。生请抱负以行，女笑从之。如抱婴儿，殊不重累。遂以为常。考试亦载与俱。

然行必以夜。生将赴秋闱[⑬]，女曰：“君福薄，徒劳驰驱。”遂听其言而止。积四五年，鲁罢官，贫不能舆其榇[⑭]，将就窆之[⑮]，苦无葬地。生乃自陈：“某有薄壤近寺，愿葬女公子。”鲁公喜。生又力为营葬。鲁德之，而莫解其故。鲁去，二人绸缪如平日。

一夜，侧倚生怀，泪落如豆，曰：“五年之好，于今别矣！受君恩义，数世不足以酬！”生惊问之。曰：“蒙惠及泉下人，经咒藏满，今得生河北卢户部家。如不忘今日，过此十五年，八月十六日，烦一往会。”生泣下曰：“生三十余年矣；又十五年，将就木焉[16]，会将何为?”女亦泣曰：“愿为奴婢以报[17]。”少间曰：“君送妾六七里。此去多荆棘，妾衣长难度。”乃抱生项。生送至通衢，见路傍车马一簇，马上或一人，或二人；车上或三人、四人、十数人不等；独一钿车[18]，绣缨朱幰[19]，仅一老媪在焉。见女至，呼曰：“来乎?”女应曰：“来矣。”乃回顾生云：“尽此，且去；勿忘所言。”生诺。女行近车，媪引手上之，展軨即发[20]，车马阗咽而去[21]。

生怅怅而归，志时日于壁。因思经咒之效[22]，持诵益虔。梦神人告曰：“汝志良嘉。但须要到南海去[23]。”问：“南海多远?”曰：“近在方寸地[24]。”醒而会其旨，念切菩提[25]，修行倍洁。三年后，次子明、长子政，相继擢高科[26]。生虽暴贵，而善行不替[27]。夜梦青衣人邀去，见宫殿中坐一人，如菩萨状，逆之曰：“子为善可喜。惜无修龄[28]，幸得请于上帝矣。”生伏地稽首。唤起，赐坐；饮以茶，味芳如兰。又令童子引去，使浴于池。池水清洁，游鱼可数，入之而温，掬之有荷叶香。移时，渐入深处，失足而陷，过涉灭顶[29]。惊寤，异之。由此身益健，目益明。自捋其须，白者尽簌簌落，又久之，黑者亦落。面纹亦渐舒。至数月后，颔秃面童[30]，宛如十五六时。辄兼好游戏事，亦犹童。过饰边幅[31]；子辄匡救之[32]。未几，夫人以老病卒。子欲为求继室于朱门。生曰：“待吾至河北，来而后娶。”

屈指已及约期，遂命仆马至河北。访之，果有卢户部。先是，卢公生一女，生而能言，长益慧美，父母最钟爱之[33]。贵家委禽，女辄不欲。怪问之，具述生前约。共计其年，大笑曰：“痴婢！张郎计今年已半百，人事变迁，其骨已朽；纵其尚在，发童而齿豁矣[34]。”女不听。母见其志不摇，与卢公谋，戒阍人勿通客，过期以绝其望。未几，生至，阍人拒之。退返旅舍，怅恨无所为计。闲游郊郭，因循而暗访之。女谓生负约，涕不食。母言：“渠不来，必已殂谢；即不然，背盟之罪，亦不在汝。”女不语，但终日卧。卢患之，亦思一见生之为人，乃托游敖[35]，遇生于野。视之，少年也，讶之。班荆略谈[36]，甚倜傥[37]。公喜，邀至其家。方将探问，卢即遽起，嘱客暂独坐，匆匆入内告女。女喜，自力起。窥审其状不符，零涕而返，怨父欺罔[38]。公力白其是。女无言，但泣不止。公出，意绪懊丧，对客殊不款曲[39]。生问，"贵族有为户部者乎?"公漫应之。首他顾，似不属客[40]。生觉其慢[41]，辞出。女啼数日而卒。生夜梦女来，曰："下顾者果君耶？年貌舛异[42]，觌面遂致违隔。妾已忧愤死。烦向土地祠速招我魂，可得活，迟则无及矣。"

既醒，急探卢氏之门，果有女，亡二日矣。生大恸，进而吊诸其室。已而以梦告卢。卢从其言，招魂而归。启其衾，抚其尸，呼而祝之。俄闻喉中咯咯有声。忽见朱樱乍启[43]，坠痰块如冰。扶移榻上，渐复吟呻。卢公悦，肃客出[44]，置酒宴会。细展官阀[45]，知其巨家，益喜。择吉成礼。居半月，携女而归。卢送至家，半年乃去。夫妇居室，俨如小耦[46]，不知者多误以子妇为姑嫜焉[47]。卢公逾年卒。子最幼，为豪强所中伤，家产几尽。生迎养之，遂家焉。

注释

①招远：县名，明清属登州府，即今山东省招远市。

②疏狂不羁：阔略放任，不拘礼仪。

③萧寺：佛寺。唐李肇《国史补》："梁武帝造寺，令萧子云飞白大书'萧寺'，至今一'萧'字存焉。"后世因称佛寺为萧寺。

④三韩：指辽东。汉时，朝鲜南部有马韩（西）、辰韩（东）、弁韩（南）三国。明天启初因失辽阳，以后乃习称辽东为三韩。见《日知录》。

⑤灵：灵柩。

⑥酹（lèi 泪）：以酒浇地。祭奠的一种仪式。祝：祷告。

⑦玉人：容貌秀丽，晶莹如玉。可兼称男女。

⑧物化：化为异物，指死亡。《庄子·刻意》："圣人之生也天行，其死也物化。"

⑨珊珊：环摩击声。《文选》宋玉《神女赋》："动雾以徐步兮，拂墀声之珊珊。"李善注："珊珊，声也。"

⑩金刚经：佛经名。初译全称《金刚般若波罗蜜经》，后秦鸠摩罗什译，一卷。后有多种译本，名称不全同。藏（zàng 葬）：佛教道教经典的总称；一藏数，指持诵五千四十八遍。

⑪捻珠：手捻佛珠。佛珠，又称念珠、数珠，念佛号或经咒时用以计数的佛教用物。通常用香木车成小圆粒，贯穿成串，也有用玉石等制作的。粒数有十四颗至一千零八十颗不等。

⑫跋履：跋涉；登山涉水。《左传·成公十三年》："（晋）文公躬擐甲胄，跋履山川，越险阻，征东之诸侯。"

⑬秋闱：乡试；考选举人。

⑭舆其榇：用车运走女棺。榇，棺。此从青本，底本无"舆其"二字。

⑮就窆（biǎn 贬）：就地葬埋。窆，葬时穿土下棺。见《周礼·地官·乡师》注。

⑯就木：进棺材；老死。《左传·僖公二十三年》："（重耳）将适齐，谓季隗曰：'待我二十五年，不来而后嫁。'对曰：'我二十五年矣，又如是而嫁，则就木焉！请待子。'"

⑰以报：此从二十四卷抄本，底本作"一报"。

⑱钿（diàn 店）车：镶嵌有金属薄片图案纹饰的车辆。

⑲绣缨朱幰：有彩穗装饰的大红车帘。绣缨，彩丝做的穗状饰物，即流苏。车前挂的帷幔。

⑳展轸：车轮转动，犹言发车。轸，即轮，亦作"辚"。

㉑阗咽（tián yè 田叶）：即"阗噎"。形容车马喧腾，充塞道路。《文选》左思《吴都赋》："冠盖云荫，闾阎阗噎。"

㉒效：此从二十四卷抄本，底本作"数"。

㉓南海：指观世音菩萨所在地。印度有南海。又，我国浙江普陀山，相传为观音现身说法道场，故通常所说南海，多指此。

㉔近在方寸地：近在心间。佛教净土宗认为，只要修持善心，发愿念佛，坚

持不懈，就可使佛菩萨闻知，拔除于苦难之中。方寸，指心，见《三国志·蜀志·诸葛亮传》。

㉕念切菩提：即渴望领悟佛理。菩提，佛教名词，意译“觉”、“智”，指对佛教“真理”的觉悟。佛教认为，有了这种觉悟，就能断绝世间烦恼，成就“涅”之“智慧”。

㉖擢高科：指科举高中。

㉗替：废弃，衰减。

㉘修龄：长寿。

㉙过涉灭顶：谓入深水，淹没头顶。《易·大过》：“上六，过涉灭顶，凶，无咎。”

㉚颔秃面童：下巴光净无须，面呈童颜。颔，下颏。

㉛过饰边幅：过于注重穿着打扮。谓与年龄身份不符。边幅，本指布幅的边缘，喻指人的服饰容态等外观表现。

㉜匡救：救正，矫正。《孝经》：“匡救其恶。”注：“匡，正也。”

㉝钟爱：爱集一身；极其喜爱。钟，聚。

㉞发童而齿壑：头秃齿缺。形容年老。韩愈《进学解》：“头童齿豁，竟死何裨。”童，秃。壑，通“豁”，齿缺。

㉟游敖：游玩散心。《诗·邶风·柏舟》：“微我无酒，以敖以游。”

㊱班荆：谓藉草而坐。《左传·襄公二十六年》：“伍举奔郑，将遂奔晋；声子将如晋，遇之于郑郊，班荆相与食，而言复故。”班，布。荆，泛指杂草。

㊲倜傥：风流洒脱，指有青年风度。

㊳怨父欺罔：此据二十四卷抄本，底本无“父”字。

㊴款曲：应酬殷恳。《后汉书·光武帝纪》下：“文叔（刘秀字）少时谨信，与人不款曲。”

㊵不属客：意不在客；不理会客人。属，属意。

㊶慢：简慢，怠慢。

㊷年貌舛异：谓张生的年龄与容貌不符。

㊸朱樱：红樱桃，喻女子之口。启：此从二十四卷抄本，底本作“起”。

㊹肃客：引导客人。《礼记·曲礼》上：“主人肃客而入。”注：“肃，进也。”

㊺细展官阀：详细询问官阶门第。展，展问，询问。

㊻小耦：少年夫妻。耦（偶），配偶。

㊼“不知者”句：意谓张于旦夫妇相貌比他们的儿子、儿媳还显得年少。子妇，儿子和儿媳。姑嫜，婆婆和公公。

意译

招远县有个书生叫张于旦，为人狂放不羁，在寺庙里读书。当时招远县令姓鲁，是朝鲜人，他有个女儿喜欢打猎，张生和她在荒野恰巧相遇，见她姿色秀丽，身穿锦绣貂皮大衣，骑着一匹小黑马，翩翩然是画中人一般。回到家里，他还一直回想着她的美丽容颜，心里非常艳羡。后来，他听说鲁县令的女儿暴病而死，便悲痛欲绝。

鲁公因家太远，就将女儿的灵柩停放在张生读书的寺庙里。张生将鲁公女儿的灵寝敬如神明。早晨必上香，吃饭时必祭奠。他常常洒酒在地祷告说：“虽然只睹你半面，常常魂牵梦绕，谁知你这般俏丽的美人，却转眼间化为异物。而今我与你近在咫尺，却像遥隔千万里，让人抱恨不已！然而活着时有拘束的礼节，死后却不再有禁忌了。你若九泉之下有灵，就请姗姗而来，安慰我对你的一片倾慕之痴情。”张生就这样祈祷了几乎半个月。一天夜里，他正挑灯夜读，忽然一抬头，只见那女子笑吟吟地站在灯前。他惊起询问，女子说：“感谢你的一片真情，我不能自我控制，所以就不避私奔之嫌而来了。”张生高兴极了，于是两人就好上了。此后，那女子每夜必来。她对张生说：“我活着时酷爱骑马射箭，把射死獐鹿作为快乐，所以罪孽深重，死后没有归宿之处。你若是真心爱我，就请你代我诵《金刚经》五千零四十八遍，我将永世不忘你的恩情。”张生按照她说的，每天晚上起来在她灵前手捻佛珠念经。

偶尔逢上过节的时候，张生想和她一起回家去。女子担心自己脚力弱不能跋涉，张生请求抱着她走，女子笑着答应了。张生觉得自己像抱着个婴儿一样，并不觉得累。于是就习以为常了。他考试的时候也背着她一起前往。但是，每次都得夜里行走。张生要去考举人，女子说：“你没福分，考试是徒劳的。”张生听她的话，就不去应试了。

过了四五年，鲁公被罢了官，无钱把女儿的棺材运回老家去安葬，将就地安葬，但又苦于没有地方可葬。张生便主动说：“我有一块地在寺院附近，愿意献出安葬女公子。”鲁公一听很高兴，张生又尽力帮鲁公办理丧事。鲁公很感激他，却并不明白其中的缘由。

鲁公离去以后，他们二人还像以前那么亲密往来。一天夜里，女子偎在张生怀里，泪滚如豆。她说：“我们相好五年，现在却要分手了。蒙受你的恩情，我几生几世都报答不尽。”张生很吃惊地问她为什么说这样的话。女子说：“承蒙你代我念经，已经五千零四十八遍满数了，现在要往河北卢户部家投生。如果你不忘我们今天的情分，就请你在十五年以后的八月十六日前去与我相会。”张生流泪对她说：“我已三十岁的人了，再过十五年，就快进棺材了，相会又能干什么？”女子也哭着说：“我愿做丫鬟来报答你。”停了停，她又说：“请你送我六七里路程。这段路有很多荆棘，我的衣服太长，走起来很不方便。”于是她抱着张生的脖子。张生把她一直送到大路上。见路边有一队车马，马上有一人的，也有两人的，车上有三人的、四人的、十多人的不等。唯独有一辆雕花车子，挂着红幔，里面只有一个老太太独坐。她见鲁公女来了，就叫道：“来了吗？”女子回答说：“来了。”便回头对张生说：“送这儿就行了，你回去吧，不要忘了我对你说的话！”张生答应着。女子向车子跟前走去，老太太伸手拽她上去，车子即刻启动，车马轰隆隆地走了。

张生孤独而惆怅地回去，把时间记在墙壁上。他想起念经的效应，于是就念得更虔诚了。有一天夜里，他梦见神人告诉他：“你志向确实可嘉，但必须要到南海去。”张生问：“南海有多远？”神人说：“近在方寸之地。”他醒来后悟出其中的意思，渴望领悟佛理，修行更为虔敬。三年以后，他的二儿子张明、大儿子张政都先后科举高中。他虽然突然发迹，但仍然坚持做善事，夜里他梦见有个青衣人邀他去，到了一座宫殿，见中央坐着一个人，像菩萨的样子，迎着他说：“你为善可喜，只可惜年寿不长，幸已请上帝优待。”张生拜伏在地上叩头。菩萨叫他起来，请他坐下，又给他喝茶，茶叶芬芳如香兰。菩萨又命令童子领他去沐浴。只见池水清澈，游鱼历历可数，进到水里感到很温和，用手掬着水一闻，有一股荷叶的香味。一会儿，他慢慢地移到水深的地方，一失脚陷进水里，水一直将他淹没了。他这时突然惊醒了，感到很诧异。从此他的身体更加健康，眼睛更加明亮。他用手一折胡子，白胡须纷纷掉落，再过了很久，黑胡须也落完了，脸上的皱纹也舒展了。过了几个月后，下巴光净无须，面呈童颜，宛如十五六岁的时候，总喜欢玩耍和做游戏，也像个小孩。而且非常讲究打扮，穿衣很注意。两个儿子常常劝他注意身份。不久，他妻子因老病去世，儿子想找个大户人家的女子来为他续弦。他说：“等我从河北回来后再娶。”他屈指一算，已到约定日期，于是命令仆人备马跟随着他一起去河北。到了那里一打听，果然有个卢户部家。

先前，卢公生了一个女儿，一出世就会说话，长大后越发聪颖美丽，父母对女儿钟爱极了。贵族公子前来求婚，她总是不愿意。父母很奇怪，就问她，她便把自己前世订盟约的事原原本本说了。一算年龄，父母便笑着说："痴心丫头！张郎今年已年过半百，人事变迁，也许早已死去。即使活着，也已头秃齿缺。"但是女儿不听劝告。母亲见她意志坚决，就和卢公背地商定，告诫守门人有客人来不要通报，企图让女儿过期绝望。

不久，张生寻到门上，守门人拒绝通报。他没办法，只得返回旅馆，心里想不出好主意，十分惆怅。闲着没事，他便到郊外去游玩，顺便暗中打听女子的情况。女子却以为张生负约不来，泪流不止，也不思饮食。母亲趁机说："他不来肯定已死，即使没死，违背誓约也是他的责任，与你无干。"女子不说话，只是终日卧床不起。卢公很忧虑，也想见见张生究竟是怎样的人，于是他托词游玩散心，和张生在郊野相遇。他一看张生是个少年，就很诧异。就地而坐交谈，发现张生风流洒脱。卢公一高兴，就把他请到家里。张生正要探问，卢公却站起来，招呼张生先坐坐，他匆匆进到里屋，把这事告诉了女儿。女子很欣喜，挣扎着起来，偷偷一看觉得形貌不相符，又哭哭啼啼地回到自己的房间，责怪父亲欺骗自己。父亲竭力解释他就是张生。女儿不说话，只是哭泣不止。卢公出来，情绪很懊丧，对客人的态度也很不热情。张生问："贵家族里有人在户部任职的吗？"卢公不在意地答应着，眼睛看着别的地方，不理会客人。张生觉出他的怠慢，就告辞出来。

女子哭了多日，终于憔悴而死。张生夜里梦见女子来了，说道："到我家去的真是你吗？年龄和相貌差别这样大，所以叫我发生错觉。我已忧愤而死。烦劳赶快到土地祠去为我招魂，还能活的，若要延迟就来不及了。"张生醒来后，就急忙赶到卢家门口，一打听，果然有个女儿已死两天了。张生大为悲痛，哭着去为女子吊丧。随后，他把梦中的事对卢公说了。卢公按照他说的，到土地祠招魂后返回。揭开被子，抚摸尸体，呼叫名字祝告。一会儿就听见女儿喉咙里有一种咯咯声，又见女儿张开嘴唇，吐出一块痰就像冰一样。然后把她扶在床上，慢慢又呻吟起来。卢公欣喜极了，引导客人出来设宴款待。在酒席上仔细了解官阶门第，知道张生是名门大户，就更加喜欢了。

卢公为他们择定吉日，办了婚事。张生在卢家住了半个多月，然后带着妻子一起回家。卢公把他们送到家里，又住了半年才离去。张生夫妇在房里，俨然像一对小两口，不知真情的人，居然把儿子和媳妇误认为是公婆。卢公过了一年就死去，儿子太小，被当地豪门劣绅所陷害，家产几乎丧尽。张生将他接到家抚养，以后便以这儿为家。

道士

韩生，世家也[①]，好客。同村徐氏，常饮于其座。会宴集[②]，有道士托钵门上[③]。家人投钱及粟，皆不受；亦不去。家人怒，归不顾。韩闻击剥之声甚久[④]，询之，家人以情告。言未已，道士竟入。韩招之坐。道士向主客皆一举手，即坐。略致研诘，始知其初居村东破庙中。韩曰："何日栖鹤东观[⑤]，竟不闻知，殊缺地主之礼[⑥]。"答曰："野人新至[⑦]，无交游。闻居士挥霍[⑧]，深愿求饮焉。"韩命举觞。道士能豪饮。徐见其衣服垢敝，颇偃蹇[⑨]，不甚为礼。韩亦海客遇之[⑩]。道士倾饮二十余杯，乃辞而去。

自是每宴会，道士辄至，遇食则食，遇饮则饮，韩亦稍厌其频。饮次，徐嘲之曰："道长日为客[⑪]，宁不一作主？"道士笑曰："道人与居士等，惟双肩承一喙耳[⑫]。"徐惭不能对。道士曰："虽然，道人怀诚久矣，会当竭力作杯水之酬[⑬]。"饮毕，嘱曰："翌午幸赐光宠[⑭]。"次日，相邀同往，疑其不设[⑮]。行去，道士已候于途；且语且步，已至寺门。入门，则院落一新，连阁云蔓[⑯]。大奇之，曰："久不至此，创建何时？"道士答："竣工未久。"比入其室，陈设华丽，世家所无。二人肃然起敬。甫坐，行酒下食，皆二八狡童[⑰]，锦衣朱履。酒馔芳美，备极丰渥。饭已，另有小进[⑱]。珍果多不可名，贮以水晶玉石之器，光照几榻。酌以玻璃盏，围尺许。道士曰："唤石家姊妹来。"童去少时，二美人入。一细长，如弱柳[⑲]；

一身短，齿最稚；媚曼双绝[20]。道士即使歌以侑酒[21]。少者拍板而歌，长者和以洞萧，其声清细。既阕，道士悬爵促酹[22]，又命遍酌。顾问美人："久不舞，尚能之否?"遂有僮仆展氍毹于筵下[23]，两女对舞，长衣乱拂，香尘四散；舞罢，斜倚画屏。二人心旷神飞[24]，不觉醺醉。

道士亦不顾客，举杯饮尽，起谓客曰："姑烦自酌，我稍憩，即复来。"即去。南屋壁下，设一螺钿之床[25]，女子为施锦裀，扶道士卧。道士乃曳长者共寝，命少者立床下为之爬搔[26]。二人睹此状，颇不平。徐乃大呼："道士不得无礼!"往将挠之[27]。道士急起而遁。见少女犹立床下，乘醉拉向北榻，公然拥卧。视床上美人，尚眠绣榻。顾韩曰："君何太迂?"韩乃径登南榻；欲与狎亵，而美人睡去，拨之不转。因抱与俱寝。天明，酒梦俱醒，觉怀中冷物冰人；视之，则抱长石卧青阶下[28]。急视徐，徐尚未醒；见其枕遗屙之石[29]，酣寝败厕中。蹴起[30]，互相骇异。四顾，则一庭荒草，两间破屋而已。

注释

①世家：累世贵显的人家。

②宴集：聚客饮宴。

③托钵：募化，化缘。

④击剥之声：敲门声。击，敲门。剥，剥啄，敲门声。

⑤栖鹤：传说得道者驾鹤而行，故敬称道士宿止为栖鹤，犹言息驾。

⑥地主：东道主。

⑦野人：道士谦称，意谓山野之人。

⑧居士：意思是向道慕善在家修

行的人。是宗教徒对世俗人士的敬称。挥霍：豪奢不吝。

⑨偃蹇：倨傲，轻慢。此从二十四卷抄本，底本作“淹蹇”。

⑩海客遇之：把道士当作走江湖的看待。海客，浪迹四方的人。

⑪道长：道高位尊的道士。对道士的敬称。

⑫双肩承一喙：两只肩膀扛着一张嘴。意思是白吃白喝，无有馈赠、回报。

⑬杯水：一杯水酒。水，喻酒味薄涩。

⑭幸赐光宠：希望赐宠光临。

⑮不设：不能设筵。

⑯连阁云蔓：楼阁相连，极其盛多。

⑰狡童：慧黠善解人意的幼仆。

⑱小进：小吃；筵后茶点果品。

⑲如弱柳：此据二十四卷抄本，底本作“一弱柳”。

⑳媚曼：义同“靡曼”，谓容色美丽。《列子·周穆王》：“简郑卫处子之娥靡曼者，施芳泽，正蛾眉，设笄珥……以处之。”

㉑侑酒：劝酒。

㉒悬爵促釂（jiào 叫）：举杯劝客人饮尽。釂，干杯。

㉓氍毹：毡席，地毯。

㉔心旷神飞：心思旷荡，神不守舍。

㉕螺钿（diàn 店）之床：镶嵌贝片图案的床榻。钿，金银贝壳之类装饰薄片的总称。

㉖爬搔：挠痒。爬，抓、挠。

㉗挠：阻止。

㉘青阶：青石台阶。

㉙遗屙之石：此据二十四卷抄本，底本作“遗屙之右”。大便坑旁的踏脚石。遗屙，拉屎。

㉚蹴起：把徐氏踢起。

意译

韩生出身于世家，平生好客。同村一个姓徐的人常常到家里来和他饮酒。

一天，正聚客饮宴，有个道人到门上来化缘。家人给他钱、粮，他都不接受，也不离去。家人很生气，便返回不再理他。韩生听到“剥剥剥”的敲击声响了很久，就问家人，家人把刚才发生的事情原原本本说了，话音未落，道人竟然自己进来了。韩生招呼他坐，他向主人和客人举了举手，就坐下了。稍稍问了问，才知道住在村东头破庙时间不长。韩生说：“那天移住东观，并未听说，没有尽到东道主之谊，实在对不起。”道人说：“山野之人初来乍到，没有交往，听说居士为人大度，不吝惜钱财，很想来讨一杯酒喝喝。”韩生当即斟酒给他，道人很有酒量。徐氏看见道人衣服很脏也很破烂，对他很轻慢不太礼貌。韩生也对他视若一般江湖客人。道人一气喝了二十多杯，这才告辞而去。从此以后，每逢韩生设宴饮酒，道人也从不空缺。他遇上吃就吃，遇上酒就喝，韩生对他来得这么频繁也渐渐产生了厌烦情绪。

有一次，徐氏在席间嘲笑道人说：“道长天天来做客，怎么也不见做一次东？”道人笑着说：“我和居士一样，也是双肩上扛着一张嘴罢了。”徐氏惭愧得无言以对。道人说：“虽然如此，我心怀诚意已很久了，自应竭力作微薄的酬答。”饮毕，他告诉说：“明天中午务请赏光。”

第二天，韩、徐二人一同前往，他们怀疑道人不能设宴。行走去了，只见道人已在中途等候着。他们边走边谈，不知不觉已到庙门前。进门后，就见庭院焕然一新，楼阁相连，绵延不断，感到很惊讶，便说道：“很久不到这里来了，什么时候修建得这么气派？”道人说：“竣工不久。”等进到殿内，又见陈设华丽，为世家所没有。两人不觉肃然起敬。他们刚刚落座，道人就命令开席，侍候的全是十五六岁伶俐漂亮的童仆，穿着锦绣衣服红缎鞋。酒美菜香，丰盛极了。饭后，又送来别的小吃，很珍贵的水果，大多叫不上名称，盛水果的是水晶、玉石器具，闪闪发光，照亮桌子坐椅。饮酒用的玻璃杯子，径围有一尺多。道人说：“叫石家姐妹来。”童仆去了一会儿，就有两个美人来了。一个身材细长，腰肢宛若细柳一样柔软；另一位个儿较矮，年纪也很小，容貌美丽，可称“双绝”。道人叫她们歌唱，以助酒兴，小的拍着板子唱着，大的吹着洞箫伴奏，歌声清丽细婉，楚楚动人。唱完之后，道人举杯劝客人饮尽，又让给客人斟上，回头问道："美人很久不跳舞了，还能跳吗？"当即就有童仆在筵下铺了毯子，于是两女就来对舞。长长的舞袖在空中拂动，香气四散扑鼻。舞罢，两人便斜靠在画屏上。韩、徐二人心旷神驰，不觉醉意朦胧。道人也不管客人，举杯喝完酒，起身对客人说："请你们自斟自饮，我稍稍休息一下，马上就来。"说完就走了。南面屋子的墙根下摆设着雕饰华丽的卧床，有个女子为道人铺好被褥，又把道人扶上去躺下。道人便拽着年龄大一点的女子同寝，让年龄小的为他挠痒。韩、徐二人看到这个情景，非常气愤。徐氏便大喊道："道士不得无礼！"他正要上前阻挠，道人急忙起身逃走了。徐氏只见那少女仍然站在床下，便乘着醉意把她拉到北边的床上，公然抱着她同寝。再看床上的美人依然睡着，徐氏对韩生说："你为什么这样迂？"韩生才径直走过去上了南边的床，想和床上的美人交欢，但美人睡得很死，摇着拨着也不动。于是，他只好抱着她一起睡了。

第二天天亮了，他们酒醒了，梦也醒了，韩生只觉得怀里冰冷冰冷，像抱着冰人一般。睁眼一看才发现抱着长石条躺在青石台阶下面。他再看徐氏，徐氏还未醒，枕着茅厕里的臭石头酣睡在粪坑里。韩生用脚踢醒他，两人感到惊骇不已。他们环视四周，只见眼前是满院荒草，两间破屋罢了。

胡氏

直隶有巨家[①]，欲延师[②]。忽一秀才，踵门自荐。主人延入[③]。词语开爽[④]，遂相知悦。秀才自言胡氏，遂纳贽馆之[⑤]。胡课业良勤[⑥]，淹洽非下士等[⑦]。然时出游，辄昏夜始归；扃闭俨然[⑧]，不闻款叩而已在室中矣。遂相惊以狐。然察胡意固不恶，优重之[⑨]，不以怪异废礼。

胡知主人有女，求为姻好，屡示意，主人伪不解。一日，胡假

而去[10]。次日，有客来谒，縶黑卫于门[11]。主人逆而入。年五十余，衣履鲜洁，意甚恬雅[12]。既坐，自达[13]，始知为胡氏作冰[14]。主人默然，良久曰："仆与胡先生，交已莫逆[15]，何必婚姻？且息女已许字矣[16]。烦代谢先生。"客曰："确知令嫒待聘，何拒之深？"再三言之，而主人不可。客有惭色，曰："胡亦世族，何遽不如先生？"主人直告曰："实无他意，但恶非其类耳。"客闻之怒；主人亦怒，相侵益亟。客起，抓主人。主人命家人杖逐之，客乃遁。遗其驴，视之，毛黑色，批耳修尾[17]，大物也。牵之不动，驱之则随手而蹶，嘤嘤然草虫耳[18]。

主人以其言忿，知必相仇，戒备之。次日，果有狐兵大至：或骑或步，或戈或弩[19]，马嘶人沸，声势汹汹。主人不敢出。狐声言火屋，主人益惧。有健者，率家人噪出，飞石施箭，两相冲击，互有夷伤[20]。狐渐靡[21]，纷纷引去。遗刀地上，亮如霜雪；近拾之，则高粱叶也。众笑曰："技止此耳[22]。"然恐其复至，益备之。明日，众方聚语，忽一巨人自天而降：高丈余，身横数尺；挥大刀如门，逐人而杀。群操矢石乱击之，颠踣而毙[23]，则刍灵耳[24]。众益易之[25]。狐三日不复来，众亦少懈。主人适登厕，俄见狐兵，张弓挟矢而至，乱射之；集矢于臀。大惧，急喊众奔斗，狐方去。

拔矢视之，皆蒿梗。如此月余，去来不常，虽不甚害，而日日戒严[26]，主人患苦之。

一日，胡生率众至。主人身出，胡望见，避于众中。主人呼之，不得已，乃出。主人曰："仆自谓无失礼于先生，何故兴戎[27]？"群狐欲射，胡止之。主人近握其手，邀入故斋，置酒相款。从容曰："先生达人[28]，当相见谅。以我情好，宁不乐附婚姻？但先生车马、宫室，多不与人同，弱女相从，即先生当知其不可。且谚云：'瓜果之生摘者，不适于口[29]。'先生何取焉[30]？"胡大惭。主人曰："无伤，旧好故在。如不以尘浊见弃，在门墙之幼子[31]，年十五矣，愿得坦腹床下[32]。不知有相若者否？"胡喜曰："仆有弱妹，少公子一岁，颇不陋劣。以奉箕帚，如何？"主人起拜，胡答拜。于是酬酢甚欢，前隙俱忘[33]。命罗酒浆，遍犒从者[34]，上下欢慰。乃详问居里，将以奠雁[35]。胡辞之。日暮继烛，醺醉乃去。由是遂安。

年余，胡不至。或疑其约妄，而主人坚待之。又半年，胡忽至。既道温凉已[36]，乃曰："妹子长成矣。请卜良辰[37]，遣事翁姑[38]。"主人喜，即同定期而去。至夜，果有舆马送新妇至。奁妆丰盛，设室中几满。新妇见姑嫜，温丽异常。主人大喜。胡生与一弟来送女，谈吐俱风雅，又善饮。天明乃去。新妇且能预知年岁丰凶[39]，故谋生之计，皆取则焉[40]。胡生兄弟以及胡媪，时来望女，人人皆见之。

注释

①直隶：清代直隶省，即今河北省。

②延师：聘请家塾教师。延，招聘。

③延入：此从二十四卷抄本，底本作"延之"。

④开爽：开朗爽快。

⑤纳贽馆之：付给胡秀才聘金，留他住了下来。贽，初见礼品。馆，除舍留客；为之设馆，聘为塾师。

⑥课业：对学生的授业和考课。

⑦“淹洽”句：谓其学问渊博贯通，非一般秀才可比。下士，一命之士（得过一次功名），即秀才。

⑧扃闭：锁闭。

⑨优重之：对胡生优礼重待。

⑩假：告假。

⑪黑卫：黑驴。卫，驴子的代称。

⑫恬雅：安闲文雅。

⑬自达：自述来意。

⑭作冰：作媒。

⑮交已莫逆：已是知己之交。莫逆，心意相投，无所违拗。

⑯息女：亲生女。许字：订婚，许配人家。

⑰批耳修尾：尖耳长尾；好马的体形。批，谓尖如削竹。杜甫《房兵曹胡马诗》：“竹批双耳峻。”大物：谓躯体高大。柳宗元《三戒·黔之驴》：“虎见之，庞然大物也。”

⑱“喓喓然”句：《诗·召南·草虫》：“草虫。”喓喓，蝈蝈叫声。草虫，指蝈蝈，又名织布娘、络丝娘。

⑲戈、弩：兵器名。戈，长柄有刃。弩，一种用机械发射的弓。

⑳夷伤：创伤。夷、伤同义。

㉑靡：势衰。

㉒技止此耳：本领不过如此而已。

㉓颠踣而毙：倒地而死。

㉔刍灵：草扎的送葬物。

㉕易之：把它看得平常，轻视它。

㉖戒严：严密戒备。

㉗兴戎：兴兵，动武。

㉘达人：通情达理的人。

㉙“瓜果”句：相当于现代俗谚“强扭的瓜儿不甜”。

㉚何取：何必取此强婚下策。

㉛在门墙：犹言受业。门墙，师门。语本《论语·子张》：“夫子之墙数仞，不得其门而入，不见宗庙之美、百官之富；得其门者或寡矣。”

㉜坦腹床下：意谓做胡生家的女婿。用王羲之东床坦腹而卧的故事。见

《世说新语·雅量》。

㉝隙：嫌隙。

㉞犒（kào靠）：以酒食相慰劳。

㉟奠雁：献雁，指迎亲之礼。古婚礼中新郎到新娘家迎亲，先行进雁之礼，取嫁娶以时，夫妇和顺，长幼有序之意。

㊱道温凉：道寒暄。指相见时互致相思慰问之意。

㊲卜：占卜；谓选定。

㊳翁姑：即下文“姑嫜”，指公婆。

㊴丰凶：丰年和灾年。

㊵取则：据为准则；指按她的意见办事。

意译

直隶省境内有个大户人家，招聘家庭教师，忽然有个秀才登门来毛遂自荐。主人把他请进屋里，见他言词开朗爽快，于是很欣喜。秀才自称是胡氏，主人当即留他执教。胡氏教学认真，学识渊博，不是一般下等士人。但是他时常出去游玩，往往夜深才回来。门虽然紧紧锁闭，没听见他敲门却已在自己房子里。于是大家怀疑他是狐狸。但是观察狐狸并没恶意，就很优待他，不因为他是异类而失礼。

胡氏知道主人有个女儿，多次向主人示意要结为婚姻，但主人却装作不知道。有一天，胡氏请假离去。第二天，马上就有一个客人来访，把黑驴拴在门前，主人把他迎进屋里。客人有五十多岁，衣服穿得干净整洁，谈吐很文雅。坐定后，客人自述来意，才知道是来为胡氏做媒的。主人沉默了很久，说：“我和胡先生交往已久，关系非常密切，为什么一定要结为婚姻？况且小女已许人了。烦你向胡先生代谢。”客人说：“我们确知小姐待聘，为什么执意拒绝？”客人再三请求，主人不答应。客人感到惭愧，便说：“胡门也是世族，难道不如先生门第高吗？”主人直言说：“实在没有别的意思，只嫌弃不是同类。”客人听后愤怒，主人也发怒了，于是彼此之间争吵起来。客人站起来要抓主人。主人命令仆人用棍棒将客人往外赶，客人吓跑了。但是客人将驴子丢下，大家过去一看，见它全身黑毛，尖耳朵长尾巴，俨然一个庞然大物。牵它却不动，驱赶它，它随手跌倒在地上，原来是一只唧唧叫着的蝈蝈虫。

主人因客人言词激愤而去，想着他肯定会伺机前来报复，于是作好戒备。第二天，果然见有大队狐兵前来挑衅，有的骑马，有的步行，有的手执刀戈，有的拿着弓箭，马嘶人叫，气势汹汹，主人吓得躲在屋里不敢出来。狐兵扬言要点火烧房子，主人更加害怕。有健壮的家丁，带着家人喊杀出来，双方扔石射箭，互相攻击，彼此都有创伤。狐兵渐渐势衰，纷纷败退而去。狐兵将刀丢弃在地上，像冰雪一样闪闪发光，走过去捡起一看，原来不过是高粱叶子。大家笑话说：“伎俩不过如此罢了。”但还是害怕狐兵再来为害，所以更加警惕。

第二天，大家正聚在一起说话，忽然有一个巨人从天而降，身高有一丈多，身围足有几尺，拿着的大刀像门扇那么大，追人而杀。大家用箭射、用石头打，那巨人被打倒在地上死了，大家走近一看，原来是草扎的人。于是大家觉得打败狐兵太容易了。以后三天，狐兵再也不出现。大家也就有些放松警惕。主人去上厕所，忽然看见狐兵拿着弓箭向他围过来，乱箭齐发，直射到屁股上，主人恐惧极了，急忙喊大家反击，狐兵这才退去。等拔下屁股上的箭一看，全是高粱秆。这样一直持续了一个多月，狐兵来去无常，虽然为害不严重，但天天严加防范，主人为此深感忧虑。

一天，胡先生亲自领着狐兵前来。主人亲自出来，胡先生见他，便立即躲进狐兵群里。主人呼叫他，他不得已才出来。主人说：“我自己觉得没有对先生失礼，却为什么要和我大动干戈？”群狐要射主人，胡先生阻止了。主人上前握住胡先生的手，将他邀到家里，设酒款待，从容地说：“先生是通情达理的人，一定能谅解的。以我们的情分，岂不乐意结为婚姻？只是先生的车马、宫室都和人类不同，若要小女嫁给你，就是先生本人也应该明白这是不可能的。况且谚语说得好：‘强拧的生瓜不甜。’先生又何必强求呢？”胡先生非常愧悔。主人又说：“这不要紧，我们的旧情还在，你如果不嫌弃尘世俗人，现在做你学生的小儿已经十五岁了，让他做你家的女婿。不知你家有没有年龄相当的女子？”胡先生高兴地说：“我有个妹妹，比公子小一岁，相貌还不错，把她许给公子，不知怎样？”主人起来拜谢，胡先生也起来还礼。于是主客互相敬酒，欢天喜地，以前所发生的不愉快都忘了。主人又命令家人大办酒席，犒劳那些随从，上上下下都非常欢娱。主人详细问胡先生的住地，为的是好送彩礼。胡先生谢绝了。从白天一直痛饮到夜里，醉醺醺地离去。从此便相安无事。

后来过了一年多，并不见胡先生来，有人怀疑胡先生的婚约是假的，但主人一直坚信地等待着。又过了半年时间，胡先生突然来了，问完寒暖便说：“妹妹已长大成人，请选定良辰吉日，我就送她来侍奉公婆。”主人很喜悦，当即共同定下喜日，胡先生告辞而去。到了夜里，果然有车马送新娘来。嫁妆非常丰盛，新房几乎全堆满了。新娘去拜见公婆，显得异常温柔秀丽。主人非常欣喜。胡先生和他的一个弟弟一起来送新娘，谈吐都风趣高雅，而且也很豪饮。天亮后才离去。新娘能够预知年岁丰收与灾荒，所以家中生计方面的事，都按她的意见办。胡先生兄弟和他们的母亲常常来看狐女，人都见过他们。

丐僧

济南一僧，不知何许人。赤足衣百衲[1]，日于芙蓉、明湖诸馆[2]，诵经抄募[3]。与以酒食、钱、粟，皆弗受；叩所需，又不答。终日未尝见其餐饭。或劝之曰：“师既不茹荤酒[4]，当募山村僻巷中，何日日往来于膻闹之场[5]？”僧合眸讽诵[6]，睫毛长指许，若不闻。少选[7]，又语之。僧遽张目厉声曰：“要如此化！”又诵不已。久之，自出而去。或从其后，固诘其必如此之故，走不应。叩之数四，又厉声曰：“非汝所知！老僧要如此化！”积数日，忽出南城，卧道侧如僵，三日不动。居民恐其饿死，贻累近郭，因集劝他徙，

欲饭饭之，欲钱钱之。僧瞑然不应。群摇而语之。僧怒，于衲中出短刀，自剖其腹；以手入内，理肠于道，而气随绝。众骇告郡[8]，藁葬之[9]。异日为犬所穴[10]，席见[11]。踏之似空；发视之，席封如故，犹空茧然[12]。

注释

①百衲：此从青本，底本作“白衲”。即百衲衣，僧服。百衲，谓以碎布缝缀。

②芙蓉、明湖诸馆：芙蓉街、大明湖，两处邻近，在济南旧城西北隅，为当时繁华、名胜之地，多茶楼酒馆。

③抄募：零星地募化财物；指僧人化缘。

④茹：吞食，吃。

⑤膻闹：膻腥喧闹；谓不洁不静。

⑥讽诵：念佛号、诵经文。

⑦少选：义同“少旋”，一会儿。

⑧告郡：报告济南知府衙门。郡，明清作为府的别称。

⑨藁葬：草草埋葬。语出《后汉书·马援传》。此指以藁荐、芦席裹尸埋葬。

⑩穴：穿洞。

⑪见：同“现”，露了出来。

⑫“席封”二句：草席封裹完好，但像无蛹蚕茧，不见尸体。

意译

济南有个和尚，不知他是哪里人，他赤着脚，穿着百衲衣，每天在芙蓉街、大明湖等处的茶楼酒馆念经化缘。人们给他酒食、钱粮，他都不要，问他要什么，又不回答，一整天都不见他吃饭用餐。有人劝他说："师父既然不吃荤菜酒肉，就应该到山村偏僻的地方去化缘，为什么却天天往来于膻腥喧闹之地？"和尚只闭着眼睛念经，眼睫毛有一指那么长，似乎没听见。过了一会儿，又有人这样说。他于是张开眼睛厉声说道："就要这样化缘！"说完就又念起来。过了很久，便自己起来离去。有人跟在他身后问他为什么一定要这样，他只走路并不理会。问的遍数多了，他就又厉声说："这并不是你们知道的，我就要这样化缘！"

过了好几天，他忽然出了南城门，躺在路边，像僵尸一般，三天过去了也不动。居民怕他会饿死，连累附近地方的人，于是都前来劝他到别处去，说是要饭就给饭，要钱便给钱，但是和尚紧闭双眼不答应。大家边摇边说。这下把他激怒了，从衣兜里取出小刀，自己划破肚子，把手塞进去，从里边扯出肠子抛在路上整理，于是断了气。大家很惊慌，就报告到济南府衙门，用草席卷着将他埋了。

后来，野狗刨开了他的墓穴，露出草席。踩上去像是空的，打开一看，席子像当初那样卷着，如同空蚕茧，不见尸体。

伏狐

太史某[①]，为狐所魅[②]，病瘠[③]。符禳既穷[④]，乃乞假归，冀可逃避。太史行，而狐从之。大惧，无所为谋。一日，止于涿[⑤]。门外有铃医[⑥]，自言能伏狐。太史延之入。投以药，则房中术也[⑦]。促令服讫，入与狐交，锐不可当。狐辟易[⑧]，哀而求罢；不听，进益勇。狐展转营脱[⑨]，苦不得去。移时无声，视之，现狐形而毙矣。

昔余乡某生者，素有嫪毐之目[⑩]，自言生平未得一快意。夜宿孤馆，四无邻。忽有奔女，扉未启而已入；心知其狐，亦欣然乐就狎之。衿襦甫解，贯革直入。狐惊痛，啼声吱然，如鹰脱韝[⑪]，穿

窗而去⑫。某犹望窗外作狎昵声，哀唤之，冀其复回，而已寂然矣。此真讨狐之猛将也！宜榜门“驱狐”，可以为业⑬。

注释

①太史：翰林。明清时多以翰林院官员兼史职，故习称翰林为太史。

②魅：迷惑。

③病瘠：得了精气亏损所致枯瘦之疾。

④符禳：用符咒驱除邪祟。

⑤涿：今河北省涿州市。

⑥铃医：摇铃串巷的江湖郎中。

⑦房中术：《汉书·艺文志·方技略》著录房中八家，其书今皆佚。后世方士有所谓运气、逆流、采战等术，大抵言阴阳交合之类方药，称为房中术，简称房术。

⑧辟易：躲避，退缩。语出《史记·项羽本纪》。

⑨营脱：想法脱身。

⑩有嫪毐（lào ǎi 涝蔼）之目：有大阴男子之称。嫪毐，战国末秦相吕不韦的舍人，与秦太后通，操纵朝政。始皇八年，封长信侯。次年，矫诏发卒欲攻蕲年宫为乱，事败被杀，夷三族。世以其为淫徒的代称。目，称谓。

⑪如鹰脱韝（gòu 够）：好像猎鹰摆脱羁绊，迅疾飞去。皮革制作的臂衣，用以停立猎鹰。发现猎物，则解脱束缚，放鹰飞捉。

⑫穿窗而去：此据二十四卷抄本，底本“去”上有“出”字。

⑬“宜榜门”二句：应该把“驱狐”二字当广告贴在门上，以此作为职业。

意译

任翰林的某人被狐狸迷惑，染上痨病。请法师用符咒驱邪都不见效，只

好请假还乡，希望可以幸免。翰林起行，而狐狸也跟着。他更恐慌，却没有别的办法。

一天，他到了涿县，门外有个摇铃的江湖医生，自称可以降伏狐狸。翰林赶快请他进来。医生将药给他，一看却是春药。医生催他赶快喝下去。翰林服了药便性欲大发，进到房里与狐狸相交，阳气充沛，锐不可当，狐狸躲避，哀求停止。翰林并不听，干得更起劲。狐狸企图多方摆脱，怎么也脱不了身。过了一会就没了声息，仔细一看，狐狸已现原形死去了。

昔日我们乡里有个书生，素有大阴男子之称，他自己说从未尽情得到性满足。有一天夜里，他独自寄宿在旅馆，周围没有邻舍。忽然有个女子私奔而来，门未开而人已进来了。书生心知她是狐精，也欣然与她在一起亲热。刚脱了衣服，他直将那东西戳进去，狐精疼得吱吱乱叫，快如老鹰放飞，越窗逃走了。书生不尽意，还对着窗外说亲昵话，苦苦地叫她回来，但已没了踪影。这真是讨狐的猛将啊！应该张榜宣传，大可以驱狐为职业。

苏仙

高公明图知郴州时①，有民女苏氏，浣衣于河。河中有巨石，女踞其上。有苔一缕，绿滑可爱，浮水漾动，绕石三匝。女视之，心动。既归而娠，腹渐大。母私诘之，女以情告。母不能解。数月，竟举一子②。欲置隘巷③，女不忍也，藏诸椟而养之④。遂矢志

不嫁，以明其不二也。然不夫而孕，终以为羞。儿至七岁，未尝出以见人。儿忽谓母曰："儿渐长，幽禁何可长也⑤？去之，不为母累。"问所之。曰："我非人种，行将腾霄昂壑耳⑥。"女泣询归期。答曰："侍母属纩⑦，儿始来。去后，倘有所需，可启藏儿椟索之，必能如愿。"言已，拜母竟去。出而望之，已杳矣⑧。女告母，母大奇之。

女坚守旧志，与母相依，而家益落。偶缺晨炊，仰屋无计⑨。忽忆儿言，往启椟，果得米，赖以举火⑩。由是有求辄应。逾三年，母病卒；一切葬具，皆取给于椟。既葬，女独居三十年，未尝窥户⑪。一日，邻妇乞火者，见其兀坐空闺⑫，语移时始去。居无何，忽见彩云绕女舍，亭亭如盖⑬，中有一人盛服立，审视，则苏女也。回翔久之，渐高不见。邻人共疑之。窥诸其室，见女靓妆凝坐⑭，气则已绝。众以其无归⑮，议为殡殓。忽一少年人，丰姿俊伟，向众申谢。邻人向亦窃知女有子，故不之疑。少年出金葬母，植二桃于墓，乃别而去。数步之外，足下生云，不可复见。后桃结实甘芳，居人谓之"苏仙桃"，树年年华茂，更不衰朽。官是地者，每携实以馈亲友。

注释

①郴（chēn 琛）州：清代为直隶州，属湖南，即今湖南郴县。

②举：生育。

③置隘巷：扔进小胡同；指抛弃。《诗·大雅·生民》："诞置之隘巷，牛羊腓字之。"

④椟：木柜，木匣。

⑤幽禁：禁闭不使见人。

⑥腾霄昂壑：昂首于涧壑，飞腾于云霄。是以困龙腾飞自喻。

⑦属（zhǔ 主）纩：将死。《礼记·丧大记》："疾病，……属纩以俟绝气。"属，附着。纩，新丝绵。人将死，在口鼻上放丝绵，以观察有无呼吸，叫属纩。因以作为将死或病危的代称。

⑧杳（yǎo 舀）：辽远不见踪影。

⑨仰屋：愁思无计的样子。

⑩举火：生火做饭。

⑪窥户：指出户。户，家门。

⑫兀坐：独自静坐。

⑬亭亭如盖：高耸如车盖。《文选》曹丕《杂诗》之二："西北有浮云，亭亭如车盖。"李善注，"亭亭，迥远无依之貌。"

⑭靓妆：盛妆。凝坐：端坐不动；僵坐。

⑮无归：未嫁，因而无处归葬。

意译

高明图做郴州知州时，有一个民女苏氏在河边洗衣。河里有一块大石头，女子就蹲在上面。她看见一缕青苔，绿绿的，光洁可爱，在水面上漂荡，绕石三圈。女子看着看着，不觉心里有所触动。回到家里就怀孕了，肚子一天天大起来。母亲很奇怪，就暗地里盘问，女子就以实情相告。母亲不能理解。过了几个月，女子竟生下个儿子。家里本想把小孩抛弃掉，但女子不忍心，就把小孩藏在柜子里养起来。于是发誓不嫁人，以表明她贞洁不二的心迹。但是没有丈夫却怀孕，终究是不光彩的事。

儿子长到七岁，从未出来见过人。一天，儿子突然对母亲说："我慢慢长大了，关起来怎么会长大呢？还是让我走吧，不连累母亲。”母亲问他到哪里去。儿子说：“我不是人种，我将腾云驾雾，飞上天去。”母亲哭着问他的归期。儿子说：“等母亲寿终时再回来。我走后，母亲若有什么需要，可以打开藏我的柜子去索要，定能如愿。”说完，拜过母亲就径直离去了。母亲出门去看，儿子已不见踪影了。女子将这件事告诉母亲，母亲很惊异。女子坚守初衷，与母亲相依为命，但家境更加衰落。家里偶然有一次没米做早饭，母女俩没有办法。女子突然想起儿子说过的话，就打开柜子，果然得到了米，依赖此生火做饭。以后总是有求必应。

三年后，母亲死去，一切丧葬用品都是从柜子里得到的。埋葬了母亲，女子独居了三十年，没有出过门。一天，有个邻居妇女前来借火，见她静静地坐在房子里。聊了一会儿话，邻居才走了。过了不久，忽然看见彩云环绕在女子家房子周围，高耸如车盖，其中有一个人穿着整齐华贵而站着，仔细一看，原来是苏家女子。她乘风盘旋着上升，慢慢地越升越高直到看不见。邻居都感到很惊疑，到苏家屋里去看，只见她穿戴端庄整齐，定定地坐在那里，已经断了气。大家想着她无处归葬，共同商议办理丧事。这时，忽然有个少年来到苏家，长得魁梧而英俊。他向大家一一致谢，邻居们以前知道苏家女子有个儿子，所以并不怀疑。少年出钱安葬了母亲，在坟墓上种了两棵桃树，才离别而去。他走出几步之外，脚下生云，腾空飞去。

后来桃树结了果实，味道甘甜爽口，人们把它称作“苏仙桃”。桃树年年开花结果，长得十分繁茂。凡是在当地做官的人，往往要带果实赠送亲友。

李伯言

李生伯言，沂水人[1]。抗直有肝胆[2]。忽暴病，家人进药，却之曰：“吾病非药饵可疗，阴司阎罗缺，欲吾暂摄其篆耳[3]。死勿埋我，宜待之。”是日果死。

驺从导去[4]，入一宫殿，进冕服[5]；隶胥祗候甚肃[6]。案上簿书

从沓[7]。一宗，江南某[8]，稽生平所私良家女八十二人[9]。鞫之，佐证不诬[10]。按冥律，宜炮烙[11]。堂下有铜柱，高八九尺，围可一抱；空其中而炽炭焉，表里通赤。群鬼以铁蒺藜挞驱使登[12]，手移足盘而上。甫至顶，则烟气飞腾，崩然一响如爆竹[13]，人乃堕；团伏移时，始复苏。又挞之，爆堕如前。三堕，则匝地如烟而散，不复能成形矣。

又一起，为同邑王某，被婢父讼盗占生女。王即生姻家[14]。先是，一人卖婢。王知其所来非道，而利其直廉，遂购之。至是王暴卒。越日，其友周生遇于途，知为鬼，奔避斋中。王亦从入。周惧而祝，问所欲为。王曰："烦作见证于冥司耳。"惊问："何事？"曰："余婢实价购之[15]，今被误控。此事君亲见之，惟借季路一言[16]，无他说也。"周固拒之。王出曰："恐不由君耳。"未几，周果死，同赴阎罗质审[17]。李见王，隐存左袒意[18]。忽见殿上火生，焰烧梁栋。李大骇，侧足立[19]。吏急进曰："阴曹不与人世等，一念之私不可容。急消他念，则火自熄。"李敛神寂虑，火顿灭。已而鞫状，王与婢父反复相苦。问周，周以实对。王以故犯论笞[20]。笞讫，遣人俱送回生。周与王皆三日而苏。

李视事毕，舆马而返。中途见阙头断足者数百辈，伏地哀鸣。停车研诘[21]，则异乡之鬼，思践故土，恐关隘阻隔，乞求路引[22]。李曰："余摄任三日，已解任矣，何能为力？"众曰："南村胡生，将建道场[23]，代嘱可致。"李诺之。至家，驺从都去，李乃苏。

胡生字水心，与李善，闻李再生，便诣探省。李遽问："清醮何时[24]？"胡讶曰："兵燹之后[25]，妻孥瓦全[26]，向与室人作此愿心[27]，

未向一人道也。何知之?"李具以告。胡叹曰:"闺房一语,遂播幽冥,可惧哉!"

乃敬诺而去。次日,如王所,王犹惫卧。见李,肃然起敬,申谢佑庇。李曰:"法律不能宽假[28]。今幸无恙乎?"王云:"已无他症,但笞疮脓溃耳。"又二十余日始痊;臀肉腐落,瘢痕如杖者。

异史氏曰:"阴司之刑,惨于阳世;责亦苛于阳世[29]。然关说不行,则受残酷者不怨也。谁谓夜台无天日哉[30]?第恨无火烧临民之堂廨耳[31]!"

注释

①沂水:县名。即今山东省沂水县。清初属沂州。

②抗直:也作"伉直",刚强正直。有肝胆:肝胆照人,对人诚信。

③摄(shè 涉)其篆:代掌印信;又叫"摄任",即代理官职。

④驺从(zōu zòng 邹纵):显贵出行,车乘前后骑马导从的人员。驺,骑士。

⑤冕服:古代帝王的礼服。此指阎罗冠服。冕,王冠。

⑥隶胥祗(zhī 知)候甚肃:吏役敬候,气氛非常庄严。隶,衙役。胥,小吏。祗候,恭敬侍候。肃,庄重、严整。

⑦簿书丛沓:簿籍文书多而杂乱。

⑧江南:清初置江南省,辖江苏、安徽两省地,康熙初废。

⑨稽:考核,计数。这里意思是合计、总计。私:奸污。

⑩佐证不诬:证据俱在,没有虚妄。

⑪炮烙:殷纣所用酷刑,以铜柱置炭火上烧热,令人爬行而上,即坠炭火中烧死。这里借为冥中之刑。

⑫铁蒺藜：大约是一种有刺的铁锤或铁棒，用作刑具。《六韬》《汉书》等所载军中设障之具有铁蒺藜，非此物。

⑬爆竹：古时以火燃竹，用其爆裂之声以驱山鬼，叫爆竹，见《荆楚岁时记》。后来以纸卷火药制作，又叫爆仗。

⑭姻家：儿女亲家。

⑮实价购之：谓实系出钱购婢，而非“虚价实契”盗占人女为婢。

⑯惟借季路一言：意思是，只借重你一句诚信之言，证明我被人诬告。季路，孔子弟子仲由，字子路，一字季路。孔子曾说他“片言可以折狱”（见《论语·颜渊》）。朱熹《论语集注》解释说：“片言，半言。折，断也。子路忠信明决，故言出而人信服之，不待其辞之毕也。”王某之言，是要求周生据实证明其婢是从他人处廉价购得，以求从轻论罪，如盗占，则罪重矣。

⑰质审：接受质询和审理。

⑱左袒：脱袖袒露左臂，表示偏护一方。语出《史记·吕后本纪》。

⑲侧足立：侧身站着，表示敬畏戒惧。

⑳以故犯论笞：以明知故犯之罪，判处笞刑，即俗语之打小板子。王某明知所买之婢“所来非道”而买之，因称“故犯”。

㉑研诘：仔细询问。

㉒路引：官府颁发的通行凭证。

㉓道场：佛教、道教规模较大的诵经礼拜仪式，都称为道场。

㉔醮：祭祀神灵。《文选》宋玉《高唐赋》：“醮诸神，礼太一。”

㉕兵燹（xiǎn 险）：战争造成的烧杀破坏。

㉖瓦全：谓苟全生命。《北齐书·元景安传》：“天保时，诸元帝室亲近者多被诛戮。疏宗如景安之徒议欲请姓高氏。（元）景皓曰：‘岂得弃本宗，逐他姓！大丈夫宁可玉碎，不能瓦全。’”

㉗室人：犹言“内人”，指妻。

㉘宽假：宽贷，宽容。

㉙责：阴司之责；指阴司对官吏执法的要求。

㉚夜台：指阴间。无天日：暗无天日，指吏治昏暗。

㉛堂廨：官署。官舍。堂，官衙中的正厅。此句针对阳世官府徇私枉法而言。

意译

书生李伯言是沂水县人，为人刚强正直，有胆识义气。李伯言忽然得了暴病，家里人给他吃药，他拒绝说："我的病不是药物可以治疗的，阴司阎罗殿上缺着王位，要我临时去任职罢了。我死后不要埋葬，可以等我复活。"当天，李伯言果然死去。

侍从引导他入一宫殿，又送来礼服，那些吏卒、差役们十分恭敬、严肃地站在两旁。桌案上放满了文书、卷宗。其中有一宗案子，说的是江南某某一生中奸污了八十二个良家妇女。审讯结果，证据确凿无误。按阴间刑律，此人应受到炮烙的严惩。只见堂下设有铜柱，高八九尺，有一抱那么粗，中间是空的，烧着红红的炭火，里外一片通红。一群鬼卒拿着带刺的铁棍驱赶他，强迫他往上登，他用手抱着柱子两脚使劲往上爬着。刚爬到顶上，就见烟雾蒸腾，只听像爆竹般一声震响，人就从顶上跌了下来，在地上卷曲着趴了好长时间，才苏醒过来。鬼卒又驱打他，他只好又往上爬，然后又是一声巨响，再次跌落下来。如此三番，他已变成一股烟雾绕地消散，此后再也成不了人形。另有一起案子，是同县的王某被丫鬟的父亲控告为强占其女。王某和李伯言家有亲戚关系。当初有人卖女儿，王某知道这桩生意来路不正，但他只贪图廉价，于是买下了。后来王某暴死。第二天，他的朋友周某在路上遇见了他，知道他已成了鬼，于是奔回书房藏起来，王某尾随而至。周某吓得赶快祈祷，问他要干什么。王某说："烦劳到阴间为我作个见证人。"周某惊问什么事，王某说："我的丫鬟确实是出钱买的，现在却被诬告，这事你亲眼见过。只借重你一句诚实之言为我作个公证，没有别的意思。"周某坚决拒绝，王某一边往外走一边说："恐怕由不得你。"没多久，周某果然死了，一起到阎罗殿接受质询审理。李伯言见了王某，心里想着要袒护他。忽然看见殿上起火，火焰一直烧到大梁上。李伯言惊恐极了，侧足而立，不知所措。

这时一个吏卒急忙进言："阴间不像人世，一丝私心杂念都不容许，你赶快消除私心，火就会自己熄灭。"于是李伯言定神排除杂念，火顿时熄灭了。过后他再审理此案，王某和丫鬟的父亲争执了很长时间。他再问讯周某，周某将实情相告。王某因明知故犯而判处打板子。打完后，派人把他们一起送回阳间。周某和王某都在三天以后苏醒过来。

李伯言办完阴间的公事，乘车马返回，在途中见到缺头断腿的有好几百人，都趴在地上惨叫。他停下车子仔细询问，知道这些人都是异乡鬼魂，想念自己的故土，害怕路上关卡阻隔，因而向他乞求发给通行证。李伯言说："我只代职三天，现在已经离任，怎能相助？"大家说："南村的胡生就要设道场诵经，请代我们向他转告就行了。"李伯言答应了。到家后，那些随从全回去了，李伯言苏醒过来。胡生，字水心，和李伯言关系密切。当听说李伯言复活，便前来探望，李伯言立即问他："什么时候做道场？"胡生惊讶地说："兵荒战乱之后，妻子儿女都安全无恙，我和妻子一直有这份心愿，从未向别人说过，你怎么知道的？"李伯言把他在阴间路上遇见的事说了。胡生叹道："闺房中说的一句话，很快传到阴间，真是可怕啊！"于是恭敬地答应下来就走了。

第二天，李伯言到了王某家，王某还疲惫地躺在床上。他见到李伯言，肃然起敬，对他的庇护和照顾表示谢意。李伯言说："法律是无情的，不容许袒护。现在没事吧？"王某说："已没有别的病症，只是挨板子的地方有些溃烂化脓了。"又过了二十多天伤才好。臀部的坏肉脱落，板子打过的地方痕迹还在。

异史氏说："阴间的刑罚比阳世更残酷，对官吏执法的要求也比阳间严格。但是不许说情走后门，所以受残酷责罚的人也没有怨言。谁说阴间暗无天日？只恨没有天火在阳世的衙门公堂上烧一把。"

黄九郎

何师参，字子萧，斋于苕溪之东[1]，门临旷野。薄暮偶出，见妇人跨驴来，少年从其后。妇约五十许，意致清越[2]。转视少年，年可十五六，丰采过于姝丽[3]。何生素有断袖之癖[4]。睹之，神出于舍[5]；翘足目送，影灭方归。次日，早伺之。落日冥[6]，少年始过。生曲意承迎，笑问所来。答以“外祖家”。生请过斋少憩，辞以不暇；固曳之，乃入。略坐兴辞[7]，坚不可挽。生挽手送之，殷嘱便道相过[8]。少年唯唯而去。生由是凝思如渴[9]，往来眺注[10]，足无停趾。

一日，日衔半规[11]，少年欻至。大喜，要入[12]，命馆童行酒[13]。问其姓字，答曰：“黄姓，第九[14]。童子无字[15]。”问：“过往何频？”曰：“家慈在外祖家[16]，常多病，故数省之。”酒数行，欲辞去。生捉臂遮留[17]，下管钥[18]。九郎无如何，赪颜复坐[19]。挑灯共语，温若处子[20]；而词涉游戏[21]，便含羞，面向壁，未几，引与同衾。九郎不许，坚以睡恶为辞[22]。强之再三，乃解上下衣，着裤卧床上。何灭烛；少时，移与同枕，曲肘加髀而狎抱之[23]，苦求私昵。九郎怒曰：“以君风雅士，故与流连；乃此之为，是禽处而兽爱之也[24]！”未几，晨星荧荧[25]，九郎径去。生恐其遂绝，复伺之，蹀躞凝盼[26]，目穿北斗。过数日，九郎始至。喜逆谢过；强曳入斋，促坐笑语，窃幸其不念旧恶。无何，解屦登床，又抚哀之。

九郎曰："缠绵之意，已镂肺鬲[27]，然亲爱何必在此?"生甘言纠缠[28]，但求一亲玉肌。九郎从之。生俟其睡寐，潜就轻薄。九郎醒，揽衣遽起，乘夜遁去。生邑邑若有所失[29]，忘啜废枕[30]，日渐委悴[31]。惟日使斋童逻侦焉。

一日，九郎过门，即欲径去。童牵衣入之。见生清癯，大骇，慰问。生实告以情，泪涔涔随声零落[32]。九郎细语曰："区区之意，实以相爱无益于弟，而有害于兄，故不为也。君既乐之，仆何惜焉?"生大悦。九郎去后，病顿减，数日平复。九郎果至，遂相缱绻。曰："今勉承君意[33]，幸勿以此为常。"既而曰："欲有所求，肯为力乎?"问之，答曰："母患心痛，惟太医齐野王先天丹可疗。君与善，当能求之。"生诺之。临去又嘱。生入城求药，及暮付之。九郎喜，上手称谢[34]。又强与合。九郎曰："勿相纠缠。请为君图一佳人，胜弟万万矣。"生问谁。九郎曰："有表妹，美无伦。倘能垂意，当报柯斧[35]。"生微笑不答。九郎怀药便去。三日乃来，复求药。生恨其迟，词多诮让[36]。九郎曰："本不忍祸君，故疏之；既不蒙见谅，请勿悔焉。"由是燕会无虚夕[37]。

凡三日必一乞药。齐怪其频，曰："此药未有过三服者，胡久不瘥?"因裹三剂并授之。又顾生曰："君神色黯然，病乎?"曰："无。"脉之，惊曰："君有鬼脉[38]，病在少阴[39]，不自慎者殆矣!"归语九郎。九郎叹曰："良医也!我实狐，久恐不为君福。"生疑其诳，藏其药，不以尽予，虑其弗至也。居无何，果病。延齐诊视，曰："曩不实言，今魂气已游墟莽[40]，秦缓何能为力[41]?"九郎日来省侍，曰："不听吾言，果至于此!"生寻死。九郎痛哭而去。

先是，邑有某太史，少与生共笔砚[42]；十七岁擢翰林。时秦藩贪暴[43]，而赂通朝士[44]，无有言者。公抗疏劾其恶[45]，以越俎免[46]。藩升是省中丞[47]，日伺公隙。公少有英称[48]，曾邀叛王青盼[49]，因购得旧所往来札，胁公。公惧，自经。夫人亦投缳死[50]。公越宿忽醒，曰："我何子萧也。"诘之，所言皆何家事，方悟其借躯返魂。留之不可，出奔旧舍。抚疑其诈，必欲排陷之，使人索千金于公。公伪诺，而忧闷欲绝。忽通九郎至，喜共语言，悲欢交集。既欲复狎。九郎曰："君有三命耶[51]？"公曰："余悔生劳，不如死逸。"因诉冤苦。九郎悠忧以思[52]。少间曰："幸复生聚。君旷无偶[53]，前言表妹，慧丽多谋，必能分忧。"公欲一见颜色。曰："不难。明日将取伴老母，此道所经。君伪为弟也兄者[54]，我假渴而求饮焉。君曰'驴子亡'[55]，则诺也。"计已而别。

明日停午[56]，九郎果从女郎经门外过。公拱手絮絮与语。略睨女郎，娥眉秀曼[57]，诚仙人也。九郎索茶，公请入饮。九郎曰："三妹勿讶，此兄盟好，不妨少休止。"扶之而下，系驴于门而入。公自起瀹茗。因目九郎曰："君前言不足以尽[58]。今得死所矣！"女似悟其言之为己者，离榻起立，嘤喔而言曰[59]："去休！"公外顾曰："驴子其亡！"九郎火急驰出。公拥女求合。女颜色紫变，窘若囚拘，大呼九兄，不应。曰："君自有妇，何丧人廉耻也？"公自陈无室。女曰："能矢山河[60]，勿令秋扇见捐[61]，则惟命是听。"公乃誓以皦日[62]。女不复拒。事已，九郎至。女色然怒让之[63]。九郎曰："此何子萧，昔之名士，今之太史。与兄最善，其人可依。即闻诸妗氏，当不相见罪。"日向晚，公邀遮不听去。女恐姑母骇怪。九郎锐身自任，跨驴径去。居数日，有妇携婢过，年四十许，神情意致，雅似三娘[64]。公呼女出窥，果母也。瞥睹女，怪问："何得在此？"女惭不能对。公邀入，拜而告之。母笑曰："九郎稚气，胡再不谋[65]？"女自入厨下，设食供母，食已乃去。

公得丽偶，颇快心期[66]；而恶绪萦怀，恒蹙蹙有忧色[67]。女问之，公缅述颠末[68]。女笑曰："此九兄一人可得解，君何忧？"公诘其故。女曰："闻抚公溺声歌而比顽童[69]，此皆九兄所长也。投所好而献之，怨可消，仇亦可复。"公虑九郎不肯。女曰："但请哀之。"越日，公见九郎来，肘行而逆之。九郎惊曰："两世之交，但可自

效，顶踵所不敢惜[70]。何忽作此态向人？”公具以谋告。九郎有难色。女曰：“妾失身于郎，谁实为之[71]？脱令中途雕丧[72]，焉置妾也？”九郎不得已，诺之。公族与谋[73]，驰书与所善之王太史，而致九郎焉[74]。王会其意，大设，招抚公饮。命九郎饰女郎，作天魔舞[75]，宛然美女。抚惑之，亟请于王[76]，欲以重金购九郎，惟恐不得当[77]。王故沉思以难之。迟之又久，始将公命以进[78]。抚喜，前郤顿释[79]。自得九郎，动息不相离[80]；侍妾十余，视同尘土。九郎饮食供具如王者[81]；赐金万计。半年，抚公病。九郎知其去冥路近也，遂辇金帛[82]，假归公家[83]。既而抚公薨。九郎出资，起屋置器，畜婢仆，母子及妗并家焉。九郎出，舆马甚都[84]，人不知其狐也。余有“笑判”[85]，并志之：

男女居室，为夫妇之大伦[86]；燥湿互通，乃阴阳之正窍[87]。迎风侍月，尚有荡检之讥[88]；断袖分桃，难免掩鼻之丑[89]。人必力士，乌道乃敢生开[90]；洞非桃源，渔篙宁许误入[91]？今某从下流而忘返，舍正路而不由[92]。云雨未兴，辄尔上下其手[93]；阴阳反背，居然表里为奸[94]。华池置无用之乡，谬说老僧入定[95]；蛮洞乃不毛之地，遂使眇帅称戈[96]。系赤兔于辕门，如将射戟[97]；探大弓于国库，直欲斩关[98]。或是监内黄鳣，访知交于昨夜[99]；分明王家朱李，索钻报于来生[100]。彼黑松林戎马顿来，固相安矣[101]；设黄龙府潮水忽至，何以御之？宜断其钻刺之根，兼塞其送迎之路[102]。

注释

①苕（tiáo 条）溪：又名苕水，在浙江吴兴县境。有两源，分出浙江天目山南北，合流后入太湖。

②意致清越：意态风度清雅脱俗。此从二十四卷抄本，底本无“致”字。

③姝丽：美女。

④断袖之癖：指癖好男宠。《汉书·董贤传》：“（董贤）常与上卧起。尝昼寝，偏藉上袖，上欲起，贤未觉，不欲动贤，乃断袖而起。”董贤是汉哀帝

的臣，后因以断袖喻癖好男宠。

⑤神出于舍：心神不定；心往神驰。神，心神；舍，人的躯体。

⑥落日冥：太阳落山，旷野昏暗。冥，幽暗不明。又作“冥蒙”。《文选》左思《吴都赋》：“旷瞻迢递，迥眺冥蒙。”

⑦兴辞：起身告辞。

⑧便道相过：路过时乘便相访。过，过访。

⑨凝思：犹云结思，形容思念集中。

⑩眺注：注目远望。

⑪日衔半规：太阳半落西山。半规，半圆，指半边落日。《文选》谢灵运《游南亭》诗：“密林含馀清，远峰隐半规。”

⑫要（yāo 邀）：遮路邀请。

⑬馆童：即斋童，书房侍童。

⑭第九：排行（同祖兄弟间按年岁排列次序）第九。

⑮童子无字：《礼记·檀弓》：“幼名冠字。”旧时未成年的男孩只有名和乳名，二十岁才有字，以便应酬社会交往。

⑯家慈：犹言家母。

⑰捉臂：此从二十四卷抄本，底本作“掉臂”。遮留：遮（挡）道留客。

⑱下管钥：关门上锁；表示恳留。管钥，旧式管状有孔的钥匙；开锁后钥匙留在锁上，上锁后才能取下来，所以“下管钥”就是上锁。

⑲赪（chēng 撑）颜复坐：红着脸又坐了下来。赪，赤色。赪颜是羞惭、困窘、尴尬的表情。

⑳处子：处女。

㉑游戏：犹言调戏。

㉒睡恶：睡相不好；睡觉不老实。

㉓髀（bì 闭）：股，大腿。

㉔禽处而兽爱：以禽兽之道自处和相爱。

㉕荧荧：微亮的样子。

㉖蹀躞：小步踱来踱去。义同蹀踱、徘徊。

㉗镂肺鬲：犹“铭肺腑”，谓牢记不忘。

㉘纠缠：此从青柯亭本，底本作“纠缕”。

㉙邑邑：通悒悒，忧郁不乐的样子。

㉚忘啜废枕：废寝忘食，形容焦虑思念之深。

㉛委悴：委顿憔悴，谓疲困消瘦，委靡不振。

㉜涔涔（cén cén 岑岑）：泪水下流的样子。

㉝勉承：此从二十四卷抄本，底本作“免承”。

㉞上手：拱手。是致谢或致歉谢过的表示。

㉟报柯斧：以作媒相报答。《诗·豳风·伐柯》：“伐柯如何？匪斧不克。取妻如何？匪媒不得。”后因以执柯斧喻作媒。报，二十四卷抄本作执。

㊱诮（qiào 俏）让：谴责。诮和让都是责备的意思。

㊲燕会：燕婉之会，即欢会，幽会。

㊳鬼脉：谓脉象沉细有鬼气，为将死之兆。

㊴少阴：人体经络名，即肾经。病在少阴者，脉常微细，嗜睡。

㊵魂气已游墟莽：谓精气已消散殆尽，濒于死亡。魂气，精神和元气。墟莽，荒陇，丘坟。

㊶秦缓：春秋时秦国的良医，名缓。他曾奉命为晋景公治病，发现晋景公已病入膏肓，不能医治。晋景公称他为“良医”，赠之厚礼。见《左传·成公十年》。

㊷共笔砚：共用笔砚，指共桌同塾的同学。

㊸秦藩：秦地藩台，即陕西省布政使。

㊹朝士：泛指在朝官员。

㊺抗疏：上书直言。劾：弹劾、检举。

㊻越俎：越俎代庖，见《庄子·逍遥游》。谓各人有专职，虽他人不能尽责，也不必越职代作。翰林职司不在谏议纠弹，所以被当权者加上越职言事的罪名。

㊼中丞：明清巡抚的代称。中丞，御史中丞，相当于明清时都察院副都御史；明清各省巡抚多带此京衔，故以代称。

㊽英称：犹英声，谓名声出众。英，杰出。称，名。

㊾邀：博取、获得。青盼：即青眼；意为看重。晋阮籍能为青白眼，见凡俗之士，则以白眼对之，惟嵇康赍酒携琴来访，乃以青眼相对。见《世说新语·简傲》注引《晋百官名》。青眼是以瞳子相向，即正眼看人。叛王：清初藩王叛清者有吴三桂、尚之信、耿精忠等，此未详所指。

㊿投缳（huán 环）：义同“自经”。缳，绳圈。

51耶：底本作“焉”，据文义改。

52悠忧以思：深深地为之忧虑思索。以，且。

53旷：成年男子无妻叫旷。

54伪为弟也兄者：假称是我的哥哥。弟也兄者，意思是弟（九郎自称）之兄。《礼记·檀弓》有这类句法。

55君曰“驴子亡”，则诺也：意思是，你说声“驴子跑了！”就算表示应允或相中了。

56停午：正午。

57娥眉秀曼：娥眉，或作“蛾眉”，美女的修眉。秀曼，清秀而有光泽。《楚辞·大招》：“目宜笑，娥眉曼只。”王逸注：“曼，泽也。……蛾眉曼泽，异于众人也。”

58前言不足以尽：意思是，九郎从前所说，还不足以把他表妹的美貌形容尽致。

59嘤喔：鸟鸣声，形容女子声音娇细动听。

60矢山河：古人常对着山河日月等被认为永恒的物体发誓，表示这些东西不改变，自己的誓言也不变。

61勿令秋扇见捐：不要像对入秋的扇子那样把我抛弃。《玉台新咏》载：汉成帝班伃失宠居长信宫，作《怨诗》一首，以纨扇自喻，叙述了“出入君怀袖，动摇微风发”的受到宠爱；接着又写出“常恐秋节至，凉风夺炎热；弃捐箧笥中，恩情中道绝”的自我忧伤。本句取义于此。捐，弃。

62曒日：指着光明的太阳发誓。《诗·王风·大车》：“谷则异室，死则同穴。谓予不信，有如曒日。”

63色然怒让之：面色改变，怒责九郎。色然，作色，变脸。让，斥责。

64雅似：很像。

65胡再不谋：为什么始终不和我商量？再，再三；引申为自始至终。语出《左传·襄公二十四年》。

⑥⑥心期：心愿。期，期望。

⑥⑦蹙蹙（cù cù 促促）：局促，心情不舒展的样子。《诗·小雅·节南山》："我瞻四方，蹙蹙靡所骋！"笺："蹙蹙，缩小之貌。"

⑥⑧缅述颠末：追述始末。

⑥⑨比（pí 毗）：亲近。顽童：即娈（luán 峦）童，旧时供戏狎玩弄的美男。《书·伊训》："比顽童。"

⑦⓪顶踵所不敢惜：意思是不吝身躯，全力以赴。《孟子·尽心》："摩顶放踵，利天下而为之。"

⑦①谁实为之：是谁造成的？

⑦②脱令中途雕丧：假若让翰林半道死去。脱，假如。雕，通"凋"。

⑦③族与谋：聚而与之谋划。族，聚。

⑦④致：奉献。

⑦⑤天魔舞：元顺帝时的一种宫廷舞蹈。由宫女十六人杂佛俗装束，赞佛而舞。天魔又叫天子魔，佛教认为它是"欲界主"，沉溺于世间玩乐，所以元宫作此舞象之。见《元史·顺帝纪》。

⑦⑥亟请：多次要求。

⑦⑦不得当：不当其值；出价不够。当，相抵。

⑦⑧将公命以进：按照翰林的吩咐把九郎献给巡抚。将，秉持，奉行。

⑦⑨郤（xì 细）：同"隙"。嫌隙，仇怨。

⑧⓪动息：犹言动止。

⑧①饮食供具：饮食和其他供应。供具，供应物品。

⑧②辇：用车辆搬运。

⑧③假归公家：告假回到某翰林家。

⑧④都：华美。

⑧⑤笑判：开玩笑的判词。按：作者这段判词，是游戏之笔，但格调庸俗；注文重在释词，只略疏句意。

⑧⑥"男女居室"二句：《孟子·万章》："男女居室，人之大伦也。"此错综其词，意思是：夫妻之事，是人伦（伦常，又叫五伦：父子、君臣、夫妇、长幼、朋友）关系的重要方面。

⑧⑦"燥湿互通"二句：燥湿、阴阳，喻男女。正窍，指男女性器。

⑧⑧"迎风待月"二句：谓男女幽期密约，尚且受到人们的讥讽。唐元稹

《莺莺传》莺莺邀张生诗："待月西厢下，迎风户半开。拂墙花影动，疑是玉人来。"荡检，逾越礼法的约束。

⑱"断袖分桃"二句：喜爱男宠，更难免使人厌恶其丑恶不堪。断袖、分桃，均指癖爱男宠。断袖，已见本篇前注。分桃，据刘向《说苑·杂言》：战国卫君的臣弥子瑕，曾把吃了一半的桃子给卫君吃。这是亵渎国君的行为，而卫君却称赞他"爱我而忘其口味"。掩鼻，谓臭不可闻。

⑲"人必力士"二句：借用李白《蜀道难》诗中"西当太白有鸟道，可以横绝峨眉颠"，"地崩山摧壮士死，然后天梯石栈相钩连"等句的有关字面（鸟字又变其音读），并用"生开"二字，写男性间发生的不正当关系。

⑳"洞非桃源"二句：用晋陶潜《桃花源诗并记》渔人入桃源"洞"事，并用"误入"，喻男性间发生不正当关系。

㉑"今某"二句：括何子萧惑于男宠的丑事，领起下文；谓其甘愿舍弃正当的性生活，堕入卑污而不知悔悟。

㉒"云雨未兴"二句：云雨，本宋玉《神女赋》，喻性行为。上下其手，本《左传·襄公二十六年》"上其手"、"下其手"，此系借用。

㉓"阴阳"二句：首句点明同性，下句写不正当关系。

㉔"华池"二句：意谓好男宠者置妻妾于不顾，假称清心寡欲。华池，《太平御览》卷三六七《养生经》："口为华池。"此处"华池"与"蛮洞"对举，当为女阴的词。入定，佛教谓静坐敛心，不生杂念；此指寡欲。

㉕"蛮洞"二句：谓醉心于同性苟合。蛮洞：人迹罕至的荒远洞穴。不毛之地：瘠薄不长庄稼的土地。见《公羊传·宣公十二年》注。眇帅：唐末李克用骁勇善用兵，一目失明；既贵，人称"独眼龙"。见《新五代史·唐庄宗纪》。称戈：逞雄用武。以上数词皆隐喻。

㉖"系赤兔"二句：赤兔，骏马名，吕布所骑。见《三国志·魏志·吕布传》。辕门射戟也是吕布的故事，见《后汉书·吕布传》。辕门，军营大门。这里辕谐音为"圆"，与"赤兔"都是隐喻。

㉗"探大弓"二句：《左传·定公八年》载：春秋时鲁国季孙的家臣阳虎，曾私入鲁公之宫，"窃宝玉、大弓以出"。斩关：砍断关隘大门的横闩，即破门入关。二句隐喻。

㉘"或是"二句：直用男色故事，监，国子监。黄鳣，即黄鳝。知交，知己朋友。《耳谈》载：明南京国子监有王祭酒，尝私一监生。监生梦黄鳝出

胯下，以语人。人为谑语曰："某人一梦最跷蹊，黄鳝钻臀事可疑；想是监中王学士，夜深来访旧相知。"见吕湛恩注引。

⑩⓪"分明"二句：意谓同性相恋，即使两世如此，也不会生出后代。朱李，红李。《世说新语·俭啬》：晋"王戎有好李，卖之，恐人得其种，恒钻其核。"钻报，钻刺的效应；双关语。

⑩①"彼黑松林"四句：这四句仍是隐喻。前两句指爱男宠者，后两句指男宠。

⑩②"宜断"二句：是"笑判"对故事中同性苟合两方的判决词。前句针对爱男宠者，后句针对男宠。

意译

何师参，字子萧，他的书斋位于苕溪东岸，门前是一片旷野。一天黄昏，他出门散步，看见一个妇女骑着一头驴子从门前经过，后面跟着一个少年。妇女年龄大约五十多岁，意态风度清雅脱俗。转眼看那少年，有十五六岁，丰采胜过年轻美貌的女郎。何生素来就有同性恋的癖好，看见这个少年，像丢了魂似的，跷足站在那里一直痴呆呆地目送着少年，直到看不见踪影才回到书房。

第二天一大早，他就候在路边，直到太阳落山，天黑下来，那少年才过来。何生殷勤地招呼他，笑着询问他从哪里来。少年回答是从外祖父家来。何生请他到自己的书房稍稍休息一下，少年推辞说没有空闲时间，何生硬拉着他，这才进了书房。刚坐了一会儿，他就坚决告辞，何生怎么也留不住他。何生只好挽着手把他送出门，并且约定让少年以后经过门前时一定要进来坐坐。少年连声答应着去了。从此，何生如饥似渴地思念着少年，不停地出来眺望，腿脚从未歇过。

一天，太阳半落西山，少年突然到来。何生高兴极了，赶快将他邀请进来，吩咐书童设酒招待。他问少年姓名，少年说：“姓黄，在家里排行老九，因为小还没有字号。”他又问：“你为什么过往得这么频繁？”少年说：“母亲住在外祖母家，常年多病，所以常常去看望。”喝了几巡酒，他说要走。何生连忙抓住他的胳膊，用身子挡住去路，锁了门。黄九郎没办法，红着脸又坐下。于是两人便挑灯叙谈，黄九郎温柔得像处女。话语涉及调戏，黄九郎便羞得面向墙壁。没多久，何生请他一起上床。黄九郎不愿，托辞说自己睡觉不老实。何生再三强求，这才脱了上下衣服，穿着内裤躺卧床上。何生吹灭蜡烛。一会儿，他就移近黄九郎同枕，弯着胳膊夹着大腿紧紧抱住黄九郎，苦求着要和他亲昵。黄九郎愤怒地斥责道：“我见你是个高雅的读书人，才和你交往，但你做出这样的举动，实在是禽兽作为！”后来，天快亮了，黄九郎径自走了。

何生只怕他从此断绝来往，又在路边等候，蹀小步而注目盼望，几乎要望穿秋水。过了几天，黄九郎才到来。何生一边迎接一边向他谢罪，硬拽着他到了书房，促膝谈笑，暗自庆幸黄九郎不记恨前嫌。不久，他们上床之后，何生又抚摸着黄九郎哀求着要与他亲昵。黄九郎说：“缠绵之情已深深镂刻在我内心，但亲爱的何必做这样的事？”何生仍然以甜言蜜语纠缠黄九郎，要亲近一下他的玉体。黄九郎只好顺从了他。何生等他睡着之后，悄悄做起轻薄动作。黄九郎被折腾醒来，摸见自己的衣服，赶快起身连夜逃走了。

何生郁郁寡欢，若有所失，废寝忘食，一天天地消瘦下去。他每天都叫书童在门前守候。一天，黄九郎从门前经过，就要径直过去。书童拽住他的衣服将他拉进书房，他见何生清瘦得厉害，大吃一惊，慰问如何成了这样。何生便实话相告，边说边落泪，黄九郎细声细语说道：“区区意愿，说句心底话，这种爱对我无益处，对你更有害，所以我不愿做。你既觉得快乐，我还有什么吝惜的？”何生一听大为欣喜。黄九郎走后，他的病情立即减去了大半，几天后便康复了。后来黄九郎真的来了，便和黄九郎缠绵一番。黄九郎说：“我现在勉强承奉你的意愿，希望你不要长此这样。”过后又说：“我有求于你，肯为我出力吗？”何生问他什么事？他说：“母亲患了心绞痛，只有太医齐野王的先天丹可以治疗。你和他交情深，应能求得。”何生答应了。他临走再次嘱咐何生不要忘了。何生当下就进城求药，到天黑时就交给黄九郎。黄九郎十分高兴，便拱手道谢。何生又强求与黄九郎交合。黄九郎说：“不要再纠缠我。我为你谋得一个佳人，胜过我亿万倍！”何生问是什么人。黄九郎说："我有个表妹，美艳绝伦，举世无双。你如果愿意，我可以做媒人。"何生微笑不回答。

黄九郎怀揣着药走了，三天后才来，又说要药。何生怨怪他为什么几天不来。黄九郎说："本来不忍心祸害你，所以有意疏远。既然得不到谅解，请你不要后悔。"从此黄九郎便每夜必来与他相欢。黄九郎每隔三天问他要一次药。齐野王奇怪何生为什么要药这么频繁，说道："服这药的人没有超过三服的，为什么长久未好？"于是一次为他抓了三付药一起交给他。又看着何生的脸说："你神色灰暗，病了吗？"何生说："没病。"齐大夫给他号脉，吃惊地说："你有鬼脉，病在少阴，你再不谨慎，生命就有危险了！"何生回去将此事告诉了黄九郎。黄九郎慨叹道："真是良医啊！我实为狐，相处久了恐怕对你没好处。"何生怀疑他诓骗，就把药藏起来，不全交给他，怕他不再来。过了不久，何生果然病倒，请齐野王来诊断，说："以前你不说实话，现在精气已消散将尽，临近死亡，即使神医秦缓也无能为力！"黄九郎当天来探视，说："你不听我的劝告，果真到了这一步！"何生不久死去。黄九郎痛哭着离去。

原来，本县有某翰林，少年时曾与何生为同窗好友，十六岁时任选翰林。当时陕西布政使贪婪而残暴，贿赂了朝中官员，没有人敢揭露他。何生的同学秉公上书，弹劾其恶劣作为，但是皇帝认为他超越权限，罢免了他的官职，那个布政使升任本省巡抚，整天找他的岔子，这个同学少年时曾有英雄美称，当时叛王非常赏识他。巡抚便掏重金收买到这个同学当年与叛王的来往书信，以此相威胁。这个同学很害怕，被迫自缢，夫人也上吊自杀。这个同学过了一夜忽然苏醒过来，说："我是何子萧。"诘问他，说的全是何家的事，于是大家才明白他这是借尸还魂了。怎么也留不住，何生跑回自家旧屋。巡抚怀疑其中有诈，定要设计陷害他，于是派人向他敲诈千两白银。他假装答应，内心却忧闷得要死。忽然通报黄九郎来相见，两人欢欢喜喜地相诉心曲，真是悲欢交集。他又想和黄九郎交合，黄九郎问道："你有三条命吗？"他说："我觉得活着太累，不如死了安然。"于是说了他的冤苦。黄九郎忧郁地沉思着，停了一下说："我们有幸活着相聚。你孤单一身这么久了，我以前曾说过的那个表妹，贤惠聪颖又美丽多谋，一定能替你分忧。"他想见见这女子的容貌。黄九郎说："这不难。明天我将请她来陪伴母亲，要从门口经过，你可装着是我的兄长，我假装渴了要水喝。你说声：'驴子跑了'，就表示你相中了。”计议完后，黄九郎便走了。

第二天正午时分，黄九郎果然带着一个女孩从门前经过。他便拱手和对方絮絮叨叨，又扫了一眼女子的模样，女子长得妩媚秀丽，美若仙女。黄九郎问他要茶喝，他就邀黄九郎进去。黄九郎说：“三妹不要见怪，这是我的盟兄，不妨歇会儿。”黄九郎将表妹扶下来，将驴拴在门外进来。何生亲自去沏茶。他看着黄九郎说：“你前边的话没尽意，现在就是死了也值得！”女子从话音里听出像是说自己，便从床边站起来，娇柔地轻声道：“走吧。”何生看着门外说：“驴子跑了！”黄九郎急忙跑出去。何生当即抱住女子要与她交欢。女子脸色顿时变得紫青，窘迫得像被囚禁了似的，大叫“九哥”，外面却没有应声。女子说：“你有自己的老婆，为什么要败坏别人的廉耻？”何生说自己没有妻子。女子说：“你若能海誓山盟，不遗弃我，我便答应。”何生立即指着光明的太阳发誓。女子也不再拒绝。事情完了。黄九郎才回来。女子怒形于色斥责他。黄九郎说：“这是何子萧，以前的名士，现在他的身份是翰林，和我关系密切，很可靠。就是说给舅母听，也不会怨怪的。”天黑了，何生挽留不让走，女子怕姑母责怪。黄九郎表示由他担当责任，于是骑着驴走了。

女子在此住了几天，有个妇人领着丫鬟从门前经过，年约四十上下，神情意态很像三娘，何生叫女子出去看，果然是她母亲。母亲看着女儿奇怪地问道：“你怎么在这里？”女子羞愧得不知该说什么。何生请她到屋里，向她跪拜着说明了一切。女子的母亲笑道：“九郎太小孩气了，为什么始终不和我商量？”女儿亲自到厨房去，为母亲做了吃的，吃完饭母亲离去。

何生得了这样美丽的女子作配偶，很称心愿。但愁绪满怀，常常愁眉不展。女子问他，他追述始末。女子听后笑着说：“这事只需九哥一人就能解决，可有什么发愁的？”何生询问缘故。女子说：“听说巡抚大人贪恋声色娈童，这全是九哥的长处。投其所好而献上，可以解除怨结，又可以报仇。”何生担心黄九郎不会答应。女子说：“只要苦苦哀求。”过了一天，黄九郎来了，何生跪着迎接他。黄九郎吃惊地问：“我们是两世至交，只要我能尽力效劳的，献身也在所不惜，怎么突然做出这样的举动？”何生把心里话说了。黄九郎脸上现出难色，女子说：“我失身于他，是谁造成的？如果他半途死去，我将怎么办？”黄九郎不得已，答应了。何生立即和他商量，急忙送信给同事好友王翰林，让他送黄九郎去，王翰林明白其中的意图，于是大摆宴席，款待巡抚，叫黄九郎装扮女郎，跳天魔舞，黄九郎俨然一副美女姿态。巡抚被迷惑住了，多次请求王翰林，要用重金买下黄九郎，只怕所开价码不够。王翰林故意沉思而为难他。过了很长时间，王翰林才以何生同学的名义把黄九郎献给他。巡抚一高兴，便把前怨一笔勾销。

巡抚自从得到黄九郎，起居形影不离，他身边本来有十多个侍妾，他把她们看作尘土一般。黄九郎饮食供奉如同王侯，巡抚给他赏赐的金银，数以万计。半年后，巡抚病倒。黄九郎知道他离死期已很近了，于是将金银珠宝绸缎等装上车子，告假回到何生家。不久，巡抚终于毙命。九郎出钱，修建房屋，购置家具，广招婢仆，他们母子以及舅母都住在一起。黄九郎出门时，车马很豪华，没有人知道他是狐狸。

我曾作过《笑判》一篇，一并记录在这里：

男女同居，是夫妻生活的重要准则；燥湿互通，为阴阳相交的正常现象。张君瑞迎风待月，尚被人讥为放荡；汉哀帝断袖之癖，更是丑不可闻。只有大力士，鸟道才能开通；不是桃源洞，渔篙岂容误入？如今有些人追随下流而流连忘返，放着正道却避而不走。云雨未兴，竟而上下其手；阴阳反背，居然表里为奸。不爱女体，胡说老僧正在坐禅；偏喜男身，真是性爱不看对象；把赤兔马系在辕门，即将弯弓射戟；从国库中盗出大弓，就要斩关夺路。黄鳝入绔，分明荒唐之梦；红李钻核，岂是接代之种？那黑松林戎马顿来，固可相安无事；若黄龙府潮水忽至，何能抵御有方？宜斩断那钻刺的根子，堵塞那来往的通道。

金陵女子

沂水居民赵某，以故自城中归，见女子白衣哭路侧，甚哀。睨之，美。悦之，凝注不去。女垂涕曰：“夫夫也，路不行而顾我[①]！”赵曰：“我以旷野无人，而子哭之恸，实怆于心。”女曰：“夫死无路，是以哀耳。”赵劝其复择良匹。曰：“渺此一身[②]，其何能择？

如得所托③，媵之可也④。”赵忻然自荐，女从之。赵以去家远，将觅代步。女曰：“无庸。”乃先行，飘若仙奔。至家，操井臼甚勤⑤。积二年余，谓赵曰：“感君恋恋，猥相从⑥，忽已三年。今宜且去。”赵曰：“曩言无家，今焉往?”曰：“彼时漫为是言耳⑦，何得无家?身父货药金陵⑧。倘欲再晤，可载药往，可助资斧⑨。”赵经营，为贳舆马⑩。女辞之，出门径去；追之不及，瞬息遂杳。居久之，颇涉怀想，因市药诣金陵。寄货旅邸，访诸阛市⑪。忽药肆一翁望见，曰：“婿至矣。”延之入。女方浣裳庭中，见之不言亦不笑，浣不辍。赵衔恨遽出。翁又曳之返。女不顾如初。翁命治具作饭⑫。谋厚赠之，女止之曰：“渠福薄⑬，多将不任⑭；宜少慰其苦辛，再检十数医方与之，便吃著不尽矣。”翁问所载药。女云：“已售之矣，直在此⑮。”

翁乃出方付金，送赵归。试其方，有奇验。沂水尚有能知其方者。以蒜臼接茅檐雨水⑯，洗瘊赘⑰，其方之一也，良效。

注释

①“夫夫也”句：那个男人家，不走你的路，只管看我做什么！前一“夫（fú）”字，指示代词，这或那。后一“夫（fū）”字，称呼男子。《礼记·檀弓》上：“曾子指子游而示人曰：‘夫夫也，为习于礼者。’”注：“夫夫，犹言此丈夫也。”

②渺此一身：流离孤身。渺，通“藐（miǎo）”。庾信《哀江南赋序》：“藐是流离，至于暮齿。”

③得所托：从二十四卷本，底本作“其所托”。所托，托身之人。指未来的丈夫。

④媵之：当人的侍妾。

⑤操井臼：汲水舂米；泛指家务劳动。

⑥猥相从：苟且跟了你。猥，姑且，苟且。

⑦漫为是言：信口这么说。漫，信口。

⑧身父：我父。身，自称之词。《尔雅·释诂》下："朕、余、躬，身也。"注："今人亦自呼为身。"

⑨资斧：旅资，盘费。

⑩贳（shì 市）：底本作"赀"，此从二十四卷抄本。租赁。

⑪阛市：街道和集市。

⑫治具：置办酒席。

⑬渠：他。

⑭不任：担当不起。

⑮直：通"值"；指卖药所得货款。

⑯蒜臼：捣蒜用的石臼。

⑰瘊赘：瘊子。

意译

沂水县居民赵某，因故从城里归来，走到半路，见一身穿白衣的女郎在路旁哭泣，样子十分凄惨。赵某仔细打量，发现这女子美貌异常，不觉心生爱意，只管立在那里凝视而不走。女子流着泪说："你这个汉子，放着好好的路不走，只盯着我看作什么？"赵某说："我看这里荒郊野外的，没有人迹，而你却在此哭得如此伤心，实在为你难过。"女子说："只因我丈夫亡故，撇下我一人走投无路，这才伤心落泪。"赵某听了这番话，便劝她另选佳偶。女子说："像我这样孤单女子，还有什么可挑三拣四的，只要有人肯收留，做个偏房也是可以的。"赵某心中高兴，赶忙毛遂自荐，女子答应了。

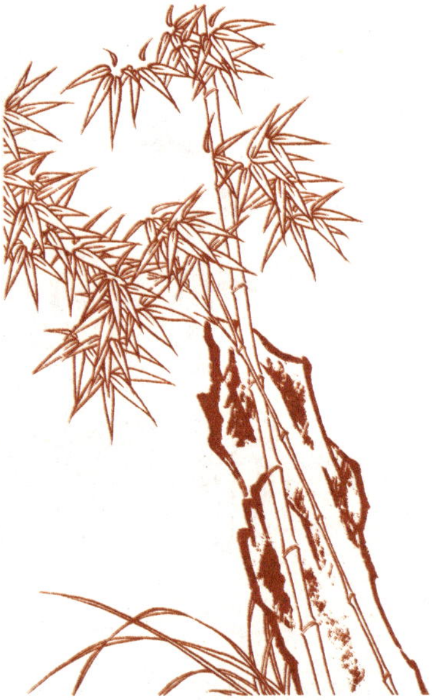

因为离家还远，赵某想去雇牲口代步。女子说："不用了。"就先向前走了，步履轻捷快速，飘飘若仙。回到家后，打水做饭操持家务，不辞辛苦。

时光一晃就是两年多。

一天，女子对赵某说："感念夫君对我的一片深情，姑且跟了你，不觉已经三年。今天我该离去了。"赵某说："你当初说无家可归，现在去哪里呢？"女子答："当时不过信口这么说罢了，怎么会真的没有家呢？我父亲在南京开了一家药房。你如果想见我，可以带些药材去，我们可以帮你些路费。"赵某便张罗着为她雇用车马。女子推辞不要，径自出了门，赵某赶忙追了出去，已无影无踪。

赵某在家日子久了，对她的思念日益加深。便买了一些药材去南京了。到了之后，他先将药材寄存在旅店，然后去街上寻访。忽然一药店内有个老头看见他，就说："女婿来了。"迎接他进去。赵某一进去，就看见那女子正在院里洗衣服，见了自己不说不笑，连头也不抬只管洗。赵某心里气愤不过，转身就走。被老头又强拉回来，女子仍不理睬他。老头让人置办酒席招待他，并商量送给他一笔数目可观的钱物。女子劝阻说："他生来是个薄命人，多给了将担当不起，应少给点钱，别让他白辛苦这一趟就行了。另外，可以送他十几个药方，这样便可一辈子不愁吃穿了。"老头问赵某带来的药材。女子说："已经卖掉了，货钱在这里。"老头便将钱和十几个药方交给赵某，将他送出。

回到家后，赵某发现那些药方果然有神效。沂水地方的人现在还有能知道其药方的。比如其中有一方治肉瘤的，说用捣蒜的石臼接入从茅屋檐上流下的雨水，来擦洗生肉瘤的地方，几天工夫瘤子就掉了，十分灵验。

汤公

汤公名聘[①]，辛丑进士。抱病弥留[②]。忽觉下部热气，渐升而上：至股，则足死；至腹，则股又死；至心，心之死最难。凡自童

稚以及琐屑久忘之事③，都随心血来，一一潮过。如一善，则心中清净宁帖④；一恶，则懊憹烦燥⑤，似油沸鼎中，其难堪之状，口不能肖似之。犹忆七八岁时，曾探雀雏而毙之，只此一事，心头热血潮涌，食顷方过。直待平生所为，一一潮尽，乃觉热气缕缕然，穿喉入脑，自顶颠出，腾上如炊，逾数十刻期⑥，魂乃离窍⑦，忘躯壳矣。

而渺渺无归⑧，漂泊郊路间。一巨人来，高几盈寻⑨，掇拾之，纳诸袖中。入袖，则叠肩压股，其人甚伙，薅恼闷气⑩，殆不可过。公顿思惟佛能解厄，因宣佛号⑪，才三四声，飘堕袖外。巨人复纳之。三纳三堕，巨人乃去之。公独立彷徨，未知何往之善。忆佛在西土，乃遂西。无何，见路侧一僧趺坐，趋拜问途。僧曰："凡士子生死录，文昌及孔圣司之⑫，必两处销名，乃可他适。"公问其居，僧示以途，奔赴。

无几，至圣庙，见宣圣南面坐⑬。拜祷如前。宣圣言："名籍之落，仍得帝君。"因指以路。公又趋之。见一殿阁，如王者居。俯身入，果有神人，如世所传帝君像。伏祝之。帝君检名曰："汝心诚正，宜复有生理。但皮囊腐矣⑭，非菩萨莫能为力⑮。"因指示令急往。公从其教。俄见茂林修竹，殿宇华好。入，见螺髻庄严⑯，金容满月⑰；瓶浸杨柳，翠碧垂烟。公肃然稽首，拜述帝君言。菩萨难之。公哀祷不已。旁有尊者白言⑱："菩萨施大法力，撮土可以为肉，折柳可以为骨。"菩萨即如所请，手断柳枝，倾瓶中水，合净土为泥，拍附公体。使童子携送灵所，推而合之。棺中呻动，霍然病已⑲。家人骇然集，扶而出之，计气绝已断七矣⑳。

注释

①汤公名聘：光绪九年《溧水县志》九，汤聘，祖籍江宁县，隶籍溧水县人。顺治十四年丁酉举人，十八年辛丑进士，曾官平山县知县。冯镇峦评此篇谓：汤聘死而复生，系顺治十一年甲午就试省城时事，其获观音救助则

因“见色不淫”。(所据《丹桂籍注》当系登科记之类科第名录，今未寓目。)而首句下冯评又云：“汤公字稼堂，仁和人”，则显指中乾隆元年恩科，仁和籍，官至湖北巡抚之别一汤聘，为蒲松龄所未及知闻者。冯氏于两处评语内偶将二人混为一人，易致读者误会，故附辨之。

②弥留：病重将死。

③琐屑：琐细。

④宁帖：宁静安适。

⑤懊侬（nāo 孬）：烦闷，郁闷。

⑥数十刻期：过了几十刻的时间。刻是古代刻在铜漏上的计时单位，一昼夜共一百刻。

⑦离窍：犹言离体。

⑧渺渺无归：神魂远驰，无所归托。渺渺，远貌。《管子·内业》：“渺渺乎如穷无极。”

⑨寻：古代长度单位。《诗·鲁颂·闷宫》：“是断是度，是寻是尺。”注：“八尺曰寻。”

⑩薅（hāo 蒿）恼：烦恼，不快。

⑪宣佛号：高诵佛的名号，如“阿弥陀佛”之类。

⑫文昌：文昌帝君，道教尊为主宰功名、禄位之神。按：文昌，本星名，亦称文曲星、文星，古代星相家认为它是吉星，主大贵。宋、元道士假托梓潼神降生，作《清河内传》，称玉皇大帝命他掌管文昌府和人间禄籍。元仁宗延三年（1316）加封为“辅元开化文昌司禄宏仁帝君”，遂将梓潼神与文昌星合二为一，成为主宰天下文教之神。

⑬宣圣：孔子。孔子自汉以来被历代封建王朝尊奉为圣人。宣，是他的谥；汉平帝元始元年追谥孔子为褒成宣尼公，后代又曾被谥为宣父、文宣王等。

⑭皮囊：相对于灵魂而言，指躯体。

⑮菩萨：此指观世音菩萨。

⑯螺髻：盘成螺旋状的高髻。

⑰金容满月：形容菩萨面容丰满而有光彩。梁简文帝《惟卫佛像铭》：“灼灼金容，巍巍满月。”

⑱尊者：梵文“阿梨耶”的意译，也译“圣者”，指德、智兼备的僧人。

⑲霍然病已：《文选》枚乘《七发》："然汗出，霍然病已。"李善注："霍，疾貌。"

⑳断七：旧时人死后，满七七四十九天，招僧道诵经，称断七。一"七"为七天。

意译

汤公名聘，顺治十八年考中进士。得重病弥留之际，忽然感到有一股热气从身体自下而上，缓缓涌来。这股气到大腿，双脚便死，到腹部，大腿便死，到了心脏，但心脏死得最难。凡童年往事，被岁月淹埋的琐琐碎碎小事，都随心血而来，如海水涨潮一般涌上心来。倘若现出的是一桩善事，心中就清静安宁，若是恶事，心中就一阵懊恼烦躁，如同在油锅中煎熬，那种痛苦难耐的滋味，真是无法形容。回忆起七八岁时，曾去掏雀窝，将小雀弄死，就这一件恶事，心头便是一阵倒海翻江，热血沸腾，折腾了一顿饭的工夫才过去，就这样，等一生中的所作所为，一一像潮水般涌过，才觉得丝丝缕缕的热气从喉头穿过，进入大脑，而后自头顶散发出去，蒸腾如炊烟而上升，过了几十刻时间，神魂才离体而去，忘了躯体。神魂远驰无所归，飘飘忽忽地来到荒郊野径间。前方出现一个巨人，身高八尺，捡起这个孤魂扔进了宽大的袖笼中。袖内已有了许多人，挤挤挨挨，肩撞腿压，烦恼憋闷，汤公忽然想起请佛祖来解除危难，就放声大喊"阿弥陀佛"！念了三四遍，就飘落袖子外边。巨人捡起又投入。就这样三次扔进袖内，又三次飘落出来，巨人便不管它自己走了。

汤公站在原地左顾右盼，不知何去何从，又想起佛在西天，就向西去。走了不远，见路边有一个和尚打坐，便向前施礼、问路。和尚说："凡读书人的生死簿由文昌帝君和孔子管理。你在这两处勾销了名字，才可以到别处去。”汤公又问：“这两个地方在哪里?”和尚指明道路，他便急忙奔过去。不一会儿先来到孔子庙，见孔子南面而坐。他拜祷如前，孔子说：“要想勾销名字，还得去找文昌帝君。”于是指给他道路。汤公又跑着前去。来到一座像是帝王居住的宫殿，俯身进入，果然有一神人，就如世人传说中的文昌帝君。汤公赶忙伏跪在地祷告。文昌帝君查阅了名册之后说：“你这个人诚实正直，还可以再回人间去。但你的躯壳已经腐烂，除非菩萨帮你才行。”又指点他快去找菩萨。汤公照他说的去了。走不多久，便来到一处风景如画的林子，只见大树枝繁叶茂，翠竹娉娉婷婷，又有华美高贵的宫殿掩映其间。进了宫殿，迎面便看见观世音菩萨庄重慈祥地坐在那里，面如满月，金光灿灿，宝瓶中插着杨柳，翠绿欲滴。汤公毕恭毕敬地磕了头，把文昌帝君所说的话重复了一遍。菩萨表示为难。汤公跪在地上苦苦哀求，感动了旁边的一位尊者，他说：“菩萨施大法力，撮土可以为肉，折柳可以为骨。”菩萨就照所请求的，用手折断了柳枝，倒出瓶中的水，合净土成泥，拍附在汤公的身上。派童子送他回到灵堂，推入棺材，使灵魂合于尸体。这时，汤公的家人听到棺材中有呻吟之声，开棺一看，汤公竟已复活了。家人吃惊地聚将过来，七手八脚地把他扶出来，屈指一算，汤公死去已有六天了。

连琐

杨于畏，移居泗水之滨[①]。斋临旷野，墙外多古墓，夜闻白杨萧萧[②]，声如涛涌。夜阑秉烛[③]，方复凄断[④]。忽墙外有人吟曰：“玄夜凄风却倒吹，流萤惹草复沾帏[⑤]。”反复吟诵，其声哀楚[⑥]。听之，细婉似女子。疑之。明日，视墙外，并无人迹。惟有紫带一条，遗荆棘中；拾归，置诸窗上。向夜二更许，又吟如昨。杨移杌登望[⑦]，吟顿辍。悟其为鬼，然心向慕之。次夜，伏伺墙头。一更向尽，有女子珊珊自草中出[⑧]，手扶小树，低首哀吟。杨微嗽，女

忽入荒草而没。杨由是伺诸墙下，听其吟毕，乃隔壁而续之曰："幽情苦绪何人见？翠袖单寒月上时[⑨]。"久之，寂然。杨乃入室。

方坐，忽见丽者自外来，敛衽曰[⑩]："君子固风雅士，妾乃多所畏避。"杨喜，拉坐。瘦怯凝寒[⑪]，若不胜衣[⑫]。问："何居里，久寄此间？"答曰："妾陇西人[⑬]，随父流寓[⑭]。十七暴疾殂谢[⑮]，今二十余年矣。九泉荒野，孤寂如鹜[⑯]。所吟，乃妾自作，以寄幽恨者。思久不属[⑰]；蒙君代续，欢生泉壤。"杨欲与欢。蹙然曰："夜台朽骨，不比生人，如有幽欢，促人寿数。妾不忍祸君子也。"杨乃止。戏以手探胸，则鸡头之肉[⑱]，依然处子。又欲视其裙下双钩。女俯首笑曰："狂生太罗唣矣[⑲]！"杨把玩之，则见月色锦袜，约彩线一缕。更视其一，则紫带系之。问："何不俱带？"曰："昨宵畏君而避，不知遗落何所。"杨曰："为卿易之。"遂即窗上取以授女。女惊问何来，因以实告。女乃去线束带。既翻案上书，忽见《连昌宫词》[⑳]，慨然曰："妾生时最爱读此。今视之，殆如梦寐！"与谈诗文，慧黠可爱。剪烛西窗[㉑]，如得良友。自此每夜但闻微吟，少顷即至。辄嘱曰[㉒]："君秘勿宣。妾少胆怯，恐有恶客见侵[㉓]。"杨诺之。

两人欢同鱼水[㉔]，虽不至乱，而闺阁之中，诚有甚于画眉者[㉕]。女每于灯下为杨写书，字态端媚。又自选宫词百首[㉖]，录诵之。使杨治棋枰[㉗]，购琵琶。每夜教杨手谈[㉘]，不则挑弄弦索[㉙]。作"蕉窗零雨"之曲[㉚]，酸人胸臆；杨不忍卒听[㉛]，则为"晓苑莺声"之调[㉜]，顿觉心怀畅适。挑灯作剧[㉝]，乐辄忘晓。视窗上有曙色，则张皇遁去[㉞]。

一日，薛生造访，值杨昼寝。视其室，琵琶、棋枰俱在，知非所善。又翻书得宫词，见字迹端好，益疑之。杨醒，薛问："戏具何来[35]？”答：“欲学之。”又问诗卷，托以假诸友人。薛反复检玩，见最后一叶细字一行云：“某月日连琐书。”笑曰：“此是女郎小字[36]，何相欺之甚？”杨大窘，不能置词。薛诘之益苦，杨不以告。薛卷挟[37]，杨益窘，遂告之。薛求一见。杨因述所嘱。薛仰慕殷切；杨不得已，诺之。夜分，女至，为致意焉。女怒曰：“所言伊何[38]？乃已喋喋向人[39]！”杨以实情自白。女曰：“与君缘尽矣！”杨百词慰解，终不欢，起而别去，曰：“妾暂避之。”明日，薛来，杨代致其不可。薛疑支托[40]，暮与窗友二人来[41]，淹留不去[42]，故挠之[43]：恒终夜哗，大为杨生白眼[44]，而无如何。众见数夜杳然，浸有去志[45]，喧嚣渐息。忽闻吟声，共听之，凄婉欲绝。薛方倾耳神注，内一武生王某，掇巨石投之，大呼曰：“作态不见客，那得好句？呜呜恻恻[46]，使人闷损[47]！”吟顿止。众甚怨之。杨恚愤见于词色[48]。次日，始共引去[49]。杨独宿空斋，冀女复来，而殊无影迹。逾二日，女忽至，泣曰：“君致恶宾，几吓煞妾！”杨谢过不遑[50]。女遽出，曰：“妾固谓缘分尽也，从此别矣。”挽之已渺。由是月余，更不复至。杨思之，形销骨立，莫可追挽。

一夕，方独酌，忽女子搴帏入。杨喜极，曰：“卿见宥耶？”女涕垂膺，默不一言。亟问之，欲言复忍，曰：“负气去，又急而求人，难免愧恧[51]。”杨再三研诘，乃曰：“不知何处来一龌龊隶[52]，逼充媵妾。顾念清白裔[53]，岂屈身舆台之鬼[54]？然一线弱质[55]，乌能抗拒？君如齿妾在琴瑟之数[56]，必不听自为生活[57]。”杨大怒，愤将致死[58]；但虑人鬼殊途，不能为力。女曰：“来夜早眠，妾邀君梦中耳。”于是复共倾谈，坐以达曙。

女临去，嘱勿昼眠，留待夜约。杨诺之。因于午后薄饮[59]，乘醺登榻，蒙衣偃卧。忽见女来，授以佩刀，引手去。至一院宇，方阖门语，闻有人搭石挝门[60]。女惊曰：“仇人至矣！”杨启户骤出，见一人赤帽青衣[61]，猬毛绕喙[62]。怒咄之。隶横目相仇[63]，言词凶谩[64]。杨大怒，奔之。隶捉石以投，骤如急雨，中杨腕，不能握刃。

方危急所，遥见一人，腰矢野射[65]。审视之，王生也。大号乞救。王生张弓急至，射之中股；再射之，殪[66]。

杨喜感谢。王问故，具告之[67]。王自喜前罪可赎，遂与共入女室。女战惕羞缩，遥立不作一语。案上有小刀，长仅尺余，而装以金玉，出诸匣，光芒鉴影。王叹赞不释手。与杨略话，见女惭惧可怜，乃出，分手去。杨亦自归，越墙而仆，于是惊寤，听村鸡已乱鸣矣。觉腕中痛甚，晓而视之，则皮肉赤肿。

停时[68]，王生来，便言夜梦之奇。杨曰："未梦射否？"王怪其先知。杨出手示之，且告以故。王忆梦中颜色，恨不真见；自幸有功于女，复请先容[69]。夜间，女来称谢。杨归功王生，遂达诚恳。女曰："将伯之助[70]，义不敢忘。然彼赳赳[71]，妾实畏之。"既而曰："彼爱妾佩刀。刀实妾父出使粤中[72]，百金购之。妾爱而有之，缠以金丝，瓣以明珠。大人怜妾夭亡，用以殉葬。今愿割爱相赠[73]，见刀如见妾也。"次日，杨致此意。王大悦。至夜，女果携刀来，曰："嘱伊珍重，此非中华物也[74]。"由是往来如初。

积数月，忽于灯下笑而向杨，似有所语，面红而止者三。生抱问之。答曰："久蒙眷爱，妾受生人气，日食烟火[75]，白骨顿有生意。但须生人精血，可以复活。"杨笑曰："卿自不肯，岂我故惜之？"女云："交接后，君必有念余日大病[76]，然药之可愈。"遂与为欢。既而着衣起，又曰："尚须生血一点，能拼痛以相爱乎？"杨取利刃刺臂出血；女卧榻上，便滴脐中。乃起曰："妾不来矣。君记取百日之期，视妾坟前，有青鸟鸣于树头[77]，即速发冢。"杨谨受教。出门又嘱曰："慎记勿忘，迟速皆不可！"乃去。越十余日，杨果病，腹胀欲死。医师投药，下恶物如泥，浃辰而愈[78]。计至百日，使家人荷插以待[79]。日既夕，果见青鸟双鸣。杨喜曰："可矣。"乃斩荆发圹[80]。见棺木已朽，而女貌如生。摩之微温。蒙衣舁归，置暖处，气咻咻然[81]，细于属丝[82]。渐进汤酏[83]，半夜而苏。每谓杨曰："二十余年，如一梦耳。"

注释

①泗水：又叫泗河，源出山东省泗水县；因四源合为一水，故名。

②萧萧：风吹草木声。

③夜阑：夜深。

④凄断：凄绝；心境非常凄凉。

⑤“玄夜凄风却倒吹”二句：意思是，在这漆黑的夜间，冷风挟着潮气一阵阵向人袭来，飞动的萤火虫时而掠过丛草，时而停落在衣裙上。玄夜，黑夜。凄风，挟着潮意的冷风。《诗·郑风·风雨》：“风雨凄凄。”却倒，犹言“颠倒”“反复”。沾，附着。惹，触及。帏，此处通“帷”，裙的正幅。

⑥哀楚：哀怨凄苦。

⑦杌（wù 物）：坐具，短凳。

⑧珊珊：本来形容女子小步行进，环相摩，其声舒缓，这里义同款款、缓缓。

⑨“幽情苦绪何人见”二句：意思是，衣衫单薄地伫立在初升的月下，这隐秘凄苦的心情有谁知道呢？幽情苦绪，隐秘而凄苦的心情。翠袖，翠色的衣袖，代指女子衣衫。杜甫《佳人》诗：“天寒翠袖薄，日暮倚修竹。”

⑩敛衽：整敛衣襟（一说衣袖）；指旧时女子敬礼的动作。参《陔馀丛考》。

⑪瘦怯凝寒：身躯瘦削，举止畏怯，肌肤凝聚了一股寒气。

⑫若不胜（shēng 升）衣：仿佛经不起衣服的重量。

⑬陇西：县名，即今甘肃省陇西县，明清为巩昌府治。又，今甘肃东南部一带，秦汉为陇西郡地，亦相沿称为陇西。

⑭流寓：漂流寄居。

⑮殂（cú 徂）谢：猝死。

⑯孤寂如鹜（wù 务）：孤单寂寞得像失群的野鸭。鹜，据二十四卷抄本，

底本作“骛”。

⑰思久不属（zhǔ主）：文思久不连贯。意思是长期思路未通，因而前诗未能成篇。

⑱鸡头之肉：喻女子乳头。鸡头，芡实的别名。相传杨贵妃浴后妆梳，褪露一乳，唐明皇扪弄云：“软温新剥鸡头肉。”见《开元天宝遗事》。

⑲罗唣：纠缠，骚扰。

⑳连昌宫词：唐代元稹所作七言长篇叙事诗！借宫边老人叙述连昌宫的兴废盛衰，批评了唐玄宗晚年的荒淫腐败，寄托了作者对清明政治的向往。连昌宫，唐行宫名，故址在今河南省宜阳县，距洛阳不远。

㉑剪烛西窗：夜深灯前，亲切对语。李商隐《夜雨寄北》（北，一作内）诗：“何当共剪西窗烛，却话巴山夜雨时。”是写夫妻久别重聚情事的佳句。

㉒辄：从二十四卷抄本改，底本作“辍”。

㉓恶客：野蛮粗俗的客人。

㉔鱼水：鱼水相得；喻夫妻和好。《管子·小问》：“桓公使管仲求戚，甯戚应之曰：‘浩浩乎！’管仲不知，至中食而虑之。……婢子曰：‘诗有之：浩浩者水，育育者鱼，未有室家，则召我安居。子其欲室乎？’”后因以鱼水喻夫妇相得。

㉕甚于画眉：夫妻感情亲密，比起丈夫亲自为妻子画眉，更进一层。《汉书·张敞传》：张敞，字子高，宣帝时为京兆尹。无威仪，为妇画眉。有司奏之。召问，对曰：“臣闻闺房之内，夫妇之私，有过于画眉者。”

㉖宫词：以宫廷生活为题材的诗。用《宫词》为题始自中唐王建，大历中著《宫词》百首。其后历代皆有继作，为诗中一类，大都是五七言绝句体。

㉗棋枰：指围棋棋盘。

㉘手谈：下围棋。《世说新语·巧艺》：“王中郎（坦之）以围棋是坐隐，支公（遁）以围棋为手谈。”

㉙弦索：琴瑟琵琶之类弦乐器。

㉚蕉窗零雨之曲：以隔窗聆听雨打蕉叶为意境的曲子。指一种声情凄婉的曲子。

㉛卒听：听完。

㉜晓苑莺声之调：以清晨园林中流莺啼鸣为意境的、旋律明朗欢快的曲子。

㉝作剧：作游戏。

㉞张皇：匆遽，慌乱。

㉟戏具：指上述琵琶、围棋等娱乐用品。

㊱小字：小名，乳名。

㊲卷挟：把诗卷卷起，夹在腋下。

㊳所言伊何：跟你是怎么说的？伊，助词，无义。

㊴喋喋向人：多嘴多舌地告诉别人。喋喋，多言貌。

㊵支托：支吾推托。

㊶窗友：同学。

㊷淹留：久留。

㊸挠：扰乱。

㊹白眼：用白眼球向人；表示冷淡、厌恶。晋阮籍见凡俗之士，则以白眼对之。见《世说新语·简傲》注。

㊺浸：渐。

㊻呜呜恻恻：形容吐字引声曼长而情调悲伤。

㊼闷损：闷煞。

㊽恚愤：怨恨，恼怒。

㊾引去：退去。

㊿谢过不遑：忙不迭地告罪。

51愧恧（nù 女去声）：惭愧。

52龌龊（wò chuò 沃绰）隶：下贱衙役。龌龊，卑污。

53清白裔：清白人家的女儿。裔，后代。

54舆台：舆和台，古代奴隶的两个等级。《左传·昭公七年》："士臣皂，皂臣舆，舆臣隶，隶臣僚，僚臣仆，仆臣台。"

55一线弱质：犹言一介弱女。一线，喻孤单无助；弱质，谓体质单薄。

56齿妾在琴瑟之数：把我看作妻子。齿，列。琴瑟，喻夫妻。

57必不听自为生活：必定不会任其独自挣扎求生。生活，求生存。

58致死：拼命！拼死效力。

59薄饮：喝了少量的酒。

60捉石挝门：拿起石头砸门。捉，握持。挝，击。

61赤帽青衣：旧时官府衙役的装束。

㉒猬毛绕喙：嘴边长满刺猬毛般的硬须。猬毛，胡须粗硬张开的样子。喙，嘴。

63横目：立起眼睛，发怒、仇视的样子。

64凶谩：凶横狂妄。谩，言词傲慢。

65腰矢野射：腰佩弓箭，在野外打猎。

66殪：死。

67具：全部，一一。

68停时：逾时；过了一会儿。

69先容：事先介绍。

70将（qiāng羌）伯之助：指别人对自己的帮助，伯，对男子的敬称。《诗·小雅·正月》："载输尔载，将伯助予。"注："将，请。伯，长。"

71赳赳：勇武的样子。《诗·周南·兔罝》："赳赳武夫，公侯干城。"

72粤中：古称广东、广西之地。

73割爱：断绝、舍弃心爱的人和物；后来多指以心爱之物予人。

74非中华物：非中国所产。承上"购于粤中"，意谓出自海外，乃西洋之宝刀也。中华，中国。

75烟火：烟火食，指人间熟食。

76念余日：二十多天。

77青鸟：相传是西王母的使者，其形如鸾。

78浃辰：十二天。我国古代以干支纪日，自"子"至"亥"周十二辰，称为"浃辰"，相当于地支的一个周期。浃，周匝。辰，日。详见《左传·成公九年》疏。

79插：又作锸；掘土的工具，即铁锹。

80发圹（kuàng矿）：掘开墓穴。

81咻咻（xiū xiū休休）：呼吸急促声。此从青本，底本作"休休"。

82属（zhǔ主）丝：一丝相连；喻气息微弱。

83酡：稀粥，米汤。详见《说文》段注。

意译

杨于畏，新近迁居到泗水河畔。书房临旷野，围墙外边是一片古墓，每至夜间听到白杨树在风中哗哗作响，如浪涛汹涌之声。

有天深夜，杨于畏独坐在昏暗摇曳的烛光下，正觉得孤凄寂寞，忽听得墙外有人吟诗：

玄夜凄风却倒吹，流萤惹草复沾帏。

反反复复吟诵着，声音十分哀怨凄苦。细听时，声音婉转轻柔像是一位女子的。心里纳闷。第二天到墙外察看，并无人迹，只在荆棘丛中发现一条紫带，于是捡回来放在窗上。这天夜里，将近二更，又听到如昨天一样的吟诗之声。杨于畏将凳子移到窗下，站上去向外看，吟诗声立即中断了。他知道这一定是鬼，但心里十分向往。

再一天晚上，他便早早伏在墙头观察，大约一更快过，便见一位女子从荒草中慢慢走了出来。她扶住一棵小树，低着头哀婉地吟诗。杨于畏轻轻咳了一声，女子一闪便没入荒草。杨于畏便等在墙下，听到她吟完那两句诗时，就隔墙而接下去吟道：

幽情苦绪何人见，翠袖单寒月上时。

过了很长时间，寂然无声。杨于畏便回到室内。刚刚坐下，忽见一美貌女子从外面进来，一边行礼一边说："先生原来是一位风流儒雅的读书人，我竟太多地害怕逃避。"杨于畏高兴地拉她坐下。她清瘦胆怯，弱不禁风，问道："你家在哪里？为什么长久寄居此地？"女子说，"我是陇西人，随父漂流寄居，十七岁时突然病故，至今有二十多年了。栖身这阴间荒野，孤独寂寞得像失群的野鸭。那两句诗是我自己为抒发幽怨而作的，文思接不上，没有作完。今天承蒙你代我续上后两句，在九泉之下也欣喜。"杨于畏向她求欢。她悲伤地说："我不过是一堆枯骨，比不上活人，如与人交欢会折人寿命的，我不忍心对你这样。"杨于畏就

不再要求。又嬉戏着用手摸其双乳，依然是个处女。又撩开裙衣看她的一对小脚，女子低头笑道：“你这疯子太多事了。”杨于畏抚摸着她的一双小脚，发现一只袜子用紫带系着，另一只上面却系着一根丝绳。问她：“为什么不都系上紫带？”她说：“那天夜里为了躲避你，匆忙中不知遗落在什么地方。”杨于畏说：“让我替你系上吧。”就从窗上取来给她。她惊奇地问从什么地方得来，杨于畏便如实讲了。女子便解下丝绳，系上紫带。女子翻看案上的书，忽见到《连昌宫词》，说：“我生前最爱读它，今天见了，如同做梦一般。”杨于畏就与她谈论诗文，言谈间越发觉她聪明可爱。两人剪烛夜谈，如同好朋友一般。

从此，只要在夜里听到吟诗声，不一会儿她就会来。她再三叮嘱：“你不可将此事让别人知道。我生来胆子就小，害怕碰见坏人。”杨于畏答应她保守秘密。两人情同鱼水，不是夫妻，胜似夫妻。她常代杨于畏抄书，字迹端正秀丽。又自选宫词百首，抄录下来供平日吟诵。又让杨于畏购置了棋盘、琵琶等物，每夜教他下围棋，不然就拨弄琵琶。弹一曲凄凉的《蕉窗零雨》，催人泪下，使杨于畏不忍听完，弹一曲欢快的《晓苑莺声》，使杨于畏顿感心情舒畅。挑灯做游戏，过得十分愉快而忘天亮。曙光微现，她便仓皇别去。

一天，杨于畏的朋友薛生来访，杨于畏正在午睡。薛生看见房中摆着琵琶、棋具，觉得十分蹊跷，因为杨于畏向来不爱好这些。又翻出宫词，字迹像是女人笔体，心里更加怀疑。杨于畏醒来，薛生问他：“这些玩意儿从哪里来的？”他回答说：“想学一学音乐、下棋。”再问诗册，说是从朋友处借来的。薛生反复欣赏，翻到最后一页，见一行小字：“某月某日连琐书。”便笑着说：“这是女郎小名，你为何这样地骗我？”杨于畏窘困得无言以对。薛生更是苦苦追问，杨于畏不说。薛生把诗册挟在腋下，杨于畏更难堪，只好将实情和盘托出。薛生再三要求见她一面，杨于畏答应等与她商量后再说。夜里女子来后，听到此事十分生气，杨苦苦解释也无用，她说：“恐怕你我的缘分尽了。”临去时又说：“我暂时避一避再说。”第二天，杨于畏将这些如实告诉薛生，薛生不相信，怀疑杨于畏借口推托。当晚又邀了两个朋友同来，而且迟迟不走，故意喧哗吵闹。虽遭杨于畏白眼，仍我行我素。这样过了几晚，什么事情也没有，这群人渐渐安静下来，准备离开。就在此时，忽然听到吟诗声；音调十分凄凉。薛生仔细聆听，而同伴王生却是个鲁莽之人，拿起一块石头向吟诗处抛去，并大声吼叫：“装模作样，不出来见客。这吟的是什么好诗，凄凄切切，让人不舒服。”立时，吟诗声消失了，大家都埋怨王生，杨于畏更是怒形于色。第二天，一行人便悻悻而去。

杨于畏独自待在书房，盼望女子能再来，却始终不见踪影。过了两天，她突然进门来向杨于畏哭诉：“你招来的那群粗人，真把我吓坏了！”杨于畏不停地道歉。女子匆匆而别说：“我说过你我缘分已尽，从此分别了。”从此，一个多月都不见她来。

杨于畏朝思暮想，瘦得不成人形，却也无可奈何。一个夜里，正独自饮酒，忽见女子掀帘入室，杨于畏喜出望外地说：“你肯原谅我了吗？”女子流着泪，什么也不说。杨于畏急忙追问，女子欲言又止，说：“我生气而去，现在又因急事来求你，难免不惭愧。”杨于畏再三问有何急事。她才说：“不知从哪里来了一个龌龊差役，逼我做他的小老婆。我想自己是清白人家的女儿，怎能屈身于下贱的鬼东西。可是，我如此身单力薄，又如何能抵抗强暴呢？你如能念及我们曾情同夫妇，想来不会不顾我的死活。”杨于畏勃然大怒，愤恨地要去拼命。但担心人鬼异途，帮不上忙。女子说：“你明晚早睡，我会来你梦中相邀。”于是两人又倾心交谈，坐等天亮。临去时，女子又叮嘱杨于畏白天别睡觉，留到夜间去睡以便践梦中之约。杨于畏答应了她。

第二天下午，杨于畏喝了点酒，和衣上床睡觉。忽然女子来了，交给他一把佩刀，领着他进入一所大院。两人正在说话，听到有人用石头砸门，女子惊恐地说：“仇人来了！”杨于畏开门冲出，只见一人戴着红帽、穿着黑衣，满脸都是络腮胡子。杨于畏义愤填膺，大声斥责他。对方横眉竖眼，嘴里骂骂咧咧。杨于畏大怒，向差役奔去。差役就用石块没头没脑地向杨于畏砸来。杨于畏被一块石头击中手腕，手中的佩刀掉到地上。正在万分紧急之际，忽然望见远处有一个人在射猎，正是王生，就大声喊他援救。王生赶来，一箭射中差役大腿，再一箭就要了他的命。杨于畏欣喜若狂，连忙向王生道谢。王生问是怎么回事，杨于畏就详细说了。王生听了也很欢喜，想着这样一来，就足以弥补自己上次无理取闹的过失了。就同杨于畏一道进了女子房中。女子仍是惊魂未定，战战兢兢地躲在一旁，一句话也不敢说，桌上有一柄一尺多长的刀。用金玉装饰，王生抽出一看寒光闪闪，可照见人影，于是赞不绝口，爱不释手。王生与杨于畏略略说了几句话，见女子胆战心惊的样子，便告辞了。杨于畏转身回自己家，刚过了墙就倒下，于是从梦中惊醒，此时村中雄鸡开始叫明。觉得手腕痛得厉害，天亮一看，腕子已红肿了。中午，王生来访，说夜里做了个怪梦。杨于畏说："梦中射箭了吧？"王生问他如何知道，杨于畏伸出手给他看，说明其中原委。王生依稀记得梦中见到过女子，恨没能真的见到她，又暗自庆幸对女子有功，就请杨于畏在女子面前说些好话，要求见一面。

当天夜里，女子来向杨于畏致谢。杨于畏归功于王生，又转告了王生的诚意。女子说："这次多亏他仗义相助，我不会忘记的。但他长得五大三粗的样子，我心里实在害怕。"随后又说："他十分喜爱那把佩刀。这把刀是我父亲当年出使广东时用一百两银子买来的，我十分喜爱，就向父亲要来，用金丝缠着刀柄，还镶上珍珠。父亲可怜我短命，就用这把刀给我陪葬。现在我割爱愿意送给王生，见刀如同见我。"第二天，杨于畏向王生转达了女子心意，王生十分高兴。到晚上，女子把刀带来，对杨于畏说："望他好好爱护此刀，这可是来自海外的珍品。"从此，两人又如当初一样往来。

又过了几个月，她突然含笑对杨于畏似有话说，却红着脸不好意思。杨于畏将她搂在怀中问她，她说："长时间承蒙你眷恋垂爱，使我受到活人气息的滋养，又吃了人间的饭食，白骨渐渐就有了生机。现在必须得到活人的精血，才可以复活。"杨于畏嘻嘻地说："并非我舍不得奉献精血，而是你自己不肯呀！"女子说："与我交欢之后，你会大病二十多天，但吃了药就会好。"于是两人交合起来。同床后，女子又说："现在还需要你身上一点血液，能为你的爱人忍痛一回吗？"杨于畏取快刀在手臂上刺出血来，女子仰卧在床，把鲜血滴入肚脐。起身后说："从明天起我就不再来了。你要记住一百天后到墓地来找我的坟，如果看到哪一座坟前的树上有青鸟在叫，就立即挖开它。"杨于畏答应了。出门时，女子又叮嘱："千万别忘，或早或迟，都不行。"就走了。

十多天后，杨于畏果然病了，肚子胀痛，看病吃药之后，泻下不少像黄泥一样的秽物，又过十几天。才完全康复。

杨于畏计算日子，待到满百日那天，命家人扛着铁锹在坟地等待。夕阳西下之时，果然见一对青鸟在树上啼叫。杨于畏大喜说："行了。"赶忙动手掘墓，掘开坟穴，见棺木已腐朽，而女子面貌栩栩如生。用手摸摸，身体微热。就用衣服裹住抬回家，放在暖和的地方，慢慢就有了呼吸。又给她灌了几口热汤，到了半夜便苏醒过来。她常常对杨于畏说："二十多年就像一场梦一样。"

单道士

韩公子，邑世家[1]。有单道士，工作剧[2]，公子爱其术，以为座上客。

单与人行坐，辄忽不见。公子欲传其法，单不肯。公子固恳之。单曰："我非吝吾术，恐坏吾道也[3]。所传而君子则可；不然，有借此以行窃者矣。公子固无虑此，然或出见美丽而悦，隐身入人闺闼，是济恶而宣淫也[4]。不敢从命。"公子不能强，而心怒之，阴与仆辈谋挞辱之。恐其遁匿，因以细灰布麦场上：思左道能隐形[5]，而履处必有印迹，可随印处急击之。于是诱单往，使人执牛鞭立挞之[6]。单忽不见，灰上果有履迹，左右乱击，顷刻已迷[7]。公子归，单亦至。谓诸仆曰："吾不可复居矣！向劳服役，今且别，当有以报。"袖中出旨酒一盛[8]，又探得肴一簋[9]，并陈几上。陈已，复探；凡十余探[10]，案上已满。遂邀众饮，俱醉；一一仍内袖中。韩闻其异，使复作剧。单于壁上画一城，以手推挝，城门顿辟。因将囊衣箧物，悉掷门内，乃拱别曰："我去矣！"跃身入城，城门遂合，道士顿杳。后闻在青州市上，教儿童画墨圈于掌，逢人戏抛之，随所抛处，或面或衣，圈辄脱去，落印其上。又闻其善房中术[11]，能令下部吸烧酒，尽一器。公子尝面试之。

注释

①韩公子，邑世家：淄川韩氏，自明代韩源以来，仕宦相继。王士《贞烈韩孺人传》称："韩为淄川著姓，自嘉靖以来，冠盖相望。"

②工作剧：指擅长幻术。

③道：与"术"对举，指施此幻术应遵守的原则。

④济恶而宣淫：助长作恶，而张大淫邪的行为。济，助。宣，发扬张大。

⑤左道：邪门歪道。旧时多指未经官府认可的巫蛊、方术等。

⑥牛鞭：耕作时赶牛用的一种鞭柄极短，鞭身特别粗长的皮鞭。

⑦迷：谓不知所往。

⑧一盛（chéng 成）：犹言一器。盛，容器。

⑨簋（guǐ 轨）：古盛器名，形近盂而有双耳。

⑩探：掏取。

⑪房中术：见《伏狐》篇注。

意译

韩公子，是淄川县世家子弟。当地有位单道士擅长幻术，公子喜爱这种幻术，于是单道士成为座上客。

单道士正好好地与人并肩行走或与人坐着聊天时，竟能在一瞬间消失。韩公子非常想学得这一招，但单道士就是不肯教。公子再三恳求。单道士说："不是我吝惜我的法术，只怕败坏了我的道行。要传也只能传给那些正人君子，否则，有人会借用此法行窃了。当然公子是不会如此的，但是公子在路上遇见一位美女而生爱慕之意，使借此术隐身入她闺房，这不就是帮助干坏事了吗？所以不敢从命。"

公子实在不能使他改变主意，就心生怨气，暗地里和仆人们密谋将单道士揍一顿。怕在打他时他隐身逃避便商议好事先在麦场上撒满一层细灰，料想单道士用邪门歪道可以隐遁，但他脚落在哪里就必定会留下脚印，可以随着脚印急速打他。于是把单道士骗到麦场，让人用牛鞭抽打他。单道士立刻消失了，灰上面果然留有脚印，众人随着脚印一阵乱打，不一会儿到处都布满了脚印，怎么也分不清了。

公子回到家后，单道士跟着也就来了。他对众仆人说："我不能再住在这里了。多日来蒙你们招待，今天告辞，理应回报。"说着，便伸手在袖子中拿出一瓶酒，又取出一盘菜，一并摆在桌子上，又伸进去拿，又摆好，又去拿，眨眼间，桌上竟摆满了美味佳肴，随后就邀请大家入席。待到人人酒足饭饱喝得酩酊大醉之时，他又将东西一一放进袖中。公子听说这件怪事，请他再变化一次幻术。单道士就在墙上画一个城，用手轻轻一推，城门顿时开启。他就将自己的包袱、衣物以及杂七杂八各类用品，全都扔进了城门，于是拱拱手说："我去了。"纵身一跳便进了城，城门随之关闭，单道士顿时杳无踪迹。

后来听说他在青州街市上教小孩在手掌心画墨圈，见了人就将手向外抛，手上的圈消失不见，就会印在对方的衣服上或面孔上。又听说他善于房中术，能用下部将一盆烧酒吸干。公子曾当面试过。

白于玉

吴青庵，筠，少知名。葛太史见其文，每嘉叹之。托相善者邀至其家，领其言论风采[①]。曰："焉有才如吴生，而长贫贱者乎?"因俾邻好致之曰[②]："使青庵奋志云霄[③]，当以息女奉巾栉[④]。"时太史有女绝美。生闻大喜，确自信。既而秋闱被黜[⑤]，使人谓太史："富贵所固有，不可知者迟早耳。请待我三年，不成而后嫁。"于是刻志益苦[⑥]。

一夜，月明之下，有秀才造谒，白皙短须，细腰长爪。诘所来，自言："白氏，字于玉。"略与倾谈[7]，豁人心胸[8]。悦之，留同止宿。迟明欲去，生嘱便道频过。白感其情殷，愿即假馆[9]，约期而别。至日，先一苍头送炊具来。少间，白至，乘骏马如龙。生另舍舍之[10]。白命奴牵马去。遂共晨夕[11]，忻然相得。生视所读书，并非常所见闻，亦绝无时艺[12]。讶而问之，白笑曰："士各有志，仆非功名中人也。"夜每招生饮，出一卷授生，皆吐纳之术[13]，多所不解，因以迂缓置之[14]。他日谓生曰："曩所授，乃'黄庭'之要道[15]，仙人之梯航[16]。"生笑曰："仆所急不在此。且求仙者必断绝情缘，使万念俱寂[17]，仆病未能也[18]。"白问："何故？"生以宗嗣为虑。白曰："胡久不娶？"笑曰："'寡人有疾，寡人好色[19]。'"白亦笑曰："'王请无好小色。'所好何如？"生具以情告。白疑未必真美。生曰："此遐迩所共闻[20]，非小生之目贱也[21]。"白微哂而罢。次日，忽促装言别。生凄然与语，刺刺不能休。白乃命童子先负装行。两相依恋。俄见一青蝉鸣落案间，白辞曰："舆已驾矣，请自此别。如相忆，拂我榻而卧之。"方欲再问，转瞬间，白小如指，翩然跨蝉背上，嘲哳而飞[22]，杳入云中。生乃知其非常人，错愕良久[23]，怅怅自失。

逾数日，细雨忽集，思白綦切。视所卧榻，鼠迹碎琐；慨然扫除[24]，设席即寝。无何，见白家童来相招，忻然从之。俄有桐凤翔集[25]，童捉谓生曰："黑径难行，可乘此代步。"生虑细小不能胜任。童曰："试乘之。"生如所请，宽然殊有余地，童亦附其尾上；戛然一声，凌升空际。未几，见一朱门。童先下，扶生亦下。问："此何所?”曰:“此天门也。”门边有巨虎蹲伏。生骇俱,童一身障之。见处处风景,与世殊异。童导入广寒宫[26],内以水晶为阶,行人如在镜中。桂树两章[27],参空合抱;花气随风,香无断际。亭宇皆红窗[28],时有美人出入,冶容秀骨,旷世并无其俦。童言:“王母宫佳丽尤胜[29]。”然恐主人伺久,不暇留连,导与趋出。移时,见白生候于门。握手入,见檐外清水白沙,涓涓流溢;玉砌雕阑,殆疑桂阙[30]。甫坐,即有二八妖鬟,来荐香茗。少间,命酌。有四丽人,敛衽鸣珰[31],给事左右[32]。才觉背上微痒,丽人即纤指长甲,探衣代搔。生觉心神摇曳,罔所安顿。既而微醺,渐不自持,笑顾丽人,兜搭与语[33]。美人辄笑避。白令度曲侑觞[34]。一衣绛绡者,引爵向客[35],便即筵前,宛转清歌。诸丽者笙管敖曹[36],呜呜杂和[37]。既阕,一衣翠裳者,亦酌亦歌。尚有一紫衣人,与一谈白软绡者,吃吃笑暗中[38],互让不肯前。白令一酌一唱。紫衣人便来把盏。生托接杯,戏挠纤腕。女笑失手,酒杯倾堕。白谯诃之[39]。女拾杯含笑,俯首细语云:“冷如鬼手馨,强来捉人臂[40]。”白大笑,罚令自歌且舞。舞已,衣淡白者又飞一觥[41]。生辞不能釂,女捧酒有愧色,乃强饮之。细视四女,风致翩翩[42],无一非绝世者。遽谓主人曰:“人间尤物[43],仆求一而难之;君集群芳[44],能令我真个销魂否[45]?”白笑曰:“足下意中自有佳人,此何足当巨眼之顾[46]?”生曰:“吾今乃知所见之不广也。”白乃尽招诸女,俾自择。生颠倒不能自决[47]。白以紫衣人有把臂之好,遂使襆被奉客。既而衾枕之爱,极尽绸缪[48]。生索赠,女脱金腕钏付之[49]。忽童入曰:“仙凡路殊,君宜即去。”女急起,遁去。生问主人,童曰:“早诣待漏[50],去时嘱送客耳。”生怅然从之,复寻旧途。

将及门,回视童子,不知何时已去。虎哮骤起,生惊窜而去。望之无底,而足已奔堕。一惊而寤,则朝暾已红[51]。方将振衣[52],有物腻然坠褥间[53],视之,钏也。心益异之。由是前念灰冷,每欲寻赤松游[54],而尚以胤续为忧[55]。过十余月,昼寝方酣,梦紫衣姬自外至，怀中绷婴儿曰[56]："此君骨肉[57]。天上难留此物，敬持送君。"乃寝诸床，牵衣覆之，匆匆欲去。生强与为欢。乃曰："前一度为合卺，今一度为永诀，百年夫妇，尽于此矣。君倘有志[58]，或有见期。"生醒，见婴儿卧襆褥间，绷以告母。母喜，佣媪哺之，取名梦仙。生于是使人告太史，自己将隐，令别择良匹。太史不肯。生固以为辞。太史告女，女曰："远近无不知儿身许吴郎矣。令改之，是二天也[59]。"因以此意告生。生曰："我不但无志于功名，兼绝情于燕好。所以不即入山者，徒以有老母在。"太史又以商女。女曰："吴郎贫，我甘其藜藿[60]；吴郎去，我事其姑嫜：定不他适。"使人三四返，迄无成谋[61]，遂诹日备车马妆奁[62]，嫔于生家[63]。生感其贤，敬爱臻至。女事姑孝，曲意承顺，过贫家女。逾二年，母亡，女质奁作具[64]，罔不尽礼。生曰："得卿如此，吾何忧！顾念一人得道，拔宅飞升[65]。余将远逝[66]，一切付之于卿。"女坦然，殊不挽留。生遂去。

女外理生计，内训孤儿，井井有法[67]。梦仙渐长，聪慧绝伦。十四岁，以神童领乡荐[68]，十五入翰林。每褒封，不知母姓氏，封葛母一人而已。值霜露之辰[69]，辄问父所，母具告之。遂欲弃官往寻。母曰："汝父出家，今已十有余年，想已仙去，何处可寻？"后奉旨祭南岳[70]，中途遇寇。窘急中，一道人仗剑入，寇尽披靡，围始解。德之，馈以金，不受。出书一函，付嘱曰："余有故人，与大人同里，烦一致寒暄。"问："何姓名？"答曰："王林。"因忆村中无此名。道士曰："草野微贱，贵官自不识耳。"临行，出一金钏曰："此闺阁物，道人拾此，无所用处，即以奉报。"视之，嵌镂精绝。怀归以授夫人。夫人爱之，命良工依式配造，终不及其精巧。遍问村中，并无王林其人者。私发其函，上云："三年鸾凤，分拆各天[71]；葬母教子，端赖卿贤[72]。无以报德，奉药一丸；剖而食之，可以成仙。"后书"琳娘夫人妆次"[73]。读毕，不解何人，持以告母。母执书以泣，曰："此汝父家报也[74]。琳，我小字。"始恍然悟

"王林"为拆白谜也[75]。悔恨不已。又以钏示母。母曰："此汝母遗物。而翁在家时，尝以相示。"又视丸，如豆大。喜曰："我父仙人，啖此必能长生。"母不遽吞，受而藏之。

会葛太史来视甥[76]，女诵吴生书[77]，便进丹药为寿。太史剖而分食之。顷刻，精神焕发。太史时年七旬，龙钟颇甚[78]；忽觉筋力溢于肤革，遂弃舆而步，其行健速，家人坌息始能及焉[79]。逾年，都城有回禄之灾[80]，火终日不熄。夜不敢寐，毕集庭中。见火势拉杂，侵及邻舍。一家徊徨[81]，不知所计。忽夫人臂上金钏，戛然有声，脱臂飞去。望之，大可数亩；团覆宅上，形如月阑[82]；钏口降东南隅[83]，历历可见。众大愕。俄顷，火自西来，近阑则斜越而东。迨火势既远，窃意钏亡不可复得；忽见红光乍敛，钏铮然堕足下。都中延烧民舍数万间，左右前后，并为灰烬，独吴第无恙，惟东南一小阁，化为乌有，即钏口漏覆处也。葛母年五十余，或见之，犹似二十许人。

注释

①领：领略；意为观察得知。

②致之：传话给吴生。致，致意，转达。

③奋志云霄：指奋发立志取得科举功名。

④奉巾栉：侍奉盥沐，以女许婚的谦词。

⑤秋闱被黜：乡试落选。秋闱，指乡试。

⑥刻志益苦：更加刻苦励志。

⑦与：此从二十四卷抄本，底本作"于"。

⑧豁人心胸：使人心胸开朗。

⑨假馆：借宅寄居。馆，房舍。

⑩另舍舍之：出别院给白生居住。

⑪共晨夕：朝夕相处。陶潜《移居二首》之一：“闻多素心人，乐与数晨夕。”

⑫时艺：相对于古文而言，明清称科举考试所用的八股文为时艺，又称“举子业”“四书文”。

⑬吐纳之术：旧时方术家养生健身的法术，类似于深呼吸。参见《灵官》注。

⑭迂缓：迂阔而不切于实用。

⑮黄庭：《黄庭经》。道教经典《上清黄庭内景经》和《上清黄庭外景经》的总称。两书皆以七言歌诀讲述养生修炼的原理，为历代道教徒及修身养性者所重视。要道，指养生修炼的重要原理。

⑯梯航：梯子和渡船，喻成仙的凭借。

⑰万念俱寂：一切世俗杂念都归于寂灭。

⑱仆病未能：我怕做不到。借用枚乘《七发》楚太子回答吴客用。

⑲寡人有疾，寡人好色：借用《孟子·梁惠王》齐宣王搪塞孟子的话。下句“王请无好小色”，借用同篇孟子诱导齐宣王的话。

⑳遐迩：远近；谓一方周围。

㉑目贱：眼光庸陋，鉴赏力低下。

㉒嘲哳（zhāo zhā 招渣）：象声词，又作“嘲晰”“啁哳”。形容声音繁细。此指蝉鸣声。

㉓错愕：仓皇惊诧。

㉔嘅（kǎi 慨）然：叹悔貌。《诗·王风·中谷有》：“有女仳离，其嘅叹矣。”集传：“嘅，叹声。”

㉕桐凤：鸟名，即桐花凤。唐李德裕《李文饶集》别集一《桐花凤扇赋序》：“成都夹岷江，矶岸多植紫桐。每至暮春，有灵禽五色，小于玄鸟，来集桐花，以饮朝露。及华落则烟飞雨散，不知其所往。”

㉖广寒宫：月宫。

㉗两章：两株。大树曰章，见《史记·货殖列传》索隐。

㉘亭宇：亭子和房屋。《楚辞》宋玉《招魂》：“高堂邃宇，槛层轩些。”注：“宇，屋也。”

㉙王母：王母娘娘；古代神话中“西王母”几度变后的形象。在《山海

经》中，西王母是半人半兽职掌瘟疫、刑罚的怪神。在《穆天子传》《汉武内传》里，她被人化为美妇人型的女仙。在《墉城集仙录》里，她成为掌管女仙名籍的神仙领袖。经历长期民间传说，她的住处由西方搬到了天上，而仙桃或蟠桃盛会，成为西王母——王母娘娘形象的重要特征。

㉚桂阙：即月宫。因相传月中有桂树，故名。

㉛敛衽鸣珰：谓近前礼拜。敛衽：整敛衣襟。妇女行拜礼的动作，指对客人致敬。鸣珰：走动时腰间玉饰相碰击，珰琅作响。

㉜给事：供役使，侍奉。

㉝兜搭：搭讪。

㉞度曲侑（yòu 又）觞：唱曲劝酒。

㉟引爵：斟酒。

㊱敖曹：义同"嗷嘈"，声音喧闹。

㊲呜呜杂和：伴唱者曼声相和。呜呜，拖着长腔。《汉书·杨恽传》报孙会宗书："仰天击缶，而呼呜呜。"

㊳吃吃（qī qī 七七）：忍笑声。

㊴谯（qiào 俏）诃：同"谯呵"，申斥。

㊵"冷如鬼手馨"二句：手凉得像鬼手，硬要来抓人的胳臂。《世说新语·忿狷》："王司州（胡之）尝乘雪往王螭（恬）许。言气少有牾逆于螭，便作色不夷。司州觉恶，便舆床就之，持其臂曰：'汝讵复足与老兄计？'螭拨其手曰：'冷如鬼手馨，强来捉人臂。'"馨，晋人用作语助辞。

㊶飞一觥：急忙斟满一杯。飞觥，通常叫"飞觞"，对方刚刚饮完前杯，又急速为之斟上，意在让对方多饮。

㊷翩翩：形容风采美好超逸。

㊸尤物：本指特异超俗的人或物。后多指绝色美女。

㊹群芳：群花，喻成群的美女。

㊺真个销魂：俞焯《诗词余话》，詹天游风流才思，不减昔人。宋驸马杨镇有十姬，皆绝色，其中粉儿者尤美。杨镇召詹次宴，出诸姬佐觞。詹看中粉儿，口占一词："淡淡青山两点春，娇羞一点口儿樱，一梭儿玉一云。白藕香中见西子，玉梅花下遇文君，不曾真个也销魂。"杨镇乃以粉儿赠之，曰："天游真个销魂也。"后诗文多以真个销魂指男女交合。

㊻巨眼：意思是眼力高，识见超卓。恭维别人有眼力的说法。

㊼颠倒：翻来覆去。

㊽绸缪：这里义同“缠绵”。形容男女欢爱，难舍难分。

㊾金腕钏：金手镯。

㊿待漏：百官黎明入朝，等待朝见皇帝。这里指等待朝见玉帝。

51朝暾（tūn 吞）：朝阳。

52振衣：抖动上衣。起床的动作。

53腻然：细柔滑润的感觉。

54赤松：赤松子，传说中的仙人。为神农时雨师，服水玉以教神农，能入火不烧。后至昆仑山，常入西王母石室，随风雨上下。见刘向《列仙传》及干宝《搜神记》。《史记·留侯世家》：“愿弃人间事，欲从赤松子游耳。”

55胤续：后代。胤，嗣。

56绷：束裹小儿的布幅，即襁褓。这里意思是用布幅束裹着。

57骨肉：指亲生儿女。

58有志：指有志于修炼成仙。

59二天：两个丈夫。《仪礼·丧服传》：“夫者，妻之天也。”

60藜藿：藜与藿，贫者所食的两种野菜。《韩非子·五蠹》：“粝粢之食，藜藿之羹。”

61成谋：成议，协议。

62诹（zōu 邹）日：选择吉日。诹，咨询。

63嫔（pīn 拼）：新妇嫁到夫家，俗称“过门”。此句谓吴生未行亲迎之礼，太史主动送女完婚。

64质奁作具：典押妆奁，为婆母制葬具。

65一人得道，拔宅飞升：《太平广记》十四《许真君》引《十二真君传》：许逊，字敬之，东晋道士，家南昌。传说于东晋宁康二年（374），在南昌西山，全家四十二口拔宅飞升。

66远逝：远去。逝，往。

67井井：有条理的样子。《荀子·儒效》：“井井兮其有理也。”

68神童：指特别聪慧的儿童。唐宋科举有童子科，应试者称应神童试。明清无此科，谓以少年参加乡试中举，如古之膺神童举。

69霜露之辰：《礼记·祭义》：“霜露既降，君子履之，必有凄怆之心，非其寒之谓也。”后因以霜露之辰指祭祖的日子。

⑦0祭南岳：汉宣帝时曾定安徽天柱山为南岳。后改定湖南衡山为南岳，相沿至今。汉时五岳秩比三公，唐玄宗、宋真宗封五岳为王、为帝，明太祖尊五岳为神。历代封建帝王多亲往致祭，或按时委员代祭。

⑦1各天：各在天之一方。

⑦2端赖卿贤：确实仰赖夫人贤慧。

⑦3妆次：意思是奉达妆台左右。旧时致平辈妇女书信的一种习惯格式。

⑦4家报：家信。

⑦5拆白谜：又叫拆白道字。用离析字形来说话表意的一种修辞格式。因为所拆字夹杂在语句中间需要辨测，近于谜语，所以叫拆白谜。

⑦6甥：女儿的子女。《诗·齐风·猗嗟》："不出正兮，展我甥兮！"传："外孙曰甥。"

⑦7诵：念；口述。

⑦8龙钟：身体衰惫步履蹇滞的样子。

⑦9坌息：呼吸急促，喘粗气；此谓急行气促。坌，喷涌。

⑧0回禄之灾：火灾。回禄，我国古代神话中的火神。《左传·昭公十八年》："郑禳火于玄冥、回禄。"注："玄冥，水神。回禄，火神。"

⑧1徊徨：徘徊，彷徨。

⑧2月阑：月亮周围的光气，其形如环。通称月晕。

⑧3降：坐落。

意译

吴筠，字青庵，年少即有才名。葛翰林读了他的文章，常常赞赏不已，并托好友把吴生邀到家中，亲自领略他的言论风采。常说："哪有像吴秀才这样才华横溢的人，不会出人头地的？"又托邻居传话给吴生说："假使能奋发得志，我就把女儿嫁给他。"吴生听了这话欣喜若狂，当时葛翰林有个女儿特别美丽。他相信自己会取得功名的。然而，乡试落榜。他托人向葛翰林说："大福大贵本来应有，只是不知是早是迟。请等我三年，三年内我若仍不得志，他家小姐可嫁别人。"于是更加发愤苦读。

有天晚上，朗朗月光下站着一位来访的书生，皮肤白皙，留着短胡须，细细的腰，瘦长的双臂。来人自称姓白，字于玉。吴生迎他进门，刚刚交谈

了一会儿，便使人心胸开阔。吴生对他十分友好，当晚就留他同住，白于玉第二天起身后即告辞，吴生嘱咐他要常来。白于玉很感谢吴生的厚意，愿搬来与他同住，于是二人约好日子，就分手了。

到了那天，白于玉先让仆人送行李炊具来。稍后，自己骑着一匹骏马而来。吴生另外安排了一所房屋。白于玉叫仆人把马牵走。从此两人朝夕相处，交情更深。吴生见他读的书不是一般常见的，更没有八股文之类，不免惊讶，问他。他笑着说："读书人各有志，我不是热衷于功名的人。"每到夜间，请吴生喝酒，给吴生推荐的一本书，内容都是吐纳养生之术，大半看不懂，吴生认为不切实用而将书放在一边。有一天，白于玉对吴生说："前些天给你的书，是《黄庭经》要诀，修仙的云梯。"吴生笑着答道："我迫切需要的不是这个。况且求仙的人，必须断绝情缘，消除各种杂念，我却做不到。"白于玉问："为什么？"吴生说自己主要考虑的是传宗接代。白于玉说："为何长时间不娶妻？"吴生笑着用《孟子》上的话回答："寡人有疾，寡人好色。"白于玉也套用《孟子》上的话而笑着说："'王请无好小色。'你爱的是谁？"吴生便把葛翰林许婚的事从头至尾说了一遍。白于玉怀疑葛家小姐未必真美，吴生说："她的美貌是人所皆知，不是我的品位低。"白于玉微微一笑，没有说话。

第二天，白于玉忽然整装辞行。吴生十分难过，口里说个不停。白于玉只好让侍童先背行装走。两人正依依不舍地话别，这时有一只青蝉落到了桌上，白于玉说："接我的车驾已至，就此分手。今后如果想念我，可以睡在我睡过的床上。"吴生还想再问，一眨眼白于玉已变成指头般大，跨上蝉背吱的一声就飞入云霄。吴生才知道他不是凡人，惊诧了好长一会儿，怅然若失。

过了几天，忽然纷纷下起细雨，吴生对白于玉的思念之情愈发难耐。看他睡过的床，已有不少老鼠脚印。一边叹悔一边打扫，铺上席子就睡。不多时，白于玉的侍童来叫他去，他欣喜相随。就见一只比燕子还小的凤凰飞来，侍童捉住对吴生说："黑夜路不好走，请骑上这个吧。"吴生担心太小背不起，侍童说不妨一试。吴生跨上去才觉得绰绰有余，侍童坐在凤尾，小凤展翅一飞，凌空而起。不一会，就见前面出现一道红色大门。侍童扶吴生下来，告诉他这是天门。走到门口，吴生看见门边卧着一只大老虎，十分恐惧，侍童用身体挡住老虎，让他过去了。进去之后，才发现这里景色秀丽，与尘世完全不同。侍童领他来到广寒宫，只见里面台阶全由水晶铺成，人好像走在镜子中一样。两棵参天桂树在空中交织在一起，浓郁的花香随风飘散。亭台楼阁上，都配以红色门窗，在那里进进出出的美人，个个都是风姿绰约，世间难寻。童子说："西王母宫中美女比这里的更好。"然后就带他出来了。一会儿，就看见白于玉在门前迎候，二人携手同入。只见屋外有清泉涓涓流淌，细白的砂地，玉砌的雕栏，不知身在何处。刚就座，就有年轻貌美的女子来献茶。又过一会，白于玉命人设酒宴招待，四位美女在席间穿梭侍候。吴生刚觉得背上有些发痒，美人就轻轻用纤手搔挠，吴生顿时心神不定。半醉间与美人搭话，她们都笑着远远避开。白于玉命美女唱歌以助酒兴，有个穿蜂红色衣服的女郎举杯向客而唱，其他女郎以笙管相和，接着一个穿绿裤的美女一边酌酒一边唱歌。还有一个穿淡白色绸衣和一个穿紫衣的，在一旁嬉笑推让着，不肯上前，白于玉命这俩人一个斟酒，一个唱歌。紫衣人便举杯来到吴生面前敬酒，吴生假装接杯，轻轻碰了一下她的手腕，女郎一笑，失手打破了酒杯。白于玉怪她不小心，她一面笑着拾起破杯，一面低头小声地说："冷得像鬼手一样，还硬要来抓人手臂。"白于玉大笑，罚她唱歌跳舞。这时，穿白衣的又来敬酒，吴生推辞不能再饮，她捧着酒，站在那里面有为难之色，吴生不忍心，便又干了。立时便醉眼蒙眬，眼光也就愈发不加掩饰地在四位美人身上流连盼顾，觉得这四人，个个都是绝色。他不假思索地对白于玉说："世上美貌的女子，我只求一个得不到，而你却拥有这么多，能不能让我今天真正风流一次?"白于玉笑着说："你心目中不是早有佳人了，这些你能看得上吗?"吴生说："今天才知道自己不过是井底之蛙。"白于玉便把姑娘们叫到面前，让他自己挑选，看来看去，反而挑花了眼，决定不下。因为紫衣人刚刚与吴生有过把臂之好，白于玉就命她侍候客人。于是二人云雨一番，十分缠绵。吴生要求送件东西作纪念，女郎便脱下臂上金手镯交给了他。这时侍童忽然进来说："这里是天宫，凡人不能久留，请你快快离开。"女郎悄悄地走了。吴生问主人何在。侍童说："他上朝去了，临走时吩咐我送客。"吴生跟他走到门边，却不见了侍童，此时老虎大吼一声，吴生大惊，从天上跌了下来。

吴生从梦中惊醒时，已是日高三丈。起身正整理衣服，有样东西从怀中落在床上，一看，正是那只金镯子，心中对梦里所做的事情越发觉得奇异。此后，他对尘世间的万种俗念都一扫而光，一心只想求仙，但唯一顾虑的，就是自己至今还没有留下后代。过了十个多月，一天，吴生正在午睡，梦见紫衣人从外面进来，怀里抱着一个婴儿，她说："这是你的骨肉，天上不能留，特地抱来交给你。"就把婴儿放在床上，用衣服盖好，匆匆要去。吴生将她拉住不放，要与她交欢。她说："前次见你就是结婚，这次是与你永别的。你我百年夫妻已经到头。你倘若有志修仙，也许会再见。"吴生醒来，见婴儿在被褥中熟睡，就抱给母亲看，并说明缘由。母亲十分高兴，雇了一个乳娘哺育，取名梦仙。

吴生托人转告葛翰林，说自己将要修仙，请小姐另择佳偶。葛翰林不同意，但吴生非常坚决。葛翰林告诉了女儿，女儿说："远近无人不知我已经许配给了吴郎，如今又改变主意，这不成了再嫁？"翰林又将女儿意思告诉吴生，吴生说："我现在不但无意于功名，而且对男女之情也已淡薄。现在之所以没有披发入山，只因老母在堂。"

葛翰林又与女儿商量，女儿说："吴郎穷，我不嫌弃，甘愿与他粗茶淡饭过日子。他要出家，我会代他侍候老母，绝不再嫁。"派的人来回跑了三四趟，一直没拿准个主意。葛家于是选择吉日，备上车马、嫁妆，把女儿送到吴家成亲。吴生被葛女的贤德深深感动，夫妻互敬互爱。葛女孝顺婆婆，比穷人家女儿更为诚恳体贴。一晃两年过去，吴母去世。葛女将自己的嫁妆典当了，为其像模像样地营办丧事。吴生对妻子说："有你这样贤德的人在，我还有什么可忧虑的！但想到我一旦成仙，全家就可以升天，所以我将离家远去，家中一切都托付给你了。"葛女不加阻拦，由他去了。自己在家料理家务，抚养孤儿，将生活安排得井井有条。

小梦仙渐渐地长大了，十分聪明。十四岁时，被誉为神童，中了举人，十五岁授任翰林。每当皇帝为他先人及父母行封典时，都不知道自己生母的姓氏，只封葛母一人。他常问母亲：父亲在哪里？母亲便将事情全部告诉了他，他就想弃官去寻找父亲。母亲说："你父亲出家已有十多年了，如今也许已修炼成仙，你到哪里去找？"后来，有一次吴梦仙奉旨去南岳祭祀，半路上遇见强盗。正在危急关头，忽然有一个道人持剑而来，将强盗驱散。吴梦仙再三致谢，要给道人以重金，道人不收。临别之际，将一封信给吴梦仙托他转交，并说："我有一位要好的故交，和你是同乡，请代我问候他。"问他故交的姓名，道人答，"叫王林。"吴梦仙想村中并无叫王林的，道人说："像你这样的达官贵人，当然不会认识那些身份卑微的野老村夫的。"又拿出一个金手镯说："这是女人用的东西，我们出家人留着也没有用处，就送给你吧。"一看，那镯子雕镂得十分精美。带回家后就交给了夫人。夫人请来名工巧匠，照样子做一只想与之相配，但做出来的始终比不上原来的那一只精美。吴梦仙问遍了全村之人，谁都不知有叫王林的人。就偷偷拆开信件，上面写道：

你我三年夫妻，一朝分离便天各一方。你为我葬母教子，大德大贤，我无法报答恩情。今送上仙丹一枚，将它打开吃下，就可以成仙了。

信后写着"琳娘夫人妆次。"看完后，仍不知是写给谁的。就拿去给母亲看，母亲捧信大哭，说："这是你父亲的家信。'琳'正是我的闺名。"这时，吴梦仙恍然大悟，原来"王林"是"琳"字拆开，于是十分悔恨。又拿出金镯给母亲看，母亲说："这是你生母遗物，你父亲出家前给我看过的。"再看那丸药，只有黄豆大小。吴梦仙高兴地说："我父亲已经是仙人了，母亲吃了这药必定会长生不老的。"他母亲没有立即将药吃下，而是将它藏好。正好葛翰林来看外孙，就将那信读给老人听，又奉上药丸祝寿。葛翰林剖开，两人各吃一半。当时葛翰林已达七十高龄，老态龙钟，服了药丸之后，立刻精神焕发，体力陡然强壮，回家时不再乘轿而改步行，家人竭力追赶，才勉强能跟上。

一年之后，京城着了一次大火，烧了一整天还无法扑灭，吴家老少都站在庭院中，整夜不敢睡觉。眼看那熊熊烈火已波及附近，邻家屋顶已透出火光，全家人惊慌失措，无计可施。忽然夫人臂上金镯嗖的一声飞去，眼见它越变越大，最后覆盖在吴家宅院上面，好像月亮的光圈。大家清清楚楚地看到金镯的缺口正对着东南角。一会儿，火势从西边漫延而来，烧到光圈边上，竟转而向东去了，火渐渐地远去了，大家都以为金镯子不会再回来，忽然见红光一收，镯子铮的一声就掉到了脚下。这次大火，把京城几万间居民住宅绵延烧成了灰烬，吴家宅院前后左右的人家，无一幸免，唯独吴宅安然无恙。只有院子东南角一栋小楼房被烧毁，就是金镯子缺口处漏遮的地方。吴母已年过半百，有人看见她，还像二十来岁的人。

夜叉国

交州徐姓[①]，泛海为贾。忽被大风吹去。开眼至一处，深山苍莽[②]。冀有居人，遂缆船而登，负糗腊焉[③]。

方入，见两崖皆洞口，密如蜂房；内隐有人声。至洞外，伫足一窥，中有夜叉二[④]，牙森列戟[⑤]，目闪双灯，爪劈生鹿而食。惊散魂魄，急欲奔下，则夜叉已顾见之，辍食执入。二物相语[⑥]，如鸟兽鸣，争裂徐衣，似欲啖啖。徐大惧，取橐中糗糒[⑦]，并牛脯进之[⑧]。分啖甚美。复翻徐橐，徐摇手以示其无。夜叉怒，又执之。徐哀之曰："释我。我舟中有釜甑[⑨]，可烹饪。"

夜叉不解其语，仍怒。徐再与手语[⑩]，夜叉似微解。从至舟，取具入洞[⑪]，束薪燃火，煮其残鹿，熟而献之。二物啖之喜。夜以巨石杜门[⑫]，似恐徐遁。

徐曲体遥卧[⑬]，深惧不免[⑭]。天明，二物出，又杜之。少顷，携一鹿来付徐。徐剥革，于深洞处流水，汲煮数釜。俄有数夜叉至，群集吞啖讫，共指釜，似嫌其小。过三四日，一夜叉负一大釜来，似人所常用者。于是群夜叉各致狼麋[⑮]。既熟，呼徐同啖。居数日，夜叉渐与徐熟，出亦不施禁锢，聚处如家人。徐渐能察声知意，辄效其音，为夜叉语。夜叉益悦，携一雌来妻徐。徐初畏惧，莫敢伸；雌自开其股就徐，徐乃与交。雌大欢悦。每留肉饵徐，若琴瑟之好[16]。

一日，诸夜叉早起，项下各挂明珠一串[17]，更番出门[18]，若伺贵客状。命徐多煮肉。徐以问雌，雌云："此天寿节[19]。"雌出，谓众夜叉曰："徐郎无骨突子[20]。"众各摘其五，并付雌。雌又自解十枚，共得五十之数，以野苎为绳[21]，穿挂徐项。徐视之，一珠可直百十金。俄顷俱出。徐煮肉毕，雌来邀去，云："接天王。"至一大洞，广阔数亩。中有石，滑平如几；四围俱有石坐；上一坐蒙一豹革，余皆以鹿。夜叉二三十辈，列坐满中。少顷，大风扬尘，张皇都出。见一巨物来，亦类夜叉状，竟奔入洞，踞坐鹗顾[22]。群随入，东西列立，悉仰其首，以双臂作十字交。大夜叉按头点视，问："卧眉山众[23]，尽于此乎？"群哄应之。顾徐曰："此何来？"雌以"婿"对。众又赞其烹调。即有二三夜叉，奔取熟肉陈几上。大夜叉掬啖尽饱，极赞嘉美[24]，且责常供。又顾徐云："骨突子何短？"众曰："初来未备。"物于项上摘取珠串，脱十枚付之，俱大如指顶，圆如弹丸。雌急接，代徐穿挂。徐亦交臂作夜叉语谢之。物乃去，蹑风而行，其疾如飞。众始享其余食而散。

居四年余，雌忽产，一胎而生二雄一雌，皆人形，不类其母。众夜叉皆喜其子，辄共拊弄。一日，皆出攫食，惟徐独坐。忽别洞来一雌，欲与徐私，徐不肯。夜叉怒，扑徐踣地上。徐妻自外至，暴怒相搏，龁断其耳。少顷，其雄亦归，解释令去。自此雌每守徐，动息不相离。又三年，子女俱能行步。

徐辄教以人言，渐能语，啁啾之中[25]，有人气焉[26]。虽童也，而奔山如履坦途；与徐依依有父子意[27]。一日，雌与一子一女出，半日不归。而北风大作。徐恻然念故乡，携子至海岸，见故舟犹存，谋与同归。子欲告母，徐止之。父子登舟，一昼夜达交。至家，妻已醮。出珠二枚，售金盈兆[28]，家颇丰。子取名彪。十四五岁，能举百钧[29]，粗莽好斗。交帅见而奇之[30]，以为千总[31]。值边乱，所向有功，十八为副将[32]。

时一商泛海，亦遭风飘至卧眉。方登岸，见一少年，视之而惊。知为中国人，便问居里。商以告。少年曳入幽谷一小石洞，洞外皆丛棘；且嘱勿出。去移时，挟鹿肉来啖商。自言："父亦交人。"商问之，而知为徐，商在客中尝识之。因曰："我故人也。今其子为副将。"少年不解何名。商曰："此中国之官名。"又问："何以为官?"曰："出则舆马，入则高堂；上一呼而下百诺；见者侧目视，侧足立[33]：此名为官。"少年甚歆动[34]。商曰："既尊君在交[35]，何久淹此?"少年以情告。商劝南旋[36]。曰："余亦常作是念。但母非中国人，言貌殊异；且同类觉之，必见残害，用是辗转[37]。"乃出曰："待北风起，我来送汝行。烦于父兄处，寄一耗问[38]。"商伏洞中几半年。时自棘中外窥，见山中辄有夜叉往还；大惧，不敢少动。

一日，北风策策[39]，少年忽至，引与急窜。嘱曰："所言勿忘却。"商应之。又以肉置几上，商乃归。

敬抵交[40]，达副总府，备述所见。彪闻而悲，欲往寻之。父虑海涛妖薮[41]，险恶难犯[42]，力阻之。彪抚膺痛哭，父不能止。乃告交帅，携两兵至海内。逆风阻舟，摆簸海中者半月。四望无涯，咫尺迷闷，无从辨其南北。忽而涌波接汉[43]，乘舟倾覆。彪落海中，逐浪浮沉[44]。久之，被一物曳去；至一处，竟有舍宇。彪视之，一物如夜叉状。彪乃作夜叉语。夜叉惊讯之，彪乃告以所往。夜叉喜曰："卧眉，我故里也。唐突可罪[45]！君离故道已八千里[46]。此去为毒龙国，向卧眉非路。"乃觅舟来送彪[47]。夜叉在水中推行如矢，瞬息千里，过一宵，已达北岸。见一少年，临流瞻望。彪知山无人类，疑是弟；近之，果弟。因执手哭。既而

问母及妹，并云健安。彪欲偕往，弟止之，仓忙便去。回谢夜叉，则已去。未几，母妹俱至，见彪俱哭。彪告其意。母曰："恐去为人所凌。"彪曰："儿在中国甚荣贵，人不敢欺。"归计已决，苦逆风难渡。母子方徊徨间[48]，忽见布帆南动，其声瑟瑟[49]。彪喜曰："天助吾也！"相继登舟，波如箭激[50]；三日抵岸。见者皆奔。彪向三人脱分袍裤。抵家，母夜叉见翁怒骂[51]，恨其不谋。徐谢过不遑[52]。家人拜见家主母，无不战栗。彪劝母学作华言，衣锦，厌粱肉，乃大欣慰。

母女皆男儿装，类满制[53]。数月稍辨语言，弟妹亦渐白皙。弟曰豹，妹曰夜儿，俱强有力。彪耻不知书，教弟读。豹最慧，经史一过辄了[54]。又不欲操儒业[55]；仍使挽强弩，驰怒马[56]。登武进士第[57]。聘阿游击女[58]。夜儿以异种，无与为婚。会标下袁守备失偶[59]，强妻之。夜儿开百石弓[60]，百余步射小鸟，无虚落。袁每征，辄与妻俱。历任同知将军[61]，奇勋半出于闺门。豹三十四岁挂印[62]。母尝从之南征，每临巨敌，辄擐甲执锐[63]，为子接应，见者莫不辟易[64]。诏封男爵[65]。豹代母疏辞[66]，封夫人。

异史氏曰："夜叉夫人，亦所罕闻，然细思之而不罕也：家家床头有个夜叉在[67]。"

注释

①交州：古地名，汉武帝元封五年设置十三州部之一，辖五岭以南，今广东、广西以至印支半岛一部地区。

②苍莽：苍翠深远的样子。苏辙《黄楼赋》："山川开阖，苍莽千里。"

③糗腊（xī 析）：干粮和干肉。糗是用炒熟的米麦捣成的细粉。腊是晒干的肉。

④夜叉：梵语音译，或译"药叉"；印度神话中一种半神的小神灵，具有"能啖""捷疾"的属性。佛教中列为天龙八部之一。在文学作品中，有的写其为恶魔，有的不认为他是恶魔，本篇即属后一类认识。

⑤牙森列戟：牙齿森然如密排长戟。形容牙齿密长尖利，露出唇外。森，繁

密貌。牙，前齿。

⑥二物：指二夜叉。

⑦糗糒：干粮。义同糗，常连用。

⑧牛脯：干牛肉。“腊”的一种。

⑨釜甑：煮饭的锅和蒸笼。甑，古代瓦制煮器，相当于后代以竹木制作的蒸笼。

⑩手语：作手势语。用双手比画示意，以交流思想。

⑪具：指釜甑等炊具。

⑫杜门：把门堵上。杜，堵塞。

⑬曲体：即屈体。

⑭不免：不免被吃掉。

⑮各致狼麋：各自送来些狼和麋鹿之类猎物。致，送。麋，麋鹿。

⑯若琴瑟之好：像夫妻那样和好。《诗·周南·关雎》：“窈窕淑女，琴瑟友之。”后故以琴瑟喻夫妇。

⑰明珠：夜明珠，一种名贵珍珠，传说夜间放光。

⑱更番：轮班。

⑲天寿节：此指夜叉王的生日。封建帝王以天寿称自己诞辰，取义于《尚书·君》：“天寿平格，保有殷。”

⑳骨突子：指夜叉们佩戴的珠串。骨突子，圆形杖头，即朝廷仪仗中的金瓜。珍珠圆形与之相似，所以夜叉们称之为骨突子。

㉑野苎（zhù住）：野生的苎麻。

㉒踞坐鹗顾：叉开两腿坐着，用雀鹰般的目光左右顾视。踞坐，坐时两腿伸直、叉开，是一种傲慢尊大的坐态。鹗，雀鹰，一种猛禽，目光锐利凶狠、停落时经常转睛顾盼。

㉓卧眉山众：据后文，即卧眉国的公民。卧眉国是夜叉国之一。

㉔嘉美：此从二十四卷抄本，底本作“喜美”。即佳美。

㉕啁啾（zhōu jiū 周揪）：鸟鸣声。这里形容小儿学语。

㉖有人气：人类语言的味道。气，气息。

㉗依依：依恋亲近的样子。

㉘盈兆：极言其多。兆，古代以十万为亿，十亿为兆。一兆是一百万，也就是一千贯。

㉙百钧：极言其重。钧是古代重量单位，三十斤为一钧。

㉚交帅：交州的军事首脑。明清时代提督以下管辖一方的驻军长官是总兵，帅即指此。

㉛千总：武官名，明嘉靖间置。明代后期职权日轻，至清为武职下级，位次于守备。

㉜副将：清代从二品武官，即副总兵，亦即下文所称的“副总”。隶属于总兵，统理一协（相当于旅）军务，又称协镇。

㉝侧目视，侧足立：形容因畏惧而不敢正视，不敢对面站立。

㉞甚歆动：很羡慕，很动心。

㉟尊君：犹言今尊。敬称别人的父亲。

㊱南旋：南归交州。旋，还、归。

㊲用是辗转：因此反复未定。

㊳耗问：音讯，消息。

㊴策策：风吹枯叶声。韩愈《秋怀诗》之一：“窗前两好树，众叶光。秋风一披拂，策策鸣不已。”

㊵敬：特意，专诚。方言词，今曰“敬心”。

㊶妖薮：各类怪异之物聚集的地方。

㊷难犯：难以靠近。

㊸汉：据二十四卷抄本改，底本作“漠”。

㊹逐：据二十四卷抄本改，底本作“遂”。

㊺唐突：冒犯。

㊻故道：原来的航道。

㊼送彪：此从二十四卷抄本，底本作“送徐”。

㊽徊徨：徘徊忧思貌。《广弘明集》梁武帝（萧衍）《孝思赋》：“晨孤立而萦结，夕独处而徊徨。”

㊾瑟瑟：风声。《文选》刘桢《赠从弟》诗之二：“亭亭山上松，瑟瑟谷中风。”

㊿波如箭激：逆波急驶，如离弦之箭。

51翁：指徐贾。

52谢过不遑：道歉不迭。谓急忙连声道歉。

53类满制：很像满族服制。制，规制，款式。

54经史一过辄了：经书、史书学过一遍就能通晓。了，了然，通晓。

55操儒业：指读书习文以求进取。

56怒马：犹言烈马，暴烈难驭的马。

57登武进士第：考中武进士。科举时代取士分文武两科。唐宋以来，武科之制，规条节目虽不如文科之详明，然文武两途，历代相沿，分道并进，自明至清，行之不废。

58游击：武官名。清代绿营兵设游击，职位次于参将，属下级武官。

59标下：犹言麾下。标，清代军制，督抚等管辖的绿营兵，称标，一标三营。守备：清代绿营统兵官，位在都司之下，称营守备，统一营之兵。

60开百石弓：一钧三十斤，四钧为一石。开百石弓，是夸张的说法。

61同知将军：谓以都督同知挂副将军印，实即副总兵。明制，各省、各镇副总兵系由五军都督府的都督同知充任，遇大战事，则挂副将军印，统兵出战，事毕纳还。故称副总兵为同知将军。卷四《棋鬼》篇又称“督同将军”。

62挂印：指挂印将军。明制，各省各镇的镇守总兵，遇大战事，则挂诸号将军印，统兵出战，战毕纳还。清代多挂提督衔。

63擐（guān关）甲执锐：穿甲胄，拿武器。擐，穿。《左传·成公十三年》：“文公躬擐甲胄，跋履山川。”锐，兵器。

64辟易：通避，逃躲。《史记·项羽本纪》：“项王目叱之，赤泉侯人马俱惊，辟易数里。”正义：“言人马俱惊，开张易旧处，乃至数里。”

65男爵：封建社会女子例无封爵，此谓酬功视同男子，而以爵秩封之；盖特例也。

66疏（shù述）辞：谓上疏辞爵。

67“家家”句：谐语，意思是每家男人都守着个厉害老婆。悍妻泼妇俗称母夜叉。

意译

交州有个姓徐的人，以航海贸易为业。一次在海上忽然遇到风暴，船只被刮走。等睁开双眼，船已停在一个地方，是深山老林。徐某希望这里有人居住，便

下了船，将船系牢，背着干肉干粮上了岸。刚进山，看见两边高高耸立的山崖之上，有许多洞口，密密麻麻像蜂房似的，又从里面传出隐隐约约的人声。徐某走到洞口外面，停下来悄悄向里一看，见洞中有两个夜叉，牙齿像枪戟似的密密麻麻排列着，双目在黑暗的洞中闪闪发光像两盏明灯，正用利爪撕扯着血淋淋的鹿肉往口里送。徐某吓得魂飞魄散，转身想逃，而夜叉此时已经发现了他，停止进食，将他抓进了洞。两个夜叉像野兽一般嗥叫着，不知讲些什么，争着上前来撕扯徐某的衣服，好像要立刻吞吃他。徐某大惊失色，赶忙把带来的干粮和牛肉干从包袱中取出送上，两个夜叉便分吃起来。吃完之后，又上来翻徐某的包袱，徐某赶忙摇手表示东西已没有了。夜叉一怒之下，又要撕扯他。徐某苦苦哀求道："放了我。我船上有锅，可以为你们做这些来吃。"夜叉不懂他的话，仍然怒气冲冲，徐某又给他们打手势，夜叉好像稍微明白了些。于是跟着他到船上，将锅等物品搬进洞内，徐某拣来干柴烧了一堆火，将夜叉吃剩下的鹿肉放进锅里煮熟，而后让他们吃。夜叉吃得很开心。到了晚上，夜叉用一块大石头将洞口死死堵住，怕徐某在半夜逃跑。徐某远远地躲在一个角落，身体紧紧畏缩着，唯恐夜叉会杀了他。

第二天早上，夜叉出去，又从外边用石头将洞口堵住。过了一会会，便拖着一头鹿回来交给徐某。徐某将鹿皮剥掉，从山洞中打来泉水，煮了好几锅肉。一会儿，又来了几个夜叉，围在一起把煮好的肉吃得精光，又都指着锅议论着，好像嫌锅太小。过了三四天，一个夜叉背着一口大锅回来了，似乎是被人用过的。于是，这一群夜叉纷纷将狼、麋鹿等猎物送来，煮熟之后，叫徐某与他们同吃。这样过了几天，夜叉们和徐某渐渐熟悉了，出去的时候也不再关住他，大家如同一家人生活在一起。徐某也慢慢能辨明夜叉的语音而知其意思，常常模仿他们的发音而说夜叉的话。夜叉愈发喜欢，有一天，就带来一个母夜叉给他做老婆。徐某开始十分恐惧，不敢碰她，但母夜叉主动地凑上去，徐某便与她交合，母夜叉十分欢喜。此后，母夜叉常常给徐某留下肉食慰劳，好像人间夫妻一样。

一天，夜叉们早早就起身了，个个忙着梳洗打扮，每人脖子上都挂着一串明珠。他们轮流走出洞门，神情不同平常，好像要迎接什么贵宾来访。还让徐某多煮上几锅肉。徐某好奇地问母夜叉，她说："今天是天寿节。"母夜叉走出洞对其他夜叉说："徐郎的脖子上没有戴珠串。"便各自从脖子上取五颗珠子给母夜叉，母夜叉又从自己项上解下十颗珠子，凑足了五十颗，用野麻拧成绳子，穿成一串珠链挂在徐某的脖子上。徐某低头看看胸前的珠子，一颗珠子就值百十两银子。一会儿，夜叉都从洞内出去。徐某把肉食也全部准备好了，母夜叉这时进洞来请他一同出去，说："去迎接天王。"众夜叉来到一个最大的洞内，里边空旷、宽敞，大概有几亩地，洞子中央有一块巨石，石面光滑、平整，如同一张大大的桌子；巨石周围，又散放着一些石墩供人坐，其中最大的一只石墩上蒙着一张五彩斑斓的豹子皮，而其他石墩上都只蒙着鹿皮。有二三十个夜叉，在石墩上坐着。等了一会，忽然刮起一阵大风，刹那间飞沙走石，夜叉们便都诚惶诚恐地从洞内迎出。只见一个庞然大物随风而来，直接奔进洞内，坐在上座，四处张望着，徐某见他的长相与其他夜叉差不多。这时，其他夜叉也跟在后面拥进洞来，分别站立在两旁，都抬着头高举双臂作出十字交叉的样子向大夜叉致意。大夜叉环视两边，将大家一一点过，问："卧眉山所有的都到齐了吗？"众夜叉齐声回答。又看着徐某说："这是从哪里来？"母夜叉连忙上前回话，说是自己的丈夫，众夜叉也都七嘴八舌地夸赞徐某的烹调技艺。这时，已经有二三个夜叉跑去将煮熟的各种兽肉抬来，摆在桌子上。大夜叉一番大吃大嚼，赞不绝口，又命令今后要常常给他奉献这种熟肉。又看了看对徐某说："你的珠串为什么这样短？"众夜叉回答："他初来乍到，还没有来得及给他准备。"大夜叉就从自己项上脱下十颗珠子给徐某，个个如手指头般大小，圆如弹丸。母夜叉急忙接过，帮徐某穿挂好戴在脖子上，徐某也学着样子两臂交叉高高举起，向大夜叉表示感谢。大夜叉走的时候与来时一样，仍是乘风而起，飞一般瞬息即逝。众夜叉将剩余的东西吃完之后也纷纷散去。

徐某在这里大约有四年多，母夜叉忽然生产了，一胎生下两男一女，都长得和人一样，而不像母夜叉。夜叉们十分喜爱他们的小孩子，大家争着来逗弄玩耍。一天，夜叉们出去觅食了，只留徐某一个人在洞中。忽然从其他洞中来了一个母夜叉，要与徐某交欢。徐某不愿，那个母夜叉便发怒了，一扑将徐某推倒在地，正在这时，徐某的夜叉妻子从外面回来，猛扑上去与对方厮打起来，咬掉了那个母夜叉的耳朵。不一会，对方的雄夜叉也回来了，经过一番劝解才放了那个母夜叉。从那以后，母夜叉便时时守着徐某，寸步不离。

又是三年过去了，徐某的子女都已学会走路。徐某常常给他们教人类的语言，渐渐地他们都会说了。看他们咿咿呀呀说话的样子，一点都不像那些夜叉。三个孩子身体都很强健，虽然年龄还小，但爬起山来如走平地一般，与徐某的父子之情也越来越深。一天，母夜叉带着一儿一女出洞去，半天都没有回来，这时，刮起了北风。徐某北望故乡，陷入对家乡的思念之中。他带着儿子来到海边，看见当年留下的船依然停在那里，就和儿子商量一同回故乡去。儿子想回去告诉母亲，被徐某拦住。父子俩便上了船，船行了一昼夜就抵达交州。回到家，妻子已改嫁。徐某拿出两颗珠子，卖了一百万钱，因此家中十分富裕。给儿子取名叫徐彪。徐彪长到十四五岁时就能举重千斤，生性鲁莽好斗。交州武官很赏识他，用他做千总。当时正值边地有人暴乱，徐彪多次立功，十八岁就升为副将。

当时有一个商人在海上航行时，也遇上了大风，被漂到了卧眉山。刚一上岸，便看见有个少年，望着自己吃惊不已。那少年一见商人就知道是中国人，便打听他的住处，商人告诉了他。少年急忙把他拉到山谷里一个隐秘的小石洞中，叮嘱他不要出去，自己匆匆走了。不多时，带来许多鹿肉给商人吃，说："我父亲也是交州人。"商人细问之下，知道就是徐某。商人在做客经商时和徐某见过面，就对少年说："你父亲是我的朋友，他的儿子现在已经做了副将。"少年不知副将是什么意思，商人说："这是中国的官名。"又问："什么是官？"商人说："出门有车马，住着气派豪华的房子，一呼百应，凡见到他的人都规规矩矩。这就叫做官。"少年十分羡慕。商人问他："既然你父亲在交州，你怎么还留在这里？"少年把情况讲了一遍。商人劝他回去。少年说："我也是这样想的，可是母亲不是中国人，说话、长相都和中国人不一样，而且被这里同类发现有逃跑的企图，就会被杀掉的，所以一直犹豫不定。"他出洞时又对商人说："等刮北风时，我会来送你走的，麻烦你带个口信给我的父亲和哥哥。"商人在洞里住了将近大半年，常常从洞中偷看外面，总是看见山中有夜叉来往，吓得不敢出声。一天，北风呼啸，少年匆匆赶来带他逃向海边，叮咛道："别忘了我的话。"商人点头答应。又给商人留了许多肉，便分手了。

商人回交州后，即刻去了副将衙门，详细讲了经过。徐彪听后十分悲痛，恨不能马上去和母亲弟妹相会。徐某考虑海上风浪危险，不许去，他捶胸大哭，父亲劝也劝不住。徐彪禀告交州总兵，带两名士兵出海航行。他们在海上颠簸了半个月，四顾茫茫，无边无际，不辨南北。忽然猛浪接天，把船打翻，他随波飘荡了很长时间，被一个东西拖去，来到一个地方，竟有些房屋。徐彪睁开眼看，那个东西长得像夜叉。徐彪就和他说夜叉的话，对方吃惊地向他发问，徐彪告诉他自己要去卧眉山，夜叉高兴地说："卧眉是我的家乡。刚才冒犯了你，罪该万死。你远离目的地已有八千里，这是去毒龙国的路，去卧眉不走这条路。"于是帮徐彪找到一条船送他去。夜叉在水中推着船，像箭一般飞速向前。一夜间已到了北岸，远远望见岸边有一个少年在徘徊，他知道卧眉山里没有人类，怀疑可能就是弟弟，走近一看，果然是的。两人握着手痛哭流涕。徐彪又问母亲和妹妹，弟弟回答二人都很好。徐彪想与他一同去。弟弟拦住他，自己匆忙回去。徐彪要感谢那位送他前来的夜叉，回头一看，早已不见了。

不久，母亲和妹妹匆匆赶来，见面后都哭了。徐彪说了自己的来意。母亲说："我害怕去后被人欺侮。"徐彪说："我在中国很有地位，别人不敢欺侮的。"于是商定好回去，但着急没有顺风，母子正彷徨无计，忽然船上风帆向南涨起，刮来一阵北风，徐彪万分欣喜说："老天帮助我！"全家人上了船，船像快箭穿浪，三天后抵达岸边。人见了都吓得四散奔逃。徐彪脱下自己的衣服，分给三人穿。到家中，母夜叉一见到徐某就破口大骂，恨他当初不辞而别。徐某低头认罪。家里大小奴仆拜见主母之时，个个战战兢兢。徐彪劝母亲学说中国话，穿绫罗绸缎，吃美味佳肴，她很满意。母女俩都穿着男子装束，与满洲人相似。几个月后，都能说几句中国话，弟妹也渐渐变得皮肤白嫩了。

弟弟取名徐豹，妹妹起名徐夜儿，都强健有力。徐彪以自己不懂诗书为耻，便请来老师教弟弟读书。徐豹十分聪明，过目成诵。但却不愿做书生，当文士。徐彪便让他学习骑射，考中了武进士，娶姓阿的游击将军之女为妻。徐夜儿因为是异种女人，则没有人家来求婚。正值徐彪属下有一个袁守备的妻子亡故，徐家硬将徐夜儿嫁给了他。徐夜儿能力挽强弓，百步之外射起小鸟来箭无虚发。袁每次出征，都要带她同行。后来袁升任为同知将军，其实功劳大半应归于夫人。徐豹三十四岁时为挂印将军，母亲随他去南方作战，每次大敌当前，徐母便充当接应。敌人见了，都不战而退。皇上下诏封为男爵，徐豹代母上奏辞谢，改封为夫人。

异史氏说："夜叉作夫人，真是闻所未闻。但仔细想想，也不奇怪，因为家家床头都有个夜叉在。"

小髻

长山居民某[1]，暇居，辄有短客来[2]，久与扳谈[3]。素不识其生平，颇注疑念。客曰："三数日将使徙居，与君比邻矣。"过四五日，又曰："今已同里，旦晚可以承教。"问："乔居何所[4]？"亦不详告，但以手北指。自是，日辄一来。时向人假器具；或吝不与，则自失之。群疑其狐。村北有古冢，陷不可测，意必居此。共操兵杖往。伏听之，久无少异。一更向尽，闻穴中戢戢然[5]，似数十百人作耳语。众寂不动。俄而尺许小人，连遱而出[6]，至不可数。众噪起，并击之。杖杖皆火，瞬息四散。惟遗一小髻，如胡桃壳然，纱饰而金线。嗅之，骚臭不可言。

注释

①长山：县名，明清时属山东济南府。

②短客：矮客人。

③扳（pān 攀）谈：谓主动找人闲谈。

④乔居：迁居。《诗·小雅·伐木》："出自幽谷，迁于乔木。"乔：乔迁，迁居的美称。

⑤戢戢（jí jí 及及）：低语声；犹言唧唧哝哝、喊喊喳喳。

⑥连遱（lóu 娄）：络绎不绝。见《说文》段注。

意译

长山县有一居民，在家闲着没事时，就有矮个子的客人来家里，长时间地与他攀谈。他向来不认识这矮个客人，心中很有些疑虑。有一天，矮个客人说："我

过几天就会搬来和你做邻居了。”过了四五天，他又说：“我现在已经和你同住一地了，今后早早晚晚都可以向你请教。”问：“迁居在哪里?”他也不说出详细地址，只用手往北一指。以后，每天都来一次。经常向人借器具，如果有人不将东西借给他，那东西就无缘无故地不见了。因此，大家怀疑他是狐狸精。

村子北面有座古墓，深不见底。料想矮个客人一定住在那儿。大伙便一同带着武器来到古墓。到那之后埋伏了很久，也不见有什么动静。大约一更快尽时，忽听得墓穴中有嘁嘁喳喳的声音，好像有百十人在说悄悄话。大家屏住呼吸不动。不一会，便见到尺把长的小人儿一个接一个从墓穴中走出，越来越多，数都数不清。大伙呐喊，一跃而上，举棒就打，每棒下去都迸出一阵火花，不一会小人儿就散去不见了踪影。地上只留下了一个小小的发髻，像胡桃壳一样，用纱装饰而用金丝线缠绕。闻一闻，味道骚臭，难以形容。

老饕

邢德，泽州人[①]，绿林之杰也[②]。能挽强弩[③]，发连矢，称一时绝技。而生平落拓，不利营谋[④]，出门辄亏其资。两京大贾[⑤]，往往喜与邢俱，途中恃以无恐。会冬初，有二三估客，薄假以资[⑥]，邀同贩鬻[⑦]；邢复自罄其囊[⑧]，将并居货[⑨]。有友善卜，因诣之。友占曰：“此爻为‘悔’[⑩]，所操之业，即不母而子亦有损焉[⑪]。”邢不乐，欲中止，而诸客强速之行。至都，果符所占。腊将半[⑫]，匹马出都门。自念新岁无资，

倍益怏闷。

时晨雾⑬，暂趋临路店，解装觅饮。见一颁白叟⑭，共两少年，酌北牖下。一僮侍，黄发蓬蓬然⑮。邢于南座，对叟休止⑯。僮行觞，误翻柈具⑰，污叟衣。少年怒，立摘其耳⑱。捧巾持帨，代叟揩拭。既见僮手拇俱有铁箭镮⑲，厚半寸；每一镮，约重二两余。食已，叟命少年，于革囊中探出镪物⑳，堆累几上，称秤握算㉑，可饮数杯时，始缄裹完好。少年于枥中牵一黑跛骡来㉒，扶叟乘之；僮亦跨羸马相从㉓，出门去。两少年各腰弓矢，捉马俱出。邢窥多金，穷睛旁睨㉔，馋焰若炙㉕。辍饮，急尾之。视叟与僮犹款段于前㉖，乃下道斜驰出叟前㉗，紧关弓㉘，怒相向。叟俯脱左足靴，微笑云："而不识得老饕也㉙？"邢满引一矢去。

叟仰卧鞍上，伸其足，开两指如箝㉚，夹矢住。笑曰："技但止此，何须而翁手敌㉛？"邢怒，出其绝技，一矢刚发，后矢继至。叟手掇一，似未防其连珠㉜；后矢直贯其口㉝，踣然而堕㉞，衔矢僵眠。僮亦下。邢喜，谓其已毙，近临之。叟吐矢跃起，鼓掌曰："初会面，何便作此恶剧？"邢大惊，马亦骇逸㉟。以此知叟异㊱，不敢复返。

走三四十里，值方面纲纪㊲，囊物赴都；要取之㊳，略可千金，意气始得扬㊴。方疾骛间㊵，闻后有蹄声；回首，则僮易跛骡来，驶若飞。叱曰："男子勿行！猎取之货㊶，宜少瓜分㊷。"邢曰："汝识'连珠箭邢某'否？"僮云："适已承教矣。"邢以僮貌不扬，又无弓矢，易之。

一发三矢，连遝不断㊸，如群隼飞翔㊹。僮殊不忙迫，手接二，口衔一。笑曰："如此技艺，辱寞煞人㊺！乃翁偬遽㊻，未暇寻得弓来；此物亦无用处，请即掷还。"遂于指上脱铁镮，穿矢其中，以手力掷，呜呜风鸣。邢急拨以弓；弦适触铁镮，铿然断绝，弓亦绽裂。邢惊绝。未

及觇避，矢过贯耳，不觉翻坠。僮下骑，便将搜括。邢以弓卧挞之。僮夺弓去。拗折为两；又折为四，抛置之。已，乃一手握邢两臂，一足踏邢两股；臂若缚，股若压，极力不能少动。腰中束带双叠，可骈三指许[47]；僮以一手捏之，随手断如灰烬。取金已，乃超乘[48]，作一举手，致声“孟浪”[49]，霍然径去[50]。

邢归，卒为善士[51]。每向人述往事不讳。此与刘东山事盖仿佛焉[52]。

注释

①泽州：州名，隋置。唐代迭有废置。宋至清初相沿，雍正时升为府，辖今山西省晋东南地区西部一带，故治在晋城市。

②绿（lù 碌）林之杰：犹言绿林好汉。绿林，地名，位于今湖北当阳市东北。西汉末年，王匡、王凤等于此聚众起事，反抗王莽，称“绿林军”。后代以绿林泛指聚集山林间反抗官府的集团，统治阶级则把它作为强盗的代称。

③强弩：指一种强力的连弩；是一种用机栝发射的弓，可数矢连发，力强及远，超过普通的弓。连矢：连发之矢，即下文“连珠箭”，为连弩所发。

④不利营谋：不利于经商谋利。

⑤两京：南京和北京。

⑥薄假以资：借给邢少量资本。

⑦贩鬻：贩卖。

⑧自罄其囊：拿出自己所有的钱。罄，尽。囊，钱袋。

⑨居货：购进货物，以待贩运。

⑩此爻为“悔”：所占卦的爻辞有“悔”。《周易》占卜吉凶有专门术语；“悔”为术语之一，义为凶、咎，乃不吉之占。

⑪所操之业，即不母而子，亦有损焉：意谓邢某此行贩鬻，必然蚀本、亏损。经商以本生息，本曰“母”，息曰“子”。

⑫腊：旧历十二月。

⑬雾：此从青柯亭本，底本作“露”。

⑭颁白叟：须发惨白的老人。《孟子·梁惠王》：“谨庠序之教，申之以孝悌之养，颁白者不负戴于道路矣。”注：“颁者，班也。头半白班班者也。”

⑮蓬蓬：散乱的样子。

⑯对叟休止：面向老者坐下。

⑰柈具：盘中菜肴。柈，盘。

⑱摘：揪，提。

⑲箭镮：扳指，古名决、抉；一般用骨、象牙制作，戴在拇指上，是射箭时拉弓的用具。

⑳探出镪（qiǎng 抢）物：掏出财物。镪，本指钱贯（串钱绳），借指银钱。

㉑握算：握筹而算；拿算盘计数。

㉒枥：牲口槽。

㉓羸马：瘦马。

㉔穷睛旁睨：用穷极之人的眼神从旁偷觑。

㉕馋焰若炙：馋羡的目光像要冒出火来。炙，燃火。

㉖款段：马行迟缓从容的样子。

㉗下道斜驰：离开大路，抄取捷径。

㉘紧关（wān 弯）弓：带住马，拉开弓。紧，拉紧马勒，使马停步。关弓，弯弓。

㉙而：尔。老饕（tāo 滔）：大约是此叟的江湖绰号，意为老财迷或老馋鬼。苏轼有《老饕赋》：“盖聚物之夭美，以养我之老饕。”后因称贪馋者为老饕。

㉚箝：通“钳”。

㉛而翁：你老子；老饕自称。手敌：亲手对付。

㉜连珠：连珠箭，即“连矢”，连弩所射出的箭。

㉝贯：穿入，射进。

㉞踣（bó 薄）然：跌倒的样子。堕：从跛骡上跌落下来。

㉟骇逸：马受惊狂奔。

㊱异：本领高强；不寻常。

㊲方面纲纪：地方大员的仆人。方面，主持一方军政事务的官员；明清称总督、巡抚为方面官、方面大员。纲纪，即纪纲之仆，指奴仆总管，亦可用作奴仆美称。

㊳要取：拦路劫取。

㊴扬：扬厉，振作。

㊵疾骛（wù 务）：乘马疾驰。

㊶猎取：夺取。

㊷瓜分：剖分。

㊸连逶（lóu 娄）：接连不断的样子。

㊹隼（sǔn 损）：即鹗，又名雀鹰，一种鹞属猛禽。

㊺辱寞煞人：犹言羞死人。辱寞，又写作辱没。

㊻偬遽：匆忙，仓猝。

㊼骈三指许：大约三指并拢那么宽。骈，并。

㊽超乘：本称跃身上车（车乘）；这里指黄发僮跳上骡背（乘骑）。

㊾孟浪：犹言卤莽、莽撞，是故作道歉的嘲讽语。

㊿霍然：疾速的样子。

(51)善士：谓循礼守法，安分做人。

(52)刘东山：宋幼清《九别集》卷二《刘东山》：刘东山，明嘉靖时三辅捉盗人，自号连珠箭，认为无人可敌。一日途中遇一黄衫毡笠少年，携弓重二十。东山惶惧。少年劫东山车资以去。东山自此隐居卖酒。三年后，黄衫少年复至酒店，酬其千金。其事又见《初刻拍案惊奇·刘东山夸技顺城门》篇，二书年代大致同时。

意译

邢德是泽州人，绿林中的豪杰。他能拉强弩，连续发箭，被称为绝技。但是，一生不得志，做生意就赔本。但南北京城的富商大贾，都喜欢做生意时邀上他，路途上依靠他而无所畏惧。

恰巧在一年初冬，有二三个客商，借给邢德一点钱，邀他一起去贩货。邢德将自己的积蓄也全拿了出来，准备购进货物。邢德有一个朋友算卦很灵，上路前就找他算卦，朋友算了一卦说："占了一个'悔'卦，这次出门做买卖，必然要赔

本。”邢德听后闷闷不乐，有点不想去了，但那几个商人硬催他同行。到了京城后，邢德的生意果然赔本了。

腊月中旬，邢德独自骑马离开京城。想到马上要过年了，而自己却没钱，心中更加愁烦。这时，晨雾蒙蒙，快步走进路边一个小酒店，想喝上两杯。邢德在南边窗下找了个座坐下，看见北边窗下有一个白发老头和两个青年人在喝酒，有一个童子站在一旁侍候。这童子满头黄发，乱蓬蓬的像茅草一样。这时，童子斟酒时不小心碰翻了菜盘，菜汤溅到了老头衣服上。青年人大怒，立即去拧童子的耳朵，童子赶快用手巾替老头擦拭。邢德偶然看到童子两个大拇指上扣着厚厚的铁箭环，大约有半寸。他们吃完饭后，老头让青年从皮口袋中掏出银两，堆在桌子上，称出应付饭钱，然后又收了回去。青年人牵出一头跛着腿的黑骡，扶老头上去，童子也骑上一匹瘦马紧跟在后。两个青年将弓箭在腰间系好之后也上马走了。

邢德一直在旁边冷眼观察这几个人，看见那么多银两，不禁动了邪念，紧紧跟踪而去，酒也顾不上喝了。老头骑着跛骡，和童子在前面慢慢腾腾走着，邢德便快马加鞭从小路绕到了他们前面，猛一策马，来到大路正中，勒紧马缰，举着弓，双目圆睁瞪着老头。老头不慌不忙弯腰脱下左脚的靴子，微笑着说：“你难道不认得老饕吗？”邢德用力射出一箭，老头仰卧马上，不慌不忙伸出脚来，正好将那支箭夹在脚趾缝间。一边笑着说：“就这么点本事，用不着老子用手对付。”邢德一听就来了气，拿出连发的绝技，一箭跟着一箭射出。老头眼疾手快，一伸手抓住了前边那只，而此时后边一支也直飞过来，老头似乎没有防备到，结果让那支箭直直射进了嘴里，老头口衔着箭像死尸一般直通通栽到了地上，童子也滚下了马。邢德大为高兴，以为老头被自己射死了，走上前去，冷不防老头从地上猛一跃而起，从口中吐出箭来，说：“初次见面，为什么这样恶作剧！”邢德大吃一惊，连胯下的马都被吓得失去控制，疯了一般向荒野乱跑。邢德知道了老头的厉害，再也不敢回头。

又向前走了大约三四十里，正遇着巡抚的管家带着财宝进京。邢德抢了过来，约值千把两，心里十分得意。正快马加鞭向前疾驰，忽听后面传来一阵马蹄声，回头一看，见是那个童子正骑着跛腿骡飞快追来。童子在后面大喊："汉子慢一点走，把你弄到的东西分点给我。"邢德说："你认识'连珠箭邢某'吗？"童子说："刚才领教过了。"邢德见他容貌猥琐，又未带弓箭，就小看他，一连射出了三箭。童子不慌不忙，两手各接住一枝，又用嘴衔住一枝，笑着说："就凭你这点本事还来闯江湖，真不害臊。老子今天匆忙，没有带弓，这些箭留着也没用，还给你。"于是从拇指上脱下铁环，将箭穿了进去，用手使劲一抛，只听呜呜风响。邢德赶快用弓去拨，弓与铁环相撞，啪的一声弓弦竟断了，弓也裂了。邢德大惊失色，躲避不及，被飞箭射穿了耳朵，一个跟头从马上坠了下来。童子也下了马，准备上前搜寻财宝。邢德伏在地上用弓猛力打他，童子一把将弓夺了过去，折为两段，又折为四段，扔在一旁。而后一只手抓住邢德的双臂，一只脚踏上邢德双腿，立时双臂便好像被死死捆住一般，而双腿也像是被压上大石，一动都不能动。邢德的腰带叠了两层，大约有三指厚，童子轻轻一捏，腰带便成灰烬。他取出银两，翻身上骡，抬抬手说一声："得罪了！"就头也不回地走了。

邢德回到泽州后，就变成了一个位大善人。常常向人提起这桩往事，一点也不隐讳。这件事与过去刘东山的事很相像。

连城

乔生，晋宁人[①]。少负才名。年二十余，犹淹蹇[②]。为人有肝胆[③]。与顾生善；顾卒，时恤其妻子。邑宰以文相契重[④]；宰终于任，家口淹滞不能归[⑤]，生破产扶柩，往返二千余里。以故士林益重之[⑥]，而家由此益替[⑦]。史孝廉有女，字连城，工刺绣，知书。父娇保之[⑧]。出所刺"倦绣图"，征少年题咏[⑨]，意在择婿。生献诗云："慵鬟高髻绿婆娑[⑩]，早向兰窗绣碧荷；刺到鸳鸯魂欲断，暗停针线蹙双蛾。"又赞挑绣之工云[⑪]："绣线挑来似写生[⑫]，幅中花鸟自天成[⑬]；当年织锦非长技，幸把

回文感圣明[14]。"女得诗喜，对父称赏。父贫之。女逢人辄称道；又遣媪矫父命[15]，赠金以助灯火[16]。生叹曰："连城我知己也！"倾怀结想，如饥思啖。

无何，女许字于鹾贾之子王化成[17]，生始绝望；然梦魂中犹佩戴之[18]。未几，女病瘵[19]，沉痼不起[20]。有西域头陀[21]，自谓能疗；但须男子膺肉一钱，捣合药屑。史使人诣王家告婿。婿笑曰："痴老翁，欲我剜心头肉也[22]！"使返。史乃言于人曰："有能割肉者妻之。"生闻而往，自出白刃，刲膺授僧[23]。血濡袍裤，僧敷药始止。合药三丸。三日服尽，疾若失。史将践其言[24]，先告王。王怒，欲讼官。史乃设筵招生，以千金列几上，曰："重负大德，请以相报。"因具白背盟之由。生怫然曰[25]："仆所以不爱膺肉者，聊以报知己耳，岂货肉哉！"拂袖而归。女闻之，意良不忍，托媪慰谕之。且云："以彼才华，当不久落[26]。天下何患无佳人？我梦不祥，三年必死，不必与人争此泉下物也[27]。"生告媪曰："'士为知己者死'[28]，不以色也。诚恐连城未必真知我，但得真知我，不谐何害[29]？"媪代女郎矢诚自剖[30]。生曰："果尔，相逢时，当为我一笑，死无憾！"媪既去，逾数日，生偶出，遇女自叔氏归，睨之。女秋波转顾，启齿嫣然[31]。生大喜曰："连城真知我者！"会王氏来议吉期[32]，女前症又作，数月寻死。生往临吊[33]，一痛而绝。史舁送其家。

生自知已死，亦无所戚。出村去，犹冀一见连城。遥望南北一道，行人连续如蚁[34]，因亦混身杂迹其中。俄顷，入一廨署，值顾生，惊问："君何得来？"即把手将送令归。生太息，言："心事殊未了。"顾曰："仆在此典牍[35]，颇得委任。倘可效力，不惜也。"生问连城。顾即导生旋转多所，见连城与一白衣女郎，泪睫惨黛[36]，藉坐廊隅[37]。见生至，

骤起似喜，略问所来。生曰："卿死，仆何敢生！"连城泣曰："如此负义人，尚不吐弃之，身殉何为？然已不能许君今生，愿矢来世耳。"生告顾曰："有事君自去，仆乐死不愿生矣。但烦稽连城托生何里，行与俱去耳[38]。"顾诺而去。白衣女郎问生何人，连城为缅述之。女郎闻之，若不胜悲。连城告生曰："此妾同姓，小字宾娘，长沙史太守女[39]。一路同来，遂相怜爱。"生视之，意态怜人。方欲研问，而顾已反，向生贺曰："我为君平章已确[40]，即教小娘子从君返魂，好否？"两人各喜。方将拜别，宾娘大哭曰："姊去，我安归？乞垂怜救，妾为姊捧帨耳[41]。"连城凄然，无所为计，转谋生。生又哀顾。顾难之，峻辞以为不可。生固强之。乃曰："试妄为之[42]。"去食顷而返，摇手曰："何如！诚万分不能为力矣！"宾娘闻之，宛转娇啼，惟依连城肘下，恐其即去。惨怛无术[43]，相对默默；而睹其愁颜戚容[44]，使人肺腑酸柔[45]。顾生愤然曰："请携宾娘去。脱有愆尤[46]，小生拼身受之！"宾娘乃喜，从生出。生忧其道远无侣。宾娘曰："妾从君去，不愿归也。"生曰："卿大痴矣。不归，何以得活也？他日至湖南，勿复走避[47]，为幸多矣。"适有两媪摄牒赴长沙[48]，生属之[49]，宾娘泣别而去。

途中，连城行蹇缓，里余辄一息；凡十余息，始见里门。连城曰："重生后，惧有反覆。请索妾骸骨来，妾以君家主，当无悔也。"生然之。偕归生家。女惕惕若不能步[50]，生伫待之。女曰："妾至此，四肢摇摇，似无所主。志恐不遂，尚宜审谋；不然，生后何能自由？"相将入侧厢中。嘿定少时[51]，连城笑曰："君憎妾耶？"生惊问其故。赧然曰："恐事不谐，重负君矣。请先以鬼报也。"生喜，极尽欢恋。因徘徊

不敢遽生，寄厢中者三日。连城曰：“谚有之：‘丑妇终须见姑嫜。’戚戚于此，终非久计。”乃促生人。才至灵寝[52]，豁然顿苏。家人惊异，进以汤水。生乃使人要史来[53]，请得连城之尸，自言能活之。史喜，从其言。方舁入室，视之已醒。告父曰：“儿已委身乔郎矣[54]，更无归理。如有变动，但仍一死！”史归，遣婢往役给奉。王闻，具词申理。官受赂，判归王。生愤懑欲死，亦无之奈何[55]。连城至王家，忿不饮食，惟乞速死。室无人，则带悬梁上。越日，益惫，殆将奄逝。王惧，送归史。史复舁归生。王知之，亦无如何，遂安焉。连城起，每念宾娘，欲遣信住侦之[56]，以道远而艰于往。一日，家人进曰：“门有车马。”夫妇出视，则宾娘已至庭中矣。相见悲喜。太守亲诣送女，生延入。太守曰：“小女子赖君复生，誓不他适，今从其志。”生叩谢如礼。孝廉亦至，叙宗好焉[57]。生名年，字大年。

异史氏曰：“一笑之知，许之以身，世人或议其痴；彼田横五百人[58]，岂尽愚哉！此知希之贵[59]，贤豪所以感结而不能自已也。顾茫茫海内，遂使锦绣才人[60]，仅倾心于蛾眉之一笑也，亦可慨矣！”

注释

①晋宁：州县名。唐置晋宁县，元为晋宁州，明清因之。州治在今云南省晋宁县。

②淹蹇：滞留困顿，谓科举不得志。

③有肝胆：忠义诚信，勇于为人尽力。

④契重：投合，尊重。

⑤淹滞：困阻，久留。

⑥士林：读书人中间。“之”字据二十四卷抄本补。

⑦替：衰败。

⑧娇保：娇养。保，养育，抚养。

⑨征：征集。题咏：题诗赞咏。

⑩“慵鬟”四句：此诗即图题咏，大意谓：闺中少女早起即于窗前刺绣。先绣绿荷。待绣到荷底鸳鸯时，不禁怅然神驰，不知不觉停下针线，伤神地皱拢双眉。因绣久困倦，那髻鬟边的秀发也不免有些披拂散乱。慵鬟，困倦时的发鬟。婆娑，飘拂不整貌，兰窗，兰闺之窗，少女卧室的窗户。魂欲断，谓魂驰神往。暗停，默默停下。

⑪挑绣：挑花和刺绣；绣花时的两道工艺。

⑫写生：指画家对实物的描摹。

⑬天成：天然生成。

⑭“当年织锦”二句：意思是，与连城刺绣之美相比，当年苏蕙把回文图诗织在锦缎上也算不得技巧高明，她不过侥幸取得女皇武则天的赏识罢了。据《晋书·列女传·窦滔妻苏氏》：窦滔妻苏氏，字若兰，善属文。滔，苻坚时为秦州刺史，被徙流沙。苏氏思之，织锦为回文旋图诗以赠滔。诗长八百四十一字，可宛转循环以读之，词甚凄婉。唐武则天为作《璇玑图诗序》，称其“五彩相宣，莹心晖目”。

⑮矫：假托。

⑯助灯火：资助乔生读书费用。

⑰许字：许婚。鹾（cuó 矬）贾：盐商。《礼记·曲礼》：“盐曰咸鹾。”

⑱佩戴：佩恩戴德；意思是感念不忘。

⑲瘵（zhài 债）：痨病，即肺病。

⑳沉痼：病势积久难医。

㉑西域：此据二十四卷抄本，底本作“西城”。头陀：梵文音译，泛指一切僧众；此特指行脚乞食僧人。

㉒心头肉：习喻关系性命之物。唐聂夷中《咏田家》诗：“医得眼前疮，剜却心头肉。”此指“膺肉”。

㉓刲（kuí 奎）：割。

㉔践其言：履行自己的诺言。指以女妻乔生。

㉕怫（fú 符）然：生气的样子。

㉖落：沉沦。

㉗泉下物：指死人。谓己不久将死。

㉘士为知己者死：《汉书·司马迁传》报任安书："士为知己死，女为悦己者容。"

㉙不谐：不能成事；指不能结为夫妻。何害：何妨。

㉚矢诚自剖：发誓自明心迹。

㉛嫣（yān 胭）然：形容美笑。

㉜吉期：好日子；指完婚日期。

㉝临吊：哭吊。哭死者叫临，慰问其亲属叫吊。

㉞连续：此从二十四卷抄本，底本作"连绪"。

㉟典牍：主管文书案卷。

㊱泪睫惨黛：犹言愁眉泪眼。惨，悲伤。黛，眉。

㊲藉坐廊隅：在廊下一角，席地而坐。

㊳行：将。

㊴太守：知府、知州的古称。明清于长沙置府。

㊵平章已确：商办已妥。平章，商量处理。

㊶捧帨：犹言奉巾栉、侍盥沐；意为居妾媵之位，给役侍奉。帨，佩巾，古代妇女用以擦拭不洁。《礼记·内则》规定："少事长，贱事贵"都有"盥卒授巾"的礼节。

㊷试妄为之：试办一下看看。妄，姑妄。表示不循规章和没有把握。

㊸惨怛（dá 答）：忧伤，悲痛。

㊹愁颜：此从二十四卷抄本，底本作"愁艳"。

㊺肺腑酸柔：犹言心酸肠软。

㊻脱有愆尤：假若有罪责、过失。

㊼走避：此从二十四卷抄本，底本作"去避"。

㊽摄牒：携带公文。指出公差。

㊾生属之：乔生把携带宾娘的事嘱托两媪。属，同"嘱"，意谓嘱托。据二十四卷抄本补，底本无"之"字。

㊿惕惕：忧惧貌。

51嘿定：沉默定息。嘿，同默。

52灵寝：灵床，即停尸床。

53要：邀。

54委身：托身，许身。

⑤⑤无之奈何：此从二十四卷抄本，底本无“何”字。

⑤⑥信：古称使者为“信”。往侦：此从二十四卷抄本，底本作“参”。

⑤⑦叙宗好：叙同宗之族谊。孝廉与太守同姓史。

⑤⑧“彼田横五百人”二句：此为作者以田横部下五百人忠于田横，赞扬乔生“士为知己者死”的精神。田横，秦末齐人。拒项羽，复齐地，自立为齐王。刘邦称帝后，田横率五百士逃往海岛。刘邦怕他作乱，下诏强迫他入洛阳，并答应把他封王封侯。田横行至距洛阳三十里的尸乡，因耻于向刘邦称臣，与从者皆自杀。岛上五百人闻讯后也全部自杀。事见《史记·田儋列传》等。

⑤⑨“此知希之贵”二句：意谓正因知己难求，所以贤豪之士对知遇之德感结于心。知希之贵，语本《老子》“知我者希，则我者贵”，而有变化。韩愈《祭田横墓文》说：“事有旷百世而相感者，余不知其何心；非今世之所稀，孰为使余歔而不可禁！”“贤豪感结”，盖隐指此类感慨。

⑥⓪锦绣才人：才学富艳、诗文精美的读书人。此指乔生。柳宗元《乞巧文》：“骈四俪六，锦心绣口。”

意译

乔生是晋宁人，少年时代就才华出众，但二十多岁仍未得志。他为人仗义，十分重情谊。当他的好朋友顾生死后，他念及与顾生生前的交情，常常去接济顾生的妻儿。当地知县不幸死在任上，家属流落，无法还乡。乔生又顾念知县生前对自己的赏识，便倾家荡产把知县的灵柩及家属送回老家，往返两千多里。当地文人学士因此非常敬重他，而他也因仗义疏财使家道衰落了。

当地史举人有个女儿，名叫连城，擅长刺绣，又知书达理，史举人对这个女儿百般娇宠。为了给女儿挑选佳偶，他拿出女儿所绣的《倦绣图》征集少年题诗作词。乔生看后，便题了一首绝句：

慵鬟高髻绿婆娑，
早向兰窗绣碧荷。
刺到鸳鸯魂欲断，
暗停针线蹙双蛾。

同时还写了一首诗赞美连城高超的刺绣技艺：

绣线挑来似写生，
幅中花鸟自天成。
当年织锦非长技，
幸把回文感圣明。

连城见了乔生的诗，十分喜爱，在父亲面前称赞不已，父亲却嫌乔家贫穷。连城逢人便夸奖乔生，又知道乔生仗义疏财，家境艰难，暗地里让女佣以父亲的名义送些钱给乔生。乔生感叹地说："连城可算上是我的知己了。"因此，便朝思暮想，如饥似渴。不久，连城许配给盐商的儿子王化成，乔生才断了念头，但仍是对她梦牵魂绕，从心里感激、敬佩她。

又过了些时候，连城染上了痨病，病情日益严重，终于卧床不起。有西域来的和尚自称能治好此病，但必须以男子胸上一钱肉来配药。史举人托人到王家告诉女婿，女婿笑着说："蠢老头，想挖我心头之肉。"去的人回来转述了这话，史举人当众扬言："有能割肉的，我就把女儿嫁给他。"乔生听说后立即前去，当场拿出刀子割下一块肉给了和尚。鲜血如泉涌，浸透了衣襟。和尚为他在伤口敷上药止住了血。而后用人肉配了三丸药，分三天服下。三天以后，病真的好了。史举人准备履行自己的诺言，让人转告王化成一声。王化成知道后十分生气，要打官司告史家。史举人心中害怕，就摆下酒席来招待乔生，席间，把一千两白银摆在桌子上对他说："我辜负了你的大恩大德，用这个表示酬谢。"并说明了不得已违背诺言的缘故。乔生气愤地说："我之所以能献出自己的胸前肉，只是为了报答知己，难道是为了卖肉吗？"说完甩手就走了。连城知道了，心中十分不忍，又拜托女佣前去安慰乔生，说："以你的才华，不会永远这样被埋没的。到时候天底下还愁没有美人来陪你？我做过一个不祥的梦，预示着我三年之后必定会死，你也不必和别人争一个死鬼了。"乔生告诉佣人说："士为知己者死，并不是为了美色。只怕连城未必真正知道我的心思，如果她真是我的知己，即使不结婚也没什么要紧。"女佣代连城发誓，说她的确是一片真心。乔生说："如果真是这样，我俩相逢时她能对我笑一笑，我就死而无憾了。"过了几天，乔生偶然在路上遇见连城，她刚刚从叔父家返回，乔生目不转睛地看着她，只见她秋波盈盈，转过头来对乔生含情脉脉地嫣然一笑。乔生大喜说："连城果然是我的知心人呀。"

后来王家去史家商量婚事之时，连城旧病复发，拖了几个月后，终于死去。乔生前去史家吊唁，因悲痛过度而昏迷过去，史家急忙将他抬回家中。乔生知道自己已经死了，心中也没有什么难过的。游游荡荡出了村子，一心只想遇见连城。远远望见从南至北，许多人密密麻麻地在赶路，也就挤了进去。不一会，来到一所官署中，竟见到了已死去的顾生。顾生惊讶地问他："你怎么来这里了？"就将他往外拉，想让他走。乔生叹了口气说："我还有心事未了。"顾生说："我在这里主管文书，长官很信任我，如果有能为你出力的地方，你尽管说。"乔生便问连城在哪里。顾生带着他找了好几个地方，终于找见了连城，她正和一个白衣女郎两人泪眼婆娑地坐在走廊角上。连城看见乔生过来，高兴地连忙站了起来，问他怎么来的。乔生说："你已经死了，我又怎么能活着！"连城哭着说："像我这样忘恩负义之人，你不但不嫌弃，反而还以身殉情，这又何苦！我今生已不能陪伴你了，但愿来世能相随。"乔生就对顾生说："你去忙自己的事吧，我以死为快乐，不想复活了，麻烦你告诉我，连城将托生在何处，我要和她一同前去。"顾生答应后便离去了。连城又指着身边的白衣女郎对乔生说："她与我同姓，名叫宾娘，是长沙史知府的女儿。因为我俩一路同来这里，因而同病相怜。"乔生见史宾娘神情凄楚可怜，刚想多问两句，这时顾生已经回来，恭贺乔生说："我已帮你将事情办妥了，就让这位娘子与你一同还魂复生，好吗？"两个人都是十分欢喜。谢过了顾生，两人正要告辞，只听得史宾娘在一旁大哭起来说："姐姐你走了，我又该到哪里去呀？求求你救我一命，我甘愿为你当侍女。"连城心里难过，没有办法，就求乔生，乔生又只好再去求顾生，顾生一口推脱说不行。但经不起乔生再三强求，就说："我再去试试吧。"过了约一顿饭的工夫，他又返回摇着手说："怎么办呢？我是无能为力了。"史宾娘听了，更是放声大哭起来，紧紧拉着连城的胳膊，惟恐她马上离去。见此情景，顾生不忍，就下狠心说："带上宾娘一同去吧，如果降下罪来，就由我一人担当！"史宾娘这才破涕为笑，和乔生他们一同出去了。乔生担心她回家路远没有人陪伴，史宾娘说："我愿和你们一同走，不愿回家。"乔生道："你这样说就太傻了。你不回去，怎么能复活呢？如果有一天我去湖南，你见了我不躲开，那就算我有幸了。"这时正好有两个老太婆带着公文要去长沙，乔生便将史宾娘托付给二人，双方洒泪而别。

回程途中，连城走得很慢，走一会儿就坐下休息，前后歇了十几次，才来到家门口，连城说："再生之后，真怕我们的事又有什么反复，不如你先去要回我的尸体，我在你家复活，应当不会有什么差错了。"乔生答应了。二人同回乔生家。连城这时又举步艰难，乔生在旁耐心等待。她说："我现在心中十分紧张，这次如果策划不好，来生也许仍得不到自由。"这时二人已来到厢房中。沉默片刻，连城笑着问："你不喜欢我吗？"乔生不明白这话的意思。连城羞红着脸说："我总担心你我的事情不成，再次辜负了你。让我们在做鬼的时候先结为夫妻吧。"乔生十分欢喜，二人在厢房里情意绵绵，不愿马上复生。缠绵三日，连城说："'丑媳妇早晚也要见公婆。'我们在这里偷偷摸摸，绝非长久之计。"就催乔生先进室中。乔生刚一到灵堂，就苏醒过来。全家人都十分惊讶，连忙喂他汤水。乔生让人把史举人请来，说自己能使连城复活，请求把她尸体送来。史举人十分高兴地答应了。刚刚将连城尸体抬进来，人已经复活了，她对父亲说："我已经委身于乔生了。如果有变动的话，也只有一死了。"史举人回家后，让丫头去乔家侍奉小姐。王家得知此事，告到官府，县官受贿，又将连城判给王家。乔生气得要命，也无计可施。连城到了王家，不吃不喝，但愿快快死去。无人时就上吊，第二天奄奄一息，王家怕出人命，只好抬回史家，史家又抬回乔家。王家知道后也无可奈何，从此这件事也就了结了。

连城身体恢复后，常常怀念史宾娘，想派人去湖南探问消息，又因路远而拿不定主意。一天，家人进来说："门口停了一辆马车。"夫妇二人赶忙迎出，这时史宾娘已来到了庭院。彼此相见，悲喜交加。史知府亲自送女儿前来，乔生迎入。史知府说："小女全靠你得以死而复活，她立誓不嫁人，如今照她意愿行事。"乔生磕头谢过。这时，史举人也来了，和史知府共叙同宗情谊。

乔生名年，字大年。

异史氏说："因一笑相知而致以身相许，可能有人会觉得这是痴人做的傻事；但那田横五百壮士难道是痴人吗？世上知音难寻，往往使英雄豪杰感激于心，不能自已。可怜茫茫四海之内，但教锦心绣口的才子，仅仅倾心于女子的一笑，是多么可悲啊！"

霍 生

文登霍生[1]，与严生少相狎，长相谑也。口给交御[2]，惟恐不工。霍有邻妪，曾与严妻导产。偶与霍妇语，言其私处有赘疣[3]。妇以告霍。

霍与同党者谋，窥严将至，故窃语云：“某妻与我最昵。”众故不信。霍因捏造端末[4]，且云：“如不信，其阴侧有双疣。”严止窗外，听之既悉，不入径去。至家，苦掠其妻；妻不伏，益残。妻不堪虐，自经死。霍始大悔，然亦不敢向严而白其诬矣[5]。

严妻既死，其鬼夜哭，举家不得宁焉。无何，严暴卒，鬼乃不哭。霍妇梦女子披发大叫曰：“我死得良苦，汝夫妻何得欢乐耶！”既醒而病，数日寻卒。霍亦梦女子指数诟骂，以掌批其吻。惊而寤，觉唇际隐痛，扪之高起，三日而成双疣，遂为痼疾[6]。不敢大言笑；启吻太骤，则痛不可忍。

异史氏曰：“死能为厉[7]，其气冤也。私病加于唇吻[8]，神而近于戏矣。”

邑王氏，与同窗某狎。其妻归宁[9]，王知其驴善惊，先伏丛莽中，伺妇至，暴出；驴惊妇堕，惟一僮从，不能扶妇乘。王乃殷勤抱控甚至[10]，妇亦不识谁何。王扬扬以此得意[11]，谓僮逐驴去，因得私其妇于莽中[12]，述袒裤履甚悉[13]。某闻，大惭而去。少间，自窗隙中见某一手握刃，一手捉妻来，意甚怒恶。大惧，逾垣而逃。某从之，追二三里地不及，始返。王尽力极奔，肺叶开张，以是得吼疾，数年不愈焉。

注释

①文登：县名。清代属登州府，今属山东省烟台市。

②口给交御：谓玩笑斗嘴。口给，口齿敏捷。交御，互相应答。《论语·公冶长》：“御人以口给，屡憎于人。”《集注》：“御，当也，犹应答也。给，辩也。”

③赘疣：肉瘤刺瘊之类。《庄子·大宗师》：“附赘悬疣。”

④端末：犹言首尾、始末，指事情原委、过程。

⑤白其诬：承认自己对严生的欺骗或对严妻的诬蔑。诬，欺骗诬蔑之言。

⑥痼疾：久治不愈的病。

⑦厉：厉鬼，即恶鬼。

⑧私病：生在阴处的病。

⑨归宁：回娘家省亲。宁，问安。

⑩抱控：抱其人，控其驴；扶某妻乘坐。

⑪扬扬：得意的样子。

⑫私：奸污。

⑬衵袴履：贴身的衣服和鞋子。《说文》：“衵，日日所常衣。”即贴身衣服。

意译

文登县书生霍某，与书生严某自小便在一起互相轻薄调笑，长大后也常开玩笑。霍生的邻居老太婆，曾经给严某的妻子接生。有一次在与霍妻闲聊时，说严某妻子的阴部长有瘤子。霍妻又把这话告诉了丈夫。霍某就与几个朋友商量好等严生快要来时，故意在房中小声嘀咕说：“谁谁的妻子是我的相好。”众人装作不信，霍某便胡乱捏造一番事实，说得有鼻子有眼，最后还说：“你们要是不信，她的阴部长着一对瘤子。”严某在窗外将这番话听得清清楚楚。不进屋而径直离去。到家狠狠责打妻子，妻子不服，他打得更凶。严妻满腹委屈，实在不堪忍受，自缢而死。霍某才十分后悔，但也不敢向严某说明实情。

严某的妻子死后，她的鬼魂夜夜哭嚎，搅得全家不得安宁。不久，严某暴病身亡，鬼才不哭了。

霍某的妻子在梦中见到一个女鬼，披头散发地对着她大叫着：“我死得好苦，你们夫妻哪能得到欢乐啊！”醒来后就病了，几天以后死去。霍某也梦见有女鬼指着他百般咒骂，并打他嘴巴。惊醒之后，觉得嘴唇隐隐作痛，用手一摸，竟肿起老高，三天后长出一对瘤子，从此再也治不好。不能大声说话和开口笑，一旦嘴张得太快，就疼痛难忍。

异史氏说："死后能变为厉鬼，是一腔怨气郁结的结果。阴部的毛病加到仇人的嘴上，虽然神灵，却近于儿戏了。"

村上王某与一同学常开玩笑。一次那同学的老婆回娘家，王某知道她骑的驴子容易受惊，预先伏在杂草丛中，等那女人到来，突然窜出。驴子受惊，把女人掀落在地。只有一个小僮儿跟着，无法扶起她骑上驴背。王某就讨好地过来帮忙，抱抱捏捏，占了不少便宜。女人也不认识他是谁。王某为这事很洋洋得意，说僮儿追驴子去了，自己乘机与女人在草丛中有了勾当，把女人穿什么衣裤，着什么鞋都说得清清楚楚。那同学听说，羞惭已极而去。过了一会儿，王某从窗缝中看到那同学一手握刀，一手揪着妻子走来，满脸杀气。王某吓坏了，跳墙逃走。那同学在后紧紧追赶，追了两三里路，看看追不上，才回去。王某死命奔逃，肺叶扩张，因此而患上了哮喘病，几年不愈。

汪士秀

汪士秀，庐州人[①]。刚勇有力，能举石舂[②]。父子善蹴鞠[③]。父四十余，过钱塘没焉[④]。积八九年，汪以故诣湖南，夜泊洞庭[⑤]。时望月东升[⑥]。澄江如练[⑦]。方眺瞩间，忽有五人自湖中出，携大席，平铺水面，略可半亩。纷陈酒馔，馔器磨触作响，然声温厚，不类陶瓦[⑧]。已而三人践席坐，二人侍饮。坐者一衣黄，二衣白；头上巾皆皂色，峨峨然下连肩背[⑨]，制绝奇古[⑩]，而月色微茫[⑪]，不甚可晰。侍者俱褐衣；其一似童，其一似叟也。但闻黄衣人曰："今夜月色大佳，足供快饮。"白衣者曰："此夕风景，大似广利王宴梨花岛时[⑫]。"三人互劝，引釂竞浮白[⑬]。但语略小，即不可闻，舟人隐伏，不敢动息[⑭]。

汪细审侍者，叟酷类父；而听其言，又非父声。二漏将残，忽一人曰："趁此明月，宜一击毬为乐。"即见僮汲水中[15]，取一圆出[16]，大可盈抱，中如水银满贮，表里通明。坐者尽起。黄衣人呼叟共蹴之。蹴起丈余，光摇摇射人眼。俄而𥗼然远起[17]，飞堕舟中。汪技痒[18]，极力踏去，觉异常轻软。踏猛似破，腾寻丈[19]；中有漏光，下射如虹；蚩然疾落[20]，又如经天之彗[21]，直投水中，滚滚作沸泡声而灭[22]。席中共怒曰："何物生人，败我清兴！"叟笑曰："不恶不恶，此吾家流星拐也[23]。"白衣人嗔其语戏[24]，怒曰："都方厌恼，老奴何得作欢？便同小乌皮捉得狂子来[25]；不然，胫股当有椎吃也[26]！"汪计无所逃，即亦不畏，捉刀立舟中。

倏见僮叟操兵来。汪注视，真其父也，疾呼："阿翁！儿在此。"叟大骇，相顾凄断[27]。僮即反身去。叟曰："儿急作匿。不然，都死矣！"言未已，三人忽已登舟。面皆漆黑，睛大于榴，攫叟出。汪力与夺，摇舟断缆。汪以刀截其臂落，黄衣者乃逃。一白衣人奔汪；汪剁其颅，堕水有声；哄然俱没。方谋夜渡，旋见巨喙出水面，深若井。四面湖水奔注，砰砰作响。俄一喷涌，则浪接星斗，万舟簸荡。湖人大恐。舟上有石鼓二[28]，皆重百斤。汪举一以投，激水雷鸣，浪渐消；又投其一，风波悉平。

汪疑父为鬼。叟曰："我固未尝死也。溺江者十九人，皆为妖物所食；我以蹋圆得全。物得罪于钱塘君[29]，故移避洞庭耳。三人鱼精，所蹴鱼胞也[30]。"父子聚喜，中夜击棹而去。天明，见舟中有鱼翅[31]，径四五尺许，乃悟是夜间所断臂也。

注释

①庐州：明清府名，治所在今安徽合肥市。

②石舂：捣米的石臼。

③蹴鞠：类似今之踢球。本是古代军中习武之戏，流衍为一种娱乐性活动。鞠，古代一种用革制作的球。

④钱塘：钱塘江，浙江之下游，经杭州南，入东海。没，谓落水溺死。

⑤洞庭：洞庭湖，在湖南省北部，长江南岸。

⑥望月：夏历每月十五日的月亮。

⑦澄江如练：明净的江水好像平铺的白绢。语本谢《晚登三山还望京邑》诗“澄江静如练”句。

⑧陶瓦：即陶器。此以着釉者为陶，不着者为瓦。

⑨峨峨然：高貌。

⑩制绝奇古：样式非常稀奇古怪。

⑪微茫：隐约，模糊。

⑫广利王：南海神的封号。唐天宝十载正月，册封南海神为广利王，见韩愈《南海神庙碑》及樊汝霖、孙汝听《注》。梨花岛：疑指海南岛。因岛上有梨山（即五指山，旧名黎母山），故拟此名。其地在南海中，属广利王治内。

⑬引釂竞俘白：谓干杯之后，争着为对方斟酒。引釂，举杯饮尽。浮白，此据青本，底本作“浮浅”。浮白，用大杯罚酒，此指为对方斟酒。

⑭动息：动弹和呼吸。

⑮没：此从青本，底本作“汲”。没，谓潜水。

⑯圆：即毬。

⑰訇：同訇（hōng 轰），大声。

⑱技痒：极欲自显技艺。

⑲寻丈：一丈左右。寻，八尺。

⑳蚩：象声词，通写作“嗤”。

㉑彗：彗星，即流星，又名扫帚星。

㉒滚滚作沸泡声：在水面翻滚，发出沸水中气泡冒出的声音。

㉓流星拐：蹴鞠的一种花样，具体未详。旧本何垠注：“流星拐，蹴鞠采名也。如腾起左脚，即以右脚从后蹴鞠始起也。”

㉔戏：戏侮，开玩笑。

㉕小乌皮：指“其一似童”的侍者，他大约是条小黑鱼（乌皮鱼）变成的。

㉖椎（chuí 垂）：棒槌。

㉗凄断：凄绝，极度伤心。

㉘石鼓：当指石制鼓状坐具，即石墩。

㉙钱塘君：钱塘江神。唐人李朝威的小说《柳毅》谓钱塘江神龙为钱塘君。

㉚鱼胞：疑指鱼脬（pāo 泡）。鱼体内贮存空气用以调节升沉和平衡的器官。

㉛鱼翅：鱼鳍。

意译

汪士秀是庐州府人。刚勇有力，能举起石碓。父子都擅长踢球。父亲四十多岁时，过钱塘江落水淹死。

大约过了八九年，汪士秀有事来到湖南，晚上船停在洞庭湖畔。他凭栏而望，一轮皓月当空，湖水清澈、透明如一匹闪闪发光的白缎，景色十分美丽。正在此时，远远就见有五个人从湖水中钻了出来，将一张大大的席子平铺在水面上，几乎有半亩多大。又在席上摆满美酒佳肴，杯觥交错铿锵作响，十分悦耳，不像是陶盆瓦罐之类。接着，其中三人就在席上坐下来吃喝，另外两人在一旁斟酒。坐着的人一个穿黄衣服，两个穿白衣服，头上都缠着黑色头巾，在头上高高耸起，一直拖到肩膀上，样子稀奇古怪，在月光下看不太清楚。两个侍者都穿着褐色衣服，好像是一老一小。只听得黄衣人说：“今晚月色真好，可以痛痛快快地喝上几盅了。”穿白衣的说：“今晚的风景，真比得上当年广利王在桃花岛宴集时的风景。”三人频频举杯，争着干杯。但话音渐小，听不清楚。汪士秀船上的水手都藏在舱中不敢动。汪士秀仔细看侍酒的老人，很像自己的父亲，而听他的声音，又不很像。二更过后，忽然有一个人说：“不如趁着今晚的好月亮玩一玩球吧。”便见小的从水中拿出个圆东西来，可抱在怀里那么大，里面好像灌满了水银，内外透明。坐着的人都起来。黄衣人招呼老人一起踢球，当即踢起有一丈多高，球儿光芒四射，照得人眼花缭乱。一会儿，球砰的一声远远飞来，直落到船上。汪士秀不觉脚痒，飞起一脚踢上去，却踢着一个十分轻软的东西，因用力过猛，球似乎要破，飞起数丈高，有一丝光线从下面漏出，如同彩虹一样，接着又如彗星当空划落，嗖的一声掉到水中。这时湖水如沸腾一般翻滚着，球如同水泡一般就破灭了。席上的人一齐大怒，骂道：“是什么生人，敢来扫我们的雅兴!”老人笑着说：“不错不错，这是我家传的‘流星拐’脚法。”白衣人恼火他这时还在开玩笑，对他发怒说：“大家都扫兴，你还在快活，还不快把那疯小子抓来，不然就敲断你的腿!”汪士秀知道逃避无用，也就毫不畏惧地持刀站在船上。立即见一老一少操着兵器来到面前，汪士秀仔细一看，那老的果然是自己的父亲。大声呼喊：“阿爹，孩儿在此。”老头十分吃惊，父子相望，万分悲哀。小的转身就走了。老头说：“你赶快藏起来，不然大家都会死。”话音未落，忽然有三个人就上了船，都是面孔漆黑，眼睛乌溜溜瞪得比石榴还大，不由分说，拉着老头就走。汪士秀用力与他们争夺，船在脚下摇摇晃晃，连缆绳都挣断了。穿黄衣的人被汪士秀一刀砍断了臂膀逃走了，一个白衣人又扑上来，汪士秀又剁掉了他的头，头颅“扑通”一声掉在水里不见了。正准备将船划走，只见从水底露出一张大嘴，黑洞洞深得像一口井，四面八方的湖水轰隆隆向里面灌去，不一会，化作一股狂涛喷涌而出，浪高连天。湖上所有的船只都在浪尖上颠簸，人人惊恐失色，汪士秀见船上有两枚镇船的大石鼓，都有上百斤重，便举起一枚向大嘴投去，顿时湖水响如雷鸣，波浪减小，又将另一枚投入，立时风平浪静。汪士秀怀疑父亲已变成了鬼怪，父亲说：“我并没有死，一同落水的十九个人都被妖物吃了，因为我会踢球才保住了性命。妖物因得罪了钱塘君才迁到了洞庭湖。那三个都是鱼精，所踢的东西是鱼鳔。”父子意外相逢，欣喜万分，半夜后摇舟离开。天亮时，见船里有一只直径四五尺的鱼翅，想必就是夜间砍掉的那个臂膀。

商三官

故诸葛城[1]，有商士禹者，士人也。以醉谑忤邑豪[2]。豪嗾家奴乱捶之。舁归而死。禹二子，长曰臣，次曰礼。一女曰三官。三官年十六，出阁有期[3]，以父故不果。两兄出讼，终岁不得结。婿家遣人参母[4]，请从权毕姻事[5]。母将许之。女进曰："焉有父尸未寒而行吉礼者[6]？彼独无父母乎？"婿家闻之，惭而止。无何，两兄讼不得直，负屈归。举家悲愤。兄弟谋留父尸，张再讼之本[7]。三官曰："人被杀而不理，时事可知矣。天将为汝兄弟专生一阎罗包老耶[8]？骨骸暴露，于心何忍矣。"二兄服其言，乃葬父。葬已，三官夜遁，不知所往。母惭怍，惟恐婿家知，不敢告族党，但嘱二子冥冥侦察之[9]。几半年，杳不可寻。

会豪诞辰，招优为戏[10]。优人孙淳，携二弟子往执役。其一王成，姿容平等[11]，而音词清彻，群赞赏焉。其一李玉，貌韶秀如好女[12]。呼令歌，辞以不稔[13]；强之，所度曲半杂儿女俚谣[14]，合座为之鼓掌。孙大惭，白主人："此子从学未久，只解行觞耳[15]。幸勿罪责。"即命行酒。玉往来给奉，善觑主人意向。豪悦之。酒阑人散，留与同寝。玉代豪拂榻解履，殷勤周至。醉语狎之，但有展笑[16]。豪惑益甚，尽遣诸仆去，独留玉。玉伺诸仆去，阖扉下楗焉[17]。诸仆就别室饮。移时，闻厅

事中格格有声[18]。一仆往觇之，见室内冥黑，寂不闻声。行将旋踵[19]，忽有响声甚厉，如悬重物而断其索。亟问之，并无应者。呼众排闼人[20]，则主人身首两断；玉自经死，绳绝堕地上[21]，梁间颈际，残绠俨然。众大骇，传告内闼[22]，群集莫解。众移玉尸于庭，觉其袜履虚若无足；解之，则素舄如钩[23]，盖女子也。益骇。呼孙淳诘之。淳骇极，不知所对。但云："玉月前投作弟子，愿从寿主人，实不知从来。"以其服凶[24]，疑是商家刺客。暂以二人逻守之。女貌如生，抚之，肢体温软。二人窃谋淫之。一人抱尸转侧，方将缓其结束[25]，忽脑如物击，口血暴注，顷刻已死。其一大惊，告众。众敬若神明焉。且以告郡。郡官问臣及礼，并言："不知。但妹亡去，已半载矣。"俾往验视，果三官。官奇之，判二兄领葬，敕豪家勿仇[26]。

异史氏曰："家有女豫让而不知[27]，则兄之为丈夫者可知矣。然三官之为人，即萧萧易水[28]，亦将羞而不流；况碌碌与世浮沉者耶[29]！愿天下闺中人，买丝绣之[30]，其功德当不减于奉壮缪也[31]。"

注释

①故诸葛城：据作者写同一故事的俚曲《寒森曲》，谓是"山东济南府新泰县诸葛村"。然此称"故"诸葛城，疑指今山东诸城市旧治。诸城原为春秋时鲁国诸邑，夏商时葛伯始居于此，其后裔分支，故称诸葛。

②醉谑：醉后戏言。

③出阁：原指公主出嫁；后通指女子出嫁。

④参母：拜见三官之母。

⑤从权：根据非常情况，变通行事。旧时父丧未满三年，子女不能成婚。婿家欲提前毕姻事，故曰"从权"。

⑥吉礼：指婚礼。者：据二十四卷抄本补。

⑦张再讼之本：作为再次向官府申诉的凭托。预为将来行事作准备，叫“张本”。

⑧阎罗包老：指宋代包拯。包拯，字希仁，宋合肥人。官至枢密副使。知开封府时，严明廉正，时谚有云：“关节不到，有阎罗包老。”意谓包拯像阎王那样铁面无私。见《宋史》列传七十五。

⑨冥冥：暗地里。

⑩优：优伶，即下文“优人”；旧时对乐舞、百戏从业艺人的通称。

⑪平等：平常，一般。

⑫韶秀：美好秀丽。好女：美女。

⑬稔：熟悉。

⑭所度曲：这里指所唱曲。创制曲词或按谱歌曲，通称度曲。俚谣：民间的通俗歌谣。

⑮行觞：即“行酒”，为客人依次斟酒。

⑯展笑：微笑；展颜为笑。

⑰楗：门闩。

⑱厅事：正厅。古代官员办公听讼的正房叫听事；后来私家堂屋也称听事，通常写作“厅事”。

⑲旋踵：回步，转身。

⑳排闼：打开关闭的房门。

㉑堕：据二十四卷抄本，原作“随”。

㉒内闼：内宅，指内眷。

㉓素舄：服丧者所穿白鞋。

㉔服凶：指穿有白鞋之类丧服。

㉕缓其结束：解开她衣服上的带结。

㉖敕：训诫。

㉗女豫让：女刺客，指商三官。豫让，战国晋人，事智伯。智伯被赵襄子联合韩、魏所灭，豫让“漆身为厉，吞炭为哑”，自毁形貌为智伯报仇。未果，遂伏剑自杀。见《史记·刺客列传》。

㉘萧萧易水：战国末，荆轲为燕太子丹行刺秦王。临行，太子丹送易水上，荆轲因作歌示志，曰：“风萧萧兮易水寒，壮士一去兮不复还！”及击秦王不中，被杀。见《战国策·燕策》《史记·刺客列传》。此云“易水羞而不流”，是说荆

轲与商三官相较，也将自愧不如。

㉙碌碌与世浮沉者：指庸懦无为之辈。碌碌，平庸无能。与世浮沉，指随波逐流、无所作为的消极态度。

㉚买丝绣之：意谓绣制商三官之像，供奉起来，以示敬仰。

㉛壮缪（móu 牟）：即关羽；蜀汉后主景耀三年追封为壮缪侯。封建时代称关羽为“关圣”，立祠祀奉，颂其忠烈；明清两代尤盛。

意译

旧诸葛城有个读书人叫商士禹。他因喝醉酒后说笑话冲撞了当地豪绅，被豪绅唆使家奴一顿乱棍打伤，抬回家后就死了。

商士禹有两个儿子，长子叫商臣，次子叫商礼，还有一个女儿名叫商三官。商三官当时已年满十六，许配了人家，因为父亲丧事而没有完婚。兄弟两个为父亲之死出门去打官司，很长时间也没有结果。女婿家便托人劝说商三官的母亲，请求将婚事先办了。母亲准备答应。这时商三官听到后走进来说：“天下哪有父亲尸骨未寒就办喜事的儿女，他家里难道没有父母吗？”女婿家人听了这话，十分惭愧，也就不再催促了，后来，弟兄两个打官司没有赢，含冤回到家中，全家人满腔悲愤。兄弟俩准备将父亲尸体留下不葬，以便再次告状。商三官说：“人无缘无故被杀死而官司都打不赢，这世道是什么样的就可知了。老天爷不会专为你们弟兄俩派一个青天大老爷来的。让父亲死了也不得安宁，做儿女的又于心何忍。”二位兄长听从了她的话，将父亲入葬了。葬礼之后，商三官就连夜失踪了，不知去向。母亲心中不安，害怕女婿家知道了要人，不敢声张，又让两个儿子暗中打听。将近半年，都得不到半点消息。

后来那个豪绅过寿，招来戏班子在家里演唱。老艺人孙淳带了两个弟子前来。一个叫王成，长相平平，但吐字清晰，音色洪亮，受到众人赞赏。另一个叫李玉，长相秀气标致，简直胜过美女。但让他演唱，却推辞说记不住词，勉强哼了几个曲子，都是些民间土调，听得众人直喝倒彩。孙淳十分难堪，对主人说："这小子学艺还没有几天，只能为各位陪酒，请千万不要怪罪。"就命李玉在席上斟酒。李玉在席间殷勤侍候，又有眼色，豪绅十分喜爱他那股机灵劲。酒宴结束后就留他与自己过夜。李玉为豪绅宽衣解带，整理床铺，侍候得十分周到。豪绅醉醺醺地以语言挑逗，他只是面带微笑。豪绅愈发对他入迷，就打发仆役们都出去，只把李玉单独留下。李玉等佣人们一出去，就将门从里边反锁上。过了一会，那些在另一间屋中喝酒的佣人忽听房中发出格格的声音，有个佣人就跑过去看，见室内一片漆黑，什么声音也没有。刚要转身离开，忽然间从室内传出一声响，像是有什么东西重重落在地上。喊了两声，里边也没有回音。就叫来众人破门而入，才看见主人已被斩为两段，而李玉也自尽身亡。因绳索被扯断，尸体掉在地上，剩下那段绳子还牢牢系在房梁上。众佣仆大惊失色，连忙通报了豪绅家眷，里里外外都不知其中缘故。众人将李玉尸体移到庭院时，发觉他脚下鞋袜空空飘飘，好像没有脚一样，解开一看，原来是一双女子的小脚。众人更是惊恐，把孙淳叫来盘问。孙淳吓得不知说什么好，只回答："李玉是一月前才来我门下学艺的，今天执意要给主人祝寿，我实在不清楚他的底细。"众人看到她里边还穿着孝服，便怀疑是商家的刺客。暂时派两个家丁看管尸体。这二人看她肢体仍然柔软温暖，面容栩栩如生，便想奸淫，其中一个抱着尸体正要解下衣裤，忽然头上如同挨了什么东西重重一击，顿时口吐鲜血而死。另一个吓得失魂落魄，忙告诉众人。人人都对女尸恭恭敬敬，看作神灵一样。立即上告了官府，官府传问商氏兄弟，都说不知，只是妹妹离家出走已有半年。官府让他们去认尸，果然是三官妹妹。官府认为商三官是世上少有的女子，便判两兄弟领尸回去安葬，并责令豪绅家不许寻仇。

异史氏说："商家两兄弟竟然不知自家有个女中豪杰，真是白当了一回大丈夫。而商三官的作为，也真是能惊天地泣鬼神了，所以也不能怨世人都庸庸碌碌了。希望天下女子都来买丝为商三官绣像，它和人们供奉关羽也差不了多少。"

于江

乡民于江，父宿田间，为狼所食。江时年十六，得父遗履，悲恨欲死。夜俟母寝，潜持铁槌去①，眠父所，冀报父仇。少间，一狼来，逡巡嗅之②。江不动。无何，摇尾扫其额，又渐俯首舐其股③。江迄不动。既而欢跃直前，将龁其领④。江急以锤击狼脑，立毙。起置草中。少间，又一狼来，如前状。又毙之⑤。以至中夜，杳无至者。忽小睡，梦父曰："杀二物，足泄我恨。然首杀我者⑥，其鼻白；此都非是。"江醒，坚卧以伺之。既明，无所复得。欲曳狼归，恐惊母，遂投诸眢井而归⑦。至夜复往，亦无至者。如此三四夜。忽一狼来，啮其足⑧，曳之以行。行数步，棘刺肉，石伤肤。江若死者。狼乃置之地上，意将龁腹。江骤起锤之，仆；又连锤之，毙。细视之，真白鼻也。大喜，负之以归，始告母。母泣从去，探眢井，得二狼焉。

异史氏曰："农家者流，乃有此英物耶⑨？义烈发于血诚⑩，非直勇也⑪，智亦异焉。"

注释

①槌：同"锤"。

②逡巡：迟疑徘徊。

③舐（shì 市）：舔。

④龁其领：咬于江的脖子。

⑤又龁之：据二十四卷抄本，底本无“之”字。

⑥首杀：领头杀害。

⑦眢（yuān 渊）井：枯井。《左传·宣公十二年》：“目于眢井而拯之。”注：“废井也。”

⑧啮（niè 聂）：啃。

⑨英物：杰出的人才。

⑩发于血诚：出于父子天性。血，血缘。诚，本心。

⑪直：只，仅。

意译

乡民于江的父亲在田间睡觉，被狼吃掉了。于江找到父亲遗留的鞋子，悲痛欲绝，要为父亲报仇。

第二天晚上，等母亲熟睡后，于江就悄悄带着一个铁锤来到田边，睡在父亲睡过的地方。不一会儿就来了一只狼，先在于江身边绕着圈子用鼻子嗅，于江不动，又摇晃着尾巴扫他的头，又用舌头舐他的大腿，于江都忍住一动也不动。等狼猛扑上前，要咬他脖子时，于江猛地用铁锤向狼的头顶砸去，狼立刻倒地而死。于江起来把狼尸藏进草中。一会，又来了一只狼，于江又像刚才那样将狼打死了。这时已到了半夜，再不见有狼来。于江躺在地上睡着了，梦见父亲对他说：“你杀了两只狼，已够使我解恨了。但先前吃我的那只狼，鼻头是白的，这两个都不是。”于江醒后，仍然躺在那里等待。一直到天明，也不见狼再来。想把死狼拖回家，又怕母亲害怕，就扔到了一口枯井中。到了晚上，他又去田间，仍然不见有狼来。就这样一直等三四个晚上。有一天半夜，他正躺在田间，忽然来了一只狼，咬着他的一只脚拖着向前走，地上的荆棘、石块刺得于江疼痛钻心，但他仍装得和死人一样。走了几步后，狼将他扔在地上，就要撕咬他的肚子。这时，于江猛然跳起，一锤就将狼打倒了，又上去猛砸几下。等狼断气后，于江仔细看，果然是个白鼻子狼。于江大喜，背着狼回家告诉了母亲。母亲哭着和他来到井边，在枯井中又找到另外两只。那一年，于江才十六岁。

异史氏说："普通农家之中，有这样了不起的人物啊！忠义勇烈发自内心的一片赤诚，不只是勇敢，机智也是不同寻常。"

小二

滕邑赵旺[1]，夫妻奉佛，不茹荤血，乡中有"善人"之目[2]。家称小有[3]。一女小二，绝慧美，赵珍爱之。年六岁，使与兄长春，并从师读，凡五年而熟五经焉，同窗丁生，字紫陌，长于女三岁，文采风流，颇相倾爱。私以意告母，求婚赵氏。赵期以女字大家[4]，故弗许。未几，赵惑于白莲教[5]；徐鸿儒既反[6]，一家俱陷为贼。小二知书善解，凡纸兵豆马之术[7]，一见辄精。小女子师事徐者六人，惟二称最，因得尽传其术。赵以女故，大得委任。

时丁年十八，游滕泮矣[8]，而不肯论婚，意不忘小二也。潜亡去，投徐麾下[9]。女见之喜，优礼逾于常格。女以徐高足，主军务；昼夜出入，父母不得闲[10]。丁每宵见，尝斥绝诸役，辄至三漏。丁私告曰，"小生此来，卿知区区之意否[11]？"女云："不知。"丁曰："我非妄意攀

龙[12]，所以故，实为卿耳。左道无济，止取灭亡。卿慧人，不念此乎？能从我亡，则寸心诚不负矣。"女怃然为间[13]，豁然梦觉[14]，曰："背亲而行，不义，请告。"二人入陈利害，赵不悟，曰："我师神人，岂有舛错[15]？"女知不可谏，乃易髻而髽[16]。出二纸鸢[17]，与丁各跨其一；鸢肃肃展翼[18]，似鹣鹣之鸟[19]，比翼而飞。质明[20]，抵莱芜界[21]。女以指拈鸢项，忽即敛堕。遂收鸢。更以双卫，驰至山阴里，托为避乱者，僦屋而居[22]。

二人草草出[23]，啬于装[24]，薪储不给[25]。丁甚忧之。假粟比舍[26]，莫肯贷以升斗。女无愁容，但质簪珥[27]。闭门静对，猜灯谜[28]，忆亡书[29]，以是角低昂；负者，骈二指击腕臂焉。西邻翁姓，绿林之雄也。一日，猎归[30]。女曰："'富以其邻'[31]，我何忧？暂假千金，其与我乎！"丁以为难。女曰："我将使彼乐输也[32]。"乃剪纸作判官状[33]，置地下，覆以鸡笼。然后握丁登榻，煮藏酒，检《周礼》为觞政[34]：任言是某册第几叶[35]，第几人，即共翻阅。其人得食旁、水旁、酉旁者饮，得酒部者倍之[36]。既而女适得"酒人[37]"，丁以巨觥引满促釂[38]。女乃祝曰："若借得金来，君当得饮部。"丁翻卷，得"鳖人[39]"。女大笑曰："事已谐矣！"滴沥授爵[40]。丁不服。女曰："君是水族，宜作鳖饮[41]。"方喧竞所，闻笼中戛戛。女起曰："至矣。"启笼验视，则布囊中有巨金，累累充溢。丁不胜愕喜。后翁家媪抱儿来戏，窃言："主人初归，篝灯夜坐。地忽暴裂，深不可底。一判官自内出。言：'我地府司隶也[42]。太山帝君会诸冥曹[43]，造暴客恶箓[44]，须银灯千架，架计重十两；施百架，则消灭罪愆。'主人骇惧，焚香叩祷，奉以千金。判官荏苒而入[45]，地亦遂合。"夫妻听其言，故啧啧诧异之[46]。而从此渐购牛马，蓄厮婢，自营宅第。

里无赖子窥其富，纠诸不逞[47]，逾垣劫丁。丁夫妇始自梦中醒，则编菅爇照[48]，寇集满屋。二人执丁；又一人探手女怀。女袒而起，戟指而呵曰[49]："止，止！"盗十三人，皆吐舌呆立，痴若木偶。女始着裤下榻，呼集家人，一一反接其臂[50]，逼令供吐明悉。乃责之曰："远方人埋头涧谷[51]，冀得相扶持；何不仁至此！缓急人所时有[52]，窘急者不妨明告，我岂积殖自封者哉[53]？豺狼之行，本合尽诛；但吾所不忍，姑释去，再犯不宥！”诸盗叩谢而去。居无何，鸿儒就擒，赵夫妇妻子俱被夷诛。生赍金往赎长春之幼子以归。儿时三岁，养为己出，使从姓丁，名之承祧。于是里中人渐知为白莲教戚裔[54]。适蝗害稼，女以纸鸢数百翼放田中，蝗远避，不入其陇，以是得无恙。里人共嫉之，群首于官[55]，以为鸿儒余党，官瞰其富[56]，肉视之[57]，收丁。丁以重赂啖令，始得免。女曰：“货殖之来也苟[58]，固宜有散亡。然蛇蝎之乡[59]，不可久居。”因贱售其业而去之，止于益都之西鄙[60]。

女为人灵巧，善居积，经纪过于男子。常开琉璃厂[61]，每进工人而指点之[62]，一切棋灯，其奇式幻采，诸肆莫能及，以故直昂得速售。居数年，财益称雄。而女督课婢仆严[63]，食指数百无冗口[64]。暇辄与丁烹茗着棋，或观书史为乐。钱谷出入，以及婢仆业，凡五日一课；女自持筹，丁为之点籍唱名数焉[65]。勤者赏赉有差，惰者鞭挞罚膝立[66]。是日，给假不夜作，夫妻设肴酒，呼婢辈度俚曲为笑[67]。女明察如神，人无敢欺。而赏辄浮于其劳，故事易办。村中二百余家，凡贫者俱量给资本，乡以此无游惰。值大旱，女令村人设坛于野，乘舆夜出，禹步作法[68]，甘霖倾注，五里内悉获沾足。人益神之。女出未尝障面[69]，村人皆见之。或少年群居，私议其美；及觌面逢之[70]，俱肃肃无敢仰视者[71]。每秋日，村中童子不能耕作者，授以钱，使采荼蓟[72]，几二十年，积满楼屋。人窃非笑之。会山左大饥[73]，人相食；女乃出菜，杂粟赡饥者，近村赖以全活，无逃亡焉。

异史氏曰：“二所为，殆天授，非人力也[74]。然非一言之悟，骈死已久[75]。由是观之，世抱非常之才，而误入匪僻以死者[76]，当亦不少。焉知同学六人[77]，遂无其人乎？使人恨不遇丁生耳[78]。”

注释

①滕邑：滕县，明清时属山东兖州府。

②有“善人”之目：有“善人”的名声。目，称。

③小有：小有资产；小康。

④字：论婚。

⑤白莲教：流行于元、明、清三代的民间宗教，起源于佛教净土宗一派的白莲宗。元明接受其他宗教影响，由崇奉弥勒佛转而奉无生老母为创世主，称白莲教。元代后期至明清，屡遭严禁，而教派林立，流传很广，常被用来发动农民起义。如元末刘福通、徐寿辉领导的红巾起义，明末徐鸿儒起义，都是由白莲教发动的。

⑥徐鸿儒：山东巨野人，明代后期农民起义领袖。天启二年，联合景州于宏志，曹州张世佩，艾山刘永明等起义，攻下巨野、邹县、滕县等地，切断漕河粮道。后遭镇压，被俘牺牲。

⑦纸兵豆马：剪纸为兵，撒豆成马。旧小说和民间故事中常讲到这类法术。

⑧游滕泮：为滕县县学生员。明清在家塾读书的学童经过学政考选，进入府、州、县各级官学读书，称“游泮”，也就是成了生员或秀才。泮，泮宫，周代的地方官学。

⑨麾（huī 徽）下：将旗之下；犹言军中。

⑩闲：同“间”，参预。

⑪区区之意：犹言愚意、私衷。区区，自称的谦词。

⑫攀龙：意谓投奔徐鸿儒军，参加造反，希图成功后博取富贵。语见《汉书·叙传》等。

⑬怃（wǔ 午）然为间：茫然自失，停顿不语。怃然，怅惘失志的样子。间，间歇，停顿。

⑭豁然梦觉：豁然领悟，如梦初醒。

⑮舛（chuǎn 喘）错：谬误，差错。

⑯易髫（tiáo 条）而髻：把少女的披发挽成妇人发髻。表示已经出嫁。髫，童年男女披垂的头发。

⑰纸鸢：有时作为风筝的通称，此特指鹞鹰形状的纸鸟。鸢，鹞鹰，又名鹞子。

⑱肃肃：风声。

⑲鹣鹣（jiān jiān 兼兼）：即鹣鸟、比翼鸟。《尔雅·释地》："南方有比翼鸟焉，不比不飞，其名谓之鹣鹣。"

⑳质明：天色刚亮。质，正。

㉑莱芜：县名。在滕县东北，相距四百余里。

㉒僦屋：赁房。

㉓草草：仓卒，匆匆。

㉔啬于装：指带的东西不多。啬，俭薄。装，行装。

㉕薪储不给：犹言生活日用不足。薪储，柴米之类生活储备。不给，不足。

㉖假粟比舍：向邻居借粮。此从青本；比，底本作北。

㉗质簪珥：典当发簪、耳坠之类首饰。质，抵押。

㉘灯谜：把谜语贴在花灯上，供人猜测，叫灯谜。

㉙亡书：此指读过而今已失落或不在手边的书籍。亡，遗失。

㉚猎归：这里指劫掠财物归来。

㉛"富以其邻"：意谓因邻人而致富。《易·小畜》九五爻辞："有孚挛如，富以其邻。"

㉜乐输：自愿拿出。输，捐输。

㉝判官：佛教传说阎罗王属下有十八判官，分管十八地狱。民间传说判官是替阎王及其他神管理文案的官员。

㉞检《周礼》为觞政：意谓翻阅《周礼》的字句，据以定罚酒之数。《周礼》，书名，原名《周官》，封建时代列为经书。觞政，犹言酒令。

㉟任言：随便说出。

㊱"其人"二句：意谓翻得《周礼》以"食""水""酉"为偏旁之字者，罚饮酒；翻得"酒"部之文者，加倍罚饮。按，《周礼》有关部分，集中记载了负责周王朝饮食祀享的官吏奴仆及各类饮食的名称，所以符合上述情况的文字不少，较易检得。

㊲"酒人"：《周礼》篇名。《周礼·天官·酒人》："酒人掌为五齐三酒，祭祀则供奉之。"

㊳巨觥（gōng 工）：大酒杯。引满：斟满酒杯。促釂：催对方干杯。

㊴“鳖人”：《周礼·天官》篇名。

㊵滴沥：此从青本，底本作滴洒。形容倾壶斟酒。

㊶鳖饮：宋石曼卿狂纵，每与客痛饮，以藁束身，引首出饮，饮毕复就束，谓之鳖饮。见沈括《梦溪笔谈·人事》。此句系由“鳖人”而及“鳖饮”故实。按“鳖人”非属食旁、水旁、酉旁及酒部之文，故小二罚丁酒而“丁不服”。

㊷司隶：古代负责督捕盗贼之事的官吏。

㊸太山帝君：泰山神，即东岳天齐大帝，传说是阴司众神的领袖。

㊹暴客：指强盗之类犯有暴行的人。恶篆：罪行簿。底本误为“恶绿”，此从二十四卷抄本。

㊺荏苒：舒缓，从容。

㊻啧啧（zé zé 则则）：惊叹声。

㊼不逞：不逞之徒，即为非作歹的人。

㊽编菅（jiān 间）：本指用茅草编的草苫。见《左传·昭公二十七年》：“或取一编菅焉”注。此犹“束茅”，即火把。

㊾戟指：用食指、中指指点，其形如戟，行法术时的手势。

㊿反接其臂：双臂交叉绑在背后。

51埋头：犹言隐居。

52缓急：复词偏义，意为窘困、急需。

53积殖自封：积财自富。殖，滋生利息。封，富厚。

54戚裔：亲属和后代。

55群首（shòu 受）于官：结伙向官府告发。首，告发罪行。

56瞰（kàn 看）：俯视。这里是垂意、窥知的意思。

57肉视之：视丁生夫妇如俎上鱼肉。

58苟：苟且，不正当。

59蛇蝎：喻人情险恶。

60益都：县名，属山东省。在莱芜县东北，明清属青州。西鄙，犹言西乡。

61琉璃厂：烧制琉璃器皿的工厂。琉璃，用黏土、长石、石青等为原料而烧制的器皿，如琉璃砖、瓦等。

62进：传唤。

63督课：监督考查。课，考课。

64食指数百无冗口：几十个人吃饭，却无闲人。食指，借指人口。一人十指，为一口。冗（rǒng 茸），多余、闲散。

㉟点籍唱名数：检查账本和登记簿，报出收支以及仆婢作业的名称和数量。点，按验。

⑯罚膝立：犹言罚跪。

⑰度俚曲：唱地方俗曲。

⑱禹步：巫师、道士作法时的一种步法，一足后拖，如跛足状。据传禹治洪水时因患“偏枯之病”以致如此行步，而为后世俗巫所效法。详见《尸子·广泽》、扬挃《法言·重黎》晋李轨注。

⑲障面：旧时青年妇女外出常以黑纱遮面。

⑳觌（dí 滴）面：对面相见。

㉑肃肃：恭敬貌。《诗·大雅·思齐》：“雍雍在宫，肃肃在庙。”注“肃肃，敬也。”

㉒荼蓟：两种荒年代食的野菜。荼，即苦菜。蓟，一种多年生草本植物，分大蓟、小蓟两种。

㉓山左：旧称山东省为山左，因在太行山之左，故云。

㉔殆天授，非人力：意思是，小二一生不平凡的经历和作为是天赋使然，非后天学习可致。《史记·淮阴侯列传》韩信语：“且陛下所谓天授，非人力也。”

㉕骈死：与白莲教中同伙，一起被杀。韩愈《杂说》四曾说，千里马如果不得其遇，也会“骈死于槽枥之间，不以千里称。”

㉖误入匪僻：底本无“入”字，参二十四卷抄本校补。谓误与邪僻之人为伍，误入歧途。匪僻，邪僻。

㉗同学六人：指上文“小女子师事徐者六人”。

㉘不遇丁生：此从青柯亭刻本，底本作“不为丁生”。

意译

滕县人赵旺，夫妇二人吃斋念佛，不动荤腥，乡邻称他们善人。家里称得上是富足。有一个女儿名叫小二，绝顶聪明又标致漂亮。赵旺十分宠爱她，六岁那年，就让她和兄长赵长春一起拜师读书，五年之内，熟读五经。同窗有一少年姓丁，字紫陌，比小二大三岁，风流文雅有才华，二人彼此爱慕。丁生私下将二人相爱实情告诉了母亲，丁家便向赵家提婚。赵家一心想把女儿许配给豪门大族，

就没有答应。

不久，赵旺受迷惑而加入了白莲教，后来教主徐鸿儒举兵造反，赵旺一家都成为反军。当时徐鸿儒选了六名少女，传授白莲教法术，其中就有小二。因为小二知书善解，对那套纸兵豆马的法术一学就会，徐就将所有法术传给了她。而赵旺因女儿的缘故，也得到提拔。

当时丁生已年满十八，考取了秀才，但不愿结婚，心中只是惦着小二，就逃亡投奔了徐鸿儒。小二见了他十分高兴，给了他特殊优待。因为小二是徐鸿儒的得意门生，主持军务，所以不管白天黑夜出入军中，和父母都不能待一会儿。她与丁生经常在晚上见面，打发走那些仆役，两人单独谈到深夜。丁生对她说："你知道我这次来的一片苦心吗?"她说："不知道。"丁生说："我来这里，并没有什么野心，全都是为了你呀。这些左道妖术，成不了大事，只能自取灭亡。你是聪明人，难道想不到吗？这次你如能和我一同逃走，我这番苦心就不白费了。"小二听后十分震惊，像是从梦中清醒过来，说："就这样背着父母走了，不义。请让我告诉他们一声。"二人便来到父母面前竭力说服，赵旺却执迷不悟，说："师父是天降神人，难道会有错吗?"小二知道无法说服，就乔装打扮，把垂发拢起为发髻。她拿出两个纸剪的鷂子，和丁生各骑上一只，鷂子展翅扑腾，比翼而飞，天明时，已到了莱芜县境。她用手一捻纸鷂子的脖子，鷂子就忽然收起翅膀降落下来，将鷂子收起后，又换成两匹驴子，一直骑到山阴里，假说为避战乱，租了屋子住下。两人出来时匆忙，也没带什么行装，一点柴米没有。丁生十分忧愁。向左邻右舍的人去借，都不肯借给他。小二却面无愁容，当掉首饰度日。二人闭门在家相对猜灯谜，并回忆书中典故比胜负，输了罚打手心。

西邻有个姓翁的，强盗出身。一天，他打猎回来。小二说："有这样的阔邻居还怕什么？向他借一千两银子，一定会给的。"丁生表示难办。小二说："我会让他高高兴兴拿出来的。"就用纸剪了一个判官，放在地上，又扣上鸡笼。而后二人相拥坐在床上烫酒，又翻《周礼》行酒令：任意说某册第几页第几行，然后一起翻书。翻着的人官衔名称是"食"字旁、"水"字旁、"酉"字旁的就饮酒一杯，是“酒”部的则加倍。后来小二恰巧翻得“酒人”，丁生就用大杯斟满酒催她干杯。小二就祷告说：“如果我们借得到钱来，你就该翻得‘饮’部。”丁生翻开书本，得“鳖人”。小二笑得前仰后合，说：“事成了。”把酒往杯中滴了几滴让丁生喝。丁生不服气。小二说：“按部来说，你属于水族，应该是鳖饮。”正在争吵笑闹之时，就听得笼子中发出“嘎嘎”叫声，小二起身说：“来了。”翻开笼子一看，见下面有满满一布袋银两。丁生又惊又喜。后来翁家保姆抱小孩来玩时说：“我家主人回来刚刚点上灯坐下，地面忽然裂开一个大口子，深不见底。有一个判官从里面出来，说：我是阴间管事的，泰山帝君集合地府属官，造一个恶人名单，现在需要一千盏银灯，每盏重十两。凡供奉一百盏的，可免除罪过。”主人惊恐，烧香叩头祈祷，同时拿出白银千两。判官钻入地下，地又重新合了起来。”夫妻俩听了她的话，故意装出惊奇的样子。

从此后，日子渐渐富裕起来，买了牛马，养了奴婢，还盖了房屋。附近一些无赖之徒，见到他们家富足，便结成一伙，在一天半夜翻墙进来打劫。当夫妇二人被从梦中惊醒时，发现室内火把通明，满地都是强盗。有两个强盗上来扭住丁生，又有一个强盗伸手向小二怀里摸来。小二裸着上身起来，竖起一个指头说：“定，定!”十三个强盗立时都瞪眼张口动弹不得，个个呆若木鸡。小二这才穿上衣裤从床上下来，喊来家丁，将强盗一个个反绑起来，逼着他们招供。这才责备他们说：“我们从远方来这里避难，你们不但不帮助，反而如此来害我们！人都是有难处的，你们有什么难处可以明说，我们也不是守财奴。而像你们今天的行为与禽兽又有什么两样？本来你们罪该万死，但我不忍心这样，今天放你们走，下次如果再犯，就不客气了!”强盗们叩头谢罪后赶忙走了。

过了一段时间，徐鸿儒被官府捉拿，赵旺夫妇及儿子媳妇都被杀，丁生带些钱去将赵长春最小的儿子赎了回来。当时孩子才三岁，丁生将他当成自己的孩子抚养。给他改姓丁，取名叫承祧。村里人慢慢知道他们与白莲教有亲属关系。当时遇上蝗灾，庄稼受损。小二剪了数百个纸鹞子放在田中，蝗虫不入丁家田地，庄稼没有遭殃。村里人很嫉妒，将他们告到官府，说是白莲教余党。官府看他们富裕，就把丁生抓进监狱，想乘机敲竹杠。丁家用重金贿赂，才被放出来。小二说：“我们的钱财来得不清白，应当破点财。可是这地方人心险毒，不能久住。”于是低价变卖家产，迁到益都西郊居住。

小二十分精明强干，会做生意，经营方面胜过男子。曾开办琉璃厂，雇来工人加以指点，制造棋和灯，花样奇巧美观，别家都比不上，虽然价高，但销路很好。没有几年，就成了大财主。她也精于管理，家里仆役几百口人，没有一个吃闲饭的。夫妻俩空闲时在一起品茶、下棋、看书为乐。所有钱粮账目五天清一次，夫妻俩一个报账，一个算账。对下人赏勤罚懒，轻者罚站或跪，重者鞭打。每到检查日就放假，不开夜工。夫妻二人设小宴，让婢女唱曲子娱乐。由于小二明察秋毫，谁也不敢欺瞒。而赏赐也往往超过劳动所应得的，因此，所办之事容易成功。

小二还借给村里最穷的人本钱让他们营生，所以村里二百多家没有一个失业游民。有年大旱，小二让人在野外搭起祭坛，晚上她乘车前往，踏着巫步作法，果然天降大雨，方圆五里的庄稼被救活，人们把她看作神明。小二出门时从来不遮脸，村里人都见过她的真面。也有些年轻人在背地议论她的美貌，但见到她时都规规矩矩，不敢抬头。每逢秋天，她出钱叫村里不能下地耕作的小孩子采集野菜、蒿子之类加以收藏，将近二十年，堆满了整个楼房。大家暗地里取笑她。后来年景饥荒，到了人吃人的地步，她把干野菜杂在粮食中赈济饥民。附近村人靠它保全性命，没有流亡在外的。

异史氏说："小二的所作所为，完全是靠天帮助，而不是靠人的能力。但是，如果没有人启发、开导她，她早就被杀了。由此可见，世界上有才能而误入歧途而死去的人一定还有不少。和小二一同学法术的六个人中，可能就有像小二这样的，只可惜没有遇上丁生罢了。"

庚娘

金大用，中州旧家子也[①]。聘尤太守女[②]，字庚娘，丽而贤。逑好甚敦[③]。以流寇之乱[④]，家人离逖[⑤]。金携家南窜。途遇少年，亦偕妻以逃者，自言广陵王十八[⑥]，愿为前驱[⑦]。金喜，行止与俱。至河上，女隐告金曰："勿与少年同舟。彼屡顾我，目动而色变[⑧]，中叵测也[⑨]。"金诺之。王殷勤觅巨舟，代金运装，劬劳臻至[⑩]。金不忍却。又念其携

有少妇，应亦无他。妇与庚娘同居，意度亦颇温婉。王坐舡头上[11]，与橹人倾语，似甚熟识戚好。未几，日落，水程迢递[12]，漫漫不辨南北[13]。金四顾幽险，颇涉疑怪。顷之，皎月初升，见弥望皆芦苇[14]。既泊，王邀金父子出户一豁[15]，乃乘间挤金入水[16]。金有老父，见之欲号。舟人以篙筑之[17]，亦溺。生母闻声出窥，又筑溺之。王始喊救。母出时，庚娘在后，已微窥之[18]。既闻一家尽溺，即亦不惊，但哭曰："翁姑俱没，我安适归[19]！"王入劝："娘子勿忧，请从我至金陵。家中田庐，颇足赡给，保无虞也[20]。"女收涕曰："得如此，愿亦足矣。"王大悦，给奉良殷。既暮，曳女求欢。女托体姅[21]，王乃就妇宿，初更既尽，夫妇喧竞[22]，不知何由。但闻妇曰："若所为[23]，雷霆恐碎汝颅矣！"王乃挞妇[24]。妇呼云："便死休！诚不愿为杀人贼妇！"王吼怒，捽妇出。便闻骨董一声[25]，遂哗言妇溺矣。未几，抵金陵，导庚娘至家，登堂见媪。媪讶非故妇。王言："妇堕水死，新娶此耳。"归房，又欲犯。庚娘笑曰："三十许男子，尚未经人道耶[26]？市儿初合卺，亦须一杯薄浆酒；汝家沃饶[27]，当即不难。清醒相对，是何体段[28]？"王喜，具酒对酌。庚娘执爵，劝酬殷恳。王渐醉，辞不饮。庚娘引巨碗，强媚劝之。王不忍拒，又饮之。于是酣醉，裸脱促寝。庚娘撤器烛，托言溲溺；出房，以刀入，暗中以手索王项，王犹捉臂作昵声。庚娘力切之，不死，号而起；又挥之，始殪[29]。媪仿佛有闻，趋问之，女亦杀之。王弟十九觉焉。庚娘知不免，急自刎；刀钝铗不可入[30]，启户而奔。十九逐之，已投池中矣；呼告居人，救之已死，色丽如生。共验王尸，见窗上一函，开视，则女备述其冤状。群以为烈，谋敛资作殡[31]。天明，集视者数千人；见其容，皆朝拜之。终日间，得金百，于是葬诸南郊。好事者为之珠冠袍服，瘗藏丰满焉[32]。

初，金生之溺也，浮片板上，得不死。将晓，至淮上，为小舟所救。舟盖富民尹翁专设以拯溺者。金既苏，诣翁申谢。翁优厚之，留教其子。金以不知亲耗，将往探访，故不决。俄白："捞得死叟及媪。"金疑是父母[33]，奔验果然。翁代营棺木。生方哀恸，又白："拯一溺妇，自言金生其夫。"生挥涕惊出[34]，女子已至，殊非庚娘，乃王十八妇也。向金大哭，请勿相弃。金曰："我方寸已乱[35]，何暇谋人？"妇益悲。尹审其故，喜为天报，劝金纳妇。金以居丧为辞[36]，"且将复仇，惧细弱作累[37]。"妇曰："如君言，脱庚娘犹在，将以报仇居丧去之耶？"翁以其言善，请暂代收养，金乃许之。卜葬翁媪，妇缞绖哭泣[38]，如丧翁姑。既葬，金怀刃托钵，将赴广陵[39]。妇止之曰："妾唐氏，祖居金陵，与豺子同乡，前言广陵者，诈也。且江湖水寇，半伊同党；仇不能复，只取祸耳。"金徘徊不知所谋。忽传女子诛仇事，洋溢河渠，姓名甚悉[40]。金闻之一快，然益悲。辞妇曰："幸不污辱。家有烈妇如此，何忍负心再娶？"妇以业有成说[41]，不肯中离，愿自居于媵妾。会有副将军袁公[42]，与尹有旧，适将西发，过尹；见生，大相知爱，请为记室[43]。无何，流寇犯顺[44]，袁有大勋[45]；金以参机务[46]，叙劳[47]，授游击以归[48]。夫妇始成合卺之礼。居数日，携妇诣金陵，将以展庚娘之墓[49]。暂过镇江，欲登金山[50]。漾舟中流，欻一艇过，中有一媪及少妇，怪少妇颇类庚娘。舟疾过，妇自窗中窥金，神情益肖。惊疑不敢追问，急呼曰："看群鸭儿飞上天耶[51]！"少妇闻之，亦呼云："馋猧儿欲吃猫子腥耶[52]！"盖当年闺中之隐谑也[53]。金大惊，反棹近之，真庚娘。青衣扶过舟[54]，相抱哀哭，伤感行旅。唐氏以嫡礼见庚娘[55]。庚娘惊问，金始备述其由。庚娘执手曰："同舟一话，心常不忘，不图吴越一家矣[56]。蒙代葬翁姑，所当首谢，何以此礼相向？"乃以齿序，唐少庚娘一岁，妹之。

先是，庚娘既葬，自不知历几春秋。忽一人呼曰："庚娘，汝夫不死，尚当重圆。"遂如梦醒。扪之，四面皆壁，始悟身死已葬。只觉闷闷，亦无所苦。有恶少窥其葬具丰美，发冢破棺，方将搜括，见庚娘犹活，相共骇惧。庚娘恐其害己，哀之曰："幸汝辈来，使我得睹天日，头上簪珥，悉将去。愿鬻我为尼，更可少得直。我亦不泄也。"盗稽首曰："娘子贞烈，神人共钦。小人辈不过贫乏无计，作此不仁。但无漏言，幸矣，何敢鬻作尼！"庚娘曰："此我自乐之。"又一盗曰："镇江耿夫人，寡而无子，若见娘子，必大喜。"庚娘谢之。自拔珠饰，悉付盗。盗不敢受；固与之，乃共拜受。遂载去，至耿夫人家，托言舡风所迷[57]。耿夫人，巨家，寡媪自度[58]。见庚娘大喜，以为己出[59]。适母子自金山归也。庚娘缅述其故[60]。金乃登舟拜母，母款之若婿。邀至家，留数日始归。后往来不绝焉。

异史氏曰："大变当前，淫者生之，贞者死焉。生者裂人眦[61]，死者雪人涕耳[62]。至如谈笑不惊，手刃仇雠，千古烈丈夫中，岂多匹俦哉[63]！谁谓女子，遂不可比踪彦云也[64]？"

注释

①中州：指河南省。河南省为古豫州地，地处九州中央，故称中州。

②太守：明清对知州、知府的俗称。

③逑好甚敦：夫妻感情很深。《诗·周南·关雎》："窈窕淑女，君子好逑。"逑，配偶。敦，笃厚。

④流寇之乱：指明末李自成义军由陕入豫。时间约在崇祯前期至中期。

⑤离逖（tì 惕）：谓远离故土。《书·多方》："我则致天之罚，离逖尔土。"

⑥广陵：江苏扬州旧称广陵郡，明清为扬州府，府治在今扬州市。

⑦前驱：领路，向导。

⑧目动而色变：眼睛贼溜溜的，神色不正常。

⑨中叵（pǒ 坡上声）测：谓内心阴险。叵，不可。

⑩劬（qú 渠）劳：勤劳，劳苦。臻至：周到。

⑪舡（xiāng 箱）：船。

⑫水程迢递：水路遥远。意思是看不到可以停泊的处所。迢递，远貌。

⑬漫漫：旷远无际的样子，形容水面广阔。

⑭弥望：犹言极望，满眼。

⑮一豁：犹言一豁心目；谓望远散心。

⑯乘间：乘隙，趁机。

⑰筑：撞击。

⑱微：悄悄，隐约。

⑲我安适归：我到哪里归宿？

⑳无虞：不用发愁。虞，忧虑。

㉑体姅（bàn 半）：正值月经期内。《说文》：“姅，妇人污也。从女，半声。”

㉒喧竞：喧闹相争。

㉓若：汝，你。

㉔挝（zhuā 抓）：打。

㉕骨董：同“咕咚”，此言落水声。

㉖人道：指男女交合之事。见《诗·大雅·生民》笺、疏。

㉗沃饶：殷富。

㉘体段：体统。

㉙殪（yì 义）：死。

㉚钝钬（jué 决）：刃不锋利叫钝，刃卷缺叫钬。

㉛作殡：治丧。

㉜瘗藏（zàng 葬）：陪葬物品。

㉝金疑是父母：此从二十四卷抄本，底本无“母”字。

㉞挥涕：擦干眼泪。

㉟方寸已乱：心绪已乱。方寸，心。详见《鲁公女》注。

㊱居丧：服丧。父母死，子女服丧三年。

㊲细弱：妇孺家小。

㊳缞绖（cuī dié 崔迭）：丧服之一种，俗称披麻戴孝，服三年丧者用之。披于胸前的麻布条。结在头上或腰间的麻布带。

㊴赴：据二十四卷抄本，底本作“越”。

㊵姓名甚悉：姓什么叫什么都传说得详细明白。悉，周详。

㊶业有成说：已经把夫妻关系说定。

㊷副将军：副总兵。详见《夜叉国》注。

㊸记室：官名，东汉置，掌章表书记文檄，元后废。这里借指副将属下同一执掌的幕僚。

㊹犯顺：以逆犯顺，指作乱造反。

㊺大勋：大功。《史记·高祖功臣侯者年表》："古者人臣，功有五等，以德立宗庙、定社稷曰勋。"

㊻参机务：指参赞军务。机务，军事机密。

㊼叙劳：按劳绩除授升赏。此言得官。

㊽游击：武官名。详见《夜叉国》注。

㊾展墓：扫墓。展，省视。

㊿金山：山名。在镇江西北。旧在长江中，后积沙成陆，遂与南岸相连。古有多名，唐时裴头陀于江边获金，故改名金山。

(51)群鸭儿飞上天：据下文，这是"当年闺中隐谑"。其意未详。北朝乐府《紫骝马歌辞》云，"烧火烧野田，野鸭飞上天，童男娶寡妇，壮女笑杀人。"此隐谑或有取于此，就世乱漂泊和"娶寡妇"言，似具有谶语意味。又，鸭栖丛芦，决起直上，则此隐谑颇有狎亵意味。

(52)馋猧儿欲吃猫子腥耶：馋狗想吃猫吃剩的鱼了吧？喻贪馋，渴望。今喻人嘴馋有"馋狗舔猫碗"的俗谚，或与此略近。猧（wō 窝），犬。腥，生鱼。

(53)闺中隐谑：闺房内夫妻开玩笑的隐语。隐，隐语，不直述本意而借他辞暗示。

(54)青衣：侍女。

(55)以嫡礼见庚娘：用见正妻之礼，拜见庚娘。

(56)吴越一家：敌对双方成为一家人。吴、越，春秋时诸侯国名，两国数世敌对交战，故后世称敌对的双方为吴越。

(57)舡风所迷：意思是乘船遇风迷路，故而投奔。

(58)寡媪自度：老寡妇一人，独自过活。

(59)以为己出：把庚娘当作亲生女儿。

(60)缅述：追述。

(61)裂人眦：把人恨得眼眶瞪裂；意谓极度痛愤。眦，目眶。

(62)雪人涕：使人挥泪悲伤。雪，擦、拭。

⑥③匹俦：匹敌，并列。

⑥④比踪彦云：意思是女子亦可同英烈男子并驾齐驱。《世说新语·贤媛》：三国魏“王公渊娶诸葛诞女。入室，言语始交，王谓新妇曰：‘新妇神色卑下，殊不似公休。’妇曰：‘大丈夫不能仿佛彦云，而令妇人比踪英杰。’”女父诸葛诞字公休。王公渊之父王，字彦云，曹魏末，以反对司马氏专权被杀。比踪，并驾，行事相类。

意译

金大用是中原地区世家子弟。妻子是尤知府的女儿，名叫庚娘，美丽贤惠。夫妇俩感情很深。后来因为战乱，家人失散。金大用便携带家属逃往南方。

逃亡路上，遇见一年轻人，也是带着家眷南逃，自称是扬州的王十八，愿意为向导。金大用很高兴，于是结伴而行。不久，便来到河边上。庚娘悄悄对丈夫说：“咱们不要和他们同船。他常常盯着我看，而且表情也很奇怪，看来是居心叵测。”金大用答应了。

王十八忙前忙后地找船、运行李等，十分殷勤，金大用不忍心推却他的一番好意，又想他也带着妻子，应该没有什么问题。在船上，王妻子与庚娘同住，态度和蔼可亲。王十八在船头上和船工说话，像是老相识一般。船走了不大一会儿，天已是黄昏了，只见四周天水茫茫，让人辨不清南北。金大用见这里偏僻险要，觉得有些可疑。这时，一轮明月冉冉升起，船已来到一片芦苇丛中。船在这里停了下来，王十八邀金大用父子出来看看，便乘其不备，将金大用挤到水里。金父见状，刚要呼喊，又被船工一篙戳了下去。金母听到声音出来探看，也被戳下水去。这时，王十八才大声喊救人。金母出来时，庚娘就在后面，已经约略看见了些。见一家人都落水，也就没有露出惊慌，只是哭着说：“公公婆婆都不在了，我到哪里去呢?”王十八进来劝解说：“娘子不要悲伤，请跟我一同去金陵。我家有良田美宅，家境丰裕，保你吃穿不愁。”庚娘止住哭说：“如果真能这样，我也满足了。”王十八十分欢喜，对她殷勤备至。当天夜里，就向她求欢。庚娘推托说自己正来月经，王十八便和妻子去睡了。一更刚过，就听得夫妻俩在舱中吵架，不知是为了什么。又听见女的说：“你做的事是会遭天打雷劈的。”王十八就殴打妻子，只听女的大声说：“死就死，真不愿当杀人犯的老婆。”王十八大吼大叫，将妻子揪出舱，只听“咕咚”一声，王十八大声喊：“我老婆掉到水里了！”

不久，船到了金陵。王十八将庚娘带回家中，拜见老母。老母奇怪这不是原来的儿媳。王十八回答：“掉在水里淹死了，这是新娶的。”二人回到房中，王十八又对她动手动脚。庚娘笑着说：“你三十多岁的人了，还没有经过男女之事吗？一般小户人家成亲，也须一杯薄酒，你家如此富裕，应该不成什么问题。两个人清清醒醒地度过洞房花烛夜，真有些说不过去。”王十八听了很高兴，就摆上酒菜对饮。庚娘不住地劝酒。王十八已经有了醉意，便开始推辞。庚娘强装媚态相劝，王十八不忍心拒绝，于是又喝了满满一大杯。这一下彻底醉倒，脱光衣服催促庚娘上床。庚娘收拾了杯盘，吹灭了灯，托说要小便，出去拿了一把刀进来，在黑暗中摸到王十八的脖子。王十八这时还拉着她的胳膊纠缠，庚娘用力砍他的脖子，没有杀死，他喊着跳起来，庚娘又砍了一下，才杀死了他。王母闻声赶来，庚娘将她也杀了。事情被王十八的弟弟王十九察觉，庚娘知道逃不掉了，急忙自刎，但刀口钝，砍不进去，就开门快跑出去。等王十九追上来时，庚娘已跳进水池中。连忙喊人打捞，救上来时人已死了，但依然容貌秀丽，栩栩如生。众人来王家验尸，见窗上有一封信，打开一看，原来庚娘将自己的冤屈全部写在上面。众人为庚娘的刚烈所感动，商量集资安葬她。到天亮时，来观看的人达数千，个个面对遗容朝拜。一天之内。便集得安葬费一百两，将她葬在南郊。还有人为她穿戴了珠冠锦袍的寿衣，墓中随葬品满满的。

当初，金大用被挤下水后，因为抓住一块木板而幸免于难。第二天早上漂到淮河边，被一条小船救起。这船是富翁尹老头专门用来拯救落水者的。金大用苏醒后，去向尹老头谢救命之恩，尹老头很优待他，留他教自己儿子读书。金大用因为不知父母下落，要去寻找，所以犹豫不决。这时，听说捞起一个老头和老太婆尸体，金大用怀疑是父母，一看果然是。尹老头帮着置办了棺木。金大用正痛哭，又报说救起一个女的，自己说是金大用的妻子。金大用去看时，不是庚娘，而是王十八的妻子。她向金大用大哭，求他不要抛弃她。金大用说：“我现在心乱如麻，怎么顾得上你。”女人更悲伤了。尹老头了解了事情经过，认为这是苍天报应，劝金大用收她为妻。金大用说：“父母刚刚去世，我正在居丧。而且必须报仇，如有妻室拖累，实在太不方便。”女的说：“照您说的，如果现在是庚娘，也以此为理由不要她吗？”尹老头认为她言之有理，愿意暂时代金大用收养她。金大用答应了安葬父母时，女人披麻戴孝，尽了礼数。

丧事过后，金大用藏刀在身，手捧要饭碗，打算去扬州。女的说：“我姓唐，祖居金陵，和那个狼心狗肺的是同乡，他过去说家在扬州是骗你。而且，他和江湖上的强盗都是一伙，你如果不小心，报仇不成，反会遭殃。”金大用听了不知如何是好。这时忽然到处有传播女子报仇的事情，人名、地点说得有凭有据。金大用得知此事悲喜交集，对唐氏说：“幸好我对你没有什么，不然，我家有这样的烈妇，而我再娶，不就成了负义的男人了？”但唐氏已经说定了，不肯中途分手，愿留下作妾。

这时，尹老头的旧交袁某来访，与金大用一见如故，金大用便随他去剿灭流寇，袁某后来立了大功，金大用因他的保荐，也授任游击。回到淮上后，金大用便与唐氏成婚。婚后二人同去南京，准备修筑庚娘的墓地。船过镇江时，想登金山，正行至江中，忽然有只小艇擦船边而过。这时金大用看见艇中有一位老太太和一位少妇，那少妇的长相与庚娘一模一样。船过后，少妇从窗口往外看，金大用一怔，连她的神情都那么像庚娘。金大用满腹疑虑又不敢贸然追问，情急之下喊了一句：“看一群鸭子飞上天了。”少妇听了，也喊着说：“馋嘴儿想偷吃猫食吗？”这两句话是当年两人在闺房中调笑的戏语。金大用大吃一惊，掉转船头靠近一看，真是庚娘。丫头将庚娘扶过船，两人抱头痛哭，船上旅客也为之感动。唐氏过来，用拜见正妻的大礼叩拜庚娘。庚娘惊问原委，金大用便将前后经过叙述一遍。庚娘拉着她的手说：“当时与你在船上交谈过，心里常常还记起你，想不到现在成为一家人了。你代我安葬了公婆，理应我先谢你，怎么能以妾礼相见呢。”于是两人以姊妹相称，庚娘大一岁，叫唐氏为妹妹。

原来，庚娘埋葬之后，自己也不知过了多久，忽听得有人对她说：“庚娘，你丈夫还在，你们还会团聚。”而后就好像从梦中惊醒。一摸，四面是板壁。才知道自己已死了，被埋进坟墓。她只觉得胸中憋闷，倒也不太难受。刚巧村里一些无赖之徒，见庚娘殉葬品很多而且很好，来掘墓破棺，正要取东西时，发现庚娘还活着，惊慌极了。而庚娘也害怕这些人伤害自己，就哀求说：“幸亏你们前来，使我重见天日。头上的珠宝，你们都拿去，希望把我卖去当尼姑，还多少得点钱。我绝不会告发你们的。”盗贼头说：“娘子是个烈妇，鬼神都敬重你。我们不过是穷急了没办法，才干这种伤天害理的事情。你如果不泄漏，已属万幸，又怎么敢将你卖去做尼姑呢?”庚娘说:“这是我自愿的。”又有个盗贼说:“镇江有个耿老夫人,无儿无女,她要是见了你,一定会十分欢喜。”庚娘表示感谢,取下头上珠宝首饰全送给他们,他们不敢接受,庚娘一定要送给他们,才一同拜谢收下。于是将庚娘送到耿夫人家,假说是船遇风迷路而来投奔。耿夫人出身世家大族,年老寡居度日,见到庚娘,十分高兴,看作自己亲生女儿。刚才是母女两人从金山准备回家。庚娘一五一十地讲完之后,金大用就到船上拜见耿夫人,夫人像对待女婿一样待他,接到家里留住几天才让回去。此后,大家经常来往。

异史氏说:“面临危难之时,坏人得生,好人丧命。生者让人愤恨,死者使人落泪。至于像庚娘这样处危不乱,谈笑自若,亲手杀死仇人,千古以来刚烈的男儿中,能有几个可以和她并列?谁说女子中没有英雄豪杰呢?”

宫梦弼

柳芳华,保定人①。财雄一乡②,慷慨好客,座上常百人。急人之急,千金不靳③。宾友假贷常不还④。惟一客宫梦弼,陕人,生平无所乞请。每至,辄经岁。词旨清洒⑤,柳与寝处时最多。柳子名和,时总角⑥,叔之⑦。宫亦喜与和戏。每和自塾归,辄与发贴地砖⑧,埋石子,伪作埋金为笑。屋五架,掘藏几遍。众笑其行稚⑨,而和独悦爱之,尤较诸客昵⑩。后十余年,家渐虚,不能供多客之求,于是客渐稀;然十数人彻宵谈宴⑪,犹是常也。年既暮⑫,日益落,尚割亩得直⑬,以备鸡黍⑭。和亦挥霍,学父结小友,柳不之禁。无何,柳病卒,至无以治凶具⑮。宫乃

自出囊金，为柳经纪[16]。和益德之[17]。事无大小，悉委宫叔。宫时自外入，必袖瓦砾，至室则抛掷暗陬[18]，更不解其何意。和每对宫忧贫。宫曰："子不知作苦之难[19]。无论无金；即授汝千金，可立尽也。男子患不自立，何患贫？"一日，辞欲归。和泣嘱速返，宫诺之，遂去。和贫不自给，典质渐空[20]。日望宫至，以为经理[21]，而宫灭迹匿影，去如黄鹤矣[22]。先是，柳生时，为和论亲于无极黄氏[23]，素封也[24]。后闻柳贫，阴有悔心。柳卒，讣告之[25]，即亦不吊；犹以道远曲原之[26]。和服除[27]，母遣自诣岳所，定婚期，冀黄怜顾。比至，黄闻其衣履穿敝[28]，斥门者不纳[29]。寄语云[30]："归谋百金，可复来；不然，请自此绝。"和闻言痛哭。对门刘媪，怜而进之食，赠钱三百[31]，慰令归，母亦哀愤无策。因念旧客负欠者十常八九，俾诣富贵者求助焉[32]。和曰："昔之交我者，为我财耳。使儿驷马高车，假千金，亦即匪难。如此景象，谁犹念曩恩、忆故好耶？且父与人金资，曾无契保[33]，责负亦难凭也[34]。"母固强之。和从教，凡二十余日，不能致一文；惟优人李四，旧受恩恤，闻其事[35]，义赠一金。母子痛哭，自此绝望矣。

黄女年已及笄，闻父绝和，窃不直之[36]。黄欲女别适。女泣曰："柳郎非生而贫者也。使富倍他日，岂仇我者所能夺乎？今贫而弃之，不仁！"黄不悦，曲谕百端[37]。女终不摇。翁媪并怒，旦夕唾骂之，女亦安焉。无何，夜遭寇劫，黄夫妇炮烙几死[38]，家中席卷一空。荏苒三载[39]，家益零替。有西贾闻女美[40]，愿以五十金致聘。黄利而许之，将强夺其志。女察知其谋，毁装涂面，乘夜遁去。丐食于途，阅两月，始达保定，访和居址，直造其家。母以为乞人妇，故咄之。女呜咽自陈。母把手泣曰："儿何形骸至此耶！"女又惨然而告以故。母子俱哭。便为盥沐，颜色光泽，眉目焕映。母子俱喜。然家三口，日仅一啖。母泣曰："吾母子固应尔；所怜者，负吾贤妇！"女笑慰之曰："新妇在乞人中，稔其况味，今日视之，觉有天堂地狱之别。"母为解颐[41]。

女一日入闲舍中，见断草丛丛，无隙地；渐入内室，尘埃积中，暗陬有物堆积，蹴之迕足[42]，拾视皆朱提[43]。惊走告和。和同往验视，则宫往日所抛瓦砾，尽为白金[44]。因念儿时常与瘗石室中，得毋皆金？而故第已典于东家[45]。急赎归。断砖残缺，所藏石子俨然露焉，颇觉失望；及发他砖，则灿灿皆白镪也。顷刻间，数巨万矣[46]。由是赎田产，市奴仆，门庭华好过昔日。因自奋曰："若不自立，负我宫叔！"刻志下帷[47]，三年中乡选。乃躬赍白金[48]，往酬刘媪。鲜衣射目；仆十余辈，皆骑怒马如龙。媪仅一屋，和便坐榻上。人哗马腾，充溢里巷。黄翁自女失亡，西贾逼退聘财，业已耗去殆半，售居宅，始得偿。以故困窘如和曩日。闻旧婿烜耀[49]，闭户自伤而已。媪沽酒备馔款和，因述女贤，且惜女遁。问和："娶否？"和曰："娶矣。"食已，强媪往视新妇，载与俱归。至家，女华妆出，群婢簇拥若仙。相见大骇，遂叙往旧，殷问父母起居。居数日，款洽优厚[50]，制好衣，上下一新，始送令返。

媪诣黄许，报女耗[51]，兼致存问[52]。夫妇大惊。媪劝往投女，黄有难色。既而冻馁难堪，不得已如保定。既到门，见闬闳峻丽[53]，阍人怒目张，终日不得通[54]。一妇人出，黄温色卑词[55]，告以姓氏，求暗达女知。少间，妇出，导入耳舍[56]，曰："娘子极欲一觐[57]；然恐郎君知，尚候隙也。翁几时来此？得毋饥否？"黄因诉所苦。妇人以酒一盛、馔二簋[58]，出置黄前。又赠五金，曰："郎君宴房中，娘子恐不得来。明旦，宜早去，勿为郎闻。"黄诺之。早起趣装[59]，则管钥未启，止于门中，坐襆囊以待[60]。忽哗主人出。黄将敛避[61]，和已睹之，怪问谁何，家人悉无以应。和怒曰："是必奸宄[62]，可执赴有司。"众应声，出短绠，绷系树间。黄惭惧不知置词。未几，昨夕妇出，跪曰："是某舅氏[63]。以前夕来晚，故未告主人。"和命释缚。妇送出门，曰："忘嘱门者，遂致参差[64]。娘子言：相思时，可使老夫人伪为卖花者，同刘媪来。"黄诺，归述于妪。妪念女若渴，以告刘媪，媪果与俱至和家。凡启十余关，始达女所。女着帔顶髻[65]，珠翠绮纨，散香气扑人；嘤咛一声[66]，大小婢媪，奔入满侧。移金椅床[67]，置双夹膝[68]。慧婢瀹茗[69]；各以隐语道寒暄[70]，相视泪荧。至晚，除室安二媪；裀褥温耎，并昔年富时所未经。居三五日，女意殷渥。媪辄引空处，泣白前非。女曰："我子母有何过不忘[71]？但郎忿不解，妨他闻也。”每和至，便走匿。一日，方促膝[72]，和遽入，见之，怒诟曰：“何物村妪[73]，敢引身与娘子接坐！宜撮鬓毛令尽！”刘媪急进曰：“此老身瓜葛[74]，王嫂卖花者。幸勿罪责。”和乃上手谢过[75]。即坐曰：“姥来数日，我大忙，未得展叙[76]。黄家老畜产尚在否[77]？”笑云：“都佳。但是贫不可过。官人大富贵，何不一念翁婿情也？”和击桌曰：“曩年非姥怜，赐一瓯粥，更何得旋乡土！令欲得而寝处之[78]，何念焉！”言至忿际，辄顿足起骂。女恚曰：“彼即不仁，是我父母。我迢迢远来，手皴瘃[79]，足趾皆穿，亦自谓无负郎君。何乃对子骂父，使人难堪？”和始敛怒，起身去。

黄妪愧丧无色，辞欲归。女以二十金私付之。既归，旷绝音问，女深以为念。和乃遣人招之。夫妻至，惭怍无以自容。和谢曰：“旧岁辱临，又不明告，遂是开罪良多。”黄但唯唯。和为更易衣履。留月余，黄心终不自安，数告归。和遗白金百两[80]，曰：“西贾五十金，我令倍之。”黄汗颜受之[81]。和以舆马送还，暮岁称小丰焉[82]。

异史氏曰：”雍门泣后[83]，珠履杳然，令人愤气杜门，不欲复交一客。然良朋葬骨，化石成金，不可谓非慷慨好客之报也。闺中人坐享高奉[84]，俨然如嫔嫱[85]，非贞异如黄卿[86]，孰克当此而无愧者乎[87]？造物之不妄降福泽也如是。”

乡有富者，居积取盈[88]，搜算入骨[89]。窖镪数百，惟恐人知，故衣败絮、啖糠秕以示贫[90]。亲友偶来，亦曾无作鸡黍之事。或言其家不贫，便瞋目作怒[91]，其仇如不共戴天[92]。暮年，日餐榆屑一升[93]，臂上皮摺垂一寸长，而所窖终不肯发。后渐尫羸[94]。濒死，两子环问之，犹未遽告；迨觉果危急，欲告子，子至，已舌蹇不能声[95]，惟爬抓心头，呵呵而已。死后，子孙不能具棺木，遂藁葬焉。呜呼！若窖金而以为富，则大帑数千万[96]，何不可指为我有哉？愚已！

注释

①保定：明清府名，治所在今河北省保定市。

②雄：称雄，数第一。

③靳：吝惜。

④假贷：借贷。常：此从二十四卷抄本，底本作“尝”。

⑤词旨：词意，指言谈意趣。清洒：清雅、洒脱，谓不落俗套。

⑥总角：指儿童时代。古代男女十五岁前于头顶两旁束发为两结，称总角。角，小髻。

⑦叔之：称宫为叔父。

⑧发贴地砖：揭开房内铺地的砖。

⑨行稚：做事带孩子气。

⑩昵：亲热。

⑪谈：设宴聚谈。曹操《短歌行》：“契阔谈宴，心念旧恩。”

⑫年既暮：到了晚年。

⑬割亩得直：卖田得钱。直，通“值”。

⑭备鸡黍：筹措好饭菜；谓殷勤待客。《论语·微子》：“止子路宿，杀鸡为黍而食之。”

⑮凶具：指棺材。

⑯经纪：经营料理。《三国志·魏志·朱建平传》：“初，颍川许攸、锺繇相与亲善，攸早亡，子幼，繇经纪其门户。”

⑰德之：感激他。

⑱暗陬：室内暗角。陬，隅，角落。

⑲作苦：作业劳苦。

⑳典质：典当。

㉑经理：义同经纪。

㉒去如黄鹤：谓一去不回。唐崔颢《黄鹤楼》诗：“黄鹤一去不复返。”

㉓无极：县名。明清属直隶正定府，即今河北省无极县。

㉔素封：富户，财主。

㉕讣（fù赴）：讣文，报丧书。

㉖曲原之：曲意原谅他。

㉗服除：服丧期满。旧制：父母死，子女穿孝服三年，称服丧。期满脱去丧

服，称除服、满服。

㉘衣履穿敝：衣敝履穿，谓衣服破损，鞋子磨穿。

㉙斥门者不纳：令守门人不让进门。斥，严词告诫。

㉚寄语：传话，转告。

㉛三百：三百文铜钱。

㉜俾诣富贵者求助焉：此从二十四卷抄本，底本无“诣”字。

㉝曾无契保：从来没有立借契、找保人。曾，从来、一向。

㉞责负：讨债。责，谓索求、讨取。负，负欠、债务。

㉟闻其事：此从青本，底本无“事”字。

㊱窃不直之：内心认为父亲无理。直，合理。

㊲曲谕：婉言劝说。

㊳炮烙：本是殷纣王所用的一种酷刑，详见《李伯言》注。这里指寇盗所用的烧灼之刑。

㊴荏苒：形容时间推移、渐进。晋张华《励志诗》：“日与月与，荏苒代谢。”

㊵西贾（gǔ 古）：西路商人。

㊶解颐：露出笑容。

㊷迕足：碰脚，碍脚。

㊸朱提（shí 时）：据《汉书·食货志》及《地理志》，朱提本山名，在今云南昭通市，山出佳银，名朱提银，其值较他银为重。后遂以朱提为佳银的代称。

㊹白金：白银。下文“白镪”，义同。

㊺故第：此从二十四卷抄本，底本作“故地”。东家：东邻。

㊻巨万：万万。形容极大数目。《史记·司马相如传》：“治道二岁，道不成，士卒多物故，费以巨万计。”索隐：“巨万犹万万也。”

㊼刻志：刻苦励志。下帷：放下书室帘幕；指专心苦读。

㊽躬赍（jī 基）：亲自携带。

㊾烜耀：光彩显赫。

㊿款洽：犹款接；指款待和赠予。款，款待。洽，濡；指赙赠。

51耗：音耗，消息。

52存问：问候，慰问。

53闬闳（hàn hóng 汗宏）峻丽：宅门高大华美。闬闳，里门，即临街之院门。《左传·襄公三十一年》：“高其闬闳，厚其墙垣，以无忧客使。”闬，据青柯亭刻本，底本作“门”。

㊴通：通禀主人。

㊵温色卑词：面色温和，措辞谦卑。

㊶耳舍：正屋（堂屋）两旁的小屋，如人面之两耳，通称耳房。

㊷觐：拜会。相见的敬辞。

㊸酒一盛（chéng 成），馔二簋（guǐ 轨）：犹言酒一壶，饭菜两盘。形容接待俭薄。盛和簋是古代容器的名称，这里指盛饭菜的器皿。

㊹趣（cù 促）装：促装。趣，通“促”。

㊺襆（fù 付）囊：盛衣物的包裹。

㊻敛避：抽身躲避。敛，敛迹。

㊼奸（guǐ 轨）：歹徒。《国语·晋语》：“乱在内为宄，在外为奸。”

㊽舅氏：舅父。某：仆妇自称。

㊾参差（cěn cī）：差池，闪失。

㊿着帔（pèi 佩）顶髻：身着彩帔，头挽高髻。帔，豪门富室的便服，绣有团花，女帔长仅及膝。着帔挽髻，表示已婚富贵之家，就黄母眼中看来，与在家时装扮迥然不同。

(66)嘤咛：娇语声；指细声吩咐。

(67)金椅床：饰金的躺椅。椅床，又名椅榻，现在叫躺椅。《新五代史·景延广传》：“延广所进器物：鞍马，茶床、椅榻，皆裹金银，饰以龙凤。”

(68)置双夹膝：躺椅两侧各放一小型竹具。夹膝，旧时置于床席间用以放置手足的竹制取凉用具。其形制不一，有竹夹膝、竹夫人、竹姬、竹奴等称呼。

(69)瀹（yuè 月）茗：泡茶，沏茶。

(70)“各以隐语”句：此时母女未公开相认，所以在奴婢面前各以隐语问候。

(71)子母：犹言母女。子，可兼指男女。

(72)促膝：膝盖靠近；指接坐交谈。

(73)何物村妪：什么村老婆子。何物，什么东西。轻鄙人的话。

(74)瓜葛：疏亲。蔡邕《独断》下：“四姓小侯，诸侯家妇，凡与先帝先后有瓜葛者……皆会。”瓜和葛都是蔓生植物，彼此牵连，故有此喻。

(75)上手谢过：拱手道歉。上手，本于“上其手”、“下其手”（见《左传·襄公二十六年》），本是拱手郑重介绍尊贵客人的手势，这里即作抱拳致歉的手势。

(76)展叙：会见叙谈。展，省（xǐng）视。

⑺畜产：犹言畜生。

⑻寝处之：剥其皮而坐卧之。《左传·襄公二十一年》："然二子者譬于禽兽，臣食其肉，而寝处其皮矣。"

⑼手皴瘃（cūn zhú 村逐）：两手皴裂，生了冻疮。皮肤受冻而皲裂叫皴，冻疮叫瘃。

⑽遗（wèi 位）：赠予。

⑾汗颜：脸上出汗，形容羞惭。

⑿小丰：犹"小康"。

⒀"雍门泣后"四句：意谓富贵之家，衰败以后，昔日受优待的门客往往背恩远去，这种情况令人气愤伤心，宁可闭门索居，不再交友接客。雍门，雍门周，战国齐人，善鼓琴。刘向《说苑·善说》谓雍门周尝以琴见孟尝君。孟尝君曰："先生鼓琴也，能令文（孟尝君名田文）悲乎？"雍门周引琴而鼓，于是孟尝君"涕泣增哀"，对他说："先生之鼓琴，令文立若破国亡邑之人也。"珠履，代指受优待的门客；底本作"朱履"，此从二十四卷抄本。《史记·春申君列传》："春申君客三千余人，其上客皆蹑珠履。"

⒁高奉：优裕的供养。

⒂嫔嫱（pín qiáng 贫墙）：嫔和嫱，古代宫廷中的女官。

⒃贞异：坚贞卓绝。黄卿：指黄女。卿，昵称。

⒄孰克：谁能。

⒅居积取盈：囤积财货，乘时取利。盈，利息。

⒆搜算：搜刮、算计。入骨：极言其刻薄。

⒇故：故意。

㉑瞋（chēn 琛）目：瞪眼。

㉒不共戴天：此从二十四卷抄本，底本无"共"字。不与仇人并存于世间。《礼记·曲礼》："父之仇，弗与共戴天。"

㉓榆屑：榆皮轧成的碎末。

㉔尪羸（wāng léi 汪垒）：瘦弱。

㉕舌蹇：舌头僵滞，难以动转。蹇，蹇涩，僵木。

㉖大帑（tǎng 淌）：储藏金帛的国库。

意译

保定府有个大财主，叫柳芳华。他为人慷慨大方，好结交朋友，家里常常有上百位宾客。为了帮助别人渡过难关，千金在所不惜，而借他钱的人很少偿还。柳家有个客人叫宫梦弼，是陕西人，却从来没有向柳芳华借过什么。他来柳家，一住就是一年半载。此人谈吐不俗，柳芳华和他相处的时候最多。柳芳华的儿子叫柳和，当时还是儿童，把宫梦弼称作叔父。宫梦弼也喜欢与柳和在一起玩。每到柳和从学堂回来，二人就玩“埋银子”的游戏，将屋内地板挖开，将石块当作银子埋进去，五间屋子都被他们埋遍了。大家都觉得很可笑，而柳和却十分喜欢他，比对别人更亲近。

十多年过去了，柳家家境日益破落，也养不起众多食客了，于是客人越来越少。但十几位客人在家吃喝谈笑，还是常有的。到柳芳华晚年时，更捉襟见肘，还变卖田产来供养客人。柳和也是大手大脚，学他父亲样子结交了一帮小朋友，柳芳华也不制止。不久，柳芳华病故，家里竟然没钱治丧。宫梦弼便自己出钱，为柳芳华办了丧事。柳和至此更加敬重宫梦弼，家中大小事务，一概委托宫叔办理。宫梦弼从外面回来，总带着一些瓦砾扔到屋子角落，也不知他的用意。柳和经常向宫梦弼埋怨日子越来越难，宫梦弼说：“你没有尝过受苦的滋味。现在就是给你千两银子，也会立即挥霍掉。男人怕的不是穷，而怕的是不自立。”有一天，宫梦弼告辞回家，柳和哭着求他很快回来，宫梦弼答应后就走了。柳和没有能力养活自己，家当日益被卖光，只盼着宫叔回来帮他理家。然而宫梦弼一去不返，一点消息都没有。

原先，柳芳华在世时，给儿子订了一门亲事，是无极县黄家的闺女。黄家也很富有。后来见柳家穷了，就有悔婚的意思。柳芳华去世时，派人送去讣告，黄家没有人来吊丧。柳家以为是路途遥远而原谅了；服丧期满后，柳母打发儿子去黄家商定结婚的日子，还希望黄家念及交情而能有所照顾，柳和到了后，黄某听说他衣冠不整，挡在门外不让进。又让人带话说："回去拿够百两白银再来，否则，就死了这条心。"柳和听了，失声痛哭。对门刘老太太见他可怜，就给他一碗饭吃，又拿出三百铜钱作路费，劝他回家去。

柳母十分生气伤心，但也无计可施。又想到过去那些客人大多数都欠钱不还，就想找几个富裕点的寻求资助。柳和说："过去和我们交往的是看中了我们的钱财。假如我现在仍是高车驷马。借一千两银子也不难。如今这样子，谁又会念及旧恩，顾及过去的情分呢？况且父亲当年借钱给人，并没有订下什么契约，也没有担保人。欠我们的债也没有凭证。"柳母一再坚持，柳和只得照办了，前前后后跑了二十多天，竟没有人肯给一文钱，唯有唱戏的李四，曾受过柳家的好处，听到这件事，送来一两银子。母子俩抱头痛哭。从此，就对这门亲事也绝望了。

黄家女儿已长到十五六岁，知道父亲回绝了柳和的亲事，心中十分反感。父亲又给她另寻人家，黄女哭着说："柳郎不是生下来就穷。如果他家比先前更富，就是有人同我家作对，还能夺走他吗？嫌贫爱富，是不仁不义。"黄某听了很不高兴，又用各种方式劝她，她始终都不动心。父母对她的行为十分恼怒，一天到晚地责骂，她十分坦然。不久，黄家遭到盗贼抢劫，夫妇俩被强盗拷打几乎死去，而家中钱财被洗劫一空。又过了三年，家里更穷了。

有一个从西边来的商人，听说黄女长得漂亮，愿出五十两白银作聘礼。黄某贪图钱财就答应了，准备强迫女儿嫁给商人。黄女知道后，将自己打扮成乞丐的样子，连夜逃走，沿途乞讨，走了两个月，才来到保定府境，打听到柳家住址，直接找到他家。柳母以为她是个女乞丐，就赶她走。黄女哭哭啼啼讲了自己的来历。柳母拉着她的手说："你怎么成了这个样子？"黄女又悲伤地讲述了缘故。柳和母子都哭起来。等她梳洗更衣之后，容光焕发，眉清目秀，美貌无比。柳家母子都十分欢喜。然而一家三口，每天只能吃上一顿饭。柳母哭着说："我们母子俩本当如此，只是可怜了我这好儿媳了。"黄女笑着宽慰道："如今的日子，和我当乞丐时的日子相比，真是到了天堂一般。"一番话将母亲又说笑了。

一天，黄女无意间走进一间空房，见里面长满荒草。慢慢走进内室，灰尘积了老厚一层。角落中满满堆了些东西，用脚尖一碰，还挺硬的，顺手拣起一看，却是一锭锭银子。黄女大惊，赶快把这事告诉了柳和。柳和忙和她一同去察看，原来是宫叔过去扔在屋角的瓦砾，现在都变成了白银。又想起小时候和宫叔玩"埋银子"的游戏，会不会都是白银？然而旧房屋已抵押给了别人，于是赶快把房屋赎回。进去一看，那些已经残破的砖头下露出的仍然是石头，不觉失望，等到挖开完好的地砖，下面都是光灿灿的白银。顷刻之间，挖出万两银子。从此赎回田产，买了奴婢，家中豪华，超过了往日未衰落时。柳和时时勉励自己："如果不能自立，就辜负了宫叔一番苦心。"从此刻苦读书，三年后考中举人。这时，柳和亲自带着银两去酬谢刘老太太。他服饰华美，灿烂醒目，十几个奴仆都骑着高头大马跟随后面，十分威风。那刘太太仅有一间房子，柳和便坐在床上与她交谈。一时小巷中人欢马叫，十分热闹。

黄家自从女儿逃掉之后，被商人逼着退还彩礼，而银两已用去不少，只好将房子变卖，才还齐了钱。这时穷困潦倒，同柳和当年没有什么两样。看到过去的女婿如今气势如此显赫，只能紧闭房门独自伤感。

柳和在刘老太太家拉家常，老太太为他做了酒菜，老太太谈到黄家女子的贤惠，对她的逃跑十分惋惜。又问柳和娶妻没有，柳和说："娶了。"酒饭吃完，柳和坚持要刘老太太去看新娘子，一同坐车回去了。到家后，黄女装扮一新，貌似天仙，由一群丫鬟扶出见客。刘老太太见了，十分惊讶。坐下慢慢叙旧，黄女急着打问父母生活情况。刘老太太住了几天，受到最好的招待，又给她上下一新做了一身衣服，才送她回家。她回去后，把见到黄女的事告诉了黄家，并转达了女儿对父母的问候。黄家老两口十分惊讶。刘老太太劝他们去投奔女儿，黄某又实在不好意思。

后来，黄家老两口因为贫病交加，实在无奈，不得已黄某去了保定。到了柳家门口，只见门楼高耸，华丽气派。看门人高声大气对着黄某怒视，一整天也不进去通报。后来，看见一个妇人从里面出来，黄某低三下四地求她将自己到来的事情告诉女儿。不一会儿，妇人又出来，领着他来到偏房说："我家娘子很想见您一面，但又怕郎君知道，还要等找到机会才行。您什么时候来的？肚子饿吗？"黄某于是讲了自己的苦处。妇人将一壶酒、两盘菜摆在他面前，又给他五两银子，说："柳少爷在房内摆酒，娘子恐怕来不了。明天一大早你快离开，别让少爷知道。"黄某答应了。第二天一早，黄某就来到门外，大门还未开，就坐在包袱上等着。忽听得一阵喧哗，说是主人出门。黄某刚要回避，柳和已经发现，向左右打听这是何人，奴仆们没有知道的。柳和生气地说："一定是歹人，把他捉拿到官府去。"众人应声而出，用绳子将黄某绑在树上。黄某又羞又怕，说不出话来。一会儿，昨天遇见的妇人出来，跪着说："是我舅舅，因为昨天到得晚，所以未向主人说。"柳和便叫人放了他。妇人送黄某出门时说："都怪我昨天忘了叮咛看门人，才出了这种差错。我们娘子说：如果想她了，可以让老夫人装扮成卖花的人，与刘老太太一同前来。”

黄某回去后，将这些告诉了夫人。黄母十分思念女儿，马上就告诉了刘老太太，两人就一同来到柳家。过了十几道门，才来到女儿住的地方。女儿满身珠光宝气，香气扑鼻，口中娇滴滴吩咐一声，老少仆妇，赶忙上来团团侍奉，搬来金交椅，放上消暑的竹夫人，伶俐的丫鬟沏上茶。母女俩相视泪光莹莹，以暗语互相问候。到了晚上，两个老太太被安置到另一间房中，被褥舒服、讲究，即使当年黄家富裕时也没有的。住了三五天女儿对母亲很殷勤尽心。黄母常常在无人处向女儿认错。女儿说：“我们母子间没什么可记仇的，只是女婿的气至今没消，不能让他知道。”所以每当柳和一来，黄母就赶快躲避。一天，两人刚刚坐在一起，不防柳和猛然推门进来撞见，十分生气地说：“哪来的乡下婆子，竟敢和娘子平肩并坐在一起，该把头发揪下来。”刘老太太忙上前解围，说：“这是我的亲戚，卖花的王嫂，请莫责怪。”柳和忙向刘老太太道歉，坐下说：“你来了几天，我太忙，顾不上和你叙谈。黄家老畜生还活着吗?”刘老太太笑着说：“都好。只是日子过得太艰难了。官人如此富贵，何不稍念一下翁婿之情?”柳和拍着桌子说：“那年若不是您可怜我，给我一碗粥喝，我连家都回不了。现在恨不得剥了他们的皮，顾念什么翁婿之情。”说到气处，不禁跺脚大骂。黄女生气地说：“他们再不好，也是我的父母。我当时路远迢迢来你家，冻坏了手，磨破了脚，脚趾露在外面，自问没有对不起你的地方。你为何还要当着女儿的面骂父亲，让人难堪呢?”柳和这才息怒退去了。黄母羞愧得无地自容，马上要回去，女儿悄悄给了她二十两银子，自从这次分别后，很长时间都没有了音讯，黄女对父母的思念越来越深。柳和便派人把他们接到家中。老两口到后，羞愧不安。柳和道歉说：“去年你们来时，不明白告诉我，多有得罪。”黄某只是连声称是。柳和命人给两位老人从头到脚置换一新，又留下住了一个多月。黄某因内心不安，几次要回去。柳和送给白银一百两说：“那商人给你五十两白银，我今天加倍付你。”黄某红着脸接受下来。柳和派车送二老回去。以后，黄家日子稍稍宽裕。

异史氏说：“富贵之家失势，再没有人登门，真令人气愤，想闭门不再交友。然而像宫梦弼那样的好友，买棺营葬，化石成金，不能说不是慷慨好客的回报。至于闺中女子，坐享荣华，如果不是像黄氏女这样贞洁自爱，谁能当之无愧?可见老天有眼，是不会随便降福于人的。”

本乡有一个富翁，做生意精打细算，发了财。他在地窖里藏了数百两银子，唯恐别人知道。因而穿得破破烂烂，整日吃糠咽菜来证明自己贫穷。偶然有亲戚朋友拜访，也从不请人吃饭。如有谁说他家不穷，他便瞪眼看着对方，好像有不共戴天之仇。到了晚年，每天只吃一升榆树皮屑，瘦得手臂上垂下一寸多长的皮。而他藏着的白银始终不取出来。后来饿得快死了，两个儿子守着问他，还是不说。等他自己觉得不行了想要说时，却舌头发硬说不出话，只是乱抓胸口，咳几声就归天了。而子孙连买棺材的钱都没有，只好用草席裹着埋了。唉！像这种藏钱在窖中就算是富有，那么国库中几千万两金银，何不能说归我所有呢？真是愚蠢啊！

鸲鹆

王汾滨言：其乡有养八哥者[①]，教以语言，甚狎习[②]，出游必与之俱，相将数年矣。一日，将过绛州[③]，而资斧已罄，其人愁苦无策。鸟云："何不售我？送我王邸[④]，当得善价，不愁归路无资也。"其人云："我安忍。"鸟言："不妨。主人得价疾行，待我城西二十里大树下。"其人从之。携至城，相问答，观者渐众。有中贵见之[⑤]，闻诸王。王召入，欲买之。其人曰："小人相依为命，不愿卖。"王问鸟："汝愿住否？"言："愿住。"王喜。鸟又言："给价十金，勿多予。"王益喜，立畀十金[⑥]。其人故作懊恨状而去。王与鸟言，应对便捷。呼肉啖之。食已，鸟曰："臣要浴。"王命金盆贮水，开笼令浴。浴已，飞檐间，梳翎抖羽，尚与王喋喋不休。顷之，羽燥，翩跹而起[⑦]，操晋声曰："臣去呀！"顾盼已失所在。王及内

侍，仰面咨嗟。急觅其人，则已渺矣，后有往秦中者⑧，见其人携鸟在西安市上。毕载积先生记⑨。

注释

①八哥：也称“八八儿”，为鸲鹆（qú yù 渠玉）的别名。形似乌鸦，能学人说话。

②狎习：习熟。

③绛州：明代州名，治所在今山西省新绛县。

④王邸：疑指设于绛州之明代灵丘王府。据《明史·诸王世表》二：明太祖十三子朱桂（封代王）之六子朱荣顺，于永乐二十二（1424）年封灵丘王，天顺五年（1454）别城于绛州，下传五王，至隆庆间因罪除国。

⑤中贵：指灵丘王府宦官。

⑥畀（bì 毕）：给予。

⑦翩跹：轻举貌。

⑧秦中：今陕西省地区。

⑨毕载积：毕际有，字载积，号存吾，淄川西铺人。明户部尚书毕自严子。清顺治二年（乙酉，1645）拔贡生，十三年任山西稷山知县，十八年升江南通州知州。康熙三年（1664）以误罢归。毕氏是作者友人，乾隆《淄川县志》六《续循良》有传。

意译

王汾滨说：他老家有个人养了一只八哥，教八哥说话，十分亲近，出门到哪都带着，相处有好几年了。

一日，将过绛州，旅费已经用完，那人苦思冥想，一筹莫展。八哥说：“为什么不卖了我？送我到王府，可以得到好价，不愁回家没路费。”那人说：“我怎么忍心。”八哥说：“不要紧。你拿了钱后赶快走，到城西二十里大树下等我。”那人就带着八哥进城了。

八哥与他一问一答，引得许多人围着观看。有个王府太监看见，报告了王爷。王爷召见，要买这只八哥。那人说：“我与它相依为命，不愿意卖。”王爷便问八

哥："你愿意住在这吗？"八哥答："愿意。"王爷很欢喜。八哥又说："给他十两银子，不要多给。"王爷更欢喜，立即给了十两银子。

那人装作十分懊恼的样子走了。王爷和八哥说话，八哥应对敏捷。就让人给它喂肉。吃完之后，八哥说："我要洗澡。"王爷命人用金盆盛水，打开笼子让它洗。洗完之后，飞到屋檐上梳理羽毛，还和王爷喋喋不休地说话。

不一会，羽毛已干，轻巧地展翅飞起，用晋地口音说："我走了呀！"环顾张望时已无影无踪。王爷和内侍们无不仰头叹息。急忙寻找卖鸟人，已不知去向。后来，有人去秦地，见到那人携鸟在长安市集上。

这事是毕载积先生记的。

刘海石

刘海石，蒲台人[①]，避乱于滨州[②]。时十四岁，与滨州生刘沧客同函丈[③]，因相善，订为昆季[④]，无何，海石失怙恃[⑤]，奉丧而归[⑥]，音问遂阙。沧客家颇裕。年四十，生二子：长子吉，十七岁，为邑名士；次子亦慧。沧客又内邑中倪氏女[⑦]，大嬖之[⑧]。后半年，长子患脑痛卒，夫妻大惨。无几何，妻病又卒；逾数月，长媳又死；而婢仆之丧亡，且相继也。沧客哀悼，殆不能堪。

一日，方坐愁间，忽阍人通海石至。沧客喜，急出门迎以入。方欲展寒温[⑨]，海石忽惊曰："兄有灭门之祸，不知耶？"沧客愕然，莫解所

以。海石曰："久失闻问，窃疑近况未必佳也。"沧客法泫然[10]，因以状对。海石欷歔。既而笑曰："灾殃未艾[11]，余初为兄吊也[12]。然幸而遇仆，请为兄贺。"沧客曰："久不晤，岂近精'越人术'耶[13]？"海石曰："是非所长。阳宅风鉴[14]，颇能习之。"沧客喜，便求相宅。

海石入宅，内外遍观之。已而请睹诸眷口；沧客从其教，使子媳婢妾，俱见于堂。沧客一一指示。至倪，海石仰天而视，大笑不已。众方惊疑，但见倪女战慄无色，身暴缩，短仅二尺余。海石以界方击其首[15]，作石缶声[16]。海石揪其发，检脑后，见白发数茎，欲拔之。女缩项跪啼，言即去，但求勿拔。海石怒曰："汝凶心尚未死耶？"就项后拔去之。女随手而变，黑色如狸[17]。众大骇。

海石掇纳袖中，顾子妇曰："媳受毒已深，背上当有异，请验之。"妇羞，不肯袒示。刘子固强之，见背上白毛，长四指许。海石以针挑出，曰："此毛已老，七日即不可救。"又视刘子，亦有毛，裁二指[18]。曰："似此可月余死耳。"沧客以及婢仆，并刺之。曰："仆适不来，一门无噍类矣[19]。"问："此何物？"曰："亦狐属。吸人神气以为灵[20]，最利人死。"沧客曰："久不见君，何能神异如此！无乃仙乎？"笑曰："特从师习小技耳，何遽云仙。"问其师，答云："山石道人。适此物，我不能死之，将归献俘于师[21]。"

言已，告别。觉袖中空空，骇曰："亡之矣！尾末有大毛未去，今已遁去。"众俱骇然。海石曰："领毛已尽，不能化人，止能化兽，遁当不远。"于是入室而相其猫，出门而嗾其犬，皆曰无之。启圈笑曰[22]："在此矣。"沧客视之，多一豕。闻海石笑，遂伏，不敢少动。提耳捉

出，视尾上白毛一茎，硬如针。方将检拔，而豕转侧哀鸣，不听拔。海石曰：“汝造孽既多，拔一毛犹不肯耶？”执而拔之，随手复化为狸。

纳袖欲出。沧客苦留，乃为一饭。问后会，曰：“此难预定。我师立愿弘，常使我等遨世上，拔救众生，未必无再见时。”及别后，细思其名，始悟曰：“海石殆仙矣！‘山石’合一‘岩’字，盖吕仙讳也㉓。”

注释

①蒲台：县名。清代属山东武定府。今并入博兴县。

②滨州：州名。清代属山东武定府。故治在今山东省滨州市。

③同函丈：指同塾读书。函丈，谓学塾中师、生座位相距一丈。《礼记·曲礼》：“席间函丈。”注：“函犹容也，讲问宜相对容丈，足以指画也。”

④订为昆季：结拜为异姓兄弟。昆季，兄弟之间长为昆，幼为季。

⑤失怙恃：父母双亡。《诗·小雅·谷风之什·蓼莪》：“无父何怙，无母何恃。”怙恃本义为凭恃，后遂作为父母的代称。

⑥奉丧：护送灵榇。

⑦内：纳；指纳之为妾。

⑧嬖（bì 壁）：宠爱。

⑨展寒温：叙寒暄、致问候的意思。展，叙。

⑩泫（xuàn 绚）然：泪流的样子。

⑪未艾：未尽，未停。

⑫吊：哀悼抚慰人之凶丧灾难。

⑬越人术：医术。战国扁鹊，原名秦越人，又名卢医，是我国古代名医，因以越人术为医术的代称。

⑭阳宅风鉴：我国古代星相方技的一个分支，为人家住宅看风水和给人相面。

⑮界方：即界尺。文具名。画直线或压纸的尺子，用硬木、玉石或铜制作。

⑯石缶：一种石制盛器。或如盆，或如缸，大小不一。

⑰狸（lí 离）：兽名。身肥短，似狐而小，俗称野狸。

⑱裁：才。

⑲无噍（jiào 叫）类：无生口，无活人。《汉书·高帝纪》："（项羽）尝攻襄城，襄城无噍类，所过无不残灭。"注："无复有活而噍食者也。青州俗呼无子遗者为无噍类。"噍，咀嚼。

⑳神气：指人体元气。

㉑献俘：旧时战胜，押送俘虏献于朝廷或主帅，称献俘。这里指呈献所获。

㉒圈（juàn 卷）：猪圈。

㉓吕仙：吕岩，字洞宾；以字行。号纯阳子，自称回道人。唐末道士。传说生于唐德宗贞元十四年（798），六十四岁进士及第。后游长安，遇钟离权，因得道。世以为神仙，通称吕祖。

意译

刘海石是蒲台县人。避乱迁至滨州，当时十四岁。他与滨州刘沧客是同学，因在一起十分投缘，就结拜为兄弟。不久，刘海石父母去世，护送灵柩回乡。从此便断了音讯。

刘沧客家境十分富裕。到四十岁，生有两个儿子。长子刘吉，十七岁，是本地名士，二儿子也很聪慧。刘沧客又娶了同县倪家女儿为妾，十分宠爱。过后半年，长子突然患了头痛病亡故，夫妻俩悲痛欲绝。没有多久，妻子也病死了；又过了几个月，大儿媳又死；而家中奴仆也是接连死去。刘沧客哀伤悲悼，精神几乎崩溃。

一天，他正独自坐在家中发愁，忽然看门人进来通报说刘海石前来。刘沧客十分高兴，急忙出门相迎，刚要寒暄，刘海石却吃惊地说："老兄有灭门之祸，不知道吗？"刘沧客非常惊讶，不知他是什么意思。刘海石说："好长时间没有你的音信，我感到你近来事情不妙。"刘沧客泪如泉涌，说了这些年来的悲惨处境。刘海石听了先是低声叹息，忽然又笑着说："你的厄运目前还未停止，所以使我担忧。但幸亏我来了，因而要为你祝贺。"刘沧客说："这么长时间没有见你，难道你现在学会了起死回生之术？"海石说："这倒不是。但我对住宅风水之事，倒有些研究。"刘沧客十分高兴，便请他相一相自己的住宅。刘海石先在各处转了转，又要求见一见家中上下家眷。刘沧客便召集全家大大小小全部来到堂上，并一一介绍给刘海石。轮到倪氏时，刘海石忽然仰天大笑起来。正当众人疑惑不解之时，那倪氏却花容失色，浑身发抖，身体立时缩短到只有二尺多。刘海石用界尺敲敲她的头，那声音像是敲在石瓮上。刘海石又揪着头发检查她的脑后，发现了几根白毛，刚要拔掉，她却缩着脖子跪下哭泣说自己会马上离去，只求别拔。刘海石怒斥道："你难道还想害人吗？"就拔去了，而那女子随即变成一只黑色的像狐狸的东西。众人十分惊恐。刘海石将它放进袖子中，对刘沧客的二儿媳说："你已受了很深的毒，背上肯定有东西，请让我检查。"媳妇害羞，不肯脱衣。刘沧客的二儿子强迫她脱下，发现背上有白毛，已长约四指。刘海石用针挑出，说："这毛已经长老了，再长七天就没救了。"又看他儿子背上，也有二指长的白毛。刘海石说："像这样只能活一个多月罢了。"他又检查了刘沧客及每一个奴婢仆人，为他们一一挑去背上的毛。说："如果我不及时赶来，你们全家一个也活不了。"大家问："这是什么妖物？"刘海石答道："也属于狐狸一类。专门靠吸人精气修炼，最能害人。"刘沧客说："久不见你，没想到你有了这样的神功，是不是成了仙？"刘海石笑着说："只不过跟师父学了点小小的技艺，谈不上成仙。"问他师父是谁。他说："是山石道人。刚才这妖物，我还无法处死，准备回去呈献师父。"说完，告辞要走。忽然发现袖子里空空的，吃惊地说："逃跑了。刚才没拔去尾巴上的大毛，现在它已逃走了。"众人十分恐惧。刘海石说："它脖子上的毛已拔净，再不会变成人形，只能变成兽类，可能还没跑远。"于是进屋看看猫，又出门唤唤狗，都不是。打开猪圈，笑着说："在这呢。"刘沧客一看，圈中果然多了一头猪。那头猪听见刘海石的笑声，乖乖地卧在地上，一动也不敢动。捉着耳朵提出来，看到尾巴上一根白毛像针一样硬。刚要拔下，那猪扭动身子哀叫着不让拔。刘海石说："你害了那么多人，拔一根毛还不肯吗？"就压住它拔掉了，又立时变为黑狸。刘海石又放进袖子准备走了，刘沧客苦苦留他不放，请他吃了一顿饭。问何时再见。他说："很难预定。我师父当年立下宏愿，让我们在世间遨游，拯救众生。也许后会有期。"分手后，刘沧客仔细捉摸"山石道人"这名字，才恍然大悟，说："大概刘海石已经成仙了。'山石'合起来为'岩'，是吕洞宾的名讳呀。"

犬灯

韩光禄大千之仆[①]，夜宿厦间[②]，见楼上有灯，如明星。未几，荧荧飘落，及地化为犬。睨之，转舍后去。急起，潜尾之[③]，入园中，化为女子。心知其狐，还卧故所。俄，女子自后来，仆阳寐以观其变[④]。女俯而撼之。仆伪作醒状，问其为谁。女不答。仆曰："楼上灯光，非子也耶？"女曰："既知之，何问焉？"遂共宿止。昼别宵会，以为常。

主人知之，使二人夹仆卧；二人既醒，则身卧床下，亦不知堕自何时。主人益怒，谓仆曰："来时，当捉之来；不然，则有鞭楚！"仆不敢言，诺而退。因念：捉之难；不捉，惧罪。展转无策。忽忆女子一小红衫，密着其体，未肯暂脱，必其要害，执此可以胁之[⑤]。夜分[⑥]，女至，问："主人嘱汝捉我乎？"曰："良有之[⑦]。但我两人情好，何肯此为？"及寝，阴揪其衫[⑧]。女急啼，力脱而去。从此遂绝。

后仆自他方归，遥见女子坐道周[⑨]；至前，则举袖障面。仆下骑，呼曰："何作此态？"女乃起，握手曰："我谓子已忘旧好矣。既恋恋有故人意[⑩]，情尚可原。前事出于主命，亦不汝怪也。但缘分已尽，今设

小酌，请入为别。”时秋初，高粱正茂。女携与俱入，则中有巨第。系马而入，厅堂中酒肴已列。甫坐⑪，群婢行炙⑫。日将暮，仆有事，欲覆主命，遂别。既出，则依然田陇耳。

注释

①韩光禄大千：韩茂椿，字大千，淄川人。父源，明代任通政使司右通政使。茂椿岁贡生，以恩荫授光禄寺署丞，补太仆寺主簿。传见《淄川县志》五《恩荫》。

②厦：房廊。按，作者家乡一带，无前墙的房屋称厦屋，又叫敞屋或敞棚，多供储放柴草杂物及安置碾磨之用。

③潜尾之：偷偷跟随其后。

④阳寐：假装入睡。阳，通“佯”。

⑤胁：要挟，胁迫。

⑥夜分：夜间，半夜。

⑦良有之：确有此事。

⑧掬：这里是双手剥取的意思。

⑨道周：路旁。

⑩恋恋有故人意：有旧交相爱不忘的情意。借用范雎语。

⑪甫坐：刚刚坐定。

⑫行炙：谓斟酒布菜。

意译

光禄寺丞韩大千的仆人，夜里在大宅睡觉，见楼上有点点灯光像星星一样。过了一会，荧光冉冉落地，变成了犬。斜眼看去，它拐弯向屋后跑。仆人赶忙起身，悄悄跟在后边，见它到园里变化成一个女子。心里明白这是狐狸，就返回仍睡在原处。

一会，女子从后边过来，仆人装着睡熟等着它变化。女子走近弯下身摇他，仆人装作刚刚睡醒的样子问她是谁。女子不答话。仆人说：“楼上的灯光，就是你吧？”女子说：“你既然已经知道，还问什么？”于是两人便睡在一起。从此，朝去

暮来，常常相会。

主人知道此事后，便命另外两个仆人晚上睡在他的两旁，但二人醒来后，发现自己已掉在床下，也不知什么时候掉下来的。主人很生气，对仆人说：“等她来后，你一定要捉住她，要不然我会鞭打你。”仆人不敢说话，点着头退下。心想：捉她太困难，不捉又不行。想来想去没有好办法。忽然记起女子贴身穿着一件小红衣服，从来不肯脱下，一定是她的要命的东西，拿到了可以胁迫她。夜里，女子来后问他：“主人命令你捉我吗?”他答：“就是。但我们二人已有了感情，我怎么肯呢?”等到睡觉时，暗中就脱她的小红衣。女子急得大喊，用力挣脱而逃，从此再也没有来过。

后来仆人从别处回来，远远望见女子坐在路边，走近她身边，她用袖子遮住脸面。仆人从马上下来，说道：“何必这样呢?”女子起来拉着手说：“我以为你已把我忘了。现在看来，你还是记着旧情的。原来的事情是你迫于主人的命令，我不怪你。但你我缘分已尽，今天准备了一点酒菜，请你喝一杯酒算是告别。”当时正是初秋，地里高粱长得正茂盛。女子拉他进了高粱地，见里面有所大庄院。拴了马进去，见堂上已摆好酒席。刚刚就座，一群丫鬟便来回上菜。天黑时，仆人有事必须回去禀告主人，于是告辞。出来后一看，外面依然是田野罢了。

狐　妾

莱芜刘洞九[①]，官汾州[②]。独坐署中，闻亭外笑语渐近。入室，则四女子：一四十许，一可三十，一二十四五已来，末后一垂髫者。并立几前，相视而笑。刘固知官署多狐，置不顾。少间，垂髫者出一红巾，

戏抛面上。刘拾掷窗间，仍不顾。四女一笑而去。一日，年长者来，谓刘曰：“舍妹与君有缘，愿无弃葑菲[3]。”刘漫应之[4]。女遂去。俄偕一婢，拥垂髫儿来，俾与刘并肩坐。曰：“一对好凤侣[5]，今夜谐花烛。勉事刘郎，我去矣。”刘谛视，光艳无俦[6]，遂与燕好[7]。诘其行踪，女曰：“妾固非人，而实人也。妾，前官之女，蛊于狐[8]，奄忽以死，窆园内[9]。众狐以术生我，遂飘然若狐。”刘因以手探尻际[10]。女觉之，笑曰：“君将无谓狐有尾耶？”转身云：“请试扪之。”自此，遂留不去。每行坐，与小婢俱。家人俱尊以小君礼[11]。婢媪参谒，赏赉甚丰。

值刘寿辰，宾客烦多，共三十余筵，须庖人甚众；先期牒拘[12]，仅一二到者。刘不胜恚。女知之，便言：“勿忧。庖人既不足用，不如并其来者遣之。妾固短于才，然三十席亦不难办。”刘喜，命以鱼肉姜桂，悉移内署[13]。家中人但闻刀砧声，繁碎不绝。门内设一几，行炙者置柈其上；转视，则肴俎已满。托去复来，十余人络绎于道，取之不竭。末后，行炙人来索汤饼[14]。内言曰：“主人未尝预嘱，咄嗟何以办[15]？”既而曰：“无已[16]，其假之。”少顷，呼取汤饼。视之，三十余碗，蒸腾几上[17]。客既去，乃谓刘曰：“可出金资，偿某家汤饼。”刘使人将直去。则其家失汤饼，方共惊异；使至，疑始解。一夕，夜酌，偶思山东苦醁[18]。女请取之。遂出门去，移时返曰：“门外一罂[19]，可供数日饮。”刘视之，果得酒，真家中瓮头春也。

越数日，夫人遣二仆如汾。途中一仆曰：“闻狐夫人犒赏优厚，此去得赏金，可买一裘。”女在署已知之，向刘曰：“家中人将至。可恨伧奴无礼[20]，必报之。”明日，仆甫入城，头大痛，至署，抱首号呼。共拟进医药。刘笑曰：“勿须疗，时至当自瘥。”众疑其获罪小君。仆自思：初来未解装，罪何由得？无所告诉，漫膝行而哀之。帘中语曰：“尔谓夫人，则亦已耳[21]，何谓‘狐’也？”仆乃悟，叩不已。又曰：“既欲得裘，何得复无礼？”已而曰：“汝愈矣。”言已，仆病若失。仆拜欲出，忽自帘中掷一裹出，曰：“此一羔羊裘也，可将去。”仆解视，得五金。刘问家中消息，仆言：都无事，惟夜失藏酒一罂。稽其时日，即取酒夜也。群惮其神，呼之“圣仙”。刘为绘小像。

时张道一为提学使[22]，闻其异，以桑梓谊诣刘[23]，欲乞一面。女拒之。刘示以像，张强携而去。归悬座右，朝夕祝之云：“以卿丽质，何之不可？乃托身于鬖鬖之老[24]！下官殊不恶于洞九，何不一惠顾？”女在署，忽谓刘曰：“张公无礼，当小惩之。”一日，张方祝，似有人以界方击额，崩然甚痛。大惧，反卷[25]。刘诘之，使隐其故而诡对之。刘笑曰：“主人额上得毋痛否？”使不能欺，以实告。

无何，婿亓生来，请觐之。女固辞。亓请之坚。刘曰：“婿非他人，何拒之深？”女曰：“婿相见，必当有以赠之。渠望我奢，自度不能满其志，故适不欲见耳。既固请之，乃许以十日见。”及期，亓入，隔帘揖之，少致存问。仪容隐约，不敢审谛；既退，数步之外，辄回眸注盼。但闻女言曰：“阿婿回首矣！”言已，大笑，烈烈如鸮鸣[26]。亓闻之，胫股皆软，摇摇然若丧魂魄。既出，坐移时，始稍定。乃曰：“适闻笑声，如听霹雳，竟不觉身为己有。”少顷，婢以女命，赠亓二十金。亓受之，谓婢曰：“圣仙日与丈人居[27]，宁不知我素性挥霍，不惯使小钱耶？”女闻之曰：“我固知其然。囊底适罄；向结伴至汴梁[28]，其城为河伯占据[29]，库藏皆没水中[30]，入水各得些须，何能饱无餍之求？且我纵能厚馈，彼福薄亦不能任。”

女凡事能先知，遇有疑难，与议，无不剖[31]。一日，并坐，忽仰天大惊曰：“大劫将至[32]，为之奈何！”刘惊问家口，曰：“余悉无恙，独二公子可虑。此处不久将为战场，君当求差远去，庶免于难。”刘从之，乞于上官，得解饷云贵间[33]。道里辽远，闻者吊之[34]，而女独贺。无何，姜瓖叛[35]，汾州没为贼窟[36]。刘仲子自山东来[37]，适遭其变，遂被害。城

陷，官僚皆罹于难[38]，惟刘以公出得免[39]。盗平，刘始归。寻以大案罣误[40]，贫至饔飧不给[41]；而当道者又多所需索，因而窘忧欲死[42]。女曰："勿忧，床下三千金，可资用度。"刘大喜，问："窃之何处?"曰："天下无主之物，取之不尽，何庸窃乎。"刘借谋得脱归[43]，女从之。后数年忽去，纸裹数事留赠[44]，中有丧家挂门之小幡，长二寸许，群以为不祥。刘寻卒。

注释

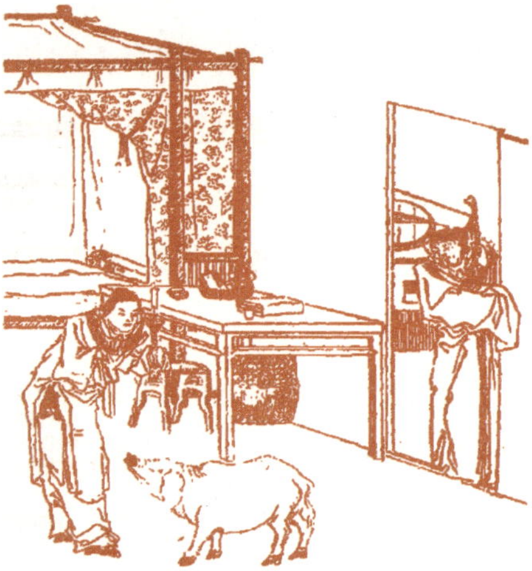

①莱芜：今山东省莱芜市。清代属泰安府。

②汾州：明清府名。治所在今山西汾阳市。

③无弃葑菲：意谓不要因舍妹寒贱而舍弃其一德之长。葑菲借指其妹，本《诗·邶风·谷风》："采葑采菲，无以下体。"葑，蔓菁。菲，萝卜。下体，指葑、菲的块根。采葑菲之叶而不用其块根，比喻男子重貌而不重德。

④漫应：信口答应。漫，信口，姑且。

⑤凤侣：凤凰。喻夫妻。本《左传·庄公二十二年》："凤凰于飞，和鸣锵锵。"

⑥无俦：无双，无与伦比。

⑦燕好：夫妻和好。常指新婚之好，取《诗·邶风·谷风》："宴尔新昏，如兄如弟"之义。

⑧蛊（gǔ 古）：传说中的害人之虫，吞之入腹能使人昏狂失志。这里作迷惑、毒害解。

⑨窆（biǎn 贬）：埋葬。

⑩尻（kāo）：脊椎末端之尾骨。

⑪小君：诸侯夫人之称，也称"少君"，见《礼记·曲礼》。本句是说仆人们

以夫人之礼对待狐妾。

⑫先期牒拘：事前发文征调。牒，这里指传票。拘，调集，征调。

⑬内署：官府内院。指刘的内宅。

⑭汤饼：汤面。

⑮咄嗟何以办：怎能一声吩咐就可以齐备呢？咄嗟，使令声。

⑯无已：不得已。

⑰蒸腾：热气蒸腾。

⑱山东苦醁：即下文"瓮头春"酒。大约是一种泛微绿色略带苦味的家酿甜酒。

⑲罂（yīng英）：一种小口大腹的酒坛。

⑳伧（chēng称）奴：下贱奴才。伧，鄙贱。

㉑则亦已耳：也就罢了。

㉒张道一：其名又见《胡四相公》篇，称"道一先生为西川（或作州）学使"，二篇所言当为一人。吕湛恩注尝疑此人即莱芜张四教，"道一或其别号"。虽未言所据，而吕氏之疑当非无因。按据有关记载，莱芜张四教，字芹，顺治三年丙戌科进士，顺治六年至九年任山西提学使，擢陕西榆林道参议，以忤当政罢归。王士《居易录》尝载得诸传闻之佚事一则，略谓：张以部郎居京时，尝纳一婢甚丽，自称东御艾氏女。后携之赴山西提学任，途经一驿，见雉起草间，感之而孕。到官后生一子即殁。殁前自画小像一帧留箱奁中。自是每夜必托梦于张，而预告其休咎。张悬像别室，食必亲荐。一日误以羹污其上，夜梦妾怒诘之，天明则画已失去。异日，张以故谒巡抚，见屏风画美人绝肖其妾，因屡目之；巡抚因问。张述其故，巡抚乃掇赠之以归。归后复见梦如昔矣。妾尝谓张不利宦途，稍迁即宜为退休计；及秩满迁榆林道参议，遂罢归，果如妾言。渔洋此一记述颇可佐证吕氏疑似之说，亦可从中略见聊斋故事移花接木改造传闻之某类特点，故附赘如上。总之，小说家言本不必尽合于事实，况皆得诸传闻，容有异辞，固不可执此以议彼者也。

㉓以桑梓谊：以同乡的身份。《诗·小雅·小弁》："维桑与梓，必恭敬止。"桑树和梓树，古人常种于宅旁，以供养生送死。后遂以之作为故乡的代称。

㉔鬖鬖（sān sān三三）之老：谓白发下垂的老人。辛弃疾《行香子·云岩道中》："岸轻乌，白发鬖鬖。"

㉕反卷：归还画有狐妾像的画卷。

㉖烈烈：形容声音激越。

㉗丈人：岳父。古时称“舅”或“外舅”。朱翌《猗觉寮杂记》卷下：“《尔雅》：妻之父为外舅，母为外姑。今无此称，皆曰丈人、丈母。”

㉘汴梁：今河南开封市。明清为开封府，汴梁是它的旧称。

㉙河伯：传说中的黄河神。《竹书纪年》等多数古籍认为姓冯，名夷。又名冰夷、冯迟。顾炎武谓河伯因国居河上而命名为伯，见《日知录》二五“河伯”。

㉚库藏（zàng 葬）：仓库所储之物。

㉛剖：谓分辨明悉。

㉜大劫：大难。劫，由佛教所说“劫灾”而来，比喻难以逃脱、不可避免的灾难。

㉝解（jiè 戒）饷云贵间：押送军用粮饷到云南、贵州一带。饷，军粮，也可泛指军队俸给。

㉞吊：哀怜，慰劝。

㉟姜瓖：明末大同总兵官，1644 年，李自成义军入云中，以城迎降。同年六月，复杀义军首领柯天相等，以城降清。1648 年，姜瓖又联结义军余部抗清，北起大同，南至蒲州，陷山西州县多所，清廷派多路重兵镇压，至次年八月始被剿平。事详王士《香祖笔记》四、《清史稿·世祖本纪》。

㊱汾州没为贼窟：据《世祖本纪》，姜瓖部陷汾州在 1648 年四月。九月收复。

㊲仲子：次子，即上文的“二公子”。

㊳官僚：汾州长吏及其下属。

㊴公出：因公外出。

㊵罣误：又叫“诖误”、“罣误”。官吏因他人他事牵连而受贬黜责罚。

㊶饔飧（yōng sūn 雍孙）不给：犹言三餐不继。古人每日两餐，早餐叫饔，晚餐叫飧。不给，供应不上。

㊷窘忧：困窘忧愁。

㊸借谋得脱归：谓借助于狐女的谋划得以脱身还乡。

㊹数事：几件东西，犹言“数物”。

意译

莱芜县人刘洞九在汾州做官。一天，正当他一个人在官署中独坐时，就听到亭子外面有人说说笑笑地走近了。不一会儿，就进了屋。原来是四位女子。一个四十多，一个约有三十，还有一个二十四五的样子，最后那个也就十来岁。她们并排立在桌前，你看我，我看你地笑着。刘洞九早已知道官署中常闹狐狸，因而对她们不理不睬。过了一会，那个最小的拿出一条红手巾扔在刘洞九的脸上，刘洞九拣起扔在窗前，还是不理睬。四个女子笑笑就走了。

不久，那个年龄最大的来了，对刘洞九说："我妹妹和你有缘分，希望你不嫌弃她。"刘洞九漫不经心地答应，她就走了。一会儿，她又和一个丫鬟扶着那个最小的女子进来，让刘洞九和她并肩坐好，说："你们俩人真般配，今夜就是洞房花烛夜，你要好好侍奉刘郎，我走了。"这时，刘洞九才低头仔细看了看少女，见她长得美艳无比，就与她结为夫妇。刘洞九问她的来历，她说："我本不是人，但实在又是人。我是这里前任官员的女儿，被狐狸祸害死了，埋在花园里。而狐狸又用法术使我复活，所以也就和狐狸一样了。"刘洞九就用手摸她的尾巴骨，她笑着说："你以为狐狸有尾巴吗?"又转过身子说："你仔细摸吧。"从此，就住下不走了。她不论到哪里，都和小丫鬟们在一起。刘洞九家人都把她看作小夫人。丫鬟奴婢拜见她时，都能得到很多赏赐。

有一次刘洞九过生日，来了很多客人，共摆三十多席，需要很多厨师。刘洞九预先下令把城里厨师找来，可是只来了几个，刘洞九很生气。狐女知道后就说："别发愁，厨师既然不够用，不如把来的也打发走，我虽然没什么本事，但办三十桌酒席还是可以的。"刘洞九十分高兴，命人将酒席上要用的鱼肉菜蔬调料等全部搬到内衙。家人只听里边刀和砧板的声响不停。门里的案子上放了许多菜盘菜碗，转眼间都变得满满当当。十几个侍者来回穿梭着端盘上桌，竟然取不完。过一会侍者来要汤饼，只听里边说："主人事先没有吩咐，一下子就要怎么办?"过了片刻，又说："没办法，只好借了。"一会儿，就听得喊人让来取汤饼，侍者过去一看，见三十多碗汤饼正热腾腾冒着气摆在那里。客人走后，狐女对刘洞九说可以去某某家交汤饼钱。派人送钱去，那家人正为失去汤饼而感到惊奇，这下才知道是怎么回事。

有天晚上，刘洞九正饮酒，偶然想到山东那种略带苦味的佳酿。狐女说她可取来，就出了门。过了一会回来说：“门口现在有一坛酒，可供你喝好几天。”刘洞九去看，果然是老家的“瓮头春”酒。

过了几天，夫人打发两个仆人来汾州。路上有一个仆人说：“听说那个狐夫人给的赏钱很多，这次去得了赏钱，我要买一件裘皮大衣。”狐女在官署中已知道了，对刘洞九说：“家中派的人要来了。可恨那奴才对我无理，我要教训他。”

第二天，那个仆人刚一进城，头就剧痛起来，到了衙门之后，就抱着头嚎叫起来。家人忙着找医生来看，刘洞九笑着说：“不用治，时候到了自然会好！”众人这才怀疑他得罪了小夫人。那仆人心想，自己刚刚到，连衣服都未来得及换，怎么就得罪了她呢？实在想不起来，只好跪在地上哀求。这时门帘里才传出狐女的声音说：“你叫夫人就行了，为什么要带个‘狐’字？”仆人这才想起来，连连叩头求饶，里面又说：“既然想得到毛皮衣，怎么又能无礼？”停一停又说：“你的病好了。”

刚一说完，仆人头就不痛了。仆人谢罪刚要出去，忽然帘中抛出一个小包，说：“这是一件羊羔皮衣，拿去吧。”仆人解开包一看，里面有五两白银。刘洞九这时向仆人们问起家中情况，仆人说一切都好，只是有天晚上丢了一坛子酒。问明日子，正是狐女取酒的那个晚上。大家都惊讶她的神奇，称她为“圣仙”。刘洞九还请人为她画了一幅肖像。

当时张道一在山西做提学使，听说了狐女的事后，以同乡名义来拜访刘洞九，想见她一面，被狐女拒绝。刘洞九拿出画像让他看，被他强行夺去，把像挂在自己卧室，早晚祷告说：“以你这样美丽的姿质，找什么人不可以？偏要找像刘洞九那样的老头子！我比刘洞九强多了，你为什么就不来看看我呢？”狐女早已知道了这些话。她在衙门里对刘洞九说：“张公十分无理，我要小小地教训他一顿。”一天，张道一对着画像正要祷告，忽然像是有谁用界尺在头上猛击一下，当时头痛欲裂。他吓得赶快把画像还了回去。刘洞九问怎么回事，送画人还不肯说实话，编造了理由。刘洞九笑着说：“你主人的头是不是还痛呢？”送画的人知道瞒不过去，就实说了。

不久，刘洞九的女婿亓生前来，要求拜见狐女，她坚决不见，但亓生执意要见，刘洞九说：“女婿不是外人，见见也无妨。”狐女说：“见了就要送他见面礼，而他抱的希望太大，我无法满足，所以不见。”但女婿一再坚持，狐女答应十天后再见，到了那天，亓生进来隔着帘子作揖，问候了几句。隐约看见了一点面容，不敢细看。退出去，走了几步，就回头注视。这时就听狐女说：“女婿回头看了。”说完一阵大笑，声音像猫头鹰叫一样。亓生听了，腿脚发软，摇摇晃晃如失魂落魄。出来后坐了很长时间，才缓过气来。说：“刚才听那笑声，如似一阵霹雳，身子都不听使唤了。”一会儿，丫鬟奉命送来银子二十两。亓生接后对丫鬟说：“圣仙天天和岳父在一起，难道不知道我生性惯于挥霍，没有花小钱的习惯吗?”狐女听了说：“我本来知道他会这样。刚好手头不宽裕。早几天和同伴去开封，遇到那里涨大水，钱库被淹，从水里捞上一点钱，哪够填补无底洞似的欲望？而且即使送他一大笔钱，他也没有福气享受。”

因为狐女什么事都能未卜先知，刘洞九遇见疑难之事都找她，她也无所不能。一天，她正与刘洞九并肩而坐，忽然仰天大惊说：“大难临头了，怎么办呢?”刘洞九赶忙问家属会怎么样？她说：“除了二公子有危险外，其他人都好。这里不久就会成为战场，你必须想办法去到远处公干，可能会免去灾难。”刘洞九便请求上级，被批准去云南贵州解运粮饷。路途遥远，人人都替他担忧，唯有狐女向他祝贺。不久，姜瓖谋反，汾州大乱。刘洞九次子从山东来，不幸遇难。城破时官员们大多遭难。惟有刘洞九平安无事。动乱平息后，刘洞九返回汾州。不久因一件大案的牵连被撤职，倾家荡产，连吃穿都成了问题。而当权者仍对他敲诈勒索，刘洞九忧愁无奈至极。狐女说：“别发愁，床底下有三千银两，足够你用了。”刘洞九高兴地问：“从哪里偷来的?”狐女说：“天下无主的钱财取之不尽，还用偷吗?”刘洞九在狐女的帮助之下，脱身回到莱芜县，狐女跟着他去。几年后，忽然离去了。走时留下了几件东西，其中有丧事用的小白幡，长约二寸。大家认为不吉利，不久，刘洞九便去世了。

雷曹

乐云鹤、夏平子，二人少同里，长同斋[①]，相交莫逆[②]。夏少慧，十岁知名。乐虚心事之，夏亦相规不倦，乐文思日进，由是名并著。而潦倒场屋[③]，战辄北[④]。无何，夏遘疫卒[⑤]，家贫不能葬，乐锐身自任

之。遗襁褓子及未亡人[6]，乐以时恤诸其家[7]；每得升斗，必析而二之，夏妻子赖以活。于是士大夫益贤乐。乐恒产无多[8]，又代夏生忧内顾，家计日蹙[9]，乃叹曰："文如平子，尚碌碌以殁[10]，而况于我！人生富贵须及时[11]，戚戚终岁，恐先狗马填沟壑[12]，负此生矣，不如早自图也[13]。"于是去读而贾。操业半年，家资小泰。

一日，客金陵[14]，休于旅舍。见一人颀然而长[15]，筋骨隆起，徨坐座侧，色黯淡，有戚容。乐问："欲得食耶?"其人亦不语。乐推食食之[16]；则以手掬啖[17]，顷刻已尽。乐又益以兼人之馔。食复尽。遂命主人割豚肩[18]，堆以蒸饼[19]；又尽数人之餐，始果腹而谢曰[20]："三年以来，未尝如此饫饱[21]。"乐曰："君固壮士，何飘泊若此?"曰："罪婴天谴[22]，不可说也。"问其里居，曰："陆无屋，水无舟，朝村而暮郭耳[23]。"乐整装欲行，其人相从，恋恋不去。乐辞之。告曰："君有大难，吾不忍忘一饭之德。"乐异之，遂与偕行。途中曳与同餐。辞曰："我终岁仅数餐耳。"益奇之。次日，渡江，风涛暴作，估舟尽覆[24]，乐与其人悉没江中。俄风定，其人负乐踏波出，登客舟，又破浪去；少时，挽一船至，扶乐入，嘱乐卧守，复跃入江，以两臂夹货出，掷舟中；又入之：数入数出，列货满舟。乐谢曰："君生我亦良足矣[25]，敢望珠还哉[26]！"检视货财，并无亡失。益喜，惊为神人。放舟欲行；其人告退，乐苦留之，遂与共济。乐笑云："此一厄也，止失一金簪耳。"其人欲复寻之。乐方劝止，已投水中而没。惊愕良久。忽见含笑而出，以簪授乐曰："幸不辱命[27]。"江上人罔不骇异。乐与归，寝处共之。每十数日始一食，食则啖嚼无算[28]。一日，又言别，乐固挽之。适昼晦欲雨，闻雷声。乐曰："云间不知何状？雷又是何物？安得至天上视之，此疑乃可解。"其人笑曰："君欲作云中游耶?"少时，乐倦甚，伏塌假寐[29]。既醒，觉身摇摇然，不似榻上；开目，则在云气中，周身如絮。惊而起，晕如舟上。踏之，耎无地[30]。仰视星斗[31]，在眉目间。遂疑是梦。细视星嵌天上，如老莲实之在蓬也，大者如瓮，次如瓿[32]，小如盎盂[33]。以手撼之，大者坚不可动；小星动摇，似可摘而下者。遂摘其一，藏袖中。拨云下视，则银海苍茫，见城郭如豆。愕然自念：设一脱足，此身何可复问。俄见二龙夭矫[34]，驾缦车来[35]。尾一掉，如鸣牛鞭[36]。车上有器，围皆数丈，贮水满之。有数十人，以器掬水，遍洒云间。忽见乐，共怪之。乐审所与壮士在焉，语众曰："是吾友也。"因取一器，授乐令洒。时苦旱，乐接器排云，约望故乡[37]，尽情倾注。未几，谓乐曰："我本雷曹[38]。前误行雨，罚谪三载；今天限已满[39]，请从此别。"乃以驾车之绳万尺掷前，使握端缒下[40]。乐危之。其人笑言："不妨。"乐如其言，飗飗然瞬息及地。视之，则堕立村外；绳渐收入云中，不可见矣。时久旱，十里外，雨仅盈指，独乐里沟浍皆满[41]。

归探袖中，摘星仍在。出置案上，黯黝如石[42]：入夜，则光明焕发，映照四壁。益宝之，什袭而藏。每有佳客，出以照饮。正视之，则条条射目[43]。一夜，妻坐对握发[44]，忽见星光渐小如萤，流动横飞。妻方怪咤[45]，已入口中，咯之不出[46]，竟已下咽。愕奔告乐，乐亦奇之。既寝，梦夏平子来，曰："我少微星也[47]。君之惠好，在中不忘[48]。又蒙自天上携归，可云有缘。今为君嗣，以报大德。"乐三十无子，得梦甚喜。自是，妻果娠；及临蓐[49]，光耀满室，如星在几上时，因名"星儿"。机警非常。十六岁，及进士第。

异史氏曰："乐子文章名一世[50]，忽觉苍苍之位置我者不在是[51]，遂弃毛锥如脱屣[52]，此与燕颔投笔者[53]，何以少异？至雷曹感一饭之德，少微酬良友之知，岂神人之私报恩施哉，乃造物之公报贤豪耳。"

注释

①同斋：同学。斋，谓学塾。

②莫逆：志趣相投。

③潦倒场屋：在科举考试中屡试不中，落拓失意。场屋，科举考场。

④战辄北：每次考试都失利。战，喻科举考试。北，战败。《荀子·议兵》："遇敌处战则必北。"注："北者，乖背之名，故以败走为北也。"

⑤遘（gòu 够）疫：染上瘟疫。遘，遇。

⑥未亡人：寡妇。"妇人既寡，自称未亡人。"见《左传·庄公二十八年》注。

⑦恤：救济；赈济贫者。

⑧恒产：土地、房屋之类不动产。

⑨内顾：谓自审家计。

⑩碌碌：平庸无所作为。

⑪人生富贵须及时：谓人生不论求富求贵，必于盛壮之年得之，方可一生适意。与其守贫读书以求倘来之贵显，不如经商谋利以改善生活也。及时，当其盛壮之年。

⑫恐先狗马填沟壑：语出《汉书·公孙弘传》。狗马，服役于人之最低下者。此谓恐己未及脱离贫贱而忧瘁致死，尚不如狗马得终其天年也。

⑬自图：自己想办法；意谓另谋出路。

⑭金陵：南京的旧名。

⑮颀：《诗·卫风·硕人》："硕人其颀。"注："颀，长貌。"

⑯推食食（sì 四）之：把食物推让给他吃。食，通"饲"。

⑰掬啖：捧着吃。久饿贪食的样子。

⑱豚肩：猪的前肘。此据二十四卷抄本，底本作"豚胁"。

⑲蒸饼：古人称馒头为蒸饼，又称笼饼。

⑳果腹：吃饱肚子。

㉑饫（yù 欲）饱：饱食。饫与饱同义。

㉒罪婴天谴：因有罪受到上天责罚。婴，遭受，获致。

㉓朝村而暮郭：意谓终日漂泊于城乡之间。

㉔估舟：商船。

㉕生我：救活我。

㉖珠还：比喻财物失而复得。《后汉书·孟尝传》载：广东合浦产珠，因前任太守多贪秽，珠蚌皆徙去。及孟尝为守，不事采求，珠之徙者皆还故处。后人遂以“珠还合浦”喻失物复得。

㉗不辱命：不负使命。

㉘无算：无法计数。极言食量之大。

㉙假寐：打盹。

㉚耎无地：绵软无质。耎，软。

㉛星斗：泛指众星。

㉜瓿：瓦器。圆口，深腹，圈足，较瓮为小。

㉝盎（àng）：一种大腹敛口的容器。盂（yú 鱼）：形近于碗。

㉞夭矫：屈伸自如的样子。

㉟缦（màn 慢）车：古代一种不施花纹图饰的车子。《周礼·春官·巾车》：“卿乘夏缦。”疏：“言缦者，亦如缦帛无文章。”

㊱牛鞭：赶牛用的一种特别粗长的短柄皮鞭。

㊲约望故乡：望着大约是故乡的方位。约，约略。

㊳雷曹：雷部的属官。此指雷神。

㊴天限：指“天谴”的期限。

㊵缒（zhuì 坠）：用绳子悬人或物使之下坠。

㊶沟浍（kuài 快）：犹言沟渠。沟是田间行水道，浍是田间排水渠。

㊷黯黝（yǒu 有）：深黑色。

㊸条条射目：光芒刺眼。条条，指辐射的光束。

㊹握发：指梳理绾结头发。

㊺怪咤（zhà 乍）：惊叹。咤，叹声。

㊻咯（kǎ 卡）：同“喀”。用力作咳，从喉中吐物。

㊼少微星：又名处士星。在太微西南，共四星。据《史记·天官书》，它是象征士大夫的星宿。

㊽在中不忘：永记不忘。中，内心。

㊾临蓐（rù 褥）：临产，分娩。蓐，草席，古代妇女坐以临产。

㊿名一世：名重一时。

(51)“忽觉苍苍”句：忽然发觉上天并没有把我安排在文章仕进这条道路上。苍苍，指天。位置，安排、置放。

(52)“弃毛锥”句：意谓放弃文墨生涯，是那样的轻易。毛锥，笔的代称。脱屣，脱去鞋子，比喻轻易。《汉书·郊祀志》上记汉武帝刘彻说：“嗟乎，诚得如黄帝，吾视去妻子如脱屣耳！”

(53)燕颔投笔：指班超投笔从戎。东汉班超，是班彪之子、班固之弟。父死家贫，为官府抄书养母。“尝辍业投笔叹曰：‘大丈夫无它志略，当效傅介子、张骞，立功异域以取封侯，安能久事笔砚间乎？’”燕颔，据说班超“燕颔虎颈”，相者说他有“万里侯相”。见《后汉书·班超传》。

意译

乐云鹤、夏平子两人，是同乡又是同学，为莫逆之交。夏平子从小就很聪明，十岁便小有名气了。乐云鹤虚心向夏平子求教，夏平子也时常帮助他，乐云鹤进步很大，因此也有了名气。但乐云鹤仕途不顺，每到考试就落选。不久，夏平子染病身亡，家里贫困无力置办丧事，乐云鹤挺身而出，为他一手操办。乐云鹤还经常接济夏平子留下的婴儿及妻子，每逢有点收入，就两家分用。夏平子的妻儿全靠他养活。于是，士大夫都敬重他的为人。但乐云鹤家中田产本来就不多，又要维持夏平子家生计，家境每况愈下，乐云鹤叹息：“像平子那样有才华的人士，都一生碌碌无为而死，又何况我呢！人生应当及时行乐，不然凄苦一世，狗马不如，等于白活了。还是早早改变主意吧。”于是不再念书而去经商。经营半年之后，居然家境富足。

一天，他在南京一个旅舍里住宿，见到旁边有一个瘦高的男人，满面忧愁，饿得皮包骨。乐云鹤问：“你想吃东西吗？”那人不说话。乐云鹤便将饭碗推到他面前让他吃，那人立即用手抓着送进嘴里，一下子就吃完了。乐云鹤又要了够两个人吃的东西，那人也吃完了。然后又让店主切上猪肘子，和满满的一盘蒸饼，那人又吃完了，这下才吃饱。他向乐云鹤道谢说："我已经有三年没有像这样饱餐过了。"乐云鹤说："像你这样一位壮汉，为什么落魄到这步田地?"那人说："我犯下弥天大罪，不能说。"问他住在哪里？他说："地上无屋，水上无船，早晨在乡村，晚上在城里。"乐云鹤整好行李要走，那人跟在后面恋恋不舍。乐云鹤与他告别，他说："你将有大难，我愿为你效力而报你的恩赐。"乐云鹤听了很惊讶，只好带他一同走。路上招呼他吃饭，他推辞说："我一年只吃几顿就够了。"乐云鹤愈发觉得奇怪。第二天，船渡长江时，忽然起了风暴，满载着货物的船翻了，乐云鹤和那人也掉进江中。不久，风平浪静，那人背着乐云鹤上了别的船，自己又跳进水中，拖来一条小船，扶乐云鹤上去，吩咐他静卧休息，守着小船。然后入水把乐云鹤的货捞出，扔在船上，这样几上几下，把乐云鹤的货全部捞了上来。乐云鹤感谢说："你救我这条命就足够了，还把货物都帮我捞了上来。"他数点货物，一样不少，更加欢喜，把那人看成神明。正要开船，那人告辞要走，乐云鹤苦苦挽留，就一同乘船过江。乐云鹤笑着说："这次大难，只丢失一枚金簪。"那人要寻找，乐云鹤正想阻拦，他已跳进江中。一会儿笑着从水里出来，把金簪交给乐云鹤说："侥幸完成任务。"江上的人无不惊奇。

乐云鹤和那人一同回家，两人同吃同住。他十几天才吃一顿饭，但一顿吃得特别多。一天，又说要走，乐云鹤执意挽留。这时正逢天阴将要下雨，只听雷声阵阵。乐云鹤说："云间是什么样子？雷声又是怎么回事？如果能上天看看，可能就会知道了。"那人说："你想到云端游玩吗?"不一会儿，乐云鹤就感到十分困倦，伏在床上好像睡着了。又觉得身体轻飘飘的，好像不在床上。睁眼一看，自己已腾飞在一片白茫茫的云雾之间，大朵大朵白云如棉絮一般在身边飘动。又像在船上一般眩晕，脚下也没有了大地。抬头看看，星星就在眼前。他怀疑自己是做梦。细细看那些星星，镶嵌在天上，好像嵌在莲蓬中的一粒粒莲子。大的像盆，小的像坛，最小的像杯子。用手摇晃，大的一动不动，而最小的似乎可以摘下来。就摘了一个，藏在袖中。又拨开云雾向下一看，银河渺茫无边无际，地上的城市小得像豆粒一样。心中一惊，就想到如果脚下一失，肯定会粉身碎骨。这时，突然见有两条蛟龙驾着一辆挂着帷幔的车子过来，龙尾一甩，响声似抽牛鞭，车上放着一个几丈大的器具，里边贮满了水。有几十个人用器具舀了水往下洒。他们见到乐云鹤，都很奇怪。乐云鹤一看，那人也在其中。他对同伴说："这是我的朋友。"同时，顺手取了一样器具给乐云鹤，叫他也舀水洒。这时，天正大旱，乐云鹤拨开云雾，向着故乡的方向，尽情泼洒。不久，那人对乐云鹤说："我本是雷神，因误了下雨，被罚往尘世三年。今天限期已到，就此分手吧。”于是把驾车的牵绳往下一抛，让乐云鹤抓着往下掉，乐云鹤害怕。他笑着说：“不要紧。”乐云鹤抓住绳子向下堕去，眨眼间已落到地面。一看，正站在自家村外。而绳子慢慢收入云中，再也看不见了。

当时方圆几百里大旱，十里外降雨不过一指深，而唯独乐云鹤的家乡，河溪里涨满了水。乐云鹤一摸袖子，星星还在，放在桌上，颜色黑黑的像一块石头。到了晚上，就发出灿灿明光，照得四壁通亮。乐云鹤把它看作至宝，珍藏起来，每逢贵客来到，大家饮酒时才拿出来照明。从正面看去，光束一条条放射。有天晚上，乐云鹤的妻子正在家里梳头，忽然星光越变越小，如一点萤火在屋里飞来飞去，乐妻张口惊呼，星星已飞进口中，吐也吐不出来，一下子就咽了下去。告诉乐云鹤后，乐云鹤也十分惊奇。晚上睡着后梦见夏平子来说：“我是少微星，因父亲做过一件坏事，所以短命。你对我的恩惠，我一直记在心中，如今又承蒙你从天上将我摘回，可算得上你我有缘。今天我愿做你的后嗣，来报答你的大德。”乐云鹤三十岁无子，做了此梦后非常欢喜。妻子后来果然怀孕，临产时室内光芒四射，和星星放在桌上时一样，就给孩子起名星儿。乐星儿聪明机灵，十六岁就考中进士。

异史氏说：“乐云鹤文章名闻一时，忽然意识到在求取功名的文人学士中没有自己的位置，就改变了志向，这与班超投笔无异。至于雷神和少微星感恩戴德的行为，仅仅出于私情吗？那其实是上帝对贤德之士应有的公平酬答啊！”

赌　符

韩道士，居邑中之天齐庙[①]。多幻术，共名之“仙”。先子与最善[②]，每适城，辄造之[③]。一日，与先叔赴邑[④]，拟访韩，适遇诸途。韩付钥曰：“请先往启门坐，少旋我即至。”乃如其言。诣庙发扃[⑤]，则韩已坐室中。诸如此类。

先是，有敝族人嗜博赌，因先子亦识韩。值大佛寺来一僧[⑥]，专事樗蒲[⑦]，赌甚豪。族人见而悦之，罄资往赌，大亏；心益热，典质田产复往，终夜尽丧。邑邑不得志[⑧]，便道诣韩，精神惨淡[⑨]，言语失次[⑩]。韩问之，具以实告。韩笑云："常赌无不输之理。倘能戒赌，我为汝复之[⑪]。"族人曰："倘得珠还合浦[⑫]，花骨头当铁杵碎之[⑬]！"韩乃以纸书符，授佩衣带间。嘱曰："但得故物即已，勿得陇复望蜀也[⑭]。"又付千钱，约赢而偿之。

族人大喜而往。僧验其资，易之[⑮]，不屑与赌。族人强之，请以一掷为期[⑯]。僧笑而从之。乃以千钱为孤注[⑰]。僧掷之无所胜负，族人接色，一掷成采；僧复以两千为注，又败；渐增至十余千，明明枭色，呵之，皆成卢雉[⑱]：计前所输，顷刻尽复[⑲]。阴念再赢数千亦更佳，乃复博，则色渐劣；心怪之，起视带上，则符已亡矣，大惊而罢。载钱归庙，除偿韩外，追而计之，并末后所失，适符原数也。已乃愧谢失符之罪。韩笑曰："已在此矣。固嘱勿贪，而君不听，故取之。"

异史氏曰："天下之倾家者，莫速于博；天下之败德者，亦莫甚于博。入其中者，如沉迷海，将不知所底矣[⑳]。夫商农之人，具有本业；诗书之士，尤惜分阴[㉑]。负耒横经[㉒]，固成家之正路，清谈薄饮，犹寄兴之生涯[㉓]。尔乃狎比淫朋，缠绵永夜[㉔]。倾囊倒箧，悬金于崄巇之天[㉕]；呵雉呼卢[㉖]，乞灵于淫昏之骨[㉗]。盘旋五木，似走圆珠[㉘]；手握多章，如擎团扇[㉙]。左觑人而右顾己，望穿鬼子之睛[㉚]；阳示弱而阴用强，费尽罔两之技[㉛]。门前宾客待，犹恋恋于场头[㉜]；舍上火烟生，尚眈眈于盆里[㉝]。忘餐废寝，则久入成迷；舌敝唇焦，则相看似鬼。

"迨夫全军尽没[㉞]，热眼空窥[㉟]。视局中则叫号浓焉，技痒英雄之臆[㊱]；顾橐底而贯索空矣[㊲]，灰寒壮士之心[㊳]。引颈徘徊，觉白手之无济[㊴]；垂头萧索，始玄夜以方归[㊵]。幸交谪之人眠，恐惊犬吠[㊶]；苦久虚之腹饿，敢怨羹残。既而鬻子质田，冀珠还于合浦：

不意火灼毛尽，终捞月于沧江[42]。及遭败后我方思，已作下流之物[43]；试问赌中谁最善，群指无裤之公[44]。甚而枵腹难堪，遂栖身于暴客[45]；搔头莫度，至仰给于香奁[46]。呜呼！败德丧行，倾产亡身，孰非博之一途致之哉！”

注释

①天齐庙：供奉泰山神的庙宇。唐玄宗曾封泰山神为天齐王，宋真宗先后封之为仁圣天齐王和东岳天齐仁圣大帝，元世祖封之为东岳天齐大生仁皇帝。明清以来，庙宇甚多。

②先子：先父。指作者父亲蒲。字敏吾，以明季乱去读而贾，但仍闭户读书不倦，以故时人皆服其渊博。

③每适城，辄造之：每次进县城，都去看望他。造，造访。

④先叔：指作者的叔父蒲。据《蒲氏世谱》作者附志，蒲为人豪爽好施，族中贫子弟赖以成家者甚众。

⑤发扃（jiōng）：开锁。

⑥大佛寺：与天齐庙均未载于《淄川县志》，故不详。

⑦专事樗蒲（chū pú 出蒲）：专掷色子来赌博。古博戏名，以掷骰子决胜负，得采有卢、雉、犊、白等称，其法久已失传。骰子本只二枚，质用玉石，故又称明琼。唐以后骰子改以骨质，其数增至六枚，形为正立方体，六面分别刻一至六点之数，掷之以决胜负。因点皆着色，故后世通称色子。

⑧邑邑：此从二十四卷抄本，底本作“邑”。忧郁不乐。

⑨惨淡：凄凉。

⑩言语失次：语无伦次。

⑪复：赢回所输钱财。复，此从二十四卷抄本，底本作“覆”。

⑫珠还合浦：此指赢回输钱。参《雷曹》“珠还”注。

⑬花骨头：指色子。

⑭得陇望蜀：得此望彼，贪得无厌。指翻本之后又想赢钱。《东观汉记·隗嚣传》引刘秀敕岑彭书："西城若下，便可将兵南击蜀虏。人苦不知足，既平陇，复望蜀。"后乃以"得陇望蜀"喻得此望彼，或贪得无厌，不知止足。

⑮易之：轻视他，认为赌本太小。

⑯请以一掷为期：要求以掷一次色子为限。期，限度。

⑰孤注：尽其所有以为赌注。《宋史·寇传》："（王）钦若曰：陛下闻博乎？博者输钱欲尽，乃罄所有出之，谓之孤注。"

⑱"明明枭色"二句：谓寺僧掷色，明明可望得上采，都成了中下采。枭、卢、雉，皆古博戏采名，何者最胜，说法不一致。一般认为枭采最胜，其次卢，其次雉。

⑲复：此从二十四卷抄本，底本作"覆"。

⑳所底（zhǐ止）：所终。底，谓底极，即终极，尽头。《后汉书·仲长统传》引《昌言·理乱》："澶漫弥流，无所底极。"

㉑分阴：晷影移动一分。喻极短的时间。《初学记》引王隐《晋书》："（陶侃）常语人曰：'大禹圣人，乃惜寸阴；至于众人，当惜分阴。'"又见《晋书·陶侃传》。

㉒负耒横经：谓勤学不倦。负耒，出处未详。耒，农具耒耜之柄。横经，横陈经书，请老师讲解。《北齐书·儒林传序》："故横经受业之侣，遍于乡邑！负笈从宦之徒，不远千里。"

㉓"清谈"二句：聚友清谈，偶尔少量饮酒，也是在生活中寄托兴会的一种方式。寄兴，寄托兴会。

㉔"狎比淫朋"二句：谓亲近邪友，长夜聚赌。狎比，亲近。永夜，长夜。

㉕悬金于崄巇之天：意为"探取悬金于颠危莫测之天路"。形容赌徒渴望发财，不惜行险以侥幸。天路险，喻赌途颠危难测。

㉖呵雉呼卢：赌徒呼叫胜采的声音。

㉗乞灵于淫昏之骨：意为"乞求灵于淫邪昏顽之枯骨"。形容赌徒盼求赢钱，以致意迷而智昏。淫昏枯骨，指色子。

㉘"盘旋五木"二句：色子在赌盘中旋转，由赌徒看来，像圆珠走盘一样可爱。五木，古博具。圆珠，珍珠。白居易《琵琶行》："大珠小珠落

玉盘。”

㉙“手握多章”二句：此谓赌纸牌，古称“叶子”。谓赌徒手握彩绘纸牌，像宫中美人手擎团扇一样顾盼得意。章，牌上花纹。

㉚“左觑人”二句：谓赌徒左顾右盼，观测权衡，渴望胜局，简直要把双眼望穿。

㉛“阳示弱”二句：谓赌徒虚虚实实，用尽了心机。示弱、用强，谓示敌以弱，而出强以胜之。以古兵法喻赌也。

㉜场头：赌场上。

㉝盆：掷色之赌盆。

㉞全军尽没：喻赌本输光。

㉟热眼空窥：带着热衷赌博的眼神在局外旁观。

㊱技痒英雄之臆：谓赌徒胸中技痒，跃跃欲试。“英雄”及下句“壮士”，都是讽刺称呼，犹言末路英雄、金尽壮士。

㊲贯索：穿制线的绳子。

㊳灰寒壮士之心：承上句，谓囊中无钱，使赌徒心灰意冷。唐张籍《行路难》诗：“君不见床头黄金尽，壮士无颜色。”

㊴“引颈徘徊”二句：伸长脖子在局外徘徊观望，深感空手无钱不能再赌。白手，空手。无济，无济于事。

㊵“垂头萧索”二句：谓落寞无绪，才垂头丧气，在深夜里走回家来。萧索，落寞。玄夜，黑夜、深夜。

㊶“幸交谪之人眠”二句：谓幸而埋怨他赌博的妻子已经睡下，又怕惊得狗叫把她吵醒。交谪之人，指妻。参卷一《王成》注。犬吠，本《诗·召南·野有死麕》：“无感我帨兮，无使尨也吠。”

㊷“火灼毛尽”二句：意谓鬻子质田之钱，如同洪炉燎毛发，片时输光！返本的希望，犹如“水中捞月”，完全落空。

㊸“及遭败后”二句：及至全盘失败，方思悔恨，但已被目为众恶所归之人。

㊹“试问赌中”二句：谓人们指点议论说：赌场中结局最好的，还数那些只是把财产输光的人物。

㊺“枵腹难堪”二句：此谓更有甚者，因迫于饥寒而入伙为盗。枵腹，空肚。暴客，强盗。

㊻“搔头莫度”二句：谓度日无计，乃至一切仰给于妻子的陪嫁物。搔首，走投无路的烦躁样子。香奁，妇女妆奁之物，此指妻之陪嫁首饰之类。

意译

韩道士，住在城中天齐庙，会变各种戏法，人们称他为“仙人”。先父与他交情最深，每次进城，都要去拜访他。一天，父亲和先叔父到县城，正好在路上遇见韩道士。韩道士将门上的钥匙交给父亲说：“请先开了房门坐一会，我马上就回去。”果然如此，他们进庙打开门，韩道士已在房内了。

先前我们家族中有个人嗜赌，因为父亲的关系，也认识韩道士。碰巧当时大佛寺来了一名和尚，专门掷骰子赌博，而且下的赌注很大。那个族人带了不少钱去赌，结果输得精光。但赌在兴头上，把田地也抵押了。

一夜过去，家里所有的产业都输掉了。他垂头丧气，顺路来到天齐庙。韩道士见他精神颓丧，言语混乱，便问是什么原因，他实情相告。韩道士笑着说：“赌得时间长了，没有不输的。如果你能戒赌，我可帮你扳回本来。”族人说：“若能把输掉的钱再赢回来，我一定把骰子用槌砸碎。”韩道士就用纸画了一道符，让他系在衣带里，叮咛说：“只要扳回本就行了，千万不要贪心不足！”又借给一千钱，说好赢了就还。

族人高高兴兴又来到大佛寺，和尚嫌他带的钱少，不屑于和他赌。他再三请求，并且说只掷一次骰子。和尚笑着答应了。下注一千钱，和尚扔骰子，不胜不负。族人接过一扔，竟然赢了。和尚接着下注两千，又输了，慢慢增加到了十几贯钱。明明掷的上彩，一叫，都变成了中下彩族。以前输去的，转眼间又赢了回来。族人心里暗想，多赢几次再说。谁知再赌时，手气就差了。感到奇怪，看看衣带，符已经不在了。

回到庙中，除了归还韩道士的一千外，总计连最后一局输去的，刚好与原来的数目相等。他向韩道士致谢，并因丢失了符表示歉意。韩道士笑着说：

“符已在这里了。我的本意是让你不贪别人钱财，你不听，所以把符收回了。”

异史氏说：“天下令人倾家荡产的，最快莫过于赌博。天下最容易使人变坏的，也是赌博。人一旦有了赌瘾，就好比陷进了无底深渊。天下人务农经商，各有自己的本业，读书人更要爱惜光阴。务农读书，固然是成家的正路，与友人无事聊聊天，喝点酒，消遣一下，也是生活中的常事。而丢开正路不走，却与淫朋赌友混在一起，夜不归宿，把口袋里的钱全部取出，呼三喝四，一心用在骰子上。望望别人，又看看自己，使尽种种欺诈手段。客人来了顾不得管，房屋起火也不急，直至废寝忘食，精疲力竭，口干舌燥，彼此打望都不像个样。等到钱输得精光，心里却还发痒。三更半夜溜回家去，幸亏老婆入睡，饥肠辘辘，不敢吭声。有的为了翻本则卖儿卖女。结果本未捞回，倒使自己成为下贱之流。请问：赌场上谁是最了不起的？大家都说那没有裤子穿的最了不起。总之，败德丧行，倾财亡身，都是赌博带来的恶果。”

毛狐

农子马天荣[1]，年二十余。丧偶，贫不能娶。偶芸田间[2]，见少妇盛妆，践禾越陌而过[3]，貌赤色，致亦风流[4]。马疑其迷途，顾四野无人，戏挑之。妇亦微纳[5]。欲与野合。笑曰：“青天白日，宁宜为此[6]。子归，掩门相候，昏夜我当至。”马不信，妇矢之[7]。马乃以门户向背具告之[8]，妇乃去。夜分，果至，遂相悦爱。觉其肤肌嫩甚；火之，肤赤薄如婴儿，细毛遍体，异之。

又疑其踪迹无据[9]，自念得非狐耶？遂戏相诘。妇亦自认不讳。

马曰："既为仙人[10]，自当无求不得。既蒙缱绻，宁不以数金济我贫？"妇诺之。次夜来，马索金。妇故愕曰："适忘之。"将去，马又嘱。至夜，问："所乞或勿忘耶？"妇笑，请以异日。逾数日，马复索。妇笑向袖中出白金二铤[11]，约五六金，翘边细纹，雅可爱玩[12]。马喜，深藏于椟。积半岁，偶需金，因持示人。人曰："是锡也。"以齿龁之，应口而落。马大骇，收藏而归。至夜，妇至，愤致诮让。妇笑曰："子命薄，真金不能任也。"一笑而罢。

马曰："闻狐仙皆国色[13]，殊亦不然。"妇曰："吾等皆随人现化。子且无一金之福，落雁沉鱼[14]，何能消受？以我蠢陋，固不足以奉上流；然较之大足驼背者，即为国色。"过数月，忽以三金赠马，曰："子屡相索，我以子命不应有藏金。今媒聘有期，请以一妇之资相馈，亦借以赠别。"马自白无聘妇之说。妇曰："一二日自当有媒来。"马问："所言姿貌如何？"曰："子思国色，自当是国色。"马曰："此即不敢望。但三金何能买妇？"妇曰："此月老注定[15]，非人力也。"马问："何遽言别？"曰："戴月披星，终非了局。'使君自有妇'[16]，搪塞何为[17]？"天明而去，授黄末一刀圭[18]，曰："别后恐病，服此可疗。"

次日，果有媒来。先诘女貌，答："在妍媸之间。""聘金几何？""约四五数。"马不难其价，而必欲一亲见其人。媒恐良家子不肯炫露[19]。既而约与俱去，相机因便[20]。既至其村，媒先往，使马待诸村外。久之，来曰："谐矣。余表亲与同院居，适往，见女坐室中。请即伪为谒表亲者而过之，咫尺可相窥也。"马从之。果见女子坐堂中，伏体于床，倩人爬背[21]。马趋过，掠之以目，貌诚如媒言。及议聘，并不争执，但求得一二金，装女出阁。马益廉之[22]，乃纳金；并酬媒氏及书券者[23]，计三两已尽，亦未多费一文。择吉迎女归，入门，则胸背皆驼，项缩如龟，下视裙底，莲舡盈尺[24]。乃悟狐言之有因也。

异史氏曰："随人现化，或狐女之自为解嘲；然其言福泽[25]，良可深信。余每谓：非祖宗数世之修行，不可以博高官；非本身数世之修行，不可以得佳人。信因果者[26]，必不以我言为河汉也[27]。"

注释

①农子：农家子弟。

②芸：除草。

③践禾越陌：踩着庄稼，越过田间小路。陌，田间东西向的小路。

④致：风度举止。

⑤微纳：默然接受。

⑥宁：岂。

⑦矢之：向马发誓。

⑧门户向背：门户向着何方，背依何处。犹言住宅方位。

⑨踪迹无据：来路不明。

⑩仙人：对狐精的婉称。

⑪铤（dìng定）：通"锭"。

⑫雅可爱玩：很可爱，很好玩。

⑬国色：一国中最美的女子。《公羊传·僖公十年》："骊姬者，国色也。"

⑭落雁沉鱼：形容绝色女子。《庄子·齐物论》："毛嫱丽姬，人之所美也。鱼见之深入，鸟见之高飞，麋鹿见之决骤，四者孰知天下之正色哉。"本谓鱼鸟不辨美色，后反用其意，以"沉鱼落雁"形容女子貌美。

⑮月老：月下老人。唐人李复言《续幽怪录·定婚店》：韦固夜经宋城，见一老人倚囊而坐，向月检书。韦问何书，答曰：天下之婚牍。又言囊中赤绳，以系夫妻之足，虽仇家异域，此绳一系，终不可脱。后因以月下老人（月老）为主管婚姻之神，又为媒人代称。

⑯使君自有妇：借用乐府民歌《陌上桑》诗句："使君自有妇，罗敷自有夫。"意谓马天荣即将有妇。

⑰搪塞：苟且敷衍。

⑱刀圭：古时量取药物的用具，容量很少。

⑲炫露：犹言抛头露面。

⑳相机因便：看机会，乘方便。

㉑倩（qìng 庆）人爬背：请人替自己搔背。

㉒廉之：认为聘金便宜。

㉓书券者：写婚书的人。

㉔莲舡（xiāng 湘）：女鞋的戏称，谓其大如船。旧时习称女子尖足为金莲，故有此称。舡，船。

㉕福泽：指命中福分。

㉖因果：指佛教因果之说。因，谓因缘。酬因曰果。佛教认为任何思想行为，都必然导致相应的后果，乃有前世、现世、后世的“三世因果”理论。

㉗河汉：银河。比喻言论迂阔渺茫。《庄子·逍遥游》：“肩吾问于连叔曰：‘吾闻言于接舆，大而无当，往而不返；吾惊怖其言，犹河汉而无极也。’”唐成玄英疏：“犹如上天河汉，迢递清高，寻其源流，略无穷极也。”

意译

农民马天荣，二十多岁时妻子去世，家贫，无力再娶。一天，在田里干活，看见一个穿着华丽的年轻女子，踩着田埂，横走过来，绯红脸色，长得很风流。马天荣怀疑她迷了路，又见周围无人，便调戏她，她也不拒绝。马天荣进而就拉着要和她睡觉，她笑着说：“现在大白天的，不兴这样，你晚上回去后把门虚掩上，我会来的。”马天荣不相信，女子对他发誓，于是便把住址详细告诉了她。夜里，她果然前来。两人肌肤相亲，马天荣觉得她皮肤十分细嫩，在灯光下显得又红又薄，像是婴儿，而且全身布满细毛。他觉得奇怪，又想到她来历不明，就怀疑是狐仙。于是半真半假地询问，她坦率地承认了。马天荣说：“既然你是狐仙，应当有求必应。蒙你相爱，为什么不送我几两银子?”女子回答说可以。次夜来时，马天荣向她要钱，她故意吃惊地说：“啊呀，忘了带了。”她走时，马天荣又叮嘱一遍。夜里再来时，马天荣问：“我向你要钱的事没忘吧?”她笑着请马天荣再等几天。几天后，马天荣又提起。她笑着从袖子中取出两锭银子，大约有五六两，银锭边上还带着花纹，十分精致可爱。马天荣很喜欢，收藏在柜中。过了半年，因为要用钱，马天荣拿出来给别人看。别人说：“这是锡。”用牙试着一咬就咬下来一块。马天荣吓得连忙收起来。晚上女子来时，马天荣生气地责怪她，她笑着说：“你的命薄，真的白银你无福享受。”事情就这样过去了。马天荣说：“听说狐仙都是天姿国色，哪知道并不见得如此。”女子说：“我们是随对象的情况而变化的。你命里连一两银子都无福享受，哪够得上享有绝代佳人。我因容貌一般，固然不能侍奉上等人物，但比起那些大脚、驼背的女人来，也算天姿国色了。”过了几个月，她忽然送给马天荣三两银子，说：“你多次向我要钱，我因为你命里不该收藏银两，所以不同意。现在你很快就要定亲，特送你一笔结婚用的钱，也算作赠别。”马天荣声明自己没有说亲这回事。她说：“一两天内自有媒人来。”马天荣问对象长得如何。她说：“你想要天姿国色，自然是天姿国色。”马天荣说：“那倒不敢奢望。不过三两银子怎么够讨一个老婆?”女子说：“这是月下老人注定的，由不得人。”马天荣又说：“你为什么要离开我?”女子说：“每日总是深夜来去，披星戴月，到底不是结局。何况你将有妻子，我不能代替。”临走时又给了马天荣一包药粉说：“分手后恐怕你会得病，服了这药就会好的。”

第二天，果然有媒人上门提亲。马天荣先问对方长相。媒人说，“说好不好，说差不差。”问要多少钱的彩礼。答：“约需四五两银子。”马天荣认为钱的问题不大，要求必须先看看人。媒人先是担心良家女子不肯轻易露面，后来又约了马天荣一同前去，见机行事。来到村口，媒人让马天荣稍等，自己先去，过了好长时间才回来说：“行了。我的表亲和她住同一个院子，刚才我去见她，正坐在房中。你假装去拜访我的表亲，可就近看看她。”马天荣跟她去了。果然见女子待在房中，正伏在床上，叫人搔背。马天荣走近一看，长相确实如媒人所说。立刻就商量聘礼，对方并不争多争少，有一二两银子稍为装扮一下女子就行了。马天荣更觉得便宜，就交了聘金，加上酬谢媒人和书写婚约的开销，三两银子刚刚用尽，也没有多花一文钱。等选择吉日迎接女子过了门，才知道是鸡胸驼背，头颈像乌龟似的缩着，再看裙子底下，一双大脚有一尺长。这才意识到狐仙的话事出有因。

异史氏说："随人变化现形，也许是狐女的自我解嘲。但她谈到福泽，却是可信的。我常说：不是祖宗修了数代，是不可能做大官的；不是自身修行数世，也不可能娶到佳人。凡相信因果报应的人，必然不会说我信口胡诌。"

翩翩

罗子浮，邠人[①]。父母俱蚤世[②]。八九岁，依叔大业。业为国子左厢[③]，富有金缯而无子，爱子浮若己出。十四岁，为匪人诱去作狭邪游[④]。会有金陵娼，侨寓郡中，生悦而惑之。娼返金陵，生窃从遁去。居娼家半年，床头金尽[⑤]，大为姊妹行齿冷[⑥]。然犹未遽绝之。无何，广疮溃臭[⑦]，沾染床席，遂逐而出[⑧]。丐于市，市人见辄遥避。自恐死异域，乞食西行；日三四十里，渐至邠界。又念败絮脓秽，无颜入里门，尚趑趄近邑间[⑨]。

日既暮，欲趋山寺宿。遇一女子，容貌若仙。近问："何适？"生以实告。女曰："我出家人，居有山洞，可以下榻[⑩]，颇不畏虎狼。"生喜，从去。入深山中，见一洞府[⑪]。入则门横溪水，石梁驾之[⑫]。又数武，有石室二，光明彻照，无须灯烛。命生解悬鹑[⑬]，浴于溪流。曰："濯之，创当愈[⑭]。"又开幛拂褥促寝，曰："请即眠，当为郎作裤。”乃取大叶类芭蕉，剪缀作衣[15]。生卧视之。制无几时，折叠床头，曰：“晓取着之。”乃与对榻寝。生浴后，觉创疡无苦[16]。既醒，摸之，则痂厚结矣。诘旦，将兴，心疑蕉叶不可着。取而审视，则绿锦滑绝。少间，具餐。女取山叶呼作饼，食之，果饼；又剪作鸡、鱼烹之，皆如真者。室隅一罂，贮佳酝，辄复取饮；少减，则以溪水灌益之。数日，疮痂尽脱，就女求宿。女曰：“轻薄儿！甫能安身，便生妄想！”生云：“聊以报德。”遂同卧处，大相欢爱。一日，有少妇笑入，曰：“翩翩小鬼头快活死！薛姑子好梦，几时做得[17]？”女迎笑曰：“花城娘子，贵趾久弗涉，今日西南风紧，吹送来也[18]！小哥子抱得未[19]？”曰：“又一小婢子[20]。”女笑曰：“花娘子瓦窑哉[21]！那弗将来[22]？”曰：“方呜之[23]，睡却矣。”于是坐以款饮。又顾生曰，“小郎君焚好香也[24]。”生视之，年廿有三四，绰有余妍。心好之。剥果误落案下，俯假拾果，阴捻翘凤。花城他顾而笑，若不知者。生方恍然神夺[25]，顿觉袍裤无温；自顾所服，悉成秋叶[26]。几骇绝。危坐移时，渐变如故。窃幸二女之弗见也。少顷，酬酢间，又以指搔纤掌；花城坦然笑谑，殊不觉知。突突怔忡间[27]，衣已化叶，移时始复变。由是惭颜息虑，不敢妄想。城笑曰：“而家小郎子，大不端好！若弗是醋葫芦娘子[28]，恐跳迹入云霄去[29]。”女亦哂曰：“薄幸儿[30]，便直得寒冻杀！”相与鼓掌，花城离席曰：“小婢醒，恐啼肠断矣。”女亦起曰：“贪引他家男儿，不忆得小江城啼绝矣。”花城既去，惧贻诮责；女卒晤对如平时。

居无何，秋老风寒[31]，霜零木脱[32]，女乃收落叶，蓄旨御冬[33]。顾生肃缩[34]，乃持襆掇拾洞口白云为絮复衣，着之温暖如襦，且轻松常如新绵。逾年，生一子，极惠美[35]。日在洞中弄儿为乐。然每念故里，乞与同归。女曰：“妾不能从；不然，君自去。”因循二三年[36]，儿渐长，遂与花城订为姻好[37]。生每以叔老为念。女曰：“阿叔腊故大高[38]，幸复强健，无劳悬耿[39]。待保儿婚后[40]，去住由君。”女在洞中，辄取叶写书教儿读，儿过目即了。女曰：“此儿福相，

放教入尘寰[41]，无忧至台阁[42]。”未几，儿年十四，花城亲诣送女。女华妆至，容光照人，夫妻大悦，举家宴集。翩翩扣钗而歌曰[43]：“我有佳儿，不羡贵官。我有佳妇，不羡绮纨[44]。今夕聚首，皆当喜欢。为君行酒，劝君加餐[45]。”既而花城去。与儿夫妇对室居。新妇孝，依依膝下，宛如所生。生又言归。女曰：“子有俗骨，终非仙品。儿亦富贵中人，可携去，我不误儿生平[46]。”新妇思别其母，花城已至。儿女恋恋，涕各满眶。两母慰之曰：“暂去，可复来。”翩翩乃剪叶为驴，令三人跨之以归。大业已老归林下[47]，意侄已死，忽携佳孙美妇归，喜如获宝。入门，各视所衣，悉蕉叶；破之，絮蒸蒸腾去。乃并易之。后生思翩翩，偕儿往探之，则黄叶满径，洞口云迷，零涕而返。

异史氏曰：“翩翩、花城，殆仙者耶？餐叶衣云，何其怪也！然帏幄诽谑[48]，狎寝生雏，亦复何殊于人世，山中十五载，虽无‘人民城郭’之异[49]；而云迷洞口，无迹可寻，睹其景况，真刘阮返棹时矣[50]。”

注释

①邠：明清州名，治所在今陕西省彬县。

②蚤世：早年去世。蚤，通“早”。

③国子左厢：明清时国子祭酒的别称。明初设国子监于南京，由于朱元璋“车驾时幸”，所以“监官不得中厅而坐，中门而立”，而以国子监的东厢房（即左厢）为祭酒治事、休息之所。故相沿以“左厢”代称祭酒。

④匪人：品行不端的人。狭邪游：嫖妓。

⑤床头金尽：唐张籍《行路难》诗："君不见床头黄金尽，壮士无颜色。"

⑥姊妹行（háng 杭）：姊妹们。妓女间的互称。齿冷：嘲笑。因笑必开口，笑久则齿冷。

⑦广疮：此从铸雪斋抄本，底本作"广创"。性病，即梅毒。由粤广通商口岸传入，因称广疮。

⑧遂逐而出：此从二十四卷抄本。底本为"恶而出"，"恶"又涂去。

⑨趑趄（zī jū 姿拘）近邑间：在邻近的县境内，徘徊不前。趑趄，徘徊不进貌。

⑩下榻：谓留客住宿。

⑪洞府：传说中的仙人常以山洞为家，故习称仙人或修道者所居为洞府。

⑫石梁：石桥。

⑬悬鹑：喻破衣。

⑭创（chuāng 疮）：疮。

⑮剪缀：裁剪，缝纫。缀，连接。

⑯创疡：脓疮。

⑰薛姑子好梦，几时做得：意谓美满姻缘，何时结成。薛姑子，未详。姑子，女冠（女道士）的俗称。

⑱"今日西南风紧"二句：此从二十四卷抄本，底本无"来"字。此为翩翩对花城戏谑之词，意谓今日好风作美，送你到意中人身边。曹植《七哀诗》写思妇云："愿力西南风，长逝入君怀。"后常以西南风喻促成男女欢会的机缘或助力，此承其义。

⑲小哥子抱得未：犹言小公子生了吗？小哥子，男孩。抱得，犹云生下。

⑳又一小婢子：又生了个小丫头。小婢子，犹言小丫头，对女儿的昵称。

㉑瓦窑：烧制砖瓦的窑；用以戏称专生女孩的妇女。瓦，古代纺砖。此为由习称生女为"弄瓦"，进而戏称多生或只生女孩的妇女为瓦窑。

㉒那弗将（jiāng 姜）来：何不带来？将，携领。

㉓呜：哄拍幼儿睡眠的声音；此处用作"哄"。

㉔焚好香：犹言烧了高香；意谓有好运、获好报。

㉕恍（huǎng 晃）然神夺：恍恍忽忽，神不守舍；谓生邪念。恍，恍忽。

㉖秋叶：枯叶。

㉗突突怔忡（zhēng chōng 征充）：心悸不安，形容惊惧。突突，形容心跳剧烈。

㉘醋葫芦娘子：戏谑语。俗称在爱情关系上有嫉妒之心为“酸吃醋”。“醋葫芦”，犹今俗语“醋罐子”。

㉙跳迹入云霄：犹言腾云驾雾。意思是荡检逾闲，想入非非。

㉚薄幸：薄情，负心。

㉛秋老：秋深。

㉜霜零木脱：霜降叶落。雨露霜雪降落叫零。木，树叶。

㉝蓄旨御冬：蓄存食物，准备过冬。

㉞肃缩：因寒冷而缩身战抖。

㉟惠：同“慧”，聪明。

㊱因循：迁延。指仍留洞中。

㊲花城：此从铸雪斋抄本，底本花字圈改为“江”。

㊳腊：年岁。

㊴悬耿：耿耿悬念。

㊵保儿：罗子浮与翩翩所生子名。

㊶尘寰：人世间；世俗社会。

㊷台阁：指宰相、尚书之类的高官；明清称内阁大学士为阁臣，称六部尚书、都御史为台官。

㊸扣钗：用头钗相敲击，作为节拍。

㊹绮纨：绮与纨均丝织品，为富贵之家所常用，故以“绮纨”喻富贵。

㊺加餐：多多进食，保养身体。

㊻生平：终身；指一生前途。

㊼老归林下：告老归隐。林下，树林之下，本指幽静之地，引申指归隐之所。

㊽帏幄诽谑：指闺房言笑。帏幄，房内帐幕，诽，当作俳（pái 排）。俳谑，戏谑玩笑。

㊾“人民城郭”之异：指年代久远的人事变迁。丁令威学道千年，化鹤归辽，徘徊作歌曰：“城郭犹是人民非，何不学仙冢累累。”见《搜神后记》。

㊿真刘阮返棹时：真像汉代刘晨、阮肇回船重寻天台仙女时的情形。南朝宋刘义庆《幽明录》载：东汉水平年间，浙江剡县人刘晨、阮肇入天台山

采药迷路，遇二仙女，邀至其家，殷勤款留半年。刘、阮思家，二女相送指路；既归，子孙已历七代。后重入天台山访女，则踪杳路迷，不可复在。返棹，回船。

意译

罗子浮是邠州人。父母相继早逝，八九岁时，依靠叔父罗大业生活。罗大业任国子祭酒，家境富有，却没有儿子，把罗子浮看作亲生骨肉。罗子浮十四岁时，因受坏人教唆，开始嫖妓。一个南京来的妓女寄住在邠州，将他迷得神魂颠倒。那妓女回南京时，罗子浮偷偷跟着她去了。在南京的妓院中一住半年，花光了钱，就被冷落在一旁。不久，又得了杨梅疮，浑身溃烂发臭，被赶出了妓院，流落在街头乞讨。路人见到他，无不远远避开，他自己也生怕客死他乡，就一路要着饭向西走，每天三四十里，渐渐就到了邻州境内。心想自己一身脓疮，实在无脸见人，便在外乡徘徊。见天黑了，就想去山中的庙里安身。正走着，遇见一位十分美丽的女子。她走上前问："要去哪里？"罗子浮就如实说了。女子说："我是出家人，住在山洞里。洞里有地方可以让你住下，也不必害怕野兽。"罗子浮高兴地随她去了。到了深山，见到一个山洞。洞前有一条溪水，溪上架着石桥。离桥几步远的地方，还有两间石屋。进屋一看，里面光线很好，不需点灯。女子叫他脱去破衣烂衫，去溪水里洗澡，说："洗了澡，疮就好了。"又掀开帐子，打扫床铺，催他就寝，说："睡吧，我给你缝一件衣裳。"于是，用芭蕉叶那样大的树叶，剪制衣服，罗子浮躺在床上看着，不多时，衣服做好了，叠在床头，吩咐他早晨起来穿上，就在他对面床上睡下了。

罗子浮洗过澡后，疮果然不痛了。醒来一摸，已结痂了。早晨起身，怀疑树叶不能穿。但取来一看，却是碧绿色锦缎，平整光滑，闪闪发亮。不久，吃早饭了，见女子将树叶剪成饼的样子，吃到嘴里果然是饼。又剪了鸡、鱼等，煮熟之后和真的一样美味可口。屋角上还放着一瓮好酒，随时可取来喝，少了就舀溪水灌进去。罗子浮在这住了没几天，病就全好了。他向女子求欢，女子说："你这个浪子，才安下身来，又生妄想。"罗子浮说："这是为了报答你的恩德。"于是两人同床共眠。

一天，忽然有个少妇笑着进来，对女子说："翩翩，看把你这小鬼头快活的，什么时候做成的这桩好事？"翩翩忙起身迎接，也笑着说："原来是花城娘子，这么长时间都不见你，今天是什么风把你吹来的？生了儿子没有？"少妇答："又是一个小丫头。"翩翩笑着又说："看来花城娘子是只会生女儿了，为什么不带她来？"答："刚才把她哄睡着了。"于是大家坐下一同饮酒。花城娘子对罗子浮说："你这小郎君可是烧了高香了。"罗子浮打量她，见有二十三四岁的样子，风流妖媚，不觉心生爱意。就趁弯腰在地上拣水果时，悄悄捏了一下她的脚尖。花城娘子只是望着他笑，装作不知道。罗子浮正暗自欣喜，忽觉全身冰凉，衣裤全变成了树叶，心里一惊，赶快收起杂念，端坐几上，慢慢衣服内又有了温暖。心中侥幸没被两位女子看到。一会儿，又趁劝酒之际，抓了抓花城娘子的手，花城娘子正在说笑，毫不理会。就在罗子浮心旷神怡的瞬间，衣服又变成了树叶，很久才恢复原状。从此，他再不敢胡思乱想。花城娘子笑着说："你家郎君，太不规矩。如果不是你喜欢吃醋，他恐怕会跳到天上去。"翩翩也嘲讽说："这薄情之人，应该让他冻死。"两人一起鼓掌而笑。花城娘子站起身说："小丫头该醒了，恐怕已哭断了肠子。"翩翩也起身笑着说："只顾勾引别人的汉子，还能记得小江城要哭坏了。"花城娘子走后，罗子浮担心挨骂，但翩翩不动声色，和往日一样。

不久，秋风飒飒，落叶翻飞。翩翩忙着收拾落叶，准备过冬。看罗子浮冷得缩身耸肩，就用包袱把洞口的白云拣来，给他做成棉袄，穿到身上又暖又轻。

一年之后，翩翩生下个男孩，十分聪明。罗子浮天天在洞里逗孩子玩，也很快乐。但又时时怀念家乡，让翩翩与他一同回去。翩翩说："我不能去。要去，你自己去。"罗子浮没办法，也只得留下。这样又是两三年过去了，儿子渐渐长大，就与花城娘子结为亲家。罗子浮挂念叔父年老，翩翩说："叔父虽老，身体还健康，你不必记挂。等保儿结婚后，去留听你的。"翩翩在洞中常用树叶写字教儿读书，儿子过目成诵。翩翩说："这孩子有福相，到了尘世间不怕做不成大官。"又过几年，保儿到了十四岁，花城娘子亲自送女儿来成亲。那女儿容光焕发，衣衫艳丽，十分动人。罗子浮夫妻俩很是高兴，全家举行宴会。翩翩拔下金钗，打着拍子唱道：

我有佳儿，不羡贵官。
我有佳妇，不羡绮纨。
今夕聚首，皆当喜欢。
为君行酒，劝君加餐。

随后，花城娘子便回去了。儿子、媳妇住在对面石屋中。儿媳孝顺双亲，和亲生女儿一样。

罗子浮又想回家乡。翩翩说：“你骨子里便带俗气，终究不能成仙。儿子也是富贵命，可以把他一同带去，我不耽误他的前途。”媳妇请求和母亲告别，正说着，花城娘子就来了。小两口都对母亲依依不舍，热泪盈眶。两个母亲都说：“暂时先去，以后还可以回来。”翩翩用树叶剪成三匹驴子，叫他们三人骑着回家。

这时，叔父罗大业年纪已老，辞官在家。他以为侄儿早就死了，忽然见他回家来，还带着孙子和孙媳，高兴得如获至宝。进门后，他们各自都看到自己穿着一片片树叶，就扯开它，里面棉絮变成白云飘上天去。于是换了衣服。后来罗子浮思念翩翩，同儿子、媳妇一道进山寻访，只见遍地黄叶，洞口已迷失不见，只好含泪还家。

异史氏说：“翩翩、花城娘子，大概是仙人吧？她们以树叶为食，以白云为衣，多么神奇啊！但在闺房中调笑亲热，生儿育女，又与人世间有什么不同？山中十五年，回家后虽然没有丁令威化鹤归来‘城郭如故人民非’的变化，但再入深山，白云迷漫，洞口湮没，没有踪迹可找，看这景观，真像汉代刘晨、阮肇入山逢仙女后回船时的光景了。”